A ROSA SANGUINÁRIA

A ROSA SANGU

OS GUERREIROS DO WYLD
LIVRO II

TRADUÇÃO
Regiane Winarski

TRAMA

NICHOLAS EAMES
INÁRIA

Título original: *Bloody Rose*

Copyright © 2018 by Nicholas Eames
Esta edição é publicada mediante acordo com a Orbit, Nova York, Nova York, EUA. Todos os direitos reservados.

Direitos de edição da obra em língua portuguesa no Brasil adquiridos pela Trama, selo da Editora Nova Fronteira Participações S.A. Todos os direitos reservados. Nenhuma parte desta obra pode ser apropriada e estocada em sistema de banco de dados ou processo similar, em qualquer forma ou meio, seja eletrônico, de fotocópia, gravação etc., sem a permissão do detentor do copirraite.

Editora Nova Fronteira Participações S.A.
Av. Rio Branco, 115 – Salas 1201 a 1205 – Centro – 20040-004
Rio de Janeiro – RJ – Brasil
Tel.: (21) 3882-8200

Dados Internacionais de Catalogação na Publicação (CIP)

E12r   Eames, Nicholas
        A Rosa Sanguinária / Nicholas Eames; tradução de Regiane Winarski. – Rio de Janeiro: Trama, 2023.
        560p.; 15,5 x 23 cm; (Os guerreiros do Wyld, v.2)

        Título original: *Bloody Rose*
        ISBN: 978-65-89132-24-0

        1. Literatura fantástica. I. Winarski, Regiane. II. Título.

        CDD: 810
        CDU: 821.111(71)

André Queiroz – CRB-4/2242

Visite nossa loja virtual em:

www.editoratrama.com.br

   / editoratrama

Para o meu irmão, Tyler.
Se este livro é digno de você, é porque você o fez assim.

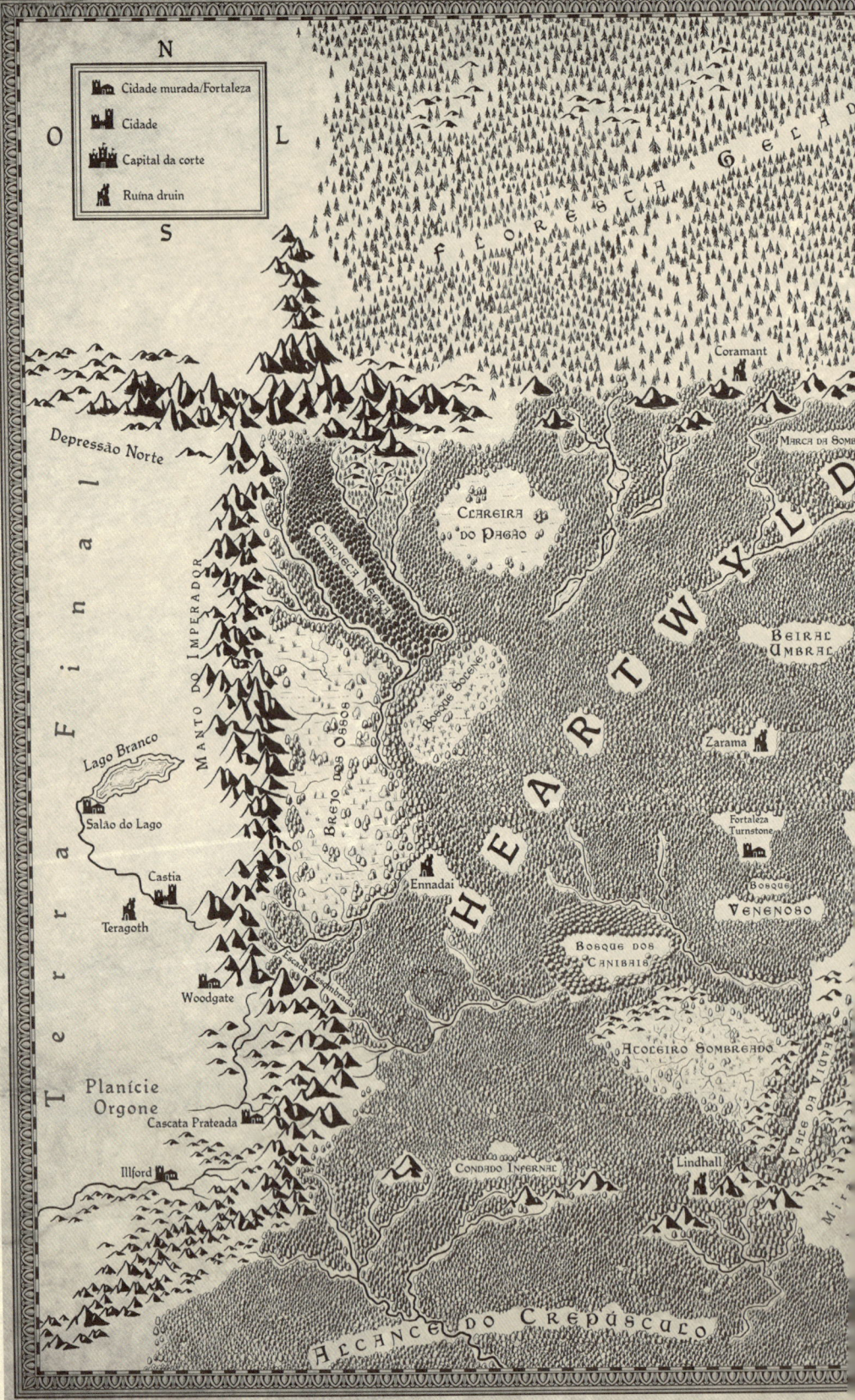

CAPÍTULO UM

O MERCADO DOS MONSTROS

A mãe de Tam costumava dizer que a filha tinha um Coração Selvagem.

— Isso significa que você é uma sonhadora — dissera ela. — Uma andarilha, como eu.

— Isso significa que você precisa tomar cuidado — acrescentara seu pai. — Um Coração Selvagem precisa de uma mente sábia para equilibrá-lo e um braço forte para mantê-lo protegido.

A mãe havia sorrido ao ouvir aquilo.

— Você é meu braço forte, Tuck. E Bran é minha mente sábia.

— Branigan? Você sabe que eu o amo, Lil, mas seu irmão beberia xixi se você dissesse que tem gosto de uísque.

Tam se lembrava da gargalhada da mãe como uma espécie de música. Seu pai tinha rido? Provavelmente, não. Tuck Hashford nunca fora muito de rir. Nem antes do Coração Selvagem da esposa dele a levar à morte e nenhuma vez depois.

— Garota! Ei, garota!

Tam piscou. Um comerciante com fiapos de barba na papada e uma franja de cabelo amarelado a estava avaliando.

— Meio novinha pra uma agenciadora, não?

Ela se empertigou, como se ser mais alta significasse ser mais velha.

— E daí?

— E daí... — Ele coçou uma ferida na parte alta e careca da cabeça. — O que te traz ao Mercado dos Monstros? Você é de algum bando, por acaso?

Tam não era mercenária. Não era capaz de lutar nem se sua vida dependesse disso. Bem, ela conseguia usar um arco com habilidade mediana, mas qualquer pessoa com dois braços e uma flecha podia fazer o mesmo. E, além do mais, Tuck Hashford tinha uma regra rigorosa no que dizia respeito à única filha se tornar mercenária e entrar para um bando: "De jeito nenhum."

— Sou — mentiu ela. — Eu sou de um bando, sim.

O homem olhou desconfiado para a garota alta, magrela e totalmente desarmada à frente dele.

— Ah, é? E qual é o nome do seu bando?

— Salada de Rato.

— Salada de Rato? — O rosto do homem se iluminou como um bordel no fim do dia. — Que nome bom pra um bando! Vocês vão lutar na arena amanhã?

— Claro. — Outra mentira. Mas as mentiras, como seu tio Bran gostava de dizer, eram como um copo de uísque kaskar: depois da primeira, você logo chega a dez. — Eu vim decidir com o que lutar.

— Uma mulher que bota a mão na massa, é? A maioria dos bandos envia os agentes para cuidar dos detalhes. — O comerciante assentiu satisfeito. — Gostei da ousadia! Mas não precisa mais procurar! Tenho uma fera aqui que vai impressionar a plateia e botar o Salada de Rato na boca de todos os bardos daqui até o Bazar do Verão! — O homem se aproximou de uma gaiola coberta por um pano, que arrancou com um floreio. — Veja! A temida cocatriz!

Tam nunca tinha visto uma cocatriz, mas sabia o suficiente sobre elas para saber que o que havia na gaiola não era uma cocatriz.

Aquele troço na gaiola era uma galinha.

— Uma galinha?! — O comerciante pareceu afrontado quando Tam disse exatamente isso. — Garota, você é cega? Olha o tamanho dessa coisa!

Era uma galinha *grande*, sem dúvida. As penas tinham sido pintadas com tinta preta e o bico estava manchado de sangue para parecer feroz, mas Tam não ficou convencida.

— Uma cocatriz é capaz de transformar carne em pedra com o olhar — observou ela.

O comerciante sorriu, um caçador cuja vítima tinha entrado de cabeça na armadilha.

— Só quando quer, mocinha! Qualquer abelha consegue ferroar, não é? Mas elas só ferroam quando estão com raiva. Um gambá sempre fede, mas só borrifa o fedor se você assustar o bicho! Ah, mas olhe isso! — Ele enfiou a mão na gaiola da galinha e balançou um entalhe de pedra rudimentar que se parecia vagamente com um esquilo. Tam preferiu não comentar sobre o preço escrito com giz embaixo. — Ela já fez uma vítima hoje! Cuidado, a...

— *Có* — disse a galinha, consternada com a abdução de seu único amigo.

O silêncio constrangedor se prolongou entre Tam e o comerciante.

— É melhor eu ir — disse ela.

— Que a graça de Glif esteja com você — respondeu ele secamente, já jogando o pano sobre a gaiola da galinha.

Tam continuou adentrando o Mercado dos Monstros, que se chamava rua Bathstone antes de as arenas começarem a brotar como cogumelos por todo o norte e os comerciantes de rua surgirem para montar suas barracas. Era larga e reta, como quase todas as ruas em Ardburg, e nos dois lados havia cercados de madeira, jaulas de ferro e buracos rodeados por arame farpado. Geralmente, não ficava muito cheia, mas havia lutas na arena no dia seguinte, e alguns dos maiores bandos de mercenários de Grandual iam à cidade.

Tuck Hashford também tinha uma regra sobre sua filha chegar perto do Mercado dos Monstros ou da arena e sobre se associar a mercenários em geral: "De jeito nenhum."

Apesar disso, Tam costumava seguir aquele caminho quando estava indo para o trabalho; não por ser mais rápido, mas porque *acelerava* alguma coisa dentro dela. Também a assustava. Emocionava. E a lembrava das histórias que sua mãe contava, de todas as missões ousadas e aventuras selvagens, de bestas temerosas e heróis valentes como o pai e seu tio Bran.

Além disso, como Tam provavelmente passaria a vida toda servindo bebidas e tocando alaúde por moedas na gelada Ardburg, uma caminhada pelo Mercado dos Monstros era o mais próximo que ela chegaria de uma aventura.

— Dê uma olhada! — chamou uma mulher narmeriana pesadamente tatuada quando Tam passou. — Você quer ogros? Eu tenho ogros! Frescos, das colinas de Westspring! Os mais ferozes!

— Manticooooooooora! — gritou um nortista com cabeça raspada e cicatrizes horríveis marcando o rosto. — Manticooooooora! — Havia realmente uma manticora de verdade, viva, atrás dele. As asas de morcego estavam presas por correntes, a cauda farpada enfiada em um saco de couro. Havia uma focinheira sobre a mandíbula leonina, mas, apesar de toda a contenção, a criatura continuava parecendo apavorante.

— Wargs das Florestas Invernais! — anunciou outro comerciante em meio a um coral de rosnados graves. — Nascidos selvagens, criados em fazenda!

— Goblins! — gritou uma senhora idosa do alto de uma carroça com grades de ferro. — Consiga seus goblins aqui! Um marco da corte cada ou uma dúzia por dez!

Tam espiou dentro da jaula sobre a qual a mulher estava de pé. Estava lotada com as criaturinhas imundas, a maioria magrela e subnutrida. Ela duvidava que até doze fosse dar trabalho a um bando minimamente decente.

— Ei! — gritou a mulher para ela. — Isso aqui não é loja de vestidos, garota. Compra um maldito goblin ou some daqui!

Tam tentou imaginar o que seu pai diria se ela chegasse em casa com um goblin de estimação e não conseguiu conter um sorriso.

— De jeito nenhum — murmurou.

Ela seguiu andando, cortando pela multidão de agentes e intermediários locais que negociavam e barganhavam com mercadores e caçadores kaskares. Esforçou-se para não ficar olhando abertamente para os variados monstros nem para os mercadores que os ofereciam. Havia trolls enormes cujos membros cortados estavam cobertos com prata para impedir que se regenerassem e um ettin enorme e musculoso sem uma das duas cabeças. Ela passou por uma górgona com cabeça de cobra acorrentada pelo pescoço a aros na parede atrás e por um cavalo preto que baforava fogo na cara de qualquer idiota que fosse inspecionar seus dentes.

— Tam!

— Willow! — Ela correu até a barraca do amigo. Willow era proveniente das ilhas da Costa da Seda, de pele marrom e grande para sua etnia. Ela comentou quando eles se conheceram que Willow era um nome curioso para um homem do tamanho dele, e ele disse que era porque a árvore chamada willow, o salgueiro, dava sombra a tudo em volta... vendo por esse lado fazia muito sentido.

Os cachos pretos de Willow tremeram quando ele balançou a cabeça.

— Atravessando o Mercado dos Monstros de novo? O que o velho Tuck diria se descobrisse?

— Acho que nós dois sabemos a resposta — disse ela com um sorriso. — Como estão os negócios?

— Explodindo! — Ele indicou sua mercadoria, uma variedade de serpentes aladas em gaiolas de vime atrás dele. — Em pouco tempo todas as casas em Ardburg vão ter seus próprios zantos! São ótimos bichos de estimação, sabe. São ideais pra crianças desde que as crianças não se importem de receber cusparadas de ácido corrosivo na cara de vez em quando. Além do mais, eles detestam o frio daqui e devem acabar morrendo em um mês. Na próxima vez que eu for em casa, vou trazer lagostas. Acho que consigo vender lagostas com facilidade.

Tam assentiu, apesar de não ter ideia de que tipo de monstro era uma lagosta.

Willow brincou com um dos vários colares de conchas que estava usando.

— Ei, você soube da novidade? Pelo visto, tem outra Horda. Ao norte de Cragmoor, no Deserto Invernal. Cinquenta mil monstros determinados a invadir Grandual. Eles dizem que o líder é um gigante chamado...

— Brontide — concluiu Tam. — Eu sei. Eu trabalho em uma taverna, lembra? Se há um boato, eu ouvi. Você sabia que a Sultana de Narmeer é na verdade um garoto que usa uma máscara de mulher?

— Não pode ser verdade.

— E que uma costureira que matou o marido em Rutherford está alegando ser a Rainha do Inverno em pessoa?

— Duvido muito disso.

— Que tal a que...

O som de gritos a interrompeu. Os dois se viraram e notaram uma agitação na rua perpendicular mais próxima, e um sorriso se abriu no rosto de Tam de orelha a orelha.

— Parece que a festa chegou à cidade — disse Willow. Tam olhou para ele com uma expressão de súplica e o homem deu um suspiro dramático. — Vai. Diz oi pra Rosa Sanguinária por mim.

Tam sorriu para o amigo e saiu correndo. Ela contornou o corpo de um yethik peludo e passou entre um caçador e um agenciador de lutas berrando um instante antes do caçador dar um soco que fez o outro cair de bunda. Ela chegou à rua seguinte na hora que a primeira carraca estava se aproximando e foi para a frente da multidão.

— Ei, olha por onde... — Um garoto da idade dela com nariz bicudo e cabelo louro sem vida transformou a expressão de afronta em algo que ele imaginava ser um sorriso encantador. — Ah, desculpa. Uma garota bonita como você pode ficar onde quiser, claro.

Aff, pensou ela.

— Obrigada — disse ela, escolhendo abrir um sorrisão falso em vez de revirar os olhos.

— Você veio ver os mercenários? — perguntou ele.

Não, vim ver os cavalos cagarem, seu imbecil.

— Vim — respondeu ela.

— Eu também — disse ele, e bateu no alaúde pendurado no ombro. — Eu sou bardo.

— Ah, é? De que bando?

— Bom, ainda não tenho — disse ele na defensiva. — Mas é só questão de tempo.

Ela assentiu distraidamente quando a carraca da frente passou. A enorme carroça de guerra era maior do que a casa onde Tam morava com o pai. Estava coberta de peles de couro e era puxada por um par de mamutes brancos peludos com fitas amarradas nas presas. Os mercenários a quem a carraca pertencia estavam em pé em torno de uma torre de cerco robusta construída em cima, acenando com as armas para as multidões amontoadas nos dois lados da avenida.

— É o Desgraça dos Gigantes — disse o garoto ao seu lado, como se os filhos preferidos do norte precisassem de apresentação. Os mercenários, todos kaskares grandes e barbudos, eram clientes regulares na taverna onde Tam trabalhava, e o líder acenou para ela quando a carraca passou. O autoproclamado bardo olhou para ela, impressionado. — *Você* conhece Alkain Tor?

Tam fez o melhor que pôde para ignorar o tom dele e deu de ombros.

— Claro.

O garoto franziu a testa e não disse mais nada.

Uns cem mercenários a pé e a cavalo passaram em seguida, e Tam viu os poucos bandos que ela reconhecia dos salões do Esquina de Pedra: os Chaveiros, os Pudins Pretos, os Furúnculos e Pesadelo Cavaleiro, embora faltassem dois membros desse último bando e um aracniano de armadura de aço tivesse ocupado o lugar deles.

— Ralé — disse o garoto com desdém. Ele fez uma pausa, obviamente querendo que Tam pedisse explicação. Como ela não pediu, ele explicou mesmo assim. — A maioria desses menos conhecidos vai lutar com diabretes do lixo em salões de guilda e em arenas particulares hoje à noite. Mas os bandos maiores, como o Desgraça dos Gigantes e o Fábula, vão lutar na Ravina amanhã, na frente de milhares.

— Na Ravina? — perguntou Tam. Ela sabia perfeitamente bem o que era a Ravina, mas, se aquele fanfarrão ia falar, Tam decidiu que podia muito bem escolher os assuntos.

— É a arena de Ardburg — disse o garoto conforme a caravana de carracas passava —, apesar de não ser grande coisa visualmente. Não é uma arena *de verdade*, como a do sul. Eu estive em Fivecourt no verão, sabe. A arena lá é a maior do mundo. Chamam de…

— Olha! — gritou alguém, poupando a Tam o trabalho de enfiar o punho na garganta do novo amigo para fazê-lo calar a boca. — São eles! O Fábula!

Logo em seguida, apareceu uma carraca puxada por oito cavalos grandes usando bardas compostas por placas de bronze dracônico. A carroça de guerra era uma fortaleza sobre dezesseis rodas de pedra, com placas de ferro nas janelas e telas de corrente farpada penduradas nas laterais. O teto era decorado por ameias de ferro enferrujado, e havia torrentes de arcos montadas nos quatro cantos.

Com a visão periférica, ela viu o garoto se empertigar e estufar o peito, como um sapo pronto para emitir o canto de acasalamento.

— É o *Reduto dos Rebeldes* — disse Tam antes que aquele idiota pudesse dizer mais uma coisa que ela já sabia. — Pertence ao Fábula, que só está junto há quatro anos e meio, mas é, ao que parece, o bando mercenário mais famoso do mundo. Sabe — prosseguiu ela, cobrindo cada palavra de condescendência sufocante —, a maioria dos bandos só luta em arenas. Viajam de cidade em cidade e encaram o que os agenciadores de lutas tiverem pra oferecer. E isso é ótimo, porque todo mundo, desde os agentes aos gerentes de arena... ora, até os mercs às vezes, são pagos, e o resto de nós vê um ótimo show. *Mercs* é abreviatura de mercenários, aliás.

O garoto ficou boquiaberto.

— Eu sei dis...

— Mas o Fábula — continuou Tam, interrompendo-o —, bom, eles fazem as coisas como antigamente. Eles ainda fazem turnê, claro, mas também aceitam contratos que a maioria dos bandos não ousaria topar. Eles caçaram gigantes e queimaram frotas de piratas. Mataram vermes de areia em Dumidian e mataram uma vez um rei firbolg bem aqui, em Kaskar.

Ela apontou para um nortista de peito largo como um barril sentado entre duas ameias, o cabelo castanho emaranhado escondendo quase todo o rosto.

— Aquele é Brune. Ele é uma lenda da região. Ele é um vargyr.

— Vargyr...?

— Nós os chamamos de xamãs — explicou Tam. — Ele pode se transformar em um grande urso quando quiser. E sabe aquela de preto com metade da cabeça raspada e tatuagens no corpo todo? Ela é uma feiticeira. Uma invocadora, na verdade. O nome dela é Cura, mas as pessoas a chamam de Bruxa da Tinta. E está vendo o druin, Freecloud? O alto, de cabelo verde e orelhas de coelho? Dizem que ele é o último da espécie dele e que ele nunca perdeu uma aposta e que a espada dele, *Madrigal*, pode cortar aço como se fosse seda.

O rosto do garoto tinha ficado de um tom gratificante de vermelho.

— Tudo bem, escuta — disse ele, só que Tam não ia mais ouvir nada.

— E aquela — ela apontou para a mulher com uma bota na ameia acima deles — é a Rosa Sanguinária. Ela é a líder do Fábula, a salvadora da cidade de Castia e provavelmente a mulher mais perigosa deste lado de Heartwyld.

Tam ficou em silêncio quando a sombra da carraca os engoliu. Ela nunca tinha visto Rosa Sanguinária, mas conhecia todas as histórias, tinha ouvido todas as músicas e tinha visto os desenhos da guerreira em muros ou pôsteres pela cidade, embora giz e carvão raramente fizessem justiça à imagem real.

A líder do Fábula usava uma armadura fragmentada de placas pretas foscas com manchas vermelhas... exceto pelas manoplas, que brilhavam como aço novo. Haviam sido forjadas por druins (era o que as canções alegavam, pelo menos) e combinavam com suas cimitarras (*Cardo* e *Espinheiro*) que ela usava em bainhas nos dois quadris. O cabelo estava tingido de um vermelho intenso cor de sangue e cortado reto na altura do queixo.

Metade das garotas da cidade usava o mesmo corte e a mesma cor. A própria Tam tinha chegado a comprar um saco de favas hucknell, que soltavam a cobertura carmim quando mergulhadas em água, mas seu pai adivinhou a intenção e exigiu que ela comesse um grão de cada vez na frente dele. As favas tinham gosto de limão com um toque de canela e deixaram seus lábios, sua língua e seus dentes tão vermelhos que fazia parecer que ela tinha rasgado a garganta de um cervo. O cabelo, depois daquele trabalho todo, continuou no mesmo tom castanho comum de sempre.

A carraca passou e fez Tam piscar como uma sonhadora despertada pela luz da tarde.

Ao seu lado, o garoto tinha finalmente reencontrado a voz, embora tenha dado um pigarro antes de falar.

— Uau, você sabe mesmo as coisas, né? Quer ir tomar um drinque no Esquina de Pedra?

— O Esquina de Pedra...

— Sim, é só...

Tam saiu correndo tão rápido quanto suas pernas permitiram. Além de ela estar atrasada demais para o trabalho, seu pai, naturalmente, tinha mais uma regra no que dizia respeito à sua filha ir beber com garotos estranhos.

E tudo bem por Tam, porque ela gostava de garotas mesmo.

CAPÍTULO DOIS

O ESQUINA DE PEDRA

Havia quatro pessoas que sempre podiam ser encontradas no Esquina de Pedra.

A primeira era Tera, dona do estabelecimento. Ela tinha sido mercenária antes de perder o braço. "Eu não perdi!", dizia ela sempre que alguém perguntava como tinha acontecido. "Um bugbear o arrancou e assou num espeto na minha frente! Eu sei exatamente onde está: dentro do cadáver maldito dele!" Ela era uma mulher alta e grande, que usava a mão que restava para controlar a taverna com punho de ferro. Quando não estava xingando na cozinha ou repreendendo os funcionários, ela passava as noites apartando brigas (muitas vezes ameaçando começar uma) e trocando histórias com alguns dos mercs mais velhos.

O marido dela, Edwick, também sempre estava lá. Ele tinha sido bardo de um bando chamado Vanguarda, mas agora estava aposentado.

Ele subia ao palco todas as noites para contar as explorações da antiga equipe e parecia conhecer todas as músicas e histórias já contadas. Ed era o oposto da mulher: magro, alegre como uma criança montada num pônei. Ele tinha sido um grande amigo da mãe de Tam, e apesar da regra de Tuck Hashford em relação à filha tocar um instrumento ou andar com músicos, o velho bardo costumava dar aulas de alaúde à garota depois do trabalho.

Também havia Tiamax, que também tinha sido do Vanguarda. Ele era um aracniano, portanto tinha oito olhos (dois faltando, cobertos por tapa-olhos cruzados) e seis mãos para sacudir, mexer e servir bebidas. Consequentemente, era um ótimo barman. De acordo com Edwick, tinha sido um tremendo guerreiro também.

A última presença constante no Esquina de Pedra era seu tio Bran. Na juventude, Branigan foi um ilustre mercenário, um bebedor prodigioso e um notório malandro. Mas agora, quase dez anos depois que a morte prematura da irmã levou à dissolução do antigo bando do qual fazia parte, ele era... Bem, ele ainda era ladrão, ainda era bêbado e um malandro ainda mais notório, embora tivesse acrescentado jogatina compulsiva à sua lista de vícios.

Ele e o pai de Tam haviam se falado muito pouco na última década. Um tinha perdido uma irmã em Lily Hashford, o outro uma esposa, e a dor os levou por caminhos bem diferentes.

— Tam! — gritou seu tio da sacada do segundo andar, diretamente acima do bar. — Seja um amorzinho e me sirva uma dose, por favor.

Tam colocou a pilha de cumbucas vazias que tinha recolhido na bancada manchada do bar. A taverna estava mais movimentada do que o habitual naquela noite. Mercenários e os que iam para vê-los enchiam os salões atrás dela. As três lareiras ardiam, duas brigas estavam em curso e um bardo sem camisa estava batendo num tambor como se o instrumento lhe devesse dinheiro.

— Tio Bram quer outro uísque — disse ela para Tiamax.

— Quer? — O aracniano pegou as cumbucas e começou a lavá-las com quatro mãos enquanto as outras duas abriam uma coqueteleira de madeira e colocavam uma coisa aromática e rosada num copo alto.

— O que é isso? — perguntou a mulher para quem ele tinha preparado o drinque.

— Rosa.

— Rosa? — Ela cheirou o líquido. — Tem cheiro de xixi de gato.

— Então pede uma porra de cerveja na próxima vez — disse Tiamax. As mandíbulas que saíam do queixo com pelos brancos tremeram de irritação. Uma delas tinha se quebrado ao meio e o som que fazia era um clique seco em vez do arranhado melodioso que os outros da espécie dele produziam. A mulher fungou e saiu andando, enquanto o aracniano usava um pano para secar três cumbucas de uma vez. — E como será que seu tio Bran vai pagar por esse uísque?

— Diz pra ele botar na minha conta! — A voz de Bran soou na sacada acima.

Ela abriu um sorriso tenso para Tiamax.

— Ele falou pra botar na conta dele.

— Ah, claro! A conta infinita de Branigan Fay! — Tiamax levantou os seis braços em exasperação. — Mas infelizmente essa linha de crédito está completa e totalmente exaurida.

— Quem disse? — perguntou a voz desencarnada do tio dela.

— Quem disse? — repetiu Tam.

— Tera disse.

— Diz pro filho de chocadeira que eu cuido de Tera! — gritou Bran. — Além do mais, eu estou prestes a ganhar de lavada aqui!

Tam suspirou.

— O tio Bran disse...

— Filho de chocadeira? — As mandíbulas do barman estalaram de novo, e Tam percebeu um brilho malicioso nas muitas facetas dos olhos dele. — Um uísque! — exclamou ele. — Saindo agorinha!

Ele escolheu um copo atrás da bancada e esticou um braço segmentado para pegar uma garrafa na prateleira mais alta. Estava coberta de sujeira e mofo e cheia de teias de aranha. Quando Tiamax abriu a rolha, ela praticamente se desintegrou na mão dele.

— O que é isso? — perguntou Tam.

— Ah, é uísque. Ou quase, pelo menos. Nós encontramos seis caixas disso no porão da Fortaleza Turnstone quando os Ferais nos prenderam lá dentro.

Como todos os ex-mercenários que Tam conhecia (menos seu pai, claro), Tiamax raramente perdia uma oportunidade de recontar uma história dos seus dias de aventura.

— Nós tentamos beber — disse o aracniano —, mas nem Matty conseguiu, então transformamos a bebida em bomba. — O líquido escorreu da boca da garrafa como mel, só que tinha aparência e cheiro de esgoto podre. — Aqui. Diz para o seu tio que é por conta da casa, cortesia do *filho de chocadeira*.

Tam olhou cheia de dúvidas para o copo.

— Você jura que ele não vai morrer?

— É quase certo que ele não vá morrer. — O barman colocou a mão delgada no peito. — Juro pelo meu cefalotórax.

— Seu cefaquê?

Tera saiu pela porta da cozinha carregando uma colher de pau suja de molho como se fosse uma clava banhada de sangue.

— Vocês! — Ela apontou a arma improvisada para dois mercs corpulentos lutando na frente de uma lareira. — Não sabem ler a placa? — Sem ter outro braço para apontar, Tera usou a colher para chamar a atenção deles para uma placa de madeira entalhada acima do bar e até se dignou a lê-la. — Proibido lutar antes da meia-noite! Este é um estabelecimento civilizado, não um maldito ringue de lutas.

Ela foi na direção deles e os clientes saíram da frente como se ela fosse uma rocha rolando colina abaixo.

— Obrigada, Max. — Tam pegou o copo e foi atrás da proprietária, usando o caminho que ela abriu para percorrer metade do salão antes de voltar para o meio da multidão. Enquanto isso, Tera tinha chutado um brigão até que ele se encolhesse em posição fetal e estava batendo na bunda do outro com a colher de pau.

Tam escorregou, deslizou e desviou de gente a caminho da escada até a sacada, captando fofocas como um moleque de rua furtando em um mercado. Três comerciantes estavam discutindo a geada precoce que tinha destruído boa parte da colheita de Kaskar. Eles tinham ficado ricos importando provisões de Fivecourt. Um deles fez uma piada sobre pagar tributos à Rainha do Inverno, o que arrancou uma gargalhada intensa do nortista à direita dele, enquanto o narmeriano à esquerda soltava um ruído e fazia o círculo do Senhor do Verão no peito.

Muitos estavam discutindo quem lutaria na Ravina no dia seguinte e, talvez mais importante, *contra que* eles lutariam. Ela ouviu que o Fábula tinha optado por deixar que os agenciadores locais decidissem, e diziam que havia algo especial reservado.

A maior parte das conversas giraram em torno do grupo de monstros se reunindo ao norte de Cragmoor. *A Horda Invernal*, disseram eles, e todo mundo, de lutadores a fazendeiros, tinha alguma opinião sobre as intenções deles.

— Vingança! — disse um mercenário com a boca cheia de uma coisa preta e grudenta. — É óbvio! Eles ainda estão com raiva por terem sido expulsos de Castia seis anos atrás! Vão tentar de novo no verão, podem anotar minhas palavras!

— Eles não vão atacar Castia — insistiu uma mulher com uma tatuagem branca de aranha cobrindo a maior parte do rosto. — Fica longe demais e é bem defendida demais. Se você quiser saber minha opinião, é Ardburg que tem motivo para se preocupar. Os marqueses que deixem seus homens alertas e os machados mais ainda!

— Esse tal Brontide... — refletiu Lufane, um capitão de um navio voador que ganhava a vida levando nobres em passeios sobre as montanhas Rimeshield. — Dizem que ele tem um ranço danado da gente.

— Da gente? — perguntou a da cara de aranha.

— De todo mundo. Dos humanos em geral. — O capitão tomou o que restava do vinho e entregou a cumbuca para Tam quando ela passou. — De acordo com Brontide, *nós* somos os monstros. Ele liderou uma invasão pelas montanhas uns anos atrás e destruiu todas as arenas que conseguiu encontrar.

O primeiro mercenário fez uma expressão de desdém cheia de dentes pretos ao ouvir isso.

— Um gigante chamou *a gente* de monstro? Bom, não importa muito o que ele acha, né? Depois de amanhã, todos os bandos do norte vão estar a caminho de Cragmoor, desejando glória e tentando fazer o próprio nome. A Horda Invernal não vai ser nada além de ossos na lama quando chegar a primavera — disse ele enquanto Tam passava —, mas os bardos vão cantar sobre isso pelo resto da vida.

Ela contornou o palco. O homem do tambor tinha terminado, e agora Edwick estava sentado num banco com o alaúde no colo. Ele piscou para ela antes de começar a cantar *O cerco a Hollow Hill*, que atraiu um coral de gritos da multidão no salão. As pessoas gostavam de músicas sobre batalhas, sobretudo aquelas em que os heróis estavam em números absurdamente menores do que os inimigos.

Tam amava a voz do coroa. Era rouca e trêmula, confortável como um par de botas macias de couro. Além de ensiná-la a tocar alaúde, Edwick também dava aulas de canto a Tam, e a avaliação dele da perícia vocal da aluna tinha ido de "Cuidado, você vai quebrar as vidraças" a "Pelo menos não vão te expulsar do palco" antes de ela finalmente conquistar um sorriso de aprovação e as palavras murmuradas "Nada mau. Nada mau mesmo."

Aquela noite estava sendo boa. Tam voltou para casa desejando poder compartilhar a alegria com o pai, mas Tuck Hashford não teria aprovado. Ele não queria a filha cantando, tocando alaúde nem ouvindo as histórias de idolatria dos bardos aposentados. Se não fosse o salário que ela levava para casa e o fato de ele ter dificuldade de parar em um emprego desde a morte da esposa, Tam duvidava que ele a deixasse sequer chegar perto do Esquina de Pedra.

Bran olhou quando ela se aproximou.

— Tam! — Ele bateu com a mão aberta na mesa, espalhando moedas e derrubando os bonequinhos de madeira entalhada no tabuleiro de Quarteto à frente. Seu oponente, um homem encapuzado de costas para Tam, suspirou, e seu tio fez uma tentativa fajuta de fingir inocência. — Ah, caramba, bagunçei as peças sem querer. Vamos ficar no empate, Cloud, que tal?

— É empate quando uma pessoa está quase ganhando e a outra trapaceia pra não perder?

Bran deu de ombros.

— Qualquer um de nós poderia ter vencido.

— Eu *definitivamente* ia ganhar — disse o oponente dele. — Brune? Me ajuda aqui.

Brune?

Tam parou onde estava e ficou olhando boquiaberta, como um filhotinho de pássaro embaixo de uma minhoca pendurada. Realmente, o homem sentado à esquerda do tio dela era Brune. *O* Brune. A *porra do xamã do Fábula*, Brune. Lenda ou não, o vargyr era parecido com a maioria dos outros nortistas: era grande e de ombros largos, com cabelo castanho desgrenhado que dava o seu melhor para esconder o fato de que Brune não era uma coisa muito agradável de se ver. As sobrancelhas dele eram peludas e malcuidadas, o nariz era torto e havia um vão do tamanho de um dedo entre os dois dentes da frente.

— Eu não estava prestando atenção — admitiu o xamã. — Desculpa.

A mente de Tam ainda rodopiava, lutando para entender o que seus olhos estavam dizendo. *Se aquele é Brune*, argumentou ela, *o homem de capa... o que Bran chamou de Cloud...*

A figura se virou e puxou o capuz, revelando orelhas compridas encostadas no cabelo verde-dourado. Mas a mente de Tam mal registrou as orelhas nem o sorriso repuxado e predatório do druin. Ela ficou grudada no olhar dele: meias-luas sobre uma cor que parecia chamas de velas refletindo nas facetas de uma esmeralda.

— Oi, Tam.

Ele sabe o meu nome! Como ele sabe o meu nome? Seu tio tinha dito? Provavelmente. Definitivamente. Sim. Tam estava tremendo; ondas percorriam a superfície do uísque de Turnstone na mão dela.

— O Branigan aqui estava nos contando sobre você — disse o druin. — Diz ele que você sabe cantar e que é um prodígio com o alaúde.

— Ele bebe — disse Tam.

O xamã riu e cuspiu cerveja na mesa e no tabuleiro de Quarteto.

— Ele bebe. — Brune riu. — Clássico.

Freecloud pegou uma moeda branca de pedra da lua e examinou um lado.

— Brune e eu somos mercenários. Somos membros de um bando chamado Fábula. Já ouviu falar de nós, suponho?

— Eu... há...

— Ouviu. — Bran a salvou nessa. — Claro que ouviu. Não é, Tam?

— É — Tam conseguiu dizer. Ela sentia como se tivesse entrado num lago congelado e de repente o gelo estivesse gemendo embaixo dos seus pés.

— Bem — disse Freecloud —, acontece que estamos atrás de um bardo. E, de acordo com Branigan, você é o que estamos procurando. Supondo, claro, que você esteja disposta a sujar as botas de lama um pouco.

— Sujar as botas de lama? — perguntou Tam, vendo rachaduras se espalharem no gelo da sua mente. *Tio Bran, o que você fez?*

— Ele quer dizer viajar — disse Bran. Havia certa rouquidão na voz dele, um brilho nos olhos que não tinha nada a ver com um porre homérico. Pelo menos, ela achava que não. — Uma aventura de verdade, Tam.

— Ah. — A cadeira de Freecloud foi arrastada e ele se levantou. A moeda na mão dele desapareceu quando ele gesticulou para trás dela. — Aqui está a chefe em pessoa. Tam — disse ele quando ela se virou e deu de cara com a lenda em carne e osso, ao alcance da mão —, essa é Rose.

Isso foi tudo que os joelhos de Tam conseguiram aguentar.

Quando se dobraram, Bran pulou da cadeira. Ele chegou a tempo de tirar o copo das mãos dela antes de ela cair.

— Foi por pouco — ela o ouviu dizer enquanto as tábuas do piso se aproximavam.

— Ela é nova demais — disse alguém. Uma voz de mulher. Rouca. — Quantos anos ela tem? Dezesseis?

— Dezessete. — Aquele era seu tio. — Eu acho. Ou quase dezessete, pelo menos.

— Não tão quase — resmungou a mulher. Rose. Tinha que ser.

Tam piscou, deu de cara com uma tocha chamejante e decidiu ficar deitada sem se mexer por mais um momento.

— E quantos anos você tinha quando pegou uma espada? — perguntou Freecloud. Ela conseguia *ouvir* a ironia no sorriso do druin. — Ou quando matou aquele ciclope?

Um suspiro.

— Bom, que tal isso? — Uma armadura tilintando. — Ela desmaiou ao me ver. O que vai fazer quando houver sangue espirrando para todo o lado?

— Ela vai ficar bem — disse o tio. — Ela é filha de Tuck e Lily, lembre-se disso.

— Tuck Hashford? — Brune pareceu impressionado. — Dizem que ele era destemido. E todos temos um pouco dos nossos pais. Os deuses sabem que eu tenho.

— Das nossas mães também — disse uma mulher que Tam não reconheceu. — Ela quer ir? Vocês perguntaram?

Você quer, disse uma voz na cabeça de Tam.

— Quero — gemeu ela. Ela se sentou, mas se arrependeu na mesma hora. O barulho do salão do Esquina de Pedra ecoou dolorosamente em seu crânio como um barco cheio de gatos. Os quatro membros do Fábula estavam em volta dela. Bran estava ajoelhado ao lado. — Eu quero ir — insistiu ela. — Pra onde... há... a gente vai?

— Pra um lugar frio — respondeu a mulher que não era Rose. Era a Bruxa da Tinta, Cura, que olhou para Tam como se tivesse encontrado a menina esmagada embaixo da sola da bota.

Ao passo que Rose era robusta e musculosa, Cura era magra como uma criancinha, o corpo rígido. Ela usava uma túnica longa e decotada com uma fenda alta até o quadril e botas pretas de couro que exibiam mais fivelas do que uma camisa de força. O cabelo preto fino era comprido o suficiente para ser preso, mas raspado dos dois lados. Havia brincos de ossos nas orelhas, outro na sobrancelha esquerda e um no nariz. A pele era pálida como porcelana e cheia de tatuagens. O olhar de Tam foi atraído por uma criatura do mar tatuada na coxa de Cura, os tentáculos compridos escapando pela lateral da túnica.

A Bruxa da Tinta a viu olhando e deu um puxão convidativo no tecido.

— Já viu uma de perto? — O tom malicioso dava a entender que ela não estava se referindo à criatura tatuada na perna.

Tam afastou o olhar, esperando que seu rubor repentino fosse atribuído à queda.

— Vocês vão lutar contra a Horda Invernal? — perguntou ela.

— Não — disse Rose. — Vamos terminar nossa turnê primeiro e depois temos um contrato em Diremarch.

— Nosso *último* contrato — complementou Freecloud. Ele trocou um olhar significativo com os companheiros de bando. — Um último evento antes de encerrarmos.

Branigan ficou atento com isso, mas antes que ele ou Tam pudesse perguntar qualquer coisa, Rose interrompeu.

— Tenho que dar um aviso — disse ela. — O que vamos enfrentar pode ser tão perigoso quanto a Horda. Pior, até.

Para Tam, não havia *nada* pior do que a perspectiva de nunca ir embora de casa, de ficar presa em Ardburg até seus sonhos congelarem e seu Coração Selvagem murchar dentro da gaiola. Ela olhou para o tio, que deu um aceno tranquilizador, e estava prestes a dizer para Freecloud que não importava se eles iam enfrentar a Horda ou algo pior ou se eles iam para o inferno da Mãe do Gelo em pessoa. Ela iria junto.

— Uma música — disse Rose.

Branigan ergueu o rosto.

— Como é?

— Vai para o palco. — Rose colocou um cachimbo na boca e procurou embaixo da armadura alguma coisa para acendê-lo. Ela acabou desistindo e decidiu usar a vela na mesa ao lado. — Escolhe uma música e toca. Me convence que você é a garota certa para o trabalho. Se eu gostar do que ouvir, parabéns: você é a nova barda do Fábula. Se eu não gostar... — Ela expirou lentamente. — Qual é mesmo seu nome?

— Tam.

— Bom, nesse caso, vai ter sido bom te conhecer, Tam.

CAPÍTULO TRÊS

UMA MÚSICA

Por volta da meia-noite, um trem de carruagens conectadas puxadas por pôneis kaskares robustos atravessava Ardburg. Era gratuito e poupava aos bêbados e aos que estavam na rua tarde da noite uma caminhada longa em um clima muitas vezes inclemente. Tam fez sinal para ele em frente ao Esquina de Pedra e escolheu uma carruagem que achou que estivesse vazia. Não estava. Havia um patrulheiro da cidade desmaiado no banco em frente. O elmo dele estava virado no colo, e, pelo fedor, Tam supôs que estivesse cheio de vômito. Ela empurrou as telas apesar do frio e, quando o movimento recomeçou, o cheiro não ficou tão ruim.

A cidade costumava estar adormecida àquela hora da noite, mas como as lutas eram no dia seguinte, as ruas ainda estavam agitadas. Havia luzes e barulho saindo de todas as pensões, música de todas as tavernas. Os bordéis em específico estavam mais movimentados do que o habitual, e por trás das cortinas fechadas Tam ouvia gritinhos de prazer e de dor, muitas vezes misturados.

Ela viu dois sacerdotes de vestes pretas unindo as mãos para pegar a neve que caía.

— A Rainha do Inverno está chegando! — exclamou um deles, uma mulher de cabeça raspada. Isso não era novidade para ninguém. De acordo com seus discípulos, a Rainha do Inverno (e o Inverno Eterno que diziam que acompanharia o retorno dela) estava *sempre* vindo. Tam achou que os sacerdotes ficariam tão surpresos quanto todo mundo se ela decidisse aparecer um dia.

Finalmente eles deixaram o caos para trás. Tam ficou sentada sozinha com seus pensamentos e com o soldado roncando, a quem ela fez a pergunta que estava em sua mente desde que ela saiu do Esquina de Pedra mais cedo naquela mesma noite.

— Que porra é essa que acabou de acontecer?

Tam se aproximou do palco. Ela nem tinha instrumento. Que tipo de barda não tinha instrumento?

Você não é uma barda, disse ela para si mesma. *Você é uma garota que está prestes a passar vergonha na frente de duzentas pessoas, inclusive a Rosa Sanguinária em pessoa.*

Deu uma olhada na direção da sacada e notou que Rose a observava, ainda puxando o cachimbo que tinha acendido um pouco antes. Freecloud estava ao lado dela, Brune e Cura um pouco mais para o lado. O boato de que o Fábula estava avaliando uma nova barda tinha se espalhado pelo salão como fogo em mato seco. Agora que a agitação estava começando a diminuir, Tam teria que subir no palco e cantar uma música que poderia ou não mudar o rumo da vida dela para sempre.

Tera e Tiamax estavam assistindo atrás do bar. O aracniano deu um aceno de três mãos e gritou no meio da barulheira:

— Está no papo!

Bran estava expulsando os clientes da mesa mais próxima do palco, enquanto Edwick...

— Aqui. — O velho bardo colocou seu alaúde nas mãos dela. — É seu agora.

— Não, eu não posso — protestou ela. O alaúde, que o bardo chamava de *Treze Vermelho*, era o instrumento com o qual Tam tinha aprendido a tocar. Era o orgulho e a alegria de Ed. Ele o tinha desde que Tam lembrava e nunca tinha tocado outro instrumento, que ela soubesse.

— Pega — insistiu ele. — Confia nela. Você sabe que música vai tocar?

Tam conhecia umas cem músicas, mas não conseguia se lembrar de nenhuma no momento. Ela balançou a cabeça.

— Bem, boa sorte. — Edwick foi se sentar ao lado de Bran e a taverna toda ficou em silêncio de repente.

Com o alaúde emprestado nos braços, Tam subiu no palco e atravessou o tablado até o banco vazio. As tábuas gemeram embaixo dos pés dela, fazendo um barulho absurdo. Sua mente estava em disparada, tentando desesperadamente pensar em uma música, qualquer música, e, sobretudo, uma que impressionasse Rose.

De repente, ela soube: *Castia*. Era barulhenta e animada, com certeza colocaria a plateia do seu lado. Condensava as batalhas de Castia, durante a qual os mercenários de Grandual venceram o Duque de Endland e sua Horda de Heartwyld, em sete estrofes e um solo instrumental que Tam esperava ser capaz de tocar.

Melhor ainda, pintava o pai de Rose, Golden Gabe, como o maior herói das cinco cortes, sem nem mencionar que ele tinha atravessado toda Heartwyld para salvar a filha da morte quase certa, nem que Gabe e seus parceiros de bando, no caminho para lá, curaram a podridão, mataram um dragão e destruíram metade de Fivecourt. A última estrofe era dedicada à própria Rose, que liderou os que estavam em cerco dentro da cidade à vitória, finalmente.

Castia era perfeita.

Ela respirou fundo. Esperou o silêncio se estabelecer, como Edwick havia lhe ensinado e...

— Pffff! Que porra é essa!? — Branigan estava se levantando depois de beber o uísque e cuspir o líquido no colo. — O que você botou aqui, pelo coração gelado do inferno, Max? Óleo de lampião? Mijo? Deuses, isso é mijo de chocadeira? — Ele cheirou o copo e chegou a experimentar de novo. — É horrível! — Edwick o puxou até a cadeira e sussurrou que era para ele calar a boca. — Desculpa — disse ele para todos. — Desculpa, Tam. Vai lá, amor.

Tam respirou fundo de novo. Esperou de novo o silêncio absoluto se espalhar e dedilhou os acordes iniciais de *Castia*.

Um grito de aprovação soou no salão. Um sorriso enorme se abriu no rosto de Branigan, e Edwick assentiu com aprovação. Mas, quando Tam olhou para a sacada, Rose não pareceu interessada. Ela bateu o cachimbo na amurada e disse alguma coisa baixinho para Freecloud. O xamã, Brune, jogou o cabelo comprido para o lado. Ele encarou Tam e balançou a cabeça muito de leve, de uma forma que foi quase, *quase* imperceptível.

Ela parou. As notas de abertura da canção ficaram tremendo no ar. Um murmúrio confuso surgiu e terminou em um silêncio surpreso.

— Posso recomeçar? — pediu ela a Rose.

A mercenária semicerrou os olhos.

— Se você quiser.

Tam fechou os olhos, ciente de que suas mãos tremiam, de que seu pé batucava nervosamente nas tábuas do chão. Ela ouvia seu coração disparado, sentia o sangue correndo, via seu sonho de ir embora de Ardburg na companhia do Fábula perto da porta, já fechando a capa por causa do frio lá fora.

Tam pensou em seu pai, no quanto ele ficaria furioso se pudesse vê-la agora.

Pensou na mãe, no quanto ela ficaria orgulhosa se pudesse vê-la agora.

Antes que percebesse, seus dedos tinham escolhido uma melodia lenta, suave e triste.

Era uma das canções da sua mãe. A favorita de Tam. A do seu pai também no passado. Ela estava proibida de tocá-la, claro. Tinha tentado cantar sozinha uma vez, pouco depois da morte da mãe, mas a dor tomou conta dela e transformou a voz em soluços.

Agora, a canção jorrou dela. O alaúde cantou embaixo dos seus dedos e as palavras velejaram para o teto como lanternas flutuantes soltas numa noite de verão.

A música se chamava *Juntos*. Não era barulhenta nem animada. Não foi ovacionada quando ela começou, e a expressão do seu tio (e de Edwick também) foi de tristeza. Mas, conforme a música se desenrolava, o fantasma de um sorriso assombrou os lábios dele. *Juntos* não era sobre uma batalha. Não havia monstros na canção. Ninguém morria e nada era derrotado.

Era uma carta de amor de uma barda para sua banda. Era sobre os pequenos momentos, as palavras sussurradas, o laço tácito compartilhado pelos homens e mulheres que comem, dormem e lutam uns ao lado dos outros, dia após dia. Era sobre a risada de um companheiro de bando, sobre os roncos de um colega de beliche. Lily Hashford tinha dedicado uma estrofe inteira a descrever o sorriso torto do marido e outra ao cheiro pútrido das meias de Bran quando ele tirava as botas.

— São as minhas meias da sorte — ela ouviu o tio confessar para o velho bardo ao lado. — Eu ainda as estou usando!

Outro aspecto único de *Juntos* era que a música acabava antes da letra, e Tam cantou o último refrão com o alaúde no colo. Suas mãos estavam imóveis, o pé parado. Seu coração dolorido bateu numa cadência lenta e regular dentro dela.

A música terminou e dava para ouvir as velas tremeluzindo no silêncio que veio em seguida.

Ao mesmo tempo, duzentas cabeças se viraram para a sacada acima. Brune e Cura olhavam para Rose. Freecloud olhava para Tam. Ele estava sorrindo, Tam percebeu, porque ele já sabia.

— Bem-vinda ao Fábula — disse Rose.

E a plateia foi à loucura.

Tam puxou a cordinha do sinal. Quando a carroça parou, ela desceu e agradeceu ao condutor. Sua casa ficava perto dali, mas ela caminhou devagar. Curvou a cabeça para se proteger da neve e pisou com cuidado nas pedras com gelo. O *Treze Vermelho* de Edwick estava aninhado nos braços dela como um bebezinho. O bardo do Esquina de Pedra insistiu para que ela ficasse com o instrumento, e quando Tam recusou (porque ela não podia privá-lo do seu bem mais precioso), ele foi até os fundos e voltou com um instrumento quase idêntico que chamou de *Catorze Vermelho*. E ficou tudo resolvido.

Tam nunca tivera um instrumento na vida. Quando menina, achou que um dia herdaria o alaúde da mãe, o *Hiraeth*. Mas quando sua mãe morreu, o *Hiraeth* também desapareceu. Era provável que seu pai o tivesse destruído ou vendido, para não ser assombrado ao olhar para o instrumento.

Tio Bran tinha avisado que ela não devia ir para casa.

— Fique aqui hoje — suplicou. — Ou durma na carraca. Eu vou na sua casa de manhã e resolvo as coisas com Tuck. Vou dizer que fui eu que pedi ao Fábula pra te acolher.

— *Foi* você.

O velho malandro pensou por um momento.

— Deuses de Grandual, seu velho vai me matar. O que quero dizer é: se alguém vai ter que sofrer por isso, que seja eu.

E *alguém* teria que sofrer, Tam tinha certeza, mas por mais afastados que ela e Tuck tivessem ficado nos anos anteriores, ela não podia ir embora sem se despedir.

Bran a olhou com tristeza.

— Você tem fogo dentro de você, Tam. Vejo nos seus olhos. Sinto emanando de você, quente como uma lareira. Eu conheço Tuck, e se você levar esse fogo pra casa, ele vai apagá-lo. Vai sentir o cheiro e pisar nele até que vire cinzas. — Como Tam só deu de ombros, o tio dela balançou a cabeça. — Um brinde ao seu valor, então — disse ele, e virou o que restava do uísque horrível de Turnstone. — Sabe, até que isso não é ruim quando a gente se acostuma.

Tam fez uma pausa do lado de fora da porta de casa, se preparando para a provação que viria. Ela ouviu um miado lá dentro — Threnody, avisando de sua chegada. Quando ela arrumou coragem para entrar, a gata pulou na bota de Tam e ronronou com satisfação.

Seu pai estava sentado à mesa da cozinha, segurando uma caneca do que ela esperava que fosse só cerveja. Ele estava olhando para o nada e brincando com uma fita amarela.

— O que eu falei sobre botar fitas na gata? — perguntou ele.

Tam tirou a capa e a pendurou ao lado da porta, se ajoelhou e fez carinho atrás das orelhas de Threnody. Foi recompensada com outro ronronar. Thren era uma palapti de pelo longo, branco como neve fresca. A mãe de Tam a levou para casa depois de uma turnê pelo sul.

— Mas ela fica tão fofa com o laço.

— Ela fica ridícula. Não... — Ele parou de falar quando ela se levantou, o olhar grudado no instrumento nos braços de Tam.

— Para que isso? — perguntou ele.

— Tocar música — respondeu Tam. *Que ótimo começo*, pensou ela, repreendendo a si mesma. *Ótima maneira de amansá-lo.*

— Por que você está com ele? — questionou.

— Ed me deu.

A testa perpetuamente franzida de Tuck ficou ainda mais franzida.

— Bom, você não precisa dele. Vai devolver amanhã.

— Não vou.

— Vai...

— Não posso.

— Não pode? — O pai dela fez uma expressão desconfiada. — Por que *não pode*?

Do lado de fora, o vento aumentou. Socou as paredes e arranhou as janelas com dedos de gelo. Threnody terminou de circular entre os pés de Tam e foi até a tigela de água, alheia à tensão no aposento. Ou talvez ela não ligasse. Gatos podem ser babacas às vezes, e Thren não era exceção.

— O Fábula está na cidade — disse ela. — Eles foram ao Esquina de Pedra hoje. O tio Bran... — Ela viu os nós dos dedos do pai ficarem brancos, sem dúvida desejando que a caneca nas mãos fosse a garganta de Branigan. — Eles mencionaram que estavam procurando um bardo e Bran contou que eu sabia tocar...

— Sabe, é? — O tom do pai foi leve, descontraído. Foi nessa hora que ela soube que ele estava *furioso*. — Autodidata, é? Com talento natural? Você não pega um alaúde desde que... Bem, desde que você era pequena.

— Ed tem me ensinado depois do trabalho — admitiu. Rapaz, ela estava jogando todo mundo embaixo das rodas da carraca hoje, não era? Era melhor confessar de uma vez que Tera lhe dava aulas de arco e flecha duas vezes por semana e que Tiamax lhe servia uma cerveja ao fim de cada turno. Assim, seu pai podia planejar o assassinato de *todo mundo* no Esquina de Pedra.

— É mesmo? — Tuck bebeu o que restava na caneca e se levantou. — Então você vai devolver o alaúde amanhã e aproveitar para pedir demissão ao Ed. Estão precisando de gente no moinho. Você pode começar semana que vem.

— Já pedi demissão — disse ela, irritada pelo tom desdenhoso. — Eu sou a barda do Fábula agora.

— Não é, não.

— Sou, sim.

— Tam. — A voz dele ficou severa.

— Pai...

A caneca explodiu na parede mais distante. Threnody saiu correndo da sala quando a chuva de estilhaços atingiu o chão.

Ela não disse nada, só esperou que a raiva dele diminuísse. Ele se sentou de volta na cadeira.

— Sinto muito, Tam. Não posso te deixar ir. Não posso correr o risco de te perder também.

— E aí? — perguntou ela. — Vou ter que ficar em Ardburg a vida toda? Trabalhar no moinho por uns parcos marcos da corte por semana? Encontrar uma garota legal e chata pra me casar?

— Não tem nada... Espera aí, *garota*?

— Pela misericórdia da Donzela, pai, a gente vai mesmo entrar nisso agora?

— Isso não importa — disse Tuck. — Olha, é nossa culpa. Eu sei disso. Sua mãe e eu contamos histórias demais. Passamos a impressão de que ser mercenário é mais glamouroso do que é. É uma vida difícil, sabe. Estradas longas, noites solitárias. Você fica molhada na metade do tempo, com frio o tempo todo e tem que lutar com umas coisas horríveis em lugares horríveis e fica morrendo de medo de a coisa da vez te matar antes que você a mate. Não é como nas músicas, Tam. Os mercenários não são heróis. São assassinos.

Tam foi se juntar a ele à mesa. Ela colocou o alaúde em cima e se sentou. A cadeira entre eles, a cadeira da mãe dela, ficou vazia como um abismo.

— As coisas estão diferentes agora — disse ela, colocando a mão sobre a dele. — Nós vamos fazer turnês em arenas, basicamente. É provável que eu nunca veja o interior da toca de um monstro e que nunca bote o pé em Heartwyld.

Seu pai balançou a cabeça, nem um pouco convencido.

— Tem uma Horda ao norte de Cragmoor, resquício dos que sobreviveram a Castia. Rose vai querer uma participação nisso, tenho tanta certeza quanto do frio do inferno. Ninguém ama a glória como aquela garota. Exceto talvez o pai dela. Deuses, aquele sujeito era uma peça.

— Rose não quer saber disso.

Isso o pegou de surpresa.

— É sério?

Tam deu de ombros.

— O Fábula vai terminar a última perna da turnê. Eles têm lutas em todas as cidades entre a nossa e Highpool, e um contrato em Diremarch depois.

— Diremarch? Que contrato?

— Não sei. Mas, seja o que for, vai ser a mil quilômetros da Horda Invernal. — Ela não tinha ideia se isso era verdade. Nem sabia onde ficava Diremarch. Mas seu pai pareceu parcialmente convencido, então ela não se deu ao trabalho de mencionar o aviso de Rose: que o que quer que eles fossem enfrentar poderia ser tão perigoso quanto a Horda em si.

Por um tempo, o olhar do pai dela ficou grudado no chão, percorrendo estilhaços de cerâmica como se tentando decidir se ele conseguiria colar tudo de volta. Conforme o silêncio foi se prolongando, Tam ousou ter esperança de ter encontrado a rachadura na armadura impenetrável do cinismo amargo de Tuck Hashford.

— Não — disse ele por fim. — Você não vai.

— Mas...

— Não quero saber — disse ele em tom pesado. — O que quer que você vá dizer, seja qual for o motivo que você acha que vai justificar sua ida... nenhum deles importa. Não pra mim. Você não tem direito a opinar sobre isso, Tam. Desculpe.

Eu devia ter ouvido Bram, pensou ela. *Eu devia ter ido embora sem me despedir.* O fogo dentro dela estava diminuindo, e Tam sentiu medo de sumir para sempre se ela não agisse imediatamente.

Ela se levantou e foi andando para a porta. Pedaços de cerâmica foram esmagados por suas botas.

— Tam...

— Eu vou ficar no Esquina de Pedra hoje. — Ela tirou a capa do gancho.

— Tam, *senta*.

— Nós vamos para a arena logo cedo — disse ela, se esforçando para afastar o tremor da voz — e seguimos para o leste na manhã seguinte. Duvido que eu volte a te ver antes disso, então acho que isso é... — Ela se virou e ficou paralisada.

Seu pai estava parado, olhando para o objeto que tinha nas mãos: o alaúde que ela tinha deixado na mesa. Parecia pequeno, de uma fragilidade impressionante, como se seu sonho de entrar para um bando e seguir os passos da mãe, de escapar daquela cidade, daquela casa, daquela prisão de sofrimento e do carcereiro sofredor, fosse só um brinquedo nas mãos de uma criança malvada.

— Pai...

Ele olhou para a frente. Seus olhares se cruzaram. No dela, uma súplica. No dele, uma fúria sombria crescendo. Alguma coisa, talvez outro pedido de desculpas, morreu nos lábios dele, e ele pegou o alaúde pelo braço e quebrou o sonho dela em pedacinhos.

CAPÍTULO QUATRO

O CORAÇÃO SELVAGEM

Tam tinha uma vaga lembrança de cair de joelhos no meio dos destroços do alaúde. Seu pai ficou parado ao lado, a sombra gerada pelo lampião se espalhando em todas as direções. Ele estava falando, mas ela não conseguiu identificar as palavras com o rugido estridente em seus ouvidos. Ela foi puxada para ficar de pé e arrastada pelo corredor até o quarto, onde caiu na cama como uma prisioneira que ganhou descanso entre sessões de tortura. Olhou para o corpo delineado na luz fraca do corredor e sussurrou (porque ela também era capaz de uma crueldade monstruosa):

— Eu queria que você tivesse morrido no lugar dela.

A sombra dele murchou.

— Eu também — disse ele, fechando a porta entre os dois.

Ela chorou por um tempo, com soluços profundos e agitados que encharcaram o travesseiro, e gritou a plenos pulmões. Em algum lugar fora da janela, um diabrete do lixo solitário ecoou seu grito.

Pouco tempo depois, Tam poderia jurar que tinha ouvido o som abafado da voz do pai vinda do quarto, do outro lado da parede. Às vezes, quando ficava caindo de bêbado, ele falava sem parar, xingava a si mesmo e todo mundo que já tinha conhecido. Aquilo foi diferente. Parecia que ele estava suplicando para alguém, argumentando por uma causa perdida perante um juiz intratável, mas ele também acabou chorando, o que não era nada incomum.

Depois de um tempo, ela dormiu.

Quando Tam acordou, a porta estava entreaberta. Threnody estava aninhada embaixo do queixo dela; a cauda fazia cócegas em seu nariz, e quando Tam ousou se mover, a cretina bateu na bochecha dela. A luz do amanhecer entrava pela vidraça congelada da janela, pintando a parede oposta com redemoinhos de luz e escuridão.

Tam ficou deitada por um tempo, se perguntando se conseguiria um dia fugir daquele lugar. Não seria naquele dia. Seu alaúde estava destruído e ela não ia perguntar a Edwick se ele por acaso teria outro para emprestar. Ela não podia ir até o Fábula de mãos vazias, e não importaria mesmo, porque Tam duvidava que até mesmo Rosa Sanguinária pudesse (ou quisesse) ficar no caminho de Tuck quando ele fosse buscá-la de volta.

Teria que trabalhar no Esquina de Pedra ou no moinho com o pai. Não importava. Ela guardaria cada moeda que pudesse até ter o suficiente para ir o mais longe possível de Ardburg.

Ela ouvia Tuck fazendo coisas na casa: cortando na cozinha, esfregando alguma coisa no tanque, varrendo pedaços e farpas do chão. Em pouco tempo, sentiu cheiro de bacon fritando, e maldito fosse seu estômago, que ordenou que ela se levantasse e comesse. Ela saiu da cama, se vestiu e foi até a cozinha com a gata logo atrás.

Ela passou um momento confuso absorvendo a cena: a roupa, a *dela*, secando com um chiado na parte plana do fogão, uma mochila meio arrumada na porta, o pai ajoelhado na frente da lareira se esforçando para colocar duas panelas lá ao mesmo tempo. Ele olhou para trás quando Threnody anunciou a chegada delas com um miado hesitante.

— Bom dia.

— O que é isso? — perguntou ela.

— Isso — disse Tuck — é o café da manhã. — Ele botou uma fatia de pão torrado em um prato e o encheu com tiras de bacon quase queimado. Colocou tomate picado em cima e cebolas caramelizadas demais, depois pôs na mesa. — Se senta. Come. Por favor — acrescentou ele ao ver que ela ficou exatamente onde estava.

Ela se sentou. Comeu. *Cobras em chamas* era a especialidade da mãe dela, embora ela fizesse com bem mais finesse do que aquilo. Era para ser uma oferta de paz? *Desculpa por eu ter destruído suas esperanças e estragado sua vida, minha querida. Toma a metade de um sanduíche de bacon...*

Seu pai sumiu antes que ela pudesse perguntar sobre a comida e sobre a mochila e por que ele decidiu lavar as meias dela ao amanhecer. Threnody farejou a porta e choramingou até Tam a deixar sair. Quando ela se virou para trás, seu pai estava parado do outro lado da mesa com uma caixa de alaúde de pele de foca nas mãos.

— Isso é...?

— *Hiraeth*. Foi da sua mãe.

Ela sabia disso. Claro que sabia. Sua mãe alegou uma vez que *Hiraeth* era sua terceira coisa favorita no mundo, depois de Tam e Tuck. *E o tio Bran?*, ela se lembrava de ter perguntado, o que gerou uma das gargalhadas musicais da mãe dela.

Eu amo mais Hiraeth. *Mas não conta pra ele, tá?*

Seu pai colocou a caixa na mesa, soltou as fivelas de marfim e a abriu, revelando a face gasta de madeira clara do instrumento que havia dentro. *Hiraeth* era uma beleza. Era mais comprido do que a maioria dos outros alaúdes, com cravelhas de osso polido e uma caixa de ressonância rasa em forma de coração.

Tuck limpou a garganta.

— Quero que você fique com ele. Que leve com você. Seria o desejo dela, eu acho.

E aí tudo se encaixou. O café da manhã, a roupa lavada, a mochila ao lado da porta.

Ela ia embora. Ele estava deixando que ela fosse.

Tam praticamente voou pela cozinha. Chocou-se com o pai e passou os braços em volta dele. Era como abraçar um carvalho grande, e quando os braços dele a envolveram, ela apertou bem os olhos e soltou o ar que estava prendendo pelo que pareciam ser anos.

— Obrigada — murmurou ela. — Obrigada. Eu venho visitar sempre que puder.

— Não vem, não.

— Venho. Assim que terminarmos o contrato em Diremarch, vou pedir...

— Não — disse ele. — Tam, você não pode voltar nunca.

Ela recuou, atordoada.

— O quê? O que isso quer dizer?

— Quer dizer que não quero te ver nunca mais.

As palavras a atingiram como um tapa.

— Você me odeia tanto assim? — perguntou ela friamente.

— Deuses, não! Tam, eu te amo. Eu te amo mais do que à minha vida. Mas quando sua mãe morreu... Doeu tanto que quase me matou. Teria me matado se não fosse você. — Ele esticou a mão e segurou o rosto dela. — Quando você sorri, eu a vejo. Quando você ri, posso jurar pelo Senhor do Verão que ainda consigo ouvi-la. Enquanto você estiver viva, Tam, ela também está. Você entende isso? Não quero que você vá, mas não posso te segurar aqui. Sei disso agora.

Ela segurou uma das mãos grandes e cheias de cicatrizes dele.

— Então, por quê? — perguntou ela. — Por que não posso voltar?

— Porque... e se você não voltar? E se nunca voltar? Se você for embora e... e morrer, eu... eu não conseguiria me perdoar. Se nunca mais te ver vai me fazer acreditar que você está viva, que está por aí, feliz e livre... eu consigo viver assim. Vou ter que conseguir. Mas não posso ficar esperando e questionando se você vai voltar ou não, preocupado depois de você ficar tempo demais longe... Eu não consigo... — Ele parou de repente e segurou o choro. — Por favor, Tam. Não me faça viver assim. Tem que ser desse jeito.

— Então eu só... vou? — perguntou ela. Ela não estava chorando, não de verdade, mas sentia as lágrimas descendo quentes pelas bochechas.

— Vai — disse ele baixinho. — Aonde quer que seu Coração Selvagem te leve, vai.

Ela terminou o café da manhã enquanto Tuck dobrava as roupas e terminava de arrumar a mochila. Eles conversaram o tempo todo, mas depois ela não conseguia se lembrar de nada que eles disseram um para o outro. Eles acabaram ficando sem palavras, e antes que Tam se desse conta, ela estava com a mochila pendurada num ombro e *Hiraeth* no outro.

Threnody estava do lado de fora quando ela abriu a porta. Tam a pegou no colo e afundou o rosto no pelo macio da gata.

— Cuida bem do papai — sussurrou ela. — Não briga com os outros gatos e cuidado com os diabretes do lixo.

Aproveitando a distração do pai, Tam pegou a fita com que ele estava brincando na noite anterior e fez um belo laço no pescoço de Thren.

Ela teria enrolado mais para aproveitar mais momentos preciosos com o pai, mas Rose dissera que eles partiriam logo cedo, e Tam já estava com medo de ter se atrasado.

Eles se abraçaram uma última vez. Tam se agarrou ao pai como se um abismo tivesse se aberto aos seus pés. Ela precisou de toda a coragem do mundo para soltá-lo.

Ela estava a três metros da porta quando Tuck abandonou o estoicismo sentimental e começou a dar conselhos paternais.

— Não se molhe — gritou ele para ela. — E se agasalhe. E não comece a fumar, a se talhar nem a beber.

— Pai!

— Tudo bem, mas não beba muito. E não durma com ninguém do bando!

Isso a fez se virar.

— Você está brincando, né?

Ele deu de ombros e tentou dar um sorriso que não combinou.

— Eu sempre vou te amar, Tam.

— Eu sei — disse ela. Então se virou e correu sem olhar para trás.

O *Reduto dos Rebeldes* ainda estava parado em frente ao Esquina de Pedra quando Tam chegou, sem fôlego, os ombros machucados pelas tiras de couro. Ela se curvou, apoiou as mãos nos joelhos e apertou a mão fechada na barriga no lugar onde uma cãibra horrível começava a incomodar. Ela quase gritou (ou melhor, gritou *sim*) quando a porta da carroça se abriu.

Um homem vestido com uma camisa rosa-claro e uma calça amarela volumosa desceu os degraus de trás. Ele estava com um lenço de seda (do mesmo amarelo berrante da calça) amarrado embaixo da barba pontuda e um chapéu comicamente grande que pareceu aos olhos de Tam um cotoco de árvore cheio de caudas de raposa branca.

Ele se encostou no carro e a viu ofegar por um tempo. Estava segurando uma caneca fumegante em uma das mãos e um cachimbo de cabo comprido na outra. Depois de algumas baforadas lânguidas, ele levantou o chapéu de cima dos olhos e a espiou.

— Você deve ser a nova barda. Tom, não é?

— Eu tenho cara de Tom?

Ele semicerrou os olhos enquanto tragou o cachimbo.

— Vocês são todos iguais pra mim.

— Vocês quem?

— Bardos — esclareceu ele. — Todos vocês fedem a confiança falsa, otimismo cego e... — ele farejou no ar — isso é bacon? Você trouxe bacon? Porque, se for o caso, você e eu começamos com a pata esquerda.

— Eu...

— Pé — disse ele. — Eu quis dizer pé.

Rose saiu do Esquina de Pedra com Freecloud atrás. Ela estava usando uma túnica branca simples para dentro de uma calça preta de couro que estava tão apertada que Tam quase mordeu a língua para não a colocar para fora da boca. A mercenária colocou um cachimbo entre os lábios e procurou fogo até Freecloud acender um fósforo para ela.

— Bom dia, Roderick. Estou vendo que você já conheceu a nova barda.

— O que aconteceu com o antigo bardo?

— Morreu — disse Rose.

— *O quê?* — Tam e Roderick manifestaram a surpresa ao mesmo tempo.

— Ela está brincando — garantiu o druin. — Kamaris se ressentiu com a nossa decisão de não sair correndo e lutar contra a Horda Invernal. Ele arrumou um bando novo agora. E nós temos Tam.

— Roderick é o nosso agente — explicou Rose para Tam. — Gerenciador de contratos, agenciador dos agenciadores, arranjador de alojamento e senhor da Nação Foragida.

— Ele também nos tira da cadeia — disse Freecloud.

Tam olhou com dúvida para o agente do Fábula.

— O que é a Nação Foragida?

— Você vai conhecer eles amanhã — disse Roderick, e gritou: — Brune! Cura! As rodas estão girando! Venham logo!

Um momento depois, os dois membros finais do Fábula saíram da pensão. Brune estava com um olho roxo e um sorriso largo.

— Bom dia, Tam. Rod, o que tem aí pra hoje?

O agente tomou um gole barulhento da xícara de chá que tinha na mão.

— Uma folha verde estimulante de Lindmoor. Vai ajudar com a ressaca, mas não com o olho roxo. Devo perguntar como o outro cara está?

O xamã inclinou a cabeça na direção de Cura.

— Ela me parece ótima — disse ele, e subiu os degraus da carraca.

A Bruxa da Tinta, enquanto isso, estava envolvida num prolongado beijo de despedida com um homem que tinha um mangual pendurado no quadril e uma raposa morta nos ombros. Ela afastou a boca como um chacal tirando a mandíbula suja de sangue de uma presa fresca. Quando o homem se inclinou para a frente, Cura deu um tapa nele, o beijou de novo, o empurrou e saiu andando sem olhar para trás. O homem, Tam achava que era um mercenário, ficou atordoado. Ele levou dois dedos ao lábio inferior e franziu a testa quando viu que estavam sujos de sangue.

Cura agraciou Tam com uma piscadela quando passou, tirou a xícara das mãos de Roderick e subiu na carraca.

Rose deu uma tragada final no cachimbo antes de entregá-lo para Freecloud.

— Quanto tempo temos pra dormir? — perguntou ela para Roderick.

— A Ravina fica uma hora a oeste daqui. Provavelmente duas por causa do tráfego.

Freecloud tragou o que restava do cachimbo de Rose antes de jogá-lo na neve.

— Vai ter que servir.

— Dormir? — Tam olhou para os três, incrédula. — Vocês não acabaram de acordar?

Rose subiu os degraus da carraca.

— Acordar? — disse ela por cima do ombro. — Nós nem fomos pra cama.

CAPÍTULO CINCO

VÍCIOS NECESSÁRIOS

Tam já tinha ido à Ravina uma vez, um ano antes. Ela estava saindo com uma garota mais velha chamada Roxa, que portava um machado num bando chamado Quebra-Céu, e foi junto (sem Tuck saber, claro) quando eles fizeram teste para um agente importante em busca de novos talentos. Algumas centenas de pessoas estavam presentes quando Roxa e seus companheiros despacharam um bando de bugbears malnutridos, mas o agente foi embora nem um pouco impressionado. Tam também. Ela tinha ouvido histórias dos grandes estádios no sul, como o Berço do Gigante, o Labirinto de Sangue de Ut e o recentemente construído Megathon, que diziam que pairava à base de motores das marés sobre a cidade de Fivecourt. Em comparação, a Ravina era pouco mais do que um cânion glorificado.

A opinião dela mudou assim que ela saiu da carraca. Tio Bran tinha dito uma vez que a arena suportava cinquenta mil almas, e ela achou que estava passando da capacidade naquele dia. Tam nunca tinha visto tanta gente em um lugar só. O barulho estrondoso soava entre as paredes altas do cânion, que eram cheias de bocas de cavernas lotadas de espectadores. Bem no alto, arrojadas mansões kaskares tinham varandas amplas de pedra e madeira que se agarravam como fungos aos penhascos íngremes. No céu havia uma teia caótica de pontes de corda e plataformas de observação lotadas de gente espremida e gritando a plenos pulmões.

A multidão em volta da carroça de guerra foi levada ao frenesi com a chegada do Fábula. Para onde quer que Tam olhasse havia rostos em êxtase e braços balançando.

— Fica perto de mim, Tam. — Brune colocou a mão no ombro dela quando eles entraram na multidão.

— É sempre assim? — gritou ela em meio à barulheira.

— Basicamente. — O xamã jogou o cabelo sujo para o lado e lhe ofereceu um sorriso desdentado. — Bem-vinda à selva.

As lutas já estavam em andamento. Tam ouvia o barulho de metal se chocando em metal e via brilhos ocasionais de feitiços iluminarem as paredes do cânion. Eles contornaram a face íngreme do penhasco ao norte, escoltados por 24 homens carregando clavas e escudos redondos de madeira. Roderick ia na frente com aquele chapéu bobo, caminhando como um pavão de estimação de algum nobre. O agente os levou para um túnel que subia e fazia curvas até chegar em um arsenal amplo (e fartamente mobiliado) com uma vista maravilhosa da Ravina.

O local estava lotado de bandos, agentes e bardos. Havia um bar perto da entrada e vários jogos de cartas ou dados em andamento. Tam esperava ver mercenários se preparando para a batalha com calma e concentração, afiando espadas e polindo armaduras. Mas encontrou uma cena não muito diferente dos salões do Esquina de Pedra em qualquer noite. Lutadores esperando sua vez na arena estavam acalmando os nervos com álcool, enquanto os que já tinham lutado comemoravam da mesma forma.

Havia uma janela ampla com vista para a Ravina, ao lado da qual uma rampa descia até o piso do cânion. O bando que tinha acabado de lutar estava subindo lentamente. O líder usava uma capa vermelha e um chapéu tricórnio comicamente grande. Ele estava mancando sobre uma perna ensanguentada, mas sorria e acenava com entusiasmo para a plateia. Mas, assim que entrou no arsenal, ele se virou para o homem atrás dele.

— Que porra foi aquilo? Eu falei pra você botar aqueles lagartos pra dormir!

— Eu *tentei*! — disse um homem com aparência atormentada usando vestes sujas de lama. Ele segurava um graveto quebrado que talvez já tivesse sido uma varinha. — É a plateia, Daryn. Faz barulho demais!

— Barulho demais? É um *feitiço*, otário, não uma porra de *cantiga de ninar*! E você se diz mago? Você não conseguiria fazer gelo virar água nem num dia quente! — Ele se inclinou para examinar duas feridas feias na perna. — Alguém sabe se os slirks são venenosos?

— Só pra babacas — disse uma mulher prendendo uma corda no arco ali perto. — Eu começaria a suplicar pela Misericórdia da Donzela se fosse você, Daryn.

O mago riu ao ouvir isso e ganhou uma cara feia do líder ferido.

A mulher pendurou o arco no ombro e pegou um par de luvas de seda que não combinavam. Cada dedo das luvas estava cortado no meio. Ela usava uma capa luxuosa com forro de pele de arminho por cima de um tabardo de algodão que parecia caro, um peitoral de aço polido por cima de uma couraça acolchoada e uma túnica azul de seda por baixo de tudo, o que pareceu aos olhos de Tam coisa demais para se usar ao mesmo tempo.

Quando viu o Fábula, ela abriu um sorriso imenso.

— Ora, podem me bater com a cauda de uma manticora se essa não for a pequena Rosie!

Rose passou a mão pelo cabelo ruivo curto.

— Você *sabe* que eu mato todo mundo que me chama assim.

— Ah, mas eu não sou todo mundo! — A mulher, cujo andar de pernas arqueadas e sotaque arrastado eram quase comicamente carteanos, passou o braço pelo pescoço de Rose. — Você e eu somos praticamente irmãs, só que seu pai é bem mais bonito do que o meu. Pelo inferno congelante, garota, atravessei metade do mundo pra salvar você e esse demônio lindo da Horda de Heartwyld! — Ela sorriu para o druin. — Oi, Cloud.

— Oi, Jain.

— Você só passou por um portal — disse Rose secamente. — Como todos os mercenários de Grandual.

— Tem razão. Mas ajudei o velho Gabe na missão dele de chegar até você.

— Meu pai disse que você o roubou. Duas vezes.

Jain deu de ombros.

— Ser roubado ajuda a construir caráter. Ora, se eu não tivesse...

— Chefe — disse uma mulher ali perto, que também estava com uma armadura por cima da outra e dois elmos ao mesmo tempo. — Agora é a gente.

— É? — Jain deu meia-volta. — Então vamos mostrar a esses patetas do norte como a gente faz as coisas no sul, né? — Ela foi na direção da rampa, forçando Daryn a mancar rapidamente para sair da frente dela. Umas dez mulheres vestidas exageradamente da mesma forma foram atrás dela.

Tam lançou um olhar questionador para Cura.

— Jain?

A Bruxa da Tinta fez uma careta.

— O que tem ela?

— A *Lady* Jain? Líder das Flechas de Seda? A primeira a passar no Portal de Kaladar?

Cura soltou uma gargalhada amarga.

— Garota, não tem um mercenário de Grandual que não alegue ter sido o primeiro a seguir Golden Gabe pelo portal. Mas, sim, aquela era Lady Jain. — Ela semicerrou os olhos e mordeu o lábio inferior. — Ela está na lista, claro.

— Que lista?

A invocadora arqueou uma sobrancelha com piercing de osso.

— A lista de pessoas com quem eu gostaria de trep...

— Tam! — Tio Bran deu um tapa nas costas dela e quase a derrubou. A roupa de couro estava coberta de lama e havia um corte aberto abaixo do olho esquerdo dele. Ela concluiu que ele e o Trajados de Ferro (ou melhor, os delinquentes maltrapilhos que se chamavam Trajados de Ferro atualmente) já tinham se apresentado. — Não acredito! O que você está fazendo aqui? Quer dizer, eu sei o que você está fazendo aqui, mas como convenceu o Tuck a deixar você vir?

Ela deu uma olhada na direção de Cura, hesitando em mencionar quantos gritos, choros e, no fim da história, abraços estiveram envolvidos.

— É uma longa história — disse ela.

— Certo. Bom, você está aqui agora, então é... — Ele parou de falar quando viu a caixa de alaúde de pele de foca nas costas de Tam. — É o alaúde da sua mãe? Achei que Tuck tinha botado fogo nele!

— Pelo visto, não — comentou Tam.

O tio dela deu um passo para trás e uma expressão melancólica tomou conta do rosto dele.

— Deuses, você está uma cópia da Lily na sua idade. Só que você tem a altura do seu pai, obviamente. E o queixo de "vai se foder" dele. E o cabelo castanho. Porra, acho que tem um monte de cada um deles em você.

Cura deu uma risada debochada.

— É essa a ideia.

Bran coçou a barba grisalha por fazer enquanto examinava as tatuagens nos braços da invocadora.

— Acho que é mesmo. Me diz uma coisa, o Roderick está por aí?

— Melhor procurar no bar — sugeriu Cura.

— Vou lá com certeza. Até mais tarde.

Bran saiu andando e Cura foi falar com um homem de armadura com espetos que tinha pintado o rosto como o de um gato. Tam ficou sozinha. Ela andou até o janelão na frente. Não havia ninguém por perto, pois a maioria das pessoas no arsenal estava ocupada demais se abastecendo de álcool para reparar no que estava acontecendo na arena.

Ela viu Jain e as Flechas de Seda rodearem um bandersnatch, que parecia um cachorro peludo enorme com pelo branco como osso e olhos vermelhos. A língua caía por entre presas do tamanho do braço de Tam, e tudo em que tocava chiava como se sua saliva fosse altamente corrosiva. A cauda curta e cheia de espinhos da criatura balançava com empolgação sempre que ela ia atacar, o que tornava o bandersnatch um adversário bem previsível.

Algumas das garotas de Jain o provocaram com lanças, enquanto as outras enfiaram uma floresta inteira de flechas na couraça. Quando elas terminaram, a coisa parecia a almofada de alfinetes de uma solteirona. As Flechas de Seda subiram a rampa sob aplausos trovejantes.

Em seguida, foram as Garotas Poeira, que trabalharam rápido num Minotauro que tropeçou na hora de atacá-las e quebrou o pescoço na queda. A criatura tremeu e uivou até uma das mercenárias acabar com o sofrimento dele, e um par de agenciadores surgiu e o arrastou pelos tornozelos.

O Desgraça dos Gigantes, que Tam tinha visto junto com o Fábula no dia anterior, deram uma pausa na diversão antes da vez deles. O portão da arena se abriu e a suposta cocatriz que Tam tinha visto no Mercado dos Monstros entrou cacarejando. Os mercenários, que deviam estar com bolsos cheios de sementes, fingiram correr de medo enquanto a galinha batia asas os perseguindo. As risadas se espalharam pelo cânion, mas pararam abruptamente quanto Alkain Tor ousou pegar a ave e foi bicado no olho. O líder do Desgraça dos Gigantes jogou a galinha no chão e a pisoteou enquanto a multidão gritava que era roubo.

Depois, eles enfrentaram um quarteto de trolls magrelos. Branigan tinha dito para ela uma vez que trolls, que eram capazes de regenerar membros perdidos, eram respeitados entre os agenciadores de arena, mas o Desgraça dos Gigantes os desmembrou tão rápido que Tam desconfiava que os pobres infelizes talvez nem lembrassem quais partes ficavam onde quando chegasse a hora de se regenerar.

Enquanto os Renegados encaravam uma coisa que parecia um cacto gigante e puto da vida, o Fábula começou a se preparar para a luta principal. Sendo que *se preparar* era um termo bem amplo nesse caso. Brune andava em círculos, tomando uma garrafa de rum aldeano e sussurrando o que pareciam palavras de conforto e incentivo para si mesmo baixinho. Cura desapareceu numa alcova com uma das garotas de Jain e voltou alguns minutos depois com um cachimbo nos dentes e um sorriso lânguido nos lábios.

Freecloud parou ao lado de Tam na janela. Ele pegou a moeda de pedra da lua com a qual estava brincando no Esquina de Pedra na noite anterior e mexeu nela distraidamente com o polegar enquanto via a batalha da vez se desenrolar na arena.

Ao olhar por cima do ombro do druin, Tam viu Rose sentada sozinha em um sofá baixo. Ela estava usando a armadura preta surrada, e as cimitarras, *Cardo* e *Espinheiro*, estavam em bainhas, uma de cada lado do quadril. Havia uma bolsa aberta no colo da mercenária, e por longos segundos ela ficou olhando ali dentro, flexionando os dedos como uma ladra prestes a testar uma fechadura. Ela acabou puxando uma folha preta brilhante e, com a determinação austera de alguém na iminência de engolir veneno, colocou na língua.

Tam estava prestes a perguntar a Freecloud o que Rose estava fazendo, mas o druin falou antes que ela pudesse abrir a boca.

— Cada um tem seu ritual — disse ele, sem tirar os olhos da ação abaixo. — Vícios necessários que nos permitem dominar nosso medo. Ou, se não dominar, pelo menos empilhar móveis na porta enquanto saímos pelos fundos. Não basta sobreviver ao que fazemos, Tam. Nós também temos que *aguentar*.

— Qual é a diferença? — perguntou ela.

— Um tem a ver com o corpo, o outro com a mente. Cada batalha tem seu preço — disse ele baixinho. — Até as que vencemos.

Tam não entendeu em sua totalidade o que ele quis dizer, mas decidiu fingir que entendia e assentiu sabiamente.

— E qual é o seu vício? — questionou ela.

— O amor — disse Freecloud, exibindo seu sorriso de jaguar. — E desconfio que isso vai me matar um dia.

O sol estava descendo no oeste quando Rose levou o Fábula para a Ravina. Freecloud estava alguns passos atrás dela, e Brune correu atrás dos dois. O xamã estava sem camisa, apesar do frio, balançando os braços e levando a plateia ao frenesi. A arma dele, uma glaive com lâminas gêmeas que ele chamava de *Ktulu*, estava presa nas costas largas com uma faixa de couro. Tam a examinara mais cedo: as duas metades da arma ficavam presas no meio por uma trava de metal, que permitia ao xamã usar cada uma separadamente se ele quisesse.

Cura fechava o cortejo. Ela usava um xale preto pesado e estava desarmada, exceto por um trio de facas embainhadas que ela alegava serem apenas parte do traje. A Bruxa da Tinta não parecia se importar de haver cinquenta mil pessoas observando cada movimento dela.

— Com emoção e muito sangue! — gritou Roderick atrás do seu grupo e abriu caminho para se juntar a Tam na janela. A área estava ficando cheia agora que o Fábula entrava na arena.

— É verdade que você não sabe com que eles vão lutar? — perguntou ela ao agente.

Roderick era uns 15 centímetros mais baixo do que Tam e foi obrigado a tirar o chapéu dos olhos para olhar para ela.

— Não sei, não — admitiu ele. — E também não gosto disso. Meu contato aqui disse que tinha uma coisa especial em mente. "A Rose vai adorar", disse ele, e claro que ela aceitou! — Ele pegou um cachimbo de cabo longo da bolsa na cintura e começou a enchê-lo. — Às vezes acho que aquela mulher quer morrer jovem

— murmurou ele, e olhou de lado para Tam. — Não vai dizer pra ela que eu falei isso.

Seu tio Bran apareceu do lado esquerdo com duas canecas de cerveja.

— Obrigada — disse ela, tirando uma da mão dele.

— O quê? Ah, sim, claro — resmungou ele.

Em algum lugar havia um sino tocando. Tam viu o rastrilho na parede oposta começar a se abrir. Nesse momento, quem estava olhando da janela, da ponte e da varanda ficou tão quieto quanto era possível para tanta gente. O que saísse daquele portão seria o melhor que os caçadores de Ardburg conseguiram, um monstro que eles esperavam que fosse capaz de desafiar um dos maiores bandos de mercenários de Grandual.

Só que não era um monstro. Era um homem, um dos agenciadores que Tam tinha visto mais cedo, mas agora ele estava gritando e balançando o cotoco do que até recentemente era seu braço direito. Ele tropeçou e caiu impotente em uma poça do próprio sangue.

Em segundos, a janela estava lotada de mercenários desesperados para ver a arena. As mãos de Roderick pararam no meio do ato de acender um fósforo. A chama se apagou; o cachimbo dele caiu no chão à frente.

Uma coisa enorme se abaixou para passar pelo rastrilho de ferro preto. A pele era de um tom azul doentio de pão mofado. Os membros compridos eram cobertos de músculos, marcados por sulcos e feridas infeccionadas. A criatura pegou o sujeito ainda se debatendo e o jogou na parede. O corpo se partiu como uma laranja podre, respingando sangue na sacada abaixo.

A criatura se empertigou, mas seus ombros permaneceram curvados, como se ela tivesse vivido anos num cativeiro apertado. E no escuro, concluiu Tam, porque uma pupila preta inchada preenchia completamente o único olho enorme.

— Que o pau salgado de um phantreano me arrombe — murmurou Roderick. — É um ciclope.

CAPÍTULO SEIS

MADEIRA E CORDA

Diziam que a Rosa Sanguinária matara um ciclope quando tinha apenas 17 anos. Ela não era mercenária na época, só uma garota magrela e abusada querendo fugir do longo alcance da sombra do pai. Não havia bando dando apoio, nem bardo para ver o que aconteceu e registrar numa canção. Mas grandes feitos acabam se espalhando, e assim a filha de Golden Gabe se tornou uma celebridade da noite para o dia, ganhando assim o nome pelo qual ficou para sempre conhecida.

Rosa Sanguinária.

Alguns não acreditaram. Acharam que ela o tinha encontrado morto, ou que tinha usado o ouro do pai e contratado mercenários para matar a criatura no lugar ela. Mas Tam nunca duvidou que a história fosse verdadeira.

Agora, achava que não era. O ciclope era enorme, do tamanho de uma torre central de castelo, no mínimo. Como uma garota de 17 anos, como *alguém*, na verdade, podia vencer uma coisa tão monstruosa assim? Por onde começava?

Correndo direto para cima dela, evidentemente.

Rose saiu em disparada e entrou sem hesitar na sombra colossal da criatura. Segurou nos pomos na cintura, arrancou as lâminas das bainhas e as jogou na direção do céu vazio. Antes que Tam pudesse perguntar a Bran ou Roderick por quê, runas nas manoplas de Rose ganharam vida: uma azul, a outra verde. Glifos correspondentes surgiram nas bordas das cimitarras quando elas voltaram girando para as mãos abertas dela.

— Isso é... incrível — sussurrou Tam. Ela olhou para Roderick, que tinha recuperado o cachimbo e deu uma piscadela confiante para ela.

— Muito — concordou o agente.

Freecloud disparou atrás de Rose. Estava segurando a bainha estreita de *Madrigal* em uma das mãos e se inclinou como se estivesse correndo para um vendaval.

Cura arrancou o xale dos ombros, jogou-o longe e gritou:

— *AGANI!*

Tam ficou maravilhada de ouvir o grito da invocadora no meio do ruído que se espalhava pelas paredes do cânion. A Bruxa da Tinta caiu de joelhos, o rosto voltado para o chão, as mãos fazendo sulcos na terra à frente. Suas costas se curvaram como a de uma velha e *algo* começou a sair dela.

Mas o quê...? Tam colocou a caneca no parapeito da janela, pois estava com a mão tremendo e derrubando cerveja nos dedos esbranquiçados.

Pernas segmentadas arranharam o chão quando uma árvore preta queimada saiu da pele da invocadora. Em segundos, estava do tamanho de um touro, depois de um mamute invernal, até finalmente estar maior do que Cura, com metade do tamanho do ciclope.

Brune ainda não tinha se movido. A cabeça dele estava baixa, e parecia que o xamã estava falando sozinho, se mexendo de um pé para o outro. Ele puxou a glaive dupla das costas e enfiou uma no chão. Finalmente, ele saiu correndo atrás de Freecloud e Rose. Se inclinou para a frente, não caindo, mas correndo de quatro, como um animal.

— Vamos lá... — pediu Roderick com o cachimbo na boca.

O xamã estava *mudando*. Suas coxas rasgaram a calça. Os pelos dos braços ficaram grossos com uma pelagem marrom felpuda que cobria os ombros e as costas. O nariz cresceu e se transformou num focinho preto largo. As mãos e os pés exibiam garras amarelas curvas.

Tam ficou de repente na ponta dos pés.

— Ele é um *urso*! — exclamou ela.

Brune rugiu, um rosnado de romper o tímpano que começou como trovão ribombando em um desfiladeiro, mas virou algo parecendo um filhote saído do ovo, pedindo para ser alimentado. De repente, o corpo todo dele encolheu para o tamanho de um cachorro.

Um cachorro muito pequeno.

Mais para um gato superalimentado.

Tam franziu a testa, perplexa.

— Ele é um urso... *filhote*?

Consternação e risadas se espalharam pelas paredes do cânion. Brune parou, obviamente envergonhado, e escondeu o rosto entre as patinhas. Alguns mercenários atrás de Tam estavam rindo. Até Branigan quase se engasgou com a cerveja.

Roderick xingou baixinho enquanto acendia um fósforo.

— Ele fica nervoso às vezes — explicou o agente, balançando a mão para dispersar a fumaça que ele soprou. — Quanto maior a plateia, menor o urso.

— Lá vamos nós — disse o tio de Tam, chamando a atenção dela de volta para a arena.

O ciclope tentou dar um chute desajeitado em Rose quando ela se aproximou. Ela dançou em volta do pé dele, pulou no ar e enfiou uma das espadas curvas em sua panturrilha. Usou a arma como apoio para se jogar para cima antes de enfiar a outra lâmina mais alto. Tam achava que anos de cativeiro cruel tinham deixado o ciclope acostumado com a dor, ou então o monstro simplesmente não sentia, pois ele girou no outro pé, surpreso com o desaparecimento de Rose, enquanto ela subia pela parte de trás das pernas dele.

Cura continuou curvada enquanto a criatura que ela tinha invocado esticava os galhos esqueléticos na direção do céu. Um rosto surgiu nas dobras sarapintadas do tronco e começou a gritar, mas era impossível saber se de raiva ou sofrimento. Houve um *whoosh* repentino, o arquejo de cinquenta mil respirações roubadas, e a coroa de folhas explodiu numa tempestade de chama cerúlea. A criatura se afastou de Cura, andando com raízes que lembravam a Tam as pernas de um besouro. Cada passo soltava cem folhas em chamas.

Tam se virou para Roderick.

— O que é aquela coisa?

O agente deu uma baforada no cachimbo e olhou para ela.

— Você é cega, por acaso? É uma árvore com a cabeça pegando fogo.

Enquanto Rose subia pela perna do ciclope, Freecloud se posicionou diretamente na frente dele, um alvo óbvio. A criatura tentou pisar nele, mas Freecloud, que ainda não tinha puxado a arma, saiu da frente com a facilidade e a tranquilidade de um peregrino abrindo caminho na estrada para a carroça de um fazendeiro. Quando a criatura tentou de novo com o outro pé, Freecloud se abaixou para o lado com facilidade.

Por fim, ele tirou *Madrigal* da bainha. A lâmina fina cantou nas mãos do druin, cortando completamente três dedos do pé do monstro.

Tam se inclinou para o tio e gritou para ser ouvida em meio à multidão barulhenta:

— Ele é rápido demais!

Bran estava aplaudindo e parou para assobiar com os dedos na boca. E bateu na lateral da cabeça.

— Isso é presciência.

— Presciência?

— Coelhos conseguem ver o futuro — disse ele, usando uma gíria para druin que ela duvidava que Freecloud aprovasse. — Eles sabem o que vai acontecer, ou o que vai muito provavelmente acontecer, logo antes de acontecer.

Como Branigan estava bêbado e o que ele dizia não fazia sentido, ela se virou para Roderick.

— Isso é verdade?

O agente deu de ombros.

— Mais ou menos.

Freecloud estava fazendo um círculo lento em volta do oponente. *Madrigal* estava acima da cabeça dele, preparada para golpear. O ciclope o acompanhava com cautela. Fios de baba escorriam de sua boca, batiam na curva da barriga e caíam em sua tanga suja.

Rose devia ter acertado um nervo no traseiro da coisa, porque o ciclope deu um gritinho e bateu nela com a mão gorda. Ela aguentou o tapa, segurando os punhos das espadas como um alpinista pendurado sobre um abismo. Ela estava a seis metros do chão agora; uma queda não a mataria, mas a deixaria atordoada e sob o risco de ser morta por um pisão.

Determinado a recuperar a atenção da criatura, Freecloud deu outro golpe no tornozelo dela. O corte foi superficial, não chegou no osso. O ciclope se virou pesadamente enquanto o druin corria entre as pernas dele.

Ao chegar na cintura do monstro, Rose deixou *Cardo* e *Espinheiro* caírem no chão. Usando a tanga como apoio, subiu nas costas da criatura quando ela se abaixou para dar um tapa em Freecloud. Havia uma faixa de pelo azul subindo pela coluna dele, na qual Rose subiu com destreza impressionante.

Abaixo dela, Freecloud foi obrigado a recuar quando o ciclope foi para cima dele com as duas mãos. Por mais rápido que o druin fosse e por mais margem que a presciência desse a ele, o ciclope era grande demais para se fugir dele por muito tempo. Freecloud escapou por muito pouco de um golpe que raspou nas orelhas, e quando o ataque seguinte aconteceu, Tam poderia jurar que ele tinha ido *em direção ao* ciclope e não o contrário.

Ela ofegou quando Freecloud rolou violentamente pela arena. No local onde parou, ele ficou deitado, imóvel.

Toda Ravina pareceu prender a respiração. O ciclope soltou uma gargalhada em forma de rugido e avançou para cima do druin caído.

Roderick levantou a mão e tirou o cachimbo da boca.

— Isso é ruim — disse o agente, com a resignação desolada de um homem vendo o cachorro do vizinho cagar no seu jardim.

Tam se virou para o tio.

— Não pode matar ele, né? Não vão deixar.

Branigan balançou a cabeça.

— *Quem?*

Ela olhou para as duas extremidades do cânion, onde um cordão de lanceiros montava guarda caso os monstros tentassem fugir. Nenhum estava ansioso para salvar Freecloud. Na verdade, ela duvidava que eles fossem desafiar a criatura mesmo que ela fosse direto para cima deles.

A criatura de árvore pegando fogo de Cura estava em cima do ciclope. Um dos galhos dela lançou uma bola de folhas em chamas no inimigo, que quicou na couraça torturada como fagulhas batendo numa placa de ferro.

Cura se levantou com dificuldade, o rosto pálido, o cabelo encharcado de suor e grudado na testa. Tam viu o peito da mulher inflar quando ela inspirou...

Quando ela soltou o ar, uma ventania percorreu os galhos da atrocidade que ela invocou. Soltou todas as folhas e as lançou em volta da cabeça do ciclope, uma nuvem de vespas em chamas que queimou a pele encerada, mas bateu sem causar dano na pálpebra encouraçada que fechava o olho bulboso.

O ciclope adiou a morte de Freecloud por um momento para lidar com o incômodo da vez. Os dois monstros lutaram brevemente, mas o ciclope era bem maior e, sem dúvida, bem mais forte. Levantou o horror de galhos vazios acima da cabeça e bateu com ele no chão como se fosse uma clava. A criatura de Cura se partiu e se dissolveu em filetes de fumaça preta.

A Bruxa da Tinta caiu no chão quando o ciclope voltou a avançar para cima do druin inconsciente.

Rose ainda estava escondida em algum lugar nas costas do monstro. Mas mesmo que ela adivinhasse pela reação da plateia que a criatura de Cura estava morta e Freecloud estava correndo perigo de vida, o que ela podia fazer?

Não mais do que eu, pensou Tam com infelicidade. Ela quase deu um pulo quando a mão do tio pousou em seu ombro.

— Talvez seja melhor você não olhar, Tam. Não vai ser bonito.

Não olhar...

Ela fez isso. Ela olhou para o outro lado, e seu olhar foi atraído por uma coisa do outro lado do salão.

Um pedaço de madeira, um pouco de corda: um instrumento suplicando para ser pego e usado. Tam ouviu-o sussurrar o nome dela com uma voz da qual ela mal conseguia se lembrar, e de repente seus dedos coçaram para segurá-lo. Seu coração doeu ao ouvi-lo assobiar.

Ela correu da janela, abrindo caminho entre os mercenários reunidos atrás dela. Branigan deve ter suposto que ela ia vomitar ou se poupar da cena de Freecloud sendo esmagado com um pisão. Na verdade, Tam não tinha ideia de *que* estava fazendo, mas decidiu que tinha que fazer *alguma coisa*, mesmo que não desse em nada.

Ela pediria desculpas depois a quem tinha deixado o arco abandonado.

Tam tirou o alaúde da mãe do ombro e colocou a aljava quase vazia no lugar. E saiu correndo, passou pelos guardas no portão do arsenal e desceu a rampa o mais rápido que suas pernas permitiram.

O som da plateia a atingiu como uma força física, um rugido percussivo mais alto do que qualquer outra coisa que ela já tivesse ouvido. A aljava batia dolorosamente na lateral do corpo dela, e ela escolheu uma flecha aleatória e jogou o resto longe, correndo pela arena como se os cães do Pagão estivessem mordendo seus calcanhares.

Ela já estava sem fôlego. Seu coração batia rápido. Sua visão oscilou. Ela vislumbrou os arredores em fragmentos, Cura de joelhos, arregalando os olhos quando Tam passou correndo; Freecloud despertando, grogue, enquanto um filhote de urso mordia sua orelha de leve...

E seu olhar subiu e subiu, e Tam se viu olhando para o olho preto sinistro do ciclope.

Ela sentiu os joelhos ameaçarem se dobrar. Cada instinto gritava para ela dar meia-volta e fugir. O monstro estava balindo para ela, um miado apavorante de um carneiro demente, mas Tam mal conseguia ouvir em meio ao barulho que vinha do cânion e da própria respiração ofegante.

Depois de concluir (corretamente) que a barda com o arco não oferecia risco nenhum, o ciclope deu um passo final na direção do druin. Mais um e Freecloud estaria morto.

Agora, disse a voz na cabeça de Tam.

Ela parou, prendeu a flecha na corda. Na primeira tentativa de puxar o arco, ela mal o curvou, pois era bem mais comprido do que o arco que ela usava para treinar com Tera. Ela tentou de novo, trincando os dentes enquanto puxava a flecha até o queixo.

O sol estava em seus olhos, e Tam precisou apertá-los para conseguir ver com clareza. Ela mirou a ponta da flecha para o único lugar em que conseguiu pensar, porque, quando se lutava contra uma coisa com um olho grande no meio da cabeça, escolher um alvo era meio óbvio.

Atrás do centro de foco, ela viu Rose chegar no ombro do gigante. A mercenária esticou a mão, as runas na manopla com um brilho azul, e uma cimitarra pulou na mão dela.

Tam respirou fundo, tentando em vão impedir o tremor das mãos. Os músculos do braço estavam pegando fogo. Ela sentiu a flecha lutando contra sua mão, um falcão treinado esperando a ordem de matar.

Ela a deixou voar.

CAPÍTULO SETE

VISTA DA COLINA

Tam despertou com o rugido da arena ecoando nos ouvidos. Sua cabeça estava latejando e sua mandíbula doía como se ela tivesse levado um soco. Lembranças começaram a surgir na mente dela, imagens horríveis, como cadáveres frios flutuando embaixo da superfície vítrea de um lago. Ela viu o ciclope caindo, a cabeça se quebrando como uma cabaça ao bater no chão. Houve sangue, tanto sangue, e Tam desmaiou na frente de cinquenta mil pessoas.

E onde eu estou agora?, perguntou-se ela.

Por um momento, Tam teve medo de estar sonhando, de que tudo, desde o ciclope até a despedida do pai, tivesse sido só uma ilusão cruel. Ela teve medo de ouvir a voz do pai vinda de trás da porta ou de sentir a cauda peluda de Threnody fazer cócegas no seu nariz.

Mas, não, ela não estava em casa. Estava deitada num catre duro no escuro. Uma música distante e uma luz laranja agitada entravam por uma janela com ripas acima dela. Ela estava na carraca, então. O *Reduto dos Rebeldes*. E do lado de fora era...

O Acampamento dos Lutadores.

Tam tinha ouvido histórias sobre o Acampamento dos Lutadores no tempo em que trabalhou no Esquina de Pedra. Era uma comemoração que durava a noite inteira e acontecia sempre que havia lutas na Ravina, frequentada por centenas de mercenários, nobres, mercadores ricos e praticamente qualquer pessoa inteligente o suficiente para passar pelo cordão frouxo de carracas estacionadas e sentinelas descuidadas. Bran e Tiamax, depois de várias bebidas e muita perturbação, acabaram a regalando com histórias de danças, bebedeiras e o tipo de devassidão louca que costumava ser reservada para o andar mais alto de um bordel de Whitecrest.

Para resumir, era a maior festa de Ardburg.

E ela a estava perdendo.

Tam se sentou, gemendo pela dor na cabeça e esperando que seus olhos se situassem no escuro. A fortaleza sobre rodas do Fábula era tão impressionante por dentro quanto por fora. Havia uma cozinha completa nos fundos e uma sala mobiliada com um bar bem guarnecido, sofás confortáveis e, por Glif, uma lareira com chaminé de pedra e tudo.

Mais à frente havia as camas de Brune, Cura, Roderick e, desde aquela manhã, da própria Tam. A cama bagunçada do xamã estava cheia de peles, enquanto a Bruxa da Tinta dormia em lençóis pretos de cetim e um monte de travesseiros luxuosos. A cama do agente, que ficava em frente à de Tam, era uma bagunça de palha suja, meias sem par e garrafas vazias.

Bom, *quase todas* vazias. Tam tinha visto mais cedo uma ao lado que continha um líquido turvo que Tam esperava que fosse uísque.

Rose e Freecloud dividiam um quarto grande na frente da carraca. A porta estava entreaberta, e Tam viu um brilho de luz ali dentro. Ela pensou em ir até lá e espiar, mas decidiu cuidar da própria vida e participar das festividades.

Ela se levantou, fez uma careta quando uma tábua gemeu sob seus pés e foi na direção da porta. Seu passo seguinte derrubou a garrafa pela metade ao lado da cama de Roderick. O vidro rolou pelo corredor fazendo barulho, seu conteúdo derramando no chão.

— Tam? — chamou Rose atrás dela. — Vem aqui. Deixa eu te ver.

A barda se virou, se aproximou da porta e empurrou com delicadeza.

Freecloud estava deitado em uma cama larga lá dentro. Havia um lençol puxado até a cintura dele, e Tam perdeu o fôlego quando viu os hematomas escurecendo a pele dourado-clara. O ombro direito estava em carne viva, e uma série de pequenos cortes cobria metade do rosto dele. O peito do druin subia e descia com a cadência lenta do sono profundo.

Rose, que estava sentada em uma cadeira ao lado da cama, abriu um sorriso fraco para Tam quando ela entrou.

— Como você está se sentindo?

— Bem, obrigada. — Ela indicou a cama. — Ele... Ele vai ficar bem?

— Vai, sim. Não graças a mim. — Ela usou um pano úmido para secar o suor da testa do druin. — Escuta, Tam... O que você fez hoje foi...

— Burrice, eu sei.

— Uma burrice enorme, é — disse Rose.

— Foi imprudente — acrescentou Tam.

— Muito — concordou Rose.

— Eu sou uma besta.

Um sorriso surgiu no rosto da mercenária.

— Então você vai se ajustar rapidinho. — Ela levantou a mão antes que Tam pudesse falar mais coisas ruins sobre si mesma. — Mas, falando sério, o que você fez hoje foi absurdamente corajoso. Obrigada.

O rosto de Tam ferveu como uma chaleira com o elogio. Ela engoliu em seco para impedir que o vapor saísse pelas orelhas.

— Meu pai vai me matar se descobrir.

— Ah, ele vai descobrir — garantiu Rose. — Eu apostaria que toda Ardburg está falando sobre a barda com o arco hoje.

Tam passou um momento olhando sem enxergar para a vela na cômoda ao lado da porta. Por fim, perguntou:

— Eu matei mesmo aquela coisa?

Rose molhou o pano em uma tigela de água aos seus pés.

— O ciclope? Não matou, não. Eu cortei a garganta dele.

Tam não sabia se ficava decepcionada ou aliviada.

— Eu errei, então?

— Isso depende de onde você estava mirando — disse Rose. Ela fez sinal para um pedaço de pano enrolado na mão direita.

Tam levou um momento para entender.

— Não...

— Sim.

— Eu acertei você?

— Você me acertou — confirmou Rose. — Mas muito mal. Já tive farpas que sangraram mais quando as tirei.

— Eu disparei em você — repetiu Tam sem nem pensar. Sua dor na cabeça estava diminuindo, suplantada pela total descrença.

Rose torceu o pano.

— Ah, bom, boa sorte pra convencer qualquer pessoa disso. De acordo com cinquenta mil testemunhas, você matou um ciclope só com uma flecha.

Um silêncio se estabeleceu entre as duas. Dois bêbados cantavam quando passaram abaixo da janela do quarto de Rose. Um deles parou para se aliviar na parede do *Reduto dos Rebeldes* antes de correr para alcançar o amigo. Tam estava indo embora quando a mercenária falou de novo.

— Eu quase o matei hoje — disse ela, encostando o pano no rosto de Freecloud. — Fui descuidada. Irresponsável. Podíamos ter lutado contra aquela coisa juntos, mas tentei fazer tudo sozinha. Botei meus companheiros de bando em perigo e quase matei minha barda. — Ela riu de um jeito sinistro. — Papai ficaria orgulhoso.

— Você foi destemida — disse Tam.

— Destemida? — A voz de Rose ficou afiada como uma adaga de repente. Ela olhou para o lado, os olhos perdidos na sombra da testa franzida. — Não, Tam. Eu estava com medo.

Freecloud se mexeu na cama. Ele murmurou uma série de palavras sibilantes em uma língua que Tam achou que fosse druico.

Rose acariciou o pelo macio da orelha dele com um dedo calejado.

— É melhor você ir — disse ela, não sem gentileza. — Procure Brune e Cura, eles vão cuidar de você. Seria uma pena você perder seu primeiro Acampamento dos Lutadores.

Tam assentiu e se virou para sair.

— Escolheram seu nome, aliás.

Ela fez uma pausa e prendeu o cabelo atrás da orelha ao olhar por cima do ombro. Rose estava de costas para ela, e Tam ficou impressionada com como ela parecia pequena agora, aquela lenda, a mulher que o mundo chamava de Rosa Sanguinária.

— Escolheram que nome? — perguntou Tam.

— Ah, você vai descobrir rapidinho.

— Ora, se não é a Barda em pessoa!

Sem fôlego da subida, Tam entregou a Bran a caneca de metal que tinha levado para ele e segurou a sua com as duas mãos.

— Misericórdia — bufou ela. — Não me vem com essa você também. O que você está fazendo aqui em cima, aliás? Eu te procurei no acampamento todo.

— Vim esticar as pernas — disse seu tio. — Espairecer. Me despedir.

— De quê? Da cidade? — Ardburg era uma barreira de pedra cinzenta para o leste, agachada embaixo de uma nuvem de fumaça ascendente.

— Disso também — respondeu ele.

O vento estava forte lá no alto, e Tam ficou agradecida de ter acordado enrolada na capa de alguém; uma capa boa, com borda de couro e arabescos prateados na gola. Ela a puxou em volta do corpo enquanto olhava para o Acampamento dos Lutadores, espalhado embaixo. Tam não conseguia se lembrar da maioria das coisas que aconteceram na noite anterior (o que devia ser bom), e as coisas das quais ela *lembrava* (tipo derramar meia garrafa de destilado agriano na órbita ensanguentada de Alkain Tor) pareciam absurdas. A única coisa de que Tam tinha certeza era que ela havia violado todas as regras do pai e provavelmente algumas em que ele nem tinha pensado ainda.

— O que tem de errado com "a Barda"? — Bran riu. — É um nome ótimo. Você não gosta?

— Eu não mereço — resmungou ela.

— Não merece? Tam, você matou um ciclope com *uma única flecha*! Sabe de quantas flechas eu precisei para matar um ciclope?

— De quantas?

— De nenhuma! Nunca lutei com a porra de um ciclope, você tá de sacanagem? Se eu visse um no Wyld, eu ia sair correndo tão rápido que deixaria as botas pra trás! Além do mais, minha mira é uma merda.

— Bom, pelo visto a minha também.

O tio olhou para ela com desconfiança.

— Por que você está dizendo isso?

— Porque eu errei! Eu errei o monstro gigante parado bem na minha frente e... — Ela fez uma pausa para ter certeza de que eles estavam sozinhos no alto da colina. Eles estavam, mas ela abaixou a voz mesmo assim. — *Eu acertei a Rose.*

Bran cuspiu o café quente na parte da frente da roupa de couro.

— Você fez o quê?

— Eu atirei na Rosa Sanguinária, porra! — sibilou ela.

Ele a encarou por um momento.

— Ela morreu?

— Não, ela não... — Tam bufou, exasperada. — A flecha só pegou de raspão. E foi a Rose que matou o ciclope, não eu.

— Como?

Tam usou um dedo para fazer um gesto de garganta cortada.

— Ela cortou uma artéria no pescoço dele, mas quando ele caiu...

— Eu me lembro. — Bran fez uma careta. — Splat.

— Splat — ecoou ela. — E agora todo mundo acha que eu sou uma espécie de... Bom, sei lá o que acham que eu sou, mas três agentes tentaram me recrutar ontem à noite. Um deles prometeu que eu poderia lutar pelos Corvos da Tempestade em Fivecourt mês que vem! Eu sou só uma barda! — protestou ela. — Porra, nem isso eu sou ainda!

— Você é *a* Barda — corrigiu Bran. Ele tomou outro gole de café e observou a muralha de montanhas cobertas de neve ao norte. — A gente não escolhe o que as pessoas acham de nós, Tam. Você é uma lenda agora, garota, e lendas são como pedras rolando: quando começam, é melhor sair da frente delas.

— Você acabou de inventar isso? — perguntou Tam.

Seu tio abriu um sorriso malicioso.

— Claro que não. Roubei da sua mãe.

Tam riu e passou um tempão observando o rosto do tio: o nariz torto, a barba grisalha, as curvas nos cantos dos olhos.

Quando ele ficou tão velho?, perguntou-se ela.

— O quê? — questionou Bran diante do olhar da sobrinha.

— Nada — disse ela. — Obrigada.

— Pelo quê?

— Por isso — respondeu ela, indicando o Acampamento dos Lutadores. — Por tudo. Depois que a mamãe morreu, o papai meio que... desistiu, sabe?

Seu tio coçou uma cicatriz debaixo do queixo.

— Sei.

— Acho que ele ficou ressentido comigo — disse Tam — porque eu o lembrava dela. Deve ter sido difícil pra ele. Pra você também. Mas você sempre esteve do meu lado.

O sorriso de Branigan voltou.

— Foi porque você trabalhava no bar — disse ele, e os dois riram.

O acampamento estava agitado. Barracas estavam sendo desmontadas, com condutores gritando uns com os outros enquanto as carracas começavam a se deslocar pela rua lamacenta.

— Mas, falando sério — disse Bran —, você pode me fazer um favor? Toma cuidado. A função de um bardo é olhar, não lutar. Nunca lutar — repetiu ele, uma tristeza surgindo na voz. — O que me lembra. — Ele colocou a caneca no chão e enfiou a mão embaixo da capa para retirar um frasco de metal com o mesmo comprimento da mão de Tam do pulso à ponta dos dedos.

Ela franziu a testa.

— Onde você estava guardando isso?

— Não importa — disse Bran. — Escuta: não é porque o Fábula não vai lutar com a Horda Invernal que você está livre de perigo. Você sabe alguma coisa sobre o passado da Rose?

— Praticamente tudo — respondeu Tam.

— Tudo que está nas canções, você quer dizer. Você sabe sobre o ciclope, todo mundo sabe, e ouviu sobre o duelo dela com o príncipe centauro. Sabe que ela queimou a frota de piratas em Freeport e liderou os sobreviventes de Castia em uma batalha contra Lastleaf e a Horda de Heartwyld. Mas você sabia que o Fábula não é o primeiro bando dela? Bom, não é o bando que costumava ser, pelo menos.

— Isso quer dizer... — disse Tam.

— *Quer dizer* que ela os matou.

Tam piscou.

— Como é?

— Bom, ela não *matou* — esclareceu ele. — Mas eles morreram porque ela os convenceu a lutar em Castia.

— Pelos deuses sangrentos, Bran, isso nem de longe é a mesma coisa!

— Eu sei. Desculpa. Mas o que quero dizer é o seguinte: Rose é uma ótima líder e uma excelente lutadora, uma das melhores que já vi, sem dúvida. Mas guarda rancor. Ela tem algo a provar; se é para ela mesma ou para o pai ou para o mundo em geral, não sei. Não pode ter sido fácil crescer sendo filha do Golden Gabe. O homem tem botas tão grandes que até um gigante conseguiria enfiar os dedos dos pés dentro delas, mas isso não impede Rose de tentar calçá-las. *É por isso* que ela aceita contratos que outros nem olham. *É por isso* que ela faz turnê por Heartwyld ao passo que mais ninguém quer. É por isso que a maioria dos bandos decide lutar com a porcaria de um agenciador enquanto o Fábula arrisca a vida cada vez que bota o pé numa arena.

Tam engoliu o café que esfriava rapidamente.

— Aonde você quer chegar?

— Agora uma Horda está ameaçando Kaskar e talvez Agria também, e Rose está *fugindo* disso? Não faz nenhum sentido.

— O Fábula tem um contrato em Diremarch, lembra?

— Exatamente. E, de acordo com Freecloud, é uma coisa tão perigosa quanto a Horda. É por isso que vou te dar isto. — Ele girou o frasco de metal, que se abriu e revelou uma vareta fina dourada com uma ponta afiada com agulha. — Sabe o que é isso? — Ela fez que não com a cabeça. — É a pena de um fogo fátuo. Nós chamamos de "O Último Refrão do Bardo". Se as coisas ficarem complicadas... se Rose e os outros se meterem em um problema do qual não conseguem sair... Quero que você pegue esta pena e se fure com ela. Com força.

— E aí, o quê? — perguntou Tam.

— Você vai morrer. Ou pelo menos vai *parecer* ter morrido. O efeito dura por um ou dois dias, e com sorte o que matou seu bando vai estar longe. A não ser que sejam canibais, e nesse caso os filhos da puta vão te comer até os ossos. Aqui. — Ele enroscou as duas partes do cilindro e o ofereceu a Tam. — Oro para que você nunca precise usá-lo.

Tam não era do tipo que orava, mas esperava que nunca precisasse se fingir de morta para salvar a própria vida.

— Obrigada — disse ela, pegando o frasco.

Àquela altura, o caminho estava lotado de carroças e guerreiros indo para o oeste sob o céu de ferro cinzento. Considerando o quanto a maioria deles estava bêbada poucas horas antes, Tam estava surpresa de a maioria conseguir manter o café da manhã no estômago, e mais ainda de subir uma colina usando armadura. As carracas estavam voltando para a cidade, porque o volume delas congestionaria o caminho até Cragmoor.

— É melhor eu ir acordar os rapazes — Bran acabou dizendo. Ele e o Trajados de Ferro estavam indo para oeste junto com todo mundo. Seu tio não gostava muito da ideia (ele estava entre os que liberaram Castia, e a lembrança da Horda de Lastleaf ainda lhe causava pesadelos), mas seus companheiros de bando, os que ele contratou quando o antigo bando se separou, estavam determinados a ir. Eles tinham perdido a maior batalha na memória viva e estavam ansiosos para ganhar algumas músicas só deles.

— Também tenho que ir — disse Tam. E então, por não suportar a ideia de perder duas pessoas que amava em poucos dias de diferença, falou: — Eu vou te ver de novo, né?

Ele sorriu.

— Claro que vai.

Tio Bran nunca mentiu muito bem (o que devia ser o motivo de ele ser um jogador de merda), mas ela apreciou o esforço mesmo assim.

Tam estava na metade do acampamento quando viu Lady Jain se aproximando. A mercenária sorriu e acenou quando se aproximou, e Tam respondeu da mesma forma.

Mas a questão de acenar é que você fica totalmente despreparada para bloquear um soco.

Tam se curvou no punho de Jain. Sua respiração fez uma nuvem no ar frio de inverno e sumiu, como se estivesse com medo de levar uma surra.

Jain deu um tapinha de consolo na cabeça da barda e se inclinou para ficar cara a cara com Tam.

— Você sabia que isso ia acontecer, garota. Quer saber por quê?

— Aaahhh — Tam conseguiu dizer.

— Errado — disse Jain. — Não é porque você roubou meu arco ontem. Eu tenho mais arcos do que problemas, e não me faltam problemas.

Sua idiota, pensou Tam, se repreendendo. *O arco da Jain!? Você roubou o arco de Lady Jain?*

— Não — disse a mercenária —, o motivo de eu ter te dado um soco é porque *eu* sou a melhor arqueira de Grandual. "O melhor disparo das cinco cortes", dizem. Levei anos pra conquistar esse título, mas eu o *conquistei*: nas florestas de Agria, no campo de batalha de Castia e em todos os dias que o Senhor do Verão me concedeu depois disso. Mas valeu a pena, sabe? Porque sempre que uma garotinha pega um arco e banca a heroína, adivinha quem ela está fingindo ser?

A voz de Tam saiu num chiado agudo.

— Exatamente. — Jain encostou o polegar no próprio peito. — Eu. Mas aí você foi e derrubou a porra de um ciclope com uma flecha! Uma das *minhas* flechas, ainda por cima! O que quer dizer que um dia, em breve, uma moleca com catarro escorrendo do nariz vai pegar um arco e dizer que é *a Barda*, e em pouco tempo as crianças vão estar gritando seu nome dos pátios de escola de Saltbottom até a estepe carteana. Então, não — reclamou ela —, eu não te deu um soco por ter roubado meu arco. Eu te dei um soco por ter roubado *toda a porra da minha identidade!*

Tam finalmente conseguiu respirar, embora com dor. Ela piscou para segurar as lágrimas.

— Eu sou só... uma barda — ofegou ela.

Jain se inclinou para perto, com expressão de dúvida. O bafo da mulher estava com cheiro de fumaça de cachimbo e laranjas do sul.

— Só uma barda, é? Espero mesmo que sim, Tam Hashford.

— Seu arco está na carroça — disse Tam. — Eu posso...

— Fica com ele — disse Jain, fazendo um gesto de dispensa. — Barda ou não, se você vai andar com a Rose, vai precisar dele. O nome dela é *Duquesa*, a propósito. Ela foi meu primeiro arco, presente do meu pai, e além desses lindos olhos castanhos que eu tenho, foi a única coisa que ele me deu. A *Duquesa* é uma dama, veja bem, então é melhor você a tratar assim. Deixe-a quente, deixe-a seca e não coloque corda se não pretender usar. — Esse último comentário foi pontuado por um sorrisinho malicioso. — Entendeu?

— Entendi — disse Tam. — Obrigada.

— De nada, Tam. — Jain puxou uma faca de uma bainha na perna e a segurou a um fio de cabelo do nariz da barda. — Agora, me dá essa capa.

Tam tremia quando voltou para a carraca, e não só porque estava morrendo de frio. Ela tinha ouvido homens e mulheres fofocando enquanto andava pelo acampamento frenético. Tinham chegado notícias da cidade logo depois do amanhecer, quando um cavaleiro sem fôlego num cavalo espumando entrou galopando no acampamento e informou a quem quisesse ouvir que Cragmoor, a fortaleza cujas muralhas cobertas de gelo tinham repelido os horrores do Deserto por centenas de anos, tinha caído.

Brontide e a Horda Invernal estavam vindo para o sul.

A notícia, como ela e Bran testemunharam do ponto no alto da colina, tinha se espalhado pelo acampamento como uma bota numa colmeia, e agora um enxame de mercenários se deslocava para oeste. O plano, como Tam ouviu de um homem tomando sopa de milho fria de um caldeirão de ferro, era se reunir no desfiladeiro Coldfire.

— Nós vamos acabar com eles lá — disse o cozinheiro barrigudo, como se planejasse liderar pessoalmente a defesa e matar o gigante com a colher de pau. — O Saga uma vez segurou aquele desfiladeiro por três dias contra mil mortos-vivos!

O *Reduto dos Rebeldes* parecia uma rocha no meio da agitação caótica do acampamento, e Tam viu vários mercenários lançarem olhares acusadores à carraca do Fábula, como se a recusa do bando de lutar contra a Horda fosse uma traição à humanidade.

Talvez eles estejam certos, pensou Tam. Afinal, "lutar contra monstros" não era o objetivo de ser mercenário? E agora os monstros tinham feito a gentileza de se reunir em um lugar (aparentemente tendo esquecido a surra que tomaram em Castia), só que Rose estava mais preocupada em terminar a turnê e cumprir um contrato do que enfrentar o que poderia ser a maior ameaça a Grandual desde a Guerra da Reivindicação.

Esquece, ela disse para si mesma quando subiu os degraus na traseira da carraca. *Você é uma barda agora. Veio tocar alaúde, não fazer perguntas nem dar sermão na Rosa Sanguinária sobre o que realmente significa ser mercenária. Então, fica de boca calada, a não ser que ela te peça pra cantar.*

Tam tinha acabado de fechar a porta quando ouviu um grito estrangulado e viu, com os olhos ainda se ajustando ao interior escuro da carroça, um monstro indo na sua direção.

CAPÍTULO OITO

O VILÃO DE MIL CANÇÕES

Tam mal teve tempo de registrar um par de chifres enrolados, a batida de cascos no chão e o fedor de vinho velho quando o monstro gritou "Sai!" e passou por ela. Saiu pela porta, desceu os degraus e caiu de quatro na lama, onde começou a vomitar.

Uma risada baixa chamou atenção de Tam. Brune estava parado na bancada da cozinha do *Reduto*, servindo água quente de uma chaleira preta como carvão em uma tigela de aveia.

— Bem-vinda de volta — disse ele. — Jain estava te procurando.

— Ela já me encontrou — declarou Tam, e apontou para a coisa vomitando lá fora. — O que é aquilo?

— É um sátiro com uma ressaca gigante — respondeu Cura, ainda deitada num sofá perto da lareira acesa. Ela estava usando uma túnica preta curta que deixava as pernas expostas e oferecia a Tam uma visão melhor da arte tatuada na pele dela. Era difícil identificar na luz fraca, mas cada desenho parecia tão horrível quanto a coisa que ela invocou na arena no dia anterior.

— Um sátiro? O que ele está fazendo aqui?

Brune se aproximou lentamente, soprou uma colherada de aveia fumegante e enfiou na boca.

— Vomitando — disse ele, nada prestativo, e gritou para a criatura abaixo. — Eu falei pra você não comer aquele cinto, Rod. Ou pra pelo menos tirar a fivela primeiro.

Rod?

Tam olhou do xamã para o sátiro, que ela não tinha reconhecido sem o chapéu ridículo e as roupas extravagantes. As pernas estavam cobertas de pelo marrom grosso, os joelhos torcidos para trás como os de um cervo. Tinha cascos fendidos no lugar de pés e um par de chifres enrolados em uma juba enorme de cabelo cor de palha.

— Espera, Roderick é um...

— Amigo — disse Freecloud, aparecendo de repente do outro lado da barda. Os hematomas dele escondidos embaixo de um roupão azul com cinto, mas os cortes no rosto já cicatrizando, sumindo rápido. Ele abriu um sorriso tenso, e Tam se lembrou de Bran dizendo para ela que druins conseguiam ver alguns segundos no futuro. O que queria dizer que ele saberia que palavra ela estava prestes a usar. — *O que* Roderick é não importa — continuou Freecloud. — Não pra nós. É *quem* ele é que importa. E apesar dos numerosos problemas, ele é sincero, leal e corajoso.

Tam franziu a testa para o sátiro.

— Corajoso?

— Do jeito dele — disse o druin. — Você viveria entre monstros sem nada além de um par de botas e um chapéu bobo pra se disfarçar?

Ela não faria isso, mas como Freecloud já sabia, Tam não se deu ao trabalho de responder.

— Se você acha *ele* engraçado totalmente nu — murmurou Brune com a boca cheia de mingau —, espera pra ver a Cura.

— Vai se foder — disse a invocadora.

— *Tem bem mais pelo* — sussurrou Brune.

— Que maravilha — comentou Cura —, vindo de um cara que passa as noites como urso.

Freecloud colocou a mão no ombro de Tam. As orelhas compridas se inclinaram para a frente no que ela interpretou como preocupação.

— Você está tremendo.

Tam se deu conta de que seus dentes estavam batendo e os trincou.

— Jain pegou a minha capa.

O druin riu baixo ao ouvir isso, como se roubar pessoas com uma faca apontada fosse uma qualidade fofa. Ele observou Tam mais um momento, avaliando-a.

— Com licença um instante — disse ele, e foi até a parte da frente da carraca.

A porta do banheiro se abriu quando ele estava passando. Uma mulher que definitivamente não era Rose saiu enrolada em um lençol, e por pouco. Ela era clara e tinha sardas, os quadris formando uma curva que Tam poderia ter apreciado mais se a mulher não tivesse deixado o lençol sobre o peito escorregar quando ela viu o druin.

— Bom dia, Cloud.

— Bom dia, Penny. — Freecloud a contornou sem olhar duas vezes.

A garota, Penny, moveu a cabeça, os cachos ruivos balançando, e puxou de volta o lençol.

— Urso, era você batendo na porta agora?

Brune comeu o finzinho do mingau.

— Roderick — disse ele.

— Ah. — A expressão de Penny deixou claro o que ela achava do sátiro. — Bom, pode dizer pra ele que eu acabei.

— Tarde demais — disse Cura, lambendo a ponta de um dedo e usando-a para virar a página de um livro.

Penny andou até a cozinha e passou os braços em volta de Brune, depois o beijou como se ela fosse um cachorro e o rosto dele fosse um bolo de aniversário. Tam tremeu e parou de olhar. Quando acabou, Penny insistiu em dar um abraço em Tam e um beijo um tanto menos vigoroso.

— Você deve ser a nova barda — disse ela com alegria. — Sou Penny, aliás. Sou uma Foragida.

— Foragida? De verdade?

Penny deu uma risadinha e Brune olhou para a garota com um semblante de reprovação.

— Tem umas pessoas que nos seguem nas turnês — explicou ele. — Elas se intitulam Nação Foragida e elas meio que... cuidam de nós, sabe? Bebem com a gente, fazem comida de tempos em tempos, consertam nossas armas e outras coisas.

Cura ergueu o olhar do livro.

— Penny aqui não cozinha porra nenhuma, mas cuida *muito* bem da arma do Brune. Na verdade, ela a poliu ontem à noite.

Antes que Brune pudesse elaborar uma resposta, Freecloud voltou com Rose junto. A líder do Fábula deu um sorriso impassível para Penny antes de falar com o xamã.

— Você sabe as regras, Brune. Nada de hóspedes de manhã.

— A minha foi embora assim que o sol nasceu! — declarou Cura. — Como uma boa menina.

Penny olhou para Brune com expectativa, como se implorando para ele falar em nome dela. O pobre homem olhou para Rose (encostada casualmente na parede) antes de dar de ombros para Penny.

— Regras são regras — murmurou ele.

Penny soltou uma bufada audível e se virou para a porta. Brune falou para ela:

— Penny, suas roupas!

— Eu pego hoje à noite — disse ela, puxando o lençol roubado até os joelhos enquanto contornava o sátiro vomitando.

Freecloud se aproximou de Tam com um sobretudo de couro da cor de uma folha em fins de outono.

— Experimenta isto — disse ele.

Ela pegou o sobretudo da mão dele. O couro estava áspero e gasto, marcado por arranhões e cortes. Partes pareciam queimadas de chamas ou gastas por algo corrosivo. Tinha cheiro de floresta em chamas, e Tam ficou com a sensação repentina de ter pegado uma coisa que não lhe pertencia.

— Vá em frente — disse o druin.

Os outros estavam olhando com atenção. A expressão de Brune beirava a descrença, enquanto Cura estava com um sorriso torto que Tam não conseguia nem começar a interpretar. Rose também estava com um meio sorriso; a janela da parede em frente lançava raios de luz no rosto dela, mas deixava os olhos na sombra.

Tam vestiu o casaco. Ficou meio largo nos ombros, um pouco comprido nas mangas e a barra quase encostava no chão, mas coube. Coube *muito bem*, na verdade, e ela se viu desejando que Bran, Willow ou Tiamax (na verdade, *qualquer um* que a tivesse conhecido por mais de dois dias) pudesse vê-la agora, vestida como uma poeta-guerreira com um sobretudo de druin maltratado de guerra.

— Pertenceu ao Duque de Endland — declarou Freecloud.

Tam olhou para ele com uma expressão de pura estupefação que ela costumava reservar para os clientes do Esquina de Pedra que pediam bebidas em língua estrangeira.

— Você não está falando sério — disse ela. — *Está* falando sério?

As orelhas compridas do druin balançaram em afirmação.

— Estou — disse ele. — Rose e eu o encontramos no campo de batalha em Castia, junto com a minha espada, *Madrigal*.

O Duque de Endland era o vilão de mil canções. Seu verdadeiro nome era Lastleaf, mas não havia dois bardos que conseguissem concordar sobre sua verdadeira identidade. Alguns alegavam que ele era filho de Vespian, que tinha governado no Velho Domínio antes da queda. Outros o chamavam de Pagão e garantiam que o guerreiro druin tinha sido, na verdade, um dos deuses de Grandual, o próprio Filho do Outono. A única verdade inquestionável era que seis anos antes ele tinha liderado um grupo de monstros na Floresta de Heartwyld e quase apagou a República de Castia do mapa.

— Por que você não usa? — perguntou Tam.

— Porque as minhas orelhas já despertam condenação suficiente — disse Freecloud. — Entre a rebelião de Lastleaf e o fato de que minha gente já manteve a sua como escravos, as pessoas tendem a nos tratar com certa... hostilidade.

— São uns babacas — traduziu Rose.

— Ainda assim — disse Freecloud —, me vestir como o Duque seria de mau gosto, eu acho. Além do mais, você salvou a minha vida, Tam. Talvez esse casaco salve a sua um dia. O couro é grosso, reforçado no peito e nas costas. Vai suavizar a maioria dos golpes e evitar o dano maior de todos os cortes, menos os mais fundos.

— Não vai impedir uma flecha — disse Cura objetivamente.

— Você está assustando a garota — resmungou Brune.

O sorriso de Cura foi predatório.

— Eu gosto de assustar garotas.

Rose se afastou da parede.

— É melhor a gente ir — disse ela. — Temos que chegar em Woodford em dois dias e vamos lutar com o tráfego em todos os quilômetros no oeste. Cadê o condutor?

O som de cascos chamou a atenção deles. Roderick estava oscilando na porta, estalando os lábios e coçando a bunda peluda.

— Vamos botar o show na estada — disse ele, a voz arrastada.

As orelhas de Freecloud se curvaram de preocupação.

— Você está bem pra conduzir, meu velho?

— Claro! Eu só preciso de... — Ele cambaleou até a cozinha e começou a abrir armários. — Uma colher de mel, uma caneca de suco de laranja e uma garrafa de vinho branco, preferivelmente agriano. Espera, ainda é de manhã? Melhor rum, então.

Tam pigarreou, fazendo questão de *não* olhar abaixo da cintura do sátiro.

— Você não está esquecendo alguma coisa?

Roderick, que estava inclinado por cima da caixa de gelo, voltou os olhos embaçados e vermelhos na direção dela.

— O quê? Ah, sim. Alguém viu meu chapéu?

De tarde, eles estavam na estrada a leste de Ardburg. O *Reduto dos Rebeldes* era seguido pela autoproclamada Nação Foragida: um pequeno exército de seguidores a pé e a cavalo, assim como um grupo de carroças menores levando de tudo, de barris de cerveja e caixas de comida a fornos de ferro e uma forja portátil, caso o Fábula precisasse de um pão ou de alguns reparos na armadura.

Tam subiu no telhado, tirou uma lona oleada de um sofá que havia lá e tocou algumas músicas no alaúde em formato de coração da mãe. O sol saiu e ela tirou o sobretudo do Pagão quando começou a suar. Brune se juntou a ela um tempo depois. Ele espantou um corvo da lareira superior, acendeu o fogo e preparou uma chaleira de chá para os outros, que chegaram um a um e se entretiveram de várias formas.

Rose e Freecloud se sentaram com as cabeças unidas, rindo de vez em quando e muitas vezes se beijando. Roderick ficou na frente, fumando e tomando rum, mastigando com satisfação o que Tam desconfiava que fosse uma luva de couro. O sátiro cantou junto quando ela tocou, substituindo a letra das músicas por suas próprias rimas obscenas (exceto por *Kait e a cocatriz*, que ele cantou *quase* certinho).

Cura ficou sentada sozinha com um livro no colo. Tam não pôde deixar de olhar para o título.

— *Pixies em perigo*? É sobre o quê?

— Pixies.

— Só pixies?

— Em perigo — disse a Bruxa da Tinta secamente.

Tam prendeu uma mecha de cabelo atrás da orelha.

— Parece legal.

Brune riu enquanto tomava chá.

— Não é?

O dia foi passando. O céu azul ficou rosa quando o sol se pôs, e Tam olhou para trás para dar uma última olhada em sua cidade.

Só que, claro, não era mais a sua cidade. Não mais.

CAPÍTULO NOVE

WOODFORD

Tam acordou no dia seguinte com outra ressaca horrível, pois alguém em algum momento na noite anterior tinha aberto uma garrafa de vinho, depois um barril de rum e um de cerveja stout kaskar, depois do qual ela se lembrava vagamente de jogar cartas com Freecloud e perder um dinheirão que ela nem tinha.

A cama de feno de Roderick estava vazia e ela sentiu o movimento das rodas do *Reduto* embaixo de si. A cama de Brune também estava vazia, e a porta do quarto de Rose se encontrava fechada. Cura ainda estava na cama, sentada de costas para a janela, o nariz enfiado nas últimas páginas de *Pixies em perigo*.

— Bom dia — disse Tam.

— E é? — A Bruxa da Tinta nem se deu ao trabalho de tirar a cara do livro.

Ótimo papo, Tam repreendeu a si mesma. Você está se entrosando muito bem. Ela saiu da cama, remexeu a bolsa em busca de um par de meias de lã limpo e calçou-o até os joelhos antes de seguir pelo corredor na direção da cozinha.

Brune estava agachado perto da lareira, esperando pacientemente a água ferver. Ele ergueu o olhar quando Tam se jogou em um dos sofás.

— Chá? — perguntou ele.

— Por favor — grunhiu ela.

O xamã riu.

— Se sentindo mal?

— Você não?

Brune balançou a cabeça, a expressão encoberta pelo cabelo comprido. Algo nele lembrava a Tam os mercenários mais velhos que praticamente viviam no Esquina de Pedra. Ele tinha um sorriso fácil e se movia com uma determinação lenta, mesmo quando a chaleira começou a apitar como um lobo pegando fogo.

— Eu peguei leve ontem à noite — disse ele.

— Leve? — Ela se sentou e enfiou uma almofada na dobra do braço. — Você e Roderick fizeram uma competição de beber vinho, lembra? Você bebeu cinco garrafas sozinho.

Ele abriu aquele sorriso sem dente dele.

— É, bom, aposta é aposta. E era vinho, né? — Brune pegou um conjunto de quatro canecas de cerâmica no armário e abriu um pote de vidro na bancada. Ele enfiou a língua entre os dentes quando usou dois dedos para pegar uma quantidade de folhas de chá e colocar em cada caneca. — Além do mais, não tenho permissão de ficar *muito* bêbado. Ordens superiores.

— Você quer dizer a Rose? Por quê?

O xamã ficou rígido enquanto colocava água quente em uma das canecas, e Tam se arrependeu na mesma hora de xeretar.

— Houve... um incidente — explicou Brune. — No começo da turnê. Eu fiquei muito bêbado e com muita raiva e... — Ele parou de falar enquanto enchia as canecas e colocava a chaleira em uma tábua.

— Mas não vai acontecer de novo, desde que eu beba com responsabilidade daqui em diante.

Só um mercenário diria que tomar cinco garrafas de vinho é beber com responsabilidade, pensou ela, meio confusa. *Meu pai estava certo: essas pessoas são loucas.*

Ciente de que tinha deixado o xamã pouco à vontade, Tam decidiu mudar de assunto.

— São lindas — disse ela, indicando as canecas, que eram feitas de cerâmica branca brilhosa decorada com animais azuis: bestas de pescoço e pernas longas com o peito largo de cavalos.

— São, né? — Brune pegou uma; a caneca quase desapareceu na mão enorme. — Comprei no Bazar de Inverno. Me custou quase todo o pagamento de uma apresentação, mas valeu a pena. Levam o chá muito a sério em Narmeer. — Ele fechou os olhos e inspirou o vapor aromático. — Toda corte tem sua bebida querida, pensando bem. Os agrianos gostam da cerveja simples de verão, os kaskares, do uísque. Os phantraneanos têm o café, o vinho de arroz e o rum. Nossa, como eles amam aquele rum. E os carteanos, bem, você já experimentou *sagrut*?

— *Sagrut?*

— Uma coisa do mal — declarou Brune. — Tem gosto de leite azedo e sangue de cavalo.

Tam franziu o nariz.

— O que tem nele?

— Leite azedo e sangue de cavalo.

— Ah.

— Toma. — Brune entregou duas canecas para ela. — Leva uma para o Rod, por favor. Vou levar a outra pra Cura.

— E Rose e Freecloud? — perguntou Tam.

— Não acho que vamos vê-los muito hoje — disse o xamã com uma piscadela exagerada.

— Certo.

— Se é que você me entende — acrescentou ele, piscando de novo.

— Entendo — garantiu Tam.

— Porque eles estão fazendo...

— Tchau — disse ela.

— ... sexo — concluiu Brune, mas ela já estava indo para a escada.

— Qual é a do chapéu? — perguntou Tam a Roderick enquanto eles tomavam chá e viam a floresta invernal passar dos dois lados da estrada.

O sátiro, que tinha tirado uma garrafinha de algum lugar e estava virando um líquido âmbar na caneca, olhou para ela.

— Chique, né?

A barda admirou as caudas de raposa brancas esticadas.

— Diria que sim, claro.

O agente semicerrou os olhos.

— Você acha bobo.

— Muito bobo — admitiu Tam. — Talvez seja o chapéu mais bobo que eu já vi.

Roderick riu com deboche e ofereceu a ela a garrafinha, apesar do comentário.

— Conhaque?

— Não, obrigada. Já estou de ressaca...

— Melhor coisa pra isso — insistiu ele, virando um pouco na caneca dela. Ele guardou a garrafa e tomou um gole, suspirando com satisfação.

O chá de Tam estava quase no fim e o gole seguinte foi quase só de álcool. Mas não foi tão ruim quanto ela esperava. O gosto de ameixa permaneceu na boca e um calor agradável se espalhou pelo corpo dela. Seu olhar desviou para o norte, onde as montanhas Rimeshield marchavam pelo horizonte debaixo de capas de neve. O ar estava frio e a luz do sol do fim da manhã reluzia na barda dos cavalos que puxavam a carraca.

Roderick estava certo, pensou ela. *Minha cabeça já está melhor.*

— Esse chapéu — disse Rod, tirando as rédeas que estavam entre os joelhos — me mantém protegido, tanto quanto qualquer elmo. Essa camisa, essa calça — ele indicou a camisa ofensivamente rosa e a calça branca larga — me protegem como armadura. As botas também. — Ele bateu com as solas duras de couro no chão.

Ela observou o chapéu de novo, tentando discernir se havia uma calota craniana escondida embaixo. Poderia haver varas de ferro dentro das caudas para mantê-las eretas.

— Como assim? — perguntou ela.

— Escondendo o que eu realmente sou. Meus chifres, meus cascos. Tudo isso, na verdade. — Ele indicou a perna com a caneca. — Se as pessoas descobrissem o que eu sou, elas me desprezariam.

Uma gargalhada soou um pouco atrás deles. Tam se virou para olhar a fileira de carroças e carretas serpenteando pela estrada marrom.

— Os Foragidos sabem? — perguntou ela.

— Alguns. Penny sabe, obviamente. A maioria viaja com a gente há anos, são praticamente da família. Mas se um agenciador me pegasse de calça arriada? — Ele bebeu de novo e lambeu os lábios. — Eu acabaria numa jaula ou pior: lutando pela minha vida numa arena mequetrefe.

— Rose não deixaria isso acontecer — comentou Tam. *Uma coisa idiota de se dizer*, pensou ela, *considerando que você a conhece há dois dias*.

O sátiro a olhou de lado, provavelmente pensando o mesmo.

— Você tem razão, não deixaria. Mas poderia causar muitos problemas para o bando. Eles talvez precisassem arrumar outro agente e eu... eu não sei o que faria, pra ser bem sincero. O Fábula é tudo que eu tenho. Bom. — Ele sorriu para ela. — O Fábula e esse chapéu chique.

Quando eles chegaram a Woodford, não havia muita gente para recebê-los. O pessoal da cidade devia ter suposto que o Fábula abandonaria a turnê e seguiria para oeste com todo mundo, então, quando a Nação Foragida entrou na cidade, eles foram recebidos por algumas dezenas de observadores cautelosos, inclusive uma jovem muito chocada cujo cabelo estava cortado curto e tingido de vermelho com favas hucknell.

Ela deu uma olhada em Rose e gritou até os pulmões falharem, depois desabou no chão como um saco de inhame.

A notícia da chegada deles se espalhou pela cidade como uma enchente de primavera, e em pouco tempo a rua de Woodford ficou lotada de gente ansiosa para dar uma olhada na Rosa Sanguinária e seus parceiros de bando.

Roderick saiu gingando pelos degraus do *Reduto* usando uma calça dourada de boca larga e uma camisa de seda verde desabotoada a ponto de exibir os pelos rebeldes do peito do sátiro.

O agente, acompanhado de alguns Foragidos corpulentos, abriu caminho na direção de Rose e Freecloud, que estavam sendo abordados por vários donos de pensão, donos de taverna e pelo esperançoso proprietário de um bordel local chamado Amante do Devorador de Mentes, todos oferecendo alojamento para o bando.

Onde quer que o Fábula se hospedasse, Cura explicou para Tam enquanto as negociações se desenrolavam, eles ficavam de graça. Não só o estabelecimento sortudo ganharia uma fortuna vendendo comida e bebida para o Fábula e seu grupo, mas a notoriedade de ter abrigado a Rosa Sanguinária promoveria o negócio por anos.

— Eles nunca vão lavar os lençóis em que ela dorme — disse Cura, abrindo um sorriso malicioso. — Mas é melhor que queimem os meus.

O estabelecimento "sortudo" acabou sendo uma pensão chamada Casa Lotada, que passou a fazer jus ao nome depois que o Fábula e o grupo foram para lá. O local era comprido e estreito, as paredes cobertas de espelhos foscos que o faziam parecer mais cheio do que estava. Não havia um palco exatamente, mas um bardo ocupava um banco de canto fazendo o melhor possível para lutar contra o barulho.

Roderick saiu para se encontrar com o agenciador da região. Freecloud conseguiu persuadir alguns clientes da pensão a participar de um jogo unilateral de Escudos e Aços antes de ele e Rose se recolherem ao quarto. Tam reparou que Rose segurava uma esfera preta de vidro junto ao peito quando ela e Freecloud subiram a escada.

Cura foi abordada por uma mulher de lábios carnudos que se declarou a maior fã da Bruxa da Tinta, e que estava ansiosa para provar isso. As duas desapareceram, o que deixou Tam e Brune segurando as pontas em nome do Fábula.

Felizmente, o xamã ficou feliz em fazer companhia a ela. Ele secou quatro canecas para cada uma de Tam e de vez em quando lhe passava um cachimbo de alguma coisa que deixava seus pulmões queimando e o corpo formigando. Mas ele não permitiu talho. Quando um homem de rosto abatido ofereceu a Tam uma faca coberta de veneno de minhoca do torpor, o xamã rosnou de um jeito tão grave que ela teve medo de ele virar um urso bem ali. O traficante pulou fora e Brune botou a mão no ombro dela.

— Me promete que nunca vai usar aquela merda — disse ele.

Ela revirou os olhos.

— Você parece o meu pai.

Brune riu, mas ele apertou mais o ombro dela.

— Vou entender como um elogio, porque seu pai é uma lenda do caralho. Mas, falando sério, promete.

Lenda? Tuck Hashford? Tam precisou inclinar o pescoço para encarar o xamã.

— Prometo.

— Que bom. — Ele sorriu para ela. — Vamos comer alguma gororoba.

Eles encontraram uma mesa e dividiram uma tigela de batata temperada. Penny apagou no banco ao lado de Brune, e Roderick se sentou ao lado de Tam um tempinho depois. O agente estava lamentando as "opções fracas" que o agenciador local ofereceu a ele quando uma mulher com expressão aflita se aproximou da mesa.

— Com licença... — disse ela, interrompendo-os.

— Licença dada — respondeu Roderick. — Agora, se manda.

— Rod. — A voz de Brune foi um trovão repressivo.

— Perdão, amor — murmurou o agente. Ele abriu um sorriso tenso. — O que você quer? Um autógrafo? Você trouxe pena? Pergaminho? Se for uma transa que você quer, acho que você é magrela demais para o gosto de Brune e dócil demais para o meu. Se bem que a Tam aqui talvez gostasse...

A mulher abriu uma bolsa de couro na cintura e a largou na mesa com um ruído metálico e pesado.

As orelhas de Roderick se apuraram com o som.

— Seu quarto ou o meu? — perguntou ele.

A mulher o ignorou, os olhos fixos no xamã do Fábula.

— Por favor, nós precisamos da sua ajuda. Meu vilarejo fica ao sul daqui. Nós estamos sendo atacados!

Brune tirou cabelo dos olhos.

— Atacados? Por quem?

— Nosso cachorro! Ele ficou louco!

O xamã olhou para ela com ceticismo.

— Você quer que a gente mate o seu cachorro?

— Ele já está morto! — gritou ela. — Um bando de grills o pegou dois dias atrás, deixou o pobre coitado só no osso! A gente enterrou no quintal, fez as orações para o Senhor do Verão e fez vigília a noite toda ao lado do túmulo...

— Vocês fizeram vigília pra um cachorro? — perguntou Roderick de repente.

— Mas ele *voltou* — gritou a mulher. — Saiu do caixão e cavou o túmulo para escapar!

— Caixão? Tipo um caixão de *cachorro*? — O agente olhou em volta, sorrindo. — Isso é uma piada? Cura te mandou fazer isso?

— Ele matou os nossos cavalos, nossos porcos e foi atrás da nossa vizinha, Mary.

— Ele... a matou? — Brune pareceu genuinamente preocupado.

— A pobre Mary conseguiu fugir — disse ela —, mas, no escuro, ela tropeçou no túmulo aberto e quebrou o pescoço.

Uma risada escapou de Roderick antes que ele botasse a mão sobre a boca.

— Desculpa — disse quando Brune e a mulher olharam para ele de cara feia. — Continua, por favor — pediu. — Você disse que seu cachorro...

— Fênix.

O sátiro fez um ruído, segurou uma risadinha e saiu abruptamente da mesa. Tam o ouviu gargalhando loucamente em algum lugar atrás dela.

— E agora, a Mary também voltou — disse a mulher —, só que ela virou um tipo de demônio! Meu marido bateu nela com a pá, arrancou a maior parte da mandíbula e ela continuou atrás dele. Nós a trancamos agora, e ela só fica olhando pra gente com aqueles olhos de fogo branco. Nós não...

— Espera aí. — O xamã levantou a mão para interrompê-la. — Você disse que havia *fogo branco* nos olhos dela? Do cachorro também? — A mulher assentiu, frenética, e Brune empurrou a bolsa de moedas na direção dela. — Toma seu dinheiro — disse ele. — Você não precisa de mercenários, só de alguns homens fortes. Fique de olho em desenhos de giz, velas, homens velhos e magrelos de vestes pretas, coisas assim.

A mulher fungou.

— O quê? Por quê?

— Porque a Mary não é o problema, moça. Fênix também não. Tem um necro na região.

— O quê?

— Um necromante — disse Brune, mas foi recebido por um olhar de incompreensão. — Um feiticeiro que usa magia sombria — esclareceu ele, o que levou a mulher a fazer o círculo do Senhor do Verão sobre o coração. — Você poderia cortar a cabeça da Mary ou queimá-la. O mesmo com o cachorro. Mas é melhor você ir atrás do responsável por trazê-los de volta. Encontre-o, mate-o, problema resolvido.

A mulher puxou a bolsa de moedas de volta e a segurou.

— Então, se matarmos esse necarmante...

— Necromante.

— ... Mary e Fênix vão ficar em paz? De vez?

O xamã assentiu.

— Isso mesmo. Uma marionete não pode dançar sem alguém puxando as cordas.

Ela agradeceu e foi embora.

Roderick voltou alguns minutos depois e distribuiu canecas de uma coisa que ele chamou de "Milho e Óleo". Era escuro como café, mas denso como xarope e tinha um cheiro doce sufocante.

— O que tem aqui? — perguntou Tam, espiando o espelho preto na caneca.

— Rum phantran, açúcar demerara... Eles bebem isso igual água no leste. — O sátiro tirou o chapéu dos olhos. — Você nunca tomou? Minha mãe praticamente me criou à base disso.

— Como era sua mãe? — perguntou Tam.

Roderick coçou a barba pontuda.

— Como eu, acho, mas com chifres maiores, pernas mais peludas e uma boca mais suja. Ah, e ela cantava como uma sereia no cio.

— A minha também — disse Tam. Então, já mais do que um pouco bêbada (e porque Rod disse *cantava* em vez de *canta*), ela perguntou: — Como a sua morreu?

— Monstros a mataram.

A barda pestanejou.

— Monstros? — Até ontem, ela achava que sátiros eram monstros, e se perguntou o que exatamente Roderick considerava um monstro.

— Já viu um raga? — perguntou ele.

Ela tinha visto no Mercado dos Monstros de Ardburg.

— São tipo umas pessoas felinas bem grandes, né?

— Quase isso. Bom, alguns deles mataram meus pais quando eles se recusaram a se jurar à Horda de Heartwyld.

Tam pensou no raga que ela tinha visto no mercado. Ele estava preso, mas sorriu para ela com a boca cheia de dentes pelas grades da jaula. *Ei, garota!*, ela se lembrava de ele ter dito. *Quantos kobolds são necessários para selar um cavalo?* Ela o ignorou e saiu andando rápido e nunca ouviu o fim da piada.

— Todos os ragas são monstros, então?

Roderick não pareceu disposto a encará-la, então só tomou um longo gole da bebida.

— Só se quiserem ser — disse ele.

CAPÍTULO DEZ

O ESPETÁCULO DO SOFRIMENTO

A arena de Woodford se chamava Hysterium. Não era nem de perto do tamanho da Ravina, mas tinha forma de anfiteatro e era toda feita de metal, então, no estado de fragilidade de Tam, pareceu tão barulhenta quanto. Cada batida de pé e grito fora do arsenal partia o crânio dela como um machado acertando madeira. As entranhas dela eram uma fossa agitada de cerveja, vinho, uísque e canecas demais do "Milho e Óleo" de Roderick, cada um deles disputando qual ia sair primeiro.

Brune chegou atrasado. Havia círculos escuros embaixo dos olhos dele e uma mancha vermelha nos lábios que Tam esperava que fosse tinta cosmética. Ele estava usando uma couraça de couro frouxa sobre roupas sujas e rasgadas, e suas glaives gêmeas faziam as vezes de muleta quando entrou no arsenal.

Cura ergueu sua sobrancelha com piercing de osso.

— Noite difícil, Brune?

— Brutal — resmungou ele.

— Essas roupas são suas?

— Agora, são.

— Onde está sua outra bota? — perguntou Tam.

Brune resistiu à vontade de olhar para baixo, mas ela o viu mexer os dedos do pé descalço.

— No lugar onde eu deixei — disse ele na defensiva. — Alguém tem...

— Aqui. — Roderick passou um odre para ele. O xamã tomou tudo, limpou a boca com as costas da mão e pareceu renovado em seguida.

Rose suspirou.

— O que houve, Brune?

O xamã esfregou o rosto. Algo assombrado surgiu nos olhos dele, breve como um fiapo de nuvem passando sobre a lua.

— Não lembro.

— Alguém se machucou? — perguntou Freecloud. O druin estava estudando a moeda de pedra da lua e nem ergueu o rosto.

— Eu... não lembro — repetiu o vargyr. Ele parecia à beira das lágrimas. — Acho que não.

Rose mordeu o lábio, como uma jogadora decidindo se a melhor aposta da rodada seria a raiva ou a empatia.

— Pega leve lá hoje — disse ela. — Tenho certeza de que a gente dá conta. Cloud? Cura?

— Claro — disse Freecloud.

Cura deu uma cotovelada leve nas costelas do xamã.

— Vai ser como sempre, então?

Brune abriu um sorriso envergonhado.

— Obrigado — disse ele, e acrescentou: — Desculpa. — Mas ele não estava falando com ninguém especificamente.

— Não se preocupe — disse Rose. — Agora, vamos matar com bastante emoção e sair dessa porra de lugar.

— Vocês acabaram de chegar — declarou uma mulher descendo a escada do arsenal — e já estão planejando a fuga!

A recém-chegada era a agenciadora do Hysterium, uma mulher de aparência severa com uma trança grossa que descia pelas costas todas. Ela usava uma espada curta em uma bainha decorada com pedras no quadril, e os torques de aço polido que ela usava em cada braço eram um símbolo de orgulho e riqueza na elite kaskar.

O sorriso de Rose não se refletiu nos olhos.

— Oi, Jeka.

— Rosa Sanguinária! — As duas mulheres bateram pulsos. — Estou aliviada de você ter vindo. Fiquei com medo de você renegar nosso contrato e correr para caçar a Horda com todos os outros mercenários do norte.

— Quem viu uma Horda viu todas — comentou Rose. — E o Fábula não fura contrato.

Jeka curvou a cabeça.

— Fico feliz de ouvir isso.

Freecloud estava espiando pelo portão que levava à arena.

— Quem está lá agora?

— Homens sem elmos — disse a agenciadora.

Cura riu.

— Isso dá pra ver. Ele quer saber que bando é.

— Os Homens Sem Elmos — repetiu Jeka. — É um nome tão ruim quanto merda de orc, admito, mas é assim que eles se chamam.

Tam deu um passo para mais perto do portão da arena. Lá, ela viu três mercenários lutando contra uma dupla de sinus, ágeis criaturas vulpinas armadas com clavas de madeira. Um quarto mercenário estava no chão, sangrando, depois de sofrer uma lesão na cabeça dolorosamente irônica. Enquanto Tam olhava, um dos sinus desviou da espada de um adversário e afundou os dentes no pulso do homem.

— Eles vão ser Homens Sem Mãos se não tomarem cuidado — refletiu Freecloud, e Cura deu uma risadinha.

Jeka se aproximou para olhar através do portão também.

— Amadores malditos — xingou ela. Tam supôs que ela estivesse se referindo aos mercenários, pois os adversários os estavam encurralando na parede mais distante. — Agradeço ao Quarteto Sagrado por pensar em drogar aquelas raposas, senão eu teria um massacre na minha conta.

Tam olhou para a agenciadora.

— Você as drogou?

— Claro — admitiu ela sem vergonha nenhuma. — Aqueles moleques sem elmo nem são mercenários direito. Eles estão verdes demais para uma luta de verdade, senão já estariam indo para o oeste junto com todo mundo.

— Não todo mundo — murmurou Cura.

— Então, misturei uma coisinha nos ovos matinais deles — disse Jeka —, mas parece que eu devia ter dobrado a dose. Ah, pronto.

Um dos sinu tropeçou, segurando a cabeça com a pata peluda. O mercenário mais próximo aproveitou essa sorte inesperada e enfiou a ponta da espada na barriga da criatura, que caiu com um ganido, o que fez seu parceiro atacar mais furiosamente apesar do veneno que corria em suas veias.

A plateia não parecera reparar na letargia repentina do sinu. *Eles vieram ver bandos triunfarem e monstros serem mortos*, argumentou Tam. *Eles querem sangue e é isso que estão tendo agora.*

— Você faz isso com frequência? — perguntou ela. — Droga os monstros?

A agenciadora deu de ombros.

— Com os novatos, sim. Embora sedativos nem sempre sejam a melhor opção. Às vezes quebro o braço de um kobold ou jogo um balde de areia pela garganta de um drake-escória. Com alguns deles, os mais inteligentes, dá pra dar ordens se você capturar os filhotes. Eles farão qualquer coisa pra salvá-los, mesmo que signifique se jogar numa espada. É terrivelmente conveniente.

É terrivelmente alguma coisa, pensou Tam, achando aquilo repugnante.

Jeka continuou.

— Alguns bandos, como o Fábula, não permitem isso. Consideram uma trapaça. Eu acho bom para os negócios.

Como se para enfatizar o que ela quis dizer, para além do portão a plateia começou a celebrar uma vitória heroica. Os cadáveres ensanguentados dos sinus foram levados enquanto os mercenários ainda de pé recebiam a adulação como mendigos que ganhavam algumas moedas de marco da corte. Eles não pareciam muito preocupados de dois de seus companheiros estarem no chão, sangrando.

— Nos deem um momento pra limpar a sujeira — disse Jeka. Com um gesto da agenciadora, os portões se abriram lentamente.

Enquanto isso, Rose tinha ido para um canto do arsenal e estava segurando uma bolsa que Tam reconheceu da Ravina. Ela tirou uma folha preta frágil, deu um olhar furtivo para Freecloud, como se o druin pudesse reprovar o que ela estava fazendo, colocou a folha na língua e deixou que se dissolvesse.

Tio Bran tinha sugerido uma vez que o pai de Tam tentasse usar Folha de Leão para impulsionar a coragem. Isso foi logo depois da morte de Lily, quando seu tio ainda alimentava a esperança de que o Trajados de Ferro continuasse como sempre. Como se fosse possível. Havia efeitos colaterais (o vício um dos maiores), mas Bran tinha certeza de que, com a medicação adequada, Tuck podia voltar a lutar novamente.

Supondo que tinha identificado as folhas pretas corretamente, Tam não conseguiu imaginar por que alguém como Rose ia querer usar Folha de Leão. Ela era uma mulher que tinha enfrentado a Horda de Heartwyld, cujas explorações eram elogiadas por todos os bardos de Grandual. Até a recusa dela de enfrentar a Horda Invernal pareceu corajosa aos olhos de Tam. Rose tinha escolhido honrar seus contratos em vez de correr para se satisfazer com a futura carcaça do exército de Brontide.

Jeka voltou para o arsenal.

— Agora são vocês — gritou ela, falando alto para ser ouvida mesmo com o barulho da plateia da arena, que cantarolava o nome do Fábula. O som de pés batendo ecoou nas arquibancadas em círculo, um batimento martelando com couro e aço. Uma nuvem de poeira se soltou do telhado do arsenal, cintilando com fagulhas na luz inclinada.

Rose, o olhar contendo apenas fúria enjaulada, entrou no círculo de companheiros de bando.

— Morte ou glória — disse ela.

— *Morte ou glória* — ecoaram eles.

— Mas de preferência a glória — disse Freecloud.

Rose assentiu e os guiou para fora.

— Aquilo é...? — Tam parou de falar enquanto observava a criatura contra a qual o Fábula lutaria.

— Um raga — completou Roderick. — E, sim — acrescentou ele antes que a barda pudesse perguntar —, eu escolhi porque odeio ragas pra caralho e estou ansioso pra ver esse aí morrer.

— Não é um raga qualquer — observou Jeka com satisfação. — Temoi era um lorde orgulhoso. O Flagelo de Heatherfell. Ele liderou um grupo de guerra contra a Corte do Norte no último verão. Os guerreiros dele foram dizimados, mas Temoi foi feito prisioneiro, destinado a morrer em alguma arena. Paguei uma pequena fortuna pra que fosse na minha.

O raga era enorme, musculoso, armado com pedaços de osso desbotado pelo sol. A cabeça era envolta em uma juba de pelo preto áspero e havia uma cicatriz infeccionada partindo o focinho leonino largo. Garras que poderiam ter esmagado Tam até ela virar polpa seguravam um par de espadas de ferro compridas do tamanho da barda.

Tudo isso ela percebeu enquanto a criatura corria para cima de Rose. As espadas enormes vinham cortando na frente, e Tam imaginou brevemente o tronco de seu ídolo voando para o alto em um jato de sangue. Mas Rose já estava abaixada, rolando entre as pernas dele, ágil apesar da armadura.

Freecloud entrou no espaço atrás das espadas de Temoi. *Madrigal* saiu cantando da bainha, cortando o peito do raga. A armadura de osso de Temoi se estilhaçou como louça. A carne se abriu na lâmina e revelou o sorriso grudento de sangue das costelas embaixo.

Aquele golpe deveria tê-lo matado, Tam sabia, assim como os espectadores nas arquibancadas, que ofegaram de consternação. O povo de Woodford estava esperando aquela luta havia meses, afinal. Eles queriam que o Fábula vencesse, mas queriam também uma boa história, algo que eles pudessem usar para impressionar os netos um dia sem ter que enfeitar *demais*.

Felizmente para eles, Temoi não morreria tão facilmente. O lorde permaneceu de pé, as presas à mostra, os braços flexionando enquanto as espadas desciam cruzadas para Freecloud.

O druin escapou das lâminas e dançou para trás quando o raga atacou de novo. Tam ficou maravilhada com a graça despretensiosa de Freecloud. Cada movimento que ele fazia parecia parte de um estratagema indiscernível, do jeito como um mestre de Quarteto reagia com cálculo frio ao avanço desajeitado de um oponente.

Brune, que os deuses o abençoem, fez um esforço para entrar na luta. Ele cambaleou para a frente com um pé descalço, mas parou de repente e botou a mão sobre a boca para não vomitar na arena. Um par de facas de Cura passou voando por ele. Uma bateu inofensivamente na placa de osso do raga, mas a outra entrou entre duas das costelas expostas de Temoi. A criatura uivou de dor e poderia ter corrido para cima da Bruxa da Tinta se as espadas de Rose não tivessem atravessado o peito dele.

O raga caiu de joelhos, ainda segurando as espadas pesadas de ferro. Mostrou os dentes de novo, mas, se pretendia rugir em desafio, o resultado saiu longe do esperado, pois só saiu um chiado trêmulo.

Rose deixou *Cardo* e *Espinheiro* enfiadas nas costas do monstro. Ela se virou para longe do cadáver, os braços esticados, o rosto voltado para o céu como uma prisioneira libertada numa tempestade. Freecloud embainhou a espada lamuriante e foi na direção do portão do arsenal. Passou por Cura no caminho, quando ela se adiantou para recuperar as facas. Brune estava visivelmente curvado, segurando *Ktulu* com as duas mãos e se esforçando para não parecer que poderia cair a qualquer momento.

— Uma pena. — A decepção de Jeka ficou logo evidente. — O Fábula costuma fazer um show melhor.

Roderick não disse nada, só olhou para o raga morto com uma satisfação sombria.

O que ela queria que eles fizessem?, perguntou-se Tam. *Que torturassem aquela coisa? Que tornassem o sofrimento dela um espetáculo?* Mercenários matavam monstros porque monstros matavam pessoas, não para que os agenciadores pudessem recuperar o dinheiro que tinham gastado para ter o monstro como cativo. Pelo menos, era nisso que Tam acreditava até aquele momento.

Ela viu Cura passar um momento observando o peito arruinado de Temoi, botar um pé na coxa do raga e segurar o cabo da faca com as duas mãos.

Além do mais, pensou Tam, *lutar não é um jogo, e matar monstros, seja numa caverna ou numa arena, não é algo a ser tratado de maneira leviana.* A barda sabia disso melhor do que a maioria das pessoas; ela tinha perdido a mãe para um monstro, afinal. *Basta um momento. Um piscar de olhos e o mundo que você conhece...*

Ela viu o raga levantar a cabeça, viu os fogos brancos ardendo onde os olhos deviam estar.

— Cura! — gritou Tam pelo portão.

A Bruxa da Tinta lançou um olhar para trás e caiu como uma pedra quando uma das espadas cinzentas de Temoi passou acima dela. O movimento do raga fez um arco, e Rose se virou a tempo de levantar um braço antes de a lâmina atingir. Fagulhas voaram quando o fio de ferro frio bateu na manopla erguida de Rose, empurrando o braço dela contra o peitoral. Houve um estalo seco quando o osso quebrou, um estalo único quando o braço se deslocou e um arquejo de horror da plateia do Hysterium quando a líder do Fábula caiu deslizando para trás e bateu com força no portão.

Tam correu até um suporte na parede do arsenal e pegou uma espada larga, mas desejou na mesma hora ter escolhido algo mais prático, algo com que ela conseguisse golpear mais de uma vez antes de perder as forças. Mas não havia tempo para ficar escolhendo.

— Abre o portão — disse ela para Jeka.

— O quê? — A agenciadora fez um ruído debochado. — Você está louca?

— Já falei pra *abrir a porcaria do portão.*

Jeka colocou a mão no pomo com pedras da própria arma.

— Não me testa, *garota*. Fui mercenária por sete anos antes de construir este lugar. Já ouviu falar de Rockjaw, o rei goblin?

— Eu... há... não?

— Isso porque eu abri a cabeça daquele arrombado quando ele ainda era príncipe. Agora, larga essa espada, senão vou te mostrar como foi que eu fiz isso.

— Ei. — Roderick segurou Tam pelo braço. — Você é a *barda*, lembra? Não pode entrar numa luta quando lhe der na telha.

— Mas...

— Eles conseguem resolver, garota. — O sátiro falou com mais segurança do que parecia pela expressão no rosto. — Confia em mim.

Tam se soltou da mão dele. Guardou a espada e segurou as grades de ferro, desejando não ter deixado o arco no *Reduto dos Rebeldes*.

— Achei que aquela coisa estava morta — resmungou ela.

Ao seu lado, a agenciadora estava tentando (sem conseguir) esconder o sorriso crescente.

— Acho que ainda está — disse ela.

CAPÍTULO ONZE

O MAIOR DE DOIS MALES

Cura disse alguma coisa para Freecloud que Tam não conseguiu entender no meio da falação ansiosa em toda a arena. O druin assentiu e começou a contornar a parede lentamente, para não atrair a atenção de Temoi.

Supondo, claro, que a criatura enfrentando Brune e Cura ainda fosse Temoi.

Tam tinha suas dúvidas. Ela se lembrava do que Brune dissera na noite anterior sobre olhos de fogo branco. Um feiticeiro tinha trazido o raga de volta da morte? Poderia ter sido Jeka? Não, concluiu Tam. Apesar da alegria arrogante da agenciadora com a perspectiva de ter mais do que ela tinha negociado, a mulher estava tão obviamente surpresa quanto todo mundo ao ver que o lorde estava de pé novamente.

A pessoa responsável estaria escondida no meio dos espectadores da arena, então? E o que isso tinha a ver com a mulher que fora suplicar pela ajuda do Fábula na noite anterior, se é que tinha alguma conexão? *Tem um necro na região*, dissera Brune.

Seja quem for esse necromante, pensou Tam, *ele bateu na porra da porta errada*.

Brune, que ficou consideravelmente mais sóbrio em questão de instantes, levantou *Ktulu* e lançou um olhar para avaliar Cura. A Bruxa da Tinta fez um gesto de incentivo na direção do raga enorme, como se dizendo *Fique à vontade*. O absurdo da comunicação deles atraiu uma série de risadas nervosas das arquibancadas.

O xamã escarrou no chão da arena, rolou o pescoço para um lado e para o outro e atacou. A coisa que tinha sido Temoi o golpeou diretamente com uma de suas espadas, e, embora a ponta fosse cega, Tam não tinha dúvidas de que a força do lorde poderia enfiar a espada em Brune até sair do outro lado.

Mas o xamã tinha algo menos suicida em mente. Ele usou uma das lâminas compridas de *Ktulu* para derrubar a arma do raga e correu atrás dela, de forma que a outra espada de Temoi atacou por trás. Isso deixou o xamã na posição invejável de estar ao alcance do inimigo com glaives gêmeas afiadas na mão, e ele fez o que qualquer um (desde que tivesse a habilidade de manusear glaives gêmeas sem se cortar) faria nesse caso.

Ele cortou o filho da mãe no meio.

Ou tentou, pelo menos. O raga se virou na hora que Brune atacou, então o braço levou o pior do golpe da lâmina. O membro cortado de Temoi junto com a espada que ele estava segurando caíram como um galho morto aos pés dele.

Mas *Ktulu* não parou nisso. Estava na metade do tronco do lorde antes de prender em alguma coisa, talvez a coluna. O xamã tentou soltar a arma, mas a abandonou quando o raga, inabalável pelo fato de Brune tê-lo cortado quase no meio, ergueu a outra espada.

— KURAGEN! — A voz de Cura cortou o clamor da arena como o ruído de uma espada sendo tirada da bainha numa capela.

Uma criatura pulou da coxa dela, os filetes de tinta se concretizando em uma coisa com o dobro do tamanho do raga morto-vivo. O tronco era distintamente feminino por baixo de um peitoral de concha esculpida, e ela (supondo de *Kuragen* fosse *ela*) segurava uma lança com duas pontas em uma mão com membranas. Sua cabeça estava protegida por um elmo branco perolado que escondia a parte superior do rosto. Lembrou a Tam as conchas que sua mãe trouxe de uma turnê na Costa da Seda. Cabelo parecendo algas surgia por baixo do elmo de *Kuragen*, e guelras marcavam o pescoço comprido, soltando nuvens no ar frio. Em vez de pernas, ela tinha doze tentáculos que se contorciam, cada um tão grosso quanto o corpo de Tam. Dois se moveram para envolver o braço erguido do raga.

Ao lado de Tam, Roderick tirou uma garrafinha prateada de dentro da calça. Ele tomou um gole e fechou os olhos enquanto um tremor o percorria.

— Eu odeio essa aí — murmurou ele. — Ela me dá arrepios.

Por um momento, os dois monstros, a abominação profana de Jeka e o horror submarino de Cura, lutaram um com o outro, até que a coisa que a Bruxa da Tinta tinha invocado passou outro membro pelo braço do raga e tirou o equilíbrio dele. Brune mal conseguiu soltar a arma antes de o raga cair.

Tam sentiu as grades do portão tremerem nas mãos quando Temoi bateu no chão da arena. Ele largou a espada restante e tentou se segurar quando *Kuragen* começou a arrastá-lo pelo chão. Um quarto tentáculo agarrou a perna do raga, acelerando o destino dele. Cura estava ajoelhada agora, ofegando e tremendo visivelmente com o esforço de sustentar a monstruosidade de tinta.

Freecloud tinha alcançado Rose. Ela despertou ao toque dele, se debateu loucamente, mas ele a segurou até ela ficar imóvel embaixo dele. Brune foi na direção do casal, a arma pronta caso Temoi conseguisse se soltar e fosse atrás deles.

Mas isso não parecia provável, considerando que o horror conjurado de Cura lançou mais dois tentáculos pela cintura do raga e o elevou no ar. Tam se obrigou a ver apesar da vontade de se virar.

Houve um som de rasgo quando o braço restante do raga foi arrancado do ombro. Ele caiu de joelhos em uma poça de sangue, e todos os espectadores do Hysterium gritaram de satisfação.

Cura cambaleou até ficar de pé, oscilando como uma torre com a fundação abalada. Tam conseguia ouvi-la falar, mas não identificou as palavras. Uma podridão úmida e o odor de sal atingiram seu nariz.

O raga rugiu para *Kuragen*, que enfiou a lança na boca dele até sair pela parte de trás da cabeça. Os fogos fantasmas em seus olhos oscilaram como velas ao vento.

— Incrível — sussurrou Jeka. — Já vi invocadores lutarem, mas...

— Mas? — perguntou Tam.

— Não assim — disse a agenciadora. — Nunca assim.

Agora, *Kuragen* já tinha enrolado metade dos tentáculos no raga sem braços. As pernas dele se debatiam de desespero, mas em vão, porque ele estava totalmente dominado pelo monstro. A Bruxa da Tinta esticou um braço trêmulo enquanto observava o mar de rostos uivando em volta deles. Gritos de "Mata!" e "Acaba com ele!" eram jogados como pedras lá de cima, e finalmente o ruído se resumiu a uma única palavra, cantarolada sem parar pela multidão no Hysterium.

Morte. Morte. Morte.

Cura curvou a cabeça, em reconhecimento, e fechou a mão.

Kuragen apertou. Os músculos nos membros dela se inflaram debaixo das escamas escorregadias. Temoi gorgolejou com a lança na garganta, depois desmoronou como uma armadura de latão vagabunda. Ossos estalaram, sangue escorreu das dobras da pele e os fogos nos olhos dele se apagaram completamente.

O raga estava morto. De novo.

Kuragen sumiu em um rodopio de neblina azul-escura, deixando o cadáver de Temoi cair em uma pilha de escombros enquanto o som na arena atingia um pico febril.

— Está vendo? — Roderick tomou outro gole. O sátiro estava fazendo um trabalho péssimo de esconder o fato de que suas mãos estavam tremendo. — O trabalho de sempre.

Eles foram embora da arena por uma porta discreta normalmente reservada para os funcionários de cozinha de Jeka, alguns dos quais estavam sentados em caixas do lado de fora, compartilhando um cachimbo de algo mais forte do que tabaco e tentando superar um ao outro com interpretações cada vez mais grandiosas da apresentação do Fábula. Tam viu um olhando quando Rose passou, mas o homem encontrou algo excepcionalmente interessante nas botas de couro sujas quando Freecloud o encarou.

Cura, cansada, mas ruborizada pela emoção da vitória, trocou um olhar prolongado com um açougueiro de avental sujo de sangue que estava se admirando na superfície reflexiva de uma faca. Ela encontrou o olhar devorador dele.

— Quer dar uma volta? — perguntou ela, e o açougueiro, com aquele jeito descolado afetado, deu um pulo como um cachorro que chamaram para passar.

Freecloud se virou para ela.

— É sério?

— O quê? Ah, desculpa, foi *você* que acabou de usar uma deusa marinha pra matar um zumbi-leão gigante ou fui eu? Eu mereço, Cloud. Além do mais, sei que ele consegue encontrar o caminho de casa quando eu terminar com ele.

O druin olhou para Rose. A líder do Fábula tinha tirado a armadura do braço ferido, que parecia vagamente uma salsicha atacada por cães de briga.

— Tudo bem — disse Rose entredentes. — Se ele quiser vir, pode.

Cura moveu o dedo e o açougueiro correu para perto, acompanhado de um coral de gritos e assobios dos funcionários de Jeka. Ele colocou a faca numa caixa e começou a desamarrar o avental sujo de sangue, mas a invocadora balançou a cabeça.
— Fica com ele — disse ela. — E traz a faca.

O Fábula e a Nação Foragida foram para leste, na direção de Rowan's Creek. Rose foi levada para a carroça de enfermagem e colocada sob os cuidados do médico do Fábula, um doutor bruxo carteano chamado Dannon. O doutor Dan (como os Foragidos o chamavam) pegou uma variedade de pomadas, unguentos e misturas duvidosas que eram capazes de curar quase qualquer coisa, de cegueira a petrificação e ao início de licantropia. De acordo com Dan, até um membro cortado podia ser regenerado com os ingredientes certos, embora para Tam isso parecesse um certo exagero. Freecloud encarou a ausência de Rose como uma oportunidade de jogar com a legião de seguidores do Fábula. Apesar da reputação do druin de ganhar todos os jogos de que participava, não faltava gente para desafiá-lo e tentar a sorte. E não era como se o druin estivesse *roubando* o dinheiro deles. Quando a turnê passou por Bryton, um vilarejo famoso por seus pomares, ele comprou para todos os Foragidos uma torta de maçã e uma jarra de sidra.

Tam e Brune tiveram que se entreter sozinhos enquanto se esforçavam para ignorar os gemidos, grunhidos e ocasionais gritinhos vindos da cama de Cura. Eles tentaram jogar Escudos e Aços, mas descobriram que todos os escudos estavam faltando, menos um. O que restava tinha uma mordida em formato de sátiro, e um contrariado Roderick admitiu ter comido os outros.
— Eu fico com fome! — disse ele na defensiva.

Eles decidiram jogar Torreão de Contha, cujo objetivo era remover blocos de madeira do meio de uma torre precariamente empilhada e colocá-los no alto sem fazer a estrutura desabar, uma tarefa que ficava ainda mais difícil quando os ocasionais buracos na estrada sacudiam a mesa da cozinha do *Reduto*.

— Você sabe quem foi Contha? — perguntou Brune quando Tam estava soltando um bloco.

— Você está tentando me distrair.

— Está dando certo?

A torre nem tremeu quando ela botou a peça no alto.

— Óbvio que não — disse ela. — E aí, quem foi Contha?

O xamã riu e começou a usar a ponta de um dedo enorme para empurrar um bloco pelo meio. Ele era surpreendentemente habilidoso para alguém com mãos do tamanho de frigideiras.

— Ele foi um druin. Um Exarca, na verdade.

— Exarca?

— Eram tipo os governadores do Velho Domínio — disse Brune.

— Havia um Exarca governando cada cidade-Estado em nome do Arconte, que era basicamente o rei. — O bloco dele saiu. Ele o colocou no alto e sorriu com triunfo, depois pegou a garrafa de vinho de arroz perto do cotovelo e bebeu diretamente do gargalo.

Tam examinou a torre. Estava ficando toda esburacada na parte de baixo; ela teria que escolher o próximo bloco com cuidado.

— Contha era o Exarca de um lugar chamado Lamneth — prosseguiu Brune, determinado a afastar a mente de Tam da tarefa. — Ele era meio recluso, ao que parece, mas um engenheiro brilhante. Quando a guerra civil começou e os Exarcas passaram a jogar grupos de monstros selvagens uns contra os outros, Contha reuniu um exército de golens.

A peça que Tam tinha escolhido saiu. Ela a colocou no alto e suspirou de alívio quando a torre parou de oscilar.

Ela tinha visto uma vez os restos de um golem, quando ela e a mãe foram explorar as florestas em volta de Ardburg. A construção enorme estava coberta de musgo. As ruínas druicas que antes tinham sido os olhos estavam adormecidas, e algum animal tinha feito ninho na boca do golem.

— Já lutou contra um? — perguntou ela enquanto Brune avaliava a próxima jogada.

O xamã fez que não.

— Nós encontramos um vivo uma vez. Com runas quebradas. Correndo enlouquecido e matando tudo que conseguisse encontrar. Freecloud conseguiu controlá-lo. Ele entalhou alguns símbolos num medalhão de pedra e usou a espada para entalhar as mesmas runas no golem. Na mesma hora ele começou a seguir ordens.

— Como Freecloud sabe tanto sobre golens? — perguntou Tam.

Brune tentou pegar uma peça perto da parte mais baixa, mas a estrutura oscilou perigosamente e ele procurou outra.

— Há... eu não...

— Contha é pai dele — disse Roderick, com a voz abafada. O agente estava deitado num sofá atrás deles com os cascos cruzados e o chapéu cobrindo o rosto.

— Achei que você estivesse conduzindo! — disse Brune, obviamente sobressaltado.

— Essa coisa praticamente se conduz sozinha — garantiu Roderick.

Tam tinha quase certeza de que não era verdade, mas sua curiosidade foi maior do que a preocupação.

— Contha é *pai* do Freecloud? Ele ainda está vivo?

O sátiro levantou o chapéu. Uma nuvem de fumaça cheirosa saiu de dentro, e Tam levou um susto de ver que Rod estava fumando um cachimbo embaixo dele.

— Até onde a gente sabe, sim. Ele e Freecloud não são próximos. A maioria dos druins não tem carinho por qualquer pessoa que não seja druin. Eles gostam mais da gente como escravos. Então, se o velho do Cloud descobrisse que ele transa com uma humana ou ... que Deus proíba... que ele e Rose...

Eles ouviram um gritinho no corredor. Segundos depois, o açouguciro da Cura surgiu nu, só com uma colcira chcia de espetos no pescoço.

— Isso não é aí, sua vadia maluca! — Ele parou quando viu Roderick, que balançava o chapéu para afastar a fumaça em volta dos chifres. A repugnância deixou o rosto bonito do açougueiro com uma expressão horrível. — Que porra você é?

O sátiro falou com o cachimbo preso nos dentes.

— Vou ser o cara que enfiou o casco no seu rabo se você não pedir desculpas pra moça.

O açougueiro deu uma risada debochada.

— Moça? Aquela aberração tatuada quase me matou! Ela é ruim da cabeça, cara. Toda errada. E você... — Ele curvou o lábio com repulsa. — Você é a porra de um *monstro*. Volta para Heartwyld que é o seu lugar. Ou, melhor ainda, vai apodrecer na cela de algum agenciador e esperar um mercenário aparecer e m...

O homem foi arrastado violentamente por Cura, que deu um puxão na coleira. Ela estava segurando a faca do açougueiro e agora a pressionou na pele fina do pescoço do homem.

— Você esqueceu seu brinquedo, *cachorrinho* — disse ela. — Corre pra pegar.

A faca bateu no armário ao lado da porta. O açougueiro cambaleou atrás dela, incentivado por um chute na bunda dado por Cura, que estava usando só o avental ensanguentado que tinha tirado dele, um visual que Tam achou estranhamente atraente.

O homem fugiu sem pegar a faca. Ele tinha uma bundinha peluda e achatada que fez a barda se perguntar (não pela primeira vez) por que alguém ia querer ver um homem pelado, e menos ainda deixar um deles subir em você.

A porta bateu e a torre que ela e Brune estavam construindo desabou na mesa.

O xamã dirigiu um olhar acusatório para Cura enquanto ela se aproximava e pegava a garrafa de vinho de arroz dele. Ela tomou tudo e colocou a garrafa no meio das ruínas do Torreão de Contha.

— Vou jogar na próxima rodada — disse ela.

CAPÍTULO DOZE

A PEDRA E A ESTRADA

Branigan tinha dito para Tam uma vez que toda cidade, vilarejo e aldeia na engenhosamente chamada Estrada do Leste tinha fama por alguma coisa. Dois dias depois, o grupo entrou em Rowan's Creek, uma cidade conhecida pela serraria gigantesca, que mais parecia um castelo nobre junto às casas amontoadas ao redor. A arena ali, chamada de Toca do Madeireiro, era um quadrado de bancos que formavam uma arquibancada.

Um bando de garotos adolescentes chamado Cinco Maçãs Podres lutou no lugar do Fábula com um quarteto de gnolls mortos. De acordo com o agenciador da Toca, os zumbis com cabeça de hiena tinham sido mortos em batalha três dias antes, mas voltaram dos mortos com fogos brancos ardendo nos olhos. Os boatos circulando entre a Nação Foragida sugeriam que o necromante de Kaskar à solta estava fazendo aquele truque no norte todo. Ancestrais haviam saído da prisão das tumbas enquanto cemitérios cuspiram mortos aos montes. Exumações estavam sendo feitas por todo o interior; colunas de fumaça preta cobriam o céu acima de todas as cidades.

Por ordens de Rose, Roderick mandou um aviso para o leste de que o Fábula só lutaria com monstros *vivos* pelo resto da turnê.

Enquanto eles viam o Cinco Maçãs Podres despachar os gnolls, Tam perguntou ao agente por que os bandos não estavam se oferecendo para contrato pelas cidades e vilarejos que precisassem de ajuda.

Rod tirou o chapéu e coçou a base de um chifre curvo.

— Porque os moradores não podem pagar o mesmo que um agenciador — explicou ele. — Ganha-se mais ouro lutando nas arenas e mais glória enfrentando a Horda do que caçando um feiticeiro das trevas demente.

— Bom, e a gente? — questionou Tam. — O Fábula. Nosso contrato em Diremarch é mais importante do que ajudar as pessoas daqui?

O sátiro recolocou o chapéu.

— Por que você não pergunta pra Rose? — disse ele. — Mas eu sugeriria arrumar suas coisas primeiro, só por garantia.

Tam decidiu guardar suas inquietações para si mesma por enquanto.

Quando os gnolls mortos-vivos estavam liquidados, Rosa Sanguinária e seu bando deram um show para vencer o inimigo: um sapo vermelho enorme com quatro olhos, asas curtas e uma língua que virava fogo assim que saía da boca do monstro. Brune e Cura cuidaram das laterais enquanto Rose destruía sistematicamente os quatro olhos. Freecloud cortou a língua flamejante no meio antes de se aproximar e acabar com o sofrimento da pobre criatura.

A plateia amou, mas Tam achou a coisa toda meio artificial. Ela começou a questionar todas as canções que já tinha ouvido sobre mercenários heroicos e monstros cruéis lutando na arena. Se aquelas batalhas cantadas foram parecidas com a matança unilateral que ela viu do conforto do arsenal da Toca, o trabalho de um bardo era bem mais difícil do que a fizeram acreditar que seria.

Uma coisa que seu pai falou na noite em que ela entrou para o bando voltou à mente. *Os mercenários não são heróis*, avisara ele. *São assassinos.*

Ela estava começando a entender o que ele quis dizer com aquilo e a ver mercenários que ela antes considerava heróis sob uma luz nova e extravagante.

Eles passaram a noite em Rowan's Creek. O Fábula pegou quartos numa pousada chamada Trovador Atarantado e deu uma festa que teve nada menos do que quatro lutas, três incêndios e, por mais implausível que pareça, um parto. O bebê, uma menina com cachos ruivos naturais, foi batizado de Rose, fazendo Tam se perguntar quantos bebês chamados Rose ficaram no rastro do Fábula ao longo dos anos de turnê.

A festa estava a toda quando Tam se recolheu, e ela bloqueou a porta com tudo exceto a cama e um tapete branco de pele de urso. Apesar da fortificação, Brune entrou ruidosamente pela janela do térreo pouco antes do amanhecer. As roupas do xamã estavam em farrapos, as mãos grudentas de sangue. Ele fedia a bebida e suplicou à barda para não contar aos outros.

Tam se perguntou se aquilo tinha alguma coisa a ver com o "incidente" que ele mencionara alguns dias antes.

— De quem é esse sangue? — perguntou ela com cautela.

— Não de quem — disse Brune, se encolhendo no tapete de pele de urso. — De quê.

— De quê, então?

Pareceu um grande esforço o xamã abrir os olhos vermelhos.

— Você já viu um castor? — Ela fez que não com a cabeça. — Que sorte… — murmurou ele, fechando os olhos e meio que pegando no sono. — Uns filhos da mãe terríveis. — A respiração seguinte dele foi um ronco, então Tam deixou a conversa de lado e colocou um travesseiro sobre a cabeça.

A turnê continuou.

Em Barton, um vilarejo que alegava com orgulho ter "a torre de vigia mais alta do norte", o Fábula dizimou um grupo de goblins subnutridos perante uma multidão de nortistas bem alimentados. Depois, fizeram uma visita à celebrada torre de Barton. Eles passaram alguns minutos recuperando o fôlego no alto, olhando para a floresta coberta de neve ao redor, antes de Cura dar voz ao que todos estavam pensando.

— Que perda de tempo do caralho.

A turnê continuou.

Em Moinho do Sino (que não tinha nem moinho nem sino), o bando enfrentou uma aranha gigante chamada Ted Maior.

— É filhote do Ted Grandão — explicou o agenciador para Tam enquanto o Fábula acabava com ele —, que era filhote do Ted, que era filhote do Ted Pequeno, que era tipo do tamanho de um gato.

Acontece que Moinho do Sino era um lugar famoso pelo viveiro de aranhas, que todo mundo se recusou a visitar, exceto Cura. E como Cura via as regras como coisas que *suplicavam* para serem quebradas, ela roubou uma das aranhas, uma laranja peluda do tamanho de seu punho, que Tam viu Roderick comer mais tarde.

O sátiro ficou decepcionado depois.

— Não tinha nenhum gosto de laranja — reclamou ele.

A turnê continuou.

Riacho Salgado se apresentava como local de nascimento da lendária heroína chamada Willa Selvagem. Tudo, desde o sapateiro do vilarejo (Pés Andarilhos da Willa) ao pub local (Bico Molhado da Willa), era batizado em homenagem a ela, assim como os moradores, quase todos chamados Willa ou William.

O agenciador de Riacho Salgado ("Podem me chamar de Will!", disse ele) ofereceu um trio de ogros de barba grisalha. Rose matou um, Freecloud outro. Brune e Cura fizeram um jogo rápido de Pedra, Papel e Cimitarra pelo último, com vitória do xamã. Ele conseguiu executar a transformação em um urso-pardo enorme e fez um trabalho rápido com o último inimigo do bando.

Mais uma noite louca em seguida, mais uma manhã de exaustão, e a turnê continuou.

O tempo piorou. As nuvens soltavam flocos de neve do tamanho de pires, e todo o comboio ficou preso por quase uma semana em uma cidade chamada Flautista, cuja ilustre "Estrada Dourada" (que Freecloud alegou ser na verdade pedras de calcário pintadas de amarelo) ficou enterrada em metros de neve. O Fábula foi obrigado a dividir a única pousada de Flautista com uns dez outros bandos determinados a enfrentar a Horda no desfiladeiro Coldfire. Todos queriam uma mercenária do calibre de Rose no meio deles, mas quando a notícia se espalhou de que o Fábula ia para o leste, era como se ela fosse uma patife tamanha a quantidade de olhares de desdém lançados na direção dela sempre que alguém tinha certeza de que ela não estava olhando.

Tam fez uma apresentação no palco uma noite e tocou seu repertório de canções inspiradas no Fábula. Quando a plateia descobriu que ela era filha de Lily Hashford, todos insistiram para que ela tocasse *Juntos* e cantaram com ela.

A arena de Flautista, que se chamava Galeria Dourada, era construída como um teatro: os combatentes lutavam em um palco cercado de rede farpada, enquanto os espectadores assistiam de um semicírculo de bancos de pedra em camadas. O agenciador não tinha recebido o aviso de Roderick ou decidiu ignorá-lo, pois todo o estábulo era composto de monstros previamente mortos.

Faz sentido ninguém se importar com um necromante à solta, ponderou Tam. *Matá-lo seria ruim para os negócios!*

Rose ficou furiosa, mas, em vez de cancelar a luta, escolheu dois wargs, lobos pretos com ombros da altura de Brune, e soltou sua invocadora. Enquanto os colegas de bando compartilhavam uma garrafa de uísque de Gonhollow, Cura foi para o centro do palco e convocou um monstro dela.

— *YOMINA!*

O grito partiu o ar como um trovão. A tinta se projetou do braço dela e formou uma figura encolhida embaixo de um chapéu de palha largo. Fios de cabelo branco sem vida caíam abaixo dos ombros, finos demais para esconder o pescoço de abutre da criatura e seu sorriso de dentes pretos. Ela usava uma veste encharcada de sangue que se agarrava no corpo ossudo e estava empalada por nada menos que sete espadas.

Enquanto os wargs de olhos brancos a rodeavam, *Yomina* fechou os dedos com unhas compridas em dois cabos. Tam fez uma careta pelo som de metal em osso quando a criatura puxou as espadas do peito.

Apesar da aparência decrépita, a criatinta (como Cura se referia ao festival de horrores tatuado em sua pele) era de uma rapidez alarmante. As mandíbulas dos wargs se fecharam em fiapos de tecido preto quando *Yomina* desviou com tanta velocidade que Tam achou que tinha piscado e perdido a hora que ela se moveu de um lugar para o outro.

Ela enfiou uma espada até o cabo em cada warg, mas eles continuaram atacando. Uma a uma, a criatinta arrancou espadas do corpo e as enfiou nos agressores que rosnavam. Finalmente, quando o par caiu, ferido, o fogo nos olhos se apagando como estrelas ao amanhecer, *Yomina* tirou a sétima espada do centro do peito e cortou a cabeça dos dois.

A criatinta sumiu, e Rose se inclinou para ajudar a invocadora a se levantar. Ela aninhou o rosto de Cura nas mãos e disse alguma coisa que era só para ela ouvir. A Bruxa da Tinta assentiu e deu um sorriso fraco ao ouvir o que Rose disse em seguida. As duas se abraçaram enquanto a plateia se dispersava no crepúsculo frio.

O Fábula foi para a pousada para esperar a nevasca passar. Quando ela finalmente passou, a turnê continuou.

Uma vez, quando Tam estava pescando com o tio Bran, eles encontraram um urso preto andando pelas corredeiras cheias de salmões saltitantes. Os peixes estavam indo contra a correnteza, atraídos por instinto para a área de desova da juventude deles. Tam lembrou-se disso agora quando o *Reduto dos Rebeldes* seguiu lentamente pelo fluxo de tráfego para o oeste. O tempo ruim tinha congelado a estrada por dias, mas agora ela estava lotada de homens e mulheres a caminho do desfiladeiro Coldfire.

O sol surgia ocasionalmente no teto de nuvens, e Tam e os outros passavam o dia no telhado da carraca. A barda se sentava entre ameias, tirando músicas da caixa de ressonância em forma de coração de *Hiraeth* e observando a multidão abaixo procurando mercenários que ela poderia reconhecer, de vista ou só de reputação.

Os gêmeos Duran, agrianos brutamontes vestidos da cabeça aos pés com placas de metal cheias de espetos, vinham seguidos de uma escolta de capangas de aparência grosseira que eles empregavam no lugar de um bando tradicional. Ela também viu os Cobras Brancas, Layla Sweetpenny e Fogo de Guerra, que cobria as armas de piche e tacava fogo nelas antes de cada batalha. Tam se perguntou se era deliberado ou coincidência que todos os cinco eram carecas e sem barba.

Ela gritou quando as Irmãs de Aço passaram em garanhões brancos com armaduras e acenou para Courtney e as Fagulhas quando a gangue de mulheres de saias de correntes e portando lanças passou. Courtney jogou um beijo para ela, e ela se perguntou se a renomada guerreira tinha reconhecido Tam como a garota que havia servido vinho para ela no Esquina de Pedra quando seu bando fora a Ardburg no verão anterior.

Provavelmente não, concluiu ela.

Todos passaram longe de Rick, o Leão, quando ele seguiu com uma carruagem de guerra pesada no meio da multidão espremida. Uma carraca com o nome de *Criança Selvagem* passou sobre rodas cobertas de ferro, mas o bando a quem pertencia ficou lá dentro.

— Tam, olha pra cima. — Brune atraiu a atenção dela para um navio voador navegando lá no alto. As velas estalaram com a eletricidade capturada e os motores das marés espalhavam fios de neblina fina que ela sentia nos dedos esticados.

Os navios voadores eram extraordinariamente raros desde que o segredo da fabricação deles se perdeu quando o Domínio caiu. Tam não fazia ideia de como eles funcionavam, mas tinha visto um de perto algumas vezes. O Vanguarda, o bando do qual Tiamax e Edwick fizeram parte, tinha encontrado um intacto em Heartwyld anos antes. Eles o batizaram de *Velha Glória* e, quando eles se aposentaram depois da batalha em Castia, o navio voador foi vendido por uma ninharia para o pai de Rose, o próprio Golden Gabe.

Agora, a estrada estava tão congestionada que Roderick foi obrigado a parar a carraca enquanto o rio de guerreiros a caminho do oeste passava em volta. Enquanto ela os via passar, impetuosos e deslumbrantes na panóplia reluzente de guerra, algo parecido com vergonha despertou nas entranhas de Tam. Todos aqueles homens e mulheres estavam indo salvar o mundo, defender toda Grandual contra Brontide e a Horda destruidora...

E aqui estamos nós, pensou ela com desânimo, *uma pedra enorme em um rio de heróis.*

— Ei, Rose! — gritaram de baixo. — Você está indo na direção errada!

Rose parou ao lado de Tam, que identificou que quem falou era Sam "Matador" Roth. Nas costas dele estava sua espada montante *Dente*. A armadura de placas entalhada estava tão apertada no corpo volumoso que ele parecia um abacaxi narmeriano se abrindo nas juntas. Tam notou que o cavalo dele parecia estar com dificuldade para aguentar o peso considerável do cavaleiro.

Roth estava apontando para o oeste.

— A Horda está pra *lá*.

— É o que ficam me dizendo — disse Rose —, mas infelizmente temos compromissos anteriores. Além do mais, quem vai garantir a segurança das cortes quando vocês, heróis altruístas, correm para nos salvar da Horda? Tem um necromante à solta, você não ouviu?

O Matador puxou a gola da armadura, claramente incomodado no calor da tarde.

— Sim, ouvi. Também ouvi que você tem um compromisso em Diremarch.

Os mercenários eram muito gananciosos, Tam sabia. Se houvesse um contrato com bons ganhos dando sopa, Sam Roth desejaria descobrir por que não ficou sabendo.

— É verdade — disse Rose.

— E o que é mais importante do que um gigante com um bando de monstros junto? Não me diga que você prefere ganhar uns míseros marcos da corte a batalhar com a Horda Invernal! Qual é a glória disso?

— Não é questão de dinheiro, Sam.

— Rá! Eu sabia! E qual é o compromisso? Deve ser coisa grande. Algo bem terrível, né?

— Você não acreditaria se eu contasse — disse Rose.

Roth semicerrou os olhos.

— Deuses de Grandual — sussurrou ele —, é um dragão.

Rose não disse nada, mas seu sorriso aumentou só um pouco.

— É, não é? Você está com uma porra de dragão na mira! — O sujeito pareceu estar com inveja, como se batalhar com um lagarto alado do tamanho de uma casa e que cospe fogo fosse algo digno de inveja.

Por favor, que não seja um dragão, pensou Tam. Ela queria aventuras, claro, mas aventuras costumavam terminar meio abruptamente quando um dragão se envolvia nelas.

— Qual é? — perguntou Roth. — Konsear? Akatung? Calma aí, seu pai não matou Akatung?

— É o Simurg.

O rosto do Matador se transformou.

— Como é?

— O Simurg — repetiu Rose. — O Devorador de Dragões.

Foi imaginação de Tam ou os outros (Freecloud, Cura, Brune, até Roderick no banco do condutor) ficaram bem quietos de repente? Coincidência, concluiu ela, pois o sátiro começou a assobiar e Cura virou a página do livro. Mesmo assim, um arrepio desceu pela coluna de Tam, apesar do sobretudo grosso de couro.

Rose está brincando, disse Tam para si mesma. *Só pode estar.*

Sam Roth riu por um bom tempo. Quando terminou, tirou uma luva de cota de malha e secou o olho.

— Tudo bem — disse ele. — Não precisa me contar. Pelos ventos do inverno sangrento, Rose, você me fez acreditar por um segundo.

— Alguma coisa engraçada? — perguntou uma mulher que guiou o cavalo até a montaria exausta de Roth. Tam a achou bonita. A pele era marrom-escura, o cabelo pintado da cor de prata imaculada. Havia uma lança nas costas dela e um escudo com uma estrela prateada em um fundo preto pendurado no braço esquerdo.

O Matador estava tendo dificuldade de colocar a luva de volta na mão gorda.

— A Rose aqui estava me contando por que o Fábula está indo pra Diremarch e não para o desfiladeiro Coldfire. Eles vão lutar com o Devorador de Dragões!

A mulher nem piscou quando ouviu o nome. O Devorador de Dragões era um monstro inventado, e ficou claro que Rose não tinha intenção de contar a Roth (e nem a ninguém) o que os aguardava em Diremarch.

— Então é verdade? — A recém-chegada ergueu o escudo para bloquear o brilho quando olhou para cima. — A Rosa Sanguinária está fugindo de uma luta? Nunca pensei que esse dia chegaria.

Rose abriu um sorriso gelado.

— Não estou fugindo de nada, Estrela. Já lutei com uma Horda, lembra? — Ela olhou de soslaio por um momento quando Freecloud parou ao seu lado. — Essa luta não é nossa.

— Não é sua? — A mulher, que Tam agora sabia que era a Estrela da Sorte, fez uma expressão de desprezo para eles. — Eu não me lembro de Castia ser a *minha* luta, mas isso não me impediu de ir salvar seu couro, né?

O sorriso de Rose estava derretendo como uma lasca de gelo dentro de um punho fechado.

— Mas e se a Horda passar pelo desfiladeiro Coldfire? — insistiu Estrela. — E se ameaçar Coverdale? Aí será que vai passar a ser uma luta sua?

Todos os sinais de alegria sumiram do rosto de Rose. Ela amarrou a cara como se fosse uma gárgula com um pombo incontinente pousado em sua cabeça.

— Foi bom te ver, Matador — disse ela, se afastando da ameia e gritando para Roderick: — Bota a gente em movimento. Passa por cima deles se precisar, não quero nem saber.

— Passando por cima! — Roderick estalou as rédeas, e o *Reduto* entrou em movimento.

— O que tem em Coverdale? — Tam perguntou a Freecloud.

— Nossa filha — respondeu ele.

CAPÍTULO TREZE

HIGHPOOL

Depois de uma parada final em um vilarejo com o infeliz (e tristemente preciso) nome de Tedioso, a turnê do Fábula chegou ao final em Highpool, que rivalizava com a capital de Ardburg em tamanho e a destruía em esplendor. Construída quase totalmente de calcário branco reluzente, ela se empoleirava como uma coroa de marfim no alto de um monte amplo.

A cidade era cercada pelos picos das Montanhas Rimeshield ao sul, e acima dela havia uma figura colossal entalhada nos penhascos do norte. Uma das mãos segurava o cabo de uma espada de granito enquanto a outra estava esticada sobre a cidade que se estendia abaixo. Canais entalhados na pedra permitiam que um fluxo regular de água derretida se acumulasse na palma da mão dela antes de escorrer entre os dedos para um reservatório centenas de metros abaixo.

Os residentes de Highpool a chamavam de Defensor, mas, quando eles se aproximaram da cidade, Freecloud informou a Tam a verdadeira identidade dela.

— O Tirano? — Ela apertou os olhos para o rosto da estátua. Estava quase sem feições pela corrosão de séculos de intempéries, mas as orelhas compridas subindo da cabeça mostravam que se tratava de um druin.

— O nome dele era Gowikan — disse o druin. — Ele foi um Exarca que mandou os escravos, centenas de homens, mulheres e monstros, entalharem a figura dele na montanha. Eles trabalharam por doze anos e só conseguiram fazer aquela mão, e ele botou outros milhares para trabalhar. Uma década depois, tinham entalhado o peito, um braço, a cabeça, tudo que dá para você ver agora. Mas eles nunca terminaram.

Freecloud estava brincando com aquela moeda estranha de pedra da lua quando falou. Tam se perguntou se o objeto daquilo era ser algum tipo de amuleto da sorte.

— O Domínio já tinha começado a ruir. A guerra civil começou e os Exarcas se voltaram uns contra os outros. O exército de Gowikan não estava treinado, estava mal alimentado e destruído por anos de trabalho exaustivo. Eles foram destruídos e o Exarca foi morto. — As orelhas do druin tremeram quando ele suspirou. — Isso me faz refletir às vezes se o que estamos fazendo realmente importa. A luta, as mortes, a *glória* que vivemos desesperados para ter. Nenhum de nós decide como seremos lembrados — disse ele.

Tam se lembrou do tio manifestando um sentimento parecido na colina acima do Acampamento dos Lutadores.

— Gowikan era cruel. E vaidoso. Era um déspota mesquinho cuja busca pela imortalidade significou o fim dele e do povo dele. Mas aqui está ele, bem depois da morte dos inimigos, reverenciado pelos que ele teria tratado como escravos. Imortal, no fim das contas.

Tam tirou dos olhos uma mecha de cabelo soprado pelo vento.

— Os druins não são todos imortais? — perguntou Tam.

— Essencialmente, sim — disse Freecloud. A moeda na mão dele sumiu com um movimento do pulso. — Pena que tantos de nós são uns cretinos.

A estrada para a cidade fazia um circuito completo do monte onde ela tinha sido construída e era ladeada na esquerda por um baluarte de terra cheio de corvos exultantes. Eles gritaram loucamente quando a Nação Foragida seguiu na direção do portão, e as boas-vindas ao Fábula dentro da cidade foram ainda mais grandiosas. As pessoas lotaram as laterais das ruas enquanto o *Reduto dos Rebeldes* passava, e Tam, que tentou contar o número de mulheres com o mesmo cabelo vermelho-sangue de Rose, desistiu depois de chegar a cem. Ela duvidava que houvesse uma única fava hucknell na cidade.

Eu devia levar umas comigo para todos os lugares, pensou ela. *Eu poderia vender e ganhar uma fortuna...*

Uma mulher (que correu ao lado da carraça por vários quarteirões) suplicou pela honra de ter os bebês de Brune, enquanto outra, segurando um bebê chorão vestindo uma fantasia de coelho improvisada, alegava já ter dado à luz o filho de Freecloud.

— Devo ficar preocupada? — perguntou Rose ao druin.

Freecloud ofereceu um aceno e um sorriso cauteloso à mulher.

— Eu estou.

As varandas e telhados também estavam lotados. Serpentinas de tecido tingido caíam do alto, junto com alpiste e pétalas de rosas tão congeladas que pareciam granizo.

Tam se inclinou sobre o banco do condutor.

— Qual é a do alpiste? — perguntou a Roderick.

— Não faço ideia. — O sátiro pegou um pouco e jogou na boca. Quando viu a expressão horrorizada dela, esticou a mão. — Desculpa, você também queria?

Ela negou com um gesto.

— Não, obrigada.

— Fique à vontade. — Rod espalhou as sementes na mão e examinou o conteúdo. — Ei, acho que tem milho aqui!

Eles acabaram parando na frente da Cajado Retorcido, uma pousada de três andares cujo proprietário, um mago aposentado chamado Elfmin, recebeu o Fábula no pátio do lado de fora e presenteou cada um com um cachecol vermelho.

— É... quentinho — comentou Tam quando o idoso colocou um nos ombros dela. A lã grossa irradiava um calor leve quando ela enrolou o cachecol no pescoço.

— É encantado! — disse Elfmin. Ele ajustou o par de óculos dourado no alto do nariz. — Um truque simples, mas vão ser bem úteis em Diremarch, podem acreditar!

Levou a tarde inteira para a Nação Foragida se acomodar no Cajado Retorcido. Depois de plenamente instalados, eles todos, inclusive Tam, passaram as últimas horas da tarde dormindo, pois, como Rose falou claramente:

— Nós não vamos dormir esta noite.

Como o Cajado Retorcido sediaria a festa final da turnê do Fábula depois da luta do dia seguinte, o bando passou a penúltima noite em Highpool explorando os estabelecimentos mais sórdidos da cidade. Um grupo de Foragidos foi atrás, mas qualquer pessoa com força mental e moral para acompanhar era bem-vinda.

A primeira parada foi o Basilisco, um bordel mobiliado com estátuas de homens e mulheres em vários estados de fornicação. Depois disso foi a Toca da Górgona, que tinha um tema parecido, mas muito mais cobras espalhadas.

Em seguida foi o Mackie's, com o Bardo Careca logo depois e outro bordel chamado A Espada Mais Longa da Cidade, onde Freecloud, depois de muitos pedidos e vinho demais, foi convencido a dançar em uma jaula enquanto Tam tocava uma rendição sensual de *Garoto mágico*, uma música que costumava ser reservada para festas de aniversário de criança.

As paredes do Escudo Estilhaçado eram decoradas com espadas quebradas e escudos rachados. O local estava cheio de guerreiros grisalhos que contavam histórias complicadas de dias e noites passados em turnê por Heartwyld. Todos, no fim das contas, tinham perdido companheiros de bando para a podridão, a doença que acometia indiscriminadamente quem entrava na floresta envenenada. Um velho exibiu a mão que alegou ter sido infectada antes que Arcandius Moog (companheiro de bando do pai de Rose) começasse a produzir a cura milagrosa.

Antes de seguirem em frente, Tam perguntou ao aposento cheio de veteranos cansados que música eles mais queriam ouvir e ficou emocionada quando escolheram com unanimidade a balada mais famosa de Lily Hashford. Além de lembrá-la da mãe, foi a canção que conquistou seu espaço no Fábula. Se tivesse tocado qualquer outra música que não fosse *Juntos* durante o teste, ela talvez ainda estivesse em Ardburg naquele momento.

Quando a barda chegou ao verso final da canção, os velhos mercenários estavam cantando com ela. Ao terminar, não havia um único olho seco no ambiente.

A última parada foi uma taverna chamada Mercado dos Monstros. Os funcionários estavam com fantasias sumárias de várias criaturas feéricas, e em vez de velas de cera ou lampiões a óleo, havia pixies *de verdade* presas em potes de vidro coloridos suspensos nas vigas. Seguindo o exemplo de Rose, cada companheiro de banda e cada Foragido roubou uma na saída. Na rua lá fora, eles abriram as tampas e soltaram os prisioneiros, rindo, encantados, quando o céu se encheu do zumbido de asas luminosas.

Estava quase amanhecendo quando eles começaram a voltar para o Cajado Retorcido. Em algum lugar no caminho, Penny jogou uma bola de neve em Brune, que retribuiu. Ele errou, mas acertou Rose. A guerra de bolas de neve que aconteceu na rua inteira continuou até um pelotão de patrulheiros de capa branca chegar para interromper.

Eles prenderam Brune, que não conseguiu fugir com Penny montada nos ombros. Rose e Freecloud foram encontrados juntos em um banco de neve e acusados de atentado ao pudor, nudez em público e posse de uma espada sem bainha.

Cura segurou Tam pela mão quando a barda quase escorregou no gelo. As duas fugiram juntas, se abaixando por vielas e contornando praças cobertas de neve. Elas conseguiram escapar dos perseguidores, mas Cura não soltou a mão dela. Elas estavam quase na pousada quando a Bruxa da Tinta apertou os dedos de Tam e apontou para cima.

— Olha.

O brilho da lua banhava a queda-d'água acima de Highpool com uma luz prateada, transformando a água em fios de seda sussurrante. Entre cada um havia trechos de céu estrelado que cintilava como um lago no momento anterior a virar gelo.

— Que lindo — disse Tam, mas ela já tinha se virado do espetáculo da água caindo e estava olhando para Cura.

A invocadora olhou para Tam com um sorriso malicioso se abrindo no rosto.

— Ei, sabe o que a gente devia fazer?

— Precisa estar molhado primeiro — disse Cura.

— Vai doer? — perguntou Tam.

— Vai formigar um pouco, mas, não. Não deve doer. Não se a gente fizer direito.

— Você já fez isso antes?

— Claro — disse Cura. — Mas normalmente sozinha.

— E se eu não gostar?

— Você vai amar. Não consigo acreditar que você nunca fez isso antes. Uma garota da sua idade? Agora fecha os olhos e fica paradinha.

A invocadora virou uma jarra de água na cabeça de Tam.

Quando o cabelo estava bem molhado, Cura desapareceu da visão periférica dela. Tam olhou para as vigas escuras da cozinha dos funcionários, a nuca apoiada na base de uma bacia de cerâmica. Ela ouviu o ruído de um pilão e um socador, um gotejar de líquidos e mais ruído de moagem.

— Tudo pronto — disse Cura. Ela voltou para o lado de Tam e começou a massagear a mistura na cabeça da barda. Passou a formigar quase na mesma hora.

Como aquilo provavelmente levaria um tempo, Tam decidiu pressionar a Bruxa da Tinta para obter respostas para perguntas sobre as quais ela vinha matutando desde o encontro com Sam Roth no dia anterior.

— Então Rose tem uma filha?

Os dedos de Cura pararam por um breve momento, mas logo voltaram a trabalhar.

— Tem, sim. O nome dela é Wren.

— Ela é druin?

— Ela é sylf. Não tem orelhas de coelho, se é isso que você quer saber.

— Sylf?

— Os sylfs são o que acontece quando um homem druin e uma mulher humana concebem uma criança. As mulheres druin, sorte delas, só ficam grávidas uma vez, e só de outro druin.

Tam não sabia disso.

— E como eles sobrevivem? — perguntou ela. — Se cada mulher só tem um filho, eles acabariam sumindo, não é?

Cura riu.

— Acabariam, sim. Já aconteceu, caso você não tenha reparado. Mas eles são imortais, não esqueça. Ou quase. Freecloud diz que eles *podem* morrer de velhice, o que quer que isso signifique para um coelho. Eles não são daqui, sabe.

Tam *sabia* disso. De acordo com sua mãe, os druins tinham ido para Grandual de outro reino, um reino condenado, usando a espada chamada *Vellichor* para cortar o tecido das dimensões. Quando chegaram, eles começaram a subjugar os nativos rapidamente, homens e monstros primitivos demais para lutar com a magia e tecnologia superior dos invasores. O líder deles, Vespian, criou um império que ficou conhecido como Domínio e liderou como Arconte por milhares de anos.

Tam achava que um adulto ouvindo aquela história pela primeira vez poderia supor que não passava de um mito, um conto de fadas montado a partir de meias-verdades e superstições. Mas como quem tinha contado foi sua mãe, Tam acreditou sem questionar. Tanto Edwick quanto Tiamax já tinham visto *Vellichor* e os dois juravam que dava para ver um mundo alienígena na superfície da lâmina. O Arconte, antes de morrer, deu a espada para o pai de Rose. A arma ainda estava com ele.

— Quantos anos Wren tem? — perguntou Tam.

— Quatro — disse Cura. — Talvez cinco. Ela mora com o avô em Coverdale. Nós sempre passamos lá depois de alguns meses pra fazer uma visita.

Avô?

— Você está falando do Golden Gabe? Por que ela está com ele e não com Rose?

Cura passou os dedos pelo cabelo de Tam. O puxão delicado poderia ter sido gostoso, *mais* do que gostoso, até, se não fosse a sensação de formigamento, que estava mais forte agora do que antes.

— Porque — disse Cura por fim — a estrada não é lugar de criança.

Então por que Rose e Freecloud estão na estrada?, Tam queria perguntar, mas achou melhor deixar o assunto de lado por enquanto. Ela fez outra pergunta em que estava pensando havia um tempo.

— Em Woodford, Jeka disse que nunca tinha visto uma invocadora como você. O que ela quis dizer com isso?

— Você já me *viu*? — O tom de Cura estava carregado de arrogância fingida. — Eu sou quente como ferro incandescente.

Um cheiro de baunilha queimada ardeu o nariz de Tam.

— Mas não foi isso que Jeka quis dizer. Ela disse que você luta diferente de outros invocadores.

— Isso é porque invocadores não costumam lutar — disse Cura. — Eles são mais animadores. Eles entalham coisas em madeira ou em sininhos de vidro, depois botam fogo ou quebram para dar vida a essas coisas.

— Então, se um invocador entalhar um pássaro em madeira...

— Ele vai ter um pássaro de madeira. E se fizer em vidro...

— É feito de vidro — concluiu Tam.

— Exatamente. — Cura saiu do lado dela, e Tam a ouviu usando a jarra para pegar água num barril no canto. — As coisas que eu invoco são diferentes. Estão desenhadas na minha pele, pintadas no meu sangue. Então, quando eu as chamo — a água fria bateu na cabeça de Tam —, elas são feitas de pele e sangue. São reais. Ou algo próximo disso. É difícil explicar — disse ela, voltando ao barril e enchendo a jarra.

— Mas o que elas são? — perguntou Tam enquanto outra jarra de água era virada sobre sua cabeça. O cheiro de baunilha estava começando a passar, o que ela interpretou como um sinal promissor. — Aquele ente em chamas, o monstro marinho, aquela... outra... coisa com as espadas enfiadas no corpo. Por que você tem esses...

— Acabamos por aqui — disse Cura. Havia uma finalidade breve no tom dela, um tom que ameaçava cortar se Tam ousasse insistir. — Se senta e dá uma olhada.

A barda ergueu o pescoço da bacia. Cura estava segurando um espelho, para que Tam pudesse ver seu reflexo.

O rosto estava igual. Os olhos estavam iguais. Mas o cabelo não estava mais do tom castanho comum e sem graça que ela tinha herdado do pai.

Estava louro platinado.

Tam viu um sorriso como a luz do sol se abrir nos lábios do reflexo.

— Ah, deuses do caralho, eu *amei*.

CAPÍTULO CATORZE

ESCARCÉU

Quando o velho rei de Kaskar morreu, alguns anos antes, o filho e sucessor dele iniciou vários projetos ambiciosos de construção, um em cada grande cidade do norte, para tentar conquistar a gratidão do povo que ele agora governava. Grimtide ganhou um novo farol grandioso, Corte Norte, uma pista de corrida. Bellows Oriental se tornou sede da maior biblioteca da corte, enquanto Bellows Ocidental exibia o museu mais abrangente. Ardburg ganhou uma casa de banho moderna, com piscinas aquecidas, saunas fumegantes e um ginásio de luta livre em que, de acordo com o tio de Tam, havia mais sexo do que um bordel nas noites de dois por um.

Em Highpool, o rei Maladan Pike ordenou a reforma da antiga arena, que tinha caído num estado tão grande de deterioração que os bandos e agentes às vezes evitavam a cidade. O Jardim de Pedra de Maladan, como passou a ser chamado, era um cilindro de seis camadas cavado na rocha da colina. O anel de assento mais alto, o único visível acima do chão, era ocupado por camarotes particulares com mobília cara dos quais os abastados da cidade podiam assistir à carnificina com conforto. Inversamente, a camada inferior era afetuosamente chamada de "Poço", e não era incomum que os que aceitavam suas profundezas saíssem com ferimentos tão sérios quanto os que eles tinham ido assistir.

O arsenal do Jardim era mais extravagante do que qualquer outro que Tam já tinha visto. Havia um bufê digno de um banquete real e um bar abastecido com todas as bebidas imagináveis. O piso de placas de pedra estava coberto de tapetes estampados, os sofás cobertos de tantas almofadas que ela foi obrigada a empilhar algumas numa cadeira próxima para conseguir se sentar. Havia tapeçarias exibindo grandes batalhas do passado da arena penduradas entre espelhos iluminados.

Em um desses espelhos, Tam viu o reflexo de um mercenário cuja fama rivalizava com a da própria Rosa Sanguinária. Quando Brune desabou no sofá ao lado dela, espalhando almofadas em todas as direções, Tam se inclinou e sussurrou:

— Aquele é o príncipe de Ut?

— Príncipe de onde? — perguntou Brune, alto demais.

O homem no espelho, o rosto obscurecido por um cuculo roxo com véu preso por um aro de ouro, olhou na direção deles. Os olhos pintados de lápis preto mal estavam visíveis, e quando se voltaram para Tam ela fez o possível para desaparecer nas almofadas que restavam.

O xamã coçou a nuca.

— Você fez alguma coisa no cabelo?

— Não.

— Legal. — Brune esticou o pescoço para olhar atrás do ombro dela. — Sim, é o príncipe mesmo. Ele não tem bando, sabe. Enfrenta os monstros sozinho, o que é loucura, se você quiser saber o que eu acho. Todo mundo, por melhor que seja, precisa de alguém ajudando de vez em quando. Até Rose... — Ele parou de falar e a cutucou. — Ah, olha isso.

O agente do príncipe de Ut, um narmeriano corpulento cuja capa de pele manchada estava bem apertada embaixo de uma papada considerável, chamou uma das atendentes do Jardim quando ela passou.

— Com licença. Oi, olá, sim. — O homem falava com a arrogância pura de um rei castrado. Um dos dedos cheios de anéis acariciava a pele macia da gola enquanto a outra fazia sinal na direção das comidas oferecidas ali perto. — Parece ter havido uma confusão com as uvas.

A expressão da atendente deixou claro para Tam que ela preferia estar em qualquer lugar naquele momento, menos ali.

— Uvas?

— Sim, de fato. Uvas.

Ela apontou.

— Você quer dizer aquelas uvas?

— Sim... e não. É que pedi especificamente que as uvas fossem *roxas*, e essas, como você pode perceber apesar da sua simplicidade aparente, são verdes.

Se a atendente se importou de ser ofendida, ela não demonstrou.

— E?

— E ... — disse o agente, olhando para o mestre. — Sua graça não come uvas *verdes*. Ele só come uvas *roxas*.

A mulher piscou. Olhou para a mesa e para ele.

— Aquelas uvas são verdes — disse ela.

— Sim, estou vendo. *Aquelas* uvas são verdes. E é por isso...

Um rugido sacudiu o Jardim de Pedra, tão alto que os lampiões acima balançaram nas correntes de prata. A atendente aproveitou a distração para escapar sem ser notada. Um momento depois, Cura desceu a escada do arsenal.

— Os Lobirratos venceram — anunciou ela.

— Venceram o quê? — perguntou Freecloud.

— Lobirratos — disse ela, olhando a mesa do bufê antes de escolher um pêssego e mordê-lo. — Doido, né?

Roderick desceu atrás dela.

— Nós somos os próximos! — anunciou ele.

— Nós vamos lutar contra o quê? — perguntou Rose. Ela tinha ingerido sua dose costumeira de Folha de Leão alguns momentos antes, o que deixou sua voz calma e roubou a luz dos olhos dela.

O agente esfregou as mãos.

— Orcs!

— Quantos?

— Tem um bando de guerra inteiro nas celas, pelo que parece. Falei pra escolherem os 12 filhos da mãe mais corpulentos, cruéis e verdes que eles conseguissem encontrar. São três pra cada, desde que Tam não entre correndo e dispare em todos primeiro. — Ele piscou para a barda. — Gostei do cabelo, aliás.

Ela abriu um sorriso.

— Obrigada.

— Eu sabia! — disse Brune, coçando a barba enquanto admirava o visual novo dela.

Rose se olhou em um dos espelhos e encarou o olhar vazio do reflexo.

— Vamos lutar com todos — disse ela.

As sobrancelhas do sátiro quase derrubaram o chapéu da cabeça dele.

— Como é que é?

— Todo. O bando todo.

O arsenal foi mergulhado em silêncio.

O duplo de Rose olhou do confinamento do espelho iluminado, procurando os olhos dos companheiros, um a um. Brune respirou fundo de um jeito que deixou seu peito parecendo um barril antes de assentir. Cura abriu um sorrisinho e enfiou os dentes no pêssego.

— Gosto dessa proporção — disse ela.

— Eu, não — murmurou Freecloud. — Mas gosto do que tem em jogo. Morte ou glória, certo?

O reflexo de Rose sorriu.
— Morte ou glória.

No fim das contas o bando de guerra era formado de 77 orcs fortes, e, embora Tam não achasse necessário aumentar esse número, muita gente iria fazer isso. Bardos e bêbados do futuro iriam dizer, cantar ou resmungar que o Fábula enfrentou cem, cento e cinquenta, não... *duzentos* orcs naquela tarde.

Para Tam, a verdade já era bem impressionante. Em um momento ela está vendo uma onda de loucura verde, rosnando, coberta de ferro correndo na direção da Rosa Sanguinária e dos companheiros de bando dela, e no seguinte...

... um urso de pelo castanho ruge alto o suficiente para sacudir corações. As garras curvas reduzem metal a destroços e abre corpos como se fossem pele encharcada de vinho ruim...

... uma invocadora se prepara quando um corcel de tinta se solta do braço flexionado. Asas metálicas se abrem como velas atrás do pescoço esticado. Os cascos vibram com relâmpagos, batucam como trovão, batem como chuva ao correr para a luta...

... a espada de um druin canta como um sino ao cortar o ar. Ele se move com a determinação de um predador: cada passo calculado, cada golpe uma certeza. O coração dele é uma moeda girando com o rosto da amada de um lado, o da filha do outro e, seja qual for o lado que fique para cima, ele sai perdendo...

... uma mulher corta, golpeia, bate e ataca, uma tempestade de fogo e aço. Nascida na sombra, o destino eclipsado pelas estrelas mais brilhantes. O que mais ela pode ser se não um cometa, ardendo tão intensamente que atrai todos os olhares ao seguir na direção de um destino inimaginável?

Quando os pedacinhos de 77 orcs mortos são carregados, varridos e raspados do piso de pedra encharcado de sangue da arena, é anunciado que o príncipe de Ut, por não querer ficar na sombra do feito extraordinário do Fábula, se retirou da batalha pelo título.

A plateia vaia de consternação até Rose ressurgir, sozinha, pelo portão do arsenal. Ela vai lutar no lugar dele, declara ela. Ansiosos para agradar a plateia agitada, os agenciadores soltam uma marilith: uma mulher com cauda de serpente e seis braços segurando espadas e que parece, aos olhos de Tam, ser digna das abominações tatuadas na pele de Cura.

Rose a destrói, mas faz isso de um jeito dramático, como se a arena fosse um palco e todas as testemunhas fossem bardos que, ao saírem dali, cantariam elogios sobre ela para quem quiser ouvir. Quando ela finalmente permite que a marilith morra, cortando a cabeça fora com as duas espadas, ela larga as lâminas e se levanta com os braços erguidos enquanto a plateia grita como suplicantes perante um deus.

Uma chuva de pétalas roxas cai do céu, espiralando pelos raios inclinados de sol e pelas sombras. Tam tira uma do cabelo e não consegue segurar um sorriso.

Rosas. Claro.

Houve uma festa no Cajado Retorcido depois. A Nação Foragida dispersaria de manhã, alguns voltando para casa, enquanto outros indo atrás de bandos diferentes enquanto o Fábula seguia sozinho para cumprir o contrato em Diremarch. Um a um, os Foragidos visitaram a mesa comprida sobre cavaletes na qual Rose e os companheiros estavam e se despediram. Penny ficou bem chateada de Brune ir para o norte sem ela. Agarrou-se ao braço do xamã como uma sobrevivente de naufrágio no último pedaço de navio.

Muitos mercenários também apareceram. Os Lobirratos, que lutaram antes do Fábula no Jardim, estavam por ali, assim como o Juventude Enlouquecida, que eram na verdade quatro homens de cinquenta e tantos anos cuja ideia de "turnê" tinha regredido a ir a festas para as quais eles não tinham sido convidados.

Korey Kain, a arqueira de um bando chamado Desjejum de Tubarão, parou lá para dar um oi e para exibir a barriguinha de grávida.

— O pai dela foi meter a bota na bunda da Horda — declarou ela com orgulho. — Eu também estaria lá se minha armadura ainda servisse!

Tam estava sentada no banco entre Cura e Brune. Rose e Freecloud estavam sentados em frente, enquanto a cadeira de Rod ficava na cabeceira. A mesa estava lotada de canecas cheias, garrafas vazias e pratos com os restos de uma refeição épica. O xamã e a invocadora discutiam sobre qual corte de Grandual era a melhor para se aposentar se o contrato de Diremarch acabasse sendo tão lucrativo quanto eles achavam. Roderick estava comendo uma coisa crocante que soava como um monte de ossos de galinha e que devia mesmo ser um monte de ossos de galinha.

Enquanto isso, Tam se esforçava para não deixar óbvio que ela estava ouvindo a conversa de Rose e Freecloud.

— ... perigo desnecessário — dizia o druin. — Nós fizemos nossa parte. Não havia motivo pra lutar contra a marilith.

— Não havia motivo? — Rose deu uma tragada no cachimbo e fez cara de desdém no meio da fumaça. — Você viu a plateia? Ouviu todo mundo gritando meu nome? Você acha que Golden Gabe já matou uma marilith sozinho?

As orelhas do druin estavam rígidas de raiva. Ele abriu a boca para retorquir, mas a fechou, como se a presciência o tivesse avisado que não valia a pena a ira que ele ia despertar se botasse para fora o que estava prestes a dizer.

— A turnê terminou — disse ele, forçando uma compostura. — Lembra, você prometeu...

— Chega de Folha de Leão. — Rose fez o sinal do Senhor do Verão sobre o coração. — Prometo.

— Te deixa imprudente.

— Me deixa divertida — respondeu ela, expirando mais fumaça no ar acima da cabeça. A expressão dela ficou séria. — E eu precisava, Cloud. Você sabe.

O druin botou a mão na dela.

— Escuta, você não tem que...

— Rosa Sanguinária! — A voz, rouca e grave, pertencia a Linden Gale, que portava um machado no Lobirratos. Era um homem corpulento, e seu rosto largo tinha a aparência de couro mastigado por um cachorro faminto. — Resolve uma aposta pra mim, por favor. Dizem que vocês estão indo pra Diremarch. Dizem que vocês têm um contrato com a Viúva de Ruangoth.

Rose nem se virou para olhar para ele.

— Temos mesmo.

Eles tinham plateia, Tam reparou. As conversas ao redor caíram no silêncio. Bebidas ficaram paradas a caminho das bocas. Cachimbos foram esquecidos, a fumaça lânguida no ar carregado.

— O que tem em Diremarch? — perguntou Linden.

— Neve — disse Cura.

— Pedras — disse Brune.

— A puta da sua mãe — disse Roderick.

Houve um arquejo coletivo nas mesas ao redor.

— O quê? — O agente levantou as mãos, alegando inocência. — A mãe dele é uma puta mesmo! Linden, me confirma aqui!

O mercenário grandalhão assentiu contrariado.

— É verdade.

— Viram? Eu falei. Ela trabalha naquele bordel que é um buraco na parede em Fetterkarn, né? Como se chama mesmo aquele lugar?

Gale pareceu meio constrangido.

— O Buraco na Parede.

— Um estabelecimento adorável — disse Roderick. — E a sopa de cabeça de bode — ele beijou os dedos — é de tomar rezando.

— Ouvi um outro boato. — O guerreiro do Lobirratos parecia ansioso para mudar o assunto. — Ouvi que vocês vão atrás do Simurg.

— Isso mesmo — respondeu Rose.

Agora, o salão quase todo estava ouvindo, o que queria dizer que quase o salão todo riu quando ela falou isso, até os Foragidos. Todo mundo exceto o próprio Fábula, na verdade.

Linden foi quem mais riu.

— Eu não acredito! — gritou ele quando tinha recuperado o fôlego. — Eu tinha ouvido falar que você era covarde. Todos os mercenários de Grandual sabem que a Rosa Sanguinária não aguentaria uma luta corporal com um diabrete do lixo sem botar Folha de Leão na boca.

Freecloud se mexeu, preparando-se para se levantar, mas Rose segurou a mão dele na mesa.

Linden fez um ruído de deboche, e Tam sentiu o bafo de bebida do sujeito mesmo de longe.

— Mas o *Simurg*? Você não pode estar falando sério. O mínimo que você podia fazer é pensar em algo razoável. Ora, dizem que a Rainha do Inverno voltou dos mortos. Por que você não vai atrás dela?

— Me mostra o contrato — disse Rose. — Eu trago a cabeça dela.

Outra onda inquieta de risadas soou.

— Você estava em Ardburg quando a Horda chegou em Cragmoor. — A voz de Gale soou raivosa, acusadora. — Devia estar em Coldfire agora, junto com todos os outros mercenários que conseguissem chegar a tempo, pronta para dar àquele filho de meretriz do Brontide um gostinho da força dos mercenários.

— Filho de meretriz? — A alegria de Freecloud ainda não tinha sumido. — É sério, Linden? Parece uma péssima escolha de palavras, considerando tudo.

— Foda-se, coelho. — Gale cuspiu no chão e parou para olhar a cara de Rose. — Mas aqui está você, em Highpool, fazendo um escarcéu. Bom, você não é tão importante assim, Rose. Você é uma covarde que prefere receber em vez de admitir que não existe Folha de Leão suficiente no mundo pra te fazer enfrentar outra Horda. Não depois do que aconteceu em Castia.

Um homem mais sábio poderia ter dito o que queria e ido embora. Mas Linden Gale, ao que parecia, não era um homem sábio.

— Seu pai ficaria com vergonha — acrescentou ele. — Golden Gabe nunca fugiria de uma Horda. Ele atravessou Heartwyld pra te salvar da última e estaria em Coldfire agora se não estivesse de babá da sua bastarda mestiç...

Ele calou a boca nessa hora, porque o punho de Rose já estava entrando pela garganta dele.

CAPÍTULO QUINZE

A BARDA E A FERA

Gale engoliu o resto da frase, junto com quase todos os dentes. Ele cambaleou para trás, atacando com seu enorme punho, e acertou a mandíbula de Rose com a base da mão. Ela poderia ter caído se Freecloud não estivesse atrás para ampará-la.

Cura ficou de pé, subiu na mesa e voou. Caiu nas costas de Gale e começou a socar as orelhas dele. Roderick, fazendo a melhor imitação de um corpo repentinamente desprovido de esqueleto, deslizou por baixo da mesa.

Os companheiros de bando de Lindem foram ajudá-lo. Dois pularam em Brune quando ele se levantou, arrastaram o xamã para o chão e o cobriram de golpes enquanto Penny gritava obscenidades. Outro levantou uma cadeira acima da cabeça e procurou o alvo mais fraco que pudesse encontrar.

Eu, percebeu Tam tarde demais.

Freecloud pulou por cima mesa e se colocou no caminho da cadeira. Quando ela se quebrou nos ombros dele, o druin, absurdamente rápido, pegou uma perna antes que voasse para longe. Ele se virou e bateu na têmpora do agressor, derrubando-o.

— Obrigada — disse ela.

— De nada. Já comentei que adorei o cabelo?

— Ainda não.

— Eu adorei — disse Freecloud. — Combinou com você.

Agora, ele já estava cercado. O druin parou por um momento para avaliar os oponentes: três homens e uma mulher bem musculosa. Por um momento, os cinco, a gangue e o alvo, pareceram grudados no chão, mas Freecloud, com a euforia feérica de uma raposa em um galinheiro, explodiu em movimento.

Rose, por outro lado, nem se deu ao trabalho de esperar um ataque. Ela socou o mercenário mais próximo (que, para falar a verdade, estava com uma cara bem feia e ameaçadora) e se jogou contra outro homem que corria na direção dela com uma garrafa na mão.

Cura tinha desistido dos socos e decidido sufocar Linden Gale até ele cair no chão. Funcionou como um feitiço; o homenzarrão caiu de joelhos, batendo furiosamente no braço tatuado da invocadora, antes de cair de cara no chão da taverna. A Bruxa da Tinta mal tinha se levantado quando a namorada de Gale pulou nela por trás. As duas caíram para fora do campo de visão, mas Tam as ouvia gritando como duas gatas atrás de uma barraca de peixeiro.

Bolsões de luta tinham explodido por todo o Cajado Retorcido, com mercenários, moradores de Highpool, Foragidos e os que estavam bêbados demais para se lembrarem a que grupo pertenciam para escolher um lado brigaram. Os funcionários se agacharam atrás do bar como soldados nas muralhas de uma cidade sob cerco. Havia um trio de músicos no palco quando a briga começou, e em vez de fugir para se esconder, eles continuaram tocando com determinação. É preciso dizer que eles aumentaram a velocidade da música para ficar mais adequada ao caos no estabelecimento.

Um movimento em sua visão periférica chamou a atenção de Tam: Roderick esticou a mão sob a mesa e foi mexendo em cada objeto até encontrar a asa da caneca para levá-la para a segurança abaixo.

Brune estava no chão, rolando entre cadeiras viradas e garrafas descartadas, embolado com uns seis agressores. Penny pulou em defesa dele, segurou uma mulher pelo cabelo e a tirou da pilha. As duas lutaram por um momento até que Penny deu um golpe que jogou a mulher contra o bar.

Brune tinha acabado de ficar de joelhos quando Gord Lark, o líder magrelo do Lobirratos, bateu na cara dele com a face do escudo. A cabeça do xamã foi jogada para trás e Lark virou o escuro de lado, para tentar cortar o pescoço exposto de Brune.

Tam chegou a Lark a tempo de arrancar o escudo da mão ossuda do sujeito, mas ficou sem saber o que fazer em seguida.

Lark ofereceu uma alternativa:

— Devolve isso aí!

— Vem pegar — rosnou ela.

Vem pegar?, reclamou a voz interior de Tam. *Por que você disse isso? E se ele vier? E se ele pegar?*

Ela se encolheu atrás do escudo roubado quando Lark atacou e ficou grata de ouvir os dedos dele estalarem no carvalho trabalhado com ferro. Enquanto o mercenário gemia pelos dedos quebrados, a barda levantou o escudo e bateu com força na cabeça do homem.

— Fuurgk — observou ele, revirando os olhos e caindo no chão.

Edwick tinha lhe dito uma vez que Mão Lenta, o parceiro menos famoso do Golden Gabe, usava um escudo chamado *Coração Negro* em batalha no lugar de uma arma tradicional. Embora não completamente convencida da ideia, Tam tinha que admitir que uma placa pesada de madeira tinha lá sua utilidade.

Brune estava de pé novamente. Ele desviou de um agressor aos berros e usou o impulso do sujeito para jogá-lo de cabeça por cima de uma mesa próxima, depois levantou um braço para se defender de um prato de cerâmica. A mulher que o tinha jogado arremessou mais dois, mas saiu correndo quando ficou sem louça. Quando um dos homens que ele tinha derrubado antes ficou de joelhos, ainda grogue, o xamã segurou o pescoço dele com uma mão enorme e o levantou do chão, suas pernas sacudindo.

O homem soltou uma súplica engasgada por misericórdia, mas a resposta de Brune foi um rosnado tão grave que deixou o cabelo de Tam de pé. O pavor bateu asas como um pássaro dentro do peito dela. Ela olhou do rosto cada vez mais roxo do Lobirrato para o de Brune. O medo e a ferocidade batalhavam nas feições do xamã. Seus olhos se agarraram aos de Tam com desespero.

— *Não* — disse Brune por entre dentes.

O Lobirrato tentou pegar a faca presa no peito.

— *Eu não consigo...*

Um corte tirou sangue do braço do xamã.

— *Não consigo... Tam... corre* — Brune conseguiu dizer antes dos dentes apertados se abrirem e a besta lá dentro sair furiosa.

O rosto do xamã se transformou em um instante, alargando-se embaixo de placas de pelo áspero com a cor castanha. Os braços cresceram, os músculos ondulando como cobras num saco. A mão em volta do pescoço do Lobirrato dobrou de tamanho. Garras como facas pretas surgiram nas patas peludas. A túnica de Brune se desfez quando o corpo passou por uma mudança catastrófica. O que começou como um rosnado de desafio se tornou um rugido altíssimo que levou o salão todo a fazer silêncio imediatamente.

Pelo tempo de uma respiração, pelo menos.

E a gritaria começou.

O local se transformou em um pandemônio. Portas e janelas ficaram lotadas de corpos espremidos ansiosos para fugir de lá. Até os músicos abandonaram os instrumentos e correram do palco. Armas foram puxadas, o aço parecendo banhado em sangue pela luz dos lampiões.

Tam sentiu uma coisa balançar junto ao braço, olhou para baixo e viu uma faca de carne com serra tremendo no escudo. Soltou-a, pensou brevemente em usá-la para se defender, mas concluiu que esfaquear alguém numa briga de bar não era algo que a faria se sentir bem na manhã seguinte, então jogou a faca no chão.

Brune rugiu de novo, um som parecendo uma armadura de placas se rompendo na junta enferrujada. Suas mãos se abriram num espasmo, e o homem pendurado se soltou e tentou fugir correndo. A fera o derrubou no chão, cravou as garras na sua panturrilha e o prendeu ali enquanto o atacava com a boca.

Tam olhou para trás e viu Freecloud ajudando Cura a se levantar. O lábio da invocadora estava cortado e ela segurava a cabeça como se estivesse atordoada. Rose estava tentando se desvencilhar de um grupo de clientes em fuga. A líder do bando gritava, mas sua voz foi suplantada pelo barulho ao redor: gritos e pés batendo no chão, o passo trovejante de patas no piso de madeira...

Tam se virou e viu Brune correndo diretamente para cima dela. A cabeça enorme do xamã estava posicionada como um aríete. Ela mal teve tempo de levantar o escudo antes que o impacto a jogasse longe. Seus tornozelos bateram em um banco, as costas se chocaram com força no tampo da mesa. O impulso a fez continuar rolando, o que foi pura sorte, porque ela virou para o lado oposto quando a fera caiu na mesa e a partiu no meio, jogando copos e talheres para todo lado.

Ela continuou em movimento, rolou embaixo de um banco de madeira antes de ele ser estilhaçado em pedacinhos. Ela se levantou, deu dois passos rápidos até a mesa seguinte, deslizou sobre o quadril por cima dela, o que deve ter sido um movimento muito impressionante até ela escorregar e se debater do outro lado. O animal foi atrás, esmigalhando cadeiras, atravessando tábuas de cedro como se fossem folhas de palmeira.

Tam, de joelhos, viu uma bota preta de ferro pisar na mesa na frente dela e Rose pulou, uma cimitarra brilhante como a lua em cada mão. Ela bateu com a parte achatada de uma das espadas na cabeça do animal, atordoando-o, e bateu com força com a outra. Os olhos dele se reviraram. O sangue escorreu em um filete da mandíbula espumante, mas o estupor foi momentâneo.

Ele a atacou com uma pata enorme. Rose virou a lâmina de forma que cortasse a palma da mão. Ele tentou mordê-la, mas ela dançou para longe e bateu com a parte plana cheia de runas das duas espadas no crânio dele.

Tam achava que Rose esperava ter conseguido apagá-lo, pois ela estava totalmente despreparada para quando ele atacou em seguida. A guerreira caiu no chão com quatro cortes novos no peitoral de ferro preto. O animal que não era Brune atacou antes que ela pudesse se recuperar, mas Tam se jogou na frente, agachada atrás do escudo roubado. O focinho bateu nela e a empurrou para trás. Ela moveu as pernas loucamente para ficar longe daquela mandíbula horrenda. Bateu em alguma coisa, Rose, e as duas rolaram na frente do Golias furioso e se chocaram juntas na base de pedra de um pilar.

Rose falou um palavrão e golpeou acima da cabeça de Tam, abrindo um corte no focinho do animal. Ele se levantou nas patas traseiras e gritou de fúria.

Tam viu o brilho de metal perto dos pés do monstro. Algum tipo de objeto, ou...

Um frasco.

Era o que Branigan lhe dera na manhã seguinte ao Acampamento dos Lutadores. "O Último Refrão do Bardo", chamara ele. Tam o tinha colocado no bolso do casaco novo logo depois e nunca voltou a pensar nele.

Eu poderia usar com Brune, pensou ela. *Se conseguir chegar nele, claro...*

Ela precisaria de uma distração. Algo que chamasse a atenção do animal por tempo suficiente para ela recuperar a pena. Talvez Rose pudesse...

— Brune, para!

A fera se virou e atacou a mulher que tinha ousado botar a mão em seu flanco peludo.

Ainda agachada, Tam ficou paralisada, olhando com horror mudo os pontos vermelhos surgirem no peito de Penny. A blusa da garota ficou em farrapos, seus olhos desprovidos de tudo exceto o choque da dor e da traição.

Anda, Tam disse para si mesma, *agora!*

Ela largou o escudo e mergulhou para a frente, deslizando entre as pernas traseiras do urso. Pegou o frasco e abriu as duas metades. A pena caiu e quicou na ponta antes de Tam a pegar no ar e enfiar com o máximo de força que conseguiu no flanco da fera.

O animal cambaleou e se virou para olhar para ela com olhos pretos brilhantes. Tentou dar um rugido, que saiu como um bocejo, e caiu em cima dela.

CAPÍTULO DEZESSEIS

UMA COISA LOUCA

Eles tinham entrado em Highpool como heróis voltando de terras conquistadas, mas saíram como ladrões desesperados para fugir da prisão. Rose e Freecloud compraram um par de cavalos a mais de Elfmin, que não se ressentiu com eles apesar do caos que causaram. Rod desapareceu por um tempo e chegou em frente à pousada conduzindo uma carroça puxada por dois pôneis kaskares robustos.

Boa ideia, pensou Tam, pois Brune era um fardo e nem ela nem Cura estavam em condições de cavalgar no escuro.

— Por favor, me diz que você não roubou isso. — O rosto de Freecloud estava cauteloso na luz dos lampiões.

— Claro que não roubei! — O sátiro contornou a carroça e inspecionou a parte de trás. Ele mastigava preguiçosamente o que parecia ser um sapatinho de lantejoula. — Eu comprei. E barato!

Rose também estava desconfiada.

— De quem?

Rod tirou uma mão cortada de dentro e a jogou casualmente por cima do ombro.

— Do coletor de cadáveres.

— Está falando sério? — Cura estava cuidando do lábio cortado e do olho esquerdo inchado. Foi ela quem levou a pior... exceto Brune, obviamente, que voltou à forma humana com um galo enorme, um corte horrível no alto do nariz e hematomas colorindo o rosto quase todo.

Não se esqueça de Penny, a mente de Tam observou. A garota sobreviveria, ao que tudo indica, mas carregaria as cicatrizes do ataque de Brune pelo resto da vida, por dentro e por fora. As feridas de Tam eram bem menos severas. Suas costelas estavam doendo e parecia que um jogador ressentido estava jogando dados dentro da sua cabeça. Ainda assim, ela achava que tinha se dado bem considerando que um urso monstruoso tinha caído em cima dela menos de meia hora antes.

— Não achou nada melhor? — perguntou Cura.

Roderick cuspiu um botão de prata.

— O que você queria, uma carruagem dourada? A gente está tentando ser discreto.

— Está bom — disse Rose. — Cloud, me ajuda a botar Brune em cima do bicho. Rod, leva o *Reduto* para o norte. Vamos nos encontrar em Coltsbridge. Diga ao homem da Viúva que tivemos que cuidar de uma coisa primeiro.

— Quem é a Viúva? — perguntou Tam. — E aonde estamos indo?

— A Viúva é nosso contrato em Diremarch — explicou Rose, e fez um gesto que englobava o xamã inconsciente, o rosto ferido de Cura, as janelas quebradas da pousada atrás deles e o fato de que eles estavam fugindo em desgraça de uma cidade que os tinha recebido de braços abertos dois dias antes. — Nós vamos fazer de tudo pra que isso nunca mais aconteça.

* * *

— A gente devia te ensinar a lutar — disse Freecloud para Tam no café da manhã do dia seguinte. Os dois estavam sentados na frente de uma fogueira quase apagada, comendo ovo de codorna com batata em cumbucas de madeira e compartilhando uma jarra de cerâmica de sidra de maçã de Bryton. Rose e Cura, cujos ciclos mensais estavam sincronizados depois de tantos meses juntas, foram procurar um riacho para se lavarem. Elas deviam ter encontrado um perto, Tam pensou, pois ouvia as vozes delas sempre que o vento ficava mais forte. Brune ainda estava apagado na carroça de cadáveres. De acordo com o que Bran dissera, podia demorar várias horas para o efeito da pena passar.

— Por quê? — perguntou Tam. — Eu sou só uma barda.

— Você é *a* Barda — lembrou Freecloud. Um sorriso irônico surgiu nos lábios dele quando ele espetou um pedaço de batata com a ponta da faca. — Além do mais, bardos se escondem embaixo de mesas. Sobem em árvores, se protegem em arbustos ou correm para as colinas ao primeiro sinal de confusão. Não vão pra cima de mercenários profissionais só com um escudo. Não derrubam ursos. Nem um ciclope, aliás.

— Eu não...

— Eu sei — disse ele, interrompendo-a. — Mesmo assim.

Tam olhou para a cumbuca. Uma vez, anos antes, ela ousara tirar a espada do pai de debaixo da cama. Passou a tarde praticando com ela, movimentando a lâmina pesada até seus braços doerem, e quando Tuck voltou para casa ela estava na cozinha, segurando-a acima da cabeça como uma heroína triunfante.

Ele ficou chateado, para dizer o mínimo. Arrancou a espada das mãos dela e cortou uma das cadeiras (a que Bran costumava usar) em pedacinhos. Apesar de talvez não ter sido uma aula de parentalidade sensível, a lição foi eficiente. Tam ficou com medo de pegar a espada depois disso.

— Tudo bem — ela acabou dizendo. — Claro.

Os olhos do druin, normalmente de um verde-esmeralda profundo, ficaram da cor de uma folha iluminada pelo sol.

— Excelente. — Ele pegou a sidra e tomou um longo gole, mostrando os dentes por causa do amargor. — Isso não quer dizer que a gente vai pegar leve com você como barda. Se eu pisar em um lagarto, você tem que dizer para o mundo que eu matei um dragão aos chutes. Que tal?

Ela assentiu.

— Está ótimo.

— Rose pode te ensinar a espada — disse ele. — Vou te mostrar como usar aquele seu arco direito.

— Eu...

— Não sabe, não — disse ele, interrompendo-a de novo. Droga, a presciência era irritante às vezes. — De qualquer modo — continuou o druin —, é melhor você aprender a se proteger. Não estamos mais em turnê. Se alguma coisa acontecer, não vamos ter o Doutor Dan pra nos curar. As coisas podem ficar perigosas a partir de agora.

Tam se levantou, limpou as migalhas do colo e foi pegar o arco.

— Então vamos começar.

Eles viajaram para leste seguindo pela floresta no pé da montanha por um caminho que Tam desconfiava que fora feito por pastores de cabras. Rose e Freecloud foram na frente a cavalo enquanto Tam e Cura se revezavam conduzindo a carroça de cadáveres. Brune ficou inconsciente na carroça, parecendo morto pelo efeito da pena de fogo-fátuo.

Eles evitaram cidades, em parte porque Rose temia que os mercenários com quem eles lutaram em Highpool pudessem procurar vingança, mas principalmente porque ela estava de saco cheio de explicar para todo mundo que não, eles não estavam indo para oeste, e sim, ela estava ciente de que havia uma Horda invadindo Grandual.

Em vez disso, quando o sol se pôs e nuvens violeta se amontoaram na amplidão pontilhada de estrelas e um azul cada vez mais escuro, eles encontraram uma quinta remota e pagaram bem ao fazendeiro para usar o celeiro.

Tam levava um dos pôneis para uma baia quando Freecloud tirou as rédeas da mão dela.

— Eu termino isso — disse ele. — Rose precisa de você lá fora.

— Pra quê?

As orelhas do druin sacudiram como se fossem sobrancelhas.

— Vai lá ver.

Rose estava esperando no pátio com as espadas nas mãos. Ela passou *Cardo*, a menor das espadas, para Tam e recuou um passo.

— Me ataca — disse ela.

Mas Tam estava ocupada demais olhando maravilhada para a arma que tinha na mão. *Estou segurando a espada da Rosa Sanguinária*, a garota nela gritou. Era mais leve do que parecia, e de perto ela via a escrita druica flutuante entalhada no fio da lâmina. O cabo da cimitarra também era ligeiramente curvo, enrolado em couro preto gasto pelo aperto de Rose.

— Onde você conseguiu elas? — perguntou sem fôlego.

— Conthas. Roubei do meu padrasto a caminho de Castia.

Tam piscou.

— Você tem padrasto?

— Tinha. Ele caiu de um navio voador.

— Ah. Sinto muito...

A armadura de Rose fez barulho quando ela deu de ombros.

— Ele era um babaca — disse ela. — Agora, me ataca.

Tam levantou a espada.

— Atacar onde?

Uma risadinha baixa.

— Onde você conseguir.

— E se eu te machucar? — perguntou Tam com uma preocupação genuína.

— Isso não vai acontecer.

— Eu posso ter sorte.

— Isso não vai acontecer — repetiu Rose.

Tam atacou, virando um golpe de lado para o braço de Rose e viu sua mão vazia de repente. *Cardo* voou em arco e caiu na neve a vários metros.

— Qual foi seu primeiro erro? — perguntou Rose.

— Eu, há, deixei a espada cair?

— Esse foi seu último erro. Seu primeiro foi me dizer onde você atacaria.

Tam sacudiu a mão para tentar se livrar do torpor e do formigamento nos dedos.

— Mas eu...

— Contou — disse Rose. — Com os olhos. Com o corpo. Ora, foi como se você tivesse me enviado uma carta. *Querida Rose, vou atacar da esquerda daqui a pouco. Por favor, derrube a espada da minha mão idiota. Com carinho, Tam.*

Tam teria rido se não estivesse tão profundamente constrangida.

— Tudo bem, então eu sou péssima lutando — murmurou ela. — Você deve ser péssima no alaúde.

A manopla da mão esquerda de Rose soltou um brilho verde. *Cardo* voou para sua mão e ela a devolveu para Tam com um sorriso.

— Tenta de novo.

E, assim, Tam tentou de novo. E de novo. E de novo. Depois de cada ataque fracassado (um deixou a barda caída no chão com a boca cheia de neve), Rose observava de maneira muito solícita onde ela errou.

Whack.

— Você está lenta demais.

Thump.

— Você está sem equilíbrio.

Crack.

— Você está segurando a espada ao contrário.

Freecloud e Cura saíram do celeiro e compartilharam um odre enquanto a humilhação de Tam continuava. Para piorar as coisas, a filha do fazendeiro atravessou o pátio e parou para olhar. A garota, que parecia ter a idade de Tam, estava arrastando uma espada larga de ferro enorme, coberta de ferrugem. Depois de umas dez derrotas desastrosas, Rose declarou o fim do treino.

— Você foi bem — comentou ela. — Melhor do que eu esperava.

Ela não devia estar esperando muito, resmungou Tam para si mesma. Ela observou a lama de neve aos pés em busca de qualquer resquício de dignidade, mas não encontrou em lugar nenhum.

— Rosa Sanguinária! — chamou a filha do fazendeiro. Ela tinha o sotaque cantado do pessoal de Bellows, a leste, depois de Silverwood. — Você pode lutar comigo? Só até escurecer?

Para a surpresa de Tam, Rose aceitou.

— Preste atenção — disse ela para a barda. — Essa garota talvez te ensine uma ou duas coisas.

A filha do fazendeiro era boa. Ou ao menos *parecia* boa para Tam. Ela era rápida e obviamente forte, considerando o tamanho daquela espada que ela estava usando. Depois de várias rodadas com Rose, os músculos do braço dela se destacavam como entalhes de pedra numa parede de templo. E ela era graciosa. Rose até elogiou a movimentação de pés dela, apesar de observar que ela virava o pé esquerdo antes de cada golpe.

Quando a garota parou para recuperar o fôlego e prender o cabelo comprido em um coque, Tam se viu observando o pescoço longilíneo e as orelhas pequenas, a ponta vermelha pelo frio no ar.

A garota viu Tam olhando.

— Gostei do seu cabelo — disse ela.

Tam abriu um sorriso tenso em resposta, pois sua voz estava perdida, junto com sua dignidade, em nenhum lugar por perto.

Quando a noite caiu de vez, a garota, coberta de suor, a respiração entrecortada, apertou a mão de Rose, deu um sorriso para Tam e correu para casa.

— Usa terra — disse Rose quando ela e Tam estavam voltando para o celeiro.

— Como?

— Hoje à noite, na janela dela. Uma pedra pode quebrar o vidro... ou pior, acordar o pai dela. Se não tiver vidro, faça com que ela saiba que você está lá antes de entrar, senão ela pode arrancar sua cabeça com aquele cortador de porcos dela.

— De que você está falando? — perguntou Tam, sentindo a bochecha ficar quente. — Por que eu jogaria terra na janela dela?

— Porque — disse Rose, abrindo um sorriso que Tam não conseguiu interpretar — aquela garota pode te ensinar uma coisa ou duas.

Tam foi dar uma caminhada quando estava escuro. Ela seguiu para as árvores primeiro, apesar de Rose observar que a fazenda ficava na direção oposta. Cura fez uma saudação curiosa com dois dedos quando ela saiu do celeiro, que a barda percebeu depois que foi ou um gesto libidinoso ou uma sugestão útil.

Ela caminhou um pouco pela floresta e quase gritou de medo quando uma forma escura pousou num galho. *É só uma coruja*, percebeu ela. A cara redonda da ave se virou para olhá-la, os olhos emanando um brilho verde em meio às sombras.

Tam tropeçou na barraca de um caçador, que só dava para ver pelo teto de palha que o evidenciava. Temendo ser lar de um animal selvagem, ela correu para o campo. Seu caminho, por sorte, a levou para perto da fazenda, onde ela não pôde deixar de reparar num lampião aceso no parapeito de uma janela aberta.

Ela quase gritou quando seguraram seu braço.

— Desculpa — sussurrou a garota, enfiando a mão na de Tam. O aperto dela era forte e a pele estava gelada, como se ela estivesse esperando do lado de fora havia um tempo. — Está escuro — sussurrou ela, puxando Tam para as árvores. — Você não vai querer tropeçar e quebrar o pescoço.

A lua tinha desaparecido atrás de uma nuvem, e Tam não conseguia ver nada quando elas entraram na floresta. Sua guia pelo menos sabia aonde estava indo, e em pouco tempo elas chegaram à barraca da qual Tam tinha fugido antes. A garota se ajoelhou na entrada e abriu o casaco antes de entrar.

Tam ficou parada do lado de fora por um momento, ouvindo os estalos da floresta de inverno e esperando os nervos se acalmarem. Ela não tivera intimidade com muita gente, principalmente porque tentar viver um romance sob o regime do pai era como tentar dar uma festa na prisão. Houve Saryn, sua primeira, e Roxa, que Tam desconfiava que se interessava mais por meninos do que meninas, mas abriu uma exceção porque o pai de Tam era um mercenário famoso. Algumas vezes, ela trocou uns amassos com a filha de um cozinheiro na cozinha do Esquina de Pedra, mas nunca conseguia se lembrar do nome da menina.

Uma coisa que seu tio disse uma vez surgiu na mente dela. *Garotos são como guaxinins*, dissera ele. *São desagradáveis e não se pode confiar neles perto de comida. Além disso, eles têm mais medo de você do que você deles.*

Quando Tam contou a ele que gostava de garotas, Bran ofereceu uma teoria revisada quase na mesma hora. *Garotas são como coiotes. Andam em bando, fazem barulho quando você está tentando dormir e se uma chega perto é melhor espantá-la com fogo.*

— O que você está esperando? — A voz da garota soou abafada pelas peles esticadas sobre a estrutura de madeira da cabana.

Tam afastou Bran e seus péssimos conselhos da mente e entrou. Estava escuro lá dentro e com cheiro de agulhas de pinheiro. Algo roçou no seu pescoço e logo havia dedos no seu cabelo, uma boca em seus lábios, molhada e quente. A língua da garota passou pelos dentes dela, exploradora, e Tam sentiu um formigamento na barriga quando encostou na dela. Uma mão com calos deslizou entre as pernas dela, e seus pensamentos sumiram na mesma hora.

Tam retribuiu o favor, foi recompensada com um arquejo rouco, e pouco depois o corpo da garota teve um espasmo, como se um raio tivesse atingido a água do banho dela. Ofegante, a garota tirou a túnica, e Tam, talvez um pouco ansiosa demais, tirou o casaco como uma cobra desesperada para trocar de pele antes da hora. Ela finalmente o tirou, junto com a túnica. Esperava sentir frio, mas estava ardendo.

Elas passaram cerca de uma hora no confinamento úmido da cabana. Quando saíram e andaram de mãos dadas até o limite da floresta, Tam tinha mesmo aprendido uma ou duas coisas.

A garota a beijou de novo antes de correr na direção da casa. Tam esperou para se juntar aos outros, em parte porque suas pernas tremiam tanto que ela mal conseguia andar, mas também porque deu tempo a ela de repassar a última hora na cabeça, como se examinasse um badulaque de uma terra estrangeira ou uma concha branca pura colhida na praia de pedras cinzentas da época dela.

Ela estava quase no celeiro quando Brune acordou, como um homem enlouquecido.

CAPÍTULO DEZESSETE

A PONTE DO BRINGOL

O fazendeiro chegou logo depois do amanhecer com uma cesta de ovos, um disco de queijo macio e uma porção de grãos de café recém-moídos.

— Tudo de Bastien — anunciou ele com orgulho. — Eu trouxe a colheita uma semana antes graças a essas coisas aqui.

Freecloud agradeceu ao homem e começou a preparar o café da manhã enquanto Rose fumava cachimbo e olhava a água ferver. Cura provocou Tam por causa do encontro com a filha do fazendeiro ("Vocês ficaram de mãos dadas?" "Vão se casar agora?"), enquanto Brune curtia uma fossa sozinho em uma das baias vazias. O cabelo do xamã estava escondendo o rosto, mas o pescoço curvado e os ombros encolhidos deixavam a vergonha evidente. Ele fungava de tempos em tempos e secava o nariz com as costas da mão enorme.

Quando o café ficou pronto, Rose levou para ele uma cumbuca de ovos mexidos e uma caneca de café forte. Tam esperava que a líder do Fábula chamasse a atenção dele pelo que tinha acontecido em Highpool, mas ela colocou a mão na bochecha áspera do xamã e usou o polegar para secar uma lágrima. Eles conversaram muito; a voz de Brune era um ruído ansioso, a de Rose, o murmúrio suave de um treinador tentando acalmar um cavalo arredio.

— O quê? — disse o xamã de repente. — Você está falando sério? E o contrato?

— O contrato pode esperar — garantiu Rose. — Mas se a Viúva estiver falando a verdade e se quisermos ter chance de sobreviver ao que vem por aí, precisamos resolver isso.

A testa grande de Brune se franziu. Ele fixou um olhar sério em Rose, um que Tam nunca tinha visto.

— Obrigado — disse ele.

— De nada. — Rose colocou a caneca fumegante na mão dele. — Agora, vá agradecer a Tam por ter salvado sua vida. Cheguei pertinho assim — ela mostrou dois dedos separados por dois centímetros — de te matar naquela noite.

Por volta do meio-dia, eles viram uma aldeia entre duas colinas. Rose pediu para eles pararem e enviou Brune até lá com uma tarefa. Pouco depois que ele saiu, um dos alforjes de Rose começou a gritar com ela.

Ela correu até a égua, remexeu na bolsa e tirou a esfera de vidro que Tam a tinha visto segurando em Woodford.

Estava escura e adormecida antes, mas agora continha o rosto de um homem cujas feições magras e angulosas estavam emolduradas por uma cabeleira loura grisalha nas têmporas. Ele tinha um sorriso malicioso, e, embora ela nunca o tivesse visto, Tam reconheceu Golden Gabe assim que o viu.

— Rosie! Oi! Sou eu, o papai.

Rose segurou a esfera com os braços esticados, como se esperando que ela se abrisse e surgisse dali um demônio dos infernos.

— Pai, você sabe que eu te vejo, né? Não precisa me dizer que é você. E também não precisa gritar. Estou ouvindo direitinho.

— Onde você está? — gritou Gabe. — Está em segurança? Ficou sabendo da Horda?

— Já falamos disso, pai. Eu *não* vou lutar com a Horda. Prometo.

O pai dela pareceu aliviado.

— Que bom. Mas...

— Mas...? — disse Freecloud, as orelhas contraídas.

— Passou pelo desfiladeiro Coldfire. Não sei como — disse ele antes que Rose e Freecloud pudessem perguntar. — É possível que não tenham chegado mercenários suficientes. O inverno está difícil e as estradas pelas montanhas... Bom, a neve faz nossa gente ir mais devagar, mas não a Horda, pelo visto. Não com um gigante pra abrir caminho.

Tam imaginou brevemente Brontide chutando montes de neve na montanha como uma criancinha depois da primeira nevasca da estação.

— E agora? — perguntou Rose. — Pra onde eles estão indo?

Gabe balançou a cabeça.

— Ninguém sabe. Eles podem...

— *Mamãe?*

Rose fez uma careta. Olhou para Freecloud, que parou ao lado dela. Enquanto antes ela segurava a esfera com o braço esticado, agora ela a aninhava como se fosse um pássaro que ela encontrou caído de um ninho.

— Mamãe, você tá aí?

Outro rosto surgiu no vidro, perto demais. Tam viu um olho verde piscando e uma boca cheia de dentes e mais nada quando uma palma de mão cobriu a imagem.

— Aqui — disse a voz abafada de Gabriel. — Segura assim.

A cena na esfera sacudiu mais um pouco, mas o rosto de uma garotinha surgiu. Ela tinha feições delicadas, com o nariz fino do pai e olhos esmeralda ensolarados. O cabelo era comprido e fino, uma cor entre prateado e verde. Mas o sorriso da sylf era todo da Rose.

— Oi, mamãe! Onde você tá?

— Oi, Wren. Papai e eu estamos no norte, em Kaskar. Onde você está?

— Eu tô bem aqui! — gritou a garotinha, novamente encostando o rosto no vidro. — Você não tá me vendo?

— A gente está vendo, sim — disse Freecloud, se inclinando ao lado de Rose. — Você está linda, querida.

Uma risadinha travessa.

— O vovô disse que eu sou a garota mais bonita de Harpwild.

— A garota mais bonita *deste lado* de *Heartwyld*, amor — corrigiu Gabe. — E o que nós conversamos sobre você me chamar de vovô?

— Você disse pra não chamar assim porque faz você parecer, há, velho.

— Exatamente.

— Mas você *é* velho!

Eles ouviram Gabriel resmungando.

— Vai falar com sua mãe!

— A gente tá visitando a tia Ginny e o tio Clay — anunciou Wren. — Eles têm um monte de cavalos aqui! O seu cavalo e o do papai e o do vovô. E Tally me levou pra passear, hum, ontem. — A sylf levantou três dedos. — Ela já tem catorze anos!

— Estou vendo que o vovô está te ensinando a contar. — Freecloud riu.

— Posso ensiná-la a usar a espada — refletiu Gabriel fora da visão da esfera. — Se bem que ela ainda não tem força pra erguer *Vellichor*.

Vellichor! Tam ficou arrepiada só de ouvir o nome. *A famosa arma do Arconte! A espada que ele usou para cortar...*

Cura a cutucou nas costelas.

— Vamos dar uma volta — disse ela. — Pra dar privacidade pra esses dois, né?

Apesar de querer ficar e saciar a curiosidade sobre o relacionamento de Rose e Freecloud com a filha, Tam foi, contrariada.

À frente havia um riacho raso com uma ponte de pedra antiga. Em vez de atravessá-la, Cura seguiu pelo barranco íngreme. Tam foi atrás, escorregou nos arbustos cheios de neve até cair com tudo numa área plana abaixo, coberta de gelo. A invocadora deslizou até ela rindo e quase escorregou quando as botas bateram na superfície congelada do lago. Tam a segurou antes que ela caísse, e as duas ficaram abraçadas até terem certeza de que tinham recuperado o equilíbrio.

Nas sombras abaixo do arco de pedra, elas encontraram o cadáver congelado de um bringol, que Cura explicou ser um tipo de troll. Ele era enorme... ou teria sido se não estivesse encolhido na pedra com a pernas abertas e o queixo no peito. As escamas marrom-acobreadas estavam cobertas de gelo. Havia gelo na testa e uma estalactite tão comprida quanto as orelhas de Freecloud pendia da ponta de seu nariz.

Havia alguns esqueletos presos no gelo em volta dele: duas vacas, dezenas de pássaros e uma variedade de animais pequenos. No colo do bringol havia um sino de cobre calcificado com buracos em forma de luas crescentes.

— Está vendo isso? — Cura pegou o sino, tomando o cuidado de mantê-lo bem parado. — Quando um bringol toca o sino, quem ouvir o som fica atordoado e é atraído pela fonte. Nós temos sorte de esse estar morto. — Ela enfiou a mão dentro e arrancou o badalo, depois o jogou junto com o sino agora inofensivo no chão.

Elas xeretaram um pouco o entorno. Cura encontrou uns baús enterrados na neve e Tam estudou uma série de desenhos rudimentares que o monstro tinha feito na parte de baixo da ponte, muitos dos quais exibindo o bringol copulando com o que ela supunha serem vacas.

— Quem exatamente é a Viúva de Ruangoth? — perguntou Tam em determinado momento. Ela tinha ouvido o nome dito por Linden Gale em Highpool, depois de novo no celeiro de manhã. — Além de ser a nossa contratante no norte?

Cura fechou a tampa de um baú cheio de roupas mofadas.

— Também não sei muita coisa. Ela era casada com o Marquês, acho que foi a segunda esposa dele, e quando ele morreu ela ficou com tudo: o castelo, o dinheiro, as terras. Uma garota de sorte, se você quer saber minha opinião.

A barda conseguiu dar um sorriso fraco.

— Acho que sim.

— Você acha? Ela ficou com um castelo, Tam. Um *castelo*. Eu diria que vale perder um marido por isso, você não acha?

Tam estava olhando distraída para o sino quebrado. Uma lembrança enterrada do choro do pai ecoou na cabeça dela.

— Não — disse ela.

Por alguns segundos, a voz de Cura foi como um zumbido, como o som de alguém falando atrás de uma porta fechada.

— ... cobrou todas as dívidas na Marca — ela dizia quando Tam saiu do devaneio —, o que fez os fazendeiros irem mais para o sul. Um ano depois, ela perdeu metade dos escudos jurados em uma avalanche no Deserto Invernal. O resto desertou pouco depois. Desde então, ninguém nunca mais a viu.

A barda se virou e começou a voltar na direção do cadáver do bringol.

— Como ela entrou em contato com o Fábula?

— Ela tem um homem. O Guardião. Foi ele que ofereceu o contrato a Rod.

— O que *é* o contrato? — As unhas dos pés do bringol eram do tamanho de pratos de jantar, amareladas e lascadas embaixo de uma camada de gelo. Tam pisou em uma, os braços esticados, e tentou manter o equilíbrio. — Por que a gente vai pra lá? Rose mentiu para Sam Roth e de novo para Linden Gale. Cada vez que alguém pergunta sobre o contrato, ela diz que vamos atrás do Devorador de Dragões.

Cura riu.

— É.

— Então qual é a verdade? Por que Rose não quer que ninguém saiba? — A bota de Tam escorregou na unha. Ela se virou para olhar a Bruxa da Tinta e tentou de novo com o outro pé. — Aposto que a Viúva matou o marido — declarou ela, esticando os braços para se equilibrar. — Aposto que se casou com ele só pra roubar a riqueza. Mas agora ele voltou dos mortos, sei lá, e ela contratou o Fábula pra acabar com ele. Estou certa? Estou, né?

A invocadora estava com um sorriso estranho. Era verdade que *todos* os sorrisos de Cura eram estranhos, mas aquele parecia quase de pena. Como filha de uma mãe morta, Tam reconhecia um sorriso de pena quando via um.

— Ela não estava mentindo, Tam. O Devorador de Dragões *é* o contrato. Nós vamos matar o Simurg.

Tam perdeu o equilíbrio e a paciência.

— É porque eu sou nova, né? — perguntou ela. — Ou é porque eu sou só a barda? É por isso que você não quer me contar? Eu acho que mereço...

— Nós vamos atrás do Simurg — repetiu Cura, totalmente séria desta vez. Um vento frio soprou embaixo da ponte, sacudindo as penas pretas na gola da capa.

— O Simurg não é real — disse Tam. O sopro de vento esfriou sua raiva, e ela lutou para reacendê-la.

A Bruxa da Tinta deu de ombros.

— O Guardião diz que é. Ele diz que a Viúva sabe onde é a toca dele. Além das montanhas Rimeshield, no Deserto Invernal.

— Isso é... — *Impossível*, ela teria dito se conseguisse encontrar fôlego. *Ridículo* também funcionaria. *Absurdo, um disparate...* qualquer uma dessas coisas encaixaria perfeitamente.

A não ser que seja mesmo verdade, Tam pensou. *A não ser que o Simurg seja mais do que uma coisa de contos de fadas*. Nesse caso, a intenção de Rose de ir atrás dele era todas aquelas palavras, junto com mais uma: *suicida*.

O que Rod disse em Woodford? Que ele às vezes achava que Rose talvez *quisesse* morrer jovem? Se sim, ela estava tomando as providências necessárias para garantir que isso acontecesse.

Um rosnado a sobressaltou, seguido de um ronco. Tam deu um gritinho, virou e viu o bringol se mexer. Ela quase esperava que os olhos dele se abrissem com um fogo branco saindo das órbitas vazias, só que...

Não está morto, percebeu ela. *Está dormindo.*

Um chiado metálico anunciou que a Bruxa da Tinta tinha puxado uma faca.

— Tam — sussurrou Cura. — *Fica... bem... paradinha...*

A criatura murmurou alguma coisa, mas a única palavra que ela pegou foi "gatinho", depois coçou as escamas dourado-claras da barriga. A mão procurou distraidamente o sino no colo, mas o objeto não estava lá; estava caído na neve, longe demais para Tam ou Cura pegarem com rapidez. Quando a mão do bringol tocou o vazio, ele franziu a testa, resmungou de novo e começou a despertar.

Tam fez um sinal frenético para Cura lhe dar alguma coisa, qualquer coisa, para botar no lugar do sino. A invocadora olhou em volta com desespero, botou a faca nos dentes e pegou um crânio de vaca. Ela o jogou para Tam, que se virou e o colocou delicadamente entre as pernas do monstro.

A mão do bringol passou por cima do crânio. Os dedos, cada um da grossura do pulso de Tam, procurou os buracos dos olhos do crânio, que ele devia estar confundindo com as luas cortadas no sino de cobre, pois a criatura suspirou com satisfação e voltou a dormir.

A barda se permitiu dar um suspiro aliviado e estava prestes a comentar como eles tinham chegado perto de um desastre quando o monstro soltou um ronco alto e a estalactite do nariz se soltou.

Nunca em sua curta vida Tam tinha se movido tão rápido. Suas mãos se esticaram e os dedos se fecharam no pedaço de gelo antes que batesse no chão, entre as pernas do bringol. A estalactite era enorme, e os músculos dos braços dela, cansados de puxar a corda da *Duquesa* nos últimos dias, já estavam tremendo com o esforço de segurá-la.

Lentamente, ela se afastou do monstro adormecido e aninhou com delicadeza a estalactite na dobra do braço. Ela olhou para Cura, que movimentou a cabeça na direção que elas tinham vindo, e as duas saíram sorrateiramente de debaixo da ponte. Tam colocou a estalactite no chão e, depois de admirar as marcas derretidas que sua mão deixou nela, foi atrás de Cura subindo o barranco coberto de neve.

Rose e Freecloud estavam no mesmo lugar. A esfera de vidência estava adormecida nas mãos de Rose, e o clima entre os dois estava tenso. O druin disse alguma coisa que Tam não conseguiu entender e botou a mão no ombro de Rose, mas ela se afastou do toque e enfiou a esfera no alforje.

O xamã voltou alguns minutos depois, andando por um campo lavrado com um saco cheio no ombro.

— Todas as maçãs da cidade — anunciou ele, colocando o saco na carroça e subindo também. — Metade está marrom, a maioria está mole, mas vão servir, acho.

Tam subiu no banco do condutor.

— Vão servir pra quê?

— Suborno — disse Rose, batendo com os calcanhares no cavalo. — Vamos nessa.

CAPÍTULO DEZOITO

UM LAR FORA DE HEARTWYLD

Pouco antes de escurecer, eles entraram em uma trilha irregular que levava ao ponto mais ocidental de Silverwood. Antes que as árvores engolissem o céu atrás deles, Tam lançou um olhar prolongado para trás. Ao longe, a estátua parcialmente entalhada do Exarca Gowikan se erguia na frente do sol poente, uma sombra emoldurada pela fúria vermelho-dourada do dia que terminava. Tão de longe, o braço esticado do Tirano podia ser confundido com um gesto de benevolência, uma mão protetora pairando sobre os que lutavam para sobreviver na cidade abaixo.

Engraçado, pensou Tam, como uma coisa pode parecer diferente de longe, tão linda, apesar da verdade hedionda. Valia a pena, ela se perguntou, olhar mais de perto? Examinar uma coisa ou alguém se fazer isso botava em risco mudar sua percepção para sempre?

Ela era jovem o suficiente para pensar que a resposta era sim, mas jovem demais para saber se estava certa.

Tam passou as duas noites seguintes lutando com Rose. O resultado de cada sessão foi perturbadoramente similar à primeira, mas ela *conseguiu* deixar a espada cair no pé de Rose na segunda noite.

— Eu fiz de propósito — insistiu ela.

— Claro que fez — disse Rose, ajudando Tam a se levantar. Ela atraiu *Cardo* até sua mão e a devolveu à barda. — De novo.

Não satisfeitos em apenas testemunhar a humilhação de Tam, Brune e Cura decidiram contribuir também.

A Bruxa da Tinta a ensinou a esconder uma faca, segurar uma faca e usar uma faca para perfurar, cortar ou rasgar um inimigo. Felizmente, ela e Tam usaram gravetos imitando as facas em questão. *In*felizmente, Cura insistiu em usar uma faca para afiar os gravetos até parecerem adagas.

Quando Tam observou que daria no mesmo usar as lâminas reais, Cura riu com rispidez e disse:

— Faz crescer um par.

— Um par de quê? — perguntou Tam. — Ai! Inferno gelado do caralho, você não me falou que ia começar!

Enquanto isso, Brune a ensinou a lutar como um verdadeiro vargyr, usando tropeços, quedas e agarrões para dominar um inimigo até submetê-lo. Tam se mostrou surpreendentemente apta, pois era rápida para sua altura, forte para seu tamanho e não tinha nem um pouco de medo de jogar sujo.

— Muito bom — disse Brune depois de um embate uma tarde. Ele encostou com um dedo na orelha que Tam estava socando momentos antes e pareceu surpreso de não ter ficado ensanguentada. — Você tem jeito pra isso. Agora, lembra, uma bota nas bolas não funciona com um basilisco, mas é seu pão com manteiga numa briga de taverna.

Tam continuou praticando com o arco também. Ela carregava *Duquesa* enquanto andava, acompanhando a velocidade da carroça de cadáveres e mirando em alvos que os companheiros escolhiam.

— O carvalho torto — disse Freecloud na segunda manhã deles na floresta.

A flecha roçou na casca e voou para longe.

— Aquele nó feio que parece o Brune — mostrou Cura.

— Ei! — gritou Brune, ofendido, mas aí ele viu o nó e assentiu apreciando a coincidência. — Deixa pra lá. É a minha cara mesmo.

A flecha de Tam o acertou na mosca.

— Ai — disse o xamã.

Freecloud sorriu.

— Muito bem, Tam. — Ele soltou a flecha quando eles passaram e inspecionou a ponta antes de devolver para ela.

— Aquele coelho. — Rose indicou o animal correndo na vegetação à frente deles.

Tam o perfurou um momento depois. A rodada de aplausos que ela ganhou dos companheiros de bando não eclipsou o quanto ela se sentiu péssima por ter matado uma coisa tão fofinha e adorável. Ao menos até a hora do almoço.

Pouco depois de escurecer, eles chegaram ao que parecia ser um moinho velho: um armazém grande com telhado de palha ao lado de uma estação de serragem aberta. Havia troncos empilhados dos dois lados da pista e um monte de árvores caídas esperando para serem cortadas. A barda não viu nenhuma evidência de que o moinho estivesse ocupado e nenhuma luz estava visível nas janelas abertas da casinha.

Freecloud desceu da sela.

— Vou cuidar dos cavalos — disse baixinho.

Rose também desceu. Ela olhou ao redor com cautela, uma das mãos sobre o pomo de *Espinheiro*.

— Não os amarre perto demais — avisou ela. — Ele não gosta de cavalos, lembra?

— Acho que o sentimento é mútuo — disse Brune quando a égua de Rose resfolegou ansiosa. O animal se acalmou um pouco quando o xamã colocou a mão no pescoço dela.

Tam se perguntou quem morava ali, em um moinho abandonado na extremidade de Silverwood. Ela estava prestes a perguntar quando Rose sibilou para Freecloud, que tinha acendido um fósforo e o estava usando para acender o cachimbo.

— Nada de fogo — disse ela.

O druin fez uma careta, espalhou a fumaça e apagou o cachimbo.

— Merda, desculpa. Esqueci...

— Quem é!? — disse uma voz dentro da construção. Era grave e potente, como alguém gritando por um tronco oco. — Estou sentindo cheiro de fumaça e de cavalos e o fedor de um animal molhado!

Brune cheirou o próprio sovaco.

— Deve ser eu.

— Lenny, é Rose! — A mercenária ousou dar alguns passos na direção do moinho escuro. — O bando e eu só estamos de passagem. Pensamos em passar a noite aqui se você tiver espaço para nós.

— Quem é *nós*? — perguntou a voz. — Você não está com aquele sátiro maldito, está?

— Roderick não está aqui, não.

— Que bom! Aquele cu de ogro comeu minha tapeçaria favorita na última vez que vocês vieram aqui. E a maioria das minhas maçãs também.

— Falando nisso... — Rose fez sinal para Brune, que enfiou a mão na carroça e passou para ela o saco de maçãs que ele tinha comprado naquela manhã. — Eu trouxe um presente pra você.

Um silêncio enquanto o vento conversava com as folhas.

— São maçãs? — A voz soou esperançosa.

— *Centenas* de maçãs — disse Rose. Ela tirou uma do saco e a jogou rolando na direção da construção.

Uma das portas se abriu lentamente. Um rosto apareceu: feições rudimentares de casca de árvore franzidas embaixo de sobrancelhas de musgo e um nariz achatado sobre uma barba de líquen branco como osso. A coisa se inclinou; um braço se esticou e fechou dedos curvos que mais pareciam galhos em volta da maçã aos pés dela.

Pela misericórdia da Donzela, pensou Tam, sem ar de repente. *Lenny é uma árvore.*

Enquanto esperava os nervos se acalmarem, ela se ofereceu para ajudar Freecloud a prender os animais. O druin conseguia enxergar no escuro, mas Tam estava praticamente cega, então ela ficou fazendo carinho nos cavalos enquanto Freecloud soltava os pôneis que puxavam a carroça.

— O que a gente vai fazer com a carroça? — perguntou ela.

— A gente pode deixar aqui. Essa estrada não é muito usada.

— E os madeireiros?

— Não tem madeireiro — disse Freecloud, guiando o primeiro cavalo. — Lenny opera o moinho sozinho. Highpool envia um comboio todos os meses para coletar a madeira.

— Você quer dizer que ele corta árvores?

— Sim.

— E empilha tudo?

— Evidentemente. — O druin guiou a mão dela até uma rédea e voltou para soltar o segundo pônei.

— Mas isso não é... há... assassinato? Quer dizer, ele é um...

— Ente — concluiu o druin por ela. — Não uma árvore. Eles são parecidos, da mesma forma que você e eu somos parecidos, apesar de não sermos iguais. Árvores e entes são bem diferentes.

— Como?

— Bom, os entes têm olhos.

— Certo.

— E bocas. Eles sabem falar. Você conhece muitas árvores que falam?

— Não, mas...

— Eles têm mãos e pés e nomes...

— Entendi.

— Eles dormem, comem...

— O que eles comem? — perguntou Tam, genuinamente curiosa, mas também querendo que Freecloud parasse de listar coisas.

— Qualquer coisa. Frutas silvestres, nozes. Esquilos que cometem a burrice de entrar na boca deles. Lenny adora maçã, obviamente. — Ele terminou de prender as montarias e voltou para perto dela. — Enfim, só não chama ele de árvore.

— Não vou chamar — prometeu ela.

Freecloud falou baixo quando eles foram andando na direção do moinho.

— Quando os humanos cuidavam deste lugar, eles tiveram conflito com os entes que tinham se assentado aqui. Eles os atacaram sem saber, porque os confundiram com árvores. Agora, Lenny seleciona as árvores. Ele negocia a madeira com Highpool e os poupa de arriscar enviar homens à floresta.

— Silverwood é tão perigosa assim? — perguntou Tam, consciente de repente dos sons ao redor: estalos, chiados, coisas quebrando, movimento e, ao longe, o grito de alguma coisa morrendo no escuro.

Freecloud segurou o braço dela.

— É melhor a gente entrar.

Lenny, cujo corpo era feito de coisas altamente inflamáveis como madeira e folhas, tinha uma aversão perfeitamente compreensível a chamas expostas, e o bando só pôde usar um lampião coberto para enxergar dentro da casa do ente. O galpão do moinho lembrava a Tam o museu público de Ardburg. As vigas tinham tapeçarias, algumas das quais (especificamente as que exibiam cenas da Guerra da Reivindicação) tão puídas que uma rajada um pouco mais forte de vento poderia reduzi-las a pó. Outras exibiam eventos mais recentes, como a épica batalha do Saga na arena contra a quimera.

Mas agora que ela tinha feito uma turnê e visto pessoalmente as situações lamentáveis que se passavam por "épicas" hoje em dia, Tam se perguntou se mesmo aquela famosa batalha, que tinha culminado na destruição de dois navios voadores, incontáveis barcos de pesca e do próprio Maxithon, não tinha sido muito enfeitada.

Não devia nem mesmo ter uma quimera, refletiu a cínica dentro dela. *Só um bode superalimentado, um leão mal alimentado e qualquer lagarto doente que o agenciador tenha anunciado como dragão.*

Na parede havia uma coleção de escudos surrados em forma de folha com emblemas que a barda não reconheceu. Um par de manequins com armadura de aparência arcaica montava guarda junto à porta. Os elmos, ela reparou, tinham espaços de cota de malha para acomodar as orelhas distintamente longas de um druin. Em volta da mobília havia várias estantes amontoadas e tapetes densos que podiam ter sido bonitos algum dia, mas que agora estavam cobertos de serragem e gastos pelo caminhar pesado de Lenny.

Por falta de fogo para cozinhar, o bando compartilhou uma refeição de sopa fria de pepino e purê de inhame temperado com canela. Lenny serviu cerveja fresca em canecas decoradas de madeira: uma lambic vermelho-escura que tinha um gosto de cereja amarga e manta de cavalo, o que era na verdade gostoso.

Os olhos do anfitrião, órbitas em nó que brilhavam de um jeito úmido na luz do lampião, examinaram os mercenários enquanto eles comiam. Permaneceram por um tempo em Tam e pousaram em Rose. Lenny pigarreou antes de falar, um som parecendo uma tábua molhada se partindo ao meio.

— Vou confessar que estou surpreso de vocês não estarem indo para o oeste lutar contra aquela Horda.

— Estou surpresa de você não ter ido para oeste se juntar à Horda — disse Rose. — Você está ficando velho, Lenny. Essa pode ser a sua última chance de ter sangue nos galhos.

O ente riu, fazendo uma das poucas folhas ainda grudadas nos galhos retorcidos se soltar e cair no colo dele.

— Eles já estão bem encharcados. Eu te contei que andava com Coração Negro?

— Várias vezes — disse Freecloud.

— Ele era um filho da mãe cruel — continuou Lenny mesmo assim. — Se bem que acho que, com um nome como Coração Negro, não dá pra crescer sendo uma pessoa muito caridosa. Ele intimidou metade de Atoleiro Sombreado para invadir Agria. Nós saqueamos uma dúzia de cidades e o dobro de vilarejos. Cacete, estávamos planejando marchar até Fivecourt quando tivéssemos derrubado todos os tijolos de Brycliffe. Infelizmente, não fomos além de Hollow Hill...

— Eu já ouvi essa história — comentou Rose. — Muitas vezes. Meu pai não parava de falar disso. Você sabia que o Saga não conseguia manter vivo um bardo sequer? Eu achava que meu pai os deixava morrer só pra poder ser quem ia contar as histórias.

— O Saga... — Havia reverência na voz grave do ente. — Eles nos aguentaram por três dias, sabia? *Três dias!* Eram só cinco, os filhos da mãe, e nós éramos uma floresta inteira. Coração Negro ficou furioso, e seu pai fez a parte dele. Ele derrubou dezenas de nós e me deu isto para me lembrar dele. — Lenny bateu num cotoco malformado na lateral da cabeça. — Mas não foi ele que derrubou Coração Negro. Foi aquele filho da mãe maligno, o Mão Lenta.

Tam tomou um gole de cerveja.

— Você quer dizer Clay Cooper?

— Isso. Ele cortou Coração Negro em pedacinhos e o transformou em escudo! E assim nossa malfadada invasão acabou. — O ente tomou um gole de cerveja de uma tigela de madeira larga. — A maioria dos rapazes voltou para Mire, mas alguns de nós decidiram ficar aqui em Grandual. Mas você está certa — disse ele para Rose. — Eu estou *mesmo* velho demais. Velho demais para sair correndo e me juntar a uma Horda de um gigante idiota. A maioria dos troncos jovens foi, veja bem, e o resto foi atrás quando os pássaros trouxeram notícias de Cragmoor. Uma gangue veio aqui há um tempo. Acho que concluíram que ajudaria a causa ter uns antigos no meio. Eles *insistiram* pra que eu me juntasse a eles. Insistiram demais, até.

Brune estava se servindo de uma segunda caneca.

— Ah, é? Como isso terminou pra eles?

— Nada bem — respondeu Lenny. O saco de maçãs estava ao lado. Ele pegou uma e colocou na boca. Tam ouviu um estalo seco quando a maçã caiu dentro dele. — Vocês passaram por eles no caminho.

Tam se lembrou das pilhas de troncos empilhados ladeando a estrada.

— Você... matou eles?

Lenny bateu no tapete ao lado com o punho do tamanho de um barril.

— Matei! E não parti nem um galhinho fazendo isso! Mas não importa. Eles teriam morrido no oeste mesmo, junto com o resto desses cretinos desfolhados. Lenha agora ou graveto depois, morto é morto.

— Você acha que a Horda vai ser derrotada? — perguntou Cura. — Eles já venceram duas batalhas. Devem estar indo para Agria agorinha.

— Então eles vão *morrer* em Agria — berrou o ente. — Assim como nós. Eles tiveram chance em Castia e desperdiçaram. Se Lastleaf tivesse derrubado a República... Bom, ele teria tomado toda Endland agora. O meu povo — ele fez um som rouco que Tam reconheceu como um arroto e o cheiro de maçã se espalhou pelo ar —, *monstros*, como vocês nos chamam, finalmente teria um lugar para chamar de seu. Um lar *além* de Heartwyld. Eu talvez tivesse feito a viagem para oeste se fosse esse o caso. Firmar raízes, finalmente, e recebido o inverno na minha alma.

Rose olhava para o colo. As mãos estavam unidas, os músculos da mandíbula se mexendo enquanto ela trincava os dentes. Ela tinha corrido para defender Castia seis anos antes, ficou presa na cidade por meses enquanto o exército de Lastleaf se banqueteava dos mortos do lado de fora das muralhas.

Pelo menos foi essa história que Tam ouviu. Mas ela já tinha aprendido que histórias eram diferentes a depender de quem contava. O sobrenome de Lastleaf era famoso nas cinco cortes. Ele era um guerreiro vingativo, o Vilão de Mil Canções. Mas para os moradores de Heartwyld, ou para os ditos *monstros* de Grandual, que não conseguiam se sentir seguros nas próprias casas por medo de mercenários chegarem arrombando suas portas, ele foi um salvador.

Mas ela desconfiava que ninguém era o vilão de uma história sem ser o herói de outra.

— Se bem que duvido que Lastleaf fosse parar lá — observou Freecloud. Ele estava brincando com aquela moeda dele de novo, movendo com o polegar o perfil entalhado de um lado. — Eu o conheci, lembra? Era carismático, ambicioso, ardiloso e inteligente. Mas ele tinha sofrido muitas indignidades, aguentado concessões demais ao próprio orgulho. Ele estava com raiva, ressentido, enlouquecido pelo ódio. — As orelhas de Freecloud se curvaram quando ele falou. Os olhos ficaram da cor de ameixas de verão na luz oscilante. — Lastleaf desprezava humanos, como muitos do meu povo desprezam, e teria levado a Horda para Grandual em algum momento.

Tam se mexeu, desconfortável. O casaco dela, o do Pagão, pesava como se fosse feito de chumbo em vez de couro. O corpo todo formigava, e ela sentiu de repente como se o espectro do próprio Lastleaf estivesse sentado no lugar dela, olhando por trás dos olhos dela.

CAPÍTULO DEZENOVE

IMPRESSÕES DO PASSADO

Tam dormiu mal naquela noite, por vários motivos. O ronco de Lenny rivalizava com o de Brune em volume, pareciam dois porcos-espinhos lutando até a morte dentro de um tronco oco. Uma vez, depois de um ataque de tosse, a barda ouviu o que supôs ser um morcego sair voando da boca do ente. Ele voou entre as vigas por um tempo antes de fugir por uma janela.

Ela ficou acordada por um bom tempo depois disso, segurando o cobertor enquanto pensava no que Cura tinha dito embaixo da ponte do bringol: que Rose não estava mentindo quando falou para Sam Roth que eles estavam indo atrás do Simurg.

Uma parte dela *ainda* não acreditava. O Simurg não era um monstro típico. Não roubava crianças nem aterrorizava vilarejos. Ninguém alegava tê-lo visto escondido na floresta à noite, nem tê-lo visto voando sobre as montanhas em um dia claro. Não havia canções sobre ele. Ao menos nenhuma que Tam conhecesse.

Mas havia histórias. A maioria histórias infantis, criadas a partir de mitos não muito conhecidos de uma época antes até do Domínio, quando Heartwyld era chamada de outro nome e Grandual era só uma pequena parte de um reino maior.

Quando Tam era muito nova, sua mãe a regalava com histórias de amazonas que iam para batalhas montadas em dragões, só que os dragões dessas histórias não eram maus, nem gananciosos; eles não reduziam cidades inteiras a brasas como os dragões babacas de sua época. Eles eram sábios, gentis e coloridos, e na conclusão de cada história a amazona e o dragão voavam juntos em direção ao pôr do sol.

Quando ficou mais velha, Tam ouviu novos finais para as histórias antigas. Finais mais sombrios, nos quais os cavaleiros eram destruídos e os dragões devorados por um inimigo implacável que destruía as cidades e as enterrava em um mar de gelo.

As histórias não eram particularmente assustadoras; eram contos de fadas, afinal. O sacerdócio da Rainha do Inverno alegava que a própria deusa era a responsável pelo Deserto Invernal, e Tam tinha ouvido inúmeros magos garantirem (em geral depois de bêbados) que a gigantesca área de neve e gelo era resultado de um feitiço que dera terrivelmente errado.

— Em um minuto você está conjurando nuvens — ela tinha ouvido um feiticeiro dizer — e no seguinte, *whoosh*! Você acabou com a civilização como a conhecemos!

E na improvável hipótese de as histórias serem verdade? Quantos séculos tinham se passado desde então? Se o Simurg tinha sido real, só podia estar morto agora. Tão morto quanto as cavaleiras e os dragões com que Tam sonhou quando finalmente adormeceu.

Ela acordou um tempo depois convencida de que estava ouvindo os cavalos gritando, até lembrar que eles estavam amarrados longe na estrada e se dar conta de que era só o vento uivando pelas aberturas na parede do galpão. A casa do ente foi ficando mais fria com o passar da noite, e a barda ficou grata quando Cura, se mexendo com agitação no saco de dormir, encostou as costas nas de Tam.

O calor da invocadora foi um conforto bem-vindo.

A proximidade dela, mais ainda.

Tam acordou gelada. As portas do galpão estavam bem abertas, e, embora o dia tivesse amanhecido bem claro, o ar estava um gelo. Ela levou o cobertor junto quando se levantou, e Cura, que estava encolhida perto dela, resmungou com reprovação.

Todo mundo tinha sumido, então Tam, com o cobertor nos ombros como uma capa, andou pela casa do ente, inspecionando na luz do dia o que só tinha vislumbrado no escuro da noite anterior. Ela olhou as lombadas na estante de Lenny: *A companhia dos reis*, *O fim do império*, *Fábulas de Greensea*. Ela pegou um livro chamado *Bétula sem casca* e o folheou, mas não havia palavras, só uma página atrás da outra de árvores com a casca soltando ou totalmente arrancada.

Em outra prateleira havia um golem de brinquedo, uma réplica em miniatura das criaturas de runas que o pai de Freecloud tinha utilizado durante a guerra civil do Domínio. O boneco estava coberto de poeira, e quando ela tentou soprar, a coisa se desfez em pedaços.

Tam tentou em vão remontá-la, mas acabou decidindo esconder os membros quebrados atrás de um livro velho e mofado. Depois, abandonou o cobertor, vestiu o sobretudo de couro e saiu.

Havia sangue na estrada, manchas vermelhas vívidas no branco do inverno. A oeste, Rose e Freecloud estavam perto de onde Tam e o druin tinham amarrado as montarias na noite anterior. A carroça de cadáveres tinha sido virada, duas rodas destruídas sem chance de conserto. Um dos pôneis estava morto ali perto.

Seguindo a estrada para oeste, Brune estava ajoelhado ao lado da carcaça do outro. O cadáver do animal tinha sido devorado. As costelas estavam quebradas e as entranhas espalhadas pela pista como decoração numa festa de aniversário zumbi. Alguma coisa, Tam não tinha ideia de o quê, o tinha arrastado por uma longa distância desde o local onde eles os deixaram.

O xamã se levantou e tirou um nó do cabelo embaraçado. Ele olhou para cima e fez uma careta quando Tam se aproximou.

— Parece que agora a gente vai andando — disse ele.

Tam foi inspecionar o pônei morto e se arrependeu na mesma hora. Ela olhou para a floresta e viu corvos, dezenas, pousados nos galhos expostos. Eles se mexeram, grasnaram e bateram as asas, ansiosos como mendigos na porta de uma padaria.

Cura se juntou a eles um pouco depois. Ela examinou o cadáver do pônei, mais intrigada do que revoltada ao avaliar a carnificina.

— O que poderia ter feito isso? — perguntou ela. — Não lobos.

— Não lobos — concordou Brune. — Olha. — Ele apontou para uma trilha de pegadas fundas na estrada lamacenta que Tam só estava notando agora. Eram enormes e tão afastadas que Tam teria dificuldade de imaginar um animal grande o bastante para fazê-las.

Cura parou ao lado de uma.

— Um ogro, talvez? Algum tipo de monstro, com certeza.

O xamã balançou a cabeça.

— Um ogro não teria deixado essa sujeira. E eles não comem carne crua. Eles passam mal, que nem a gente. Eles teriam levado os cavalos e matado direito, não assim. Um urso fez isso — disse, por fim. — Um grande.

Cura escondeu um bocejo atrás da mão.

— Ursos não são monstros. Por maiores que sejam.

O xamã suspirou e se virou para o moinho.

— Esse é.

Eles se despediram de Lenny. O velho ente acenou distraidamente com um de seus braços de galho enquanto o outro espalhava sal sobre os pedaços ensanguentados que ele tinha cortado da montaria morta do

Fábula. Em troca da carne de cavalo, o ente deu a eles uma barraca de lona grande e peles (capas, xales, chapéus e luvas), para mantê-los aquecidos na viagem para o norte.

O cavalo de Freecloud também tinha sido estripado, mas a égua de Rose tinha soltado a correia e fugido para a floresta. Ela voltou pouco tempo depois e foi injustamente recompensada sendo relegada ao papel de mula de carga. Ela foi carregando a maior parte do equipamento do bando, assim como *Hiraeth* na caixa de pele de foca.

Tam carregou *Duquesa* pendurada em um ombro e uma aljava cheia no quadril. Tinha vestido um suéter de lã áspera por baixo do sobretudo avermelhado e um par de botas de couro fervido com pele e amarradas até os joelhos.

Rose tinha acrescentado uma camada por baixo da armadura e amarrado uma capa vermelha com capuz nas ombreiras. Cura usava algo que ficava entre uma veste e um xale que era em parte de pelo, em parte de penas e, como sempre, todo preto. Brune se enrolou em peles, enquanto Freecloud só usava a armadura de escamas verde-douradas e um cuculo azul-céu.

Todo mundo menos Cura usava o cachecol encantado que Elfmin tinha dado para eles em frente ao Cajado Retorcido. Quando Tam perguntou à Bruxa da Tinta por que ela se recusava a usar, Cura olhou para o cachecol vermelho da barda como se fosse uma cobra enrolada no pescoço dela.

— Não é a minha cor — disse ela.

Eles abandonaram a trilha e foram seguindo marcas de cascos e patas. Brune foi na frente. Ele já tinha morado naquela floresta, Tam percebeu, mas se ele tinha pensamentos de um feliz retorno para casa, estava escondendo muito bem. A visão dos cavalos o abalou. Cada galho que estalava chamava a atenção dele, cada criatura em movimento compelia sua mão a ir até as glaives gêmeas nas costas.

De tempos em tempos, Brune parava e ouvia um trecho de canto de ave ou passava os dedos por marcas de arranhão numa árvore ou se ajoelhava na neve e fazia ruídos ridículos para um esquilo escondido na vegetação.

— Que porra você está fazendo? — perguntou Cura.

— Estou fazendo uma pergunta — sussurrou Brune.

A invocadora riu.

— Está falando sério? Você não fala com animais!

— Cala a boca, bruxa, senão você vai assustá-lo! Ei! — ele gritou para a criatura. — Ei, espera! Volta aqui, seu merdinha abusado! — Xingando, o xamã se levantou e espanou a neve dos joelhos. — Eu falo com animais — disse ele na defensiva. — É só que eles nem sempre ouvem. — Ele saiu andando com irritação, falando por cima do ombro. — Aliás, os cachorros te odeiam.

A invocadora fez um ruído de desdém, mas o sorriso sumiu quando ela saiu correndo atrás dele.

— Espera, isso não é verdade, é? Brune? Ei, você está falando sério?

Tam fez menção de ir atrás deles, mas um amontoado de neve caindo chamou sua atenção. Ela olhou para cima e viu uma coruja pousada em um galho. Tinha a cara redonda, os olhos de um verde vibrante na penumbra da floresta. Havia algo de estranho nas penas; tinham o brilho de moedas polidas e enrolavam nas pontas como raspas de metal.

Devem estar congeladas, pensou ela.

A coruja a acompanhou quando ela passou, a cabeça girando até ficar virada para trás.

Corujas fazem isso, Tam disse para si mesma, ignorando o arrepio subindo pela espinha. *É uma coisa que corujas fazem. Não é?*

Ela ouviu um zumbido, a batida de asas e, quando olhou para trás, a ave não estava em lugar nenhum.

— Você morava aqui? — perguntou Tam ao xamã enquanto eles caminhavam.

— Morava — disse Brune. — Tem um assentamento ali na frente.

— Você tem família aqui?

Um movimento brusco de cabeça.

— Meu pai.

— Ele é como você? Vargyr?

— É. Urso. Eram dele as pegadas que vimos hoje de manhã.

— Seu *pai* matou nossos cavalos? — perguntou Tam. — Rose sabe?

— Sabe, sim.

Tam tentou empurrar um galho do caminho e foi recompensada com uma batida que deixou um pedaço do galho na boca.

— Por que ele fez isso? — perguntou ela depois de ter cuspido o pedaço de madeira.

— Porque ele sabe que eu estou aqui. Ele deve sentir meu cheiro, ou então um dos outros contou. Os cavalos foram um aviso. Uma mensagem, na verdade.

— Que mensagem?

Brune riu e coçou o queixo barbado.

— *Oi, filho. Bem-vindo ao lar. Agora, sai da porra da minha floresta.* Ou algo nessa linha.

— Então vocês dois não se dão?

— A gente se dava bem. Éramos bem próximos quando eu era garoto. Ele e eu andávamos por toda a floresta. Ele me ensinou a caçar, a pescar e a me transformar. Às vezes...

— Espera — interrompeu Tam. — Então xamã é isso? Quem se transforma em animal?

— Claro. O que você achou que era?

— Eu não... Quer dizer, eu nunca... — Ela parou de tentar se explicar. — Esquece. O que aconteceu, então? Com o seu pai?

O suspiro de Brune envolveu a cabeça dele numa nuvem branca.

— Os vargyres de Silverwood são liderados pelo Mestre da Garra, que costuma ser o guerreiro mais forte da tribo. Na minha infância, era um homem chamado Berik. Ele era sábio e gentil e foi Mestre da Garra por mais de vinte anos, até que um dia meu pai o desafiou, o matou e assumiu a liderança da tribo.

— Uau — disse Tam.

— Uau mesmo. Eu não acreditei. O meu velho era o rei! E sendo o moleque estúpido que eu era, senti *orgulho* dele. Não me importei de ele ter matado um homem melhor do que ele jamais seria, nem de ele desafiar qualquer pessoa que ele achava que pudesse ameaçar seu reinado. Ele e eu nunca mais fomos caçar depois disso. Nem pescar. Por um tempo, ele perdeu completamente o interesse em mim. Implorei pra ele me ajudar a encontrar meu *fain*, mas...

— *Fain*?

— Significa... — Brune franziu a testa e tirou o cabelo dos olhos. — Não tem outra palavra, na verdade. Espelho da alma? Ah, soa meio idiota, né?

— Verdade, soa bem idiota — concordou Tam.

Eles chegaram nas ruínas do que parecia ser uma moradia antiga: uma projeção de pedras em ruínas embaixo de um telhado de grama. Ali perto, uma árvore tinha as mesmas quatro marcas de corte que Tam tinha visto em troncos e rochas. Ela não deu atenção antes, afinal, eles estavam na floresta, mas agora podia adivinhar quem tinha feito aquelas marcas e podia interpretar o significado.

Sai da porra da minha floresta...

— Esperem aí — gritou Cura atrás deles. — Preciso mijar.

— Eu também — disse Freecloud. — Eu vou pra cima — disse ele, pois a trilha que eles estavam seguindo contornava uma colina com um bosque.

— Que cavalheiro — disse Cura, já descendo o barranco à direita.

Rose passou a rédea do cavalo num galho antes de acender o cachimbo e ir explorar as ruínas da antiga casa.

Brune tirou a rolha do odre de água e bebeu um grande gole.

— Enfim, o *fain* é nossa verdadeira natureza. Permite que nós nos transformemos no animal com o qual mais nos identificamos. Meu pai não quis me ensinar a procurar o meu, e quando pedi ajuda dos outros, ele me acusou de planejar depô-lo. Ele não podia me desafiar diretamente, eu não tinha poder nenhum e isso o faria parecer fraco, então ele me exilou e prometeu me matar se eu voltasse.

— O quê? — Tam estava estupefata. — E por que a gente está aqui?

— Porque não faço ideia do que estou fazendo — respondeu Brune. Ele tomou outro gole de água e ofereceu a Tam. — Nunca encontrei meu *fain*, nem aprendi a me transformar direito. Fugi da floresta e fui para leste até chegar no mar. Uma noite, bebi até cair antes do dono da taverna descobrir que eu não tinha dinheiro. Porra, eu nem sabia o que *era* dinheiro. Uns capangas dele começaram a me agredir e... o urso apareceu. Eu estava tão bêbado que não lembro, mas um agenciador sórdido viu acontecer, e em seguida eu estava lutando com monstros em um ringue de Freeport. Eles me chamavam de Brune, a Besta.

Tam tomou um gole e descobriu que Brune tinha enchido o odre com a cerveja vermelha do ente. Ela tomou um segundo gole antes de devolver.

— E foi lá que você conheceu Rose.

O xamã assentiu. Havia umas cinquenta músicas sobre a batalha de Freeport, e todas terminavam da mesma forma: com Rose e seu novo bando botando fogo em frotas de piratas.

— Preciso que meu pai me mostre o que estou fazendo de errado — disse Brune, vendo Freecloud descer cuidadosamente do terreno elevado. — Supondo que o contrato da Viúva seja real... supondo que o Simurg exista e a gente consiga encontrá-lo, não posso me dar ao luxo... — Ele parou para farejar no ar e estava prestes a dizer alguma coisa quando o estrondo repentino da voz de Cura sacudiu a floresta e a neve das árvores.

— *KURAGEN!*

CAPÍTULO VINTE

ANIMAIS ESTRANHOS

Eles encontraram Cura perto de um riacho gelado na base da colina. *Kuragen* estava acima da invocadora, com água salgada escorrendo do elmo recortado. Dois dos tentáculos seguravam prisioneiros que se debatiam, dois texugos enormes, e a lança estava apontada para um lince branco rosnando, do tamanho de um cavalo pequeno.

Havia seis animais em volta da criatura de Cura. Vargyres, supôs Tam, a julgar pelo tamanho. Os animais se espalharam quando Rose liderou um ataque pelo barranco coberto de neve... todos menos um gambá gigante, que mostrou as presas e pulou em Brune. O xamã levantou as glaives, mas uma das cimitarras de Rose (*Cardo*, brilhando em verde) o acertou com um gritinho.

O lince se afastou da lança de *Kuragen*. Quando chegou à margem oposta, ele se virou e se agachou.

— Espera! — Brune colocou a mão no ombro de Rose antes que ela pudesse arremessar também *Espinheiro*. Ela olhou para ele com os olhos arregalados, o rosto branco como o gelo em volta da borda do riacho.

Ela está apavorada, percebeu Tam, quase sem acreditar no que via. *Quanto tempo tem que ela não luta sóbria, sem a falsa coragem da Folha de Leão correndo nas veias?*

Ainda assim, temendo pela segurança de Cura, Rose correu sem hesitar. Só agora, quando abaixou o braço, foi que Tam viu as mãos da guerreira tremendo ou reparou na camada de suor frio que fazia seu cabelo grudar no rosto.

Quando os olhos da barda voltaram para o lince, ele tinha sumido. No lugar dele havia uma mulher. Ela tinha um corpo poderoso e estava totalmente nua. A pele clara estava coberta de cicatrizes e manchada com marcas de tinta com a intenção de imitar as do *fain* dela.

Supondo que eu esteja usando a palavra corretamente, pensou Tam.

— Brune, filho de Fenra! — gritou a mulher. — Eu sou Sorcha. Falo por Shadrach, que é o Mestre da Garra desta Floresta.

— Então fale — disse Brune com impaciência.

O olhar da mulher se dirigiu à criatura de Cura, revelando um leve toque de... medo? Incerteza? Curiosidade mórbida? Era difícil dizer tão de longe, mas Tam achava que deviam ser as três coisas.

— Você foi exilado. Recebeu ordem de nunca voltar. Você voltou.

— Seu povo tem uma percepção surpreendente do óbvio — disse Freecloud.

— Por essa transgressão. Você está convocado. Para Faingrove. — A mulher-lince tinha um jeito curioso de falar, como se gritando ordens para alguém que só conseguisse compreender poucas palavras de cada vez.

Rose enfiou *Espinheiro* de volta na bainha. Sua outra mão segurou a gola da armadura, como se a estivesse apertando na garganta.

— Faingrove? — perguntou ela ao xamã. — O que é?

A expressão de Brune estava dividida entre a devastação e a determinação.

— É uma arena.

— Não sozinho — disse Rose pela sétima vez.

— Sim, sozinho — insistiu Brune pela oitava.

— Isso não é uma negociação — disse ela. — Eu não estou pedindo.

— A regra não é minha! Nossas leis proíbem...

O lince branco se virou para miar para eles, o que Tam supôs que fosse o jeito de Sorcha de dizer a eles para calarem a porra da boca. A barda talvez tivesse até agradecido se não estivesse com medo de ganhar uma reprimenda também.

Um choramingo à direita chamou a atenção de Tam. O gambá que Rose tinha ferido antes mancou ao lado deles, o único a escoltá-los (fora Sorcha) sem incorporar o *fain*. Era uma mulher de meia-idade, magrela, com mechas grisalhas gêmeas no cabelo preto. Os seios oscilavam embaixo dos ombros curvados enquanto ela mancava, a mão ensanguentada segurando a ferida na perna. Ela estava descalça na neve, mas essa parecia ser a menor das suas preocupações.

Quando viu Tam olhando, a mulher cuspiu nos pés.

— *Fabhik du ik arhsen klak.*

— O que ela disse? — perguntou a barda.

— Ela gostou do seu casaco — traduziu Brune, obviamente mentindo.

Quando eles chegaram ao assentamento vargyr, o xamã parou de repente. O vilarejo de Brune era ocupado por árvores mais altas do que qualquer outra que Tam tivesse visto. Mesmo no auge do inverno, elas mantinham um conjunto completo de folhas escarlate. Mesmo assim, alguns flocos de neve caindo passavam pela copa aqui e ali. Entre os caminhos havia grandes montes de turfa verde e marrom, fronteados por paredes de pedras achatadas como a ruína que eles tinham visto na floresta à tarde. Na frente de cada porta em arco havia um totem entalhado em madeira exibindo o *fain* do habitante.

Mais de metade das casas estava destruída, os telhados afundados, as pedras espalhadas ou enegrecidas pelo fogo. Os totens na frente dessas casas também estavam destruídos, queimados ou quebrados em pedaços.

— O que aconteceu aqui? — perguntou Brune. Como Sorcha não parecia ser do tipo falante, ele direcionou a pergunta para a mulher-gambá. Ela respondeu com uma expressão de desprezo, mas quando o xamã deu um passo ameaçador em sua direção, ela encontrou a voz rapidinho.

— Seu pai. Os inimigos dele. Todos, quebrados. Quebrados em Faingrove.

Tam ficou arrepiada quando a mulher-gambá falou. A voz dela era um choramingo agudo e áspero que mal soava humano. Quando eles seguiram pela trilha sinuosa entre as casas destruídas, a barda acelerou o passo até estar lado a lado do xamã do Fábula.

— Ela é... hum... normal? — perguntou Tam. — Quer dizer, normal pra uma vargyr?

Brune balançou a cabeça descabelada.

— Não. Nada disso é normal. Não estou entendendo o que aconteceu aqui.

Eles foram obrigados a contornar os restos queimados de um totem de aranha, e Tam parou por um momento para agradecer ao Quarteto sagrado que o "espírito-espelho" de Brune não fosse um inseto horrível.

— Os vargyres usam os *fains* pra caçar ou se defender. Essas pessoas — ele indicou os texugos gêmeos que atacaram Cura no riacho, agora rosnando e mordiscando os flancos um do outro — deviam ser *pessoas*. Se eles ficarem transformados por tempo demais... Bom, eles vão acabar que nem ela.

A mulher-gambá estava agachada de quatro, farejando a base de um arbusto.

Brune parou na frente de um dos montes desmoronados. As pedras estavam gastas, lisas e cobertas de líquen verde. O totem na frente estava sem a maior porção da cabeça. A parte inferior estava com quatro marcas fundas de garra, mas ainda era possível discernir o que o animal devia significar.

— Um lobo? — Rose semicerrava os olhos para ver no crepúsculo.

— Minha mãe morava aqui — disse Brune. — Ela foi embora quando eu era muito novo.

— Para onde ela foi? — perguntou Tam.

O xamã esticou a mão para passar os dedos pelo rosto desfigurado do totem.

— Ela não era daqui. Ela e a matilha dela eram andarilhos. Nós os chamamos de Corações Selvagens.

A respiração de Tam travou. Ela quase ouviu a voz da mãe sussurrar na brisa noturna soprando pelas folhas acima.

— Ela ficou o suficiente para eu nascer, mas, depois disso... — Brune suspirou e pareceu ficar menor. — Nem todo mundo ama os filhos, eu acho.

Tam ficou com o coração doendo ao imaginar uma criança crescer acreditando numa coisa dessas. Mesmo quando ela e o pai se desentendiam, quando alguma coisa que um deles dizia magoava o outro mais fundo do que o pretendido, ela sempre sabia que ele a amava.

Freecloud se mexeu, incomodado, as orelhas pendendo como flores mortas de sede. Ocorreu a Tam que ele e Rose tinham deixado a filha para trás.

Outro ruído de Sorcha os fez se moverem de novo. Tam via uma caverna ampla à frente, as paredes e o teto densos de folhagem.

Faingrove, supôs ela.

Mais e mais vargyres se juntaram à procissão. A maioria ia trotando ou correndo sobre patas, garras ou cascos, mas alguns deles permaneciam humanos ou algo próximo disso. Tam viu um homem com uma crista de cabelo espetado oleoso que riu como uma hiena quando subiu no monte de turfa ao lado deles. Outra mulher andava com os dedos das mãos apoiados no chão e bateu no peito quando Cura ousou encará-la.

A expressão de Brune estava desolada.

— Como meu pai pôde deixar isso acontecer?

— Animais tendem a favorecer o instinto sobre o intelecto — observou Freecloud. — Com isso eles tendem à subserviência.

— O que você quer dizer? — perguntou Rose.

— Quanto mais tempo eles ficam nessa forma, mais suscetíveis eles ficam a ordens de alguém mais forte — sugeriu Freecloud — É possível domar a maioria dos cachorros em questão de horas, mas leva meses para quebrar a vontade de um humano. Ou foi o que eu ouvi — acrescentou ele quando Rose o olhou de lado. — Nunca treinei um humano, só para deixar claro.

— Então, o que a gente está fazendo aqui? — perguntou Cura.

— Nós viemos para o pai de Brune se acertar com ele, né? Para o urso velho ensiná-lo a encontrar o...

— *Fain* — completou Tam.

— Isso aí. Mas agora o pai do Brune quer matá-lo. Vir aqui não fez sentido... então por que não ir embora? Por que a gente não luta pra sair daqui? — Ela indicou a mulher-gambá, que andava com os olhos fechados, sem se dar mais ao trabalho de botar a mão na ferida que quase certamente a mataria. — Duvido que esses fracotes pudessem nos deter.

— Só que está quase escuro — disse Freecloud. — Vamos ficar cegos e perdidos. Eles, não.

Rose olhou para o xamã.

— A decisão é sua — disse ela. — Você não precisa ir em frente com isso se não quiser. Mas, se você for ficar, nós também vamos.

Brune olhou para Faingrove, à frente. Um calor úmido irradiava de dentro, mas Tam não via nenhum fogo aceso.

— Eu vou ficar — ele acabou dizendo. — *Já estou fugindo daqui há muito tempo, eu acho. Está na hora de resolver isso.*

— Então, vamos resolver — disse Rose. Ela não se deu ao trabalho de perguntar se os outros concordavam. Não precisava. Freecloud ofereceu um aceno de cabeça tranquilizador para Brune. Cura olhava com uma expressão de desprezo para a área escura, como se seu próprios demônios estivessem esperando por ela lá dentro. Se o Mestre da Garra pretendia desafiar o filho, ele teria que enfrentar o Fábula primeiro.

Sorcha saiu da forma de *fain* e fixou um olhar de desdém em Brune.

— Nada de presas lá dentro — disse ela, indicando as glaives gêmeas presas nas costas dele. — Nem forasteiros.

— Tenta nos impedir — disse Rose, já botando as manoplas.

A vargyr mostrou os dentes.

— Você acha que eu não consigo?

— Eu sei que não consegue.

As duas mulheres se encararam até o xamã soltar um pigarro.

— Talvez vocês pudessem esperar do lado de fora... — ele começou a dizer com a voz fraca.

— De jeito nenhum. — Rose se virou para Brune. — Agora você pode dizer pra essa *gatinha* sair da porra da minha frente antes que eu a arraste de volta até o riacho e a afogue lá?

Sorcha rosnou. Suas mãos se flexionaram em garras, mas antes que ela pudesse receber seu *fain*, uma voz grave explodiu dentro da caverna.

— *DEIXA ELES ENTRAREM.*

Os vargyres ao redor deles se encolheram. As orelhas se abaixaram e os que tinham rabo o enfiaram entre as pernas.

Cura fungou.

— Vou tentar adivinhar: o grande e poderoso Shadrach?

Brune, que tinha ficado rígido, só assentiu.

— Tudo bem — concedeu Sorcha. — Mas nada de presas. Nada de carapaças.

— Nada de presas, é? — Freecloud pareceu achar graça. Ele colocou a bainha de *Madrigal* numa pedra e começou a soltar a armadura.

Cura tirou do corpo nada menos do que seis facas, e Brune deixou as glaives gêmeas. Tam apoiou *Duquesa* na parede de pedra e soltou a aljava.

Rose demorou vários minutos para soltar cada pedaço de metal preto torto que ela tinha prendido no corpo. Quando terminou, Sorcha examinou a pilha de equipamento descartado.

— O Mestre da Garra exige um tributo — disse ela com desdém.

Rose pareceu em dúvida.

— Tudo bem — disse ela. — É quase tudo lixo mesmo. Ele pode ter qualquer coisa, menos as minhas...

— Isso aí. — Sorcha pegou as manoplas entalhadas com runas.

— Claro — disse Rose brevemente, mas Tam notou um leve toque de sorriso fazer os lábios dela se curvarem.

A mulher-lince farejou as manoplas antes de passá-las para um homem com cara de fuinha cujo *fain*, Tam supôs, devia ser uma fuinha.

— Vocês não precisam mesmo entrar — Brune disse aos companheiros de bando. — Um desafio é algo sagrado para os vargyres. Não pode ser evitado e não se pode interferir. Shadrach e eu vamos lutar um com o outro. Vou matá-lo ou ele vai me matar, mas vocês não podem me ajudar lá dentro. — Ele olhou diretamente para Rose. — Nenhum de vocês.

— Não importa — disse ela. — Você não vai passar por isso sozinho, Brune. Não é assim que um bando funciona. Aonde você for, nós vamos.

Sorcha fez um sinal para a camisa de lã de Rose.

— Nada de carapaça — repetiu ela, como se estivesse falando com uma criança. — Só pele.

Rose franziu a testa.

— Só pele?

— Você quer que a gente fique pelado? — perguntou Freecloud.

A mulher-lince assentiu.

— Pelado. Sim.

Rose deu um tapinha amigável no ombro de Brune.

— Boa sorte lá dentro — disse ela. — Estaremos aqui se você precisar de nós.

Eles tiraram as roupas.

Foi constrangedor.

Tam (imensamente agradecida pelo calor que saía de Faingrove) fez o melhor que pôde para olhar para o rosto dos outros, e eles tentaram fazer o mesmo. Ainda assim, ela não pôde deixar de olhar a cicatrizes cobrindo o corpo magro de Rose, para os horrores bizarros pintados na pele pálida de Cura e para a tatuagem de um machado borboleta na lombar de Brune.

— Fiz isso por causa de uma garota — explicou o xamã quando viu Tam olhando.

De todos eles, só o corpo de Freecloud não carregava marcas das desventuras do bando. O druin cicatrizava rápido, Tam sabia, mas ela também nunca o viu levar um golpe a não ser que ele se colocasse deliberadamente no caminho do perigo, como tinha feito na Ravina e novamente na briga de Highpool.

Um grupo de vargyres se reuniu em volta de Brune, cada um segurando uma tigela de madeira de um líquido colorido que começou a irradiar conforme o crepúsculo abria caminho para a noite.

— É feito de florgumelo — disse o xamã quando uma mulher idosa com olhos leitosos passou a pasta reluzente nos braços, no peito e na perna dele. — Nós só podemos entrar quando estamos parecidos com nosso *fain*. Por isso as garras. — Ele levantou a mão para mostrar as listras vermelhas na parte de trás da mão. Ela pintou o rosto dele também, desenhando presas em volta da boca e um focinho branco comprido entre os olhos.

Ele não ficou *parecido* com um urso, mas Tam decidiu que não valia a pena observar que uma mulher cega tinha feito um trabalho péssimo de imitar corretamente o *fain* dele.

Sob ordens de Sorcha, os vargyres com tigelas cercaram o resto do bando.

Freecloud arqueou a sobrancelha.

— Vão nos pintar também?

— Pintar de quê? — perguntou Tam.

Brune deu de ombros.

— Acho que nós vamos ver — disse ele.

CAPÍTULO VINTE E UM

A CAVERNA DO MESTRE DA GARRA

Eles andaram lado a lado na escuridão. O corpo volumoso de Brune estava marcado por espirais brancas e pela pluma de uma cauda nas costas largas. Rose estava com as listras vermelhas irregulares de uma tigresa de Rushfire, enquanto Cura exibia penas violeta e asas de um corvo em azul intenso nos ombros expostos.

Tam era um guaxinim ou algo parecido. As pernas estavam listradas em verde e dourado, com aros nos pulsos e uma máscara de bandido nos olhos.

O nariz de Freecloud era um corte vermelho entre asas em azul vibrante. As mesmas cores foram aplicadas na virilha e no traseiro (que o druin achou hilário), enquanto o peito foi pintado de um branco lustroso.

— O que você é? — Tam perguntou do lado de fora.

— Um mandril, eu acho.

— É um monstro?

— É tipo um macaco — explicou ele. — Um macaco muito zangado e muito perigoso.

Não havia fogo em Faingrove. A única luz vinha dos presentes (pintados em semelhança a seus respectivos *fains*) e de uma coleção de esqueletos reluzentes presos por catgut e arrumados pela caverna. Cada conjunto de ossos pertencia a um animal bem maior do que deveria ter sido. Tam reconheceu pelo menos três ursos, uma cobra, um lobo, um gorila e vários felinos grandes.

Os troféus de Shadrach, presumiu ela. *Quantos desafiadores, por vontade própria ou não, entraram neste lugar e se perguntaram se em pouco tempo não passariam de decoração de um déspota?*

Estava abafado lá dentro. Brune tinha explicado que Faingrove era lar de uma fonte termal, e Tam sentia o vapor ao redor do corpo quando eles foram entrando. Mandaram-nos ficar perto de uma das piscinas, enquanto Brune prosseguia sozinho para o espaço aberto no centro da gruta.

O poderoso Shadrach, Mestre da Garra dos vargyres de Silverwood, estava reclinado em um trono feito de ossos que brilhavam no escuro. Os crânios de inimigos vencidos brilhavam como lampiões mórbidos no encosto, e as asas de um adversário alado derrotado subiam na escuridão acima dele.

O pai de Brune estava quase todo pintado de vermelho, e era impossível não perceber como ele era enorme. Havia riscos brancos nos antebraços e panturrilhas, cada um da grossura da cintura de Tam, e uma juba dourada na largura dos ombros.

Sorcha estava ajoelhada aos pés dele. Ela tinha dado a ele as manoplas de Rose, mas o Mestre da Garra parecia achar que não passavam de badulaques, pois as jogou de lado assim que se levantou para cumprimentar o filho.

— Você não devia ter voltado. — A voz de Shadrach veio de todas as direções ao mesmo tempo. Envolveu-os como o calor das fontes termais, opressiva e sufocante.

— Você não devia ser Mestre da Garra — respondeu Brune. As palavras dele incitaram um coral discordante de gritos, rosnados, uivos e latidos. Havia mais de cem vargyres presentes, pela estimativa de Tam. Todos estavam em forma humana, mas seus *fains* tinham passado a ditar a natureza deles havia muito tempo.

— Eu conquistei minha posição por rito sagrado! — gritou Shadrach. Ele moveu os braços musculosos para indicar os esqueletos pendurados. — Vejam meus indignos desafiadores!

— Suas vítimas, você quer dizer. Você é louco, Pai. Não tem nada de sagrado no que você fez aqui. — Brune falou com os que estavam reunidos nos parapeitos e beirais da caverna. — Vejam no que vocês se transformaram! Escutem a si mesmos, grunhindo e andando como animais. Nós cantávamos neste lugar. Vocês lembram? Nós dançávamos, nos banqueteávamos e comemorávamos nossa segunda natureza. E agora? — Ele se virou, ponderando. — Aqui não passa de um local de matança. Um templo doentio para um deus que vocês não pediram e que certamente não merecem.

— *Silêncio!* — gritou Shadrach da elevação à frente dele. — *Não vou tolerar essa calúnia de um proscrito!*

— *Você* me tornou proscrito, Pai. *Você* me mandou embora. Seu próprio filho!

— *Meu* filho? — O Mestre da Garra pareceu incrédulo. — Não. Você nunca foi meu. Não de verdade. E o dia em que me dei conta disso foi o dia em que o expulsei.

Brune cambaleou sob o golpe das palavras do pai.

— Não seu? Você me renegaria agora?

— Eu vi seu *fain*, garoto. Vi antes e vejo agora, como pegadas recentes. Você traz seu bando imundo para este lugar e alega ser *meu* filho?

— Eu *sou* seu filho! — O xamã estava furioso.

— Então vem! — incitou o pai. — Me mostra!

Brune já estava correndo, rugindo a plenos pulmões.

Shadrach berrou, triunfante, e correu para encontrá-lo.

Ele queria isso, Tam sabia. Tinha acendido a raiva de Brune, acrescentando combustível até arder branca e quente. A fúria era uma coisa que o Mestre da Garra podia prever; uma coisa que podia canalizar e, portanto, controlar.

As espirais nas costas de Brune começaram a inchar quando o corpo do xamã cresceu. Seus membros aumentaram, surgiu pelo no meio da tinta nos braços, manchados das mesmas cores vibrantes.

O Mestre das Garras explodiu da mesma forma que uma bomba num pote de argila, dobrando de tamanho, triplicando, muito maior que Brune, descendo a rampa correndo.

A fúria estalava entre eles como o ribombar de um trovão, um som tão profundamente primitivo que Tam quase fez xixi na calça que não estava usando. Mas ela não conseguia parar de olhar: não quando os dois ursos se chocaram com a força de pedras caindo de encostas opostas.

O impacto deles sacudiu a caverna e arrancou gritos de euforia selvagem dos ocupantes. Os dois monstros se agarraram, enormes sobre as patas traseiras, lutando um contra o outro com as garras erguidas e as mandíbulas se fechando, e Shadrach segurou Brune pela nuca e o jogou no chão.

O tamanho do xamã do Fábula diminuiu pela metade quando ele caiu. Ele mal tinha se endireitado quando o urso vermelho-sangue estava em cima dele, rasgando seus flancos com garras que mais pareciam cimitarras. Brune fez uma tentativa inútil de agarrar a garganta dele, mas Shadrach se afastou. Seus dentes se fecharam no ombro de Brune e o Mestre da Garra girou e jogou o filho do outro lado da arena.

Brune bateu no chão com força, caindo sobre rochas e pedras, e sumiu.

— O quê? — Tam se ouviu gritar.

— Ele está na água — murmurou Cura.

O xamã do Fábula tinha rolado para dentro de uma das poças da caverna. Tam viu ondulações de fosforescência branca quando a tinta do xamã começou a sair. Ele saiu como homem, tossindo e ofegante, quase invisível agora que a cor da tinta tinha sumido. Ele subiu na pedra e ficou deitado lá, ofegante.

O rugido exultante do Mestre da Garra se tornou uma gargalhada rouca quando ele abandonou a forma animal.

— Você é mais tolo do que achei, garoto. Você é mesmo ingênuo assim? Ou está tão ansioso para usurpar meu lugar que negaria sua verdadeira natureza?

Embora suas palavras fossem venenosas, o jeito de falar de Shadrach foi elegante em contraste aos outros vargyres. Tam lembrou o que Freecloud tinha dito sobre animais serem fáceis de manipular e se perguntou se a suposição do druin era verdade. O Mestre da Garra exigia que seus súditos passassem mais tempo como animais do que como homens e mulheres? Estaria ele entorpecendo deliberadamente a mente deles para deixá-los mais suscetíveis às suas ordens?

Fazer isso seria algo maligno, claro. Imperdoavelmente cruel. Mas o pai de Brune, pelo pouco que Tam conhecia dele, parecia exatamente o tipo de babaca que tentaria isso.

— Quer saber o que você é de verdade? — perguntou o Mestre da Garra ao filho. — Você não é meu — rosnou ele. — Você é dela.

Ele apontou para um dos esqueletos suspensos no teto da caverna. Parecia um cachorro aos olhos de Tam, só que era mais comprido, mais magro, com um focinho estreito e caninos mais afiados...

— Ah, Brune, não — ela ouviu Rose sussurrar. — Não olha. Por favor, não olha.

Mas Brune olhou e, depois de um silêncio atordoado, murmurou com voz rouca:

— É...?

— Ela voltou pra te buscar — disse o Mestre da Garra. O tom dele estava mais leve agora, quase de conversa. Como se ele não estivesse eviscerando o filho com palavras. — Isso foi três, talvez quatro anos atrás. Ela ficou furiosa quando falei que te expulsei. Ela sempre achou lealdade importante, a sua mãe. A "matilha" significava tudo pra ela.

Foi por isso que ela te abandonou e me abandonou também — disse ele. — Pra ficar com a família *verdadeira*.

Brune estava de joelhos em uma poça de luz oleosa.

— Você...

— Ela me chamou de tirano — disse Shadrach, rindo sombriamente. — E de algumas outras coisas piores. Ela ousou desafiar meu direito de liderar. — Ele inclinou o pescoço enorme para trás. — Você pode ver como deu certo pra ela.

Aquela exibição arrogante gerou uma grande ovação de ganidos e rugidos, mas foi Brune quem rugiu mais alto. Tam mal conseguia vê-lo no meio do vapor que subia da poça iluminada pela tinta atrás dele, mas via os ombros sacudindo, as mãos tremendo quando ele as curvou em garras. Um som escapou dele, em parte gemido, em parte grito angustiado.

Tam sentiu os cabelos da nuca ficarem em pé.

A luz da poça desapareceu, perdida atrás da sombra de uma coisa repentinamente enorme, e o grito de dor de Brune se transformou em um rugido de gelar o sangue. Ecoou por Faingrove, quicando na água e na pedra até o grito de luto de cem lobos os cercar.

— Agora você vê — disse seu pai. — É isso que você é de verdade. Eu devia...

Brune partiu para cima dele, um espaço invisível rosnando no meio de cores exageradas. O Mestre da Garra voou para trás e caiu em um esqueleto de um javali cujas presas douradas reluzentes eram do tamanho do arco de Tam. Shadrach se levantou furioso, transformando-se na mesma hora na grande besta vermelha que era antes. Quando o lobo pulou em seguida, ele estava pronto.

Pelo menos, achou que estivesse.

As garras de Shadrach passaram por nada. Seus dentes se fecharam no ar. Brune fintou, mergulhou baixo, mordeu o calcanhar do Mestre da Garra e o arrastou. Tam ouviu o rompimento do tendão, o estalo terrível de músculos cortados, e o urso rugiu de agonia.

— Se preparem — disse Rose.

Tam enrijeceu. *Se preparem pra quê?*

Shadrach caiu de quatro, se virou e atacou com um braço do tamanho de um tronco de árvore... o que poderia ter acertado Brune se ele não estivesse no ar, pulando com uma velocidade e graça que nunca tivera como urso. O xamã do Fábula caiu diretamente em cima do inimigo. Suas presas encontraram apoio no músculo em volta da garganta de Shadrach e ele pulou de novo, jogando-se por cima da cabeça do pai, virando-se no ar para cair de quatro.

O Mestre da Garra não conseguiu se endireitar. Brune o estava segurando pelo pescoço e o sacudindo de um lado para o outro, arrastando-o pelo chão sempre que Shadrach tentava se levantar. O pai tentou arranhá-lo, mas o lobo era rápido demais e se abaixava antes que as garras do urso chegassem nele.

Shadrach rugiu de novo, um grito trêmulo que, vindo de qualquer outro, podia implicar que a rendição estava próxima. Só que o lorde vargyr era orgulhoso demais para isso, absurdamente arrogante. E ele estava *treinando* seus súditos para aquele momento.

Transformando-se, o Mestre da Garra se soltou da boca de Brune. Ele se afastou, a mão na garganta.

— *Agora* — sussurrou Rose.

— Matem ele! — gritou Shadrach. — Matem o traidor! Agora! Seu mestre ordena!

De repente, o caos.

CAPÍTULO VINTE E DOIS

SOMBRA DO LOBO

Sorcha pulou e tinha virado lince ante de cair, descer a rampa e se jogar na sombra preta que era Brune. Vários outros se juntaram a ela, caindo de falésias ou passando por poças para obedecer ao chamado do Mestre da Garra, mas não todos.

Ainda não, pelo menos.

— *ABRAXAS!* — Cura convocou a criatura que ela tinha conjurado em Highpool: um corcel de metal que pulou do braço dela. As estruturas das asas se abriram, estalando com uma luz violenta ao correr para interceptar os agressores de Brune.

Freecloud disparou até os ossos espalhados do javali enquanto Rose se virava e...

— Desculpa — disse ela, empurrando Tam com as duas mãos.

A barda caiu na piscina e, como estava no meio de dizer "Desculpa por quê?", ela engoliu um monte de água quente. Ela ouviu gritos abafados, viu nuvens verdes e douradas girando acima dela... e Rose a tirou da piscina e a apertou para forçar a água dos pulmões.

Por um momento absurdo, Tam só conseguiu pensar no fato de que ela estava molhada e Rose estava quente e as duas só estavam cobertas de tinta.

Bom, Rose está coberta de tinta, pensou ela. *Eu só estou nua.*

— Por quê? — disse ela.

— Porque preciso de você invisível — disse Rose. — Ou quase.

— Não entendi.

— Minhas manoplas. Preciso que você vá até lá e pegue elas pra mim. — Rose apontou para o trono do Mestre da Garra. Ela estava tremendo, Tam reparou, o corpo todo suplicando por uma dose de Folha de Leão.

Uma mulher ruiva magrela estava se esgueirando para perto delas. Quando Tam a encarou, a garota mostrou os dentes e se transformou numa raposa sarnenta.

— Vai — ordenou Rose. Ela empurrou Tam para longe e se virou para enfrentar a vargyr. Quando fez isso, Freecloud voltou segurando uma presa dourada reluzente em cada mão. Ele jogou uma para Rose quando a raposa atacou. Ela pegou a presa com as duas mãos e bateu no animal no ar.

Tam saiu correndo. Camadas de pedra subiam como degraus colossais à direita, e ela ficou perto da parede para fugir da batalha que se desenrolava no meio da caverna.

O corcel estático de Cura estava circulando o piso da gruta, desencorajando quem ainda não tinha entrado na luta. Corria, chutava e se debatia loucamente, furando inimigos com os espinhos na cabeça.

Era difícil ver como o xamã do Fábula estava se saindo. Ele estava cercado de animais menores: um carcaju, uma doninha e Sorcha, cujas garras pintadas se moviam tão rápido que pareciam um borrão. Mais dois felinos, um puma laranja e uma pantera roxa lustrosa, estavam seguindo na direção deles. Brune era maior, bem maior, do que todos eles, e alimentado de uma fúria maníaca, mas seus inimigos eram ferozes. O carcaju e a doninha estavam agarrados no pelo dele, cuspindo e arranhando, enquanto o lince o atacava de frente. Tam viu a sombra da cabeça de Brune desviar das patas de Sorcha, morder a barriga dela e abri-la. As entranhas se espalharam no piso de pedra embaixo dela, mas Sorcha continuou lutando, alheia à gravidade do ferimento.

Tam, agora só uma pequena sombra em uma caverna cheia de cor, correu o mais rápido que conseguiu, ficando longe da luta cruel de Brune e de olho no corcel de Cura. Ela deu a volta na borda de outra fonte termal e subiu na plataforma mais baixa que contornava a caverna.

Alguém, um vargyr, apareceu na frente dela. Tam registrou um par de listras verdes, mas foi o *cheiro* que revelou quem era. A mulher-gambá só reparou nela quando as duas colidiram. Ela gritou de surpresa, e Tam viu pelos pretos e brancos surgirem na cara da mulher.

Como se impede alguém de se transformar?, perguntou-se Tam. Ela tentou um golpe direto na garganta primeiro e ficou feliz da vida quando deu certo. A vargyr gorgolejou alguma coisa antes de cair da beirada direto na poça abaixo delas. Tam se apressou.

Rose e Freecloud estavam um de costas para o outro, segurando presas de javali como espadas cegas para bater em quem se aproximasse. Eles mal tinham conseguido um descanso quando os texugos gêmeos partiram para cima deles. Rose caiu embaixo de um, mas conseguiu enfiar o osso embaixo da mandíbula dele. O outro atacou o druin, tentando dar uma cabeçada nele e derrubá-lo. Freecloud desviou, mas sua preocupação com Rose o impediu de aproveitar a vantagem.

Algo de barriga dourada e cara branca passou voando por Tam e bateu na pedra à direita dela. Brune tinha jogado a doninha longe, que agora estava agachada, atordoada, no caminho à frente dela. Tam bateu com o calcanhar na cabeça dele e continuou correndo.

Ela procurou Shadrach desesperadamente e o viu abaixo, deitado de lado com as duas mãos sobre o pescoço ferido.

Ele está morrendo?, perguntou-se ela, e ficou tão distraída com o Mestre da Garra que quase bateu de cara em uma parede de espetos brilhantes cor-de-rosa. Para evitar a colisão, deslizou de bunda e fez uma careta quando sua pele foi arranhada.

Que porra é essa? A cerca de espinhos avançou para ela, e a barda levou um momento para se dar conta do que estava na frente dela. *A porra de um porco-espinho!* Tam se levantou e tentou contorná-lo, mas a maldita criatura fez um ruído agudo e balançou a bunda como um mangual espinhento.

— Porra — xingou ela, frustrada. Quando um dos espetos rosa entrou em seu braço, ela falou outro palavrão. Dessa vez, de dor.

A coisa a fazia recuar e perder segundos preciosos. A queda à esquerda era grande demais para ser feita com segurança, e a plataforma à direita era alta demais para ela alcançar. Ela podia pular, mas a poça mais próxima estava cheia de gambás se debatendo, e havia uma doninha grogue atrás.

Uma sensação de formigamento serviu de sobreaviso de que a criatura de Cura estava chegando antes mesmo de aparecer. Shadrach pulou do caminho quando ela passou correndo. Tam pensou em pedir ajuda, mas Abraxas já estava empinando. As asas se abriram, com filamentos de eletricidade arqueando entre hastes de metal farpado, e golpeou para a frente, perfurando como as pernas de uma aranha em lanças eletrificadas. Elas empalaram o porco-espinho, envolveram-no em uma rede de energia azul-esbranquiçada e o ergueram.

Tam correu por baixo. Ela não olhou para ver o que aconteceu com a criatura, mas sentiu o cheiro dela fritando de dentro para fora e ouviu os espinhos disparados baterem na pedra ao redor.

Ao olhar para a esquerda, ela viu o corpo do carcaju balançar no ar, preso entre as sombras da mandíbula de Brune. O lince ainda estava atrás dele, mas o xamã do Fábula dançava em círculos, e o ferimento de Sorcha a estava deixando cansada rapidamente.

Freecloud tinha matado um dos irmãos texugo, cujo corpo flutuava na poça atrás dele, e, enquanto ela olhava, ele bateu com a presa nas costas do que estava atacando Rose.

Tam pulou do precipício na rampa. Caiu com as solas expostas na pedra úmida. Ela encontrou as manoplas de Rose no chão perto do trono de Shadrach. Depois de pegá-las, ela se virou e...

Uma mão enorme segurou o pescoço dela. A barda sentiu o estômago despencar; chutou freneticamente ao subir do chão.

Sem ar.

O rosto de Shadrach apareceu na frente dela: pele vermelha, barba preta, o mesmo sorriso com espaço entre os dentes do filho, só que malicioso. Odioso. Implacável.

Sem... ar.

Ele não deveria estar dizendo alguma coisa? Fazendo alguma ameaça? Dizendo como ela era fraca? Como era deplorável? Qual era a diversão de só torcer o pescoço de alguém?

Sem.

Ela devia chutar a virilha dele? Sempre funcionava nas histórias.

Ar.

Ela ouviu uma das manoplas cair na pedra. Ela estava quase largando a outra e por isso a colocou. Não podia perder as duas. Rose a mataria.

Como Shadrach a estava matando.

Alguma coisa bateu na palma da mão dela, e Tam fechou os dedos por instinto. Era metálica. Fria. Como pegar um peixe que não dava para ver com a mão exposta. Sua visão estava ficando preta, mas ela levantou a mão para ver. As runas na manopla estavam soltando um brilho verde.

E a espada na mão dela também.

Tam se perguntou brevemente quem ficou mais surpreso de ver a espada ali, se ela ou Shadrach, antes de enfiá-la com toda a sua força na ferida no pescoço dele.

Não o matou (porque toda a sua força não era tanto assim para uma garota magrela de 17 anos), mas machucou, obviamente, pois o Mestre da Garra berrou e a soltou. Tam caiu agachada, pegou a outra manopla e correu como o vento rampa abaixo.

Um dos gatos enormes, o puma, olhou na direção dela. A luz se refletiu nos olhos dele quando ele a acompanhou no escuro. Preparou-se para pular nela, mas a criatura de Cura se chocou nele, pisoteando o animal com os cascos de trovão.

— Tam! — Rose corria na direção dela. — Atrás de você!

Ela não olhou. Não precisava olhar. Dava para ouvir o baque pesado dos pés de Shadrach se aproximando dela.

Ela estava correndo rápido demais para tirar a manopla de *Cardo*, então ela jogou a de *Espinheiro* para Rose e orou para a barba pulguenta do Senhor do Verão para Shadrach escorregar, tropeçar ou decidir enfrentar alguém do tamanho dele.

Rose a pegou, *é* claro, e colocou na mão. *Espinheiro* atendeu ao chamado dela, soltando um brilho azul ao voar como uma flecha para a mão aberta dela.

— Pra baixo! — gritou ela.

Tam mergulhou, rolou sobre areia e pedras enquanto Rose arremessava a cimitarra de lado. A barda ficou olhando sem fôlego a espada girar no alto, rodopiando como se a lua tivesse se soltado do céu. Atravessou direto a lateral do Mestre da Garra. Ele cambaleou, equilibrando-se em uma perna para não escorregar de lado, e Rose se jogou com o ombro no joelho dele.

Estalou, e Shadrach mal tinha começado a gritar quando seu rosto bateu no chão com um ruído doentio.

Sem contar a voz da mãe, Tam nunca tinha ouvido um som mais doce em todos os dias da vida.

O pai de Brune ficou onde estava, imóvel. Ali perto, a criatura de Cura chiou e desapareceu. A invocadora estava apoiada em Freecloud, que tinha ido cuidar dela.

Rose ofereceu a mão para ajudar Tam a se levantar.

— Bom arremesso — disse ela.

— O seu também — respondeu Tam.

A luta tinha acabado. Ou estava acabando, pelo menos. Ainda havia dezenas de vargyres observando dos arredores da caverna, mas, se eles não tinham atacado quando o Mestre da Garra ordenou, ela duvidava que fossem fazer isso agora.

Shadrach os tinha controlado pelo medo, e, embora o medo gerasse subserviência, ele não levava à lealdade. Tam se perguntou quem tinha dito isso para ela. Seu pai, provavelmente. Era sabedoria demais para ter vindo do tio Bran.

A pantera estava morta. O carcaju estava partido no meio. Um dos texugos choramingava lamentavelmente, prestes a morrer. Sorcha ainda estava de pé, de alguma forma, mas recuando, sibilando em desafio enquanto o lobo avançava para cima dela. Finalmente ela abandonou o *fain* e caiu de joelhos, exibindo o pescoço em um gesto de submissão.

Um gemido de Shadrach chamou atenção de Brune. Ele foi até lá, os lábios repuxados sobre as presas do tamanho de sabres. Seu rosnado partiu o ar, e Tam sentiu uma vontade desesperadora de correr.

Só que ela conseguia ver os olhos de Brune na aura vermelha que emanava da tinta de Shadrach. Havia dor ali, e luto, e tanta raiva. Mas não *fúria*. Não fúria inconsequente. Não eram os olhos de um animal, ela pensou; só de um filho inconsolável prestes a matar o pai.

Freecloud baixou a presa que tinha na mão.

— Brune — disse ele baixinho. — Volte para nós.

A cabeça do xamã virou para o druin. Os dois se olharam por um longo momento antes do lobo ceder, e a sombra de Brune encolheu até ficar do tamanho de um homem. Ele tirou o cabelo sujo de sangue dos olhos quando olhou para Shadrach.

O rosto do Mestre da Garra estava destruído. Vários dentes da frente tinham caído e o nariz estava esmagado. Tanto a ferida no ombro quanto o rasgo na lateral do corpo sangravam copiosamente. Ele morreria logo, Tam supôs, se Brune não o matasse primeiro.

— Acaba com tudo — disse ele com voz rouca. — Toma... meu lugar.

— Você acha que eu quero isso? — Brune balançou a cabeça. — Eu não quero. Não sou como você. Agora sei disso.

Shadrach fez uma expressão de desprezo. Ele tentou falar, mas suas palavras se dissolveram num ataque de tosse. Quando passou, as feições dele relaxaram. As nuvens pretas nos olhos dele sumiram como fumaça, e uma das mãos se arrastou fracamente na direção do pé descalço de Brune.

— Filho — gorgolejou ele.

— Eu não sou seu filho. — A voz do xamã soou fria, sem emoção, exceto por um leve toque de orgulho. Ele olhou para os ossos da mãe, pendurados no escuro como uma constelação distante. — Sou filho dela.

Eles encontraram uma piscina que não estivesse maculada por texugos mortos nem gambás sangrentos e se lavaram. Brune, que os vargyres sobreviventes insistiram em nomear Mestre da Garra apesar dos protestos, ordenou que os ossos que decoravam Faingrove fossem retirados e enterrados.

Do lado de fora, eles se vestiram sem pressa, recuperando armaduras, armas, instrumentos musicais e o pobre cavalo assustado, que tinha cagado uma pequena montanha na ausência deles.

Tam estava pensando em Sorcha: como ela ficou encolhida quando eles a deixaram e como os outros vargyres, os que ficaram olhando enquanto Shadrach e seus capangas foram massacrados, tinham começado a sair dos pontos altos quando o bando saiu da caverna. Que crimes, a barda se perguntou, o lince branco tinha executado em nome do Mestre da Garra? Com o mestre morto, ela ainda teria lugar em meio ao povo?

A resposta de Tam veio por um berro atormentado que foi interrompido abruptamente e foi seguido pelo ruído molhado de carne rasgando.

O bando, principalmente Brune, estava ansioso para deixar o vilarejo para trás, mas como eles estavam exaustos e já tinha escurecido, Rose achou melhor passar a noite lá. Cada um deles reivindicou a casa de um dos capangas de Shadrach, e, ainda que Tam não tivesse prestado atenção no que tinha entalhado no totem na frente da dela, ela soube assim que se deitou que pertencia ao gambá. A casa pelo menos era quente, e ela fez o possível para ignorar o fedor e dormir.

Eles partiram na manhã seguinte, seguindo para o norte e oeste por caminhos que eles nunca teriam encontrado se não fosse por Brune, que foi ficando cada vez menos taciturno conforme os dias passavam. À noite, ele se transformava em lobo e andava sozinho pela floresta. Eles os ouviam uivar às vezes, mas não para a lua.

Quando a manhã chegava, sempre havia alguma coisa, uma lebre, uma perdiz ou uma truta ofegante, junto às brasas da fogueira da noite.

— Cuidado — avisou Cura ao xamã quando eles fizeram o desjejum de ovos de codorna e mingau quente uma manhã. — Posso começar a gostar de você se continuar assim.

No dia seguinte, eles foram despertados pelo grito apavorado da invocadora quando ela acordou para a visão da mandíbula torta e dos olhos vidrados de um cervo caído na cama de palha ao lado dela.

— Melhor assim? — perguntou Brune, com o sorriso antigo no rosto.

— Vai se foder — disse Cura, e assim a ordem foi restaurada.

Naquela tarde, quando eles subiram pelos contrafortes cobertos de floresta que logo virariam as Montanhas Rimeshield, Tam foi para o lado do xamã.

— Brune?

— Hum?

— Você acha... — Ela parou de falar e tentou de novo. — Por você, tudo bem se eu escrever uma música sobre você? Sobre o que aconteceu com seu pai?

Brune refletiu por um momento.

— Claro — disse ele depois de um tempo. — É pra isso que você está aqui, né? — E, depois de um tempo, perguntou: — Como você vai chamar?

— Não sei. — Ela ainda não tinha pensado nisso. — *O uivo do céu?*

Ele fez uma careta.

— Não.

— *Brune e o grande urso vermelho?*

— Rá. Horrível.

Ela refletiu por um momento.

— Que tal *A sombra do lobo*?

O xamã sorriu.

— Esse está bom.

CAPÍTULO VINTE E TRÊS

HAWKSHAW

Chamar Coltsbridge de cidade fazia tanto sentido quanto falar que Tam era espadachim, mas era assim que chamavam. Aninhada no seio boreal do extremo oeste de Silverwood, a autoproclamada metrópole estava quase soterrada de neve. Era cercada por um muro de pedra tão mal-ajambrado que as crianças da região subiam nele para brincar, usando as pedras irregulares como apoios de mão temerosamente convenientes. Fora o cemitério (que exibia um muro mais alto do que o da cidade e era patrulhado por guardas encarregados de manter os mortos lá dentro), a característica mais notável da cidade era a carroça de guerra blindada estacionada na frente da estalagem.

Rose tentou abrir a porta do *Reduto* e a encontrou trancada, então ela bateu com a manopla. Como não obteve resposta, ela bateu de novo, com mais força, e gritou:

— Abre aí!

— Vai se ferrar! — disse uma voz familiar lá dentro. — Juro pelas tetas da Mãe do Gelo, já falei pra cada um de vocês, caipiras de bota de pele, mais de dez vezes: o bando não está aqui!

— Está, sim! — gritou Rose.

— Não está, não, caralho!

Cura empurrou Tam com o ombro e se aproximou da carraca.

— Rod, se você não abrir essa porta nos próximos dez segundos, vou invocar *Kuragen* e enfiar um tentáculo tão fundo no seu cu que vai arrancar os dentes da sua boca. — A Bruxa da Tinta esperou, as mãos na cintura, e contou baixinho. Ela estava no oito quando a porta se abriu e Roderick, usando só o chapéu com a cauda de raposa e uma saia de lençol improvisada, desceu os degraus.

— Vocês voltaram! — O agente, obviamente bêbado, fedia como o penico de um podre. — Vocês estão um dia atrasados — disse ele. — O gavião da Viúva... er, quer dizer, o Guardião dela. O Guardião da vulva me avisou... espera, me dá um segundo. — O sátiro passou a mão no rosto, aparentemente tentando piscar até ficar sóbrio, e tentou de novo. — O gladão da Viúva... *gladão?* Deuses, essa palavra nem existe...

— O Guardião da Viúva? — disse Freecloud. — O que tem ele?

Roderick fixou os olhos embotados no druin.

— Ele está puto como Glif, isso sim! Ele disse que o tempo arde. — Ele soluçou. — Urge.

Quando Rose deu um passo na direção da porta, o agente esticou um braço para barrar a passagem dela.

— Um momento, por favor. Eu tenho convidadas. Moças! — gritou ele para o interior escuro da carraca. — Minha mãe chegou! Acabou a festa! Peguem suas coisas e caiam fora!

Em pouco tempo, surgiram três mulheres sumariamente vestidas. A última beijou Roderick na boca antes de sair andando. Rose se adiantou de novo, e de novo Rod levantou a mão para fazê-la parar. Mais duas mulheres desceram os degraus, e mais uma, depois mais quatro em vários estágios de seminudez.

— Isso é tudo? — perguntou Rose.

— Quase. — Roderick sorriu com timidez quando mais cinco garotas saíram, as roupas e os cabelos desgrenhados.

O agente pegou uma bata creme de uma delas.

— Isso é meu, querida.

— Isso até que é bem impressionante — disse Cura.

Freecloud prendeu o cachimbo entre os dentes.

— Eu nem estou com raiva.

O agente finalmente prestou uma reverência elaborada e fez um gesto espalhafatoso para a escada atrás dele.

— Bem-vindos ao lar — disse ele.

O Guardião da Viúva tinha se hospedado na estalagem local chamada Tiffany's. O local estava surpreendentemente movimentado, talvez por ser o único lugar para se apreciar comida, bebida e música... embora a música em questão estivesse sendo cantada por um bêbado que tinha esquecido que segurava um instrumento. Ele berrava uma letra sobre amor não correspondido enquanto lágrimas enormes de ogro escorriam pelas bochechas rosadas. Tam se perguntou se a mulher que partiu o coração dele estava por perto.

Pelo bem dela, espero que não.

Eles encontraram o Guardião parado na frente de uma mesa de pingball. A placa de madeira inclinada tinha um pequeno labirinto em cima, construído em volta de amontoados de potes de vidro colorido, cada um preenchido com quantidades variadas de água. As mãos do Guardião, vestidas com luvas de couro preto que deixavam as pontas dos dedos expostas, operavam duas alavancas de metal que ele usava para jogar uma bola de gude pelo labirinto, gerando um coral de notas agudas que ficavam sufocadas pelos berros do bardo.

— Espere — disse Rod para Rose. — Ele odeia ser interrompido.

Quando a bolinha escapou das alavancas e caiu em um buraco perto da cintura dele, o Guardião olhou de cara amarrada para a mesa por um longo tempo até Roderick reunir coragem.

— Com licença, Guardião? Eu gostaria de apresentar a Rosa Sanguinária, Freecloud, Cura e Brune, mais conhecidos como Fábula: o Maior Bando de Grandual. Fábula, este é Hawkshaw, o Guardião de Diremarch e campeão soberano de pingball do Tiffany's.

Hawkshaw se virou sem dizer nada e foi se sentar a uma mesa redonda no canto atrás dele.

— Divirtam-se — disse Roderick quando o bando foi se sentar à mesa. — Eu estarei no bar.

O Guardião estava com uma máscara de neve de couro preto, do tipo usado por caçadores kaskares, para proteger a pele do frio cortante. Escondia a maior parte do rosto, deixando só o olho esquerdo, a boca larga e os pelos grisalhos do queixo visíveis. A cabeça estava coberta por um capuz de cota de malha.

— Vocês estão atrasados. — A voz dele era rouca, o tom mais de afirmação do que acusação.

— Tivemos que resolver uma coisa — disse Rose.

— E está? Resolvida?

— Está.

Um movimento positivo de cabeça.

— Nós partiremos hoje, então. A minha senhora...

— Amanhã — disse Rose, interrompendo-o. — Estamos com fome, com sede e cansados. O Devorador de Dragões não vai a lugar nenhum, não é? Está esperando há alguns milhares de anos que a gente vá matá-lo — disse ela com ironia —, e mais uma noite não faz diferença. Suponho que a Viúva não tenha oferecido o contrato a outros bandos, certo?

— Não desde que vocês aceitaram o convite — disse Hawkshaw. — Mas houve outros. Antes. A primeira escolha da minha senhora rejeitou a proposta. A segunda aceitou.

Freecloud empertigou as orelhas.

— Quem aceitou?

O Guardião virou a cabeça de leve.

— Os Corvos da Chuva tentaram matar Simurg ano passado.

— Tentaram? — Brune falou com o mesmo choque que Tam sentia. — E o que houve, eles falharam?

O silêncio de Hawkshaw foi resposta suficiente.

Tam ficou grata pela penumbra da taverna, pois a ajudou a esconder a pontada de dor em seu rosto. *Os Corvos da Chuva... mortos.* Ela os tinha visto várias vezes no Esquina de Pedra. O homem do machado deles, Farager, batizava bebidas com uma poção capaz de transformar a voz rouca de um mercenário num guincho agudo de rato e depois arrumava briga com ele. Ele tinha um senso de humor esquisito, o Farager.

Os Corvos da Chuva eram um ótimo bando, claro, mas tinham habilidade suficiente para enfrentar o Simurg?

Vocês foram tolos, amaldiçoou-os Tam. *E nós também somos.*

— Qual foi a primeira escolha dela? — perguntou Rose. — Quem recusou a proposta dela?

— Com licença. — Freecloud chamou a garçonete. — Vamos precisar de uma rodada aqui, por favor.

O meio olhar de Hawkshaw engoliu a luz do lampião como as profundezas de um poço.

— Seu pai — disse ele.

O druin lançou um olhar para o rosto de Rose e fez uma careta pelo que viu lá.

— Melhor trazer duas.

O *Reduto* era desajeitado demais para seguir para onde o Fábula estava indo, então todos exceto Rose (cuja égua tinha sobrevivido a Silverwood) e Roderick (que desprezava cavalos só um pouco menos do que eles o desprezavam) foram equipados com uma montaria novinha, cortesia da bolsa generosa de Hawkshaw.

Brune escolheu um cavalo robusto de barriga redonda que parecia capaz de carregar um homem do tamanho de uma montanha nas costas. Cura, de maneira nem um pouco surpreendente, escolheu uma potranca preta brilhosa com um temperamento equivalente ao da invocadora. Freecloud, que pelo visto tinha um tipo de sua preferência, escolheu outro cinza-claro.

Tam nunca tinha sido boa cavaleira e selecionou um capão marrom dócil que o comerciante tentou convencê-la a não levar.

— Isso é cavalo de criança! — alegou ele, querendo vender para ela um animal maior e mais caro.

— Perfeito — disse Tam. — Vendido.

— Não se dê ao trabalho de escolher um nome para ele — disse Cura quando Tam subiu na sela. — Vocês não vão se conhecer por tempo suficiente para criar vínculo.

Tam assentiu, esperou até a Bruxa da Tinta estar fora do alcance da voz dela e coçou o capão atrás da orelha.

— Não dá atenção pra ela, Salsinha. Nós seremos amigos pra sempre.

Hawkshaw montava um garanhão ruão que ele chamava de Balbúrdia, cuja pelagem branca era pontilhada de vermelho nas pernas e no focinho, de forma que parecia que o animal tinha pisoteado uma poça de sangue e parado para tomar um gole. O Guardião usava uma capa de palha suja sobre a armadura preta amarrada no corpo magro e carregava uma espada de osso longa e sem bainha no quadril. A máscara parecia um acessório permanente, e Tam se perguntou se o homem estava escondendo alguma desfiguração além do olho perdido. Considerando o brilho constante no olho que ele *tinha*, ela achava que era melhor não perguntar.

Eles seguiram para o norte trotando, enquanto Roderick, carregando as botas na dobra do braço, seguia ao lado deles. O sátiro alegou não ter dificuldade de acompanhar, mas sempre que Hawkshaw pedia para parar (o que era raro), ele desabava no chão e ofegava como um peixe fora d'água.

— Você poderia tentar não fumar enquanto corre — sugeriu Tam quando eles acamparam naquela noite na estrutura de uma fazenda queimada.

O agente, ocupado tirando uma pedra dos cascos, nem se deu ao trabalho de erguer o rosto.

— E você poderia tentar ficar de boca calada se não tiver algo de útil a dizer.

No dia seguinte, eles viraram para leste, contornando a floresta e subindo nos flancos perenes das Montanhas Rimeshield. A terra lá era cheia de ravinas íngremes e penhascos altos. As árvores eram escuras, densas e altas. Não havia pássaros que Tam conseguisse ver exceto um ou outro corvo.

Naquela noite, eles se abrigaram na estrutura de uma torre vazia. Brune se ofereceu para ir caçar, mas Freecloud insistiu para que ele e Tam fossem, para a barda poder praticar com o arco.

— Dois pra panela — anunciou ela, voltando ao acampamento com um par de coelhos brancos na mão.

Hawkshaw quase não disse nada para eles. Ele amarrou Balbúrdia separado dos outros cavalos ("Ele morde", explicou o Guardião) e se sentou separado do resto do bando, encolhido como uma bruxa embaixo da capa preta. Quando Roderick ofereceu fumo, ele recusou. Quando Cura passou o odre de vinho, ele fez que não.

— Quer sopa? — perguntou Brune. O xamã tinha conseguido transformar dois coelhos magrelos, quatro cenouras congeladas, um talo de aipo marrom e um pouco de sal em uma refeição surpreendentemente deliciosa.

— Não — disse o Guardião.

Cura, que não teve nada a ver com o preparo do jantar, decidiu encarar a recusa dele como algo pessoal.

— Qual é o seu problema? Sou a favor de um certo isolamento e, pode acreditar, faço isso melhor do que a maioria, mas isolamento é uma coisa, ser um pé no saco é outra.

O homem mascarado não disse nada em resposta.

— Você está sendo um pé no saco — disse Cura, caso a insinuação não tivesse ficado óbvia.

Hawkshaw olhou para ela friamente.

Depois do jantar, Rose tirou *Cardo* da bainha e entregou para Tam.

— Vem comigo — disse ela.

— Há? A gente vai treinar à noite?

— Você acha que monstros só atacam em plena luz do dia? — perguntou ela, achando graça.

— Eu... — A barda fechou a boca, seguiu Rose para fora das paredes em ruínas da torre e levou um sacode no frio por uma hora.

Hawkshaw já estava na cela quando Tam acordou. O bando tomou um café da manhã apressado de pães duros e chá frio antes de seguir caminho. Eles subiram mais na cadeia de contrafortes contornando a borda norte de Silverwood. As árvores foram rareando, e o chão embaixo dos cascos de Salsinha passaram a ser menos de terra e mais de pedra. Temendo que a caça fosse ficar muito escassa, Freecloud levou Tam para dar uma volta de novo enquanto os outros puxavam os cavalos, caminhando.

Havia uma besta dupla em cima da bagagem do Guardião e uma aljava de flechas com penas brancas no quadril oposto ao da espada, mas Hawkshaw não se ofereceu para caçar nenhuma vez. O homem da Viúva lembrava a Tam um cachorro velho que saiu para passear: não se dava ao trabalho de parar nem farejar cada cotoco de árvore e arbusto, só seguia com determinação na direção de casa, para poder desabar num tapete e descansar os ossos cansados.

— Besta não é arma de caçador mesmo — disse Freecloud para ela, deixando a imaginação de Tam chegar à sua própria conclusão ameaçadora quanto ao que o druin queria dizer com isso.

— Eu amo isso — comentou Brune em determinado ponto durante a tarde. Ele sorria com satisfação, balançando em cima do cavalo parrudo. — É bom, né? Estar sem turnê, longe do fedor e do barulho, cavalgando sob céu aberto.

Até Rose, que tinha ficado cada vez mais séria quanto mais para o norte eles iam, sorriu ao ouvir isso.

— Era assim o tempo todo — disse o xamã para Tam. — Era melhor para os bandos antigos, se você quiser saber minha opinião. Sem arenas, dá pra imaginar? Sem agenda pra cumprir, sem agenciadores sórdidos. Sem plateia sedenta berrando por sangue... Só uma *aventura* honesta, com um monstro grande e mau esperando no fim.

— O Devorador de Dragões — murmurou Tam.

— Sim! — Brune bateu no joelho e deu um susto no cavalo. — O maldito *Devorador de Dragões*! Quem pode dizer que já enfrentou o Simurg e sobreviveu para contar a história?

— Não os Corvos da Chuva — disse Cura.

Algumas pessoas sabiam matar uma conversa. Cura, por outro lado, era capaz de fazer desejar que ela nem tivesse nascido.

Eles se abrigaram naquela noite em um vilarejo abandonado. Havia quatro construções mais ou menos intactas, e o grupo se dividiu entre eles. Hawkshaw reivindicou uma torre de guarda redonda nos arredores da cidade, e Rose e Freecloud expulsaram um lagarto peludo do tamanho de um cachorro de uma forja antiga e se acomodaram lá.

Brune e Roderick (chamados de "roncadores" e sentenciados a aguentar a companhia um do outro) ficaram no que antes tinha sido a taverna local. O sátiro descobriu um engradado de vinho branco barato, que para Tam tinha gosto da pior combinação possível de açúcar e água. Roderick declarou que estava "perfeitamente gelado!" e até de manhã ele e Brune tinham liquidado as seis garrafas.

Tam e Cura ficaram relegadas a uma casinha na beira de um lago congelado. Era um ambiente pequeno, mas depois que elas tiraram a neve e os detritos da lareira e acenderam o fogo, ficou bem aconchegante. A moradia deve ter pertencido a um herbalista, refletiu Tam, pois as prateleiras estavam lotadas de potes de manjericão, espinheiro e catnip, e os restos de várias flores pendiam como ladrões das vigas acima.

Desde que saiu de Silverwood, a barda tinha começado a compor (ao menos na cabeça) uma canção sobre a provação de Brune em Faingrove. Ela dedilhou os acordes iniciais em *Hiraeth* e cantou a primeira estrofe. Cura, o nariz enfiado no livro de memórias de um torturador goblin chamado *Oprime e castiga*, pareceu não se importar.

— Nada mau — disse a Bruxa da Tinta depois que Tam tinha tocado algumas vezes. — Será que você pode tentar cantar num tom mais baixo? Pode parecer mais ameaçador e menos frívolo se for esse o efeito que você quer. — Ela deu de ombros. — Mas você que sabe.

Tam passou os dedos pelas cordas.

— Me mostra — disse ela.

Cura fechou o livro.

— Vamos cantar juntas — propôs ela. — Fica por baixo de mim, tá?

— Quê?

— Canta as notas mais baixas do que eu, boba.

Tam engoliu em seco, corou e se perguntou por que seu coração deu um salto. Dois, na verdade.

— Certo. Tudo bem. Tá.

Ela repetiu a introdução duas vezes antes de Cura pegar a letra. Tam se juntou a ela com hesitação, tomando o cuidado de manter a voz mais grave do que a de Cura. A invocadora não cantava mal, na verdade. A voz dela não era treinada, era rouca e áspera, mas de vez em quando uma nota de doçura leve se espalhava como uma brisa fresca.

No começo, as duas foram aos trancos e barrancos, mas em pouco tempo estavam voando alto lado a lado e seguindo pela correnteza da música até que, inevitavelmente, o céu acabou.

— Só cheguei até aqui — disse Tam.

— Está boa. — Cura voltou ao seu livro perto do fogo. — Pra uma música sobre Brune, claro.

Tam considerou isso um elogio. Ela colocou o alaúde na caixa e foi dormir.

CAPÍTULO VINTE E QUATRO

AS DESGRAÇAS DE DIREMARCH

Nevou na manhã seguinte, mas felizmente não por muito tempo. Eles seguiram para noroeste agora, indo direto para Ruangoth. As montanhas se erguiam monolíticas dos dois lados, pontilhadas aqui e ali por torres vazias e postos avançados saqueados. Eles estavam passando pelas ruínas de outro vilarejo quando a curiosidade de Tam finalmente falou mais alto.

— O que aconteceu aqui? — perguntou ela ao Guardião.

Hawkshaw não respondeu, mas o olhar único percorreu as casas vazias ao redor.

— Houve alguma guerra?

— Guerra não — disse o Guardião.

— O que, então? — perguntou Brune, conduzindo seu cavalo ao lado de Salsinha. — Conheci um pessoal daqui na minha época. Eles eram orgulhosos e duros como couro. E dizem que Diremarch é o lugar mais difícil do norte. Eu apostaria que metade dos guarda-costas do rei são daqui.

Hawkshaw olhou para ele.

— E daí?

— E daí que o que aconteceu, então? Cadê todo mundo? Os habitantes da marca deveriam proteger o reino contra os terrores do Deserto Invernal, mas parece que a própria Horda passou por aqui.

— Passou — disse o Guardião.

— Como assim? — perguntou Rose, andando alguns passos atrás deles.

O acompanhante deles inclinou a cabeça.

— Eles se reuniram no norte, atrás das montanhas. Mas a maioria nem estava lá. Estava aqui. — Com *aqui*, Tam supôs que ele quisesse dizer Grandual. — Eles foram para o norte para fugir dos caçadores e não acabarem como carne de arena. Brontide ofereceu refúgio e prometeu a eles uma chance de consertar o que deu errado em Castia. Morrer lutando em vez de só... morrer.

Foi o maior número de palavras que ela ouviu Hawkshaw dizer de uma vez. Falar em voz alta parecia causar dor ao Guardião.

Isso ou ele não gosta de explicar as desgraças desta terra para estranhos.

— Nós sempre esperamos que um ataque viesse do Deserto. — A luz do sol cintilou no cuculo dele quando o Guardião balançou a cabeça. — Estávamos virados para a direção errada.

Essas pessoas, Tam pensou, observando a destruição ao redor, *deviam ter podido contar com mercenários para defendê-las. Não é por isso que temos bandos? Mas Diremarch é remota e muito fria. Por que alguém viria tão para o norte para resgatar alguns parcos aldeões quando pode entreter uma plateia de arena e visitar uma taverna para beber, jogar e trepar até o pau idiota deles cair?*

Era *por isso* que Hawkshaw era tão hostil? Ele se ressentia da notoriedade de Rose ou odiava que ela e o grupo estavam em outro lugar enquanto a terra dele era presa dos monstros com quem os mercenários deveriam lutar? Ela estava decidindo qual era a melhor forma de responder a essas perguntas quando o Guardião parou Balbúrdia e pegou a besta.

— O que foi? — Rose semicerrou os olhos para a encosta à frente. Acima havia uma capela de beira de estrada que parecia relativamente intacta. Parado na frente havia um amontoado que Tam primeiro julgou que fossem pessoas.

Só que não eram pessoas.

— Sinus — disse Freecloud.

Hawkshaw enfiou uma flecha no vão superior da besta e outra no inferior.

— Eu cuido disso — rosnou o Guardião enquanto Rose passava correndo por ele. Freecloud foi atrás dela, e Brune e Cura fizeram o mesmo. Tam, sem querer ficar para trás só com Rod e Hawkshaw de companhia, incitou o cavalo a seguir em frente.

— Inferno gelado do caralho — ela ouviu Hawkshaw murmurar atrás dela.

Todos menos dois dos vulpinos recuaram para dentro da capela quando o Fábula se aproximou, mas a barda achava que eram uns oito no total. Quatro dos que tinham entrado eram menores, fêmeas ou filhotes, e um dos dois que ficaram do lado de fora também era fêmea. Ela era magra e longilínea, de pelo branco, com olhos verdes desconfiados. Usava uma túnica presa por uma bainha de cinto e uma capa de lã com capuz. O acompanhante dela era macho e bem mais velho, com coloração mais cinza do que branca. O pelo em volta do pescoço dele era áspero e volumoso. Ele carregava uma espada curta em uma das mãos e um broquel pequeno na outra.

Ele começou a falar, mas em uma série de latidos agudos e sílabas entrecortadas que Tam não conseguia entender. Parecia que a criatura estava falando uma língua estrangeira de trás para a frente.

— Eles não têm nada de valor — Freecloud começou a traduzir, porque é óbvio que ele entenderia o idioma sinu. — Eles não querem nos fazer mal e só querem passar a noite abrigados aqui.

O par de criaturas vulpinas trocou um olhar, parecendo impressionado pelo druin poder entendê-los. O macho disse outra coisa antes de abaixar a espada.

Freecloud transmitiu as palavras dele.

— Eles podem ir para outro lugar se quisermos ficar aqui.

O bando todo olhou para Rose, que botou a mão na nuca e mordeu o lábio inferior. Os sinus pareciam inofensivos, claro... mas, se eles encontrassem um grupo de viajantes inofensivos em vez de mercenários experientes, eles seriam tão gentis assim?

A fêmea soltou uma série de latidos guturais.

— Eles foram expulsos do clã por se recusarem a entrar na Horda de Brontide — explicou Freecloud. — Eles já foram — ele teve dificuldade de traduzir a palavra — mais, mas agora são poucos. Eles se chocaram com quatro-braços recentemente, estou supondo que ela está falando de yethiks, e foram atacados por um warg dois dias atrás. — Ele fez uma pausa quando a raposa sinu terminou de falar. Uma das mãos dela tirou um talismã de debaixo da túnica.

Os monstros têm deuses? O pensamento ocorreu a Tam de repente.

Freecloud transmitiu as palavras finais da fêmea.

— O warg matou três do grupo, mas os que pereceram não... há, descansam. Ela disse que os mortos os caçam agora.

Rose expirou o ar gelado.

— Pergunta pra ela...

Algo passou zunindo por ela e uma flecha de pena branca perfurou a garganta da raposa. O sangue escorreu pela mão e pelo talismã nela. O macho latiu alguma coisa com raiva ou dor e correu para eles.

A besta de Hawkshaw tremeu quando a segunda flecha voou sobre a neve e se enterrou no ombro do sinu e o fez girar. O Guardião abandonou a besta e puxou a espada de osso enquanto andava para a frente.

— Guardião! — disse Rose rispidamente.

O sinu se recuperou, rosnou e correu.

— Hawkshaw, pare!

O Guardião pegou a lâmina da criatura com a mão enluvada, desequilibrou-a e enfiou a própria espada na barriga do sinu. A velha raposa choramingou, o sangue espumando nos bigodes sarnentos, e morreu quando Hawkshaw soltou a arma. O Guardião largou a lâmina do sinu.

Antes que qualquer pessoa do Fábula pudesse impedi-lo, Hawkshaw entrou no interior escuro da capela. Houve um coral de rosnados e uivos dolorosos e em seguida um silêncio ameaçador. Tam não saberia dizer qual dos dois foi mais alto. Ele reapareceu depois de um tempo, a espada coberta de sangue. Ele estava arrastando um sinu morto e o jogou sem cerimônia nenhuma em cima do cadáver da fêmea.

— Deuses sangrentos, homem! — Rose estava furiosa. — Eles eram inofensivos!

Hawkshaw olhava para a mão enluvada com a qual ele segurou a lâmina do sinu. O couro estava rasgado, mas não fundo a ponto de cortá-lo, obviamente, pois ele não estava sangrando.

— Eles eram monstros — disse ele por fim. — A presença deles aqui é estritamente proibida.

Com as orelhas rígidas, Freecloud tentava controlar a própria fúria.

— Você poderia ter pedido para eles irem embora. Não havia necessidade de violência.

— Diz o mercenário que ganha a vida matando monstros — disse Hawkshaw, de mau humor. — Qual é o problema? Não parece certo sem uma plateia estimulando? — Ele enfiou a espada num monte de neve, se ajoelhou e a limpou na capa de um sinu. — Ou será que você só mata quando pagam? Vou te dar uns marcos da corte se você me ajudar a tirar os corpos. Nós vamos passar a noite aqui.

Os dedos do druin se apertaram no cabo de *Madrigal*, e por um momento Tam teve medo de ele a puxar e cortar o Guardião em dois pedaços igualmente sisudos, mas ele finalmente relaxou a mão.

Hawkshaw grunhiu e andou para dentro da capela.

Rose foi a primeira a desmontar. Ela andou até onde os sinus estavam mortos, sobre a neve, e examinou os cadáveres. Seu olhar se deteve mais na fêmea com a flecha de ferro na garganta. Quando Hawkshaw saiu lá de dentro, arrastando dois corpos menores desta vez, ela foi para cima dele, deu um soco com a mão esquerda e o prendeu na parede de pedra. Ele lutou, mas viu a ponta de uma cimitarra lhe coçando a garganta.

— Na próxima vez que eu mandar você parar, você para. Entendeu?

O Guardião mostrou os dentes.

— Você não tem...

— *As porras dos seus ouvidos funcionam?* — perguntou Rose. A lâmina devia tê-lo cortado, porque Hawkshaw se sobressaltou e fez um som estranho.

— Funcionam — rosnou ele.

— Você entendeu o que eu disse?

— Entendi.

— Que bom. — Rose deu um empurrão forte nele e se afastou. — Porque, se você me emputecer de novo, e eu sou bem fácil de emputecer, eu vou te matar. De graça. E não vou precisar de plateia me olhando.

Naquela noite, Tam sonhou que estava sendo caçada por um grupo de sinus selvagens cujos olhos ardiam com um fogo fantasmagórico. Quando ela acordou, ofegando no ar gelado, Freecloud estava ajoelhado ao seu lado. O druin colocou uma mão reconfortante no ombro dela.

Brune e Roderick estavam roncando: um de maneira lenta e regular, o outro esporadicamente, cuspindo. Cura estava com a cabeça enfiada embaixo dos alforjes para tentar isolar o ruído. Rose estava dormindo um sono agitado, se mexendo a todo instante. Hawkshaw estava parado na porta da capela, sua silhueta emoldurada pela neve clara lá fora. Como não havia meios de queimar os sinus, o Guardião se ofereceu para ficar de vigília caso eles voltassem dos mortos.

— Você estava sonhando? — perguntou Freecloud.

Tam assentiu.

— Eu também — disse ele.

O interior da capela estava iluminado por raios de luar que entravam pelas janelas altas. Considerando o estado de toda as outras estruturas em Diremarch, o ambiente estava em condições surpreendentemente boas. Não havia bancos aqui, como no templo do Senhor do Verão em Ardburg, mas havia um altar em forma de cumbuca. Freecloud se levantou e foi até lá, indicando com um meneio de cabeça que era para Tam acompanhá-lo.

— Tem algo podre em Diremarch — disse ele quando estavam lado a lado e o mais longe possível do Guardião.

— Podre como? — perguntou ela. — Quer dizer, fora o fato de que tudo está em ruínas e todo mundo está morto.

O druin fungou.

— É isso. Hawkshaw diz que monstros passaram por aqui indo para o norte. Ele alega que eles atacaram cidades e tiraram os habitantes de casa. Mas os monstros foram embora. A Horda está do outro lado do país, então onde estão as pessoas agora? Por que eles não começaram a reconstruir tudo? Os humanos são teimosos.

— Acho que você quer dizer resilientes — disse Tam, num tom de provocação.

O druin deu de ombros.

— Manticore, manticora.

— É manticora, definitivamente.

— Concordamos em discordar?

— Ou a gente pode só concordar que é manticora.

As orelhas de Freecloud tremeram com desdém.

— Acho que aconteceu mais coisa aqui do que o Guardião se deixou revelar, e temo que tenha a ver com a Horda de Brontide e com o dilema morto-vivo kaskar. — Ele olhou para trás. — Você é religiosa, Tam?

Ela quase riu. Considerando o comportamento que ela tinha justificado ou se permitido desde que entrou no Fábula (linguagem vulgar, bebida em excesso, uso desenfreado de drogas e sexo indiscriminado com estranhos, sem mencionar atos frequentes de violência extrema e desnecessária), o druin já devia saber a resposta dela.

Tam se lembrava de rezar quando criança. Ela pedia à Mãe do Gelo (que os sulistas chamavam de Rainha do Inverno) muita neve para brincar e suplicava a Vail, o Filho do Outono, para fazer todas as abóboras tão grandes quanto ele conseguisse. Ela ia a festivais em homenagem a Glif nas primaveras e assistia a fogos de artifício estourando no céu de Ardburg, e não perdeu um desfile do Senhor do Verão em anos.

Uma vez, quando era bem mais nova, ela perguntou ao pai se os deuses eram reais. *Reais o suficiente*, respondera ele.

Insatisfeita com a resposta, ela procurou Lily. Sua mãe contou a mesma história dos padres, só que contou melhor, de forma que Tam quase chorou quando a Mãe do Gelo morreu dando à luz a Donzela da Primavera, e novamente quando o Filho do Outono, que o pai abominava, se sacrificou para que a mãe pudesse renascer.

E assim, concluiu a mãe dela, *segue o ciclo das estações. E sempre vai ser assim.*

Essa história é mesmo verdade?, perguntara Tam.

Ela ainda conseguia lembrar a dor no sorriso da mãe. *Espero que não*, dissera ela.

Tam se deu conta de que Freecloud ainda esperava resposta.

— Não — disse ela. — Não sou nada religiosa.

O druin botou a mão no ombro dela.

— Que bom. Porque os deuses são uma mentira.

CAPÍTULO VINTE E CINCO

UMA COISA BRANCA

Enquanto Freecloud explicava para Tam por que o Quarteto Sagrado, que era idolatrado em todas as cortes de Grandual, era falso, ela assistia pontinhos de luar inclinado se movendo pelo altar à frente deles, lentos como as estrelas se deslocando no céu noturno.

— Então os druins são deuses? — perguntou Tam quando ele terminou de falar.

— Os deuses são druins — corrigiu ele. — Não é a mesma coisa.

— Mas o Senhor do Verão é na verdade o Arconte do Velho Domínio?

— Vespian é.

— E a Rainha do Inverno é na verdade a esposa dele...

— Astra.

— Astra — repetiu Tam. Ela viu a sombra do Guardião se mover na porta.

— A esposa do Arconte morreu dando à luz a filha deles — disse Freecloud —, e Vespian, enlouquecido pela dor, criou uma espada que chamou de *Tamarat* com o poder de trazê-la de volta do túmulo.

— Tipo necromancia? — perguntou Tam.

— Os druins são imunes a necromancia — disse ele. — Se é por sermos imortais ou por não sermos nativos deste mundo, não faço ideia. Mas o Arconte arranjou um jeito. Ele era um feiticeiro poderoso, e muitas das armas que ele criou não eram apenas armas. Eram *ferramentas*, criadas para servir a um propósito específico. *Vellichor* é uma. *Tamarat*, outra.

— *Tamarat* — sussurrou Tam. As estrelas sussurram o nome de volta para ela. — Pode trazer as pessoas de volta da morte?

— Não as pessoas. Só Astra. Mas, pra fazer isso, a espada exige a vida de um imortal em troca.

Considerando quão tênue a existência dos druins era naquele plano (já que cada mulher só podia dar à luz uma única criança), o Arconte forjar uma espada que consumia sua própria gente pareceu a Tam um gesto bem babaca.

— Então Vespian matou uma pessoa do povo dele?

— A filha — sussurrou Freecloud. — Ele matou a filha dele, Glif.

— O quê? Por quê? — Tam estava horrorizada.

— Desconfio que ele estivesse tentando manter segredo da morte de Astra e da volta dela à vida. Ou estava com vergonha do que tinha feito e queria esconder. É possível que ele *culpasse* a criança pela morte de Astra. Mas eu acho... — Freecloud fez uma pausa e olhou para o altar. — Acho que Vespian entregou uma parte de si quando forjou aquela espada. Ele já tinha sido herói. — O druin suspirou pesadamente. — Mas ele fez o que fez e concedeu a Astra uma segunda vida.

Tam, que se considerava meio especialista no que dizia respeito a histórias, tinha uma desconfiança forte de que aquela não terminava com as palavras *felizes para sempre*.

— Basta dizer que Astra não era mais a mulher que tinha sido antes. Ela estava diferente, mais sombria. Tirou a própria vida várias vezes nos anos seguintes, e a cada vez o Arconte a trazia de volta. Mas, a cada encarnação, havia menos da mulher que ela tinha sido e mais de... outra coisa. Ela acabou tendo outro filho de Vespian. Eu sei — disse ele antes que Tam pudesse comentar. — Não devia ter sido possível. Mas, mesmo assim, Astra deu à luz uma segunda vez. Um filho.

Tam afastou o olhar da constelação de luar.

— Puta merda — disse ela, a voz amplificada pela cumbuca à frente. — Foi *você*!

Ela ouviu o druin inspirar fundo e sufocar uma gargalhada.

— Não — disse ele. — Mas boa tentativa.

Eles se viraram com o som de um movimento na porta. A sombra do Guardião continuava onde estivera a noite toda, mas a forma dele tinha mudado. A cabeça estava inclinada para o lado, as linhas da máscara em perfil contra a luminosidade lá fora.

Ele estava ouvindo.

— Quem foi o filho de Astra? — perguntou Tam num sussurro.

O druin voltou as costas para o altar.

— Me pergunta amanhã.

Tam deu uma última olhada na capela quando eles partiram para o norte no dia seguinte. Ela se perguntou qual dos deuses mal apropriados de Grandual tinha sido adorado ali e por quê, supondo que houvesse outros que soubessem que o Quarteto era falso, a crença neles persistia. Ela achava que as pessoas, em sua maioria, avaliavam a verdade quando ela batia *à* porta, então concluíam que não gostavam muito do que viam e fechavam a porta na cara dela. E quem poderia culpá-las? Era melhor adorar um Senhor do Verão fictício (que tinha uma barba sinistra e fazia um *ótimo* desfile todo ano) do que a contrapartida factual: um druin que matou a própria filha para ressuscitar a esposa morta.

Um amontoado de nuvens pesadas surgiu, e no meio da manhã começou a nevar de novo. Tam não era fazendeira, mas teria apostado o alaúde que o tempo ficaria pior antes de melhorar.

A barda esperou pacientemente que Rose e Freecloud cavalgassem lado a lado e conversassem pela maior parte da manhã, mas, quando Rose acelerou para falar com o Guardião, Tam direcionou Salsinha para o lado do cavalo do druin.

— Já é amanhã — lembrou ela. — Quem foi o filho de Astra?

Freecloud sorriu. Ele tinha puxado o cuculo por cima das orelhas, e, sem elas para aliviar a aparência, ele parecia decididamente feroz. Os olhos, que mudavam de acordo com o humor dele, ela já tinha reparado, estavam de um azul-pálido.

— Lastleaf.

— Imaginei — disse ela.

— Porque ele é o único outro druin que você conhece?

— Isso, basicamente.

— Lastleaf, ou Vail, como foi chamado na época, nasceu doente e cresceu para se tornar uma criança ressentida. O pai o desprezava, provavelmente porque o garoto lembrava a Vespian seu pecado horrível. Mas Astra era louca por ele. Para ela, Lastleaf era um milagre. Um bálsamo para aliviar a dor do coração partido. Ela nunca mais tentou tirar a própria vida, mas, mesmo assim... As ressurreições anteriores dela cobraram um preço. Ela começou a mexer com necromancia e acabou ficando obcecada. Dizem que ela matava criados que a desagradavam e os trazia de volta como marionetes leais. Se a necromancia é uma arte, e eu não estou dizendo que é, Astra foi sua maior mestra.

A tempestade passou quando o Guardião os levou para um desfiladeiro largo. Havia penhascos íngremes dos dois lados, o ponto mais alto deles perdido na neblina de inverno. Na trilha à frente, Brune e Cura estavam jogando Ciclope. O xamã colocou a mão sobre a metade esquerda do rosto.

— Eu vejo com meu olhinho de ciclope uma coisa que é branca.

— Neve — disse a Bruxa da Tinta.

Brune abaixou a mão, piscando acima do sorriso de dentes separados.

— Palpite de sorte.

Freecloud olhou para cima enquanto falava.

— Inevitavelmente, os Exarcas descobriram o segredo de Vespian, então se rebelaram, começando assim a guerra que selaria o destino deles. O Domínio se rompeu, a capital foi cercada, e enquanto Vespian corria para defender as muralhas de Kaladar, seus escravos, tanto humanos quanto monstros, também se rebelaram. Eles dominaram Astra, que era ela mesma uma guerreira formidável, e a mataram.

Salsinha estava começando a ficar para trás, então Tam deu uma cutucada suave nas costelas dela.

— Mas Vespian a trouxe de volta, né?

— Teria trazido, sim. Só que Lastleaf roubou *Tamarat* e fugiu da cidade.

— O quê? — A descrença de Tam fez a palavra sair lentamente. — Por que ele faria isso?

— Para contrariar o pai. Ou porque ele sabia o que a mãe era. O que ela poderia se tornar caso Vespian conseguisse revivê-la.

Era a vez de Cura de cobrir um olho.

— Eu vejo com meu olhinho de ciclope uma coisa que é... branca.

— Eu acabei de falar uma coisa branca.

— E daí?

— Neve — tentou Brune.

— Tenta de novo. Idiota.

— Esse floco de neve?

— Não.

— Aquele floco de neve?

— O Arconte ficou furioso — disse Freecloud. — Ele abandonou Kaladar à destruição, enterrou o corpo da esposa até o momento em que conseguisse recuperar *Tamarat* e partiu atrás do filho. Enquanto isso,

Lastleaf estava escondido em Heartwyld. Ele passou séculos lá, fugindo dos agentes do pai, fazendo amizade com os habitantes e criando a base para o que um dia se tornaria a Horda de Heartwyld. Quando Vespian o encontrou, Lastleaf tinha se tornado poderoso demais. O Arconte fugiu, mas ficou mortalmente ferido. E foi assim que o Saga o encontrou.

— E foi quando ele deu *Vellichor* para o pai de Rose? — Tam conhecia essa parte. *Todo mundo* conhecia essa parte. O Arconte moribundo ofereceu a arma com uma condição: que Gabriel a usasse para matá-lo antes que ele sucumbisse às feridas. Ela nunca tinha se perguntado o porquê até aquele momento.

— Você disse que as armas de Vespian eram ferramentas. *Vellichor* faz alguma coisa? — perguntou ela. — Quer dizer, além de, você sabe...

— Abrir portas entre mundos? — O druin pareceu achar graça, mas coçou o queixo como se estivesse ponderando sobre alguma coisa. — Gabriel disse uma vez que, se um druin é morto pela lâmina de *Vellichor*, ele volta para o nosso próprio plano, ou para um fragmento dele, pelo menos, uma lembrança duradoura do que nós tínhamos e perdemos.

— Você acredita nisso? — perguntou Tam.

Ele ergueu as orelhas com esperança.

— Eu gostaria de acreditar.

— Meus dentes! — gritou Brune, ainda tentando identificar uma coisa branca.

— Não.

— Os seus dentes?

— Como é que eu vou *ver* os meus próprios dentes, porra? — disse Cura com rispidez.

— O cabelo da Tam!

— Droga.

— E o que isso tem a ver com a Horda Invernal? — perguntou Tam. — Ou com os mortos voltarem em toda Kaskar? Se você está me dizendo que os deuses são uma piada, você deve ter uma moral da história.

O druin piscou.

— Você pensou nisso agora?

Não. Tinha passado pela cabeça dela na noite anterior, quando ela estava pegando no sono.

— Aham.

A expressão de Freecloud foi igualmente duvidosa e impressionada.

— Quando o Saga lutou com Lastleaf em Castia, ele estava com três espadas. Uma delas era *Desdém*, um raro presente de seu pai. Outra era *Madrigal*, que ele tirou do Exarca de Askatar e eu tirei dele. E a última era *Tamarat*. Quando ficou claro para Lastleaf que a rebelião dele tinha fracassado, ele tirou a própria vida.

Isso era novidade para Tam. De acordo com todos os bardos entre a Terra Final e a Grande Profundeza Verde, o pai de Rose tinha matado o autodenominado Duque da Terra Final em combate individual, com sessenta mil mercenários presentes testemunhando.

E quantas pessoas jurariam que te viram matar um ciclope?, Tam perguntou a si mesma.

— Eu ainda não...

— Ele usou *Tamarat* para fazer isso — disse Freecloud.

A barda levou um momento para absorver as palavras e outro para responder com uma.

— Ah.

À frente deles, Brune botou a mão em metade do rosto.

— Eu vejo com meu olhinho de ciclope...

Os olhos de Freecloud ficaram escuros enquanto eles falavam; estavam de um cinza-chumbo cor de nuvens de tempestade.

— Acredito que a Rainha do Inverno tenha voltado dos mortos — disse ele — e que *ela*, e não Brontide, esteja liderando a Horda Invernal.

— ... Ruangoth — anunciou Brune. O pescoço dele estava esticado, o olho descoberto grudado na cidadela alta surgindo na neblina à frente deles. — Estou vendo Ruangoth.

CAPÍTULO VINTE E SEIS

RANÇO

Como Grandual já tinha estado infestada de monstros andarilhos, Tam viu mais fortalezas, castelos e fortes durante a viagem do que era capaz de contar, mas cada um deles se apequenava perante a majestosa Ruangoth.

Era imponente e estranha, uma torre altíssima do que parecia ser obsidiana bruta. Cada painel brilhava em preto, violeta, verde ou azul, lembrando a aurora que às vezes cintilava nas noites de inverno além dos limites gelados de Rimeshield. A torre central era cercada de ameias concêntricas de altura descendente. A coisa toda parecia uma flor colossal, o estilete alto subindo a partir de um círculo de pétalas pretas.

Era quase crepúsculo quando o bando entrou pelo anel de fortificações e chegou ao pátio na base da torre. Nenhum cavalariço desafiou a tempestade iminente para ajudá-los, e assim o bando levou as montarias para o estábulo antes de seguir Hawkshaw pelo pátio e entrar no castelo por uma porta destrancada de criados.

Eles se viram batendo a neve das botas em uma cozinha dominada por uma coluna de pedra de quatro lados que era a lareira. Alguém tinha acendido um fogo ali, mas Tam não viu nenhum criado.

Mas havia uma tartaruga enorme indo na direção deles com um cutelo na mão.

Tam deu um grito, botou uma flecha no arco com a velocidade nascida do mais puro terror e disparou no peito dela. A flecha bateu na carapaça pintada, quicou numa panela pendurada, soltou fagulha numa coluna de pedra e se partiu no chão entre as pernas de Roderick.

— *Espere!* — Hawkshaw se colocou entre Tam e a tartaruga, cuja reação ao disparo parecia a de alguém que tinha derramado molho num suéter já sujo; ela só franziu a testa para o mais novo amassado no casco. — Ele trabalha aqui.

Brune estava rindo, ou da reação de Tam ou da de Roderick, que tinha cruzado os joelhos e estava cobrindo a virilha com as duas mãos.

Freecloud deu um passo à frente para examinar a criatura, tomando o cuidado de ficar fora do alcance do cutelo. Era do tamanho de Brune, com pernas arqueadas e braços curtos. A cabeça parecia um pedaço de pedra na ponta de um pescoço comprido e enrugado, e por trás do bico repuxado Tam viu um ou dois dentes, o que sugeria que talvez já tivesse tido uma boca cheia deles. As narinas eram buracos cavernosos entre olhos enormes e pesados que piscavam lentamente enquanto observava os recém-chegados.

— Um aspian. — A voz de Freecloud saiu baixa de tanto espanto. — Eu achava que não tinha sobrado nenhum no mundo.

A cabeça do aspian se virou para o druin.

— Há? — disse ele.

— Eu falei que achava que os filhotes da Grande Mãe estavam...

— Eu estava cortando cenouras — anunciou a tartaruga com a voz de um velho.

As orelhas do druin murcharam visivelmente.

— Entendo...

Hawkshaw coçou os bigodes grisalhos abaixo da máscara.

— Ranço — disse ele —, leve os hóspedes para os aposentos deles. Tenho que fazer um relatório. E coloque o cutelo de lado antes que você corte sua própria garganta.

— Eu vou colocar elas... na sopa.

Cura ficou tensa.

— Botar quem na sopa?

— Acho que ele está falando das cenouras — observou Rose.

O Guardião suspirou com impaciência.

— RANÇO! — gritou ele no ouvido da tartaruga (ou na lateral da cabeça dele, pelo menos, pois ele não tinha orelhas). — LEVA ELES PARA OS QUARTOS! O café da manhã é ao soar de um sino depois do amanhecer — disse ele para todos. — Vou buscá-los.

Hawkshaw se virou e saiu andando. As botas deixaram poças cintilantes no piso de pedra.

O criado o viu sair, piscando várias outras vezes antes de se lembrar da tarefa que tinha sido delegada. Ele colocou o cutelo ao lado de uma pilha de cenouras picadas e pegou um lampião na bancada ao lado.

— Por aqui — disse ele.

O bando começou a andar quando ele se virou, mas parou quando a tartaruga se virou lentamente para eles.

— Há? — perguntou ele.

Ninguém se moveu. Os olhos remelentos de Ranço piscaram uma, duas vezes, antes de ele sair andando na direção que Hawkshaw tinha seguido.

Eles seguiram o criado hesitante para o amplo interior de Ruangoth, embora ele se movesse de forma tão horrivelmente lenta que eles fossem obrigados a andar devagar atrás. A cada bifurcação, Ranço levantava o lampião e olhava para cada caminho escuro, antes de finalmente (e muitas vezes de maneira arbitrária, pelo visto) escolher um e seguir em frente.

A cidadela da Viúva era tão majestosa por dentro quanto por fora. Embora tivessem morado ali por gerações, os senhores de Diremarch tinham feito pouca coisa em termos de redecoração. Os aposentos eram amplos, os tetos cobertos de murais exibindo druins antigos fazendo coisas antigas de druin, que tendia a envolver beber, fornicar e segurar objetos aleatórios (foices, ramos de trigo, raios) acima das costas curvadas de escravos prostrados. A largura dos corredores era tamanha que o bando todo andava lado a lado. Em seguida, Ranço os levou por várias escadarias largas (e excruciantemente longas).

O local todo estava sinistramente silencioso. Eles estavam em movimento havia quase meia hora e Tam ainda não tinha visto nenhum servo ou soldado. As arandelas nas paredes estavam cobertas de poeira; só o lampião do criado afastava a escuridão. Os passos deles ecoavam no vazio, projetando-se à frente e se aproximando por trás.

Brune assobiou e as sombras assobiaram de volta para ele.

— Eu tinha ouvido falar que a Viúva deixou as coisas soltas quando o Marquês morreu, mas isso — ele afastou o cabelo e olhou para a escuridão de uma galeria ampla — parece desperdício de um *ótimo* castelo.

— Tome cuidado pra gente não perder ele — avisou Rose, indicando o aspian com a cabeça. — Nós ficaríamos no escuro.

— *Perder* ele? — Roderick riu com deboche. — Perder *ele*? Deuses, já vi bandidos se arrastarem para a forca mais rápido do que esse aí!

— Há? — Ranço parou e se virou, banhando todos na luz tremeluzente do lampião.

— Que o Pagão nos ajude — disse o agente, suspirando, tirando o chapéu e empurrando o cabelo oleoso entre os chifres.

— TEM BANHEIRO AQUI? — gritou Cura.

O aspian inclinou a cabeça em forma de bloco.

— Há?

— TOALETE? — tentou ela. — SANITÁRIO?

— BURACO DE CAGAR? — sugeriu Brune, o que gerou um olhar exasperado de Rose. — O quê? Tem gente que chama assim.

A velha tartaruga assentiu.

— É ali... na frente — prometeu ele.

O *ali na frente* acabou sendo quinze minutos depois. O aspian parou em um cruzamento, olhou por cima da luz fraca para a penumbra de cada corredor. Então piscou lentamente (ele fazia tudo lentamente) e murmurou "Há" mais para si mesmo.

— Parece... que eu peguei... o caminho errado.

O bando todo gemeu junto. A Bruxa da Tinta, parada com os joelhos unidos, parecia estar considerando se agachar para fazer xixi ali mesmo. Até Freecloud puxou uma orelha e suspirou como uma criança emburrada.

Eles acabaram ouvindo um chiado baixo e chacoalhado. A boca larga do aspian se curvou nos cantos.

— Brincadeira — disse ele, e chegou a piscar... muito... lentamente. — Os filhotes de Bentar... são famosos pelo... humor rápido.

Roderick murmurou alguma coisa baixinho. Tam captou as palavras *não* e *rápido* e *porra* e *nenhuma*, então teve uma boa ideia do que o sátiro tinha dito.

Ranço levantou o lampião para indicar a passagem para a esquerda.

— Essa ala aqui... é sua.

— Como assim, a ala toda? — perguntou Rose.

O aspian balançou o pescoço flácido.

— Sim — disse ele. — Peguem os quartos... que quiserem. Eu os verei... no café da manhã.

Depois de cumprido o dever, ele fez uma meia-volta tediosa e saiu andando na direção de onde eles tinham vindo. Tam se perguntou brevemente se aspians viviam tanto quanto seus semelhantes reptilianos. Ela esperava que sim, senão eles desperdiçariam metade de suas vidas só no trajeto para onde quer que estivessem indo.

Cura, desesperada para se aliviar, já tinha desaparecido no corredor.

— Vejo vocês no café! — ecoou a voz dela até eles.

A ala designada para eles consistia em mais de dez aposentos espaçosos, inclusive duas salas de jantar, uma cozinha, quatro quartos, uma biblioteca e três áreas decoradas com luxo que pareciam ter como objetivo apenas se acomodar em mobília cara, ainda que empoeirada. Várias janelas tinham se aberto, permitindo que neve se acumulasse em alguns aposentos e correntes de ar frias assombrassem os corredores como fantasmas. Como Ranço parecia ser o único criado do castelo, não havia fogos acesos, mas muitas coisas (lenha empilhada, lençóis comidos por traças, pinturas de paisagens pastorais) por perto para serem queimadas. Eles encontraram um depósito de vinho frio e queijo duro na despensa, e como a qualidade de ambos melhorava com o passar do tempo, acabou sendo, como Roderick disse: "Um achado de sorte!"

Rose e Freecloud pegaram o maior quarto enquanto o sátiro se acomodou em outro, batendo a porta enquanto resmungava sobre a vergonhosa falta de empregadas para seduzir. Brune tomou outra cama, e Tam supôs que Cura ia querer o último, por isso colocou o saco de dormir no chão da biblioteca.

Ela foi se sentar perto da janela e ficou olhando flocos de neve rodopiarem do lado de fora da vidraça gelada. Tomou vinho e mastigou um pedaço da carne seca salgada três vezes de Brune, que a fez desejar que o vinho fosse água pura.

Ela pensou em Ardburg, mais distante do que nunca agora, e teve um desejo repentino de estar de volta *à* antiga cama, de ouvir a voz do pai do lado de fora da porta do quarto enquanto o rabo de Threnody fazia cócegas em seu rosto. Chorou um pouco, porque era jovem, se sentia solitária e estava apavorada com o futuro.

Depois disso, ela começou a olhar as prateleiras. Folheou um livro chamado *A queda de Kaladar* e encontrou outro que especulava sobre o desaparecimento do Exarca Contha depois da destruição da legião de golens. Ela o colocou de lado, pensando que Freecloud talvez fosse querer lê-lo, mas pôs de volta no lugar, concluindo que provavelmente não.

Tam gemeu com o peso de um volume chamado *Filhotes: uma história*. As páginas ásperas contavam a história de Bentar, a Grande Mãe dos aspians, que Freecloud mencionara na cozinha mais cedo. A Grande Mãe tinha acompanhado os druin (como animal de carga, naturalmente) quando eles chegaram a Grandual, o único membro da espécie dela a sobreviver ao cataclismo. Bentar tinha dado à luz setenta e sete filhotes, e o livro continuava (com detalhes excruciantes) a contar a história de vida de cada um. Eles estavam listados em ordem alfabética, e Tam foi procurando a entrada que falava de Ranço.

Ranço, Hermonious, dizia. *Nascido como septuagésimo primeiro de setenta e sete. Irmão de ovo de Shrack, Timanee. Faleceu (sem documentação) durante a batalha de...*

Um chiado atraiu a atenção de Tam para a prateleira acima da cabeça dela. No espaço do qual ela tirou o tomo havia um rato esquelético com olhos branco-fogo. Ela gritou (embora duvidasse que alguém fosse ouvi-la) e bateu com o livro na cabeça do bicho, derrubando-o no chão. Ela bateu com a história pesada dos filhotes repetidamente no roedor morto-vivo. Quando os ossos estavam esmagados e os olhos apagados, ela bateu mais seis vezes para ter certeza de que estava morto.

Esse foi o fim da ideia de dormir sozinha na biblioteca.

CAPÍTULO VINTE E SETE

MONSTROS DEBAIXO DA CAMA

Tam carregou o saco de dormir para o corredor. Seus olhos procuraram ratos demônio no escuro, mas a única luz que ela viu foi o brilho de uma chama vermelho-alaranjada iluminando o corredor à frente. Andou na direção dela e se viu em uma sala luxuosamente mobiliada onde Cura estava sentada de pernas cruzadas na frente de uma lareira bruxuleante. A invocadora estava curvada, um pouco mais do que uma sombra na luz do fogo, e Tam não sabia dizer o que Cura estava fazendo até estar atrás dela.

A mulher ergueu o olhar brevemente.

— Se você planeja usar "pesadelo" como desculpa pra dividir a cama comigo... Bem, pra ser sincera, já funcionou, algumas vezes até, mas estou ocupada agora.

Ela estava usando um robe curto preto amarrado com uma faixa azul-marinho e tinha exposto um ombro. Tam fez o possível para não encarar a coroa ardente de *Agani* arqueada nos ombros de Cura. Havia uma seleção de facas e agulhas espalhadas num pano ao lado dela. Havia também uma variedade de frascos de tinta colorida perto de um dos joelhos, uma garrafa de vinho perto do outro.

Ela está fazendo uma tatuagem nova, percebeu Tam, discernindo as linhas de tinta preta na parte interna do antebraço esquerdo de Cura. A pele em volta estava irritada e vermelha, e ela não conseguia identificar direito o que era para ser. Uma mulher, talvez? Uma chama retorcida?

A invocadora ergueu o olhar de novo, a expressão cheia de dor, e Tam foi tomada pela impressão repentina de que tinha invadido algo profundamente íntimo.

— Desculpe — disse ela. — Estou de saída.

— Fica. Se quiser — acrescentou Cura antes de voltar a atenção para o trabalho em desenvolvimento. — Eu te ouvi gritar — ela acabou dizendo. — Roderick não está andando sonâmbulo pelado de novo, está? Ele faz isso às vezes, e nunca tenho certeza se ele está dormindo mesmo.

— Tinha um rato — explicou Tam. — Estava morto, mas... não estava.

Cura colocou a agulha de lado e selecionou outra, menor.

— Tipo um rato-zumbi?

— Exatamente.

— Você matou?

Ela assentiu.

— Com um livro.

O sorriso de Cura virou uma careta quando os olhos dela se desviaram do trabalho.

— Você é uma heroína, Tam. Agora, se senta. Ou dorme. O que você quiser, mas em silêncio. Preciso me concentrar.

A barda se sentou no tapete ao lado dela. O calor do fogo a cobriu como água, penetrando na pele e aquecendo seus ossos. Tam só se deu conta de que estava com frio quando deixou de estar.

Por um tempo, ela ficou apoiada nos cotovelos, ouvindo o estalo do fogo e o ruído da agulha da invocadora perfurando a pele do braço. Os olhos de Cura estavam apertados enquanto ela trabalhava, os dentes expostos numa careta. De vez em quando, ela parava e ofegava de dor. Ela secou discretamente uma lágrima da bochecha, e Tam fingiu não reparar.

— Meu tio Yomi era invocador — Cura acabou dizendo, atraindo o olhar de Tam. — Ele era um homem simples do oeste. Ele e meu pai foram convocados para serem da Guarda dos Corvos, mas meu pai, tolo como sempre, foi pego roubando cavalos e foi sentenciado à morte.

Tam ficou chocada.

— Por roubar um cavalo?

— Os carteanos levam os cavalos muito a sério — disse ela. — Se você matar o marido de uma mulher, você deve a ela dez ovelhas ou seis bodes ou dois camelos. Se matar o cavalo dela... Bom, aí é melhor você a matar antes que ela te mate.

— E seu pai foi executado?

— Não. Ele fugiu. E meu tio fugiu com ele.

— Para Phantra — supôs Tam.

Cura assentiu, mergulhando uma agulha em tinta vermelha.

— Eles conheceram minha mãe em Aldea. Ela era marinheira. Contrabandista. Feroz como uma tempestade e linda como o amanhecer no mar aberto, ou era o que meu tio dizia. Os dois estavam apaixonados por ela, mas como Yomi era gentil e atencioso e meu pai era um merda obcecado por si mesmo, ela escolheu meu pai. — Uma risada debochada. — *Óbvio*.

Ela limpou o sangue da agulha no pano ao lado, molhou-a de novo e continuou trabalhando. Tam ainda não tinha dado uma boa olhada no que ela estava desenhando e nem tentou.

— Lembra quando te contei sobre invocadores? Que eles usavam madeira ou vidro para dar forma às invocações? — Ela não esperou que Tam assentisse. — Bem, meu tio fazia as coisas de um jeito diferente.

Ele fazia uns bonequinhos de argila e os esmaltava num forno, como se faz com xícaras. Ele pintava cada uma nos mínimos detalhes. Pássaros, cobras, golfinhos...

Tam estava morrendo de vontade de saber o que era um golfinho, mas não ousou interromper; não com o monólogo de Cura respondendo todas as perguntas que ela estava doida para fazer desde que elas se conheceram.

Além do mais, era melhor não irritar a Bruxa da Tinta quando ela estava com uma coisa afiada nas mãos.

— A gente fazia juntos — disse Cura. — Os dele eram frágeis, lindos, perfeitos. Os meus eram umas coisas feias, deformadas. — Uma risada rouca. — Monstros, na verdade. Eu dei vida a um ou dois deles; Yomi me mostrou como quebrá-los e invocá-los para que virassem reais.

— Dói? — perguntou Tam.

Cura fez uma pausa, os olhos percorrendo as linhas borradas com sangue no braço.

— Dói — disse ela por fim. — Mas não do jeito que você pensa. É cansativo, sim, mas tem um preço mental também. Pra dar vida a alguma coisa, seja feita de pedra, vidro ou o que for, você precisa imaginar que é real. Você precisa ver e sentir o cheiro e sentir essa coisa. E exige... uma fagulha, algo assim. Não sei bem como descrever. Você precisa se entregar a ela. Quanto mais você se entrega, mais poderosamente a coisa que você quer invocar se manifesta. Faz sentido?

— Claro — disse Tam. — Mais ou menos. Pensando bem, não.

Cura riu.

— É por isso que não explico — disse ela. — De qualquer forma, não consegui quebrar todos os monstros que meu tio e eu criamos, então eu os escondi no meu quarto, debaixo da cama. — Mais ruído de agulha. — Nós sobrevivemos por um tempo, meus pais, Yomi e eu, todos vivendo sob o mesmo teto, antes que desse uma merda inevitável. Meu tio arrumou confusão com uma das piores gangues das docas. Eles estavam traficando garotos pela Costa da Seda, então Yomi libertou um carregamento inteiro e depois queimou o barco. Ele entrou cambaleando pela porta um dia, ainda vivo, mas com tantas espadas enfiadas no corpo que era surpreendente que ele conseguisse andar. E sabe quais foram as últimas palavras do meu pai para o irmão moribundo? Ele disse: *Você é bom demais, Yomi. Mereceu isso.*

Cura limpou a agulha antes de usá-la para aplicar uma tinta parecida com ouro.

— Minha mãe ficava fora a maior parte do tempo, contrabandeando espadas até o outro lado da baía, e, com Yomi morto, meu pai foi piorando. Ele passou a brigar mais, a beber mais, a roubar mais e começou — mais ruído de agulha — a tomar liberdades, comigo, que ele não teria ousado com o irmão por perto. Ou a minha mãe.

Ela não disse nada por alguns instantes. O fogo murmurou e a agulha de Cura transformou seu sangue em tinta.

— Não durou muito. Nunca fui muito boa em bancar a vítima. Uma noite, eu reagi, e *ele* reagiu. Ele poderia ter me matado, mas peguei todos os monstros que tinha escondido embaixo da minha cama e *quebrei cada um deles.*

Tam tremeu. Sua pele ficou arrepiada, e ela tentou não visualizar o pai de Cura sendo destruído pelos pesadelos desfigurados de uma criança. Mas não obteve sucesso.

— O engraçado é que a minha mãe nunca descobriu o merda com quem ela tinha se casado. Duas corvetas da Rainha do Sal interceptaram o trabalho dela. Eles a caçaram até o mar e para uma tempestade. O navio dela foi destruído. Todas as mulheres, exceto uma, se perderam no mar, e a garota que sobreviveu ficou louca de pedra. Quando a procurei na enfermaria, ela me disse que a própria Kuragen tinha matado a minha mãe. Disse que a Deusa das Grandes Profundezas Verdes surgiu e partiu o navio no meio.

Cura se empertigou e examinou seu trabalho.

— Eu tinha doze anos. Tinha perdido o tio, matado meu pai, e uma vaca doida de sal me diz que um monstro marinho matou a minha mãe? — A Bruxa da Tinta deu uma risada debochada e balançou a cabeça. — Tive pesadelos por meses.

A agulha foi molhada no ouro de novo. Mais barulhinho de agulha na pele.

— Fiquei meio louca também depois disso — disse ela. — Tinha pegado o gosto por invocar e queria o banquete completo, mas estava na rua na época, sem argila para modelar nada e sem forno para assar. Mas eu *tinha* facas e agulhas e uma vontade enorme de me machucar. — Ela botou a ferramenta de lado e passou dedos manchados de tinta pela tatuagem na coxa. — Então, usei o meu corpo. Minha pele e meu sangue. Kuragen foi minha primeira. Meu tio Yomina foi o segundo.

Yomina? Tam demorou um momento para lembrar onde tinha ouvido aquele nome. *A criatura com pescoço de abutre que ela invocou na luta contra os wargs em Piper.*

— Então *é* isso que elas são — disse Tam. Ela esticou a mão e passou os dedos nas linhas de tinta na panturrilha de Cura: duas mulheres com escamas no lugar de pele, unidas por grilhões pesados de ferro. — Seus medos...

Cura guardou as agulhas e os frascos de tinta na bolsa. Começou a enrolar uma atadura com cera em volta da tatuagem nova, olhando Tam com uma expressão intrigada.

— O quê?

O olhar de Cura se desviou para a mão da barda, que ainda estava sobre sua perna exposta.

— Desculpa — disse Tam, mas, antes que ela pudesse puxar a mão de volta, Cura segurou seu pulso.

— Você quer mesmo que eu desculpe? — Ela estava de joelhos e usou a posição para puxar a barda para perto. Colocou a mão de Tam onde estava antes, no retrato das duas mulheres enroladas e presas uma na outra, e a guiou em volta do joelho, para os azuis, dourados e verdes das escamas de *Kuragen*.

Tam sentiu a pele de Cura arrepiar sob o seu toque. As coxas da invocadora estavam tremendo, as unhas afundando com força, talvez até tirando sangue. Tam não se importou. Ao olhar para a frente, ela sentiu os olhos de Cura se grudarem nos seus e aprisioná-los enquanto seus dedos acompanhavam os rodopios dos membros compridos de *Kuragen*.

Agora, Tam já estava sem saber quem era a guia e quem era a guiada, conforme elas foram seguindo a trilha de tinta, subindo, entrando embaixo do robe da invocadora. Os batimentos de Tam estavam tão lentos quanto os passos de um ladrão. Sua respiração pingava como mel dos lábios. Um toque da ponta dos seus dedos arrancou um arquejo da mulher acima dela, e então Cura se abriu como uma flor ao seu toque.

Um pedaço de lenha na lareira estalou, espalhando fagulhas no tapete ao lado delas.

Cura sibilou e as apagou com o punho, e se levantou, oscilante, como se correndo perigo de perder o equilíbrio. Ela segurou a bolsa de tintas em uma das mãos e, com a outra, puxou a faixa do robe, revelando a pele pálida e a curva dos seios.

— Apaga o fogo — disse ela para Tam. — Vou esquentar a cama.

Nunca na longa e quente história do fogo um foi apagado de maneira tão detalhada quanto as cinzas pisadas daquele que Tam deixou para trás.

Ela tentou soprar primeiro, mas logo percebeu que sabia menos sobre como fogos funcionavam do que uma garota da idade dela deveria. As chamas ficaram mais fortes, e Tam recebeu um monte de cinzas na cara. Recorrendo à criatividade, usou um atiçador de ferro para bater nos troncos e pisou nas brasas até virarem pó. Quando ela terminou, sua calça estava preta de fuligem, as botas cobertas de uma cinza grudada que ela espalhou por todo o tapete antes de parar, se sentar e as tirar.

Sua mão bateu em alguma coisa, derrubando no chão.

A garrafa de vinho, percebeu ela, pegando-a antes que entornasse no tapete. Ela a colocou no chão com cuidado, mas pensou melhor e deu um gole, depois outro, antes de decidir terminar com a garrafa.

— Estou andando com essa gente há tempo demais — murmurou ela, se levantando.

Com as botas na mão, ela andou pelo corredor frio e escuro. Quando passou pela biblioteca, viu os ossos iluminados pela lua do rato que ela matou a porradas mais cedo.

Me deseja sorte, amigo.

Ela abriu a porta do quarto de Cura. A luz tremeluzente e verde de uma vela a recebeu, junto com o aroma familiar da invocadora: uma mistura inebriante de limão, alcaçuz e rum de cana. Tam fechou a porta e andou devagar, torcendo para seus olhos se ajustarem antes de ela tropeçar em um banco ou bater com o joelho na madeira da cama. Ela estava prestes a dizer alguma coisa, a oferecer uma desculpa pela demora para apagar um simples fogo, quando ouviu o som suave e inconfundível de Cura roncando.

Ah, *droga*.

Tam pensou em acordá-la, mas decidiu que era melhor não. Cura devia estar exausta, ela sabia, esgotada tanto física quanto mentalmente pelo ato de fazer a última tatuagem. A barda colocou as botas no chão, tirou as roupas sujas de fuligem e se deitou na cama da forma mais delicada que conseguiu. Sua cabeça mal tinha tocado no travesseiro e Cura se mexeu com inquietação, murmurou alguma coisa ininteligível e jogou a perna por cima da cintura de Tam, prendendo-a.

Não foram as boas-vindas que ela esperava, mas também não foi desagradável. Tam ficou acordada por um tempo. Seus pensamentos estavam em disparada, o coração um clamor silencioso no peito. Ela tinha sido agraciada com um raro vislumbre do eu verdadeiro de Cura hoje, uma espiada por trás da cortina de seda preta no espelho quebrado da alma dela.

Todos nós somos quebrados?, perguntou-se Tam. *Cada um de nós marcado de alguma forma pelos nossos pais, nossas mães, nossos passados difíceis e implacáveis?*

Depois de um tempo, Tam se sentiu cochilando, resvalando para o sono enquanto ouvia o ritmo cada vez mais profundo da respiração de Cura, tão lento e regular quanto ondas quebrando e quebrando e quebrando em alguma praia distante.

CAPÍTULO VINTE E OITO

UM DESJEJUM FRIO

Acontece que Ranço não era só o único criado que restava em Ruangoth, mas também era o *único* cozinheiro. O que significava que, quando a velha tartaruga terminou de preparar um desjejum para seis e o empurrou por um carrinho bambo de um lado do castelo até o outro, tudo estava frio. Havia ovos gelados e linguiça morna, mingau duro com açúcar mascavo crocante por cima e fatias de torrada mole que não melhoraram muito com manteiga dura e sem sal espalhada por cima.

Cura também estava fria. Ela acordou e se levantou antes de Tam naquela manhã e respondeu ao oi alegre da barda com um aceno breve.

Isso foi uma merda.

Os outros, principalmente Rose, estavam preocupados demais para reparar na tensão entre Tam e a invocadora, embora Brune tivesse espiado cada uma delas com um olhar desconfiado quando fingiu que uma linguiça era uma ereção surgindo da testa e nenhuma das duas riu.

— O que você tem? — perguntou ele a Cura.

— Nada.

— Nada meu cu. Você ama quando eu faço a piada do pau na cabeça.

A Bruxa da Tinta deu de ombros e colocou ovos frios na boca.

— Perdeu a graça.

O xamã riu disso com deboche.

— Piadas de pau nunca...

Ele fechou a boca na hora que a Viúva de Ruangoth entrou na sala. A anfitriã deles estava usando um vestido preto de gola alta por baixo de um xale com borda de arabescos verdes cintilantes e um laço de seda azul-escura preso embaixo do queixo por um broche de esmeralda. Os dedos estavam cobertos por garras prateadas afiadas, e Tam tomou uma nota mental de comprar um conjunto daqueles se eles sobrevivessem para ver a cidade de novo.

O cabelo preto da Viúva estava preso em uma rede de prata cravejada de versões menores da esmeralda em seu pescoço. O rosto estava coberto por um véu de luto com sininhos de prata.

Hawkshaw entrou atrás dela e assumiu posição junto à porta. O Guardião tinha tirado a capa, mas estava com a mesma armadura de couro surrado de antes. A máscara continuava no lugar, praticamente confirmando a desconfiança de Tam de que ele estava escondendo um defeito horrendo.

— Obrigada por virem — disse a anfitriã. Os sinos no véu dela tilintaram baixinho quando ela se sentou na cabeceira da mesa. Roderick, Brune e Tam estavam sentados à esquerda dela; Rose, Freecloud e Cura à direita. Tam tentou chamar atenção de Cura, mas a Bruxa da Tinta parecia estar fazendo questão de evitar o olhar dela.

Rose pigarreou e empurrou o prato.

— Ah, bom, uma chance de pegar o Devorador de Dragões é uma coisa difícil de deixar passar.

— É? — A voz da Viúva soou inocente. — Acho que muitos dos seus colegas mercenários hesitariam perante esse contrato. Apesar da presunção, a maioria dos seus tem medo de enfrentar um monstro fora do confinamento de uma arena.

Tam esperava que Rose se irritasse com o comentário, mas ela só deu de ombros.

— Você está certa. Mas nós não temos. Os Corvos da Chuva também não tiveram, ao que parece.

— Seria bom que tivessem tido — disse a Viúva, impassível. — Eles talvez ainda estivessem vivos. Tenho esperança de que vocês se mostrem mais capazes do que eles.

Para Tam pareceu que ela não tinha esperança nenhuma.

A cadeira de Rose gemeu quando ela se encostou e cruzou os braços.

— E o que o Simurg fez pra levar a esse contrato?

— Fez? A mera presença daquela besta *pede* sua destruição. É um monstro no sentido mais verdadeiro. Uma ameaça a este mundo e a tudo que existe nele.

Algo malicioso puxou o canto da boca de Rose.

— Filantropia, então? Quanta nobreza, a sua. Seu falecido marido se orgulharia.

— Meu falecido marido foi morto pelo Simurg — disse a Viúva. — Compaixão não é a minha motivação, eu garanto.

Roderick batucou na mesa.

— Vingança, então.

— Vingança, então — repetiu ela, e algo na voz dela gerou um arrepio na coluna de Tam.

O silêncio se prolongou até Freecloud falar.

— Lamentamos a sua perda. O Marquês...

— Era um idiota intolerável quando estava sóbrio — disse a Viúva — e um grosso insuportável quando estava bêbado. Era solitário, amargo e ainda muito apaixonado pela esposa anterior. *Sara.* — Ela falou o nome como quem cospe uma mosca. — Ele nunca pretendeu se casar de novo, mas espera-se que homens como ele passem os títulos pelos filhos. E assim, ele se casou comigo, e supôs que eu lhe daria filhos para seguirem a linhagem. Ora, eu preferiria engolir uma lâmina a trazer mais uma criança a este mundo.

— Um brinde a isso. — Rose virou o copo como se o chá frio fosse uma dose de uísque.

Freecloud lançou um olhar fulminante para ela antes de abrir um sorriso para a anfitriã.

— Então você já é mãe?

— Sou — disse a Viúva, sem elaborar mais.

O som de pés batendo no chão precedeu Ranço na sala de jantar. O velho aspian começou a recolher pratos, empilhando-os no carrinho que tinha usado para levá-los. Tam chegou para o lado quando o braço flácido da tartaruga surgiu por cima do ombro dela. O criado tinha cheiro de rabanete e couro molhado de chuva.

Brune roubou um último pedaço de linguiça antes de Ranço levar o que tinha restado.

— Se você desgostava tanto do Marquês — questionou ele em voz alta —, por que se casou com ele?

Tam discerniu um brilho de dentes por trás do véu da Viúva.

— Porque ele era rico. E tinha um castelo muito grande. Além do mais, caso você não tenha reparado, é meio frio lá fora.

Do outro lado da mesa, Cura sorriu.

— Eu me casaria com aquela tartaruga velha e fedorenta por um castelo grande assim.

Ranço virou a cabeça vagarosamente ao ouvir isso. Ele olhou para ela por um longo momento enquanto sua mandíbula se abria como uma ponte levadiça baixando em rendição.

— Rá — grunhiu ele antes de continuar a tarefa.

— O Devorador de Dragões está ficando inquieto nesses últimos anos — disse a Viúva. — Provavelmente por causa daquele tolo do Brontide e aquela Horda lamentável.

— O tolo já ganhou duas batalhas — observou Roderick. — E aquela Horda lamentável fica menos lamentável a cada dia. Você tem sorte de Brontide não ter vindo por Diremarch ao seguir para o sul.

A Viúva bateu com uma garra prateada na mesa laqueada.

— É verdade — disse ela secamente. — Nós contamos nossas bênçãos todos os dias. Não é verdade, Hawkshaw?

O Guardião curvou a cabeça.

— Precisamente, minha senhora.

— Não me interesso pela Horda — disse a Viúva rispidamente. — É o Simurg que me preocupa. Já me custou muito. Se ele decidir vir para o sul, vai destruir toda Kaskar, no mínimo. Eu, claro, serei considerada responsável, e Maladan Pike vai escolher um novo marquês no meu lugar. Ou pior: vai insistir para que eu me case com um dos primos brutos dele.

A julgar pela repulsa na voz dela, a anfitriã preferiria beber água do banho de um orc a receber outro homem na cama.

Não posso dizer que a recrimino, pensou Tam de maneira lúgubre.

A Viúva colocou a mão com garras no braço de Freecloud.

— Você não gostaria de ser lorde? — perguntou ela. — Eu sou rica, sabe, tenho muito ouro. Também tenho um castelo muito grande e posso ser bem calorosa quando desejo.

Freecloud puxou o braço de volta calmamente, mas as orelhas estavam praticamente grudadas no teto.

— Vou correr meu risco com o Simurg — disse ele.

— Falando em ouro — disse Rose bruscamente. — Você prometeu uma quantidade enorme pra gente.

Roderick, que tinha mordido o canto do guardanapo de pano, engoliu ruidosamente.

— Cinquenta mil marcos da corte, para ser precisa.

Cinquenta mil marcos da corte! A mente de Tam lutou para assimilar o tamanho daquela fortuna. Mil moedas de ouro poderiam durar uma vida, contanto que você não salpicasse pó de ouro na comida e comprasse um cavalo de aniversário para cada amigo. *Ou talvez até durassem*, repensou ela, *se alguns deles forem cavalos velhos.* Mas cinquenta mil? O Fábula poderia se aposentar com luxo, desde que eles ainda estivessem vivos para gastar.

— E vocês receberão cada moeda — prometeu a Viúva — quando o Simurg estiver morto. — Ela abriu os braços quando falou isso, e a barda reparou em uma teia de cicatrizes cruzadas na parte interna dos antebraços dela. Cortes pequenos, retos; ela já tinha visto cicatrizes similares.

Ela é viciada em talho, concluiu Tam. *Não é surpresa ela estar cuidando tão mal da província dela.*

Rose se inclinou por cima da mesa.

— E onde ele está escondido todos esses anos? — perguntou ela. — Callowmark? Frostweald?

— Lago Espelhado.

Rose piscou uma vez. E piscou de novo. Seus lábios tremeram, divididos entre o sorriso e o rosnado. Tam não sabia quase nada sobre o Lago Espelhado, exceto que era um lago perpetuamente congelado em algum lugar a noroeste. Algum lugar *bem longe* a noroeste, a julgar pela expressão no rosto de Rose.

— O Lago Espelhado fica a mais de trezentos quilômetros — disse Rose. — Por que nos fazer vir até aqui só pra nos mandar para o oeste de novo?

É agora, pensou Tam. É agora que a armadilha é disparada, que o véu é puxado e nós descobrimos que a Viúva de Ruangoth é na verdade a arqui-inimiga ardilosamente disfarçada de Rose, ou uma das amantes rejeitadas de Freecloud, ou a própria Mãe do Gelo que veio espalhar vingança pelo mundo.

A mente dela disparou: como ela poderia se armar? Mais importante, como poderia armar Rose? Ranço tinha ido embora com os talheres um minuto antes, mas, sabendo da velocidade de deslocamento do aspian, ele ainda devia estar do outro lado da porta. Se ela conseguisse alcançá-lo e pegar as facas de volta...

A Viúva dissipou os medos de Tam com um suspiro exasperado.

— Que divertido — disse ela. — Isso tudo é ansiedade de sair daqui e ir para lá? Mesmo sabendo que *lá* é a toca do Devorador de Dragões? — Ela balançou a mão no ar. — Vocês vão voando, claro.

CAPÍTULO VINTE E NOVE

O SPINDRIFT

— Mais alguém viu os braços dela? — perguntou Brune quando o Fábula foi andando rapidamente para os quartos. Eles teriam que partir para o Lago Espelhado em uma hora a bordo do navio voador da Viúva.

— Ela é viciada em talho — disse Roderick. — Péssimo hábito.

— Não é talho — murmurou Cura. — É suicídio.

Rose olhou para ela.

— Tem certeza?

— Tenho. Aquelas cicatrizes... — Ela parou de falar, e Tam viu a Invocadora fechar e abrir as mãos. — Tenho certeza — repetiu ela.

Brune coçou os pelos no queixo.

— Deve ser solitário aqui nesse castelo frio, só com Hawkshaw e o aspian como companhia.

— Você sente pena dela? — perguntou Rose.

— Sinto — disse Tam, chegando para o lado do xamã. — Quer dizer, sim, ela é horrível. Mas ninguém nasce ruim, né? E a gente nem sempre pode escolher quem se torna, se é que isso faz algum sentido.

— Não faz — garantiu Roderick.

— Faz, sim — disse Freecloud.

Quando eles chegaram à ala deles, a barda puxou a manga de Cura para fazê-la ir mais devagar.

— O que você tem? — perguntou ela quando as duas estavam sozinhas.

Cura deu de ombros.

— Nada. Por quê?

— Bom, eu achei... é que ontem à noite...

— O que tem ontem à noite?

Tam fechou a boca antes do queixo bater no chão.

— A gente dormiu juntas — disse ela.

A risada de Cura cortou como uma faca.

— A gente dormiu uma *ao lado* da outra.

— Mas... nuas — disse Tam. Pela misericórdia da donzela, aquela conversa estava indo ladeira abaixo muito rápido.

— Olha, só esquece, tá? O que aconteceu aconteceu. E o que não aconteceu... Bom, provavelmente foi melhor.

Tam estava perplexa. Ela sentiu como se tivesse levado um soco na barriga e precisou se esforçar para não se encolher de dor.

— Eu achei que a gente...

— Me desculpe se meu ronco não te deixou dormir — disse Cura, passando por ela. — Eu te vejo no navio.

Daon Doshi, capitão do navio voador *Spindrift*, pareceu a Tam um homem tentando ser muitas coisas e falhando na maioria. Ele tinha o olhar apertado de um pirata phantran, o bigode trançado de um nobre kaskar, o gingado de pernas arqueadas de um senhor de cavalos carteano e estava vestido como um bandido agriano que tinha roubado o pijama de um príncipe narmeriano. Ele usava um gorro lustrado com um par de óculos de proteção com lentes azuis, um robe amarelo esfarrapado amarrado com uma faixa azul e uma cota de malha vagabunda por cima de um jaquetão acolchoado de retalhos.

Doshi cumprimentou os membros do Fábula um a um quando eles subiram a bordo, apertando mãos e sorrindo como um dono de bordel oferecendo uma festa de aniversário para um príncipe.

— E o que temos aqui? — Ele deu um aperto de mão vigoroso em Tam, os olhos escuros se desviando entre o estojo de *Hiraeth* e *Duquesa*, que ela carregava sem corda nas mãos. — Uma arqueira? Ou uma guerreira-poeta?

Ela abriu um sorriso tenso, o estômago ainda contraído pela conversa com Cura.

— Sou só a barda — disse ela.

Doshi fez uma reverência profunda quando Freecloud chegou no alto da prancha.

— *Itholusta soluthala!* — disse ele no que Tam supunha que fosse druico.

— *Isuluthi tola* — respondeu Freecloud.

— O que ele disse? — Tam perguntou ao druin.

— Ele perguntou quanto custa a privada — disse Freecloud, achando graça.

Tam sabia muito pouco sobre navios, e menos ainda sobre navios voadores, mas percebeu com um olhar que o *Spindrift* era uma lata velha. O casco, apoiado em uma base de ferro no alto das torres feitas de fragmentos pretos de Ruangoth, era do tamanho de uma chalupa. Estava arranhado e lascado, remendado em mais lugares do que um cobertor velho de estimação. O nome estava pintado em vermelho na lateral, e as velas (duas maiores e uma menor) estavam obviamente malcuidadas. As armações de metal estavam tortas e enferrujadas, os painéis esfarrapados e, em alguns lugares, chamuscados. Havia lascas de madeira pelo convés, e, embora a barda não conseguisse imaginar para que serviriam, o aroma de raspas de cedro era o aspecto mais atraente do *Spindrift* até ali.

Havia um motor das marés de cada lado do convés traseiro, que Cura observou que era curioso, mas sem explicar o motivo. Tam foi olhar melhor.

— Duramantium — declarou o capitão, se aproximando por trás dela. As botas de Doshi, notou ela, tinham placas grossas de madeira nas solas, embora ele ainda fosse vários centímetros mais baixo do que Tam. Ele colocou a mão enluvada no aro externo vazado de um dos motores. — Não fazem mais assim.

— Fazem o quê? — perguntou ela. — Motores?

— Qualquer coisa! — Doshi coçou um dos bigodes. — Espadas, armaduras, motores. Os coelhos cavaram cada pedacinho de duramantium que conseguiram encontrar e não deixaram nada pra nós! Ainda assim — ele observou a chalupa negligenciada com olhar de adoração —, eles nos deixaram brinquedos maravilhosos com que brincar.

Tam passou os dedos em um dos anéis de duramantium. O metal era preto-azulado, com pontinhos que cintilavam como prata. Ela tinha ouvido ferreiros em Ardburg falarem do metal raro com um ar de lamento, da forma que os velhos mercenários lamentavam companheiros mortos em batalha ou homens carecas lamentavam a perda das madeixas lustrosas.

Hawkshaw subiu pela prancha depois de ter vestido a capa preta e prendido no cinto a espada de osso sem bainha. Uma aljava de setas com penas brancas e a besta dupla estavam penduradas nos ombros.

— Veio garantir que o trabalho da Viúva seja feito? — perguntou Rose.

— De fato — disse ele, e saiu andando para a frente do navio. Havia uma figura de proa: uma mulher alada sem a cabeça. Tam desconfiava que ela e o Guardião se dariam muito bem.

Doshi os levou para baixo, que lembrava o interior escuro da carraca. A escada descia para um corredor longo de teto baixo com aposentos dos dois lados. Havia uma cozinha abarrotada na popa e uma porta trancada perto da proa, atrás da qual ficavam os aposentos particulares de Daon Doshi.

As camas em cada quarto eram tão pequenas que Rose e Freecloud foram obrigados a dormir separados. Cura desapareceu em um quarto e fechou a porta. Brune, cujo tamanho dificultava a movimentação no interior apertado do navio, desfez a bolsa com seus pertences em um quarto em frente ao de Tam. Depois de lutar por vários minutos para encontrar um lugar para guardar *Ktulu*, ele acabou separando as duas partes das glaives e as colocou embaixo do colchão.

Tam guardou as coisas, ansiosa para estar no convés antes de eles zarparem. Ela colocou *Duquesa* na cama e *Hiraeth* embaixo. Quando se virou para sair, viu Rose bloqueando o caminho, encostada não muito casualmente na moldura da porta.

— Aconteceu alguma coisa ontem à noite que eu precise saber?

Tam hesitou. Sua lombar estava coberta de suor, e ela se perguntou de repente se havia alguma regra tácita entre os membros do Fábula que ela desconhecia: *Proibido trepar com a barda*, por exemplo. Cura já estava agindo de um jeito estranho; a última coisa que ela queria era arrumar problema para ela com Rose.

— Que nada — respondeu ela. E, caso não tivesse sido enfático o suficiente, ela acrescentou "Não" e "Nadinha" e "De jeito nenhum"... o que, pensando melhor, deve ter sido um grande exagero.

Rose passou um longo momento examinando as unhas, ou talvez os dedos, enquanto Tam começava a formular um plano que envolvia se espremer pela janelinha circular atrás dela.

— Eu soube que você dormiu no quarto de Cura ontem.

— Ela me convidou — disse Tam, optando por jogar pela janela sua integridade moral em vez de si mesma.

Freecloud apareceu atrás do ombro direito de Rose.

— Ela te convidou?

— Não aconteceu nada — insistiu Tam. — Nós só dormimos.

— Dormiram? — O druin pareceu cético. — Sério?

— É verdade! — disse ela. — Nós estávamos em uma das outras salas só conversando e aí... bom, eu... e ela...

— Ela o quê? — Roderick botou a cabeça na porta. — Sabe de uma coisa, pra uma barda você conta histórias mal pra caralho.

Nesse momento, Brune saiu do quarto. Ele viu os colegas de bando reunidos atrás de Tam e sorriu.

— Vocês perguntaram pra ela? — disse ele com empolgação. — Aconteceu alguma coisa?

O sátiro o mandou fazer silêncio.

— Cala a boca, seu trouxa! Ela está chegando na parte boa agora.

Tam bateu os braços de irritação.

— Não *tem* parte boa! — exclamou ela. — Já falei, a gente só...

O mundo... *não, o navio*, Tam se deu conta, se inclinou violentamente. Roderick caiu em cima de Brune, que caiu em cima de Rose e a derrubou de lado em cima de Freecloud. Tam aproveitou a chance e passou por eles correndo e subiu a escada até o convés.

Estava nevando forte agora, e o vento quase a desequilibrou. Acima, as velas do navio se abriram como dedos com membranas. Um raio pulava de uma coluna a outra, ondulando pelo mastro e percorrendo a amurada da chalupa. Um leve tremor de eletricidade subiu pelos pés de Tam e atravessou a coluna.

Então as lascas de madeira são para isso, percebeu ela.

Os motores das marés ganharam vida: um como um borrão de anéis concêntricos, o outro girando tão devagar que ela via os aros vazados virando a muito custo um dentro do outro. Daon Doshi estava no leme, perto da traseira do navio. Ele estava mexendo freneticamente em um par de orbes esféricas, e quando viu a barda fez sinal para ela se aproximar.

O motor claudicante fazia uma barulheira danada, e o que o capitão gritou quando Tam subiu os degraus para o convés traseiro se perdeu entre os estrondos e o vento forte.

— O quê? — gritou ela.

— *Se segura!* — gritou Doshi, e o *Spindrift* se soltou da base.

Sem nada além do console por perto, Tam se segurou no próprio Doshi, e quase não deu tempo, porque eles tinham começado a mergulhar na direção do fundo do cânion. O lenço dela esvoaçava loucamente. Uma chuva de lascas de madeira passou voando, girando como cinzas de cedro para o céu atrás deles.

Doshi cuspiu um monte de lascas curvadas e gritou em meio ao rugido do vento.

— A água dentro congela! — Os bigodes dele bateram nas bochechas quando ele olhou para o motor das marés falho. — Só precisa aquecer um pouco. E vai se aquecer — prometeu ele — a qualquer segundo agora. Provavelmente. — Ele puxou uma alavanca para fechar as velas, e a queda livre ganhou velocidade.

Com os olhos apertados por causa da neve, Tam viu Hawkshaw agachado na popa. O Guardião segurava a amurada com as duas mãos enquanto a ventania sacudia sua capa.

Doshi murmurava alguma coisa ao lado; ela o ouviu falar o nome do Senhor do Verão.

— Você está orando?!

— Claro que estou!

— Pra quê? — gritou Tam enquanto o chão se aproximava deles rapidamente.

— Pra isso funcionar!

Doshi bateu na alavanca. As velas se abriram, estalando com energia, e os dentes da barda trincaram quando a corrente descontrolada do navio, mais forte agora que o tapete de lascas de madeira tinha voado, zumbiu pelos ossos dela.

O motor girando lentamente gritou como uma chaleira fervendo, arrotando uma nuvem de neblina branca enquanto girava num borrão prateado. As mãos do capitão dançaram sobre os orbes de direção, e o *Spindrift* se desviou para longe do chão de neve e pedra como um falcão num mergulho que decidiu no último segundo não estar mais faminto.

Lentamente, Tam soltou o braço do capitão. Ela poderia ter jurado que sentiu a estática estalar entre os dentes ao largá-los.

— Isso foi...

— Estimulante — disse Doshi. — Eu sei. Mas se você acha que isso foi divertido, espera só até chegarmos à Muralha da Tempestade.

CAPÍTULO TRINTA

E UMA GARRAFA DE RUM

— Tem três coisas — seu tio Bran lhe dissera uma vez — que você jamais vai querer ouvir uma mulher dizer. — Tam não tinha terminado de revirar os olhos quando ele ergueu um dedo e contou qual era a primeira: — *Estou grávida.*

— Isso é ridículo — disse Tam. — E se você quiser um filho?

— Aí você precisa de um elmo melhor, porque sua cabeça está rachada. O mundo precisa de mais humanos tanto quanto um orc precisa de um segundo cu.

— Bom, duvido que eu precise me preocupar com essa fala, de qualquer modo.

Bran a observou com olhos semicerrados por cima da caneca erguida.

— Acho que não. A segunda é *Você lembrou?*

— Lembrei o quê?

— Não importa o quê — disse Bran. — De comprar um presente de aniversário pra ela, de tirar o lixo, de pegar aquela coisa naquele lugar no caminho de volta do bar. O que quer que seja, você *provavelmente não* lembrou. Sua melhor aposta nesse momento é sair correndo e comprar flores. Ou deixar as flores pra lá e comprar um cavalo veloz.

A última coisa, na avaliação de Bran, era a pior.

— *Nós precisamos conversar?* — Tam franziu a testa. — O que tem de ruim nisso?

— Só pode querer dizer uma coisa ou outra. Ou você fez uma merda enorme e está na borda gelada do inferno, ou...

— Ou o quê? — perguntou ela, impaciente, enquanto parava para tomar a cerveja.

— Ou seu coração está prestes a ser partido.

— Nós precisamos conversar — disse Cura na porta.

Tam estava sentada de pernas cruzadas na cama com *Hiraeth* no colo. Ela tinha terminado a letra da música de Brune e estava tentando compor a parte do verso final. Isso exigia que ela tocasse a mesma melodia repetidamente, experimentando várias notas, prestando atenção em caminhos e seguindo-os para ver se davam em algum lugar bom. Muitas vezes não davam, e ela voltava para o começo e fazia tudo de novo.

— Claro — disse ela.

Cura olhou para os dois lados do corredor antes de entrar. Fechou a porta e se encostou nela.

— O que aconteceu ontem à noite foi um erro.

— Não aconteceu nada — disse Tam, fazendo sua melhor imitação de indiferença casual. — Você pegou no sono, lembra?

— Eu quero dizer antes disso. Na frente da lareira... — Ela parou de falar, e com o prolongamento do silêncio, ficou óbvio para cada o pensamento da outra no momento. — Eu estava com dor — explicou ela. — Estava me sentindo vulnerável. E também um pouco bêbada. Eu não devia ter feito o que eu fiz.

— Estou feliz de você ter feito — disse Tam rápido demais. — Eu...

— Não — disse Cura, interrompendo-a. — Só... não fala nada. — Ela saiu de perto da porta e se sentou na beira da cama. Por um tempo, não disse nada, só puxou a tira de pano enrolada no braço. — Eu estou quebrada — disse ela por fim. — Está faltando alguma coisa dentro de mim. Não sei o que havia lá. Minha mãe. Meu tio. Uma infância normal, talvez. — Uma risada oca escapou dela. — Não sei. Mas é como um... um buraco que eu fico tentando preencher. Mas, por mais bebidas, drogas ou pessoas que eu consuma... ele continua lá. Um espaço vazio que nada pode preencher e em que ninguém se encaixa.

— Talvez eu encaixe.

— Não é...

— Por favor — disse Tam, desejando que não estivesse soando tão desesperada. — Você não quer uma coisa real? Uma coisa que dure mais do que apenas uma noite? Você diz que usou pessoas, mas as pessoas também te usaram. E você merece coisa melhor, Cura, mesmo que você discorde. — A invocadora ficou em silêncio e Tam prosseguiu. — Me deixa tentar, pelo menos. E talvez se permitir *gostar pra valer* de alguém em vez de só se entregar pra quem...

Cura puxou a faca.

— Merda. Desculpa. Não me dá uma facada.

— Não vou te dar facada nenhuma, Tam. — Ela soltou a bainha de couro preto da lâmina e enfiou a faca ali dentro. — Esta é *Beijo* — disse ela, oferecendo-a para a barda. — Eu não escolhi o nome. Foi presente do meu tio Yomi. Quero que você fique com ela.

Como Tam só ficou olhando para a faca, Cura a colocou na cama entre elas. Depois de outro momento de silêncio incômodo, ela se levantou e foi até a porta.

— Até mais, Tam — disse ela e foi embora.

Por vários longos minutos, Tam ficou olhando para a arma que a invocadora tinha deixado para trás. A lâmina era reta, o cabo entalhado para se parecer com um corvo. O alaúde no colo dela estava em silêncio. A música podia esperar; ela não estava com vontade de fazer música agora.

Eu dei meu coração pra ela, pensou Tam com infelicidade, *e ela me deu uma faca.*

O capitão entrou na cozinha naquela noite enquanto o bando se esbaldava com meio barril de rum tarindiano. Uma busca nos armários do *Spindrift* revelou uma grande quantidade de copos quebrados e um de madeira, e eles estavam se revezando para beber nele.

— Doshi — disse Freecloud, erguendo o rosto enquanto enchia o cachimbo.

— Sim, senhor?

— Quem está comandando o navio?

— Ninguém — respondeu ele. — Mas não precisa se preocupar. Verifiquei nossa altitude, corrigi o curso, fechei os alçapões…

— Que alçapões? — perguntou Cura. — Onde ficam os alçapões?

— A questão é que — prosseguiu Doshi — nós não vamos bater. O Guardião está lá em cima, e se tem uma coisa que Hawkshaw sempre é, essa coisa é vigilante. Se algo ficar estranho, ele vai nos avisar. Estamos longe das montanhas, ainda longe do Deserto Invernal. A única coisa em que devemos bater são algumas nuvens.

— Quanto tempo vamos levar pra chegar ao Lago Espelhado? — perguntou Rose.

— Dois dias se o tempo permitir — disse Doshi. Ele tomou um lugar na ponta da mesa da cozinha, ao lado de Cura, que, por sua vez, chegou para mais perto de Tam, que fingiu não reparar na proximidade repentina da invocadora.

— Nós podemos ser atacados no caminho? — perguntou Freecloud.

— Podemos — admitiu Doshi —, mas não é provável. Se é feio e tem asas, deve estar no oeste com a Horda de Brontide. Além do mais, o *Spindrift* pode não ser a ave mais veloz no céu, mas ela tem uns truques na manga.

— Truques? — Brune pareceu duvidar. — Tipo o quê? Cair em pedaços numa tempestade?

— Tem duas dúzias de bombas de barril na barriga dela — disse Doshi, distraído, como se não tivesse acabado de admitir que eles estavam voando num navio carregado de explosivos. — E eu deixo um baú no meu quarto com granadas alquímicas suficientes para botar metade de Heartwyld em chamas. Também tenho algumas balistas aqui e ali.

— Nos alçapões, sem dúvida — disse Cura.

Doshi ofereceu a ela um sorriso arrogante.

— Parece que você está preparado para problemas — disse Roderick, que estava comendo um punhado de neve que tinha tirado da geladeira. — O que você é? Um pirata?

Tam quase esperava que um dos companheiros de bando repreendesse o sátiro por ser mal-educado, mas todos pareciam ansiosos para ouvir a resposta do capitão.

— Já fui — disse ele, ajeitando os óculos. — Foi assim que acabei em posse desta bela embarcação da primeira vez.

— Primeira vez? — Brune passou o copo de madeira para Doshi. Como o xamã estava sentado mais perto do barril, ele era o encarregado de encher o copo cada vez que alguém bebia até o fim.

— A minha tripulação e eu a encontramos encalhada na costa de Barbantine — disse o capitão. — Estávamos operando em águas rasas, recolhendo o pedágio da Rainha de Sal de quem cruzava nosso caminho...

— Roubando — esclareceu Freecloud.

— Todos os pedágios são roubo. Seja um rei tirando a parte dele ou um jovem pilantra bonitão colocando uma faca na sua garganta, sua bolsa fica mais leve igual. Mas, sim, nós os roubamos. E em uma manhã nós vimos o *Spindrift* encalhado em umas pedras. O casco estava todo podre. As velas estavam em farrapos. No começo, confundimos com um navio naufragado qualquer... até vermos os anéis.

— Você está se referindo aos motores das marés? — perguntou Tam.

Doshi engoliu o rum e devolveu o copo para Brune.

— Isso mesmo. A tripulação concordou em pegá-los e vendê-los em Aldea. São de duramantium puro, lembra. Nós teríamos virado príncipes sulistas ricos, cada um de nós. Poderíamos ter feito qualquer coisa com o dinheiro. Menos a única coisa que eu queria fazer.

Brune passou o copo para Cura.

— E o que é?

— Voar — disse ele, olhando pelo vidro rachado de uma escotilha. — Havia uma tempestade naquela noite. Eu estava de vigia quando um raio acertou a água perto do naufrágio e fez um dos motores começar a girar. Quando me dei conta, eu já tinha roubado um barquinho e remado até a margem. Enchi o outro motor de água salgada e aparelhei os orbes para poder levá-la para o ar. De manhã eu já estava com o leme consertado, se é que podemos chamar assim. Então segui para Askatar, voando para trás o tempo todo e só conseguindo virar para a direita. Eu não tinha dinheiro para consertar a embarcação e achei que minha tripulação nos procuraria, então a vendi para um mercador narmeriano gordo por tanto ouro que tive que comprar três kolaks só pra conseguir carregar.

Tam levantou a mão.

— O que é um kolak?

— Tipo um camelo, com escamas e sem corcova — disse Cura, devolvendo o copo.

— O que é um camelo? — perguntou Tam.

— Um kolak peludo e com corcovas — disse Rose, mas sem tirar os olhos de Doshi. — Então você pegou o dinheiro?

O capitão balançou a cabeça.

— Eu pretendia. De verdade. Mas não consegui me livrar da sensação de que eu estava abrindo mão de mais do que tinha ganhado. Eu tinha mais moedas do que um dragão podia contar, mas... — Os dedos dele brincaram distraidamente com a faixa na cintura. — Quando alguém cresce como eu, sem nem duas moedas de cobre pra esfregar uma na outra, ser rico significa ser livre. Livre para ir aonde quiser, comer o que quiser, ser quem você gostaria de ser. Mas o lugar para onde eu queria ir, a pessoa que eu queria ser — ele fez um gesto amplo —, é aqui. Eu tinha sentido o gosto da *verdadeira liberdade* e ansiava por mais.

Era a vez de Tam com o copo. O rum tarindiano era um luxo que ela nunca tinha tido antes daquela noite. Ela achou que teria gosto da birita doce demais que Roderick e Cura tomavam a maior parte do tempo, mas não. A bebida era surpreendentemente leve, com toques de baunilha e mel, junto com um gosto amadeirado sutil herdado das paredes do barril.

Opa, pensou ela pela segunda vez em poucos dias, *estou andando com mercenários há tempo demais*.

— O mercador a consertou, ou ao menos deixou boa pra voar, e transformou o *Spindrift* numa barca de prazer, seu harém voador. Ele chamou de uma coisa diferente, *O Palácio Dourado* ou algum outro nome ruim assim. Encheu a embarcação de muita bebida, muitas mulheres, poucos guardas e subiu ao céu.

Tam terminou o copo, seu quarto, ou talvez o quinto? E o devolveu para Brune.

— Vou tentar adivinhar — disse Freecloud amigavelmente. — Você entrou como clandestino?

O capitão coçou um dos bigodes.

— Não exatamente. Na verdade, subornei os guardas, me vesti de mulher e entrei com o resto das garotas. Quando estávamos no ar, organizei um motim. Nós o amarramos e o deixamos em uma aldeia qualquer rio abaixo, e passei os meses seguintes navegando por toda Grandual. Nós dividimos a fortuna do mercador entre nós, e eu deixei as meninas onde seus corações desejassem.

Brune virou sua dose de rum num gole só, encheu de novo e entregou para Rose.

— Parece ótimo — disse o xamã.

— E foi. — O sorriso de Doshi ficou melancólico. — Uma das garotas e eu nos apaixonamos. Anny, a doce Anny. Eu teria pulado da amurada se ela pedisse. Bom, provavelmente. Ela tinha olhos que pareciam pérolas negras, cabelo que parecia seda satriana e a boca suja como um marinheiro que bateu o dedinho do pé. A terceira vez que roubei este navio foi dela, mas isso é história para outro céu.

Freecloud girou o copo que recebeu de Brune, olhando para ele em vez de beber.

— Então você voa para a Viúva agora?

— Eu voo para a Viúva por agora — consertou o capitão. — Já consegui irritar muita gente poderosa no sul. A Viúva paga bem, não faz perguntas e eu não faço nenhuma em troca. É um casamento de conveniência. Não que alguém com mais inteligência do que um gremlin lobotomizado fosse se casar com aquela megera de coração gelado.

Cura abriu um sorrisinho debochado.

— Ela te deu um fora, é?

— Inúmeras vezes. — Doshi também abriu um sorrisinho. — A mulher é rica pra caramba, sabe. Mas foi sorte eu ter encontrado Hawkshaw. Ele estava em Corte Norte o tempo todo. Eu o confundi com um caçador de recompensas porque... Bem, vocês já viram o filho da puta: sombrio como um céu nublado, né? Acontece que ele estava lá recrutando um bando pra um trabalho supersecreto.

— O Simurg — disse Rose.

— Os Corvos da Chuva — disse Freecloud, finalmente virando o rum.

— Sim e sim! — Doshi empurrou os óculos para cima e esfregou a marca vermelha que eles tinham deixado na testa. — O Guardião me ofereceu trabalho, e se você quer ser discreto não tem coisa melhor do que Diremarch atualmente. Além do mais, a Viúva me tornou um homem muito rico. Quando o Devorador de Dragões estiver morto, estarei livre pra ir pra onde quiser.

— E pra onde vai? — perguntou Roderick. Como Brune, ele terminou sua cota de rum de uma vez.

— Estou pensando em Castia.

Freecloud levantou as orelhas.

— Você arriscaria voar por cima de Heartwyld?

Doshi deu de ombros.

— Por que não? Ah, eu soube que as tempestades lá são um pesadelo e que o céu acima da floresta é lar de todos os tipos de demônio, mas o Deserto Invernal também não é um trajeto tranquilo, e o que é uma jornada sem um pouco de perigo?

— Um brinde a isso — disse Cura. Era a vez de Doshi beber, mas a Bruxa da Tinta roubou o copo de debaixo do nariz dele. Ela e o capitão trocaram um sorriso, e Tam teve uma sensação que mal reconheceu: algo bem parecido com uma faca de cabo de corvo enfiada na barriga.

Ciúmes? A voz na cabeça dela estalou a língua com reprovação. *Pela misericórdia da Donzela, garota. Se controla...*

— Além do mais — disse Doshi —, eu soube que o novo imperador de Castia é uma espécie de exemplo. A arena foi derrubada, a escravidão foi abolida. Ele está até concedendo cidadania a monstros, desde que prometam se comportar.

— Cachorros e gatos vivendo juntos! — Roderick levantou as mãos. — Onde o mundo vai parar?

O capitão sorriu, se levantou e esticou as dobras do colo do robe amarelo.

— De qualquer modo, se Castia não servir... acho que vou continuar velejando para oeste.

— Não tem nada a oeste de Castia — observou Cura.

— Tem alguma coisa a oeste de todo lugar, minha querida — respondeu Doshi.

Rose se inclinou por cima da mesa.

— Então você viu o Devorador de Dragões? — perguntou ela. — Você estava lá quando os Corvos da Chuva foram pra cima dele?

O capitão passou os dentes no lábio inferior.

— Eu estava lá, sim. Vi os Corvos da Chuva fazerem a tentativa deles. O Simurg não é como os outros monstros, e eu já vi muitos, pode acreditar. Essa coisa é... — Ele se encolheu por causa de um horror que só ele conseguia ver. — Você quer saber quanto tempo os Corvos da Chuva duraram contra o Devorador de Dragões?

Os músculos na mandíbula de Rose se contraíram.

— Quanto tempo?

— Dezessete segundos.

CAPÍTULO TRINTA E UM

A ESTROFE FINAL

Eles velejaram por toda noite. Tam foi dormir bêbada e acordou de ressaca, uma luz cinzenta entrando pela escotilha como uma lança. Assim que abriu os olhos, ela ouviu a voz de Daon Doshi na cabeça.

Dezessete segundos.

Ela ficou na cama até a cabeça parar de latejar, uma das mãos na faca de corvo que ela tinha colocado embaixo do travesseiro. Ela acabou se levantando, e quando seus pés bateram no piso, uma leve corrente elétrica subiu pelas pernas.

Que se foda essa porra de navio voador de merda.

Ela abaixou os pés de novo e esperou até a sensação de formigamento passar, depois se levantou e se vestiu.

Roderick ainda estava dormindo; Tam ouvia o agente roncando através das paredes. Ela encontrou Brune e Cura na cozinha, dividindo uma xícara de chá na única caneca intacta do *Spindrift*. A Bruxa da Tinta tinha começado um novo livro (*Um carniçal para acompanhar*) e ainda estava com atadura por cima da tatuagem que tinha feito duas noites antes. Ela abriu um sorriso para Tam, mas não disse nada.

No alto, o ar estava frio, mas a proa alta do navio voador cortava o pior do vento. Ainda estava nevando; os flocos flutuavam como sonhos meio esquecidos, chiando ao bater nas velas.

Rose e Freecloud estavam sentados em meio aos pedaços da armadura vermelha e preta de Rose. O druin estava falando, gesticulando amplamente com as mãos, enquanto Rose examinava as peças da armadura uma a uma, ajeitando amassados com uma marreta de ferro. Ela não a consertava desde que o bando enfrentou a tribo de orcs em Highpool, e Tam achou que ela passaria horas trabalhando. De vez em quando, Rose pegava uma ombreira ou uma greva e dava um gritinho pelo choque elétrico, depois fazia cara feia para Doshi ou para as velas estalando acima.

Incrivelmente, parecia uma manhã qualquer que ela tinha passado com o Fábula... exceto, claro, por eles estarem milhares de metros no ar. Ninguém imaginaria que eles estavam a um dia de um encontro com o Devorador de Dragões.

Hawkshaw estava sentado exatamente onde ela o tinha visto pela última vez, encolhido debaixo da capa preta junto da base da mulher sem cabeça.

Tam se juntou a Doshi no convés anterior, e o capitão comentou sobre os vários locais pelos quais eles passavam.

— Está vendo aquela geleira? O dragão Neulkolln está dormindo lá dentro, e que os deuses ajudem o norte se aquela coisa derreter um dia. Olha! — disse ele um tempinho depois. — Os Pináculos de Balmanak! Chamavam de Cidade Prateada. Todas as torres exibiam janelas de vidro espelhado, e no nascer do sol a cidade toda se acendia como se fosse feita de cristal.

— Ela foi construída sobre uma mina de prata — complementou Freecloud, que tinha deixado Rose xingando a armadura sozinha.

— O que aconteceu com ela? — perguntou Tam. Os tais Pináculos de Balmanak estavam cobertos de gelo, projetando-se como pingentes colossais.

Doshi fez uma careta.

— Aconteceu o Simurg.

Brune e Roderick também acabaram se aproximando, e os quatro se maravilharam enquanto voavam por cima das tumbas cobertas de neve de um cemitério gigantesco. Doshi levou o *Spindrift* para baixo, para eles poderem ler as lápides antigas ao passarem entre elas.

— *Kathos Pé de Ferro* — recitou Brune. — *Nunca matou um mercenário que não merecesse ser morto.*

— *Aqui jaz Bert* — disse Tam. — *Ele foi colocado aqui porque morreu.*

Freecloud sorriu ao mostrar a sua favorita.

— *Prefiro estar morto a estar com frio.*

Roderick, segurando o chapéu por causa do vento forte, leu outra.

— *Um saco de trigo seco. Dois sacos e meio de farinha integral. Duas xícaras...* Porra, é uma receita de pão de nozes!

Por volta do meio-dia, o humor de Doshi começou a azedar. Tam seguiu o olhar dele e viu as nuvens escuras acumuladas no horizonte.

— A Muralha da Tempestade — anunciou ele, abaixando os óculos e apertando a faixa na cintura. — Melhor vocês irem lá pra baixo. As coisas vão ficar interessantes agora.

Interessantes, de acordo com Daon Doshi, significava granizo do tamanho de chaleiras batendo no casco do *Spindrift*. Significava ventos que gritavam como uma banshee desafinada enquanto o navio balançava, sacudia e tremia de forma apavorante. *Interessantes* significava despencar trezentos metros em questão de segundos com o bando grudado no teto da cozinha, gritando... ou, no caso de Roderick, rindo histericamente.

Depois que eles atravessaram a tempestade, as coisas ficaram calmas de novo. Um a um, os membros do bando subiram e se reuniram na amurada. De acordo com Doshi, a terra sobre a qual eles voavam já tinha sido um mar interior. Havia barcos antigos e ossos de leviatãs presos no gelo, e o capitão mostrou os domos congelados de Cartea.

— Antes uma cidade-Estado próspera — comentou ele com tristeza. — Não restou nada agora. Nada de bom dura para sempre, dizem.

— Nem de ruim — disse Freecloud, o que gerou um sorriso irônico de Daon Doshi.

Quando o sol desceu, o bando compartilhou uma refeição silenciosa, durante a qual o pé de Cura roçou no de Tam embaixo da mesa.

— Desculpa — murmurou a Bruxa da Tinta.

Tam abriu um sorriso educado para ela.

— Não foi nada.

Mais tarde, quando Cura teve dificuldade para cortar a gordura de um pernil de porco que Brune tinha preparado, Tam deu um pigarro.

— Tem uma faca no meu quarto se você precisar de uma mais afiada.

— Não, obrigada — disse Cura.

Os companheiros de bando trocaram olhares, perplexos.

Rose tentou usar a esfera de vidência para falar com o pai depois do jantar, mas a esfera só estalou com um cinza estático.

Eles foram para os quartos cedo. As camas eram grudadas no chão, e Tam ficou aliviada de encontrar *Hiraeth* em perfeitas condições embaixo. Ela acendeu a menor vela que encontrou e se sentou na cama com o alaúde no colo. A melodia da estrofe final da música de Brune, que tinha sido difícil de achar nos dias anteriores, surgiu de repente na cabeça dela. Ela se sentiu uma pescadora que tinha ido para a beira do rio e encontrado seus peixes já pulando na margem.

Tam tocou a música inteira pela primeira vez. No fim, deixou uma nota se mesclar com outra num uivo longo e lamentoso e imaginou que sua mãe talvez tivesse gostado de ouvir.

Quando a vela se apagou, ela guardou *Hiraeth* no estojo e o guardou. Ficou um tempo parada, oscilando com o navio e ouvindo o casco gemer. Inexplicavelmente, Tam se viu na porta da cabine. Seu coração estava disparado no escuro. Quando ela levantou a mão para abrir o trinco, uma fagulha lambeu sua mão. Ela soltou um palavrão baixinho (para o trinco, para si mesma) antes de voltar para a cama.

Tam sonhou que ouviu passos do lado de fora. Ela viu o brilho de luz de velas, a sombra de pés. Mas a luz se apagou e os pés se afastaram suavemente em um piso que cantava como um rouxinol.

— O Lago Espelhado! — anunciou Doshi, carregando as palavras com mais ameaça do que um lago coberto de gelo devia merecer.

— É enorme — disse Tam.

— É o maior lago de água doce em toda a Grandual — gabou-se o capitão.

— Que interessante — disse Cura com um tom que indicava que ela não estava nada interessada.

O *Spindrift* pairou a oitocentos metros da ponta sul do lago. As velas estavam fechadas, os motores girando devagar. Enquanto o Fábula se preparava para enfrentar o Devorador de Dragões, Doshi andou pelo convés com dois baldes de metal, encheu-os de neve e carregou-os para baixo.

— Quando a neve derrete, eu encho os motores — explicou ele para Tam. — A água, como os narmerianos gostam de dizer, faz o mundo girar. Você já esteve em Satria?

— Eu só saí de Ardburg recentemente — confessou ela.

Doshi empurrou os óculos para cima das sobrancelhas.

— É mesmo? Que pena. Tem um mundão por aí. É confuso, feio e estranho... Mas é lindo também. Principalmente do céu. Menos Conthas — acrescentou ele com pesar. — Conthas é um poço de merda de qualquer ponto de vista.

Tam riu por falta de resposta melhor.

O capitão olhou para ela por um momento.

— Então essa é sua grande aventura, né? Fazer turnê com um bando, voar de navio, matar monstros e tal?

— Acho que sim — disse ela.

Doshi esfregou as marcas vermelhas em volta dos olhos.

— Bom, se é que vale alguma coisa, espero que não termine aqui.

O capitão continuou recolhendo neve, deixando Tam se perguntando se eram as palavras de Doshi ou o frio cortante o motivo de ela estar tremendo.

Seus colegas de bando estavam andando pelo convés, claramente ansiosos. Brune estava com botas de couro finas, uma calça larga de lã e o cachecol. Cura usava saias esfarrapadas, pedaços de pele e um par de mocassins pretos de couro amarrados nos tornozelos para a neve não entrar. Ela tinha aceitado usar o cachecol vermelho, mas o tinha enrolado bem justo no braço esquerdo.

Tam decidiu usar o cachecol também. Por solidariedade, claro, mas também porque o vento vindo do lago estava congelante. Ela desceu a escada, pisando com cuidado em volta dos baldes de neve derretendo que Doshi tinha deixado no corredor.

Ela estava passando pelo quarto de Rose quando um movimento apressado chamou sua atenção. Ao olhar, notou a líder do Fábula sentada na cama. Havia uma bolsinha familiar no colo dela e um par de folhas pretas brilhantes na mão.

Tam ficou grudada no chão até Rose olhar, e mesmo assim ela continuou paralisada, procurando desesperadamente uma desculpa para sair dali, sem encontrar nenhuma.

— São as últimas — disse Rose depois de um tempo. — Eu estava guardando pra hoje. Escondendo do Cloud, porque sei que ele reprovaria.

— Por que ele reprova? — perguntou Tam.

As ombreiras de Rose estalaram quando ela deu de ombros.

— Ele diz que me deixa imprudente. Eu digo que me dá coragem. Ele acha que eu não preciso... mas eu preciso. — Ela colocou as folhas na língua e fechou os olhos enquanto elas se dissolviam.

Tam pensou em sair naquele momento, mas não queria que Rose achasse que ela tinha ido contar o segredo dela para Freecloud; não que ela fosse. O que Rose fazia era da conta dela, e se ela achava que precisava da Folha de Leão para enfrentar o Devorador de Dragões, quem era Tam para dizer o contrário?

— O que isso faz? — perguntou ela.

— Dá foco — disse Rose. Tam já conseguia ouvir a mudança na voz dela, um som que parecia uma música sem melodia. — Depois do que aconteceu em Castia, eu não conseguia lutar sem me preocupar com as pessoas à minha volta. Eu ficava com tanto medo de perdê-las... que nem conseguia pensar. — Os olhos de Rose, normalmente de um tom de castanho bem escuro, tinham ganhado o negro insondável de águas profundas. — O Fábula já foi um bando diferente. Você sabia?

O movimento positivo de cabeça de Tam gerou um leve sorriso.

— Claro que sabia. Nós éramos cinco. Amigos que fiz em Fivecourt. Bons amigos. E bons lutadores, mas... não ótimos. Quando a Horda de Heartwyld invadiu a Terra Final, eu os convenci a irmos atrás deles. Seríamos heróis, eu falei, mas eu só me importava em fazer o meu nome, ser alguém além de filha do Golden Gabe. Mas eles acreditaram em mim. Eles me seguiram por Heartwyld até Castia. E eles morreram.

Alguém, Brune ou Roderick, passou no convés acima delas.

— Depois que Wren nasceu, Freecloud e eu recomeçamos. Montamos um bando novo e voltamos a fazer turnê, mas as coisas não eram as mesmas. Eu estava cautelosa demais, com medo de fazer qualquer coisa que pudesse botar os outros em risco. Comecei a recusar eventos que pareciam perigosos demais, o que teriam nos condenado ao ostracismo, e sentia que eles ficavam inquietos, querendo mais.

— Não Freecloud — disse Tam. Um palpite.

— Não Freecloud — admitiu Rose. — Ele só está aqui por minha causa. Ele preferia ser pai a ser lutador. — Ela olhou com expressão vazia para o saco vazio no colo. — Ele merece coisa melhor do que eu. Todos eles merecem.

As juntas da armadura dela fizeram um ruído quando ela se levantou.

— Não vou ser escrava do medo — disse Rose. — Não posso me dar a esse luxo. Não hoje. Você entende isso?

Você consegue guardar um segredo?, ela quer dizer.

— Entendo.

Os efeitos da droga transformaram o sorriso de Rose em um rosnado.

— Que bom — disse ela, e saiu.

Tam ficou para trás um tempo depois. Havia apenas poucos meses, ponderou ela, que ela era uma garotinha apaixonada pela líder do Fábula? Pelo bando todo, na verdade. Ela os considerava heróis, os deuses infalíveis do seu panteão pessoal. Mas, durante a turnê e as semanas difíceis e angustiantes que vieram depois, ela passou a perceber que aqueles heróis eram humanos, afinal, tão falíveis quanto qualquer pessoa que ela já tinha conhecido. Ainda mais, até.

Freecloud era escravo da dedicação por Rose, que, por sua vez, estava escravizada pela busca obstinada pela glória pura e simples. Cura foi marcada de inúmeras maneiras por um passado horrível que ela se condenava a lembrar de cada vez que se olhava no espelho. Brune tinha passado a maior parte da vida tentando ser algo que não era e arriscou a sanidade para garantir seu lugar no bando.

Mas ali estavam eles: na extremidade gelada do mundo, cada um querendo ser digno dos outros, proteger os outros, provar que eram parte de algo a que eles já pertenciam de maneira irrevogável.

E eu?, refletiu Tam. *Eu sou só a idiota que os seguiu até aqui.*

Ela foi para o quarto, encontrou o cachecol no chão perto do pé da cama e voltou correndo para a escada.

Quando ela pisou no corredor, alguma coisa estalou atrás dela. Ao se virar, ela viu que a porta do capitão, que Doshi trancava demoradamente cada vez que saía do quarto, estava entreaberta. Embora Tam só visse escuridão ali dentro, ela poderia ter jurado que havia alguém a observando e estava reunindo coragem para chamar quando a porta foi fechada.

É o vento, disse para si mesma. *O vento abriu a porta, o vento fechou e o vento acabou de trancá-la*, pensou ela ao ouvir o clique baixo de um ferrolho sendo arrastado. *De qualquer modo, não é da sua conta, Tam.*

Quando ela voltou para o convés, o Fábula estava se preparando para descer. Tam botou a corda e pendurou o arco no ombro e foi olhar pela amurada. A encosta estava uns seis metros abaixo, e ela achava que a neve devia estar funda. Daria para sobreviver à queda, mas ela ficou grata quando o capitão jogou uma escada de corda pela lateral.

Hawkshaw apontou para uma fenda no penhasco do outro lado do lago.

— O Simurg faz aquele lugar de toca — disse ele para Rose. — Foi dali que ele da última vez, quando os Corvos da Chuva estavam contornando o lago.

E dezessete segundos depois eles estavam mortos, pensou Tam.

— Qual é a espessura desse gelo? — perguntou Freecloud.

— Muita — disse Hawkshaw. — O Lago Espelhado fica o ano todo congelado.

— Vamos em frente — disse Rose. Tam viu as orelhas do druin se eriçarem ao ouvir o rosnado pesado que a Folha de Leão tinha dado à voz dela.

Brune foi primeiro, jogando as glaives gêmeas na frente. Cura foi em seguida, depois Freecloud. Quando Tam fez que ia atrás, Rose grudou o olhar nela.

— Aonde você vai?

— Hum... com vocês?

Rose balançou a cabeça.

— Não desta vez. Dá pra ver direitinho daqui.

— Mas...

— Mas o quê? Você é a *barda*, não esqueça. Ou você planeja matar o Devorador de Dragões com uma única flecha?

— *Só achei* que...

— Escuta. — Rose chegou mais perto, o suficiente para Tam sentir o odor de café queimado da Folha de Leão no hálito dela. — Quero matar essa criatura e voltar pra casa. Quero mais do que tudo que já quis na vida. Mas as coisas podem dar errado. — O olhar embotado se desviou para a toca do Simurg. — Pode dar muito errado. E, se der, vou precisar que você escreva uma música pra mim.

Tam sentiu o coração se apertar como um punho.

— Uma música?

— Algo que vá fazer minha filha sentir orgulho — disse Rose.

A barda assentiu, sem confiar na sua capacidade de falar.

Rose compartilhou um sorriso tenso com Roderick, um olhar com Doshi e um olhar sério com Hawkshaw antes de passar a perna pela amurada.

— A música — Tam conseguiu dizer mesmo com um nó na garganta. — Que nome deve ter?

Rose fez uma pausa. O vento sacudiu o cabelo dela como uma labareda em volta do rosto.

— Eu sempre pensei que *Balada da Rosa Sanguinária* soa bem — disse ela, e sumiu.

CAPÍTULO TRINTA E DOIS

ESPREITANDO EMBAIXO

Tam ficou na amurada do *Spindrift* e viu os outros seguirem pela encosta e descerem até o gelo. Roderick parou ao lado dela, enrolado contra o frio numa capa de pele volumosa e o ridículo chapéu com cauda de raposa.

— Preocupada? — perguntou o agente.

— Claro que estou.

— Bom, não fica — disse Roderick. — Não sou um homem de apostas, mas...

— Hoje de manhã mesmo você apostou com Freecloud que caberia dentro da geladeira — comentou ela.

— Sim, claro, mas...

— E ontem você apostou com Cura que conseguia cuspir de um lado do navio até o outro.

— Impressionante, né?

— E ontem à noite você apostou com Brune que conseguia comer um punhado de vidro...

— Nunca aposte com um sátiro quando o assunto for comida!

— Vidro não é comida!

— Tudo bem, tá. Eu entendo. Eu posso ter um probleminha com apostas. O que quero dizer é: eu ganhei todas essas apostas. E estou dizendo que a Rosa Sanguinária é uma aposta certa, todas as vezes.

— Mesmo contra o Simurg?

— Contra o mundo todo — disse ele. — Você vai ver.

Ela esperava que o agente estivesse certo. Do nada, Tam se lembrou da porta do capitão e da presença invisível que ela tinha sentido lá dentro. Ela estava prestes a contar para Roderick quando Doshi e Hawkshaw se juntaram a eles na amurada.

— Escuta — disse o capitão —, se isso der errado, quero vocês dois lá embaixo imediatamente. E se segurem em alguma coisa. Aquela criatura nos deixou ir embora da última vez, mas acho que não vai encarar numa boa a gente trazer mercenários pra porta dele uma segunda vez.

Roderick coçou a barba.

— Você acha que o Devorador de Dragões é *menino*?

O capitão deu de ombros.

— Provavelmente.

— Aposto dez marcos da corte que é menina — disse o sátiro.

Tam bateu no braço dele.

— Roderick!

— O quê? Tá, tudo bem... eu tenho *mesmo* um problema com apostas.

Os quatro ficaram em silêncio por um tempo, olhando alternadamente a entrada da toca do monstro e o bando de mercenários seguindo pelo lago congelado, até que finalmente Doshi grunhiu e começou a roer a unha.

— O quê? — perguntou Tam.

— Hum? Ah, nada. — Longos momentos passaram. — É só que...

— Falando sério, o quê?

— Bom, eu apostaria minhas velas que o Simurg já sabe que eles estão aqui. — Ele coçou debaixo de um dos lados dos óculos. — Então, cadê ele?

— Ela — murmurou Roderick no lenço.

— Talvez não esteja aqui — sugeriu Tam. Parte dela esperava que fosse verdade. Uma parte grande, para ser sincera.

Doshi franziu a testa.

— Eu acharia...

— Lá. — A voz de Hawkshaw cortou a do capitão como uma lâmina por osso. O Guardião estava apontando diretamente para o bando. — Está ali.

— Onde? — Tam semicerrou os olhos no vento forte. Rajadas percorriam a cobertura congelada do Lago Espelhado, deixando montinhos de neve. Onde o gelo estava transparente, ele brilhava como prata polida, embora agora mesmo uma nuvem estivesse obscurecendo o sol, a sombra passando rapidamente acima.

Não. A respiração de Tam entalou na garganta. *Não acima.*

Abaixo.

— Está embaixo do gelo.

Roderick olhou para ela.

— Como é que é?

— Está no lago! — gritou Tam. — O Simurg está *debaixo deles*!

— Minha nossa — disse Doshi. — Isso é ruim.

— A gente tem que avisar! — Tam se virou para o capitão. — Agora! Anda!

Doshi olhou para a popa.

— Não — rosnou Hawkshaw. — Não vamos chegar mais perto.

— Por quê? — perguntou Tam, mas o Guardião a ignorou. — Capitão, por favor — disse ela para Doshi. — O navio é seu, não é? *Você* decide.

Doshi murchou sob o olhar ameaçador de Hawkshaw.

— Desculpa, garota. Posso até ser o capitão, mas não sou o chefe.

Roderick uniu as mãos em concha em volta da boca.

— *Ei! Rose!* — gritou ele, mas eles estavam longe demais para serem ouvidos. O sátiro começou a andar em círculos, soltando uma série de impropérios que fariam uma pedra corar.

Por um momento desesperado, Tam considerou jogar o arco da amurada e pular atrás, mas outra ideia (embora não necessariamente *melhor*) ocorreu a ela. Ela deu três passos medidos para trás antes de correr e empurrar Hawkshaw com o máximo de força que conseguiu.

O Guardião caiu de cabeça pela amurada.

Ele não fez ruído nenhum ao cair, mas Doshi gritou e correu até Tam. Os dois olharam para Hawkshaw, que caiu de cabeça para baixo e estava tentando se soltar da neve.

— Ele vai te matar por isso — avisou o capitão.

— Não ligo — disse Tam. — A gente está ficando sem tempo. Preciso que você...

Doshi gritou quando caiu pela amurada. Roderick, que o tinha empurrado, deu um soquinho no ar e gritou "Rá!", depois olhou para Tam.

— E agora?

Tam ficou olhando para ele, perplexa.

— Eu ia mandar Doshi voar até lá!

O agente amarrou a cara.

— Mas eu acabei de empurrar ele lá embaixo!

— Por que você empurraria o *piloto*?

— Achei que a gente estava empurrando as pessoas! — gritou Roderick na defensiva.

Tam apontou para o leme.

— Vai lá pra cima — ordenou ela, e apontou para o lago. — E leva a gente até lá.

O sátiro abriu a boca para protestar, mas Tam correu para a escada que levava para baixo. Ela desceu escorregando e se apoiou na parede embaixo enquanto olhava a porta na extremidade do corredor. Ela a tinha ouvido ser trancada mais cedo, mas se aquela porta fosse como o resto do barco, era muito frágil e já devia estar meio quebrada mesmo.

Ela correu o mais rápido possível pelo corredor, baixou o ombro e se jogou na porta, que se abriu logo antes de ela bater. Tam se chocou com alguém e jogou a pessoa no chão, embaixo dela.

— Sai de cima de mim! — disse uma voz de mulher. Imperiosa, irritada, estranhamente familiar.

— Eu... — Tam começou a elaborar um pedido de desculpas, mas parou de falar quando seus olhos revelaram para o cérebro o que ela estava vendo.

Pele pálida, olhos de ameixa-preta do formato de luas crescentes, orelhas compridas cobertas de pelo branco fino...

Uma druin. Tam ficou boquiaberta, sem acreditar.

A barda se levantou como se a mulher embaixo dela fosse uma cama de carvões quentes.

— O que você está fazendo aqui? — perguntou ela à Viúva de Ruangoth.

— Eu poderia perguntar o mesmo de você — disse a druin. A Viúva. A *maldita Viúva druin*. Ela se levantou e ficou ao lado da maior das duas camas do quarto, os braços cruzados, segurando os cotovelos. Ela estava descalça, reparou Tam, usando só um vestido de seda preta que podia muito bem ter sido pintado de tão colado que era no corpo. As orelhas caíam quase até o ombro. — E então? — perguntou ela.

— Granadas — Tam conseguiu dizer, a mente ainda em disparada. — Granadas alquímicas. O capitão disse que guardava aqui embaixo.

— Por que ele não veio buscar? — perguntou ela.

— Ele está, há, ocupado — mentiu Tam.

A druin olhou para ela com ceticismo, mas assentiu para a cama bagunçada atrás da barda onde Doshi supostamente dormia.

— Ali embaixo — disse ela.

Tam puxou um baú de debaixo da cama e abriu a tampa. Lá dentro, enroladas em capas de lã para não quebrarem, havia dezenas de esferas de argila esmaltada do tamanho de uma maçã grande, cada uma pintada com um X vermelho. Ela começou a carregar várias na dobra do braço.

O navio balançou; ela ouviu Roderick gritar ao longe. *Que bom*, pensou Tam, *ele entendeu os controles*. Só que o navio virou violentamente de lado e Tam quase perdeu o equilíbrio. A Viúva chiou como uma cobra arrancada da toca.

— Quem está pilotando o navio? — perguntou ela.

Tam se levantou, tomando o cuidado de manter os pés afastados.

— Roderick.

— O monstro? — Havia veneno na voz dela, uma feiura que fez a pele da barda ficar arrepiada.

— O sátiro — disse Tam. *Ele não é um monstro*, ela pensou em acrescentar, mas não tinha tempo para explicar a diferença. O preconceito da viúva não era um sentimento incomum, o motivo para Rod se dar ao trabalho de se disfarçar em público, mas Tam achou estranho vindo de alguém com dentes pontudos, pupilas em formato de lua crescente e orelhas de coelho.

— Por que você precisa disso aí? — perguntou a Viúva quando Tam fechou o baú com o pé e o empurrou para debaixo da cama.

— Ainda não tenho certeza — respondeu ela... e, realmente, ela não tinha ideia de como usar os explosivos do capitão, mas desconfiava que seriam bem mais eficientes contra o Simurg do que seu arco e flechas. Com o braço carregado, ela se virou e saiu correndo do quarto.

Graças à falta de talento de Roderick no leme, o corredor inclinou abruptamente quando Tam estava correndo. Ela quase caiu no quarto de Rose, mas se segurou freneticamente na moldura da porta e conseguiu ficar em pé. Quando estava subindo a escada para o convés, outro sacolejo a jogou para a frente. Uma das bombas pulou do braço dela no degrau abaixo. Tam ficou olhando, sem respirar, enquanto ela rolava e quicava, rolava e quicava, rolava e quicava por cada degrau, até cair (sem explodir, felizmente) no pé da escada e parar junto ao pé descalço da Viúva.

A mulher se inclinou para pegá-la e virou-a nas mãos. Tam viu os lábios dela se abrirem, a língua se balançando como uma serpente sentindo no ar a presença de uma presa. Um brilho faminto surgiu nos olhos dela, enquanto o olhar da barda via as marcas de cicatrizes pálidas nos pulsos. Ela lembrou que Cura atribuiu as cicatrizes a suicídio e se perguntou se a Viúva não acabaria arremessando a coisa nos pés e deixaria o fogo devorar as duas. Por fim, lentamente demais para o gosto de Tam, ela ofereceu a bomba de volta.

— Acho que você deixou isto cair — disse ela friamente.

— Obrigada. — Tam prendeu a bomba com firmeza na dobra do braço. Ela pensou em mandar a Viúva ficar lá embaixo, mas como ela era só uma barda e a druin era dona do próprio castelo e provavelmente várias centenas de anos mais velha do que ela, Tam achou que a mulher podia fazer o que quisesse.

Lá em cima, Roderick estava apoiado no leme. O chapéu do sátiro tinha voado; a cabeleira oleosa balançava entre os chifres curvos. Ele sorria e batia meio sem jeito nos orbes como um garoto adolescente enfiando a mão embaixo da túnica de uma garota pela primeira vez. O *Spindrift* oscilou de um lado até o outro enquanto sobrevoava o gelo, e Tam, agora na amurada, procurou na face congelada do lago algum sinal do Devorador de Dragões.

Ela o encontrou bem à frente, embaixo de onde o bando estava, uma sombra que se espalhava como vinho derramado embaixo do brilho vítreo do Lago Espelhado.

O Simurg, Tam sabia, subindo das profundezas abaixo deles.

— Roderick! — gritou ela.

— Pode deixar! — gritou o sátiro. Ele segurou duas alavancas no console do navio e os empurrou em direções opostas, e nesse momento duas coisas aconteceram, as duas ruins.

CAPÍTULO TRINTA E TRÊS

DEZESSETE SEGUNDOS

Primeiro, os motores pararam de girar.

Em seguida, as velas se fecharam.

Eles caíram do céu, e Tam quase perdeu o equilíbrio quando o casco bateu no gelo. Ela se lembrou de Doshi se gabando sobre as bombas guardadas lá embaixo e ficou momentaneamente agradecida pelo navio ainda não ter se desintegrado em uma bola de fogo. A gratidão dela evaporou quando o *Spindrift* se inclinou e deslizou de lado sobre o lago congelado. Tam se agarrou desesperadamente à amurada e viu os companheiros de bando saírem correndo do caminho do navio voador: Brune e Cura para um lado, Rose e Freecloud para o outro, se abaixando quando as velas fechadas passaram acima deles.

Ela viu que a Viúva tinha passado os dois braços em um dos mastros, enquanto Roderick estava pendurado no painel como um alpinista num penhasco.

Fora de controle, o *Spindrift* continuou girando, e Tam olhava por cima da proa quando a soma de todos os medos dela explodiu do gelo.

Desde que Rose mencionou o Simurg pelo nome pela primeira vez, Tam tinha começado a imaginar seriamente como ele seria. Ela esperava que fosse grande, mas *grande* nem começava a descrevê-lo.

Um raga era grande. Um ogro era grande. O ciclope que Rose matou em Ardburg era enorme, mas, ao lado do Simurg, teria parecido uma criança parada ao lado de um cavalo de guerra. Ela tinha se perguntado que tipo de monstro podia aterrorizar uma cidade ou levar civilizações inteiras à ruína. Mesmo dragões costumavam evitar cidades, pois até bardos com um arco tinham sorte de tempos em tempos.

Mas agora, vendo-o, ela compreendia.

Não dá para lutar contra uma coisa grande daquelas. Matar, então, nem *sonhando*. Você arrumava as suas coisas, pegava a família e torcia para o trânsito não estar tão ruim para sair da cidade.

Tam tinha suposto que ver o Devorador de Dragões a deixaria paralisada de medo, incapaz de fazer qualquer coisa além de se encolher em terror abjeto. Mas ela sentiu uma espécie de resignação desesperada, como se estivesse parada no caminho de uma avalanche, ou vagando no mar com uma onda gigante se aproximando. O perigo que ele representava era tão extremo, tão *inescapavelmente profundo*, que a mente dela nem conseguia compreender direito.

O *Spindrift* continuou girando, e Tam foi obrigada a se virar para continuar vendo o Devorador de Dragões. A cabeça dele tinha o dobro do tamanho da carraca do Fábula, com um focinho branco e largo e olhos amarelos fundos que lembravam a Tam os leões de Palapti que ela via no mercado de tempos em tempos. A parte inferior da mandíbula era distintamente reptiliana; um trio de franjas espinhosas (vermelha, laranja e amarela) protegiam as brânquias. Atrás da cabeça havia uma juba ampla de penas de um vermelho intenso em degradê até a cor de ouro derretido nas pontas.

A parte inferior da barriga era coberta de escamas douradas intercaladas com penugem branca, enquanto os pés eram um híbrido de pata e garra, com unhas capazes de transformar uma casa em lenha. Quatro asas de penas brancas se abriram quando o Simurg saiu da água, cada uma larga o suficiente para lançar uma sombra em um vilarejo inteiro.

Rose e os outros estavam correndo para um lugar seguro quando o gelo gemeu sob o peso do monstro. O Simurg foi na direção de Brune, mas o xamã, segurando a haste das glaives gêmeas entre os dentes, se transformou no *fain* com a graça natural de uma ave levantando voo. As botas e a calça de lã se desfizeram quando o lobo pulou para longe da mordida cortante do Simurg.

Mas ele continuou com o cachecol. E ficou *muito fofo*.

Antes que a criatura pudesse atacar Brune de novo, Rose se virou e arremessou *Espinheiro* na direção da parte de trás da cabeça dela. A lâmina cortou uma franja encouraçada e o Devorador de Dragões berrou de dor.

Contos de fadas ou não, pensou Tam, *ele pode ser ferido*.

Agora que ele tinha saído completamente da água gelada, Tam viu uma cauda, ou algo parecido: uma profusão de penas da mesma cor de pôr do sol da juba, tão comprida quanto o corpo todo do Simurg. Ele flexionou as asas, fazendo chover estilhaços de gelo afiado por todo o lago, e voltou o olhar dourado para Rose.

Nesse momento, sem conseguir se controlar, Tam começou a contar até dezessete.

Um...

Rose se virou e saiu correndo *para cima* do Simurg, e o gigante se preparou para recebê-la. As asas giraram, fazendo o ar virar uma tempestade de neve. A unhas abriram vãos no gelo. As penas atrás da cabeça giraram de forma ameaçadora.

Freecloud foi atrás de Rose, sem dúvida xingando-a (ou xingando a droga que tirou todo o medo racional dela) baixinho. Ele segurou a bainha de *Madrigal* com uma das mãos, o cabo na outra. A capa azul celestial balançou no vento vindo das asas do Simurg.

— KURAGEN! — disse Cura e se apoiou em um joelho, a saia preta se abrindo, e a deusa do mar surgiu de uma nuvem de tinta. O horror já estava em movimento sobre uma cama de tentáculos. Um dos braços se esticou, e uma das lanças de lâmina larga de *Kuragen* fez um arco brilhante na frente das nuvens cinzentas pesadas.

Brune estava voltando. Ele tinha enfiado *Ktulu* no gelo atrás dele e estava correndo de quatro na direção do flanco do Devorador de Dragões.

... *dois*...

O *Spindrift* deu outra volta completa. A neve entrou voando pela amurada ao lado de Tam, e as velas dobradas chiaram com a corrente. Roderick conseguiu colocar a mão em um dos orbes de direção, e de repente eles estavam de pé, ainda girando, mas subindo em direção ao céu. O sátiro empurrou a alavanca que ele havia puxado antes e as velas se abriram. Um trovão estrondoso assustou Tam, e uma das granadas presas no braço se soltou. Sem pensar, ela a jogou por cima da amurada.

... *três*...

A lança de Kuragen bateu sem causar o menor dano nas penas brancas do Simurg, que estavam blindadas pelo gelo vitrificado. A deusa do mar mergulhou na água gelada da qual o Devorador de Dragões tinha emergido, enquanto Brune, correndo de quatro, foi forçado a contornar a borda estilhaçada do buraco.

Enquanto isso, o Simurg, estava indo para cima de Rose, que atraiu *Espinheiro* de volta à mão aberta. Ela estava prestes a arremessá-lo novamente quando o monstro abriu a boca e soltou uma torrente de geada branca.

... *quatro*...

Tam semicerrou os olhos, sem acreditar.

Rose sumiu. Freecloud também. Onde eles estavam apenas um segundo antes só havia agora uma faixa de gelo cristalino. O Devorador de Dragões já estava desviando, voltando sua atenção para os outros.

... *cinco*...

Roderick recuperou o controle do *Spindrift*. O navio voador se inclinou abruptamente, proporcionando a Tam uma visão livre da batalha abaixo. Ela vasculhou a cena em busca de qualquer sinal de Rose e Freecloud.

Não é possível que eles já tenham morrido, ela disse a si mesma. *Até os Corvos da Chuva duraram dezessete segundos.*

Ela estava certa. Eles não estavam mortos.

... *seis*...

Um vislumbre de azul atraiu os olhos de Tam. Em um monte de neve próximo à faixa queimada de gelo, ela viu Freecloud, que tinha conseguido derrubar Rose antes que o fogo gelado de Simurg se espalhasse. Mesmo de tão longe, a barda percebeu que eles estavam gritando um com o outro.

... *sete*...

Kuragen surgiu das águas negras do lago, enorme e horrível. Quando ela fez isso, o Simurg a pegou com um movimento da garra. A deusa do mar bateu no gelo, quebrando-o, e antes que ela pudesse se levantar, a cabeça do Simurg mergulhou.

... *oito*...

As mandíbulas dele se fecharam no tronco de *Kuragen*, prendendo os braços dela, quebrando a armadura de carapaça. Um grito que parecia um guincho ecoou dentro do elmo do molusco e os tentáculos da deusa do mar agarraram freneticamente a garganta do Devorador de Dragões, enrolando, apertando, estrangulando.

... *nove*...

Mas não adiantou. Simurg balançou a cabeça de um lado para o outro como um cachorro tentando arrancar um osso da mão do dono, e *Kuragen* ficou imóvel de repente. Os olhos de Tam se desviaram para Cura e a encontraram de bruços na neve. Brune se perdeu de vista sob as penas da cauda da criatura, mas depois do monstro ela viu uma figura solitária pisar no gelo.

Hawkshaw, supôs ela, já que ela duvidava que Doshi tivesse coragem de chegar perto do Simurg.

... *dez*...

O *Spindrift* estava indo direto para o Devorador de Dragões agora. A criatura jogou o corpo de *Kuragen* de lado e fixou o olhar derretido no navio voador que se aproximava.

Tam engoliu o pavor que subiu das entranhas como bile e gritou por cima do ombro para Roderick:

— Pra cima! Leva a gente pra cima!

— Subindo! — gritou o sátiro.

E eles desceram.

— Puta que pariu — Tam conseguiu dizer enquanto meio tropeçava e meio caía em direção à frente do navio. Ela poderia ter sido jogada pela amurada se a figura de proa sem cabeça não tivesse bloqueado a queda. Metade das flechas da aljava dela escorregou e caiu girando. Ela passou as duas pernas em volta da cintura da mulher e torceu para que fosse mais resistente do que o pescoço. Antes que ela pudesse se parabenizar por não estar morta e por não ter deixado as bombas incendiárias caírem, ela viu as penas do Devorador de Dragões se eriçarem novamente enquanto ele se preparava para atacar.

... *doze*...

Espera aí, ela tinha pulado o onze? Devia ter, embora, para ser justa, ela estivesse ocupada tentando se manter viva.

Agora eles estavam subindo. O *Spindrift* gemeu. Os motores das marés rugiam como uma tempestade, espalhando névoa. Abaixo da proa, Tam viu os olhos dourados do Simurg olhando avidamente para o navio voador subindo. Antes que ele pudesse saltar, a barda despejou a braçada de granadas alquímicas na direção da boca aberta dele.

... *treze*...

Elas caíram pelo que pareceu uma eternidade, mas na verdade foi *só* um segundo. Tam prendeu a respiração, ainda contando.

... *catorze*...

O Devorador de Dragões virou a cabeça no último momento; as bombas incendiárias de argila se espatifaram contra o lado da face dele, queimando o focinho com fogo líquido. Uma das bombas atingiu o olho da criatura e explodiu com o impacto.

O monstro uivou de agonia.

Tam uivou de triunfo.

Roderick também estava rindo, olhando para trás enquanto eles subiam além do alcance do Simurg, e por isso não viu a asa se movendo para quebrar as velas do *Spindrift*.

... *quinze*...

Os mastros do navio caíram, arrastando uma confusão de hastes quebradas e lonas de vela rasgadas que faiscavam com correntes elétricas mortais. Tam procurou a Viúva, mas não a encontrou em nenhum lugar do convés. Roderick havia abandonado o leme e estava apoiado na amurada da popa. O navio voador estava enviesando de lado novamente, ganhando velocidade à medida que despencava em direção à face congelada do Lago Espelhado

... *dezesseis*...

Tam decidiu que pularia, logo antes de eles baterem no chão. Ela tirou o cabelo platinado dos olhos e os apertou diante da rajada de neve, tentando determinar onde era provável que isso acontecesse. Em algum lugar entre o trecho de água gelada e onde Cura estava caída no gelo... o que era melhor, ela supôs, do que cair na água ou na bruxa.

Em sua visão periférica, notou que Rose, com Freecloud logo atrás, corria na direção do Simurg novamente. Brune estava na metade da perna dianteira dele. Ele tinha conseguido enfiar os dentes em alguma coisa e estava se segurando com tudo.

E no caso de não estar claro para cada um deles o tanto que eles estavam total e completamente fodidos, várias versões bem menores do Simurg estavam emergindo do buraco de água, diretamente no caminho do navio voador.

No fim das contas, Roderick estava certo: o Devorador de Dragões era *menina*.

E *ela* era mãe.

Dezessete, Tam contou, embora tivesse certeza de que o segundo veio e se foi. Ela se lançou da proa do navio quando o gelo chegou a ela, voando por um momento, caindo no seguinte.

CAPÍTULO TRINTA E QUATRO

ALMA EM CHAMAS

Tam caiu de ombro em um montinho de neve que não era fundo o suficiente para amortecer a queda, então doeu pra cacete. Ela não ouviu nada (braço, perna, arco) quebrar, o que foi pura sorte. Ficou de joelhos a tempo de ver o *Spindrift* despencar e, em um golpe do acaso parecido com encontrar uma moeda nos restos queimados da sua casa, cair diretamente em cima dos Devoradorezinhos de Dragões.

O casco rachou quando bateu no gelo. Um instante depois, a parte da frente do navio (junto com outro jovem Simurg) foi vaporizado em uma sucessão de explosões barulhentas.

Pobre Doshi, pensou Tam quando o calor dos destroços chegou ao rosto dela. *Não dá para roubar o navio de novo depois disso...*

A Simurg, que tinha perdido um olho e dois filhotes em questão de segundos, estava berrando de raiva. Ela bateu as asas e pisou no gelo de forma tão violenta que Tam teve medo de que rachasse e jogasse todos eles nas águas geladas do Lago Espelhado.

A cabeça de Roderick surgiu num banco de neve próximo.

— Você viu meu chapéu? — perguntou ele, tocando em um chifre curvo com certa vergonha.

Tam soltou *Duquesa* do ombro e apontou sem falar nada para as criaturas sacudindo água das asas na beira do gelo. Três tinham sobrevivido à queda do navio voador. Os seres alados pareciam versões menores e brancas como neve da Devoradora de Dragões, só que sem cristas e sem cauda de penas. O menor era do tamanho de um cavalo, enquanto o maior parecia grande o bastante para carregar uma carraça sozinho.

— Simurglhotinhos! — A voz do agente saiu aguda de descrença. — Pela foda com a parte afiada do martelo, de onde eles vieram?

Simurglhotinhos? Tam estava meio irritada por não ter pensado primeiro em chamá-los assim.

Ela puxou uma flecha da aljava no quadril e prendeu no arco. Quando uma das criaturas foi para cima de Cura (agora se levantando, meio grogue), ela a soltou. A flecha perfurou o músculo embaixo da asa da criatura, deixando-a mais lenta, e Tam correu para interceptá-la.

Cura já estava de pé quando Tam deslizou e parou ao lado dela. O olhar da invocadora, pesado de exaustão, observou o trio de Simurglhotinhos, os destroços do *Spindrift* e a própria Devoradora de Dragões, uma montanha enorme acima deles. Não disse nada, mas a linha dos lábios dela falou alto. Ela começou a puxar o cachecol que enrolava o braço.

— Vai pra trás de mim, Tam.

A barda pegou outra flecha.

— Acho que a gente devia...

— Já falei pra você ir pra trás de mim — rosnou Cura, e Tam obedeceu em um pulo.

Duas criaturas aladas foram correndo na direção delas. A outra foi atrás de Roderick, que pulou atrás do monte de neve como se fosse a muralha de uma fortaleza. Os jovens Devoradores de Dragões se moviam com graça felina, andando pelo gelo como gatos com penas. Tam mirou no mais próximo, mas achou melhor deixá-lo para o que quer que Cura tivesse planejado. Ela mudou o foco para um dos que estavam se aproximando de Rod. Puxou o arco, disparou e falou um palavrão baixinho quando a haste quicou no gelo entre as pernas da criatura.

O *shing* ecoante de *Madrigal* saindo da bainha chamou a atenção de Tam de volta para a Simurg. Ela não viu Rose nem Freecloud numa olhada rápida, mas Brune estava em situação difícil. A Devoradora de Dragões o tinha tirado do chão e o apertava na pata. A barda viu horrorizada a monstra enfiar o punho (com Brune dentro) no lago. Ela imaginou o xamã se debatendo loucamente, desesperado para se soltar enquanto a água gelada enchia seus pulmões.

Seus olhos voltaram para os Simurglhotinhos avançando para cima dela e de Cura. Eles pareciam estar brigando para ver qual daria a primeira mordida na barda. O menor dos dois deu uma mordidinha no outro, mas foi empurrado para o lado quando eles chegaram perto.

Cura ainda estava desenrolando furiosamente o cachecol, e Tam pegou outra flecha. Ela a prendeu, puxou e estava expirando para firmar o braço trêmulo quando o cachecol finalmente se soltou. Ela viu, hipnotizada, o pano voar como uma bandeira que se solta do mastro e lançou um olhar na direção da tatuagem mais nova de Cura.

E ficou boquiaberta.

— Isso é...?

— *ROSA SANGUINÁRIA!* — gritou Cura. Ela cambaleou para cima de Tam quando a coisa entalhada no braço dela saiu de uma nuvem de tinta e fogo.

Era discernível que a criatura era feminina, com quadris arredondados e ombros largos, mas com certeza não era humana. Não *parecia* Rose, porque Rose não tinha 3,5 metros e não tinha chamas em volta do corpo, mas *parecia*, exalando um ar de ameaça fervente que deixou a barda com dificuldade de respirar.

O menor dos dois Simurglhotinhos parou, mas o maior atacou, sem se deixar abater.

Rosa Sanguinária pulou na direção dele. Espadas escaldantes surgiram nas mãos dela. Uma acertou a criatura no rosto e empurrou o focinho macio para o lado enquanto a outra cortou um bom pedaço do pescoço. O ferimento cauterizou instantaneamente, mas o Simurglhotinho caiu no gelo e deslizou até perto de Tam e Cura. Ele tremeu, soltou um ganido infeliz e morreu.

A criatura de tinta de Cura se virou para ela. Flocos de neve se dissolviam no ar ao seu redor. O gelo embaixo dos pés já estava ficando macio e lamacento. Tam viu que havia uma figura *dentro* do fogo, embora não passasse de uma silhueta atrás do véu ardente. A barda não conseguia ver o rosto, mas Tam tinha certeza de que havia trocado um olhar com Cura.

A Bruxa da Tinta se manteve firme. Suas mãos se fecharam nas laterais do corpo. Seus olhos arregalados tinham um toque de insanidade acima de narinas dilatadas e dentes arreganhados.

Ela está apavorada, pensou Tam. *Ela admira Rose. Deve admirar, senão não a teria seguido até aqui. Mas também tem medo dela, e isso* — a barda conteve um tremor — *é como Cura a vê.*

Uma alma em chamas. Uma mulher aprisionada pela própria natureza, um perigo para quem está por perto...

A luta silenciosa que aconteceu entre a invocadora e a invocada foi interrompida quando o Simurglhotinho menor atacou, empurrando *Rosa Sanguinária* para o gelo abaixo. A criatura de tinta se retorceu ao cair e segurou a mordida com um braço. O espaço entre elas era um borrão de garras arranhando e espadas chamejantes.

Cura caiu no chão e empurrou a mão de Tam quando ela a esticou.

— Vai ajudar o Rod — murmurou ela.

Rod? Roderick! Porra! Tam tinha se esquecido dele.

Ao se virar, ela viu que o agente ainda estava vivo e tinha adotado a tática surpreendentemente eficiente de ficar deitado de costas balançando os pés no ar. O Simurglhotinho conseguiu morder um, mas acabou com uma bota vazia na boca e um casco na cara. Ele empinou...

... e a flecha de Tam perfurou as escamas macias da barriga. O Simurglhotinho gritou e pulou para longe enquanto se protegia com um par de asas e usava os dentes para soltar a flecha. Roderick se levantou e saiu correndo.

Depois da recuada do sátiro, Tam viu Hawkshaw se aproximando dela. O Guardião ergueu a besta dupla.

— Ei, eu...

Clique.

Tam ouviu um chiado no ouvido quando a flecha que devia tê-la matado passou a centímetros. Um sopro de vento tinha salvado a vida dela, mas não havia tempo agora para agradecer.

— Hawkshaw, escuta...

Clique.

Tam pulou para a direita e ouviu uma segunda flecha zumbir como uma vespa perto do nariz.

O Guardião jogou a besta para o lado pegou a espada de osso sem reduzir a velocidade.

Tam recuou para afastar Hawkshaw de Cura, embora ela tivesse quase certeza de que a ira do Guardião não incluía a Bruxa da Tinta.

— Pelos deuses, quer me ouvir? Me desculpe! Eu não sabia que a Viúva estava...

Considerando entre terminar aquela frase ou escapar da lâmina enfiada na sua cabeça, Tam preferiu a segunda opção. Ela pulou para o lado e estava se virando para correr quando a espada do Guardião cortou seu ombro. O golpe a fez cair de joelhos. Ela pensou primeiro que o sobretudo de couro tinha aguentado o golpe, mas uma dor lancinante e bem localizada garantiu que não era esse o caso. Um chute a jogou de cara no gelo. Seu arco quicou para longe, fora do alcance.

Ela rolou de costas e viu Hawkshaw acima. Ele girou a pegada no cabo enrolado em trapos e estava se preparando para enfiar a espada nela.

Tam enfiou a mão dentro do casaco e encontrou o cabo de corvo entalhado que estava procurando. Ela puxou a mão e arremessou a adaga de Cura na cara do Guardião, o que poderia ter ajudado se ela soubesse arremessar. Mas, como não sabia, o pomo bateu na bochecha dele e a adaga caiu no chão.

Isso vai deixar um hematoma, comentou a cínica encolhida no canto da mente dela.

Hawkshaw viu a faca cair e grunhiu quando duas espadas chamejantes surgiram no peito dele. Ele foi erguido do chão. A espada de osso caiu dos dedos trêmulos. O espectro em chamas de Rosa Sanguinária empurrou o Guardião das lâminas dela com o pé, e ele bateu no chão como um saco de grãos, morto embaixo da capa fumegante.

Por um breve segundo, Tam e a criatura de tinta se olharam. Perto assim, a barda sentiu as ondas de calor sendo emitidas da mulher dentro do fogo e... uma outra coisa, uma aura irradiante que ardia de angústia, raiva e orgulho. Tam foi tomada pela sensação de estar partida no meio. Ela sentiu *amor* e necessidade de *ser amada* guerreando dentro dela. A reconciliação das duas coisas parecia uma coisa impossível, mas, se ela conseguisse agarrar uma...

A aparição inclinou a cabeça, como se tivesse percebido a profundidade com que estava sendo sentida. O fogo protetor passou de laranja para azul. O gelo embaixo dela fez uma poça e amoleceu. Tam sabia que devia se afastar, ou pelo menos a afastar o *olhar*, mas a presença da mulher a compelia a manter contato visual...

As chamas sumiram de repente; a mulher lá dentro se dissolveu em cinzas e foi espalhada pelo vento.

Tam inspirou ar frio pela boca. Recuperou a faca e foi até onde o arco estava. De repente, o gelo embaixo dela deu um pulo e ela foi jogada para trás.

Entre os Simurglhotinhos e Hawkshaw tentando matá-la, ela ficou ocupada demais com a própria sobrevivência para se preocupar com o rolo compressor do tamanho de uma aldeia que eles tinham ido matar.

Mas Rose, não. Nem Freecloud.

Daquele lado do abismo de água gelada, a luta deles contra a Devoradora de Dragões parecia absurda, como um par de ratos otimistas demais tentando derrubar um leão. Tam conseguiu identificar Rose, ruiva e de armadura preta, batendo na criatura por baixo. Ela estava arremessando as espadas tão rápido quanto elas voltavam para as suas mãos, mas era difícil saber se os ataques estavam tendo algum efeito.

Freecloud permanecia fora do alcance da Devoradora de Dragões, um alvo óbvio. A música de *Madrigal* ecoava no gelo, o canto de um pássaro bêbado de conhaque. O druin estava usando a presciência para antecipar os ataques da criatura, correndo e saltando para evitar garras, enquanto encontrava de vez em quando tempo para retaliar.

Uma figura ensopada chamou a atenção de Tam: Brune, nu exceto pelo cachecol molhado, estava saindo do lago. Quando ela chegou no xamã, ele estava deitado no gelo, com dificuldade para respirar e tremendo como se tivesse visto o próprio espectro nadando nas profundezas abaixo.

— Brune! Você está bem?

— T-T-Tam? Que p-p-porra você está f-f-fazendo aqui?

A barda abriu a boca para dizer a Brune que tinha visto a Devoradora de Dragões se esgueirando embaixo do gelo, depois tinha empurrado Hawkshaw do navio, descoberto a Viúva escondida no quarto de Doshi, arrancado o olho da Simurg com uma bomba, derrubado o navio, ajudado Cura a lutar com os Simurglhotinhos e depois visto a criatura de tinta da invocadora (que era Rose, mas não Rose *de verdade*) matar Hawkshaw com um par de espadas chamejantes.

— T-Tam? — pediu o xamã.

Ela piscou.

— Desculpa. O quê?

— Onde está Cura?

— Aqui.

A Bruxa da Tinta apareceu ao lado deles. Tam não pôde deixar de olhar a tatuagem no braço de Cura e lembrar a fúria daquelas chamas na pele. A tinta estava desbotada, indistinta, e ficaria assim nas próximas horas. Embora nunca tivesse pensado em perguntar, ela desconfiava que a Bruxa da Tinta não conseguisse invocar a mesma criatura duas vezes no mesmo dia.

— E R-Roderick? — perguntou Brune.

Roderick! Porra! Ela tinha se esquecido dele de novo.

— Ele está... — Tam olhou em volta e viu o agente correndo com o Simurglhotinho ferido mancando atrás dele. — Ali.

O xamã tentou se levantar.

— Vou ajudar ele.

— Deixa que eu vou — disse Cura, soltando o braço direito do xale.

Tam se adiantou aos dois.

— Deixem comigo — disse ela, e gritou: — *Rod!*

O agente se virou na direção dela. O Simurglhotinho escorregou atrás dele, batendo as asas para se manter estável.

Havia três flechas na aljava de Tam. Ela escolheu uma e mirou de modo que a flecha fizesse um arco por cima da cabeça do sátiro. Respirou fundo, e seu corpo todo se contraiu quando ela se preparou.

Roderick era um borrão agitado. O alvo, claro como cristal.

Ela soltou o ar e a flecha ao mesmo tempo, e se o gelo abaixo não tivesse tremido violentamente, Tam tinha certeza de que teria acertado o Simurglhotinho.

Mas *tremeu* violentamente, e ela errou por um quilômetro.

Ela puxou a penúltima flecha da aljava, xingou quando quebrou na mão dela e a jogou fora rapidamente.

Cura fez uma pergunta a ela. Roderick estava gritando palavras que ela não conseguia ouvir. O Simurglhotinho deu uma mordida na direção dos calcanhares dele, e o sátiro acabou caindo.

Tam puxou a última flecha. Não houve tempo para puxar como Tera tinha ensinado a fazer e nem para respirar como Freecloud dissera.

Ela soltou a flecha na hora que a pena roçou na bochecha dela. Saiu assobiando por cima da cabeça de Roderick e fez um buraco sangrento no pescoço da criatura.

O que deixou apenas uma Simurg para matar.

CAPÍTULO TRINTA E CINCO

A COISA MAIS TERRÍVEL

— O que, pelo inferno da Mãe do Gelo, Rose está fazendo? — perguntou Roderick, semicerrando os olhos pelo círculo de gelo quebrado.

— Ela está c-correndo? — perguntou Brune. Ele ainda estava agachado, ainda nu, ainda tremendo na neve que soprava. Ele ficaria mais aquecido como lobo, Tam desconfiava, mas não conseguiria falar.

— Não correndo — disse Cura. — Não Rose.

Roderick fungou.

— É mesmo? Porque já corri muito hoje e aquilo — apontou ele — parece correr, pelo que sei.

O agente estava certo: Rose estava correndo, sem armas, *para longe* do monstro, enquanto Freecloud atacava. *Madrigal* era um borrão luminoso como o sol nas mãos dele, cantando ao acertar a perna de trás da Simurg.

Correndo ou não, Tam ficou maravilhada de Rose estar se movendo. Seus próprios membros estavam pesados de exaustão, cada respiração cortada pelo frio. Rose estava de armadura e dançava com a Devoradora de Dragões havia vários minutos.

Brune olhou para cima. O cabelo e a barba estavam congelados. Até as sobrancelhas estavam cobertas de gelo.

— Então o que ela está fazendo?

— Ela vai matar a coisa — disse Cura — ou vai morrer tentando.

— A gente deve ajudar? — perguntou Tam.

A Bruxa da Tinta balançou a cabeça.

— Acho que é tarde demais para isso.

Eles veem, sem poder interferir, quando Rose corre pelo gelo. Ela pula alguns montinhos de neve, mas um maior surge à frente. A Simurg, o olho esquerdo destruído soltando fumaça, precisa virar a cabeça para o lado de modo a avaliar o voo. Ela aponta o focinho para Rose, e Tam vê as penas vermelho-douradas atrás da cabeça se abrirem com o esplendor de um leque de cortesã.

— Vai...

— A gente está vendo — diz Cura.

— Mas ela...

— A gente sabe.

Ela vai morrer, diz Tam para si mesma. *A não ser que... ela está correndo para aquele monte de neve? Será que vai conseguir chegar a tempo?*

A Simurg abre as asas e se prepara. Quando Rose sobe desesperadamente a encosta do monte, ela expele uma geada tão intensa que dói olhar.

— Ela conseguiu? — pergunta Brune. — V-vocês viram?

— Não. — A voz de Cura soa rouca.

— Não *o quê*!? — grita Roderick. — Não, você não viu? Ou não, ela não...

— Lá está ela! — grita Tam, apontando.

Rose está subindo o montinho, que foi transformado pelo bafo da Simurg em uma ameia adornada de espigões de gelo cristalizado. Ela para lá, o cabelo ruivo voando no vento, e grita. Não palavras. Pelo menos não palavras que Tam consiga identificar.

Mas a *Simurg* entende direitinho. Ela está muito ferida. Os filhotes estão mortos. Ela já exterminou cidades, enterrou *civilizações* embaixo de séculos de gelo... e aquela *mulher* aquela coisa pequena, *insignificante*, tem a coragem de desafiá-la?

Pelo menos isso é o que Tam *supõe* que ela esteja pensando, porque, quando Rose desliza pelo monte gelado e começa a correr na direção dela, a Simurg corre para se encontrar com ela.

Freecloud não faz nada para impedi-la. Ele recoloca *Madrigal* na bainha e se apoia em um joelho. Seja qual tenha sido o papel dele naquilo, Tam desconfia que tenha acabado.

Rose estica os braços, chamando *Cardo* e *Espinheiro* para as mãos, por mais que não ajudem muito. A pele da Simurg é muito grossa. As penas, cobertas de gelo, são mais duras do que escamas.

O monstro ataca, girando a cabeça para o lado. Quando a mandíbula se abre, Rose arremessa uma espada por cima e outra de lado, direto dentro da boca da criatura, e escorrega... não, *cai* de costas, deslizando pelo gelo na hora que os dentes da Devoradora de Dragões se fecham acima dela.

— Ah — diz Brune baixinho.

Rose está de pé de novo, Tam não faz ideia como, e sai correndo. A Simurg levanta a cabeça, solta um berro de furar os tímpanos que parece primeiro de triunfo, mas vira um grito estrangulado quando Rose, as manoplas ardendo, corre por baixo dela, levando as espadas mais fundo para o estômago da criatura a cada passo.

A criatura a ataca, mas ela se joga entre duas das unhas e continua correndo. Levanta uma garra traseira para tentar de novo, mas Freecloud está saltando para atacar a outra perna. *Madrigal* corta osso e tendão. A Simurg grita, se arrasta num semicírculo, espalha sangue e varre o lago com as penas coloridas da cauda.

Rose vai mais devagar, para, se vira. Freecloud para ao lado dela, e Tam o vê dizer alguma coisa, mas não consegue ouvir.

A Simurg treme violentamente, curvando-se por instinto em volta de um nó de dor invisível. Ela desaba, se levanta, gruda o único olho em Rose, que está com as duas mãos esticadas para a frente como uma suplicante pedindo favores ao seu deus.

Só que Rose não precisa de nada dos deuses.

Ela só quer as espadas de volta.

As runas nos pulsos dela se acendem, e as cimitarras às quais estão conectadas saem girando, cortando e rasgando pulmão, coração, todas as coisas macias na garganta da criatura gigante, e explodem em uma chuva de sangue e bile da boca aberta. Elas acabam chegando totalmente ensanguentadas nas mãos da mulher que o mundo chama de Rosa Sanguinária.

A Simurg está em convulsão. As asas tremem como velas em uma tempestade. As penas da cauda se batem, as garras abrem trincheiras no gelo. Ela tenta rugir, gritar de indignação com a mulher que cortou o fio dourado da imortalidade dela, mas só consegue vomitar mais entranhas no gelo.

Por fim, a Devoradora de Dragões cai de lado, nas águas geladas das quais tinha saído. Tenta se agarrar debilmente no gelo quebrado antes de escorregar e afundar nas profundezas frias do Lago Espelhado.

Por um tempo, ninguém fala nada, mas Roderick acaba rindo.

— Puta que pariu, olha só isso!

O chapéu de cauda de raposa do sátiro, que ele tinha perdido quando estava pilotando o *Spindrift*, vem rolando pelo gelo e para em um monte de neve perto das patas dele. O agente o pega e coloca na cabeça.

— Ora, se não é a coisa mais terrível que vi o dia todo!

Cura dá um sorriso debochado.

— Sério? *Essa* foi a coisa mais terrível que você viu o dia todo?

Roderick parece um pouco afrontado. Mas a resposta que ele pensava em dar acaba morrendo nos lábios.

— Na verdade, não — diz ele, apontando na direção dos destroços do navio em chamas. — Aquilo é.

A Viúva estava viva, mas em chamas.

Mais estranho ainda, ela parecia indiferente às chamas consumindo seu vestido, com o vento as espalhando atrás dela. *Ela estava descalça, andando com determinação lenta na direção da água.*

Cura olhou boquiaberta.

— Quem é *aquela*?

— É a Viúva — disse Tam. — Ela estava escondida no quarto do Doshi.

Brune tremia violentamente agora.

— E-ela é uma d-d...

— Druin — concluiu Tam. — Eu reparei.

Roderick franziu a testa para o xamã.

— Aqui, toma isto. — Ele tirou a capa de pele e ofereceu para Brune, que estava ocupado olhando de cara feia para a capa duplicada que o sátiro estava usando por baixo.

— V-você e-estava com d-duas c-capas esse t-tempo t-todo?

Rod riu com deboche.

— Hum, estava. Nós estamos no *Deserto Invernal*.

Brune pareceu pronto para socar o agente, mas a vontade de sobreviver o fez preferir pegar a capa.

— Pessoal — disse Cura, exigindo a atenção deles —, olhem.

A Viúva parou ao lado de Hawkshaw. Mechas de cabelo preto esconderam o rosto dela enquanto ela olhava o cadáver, e não ficou claro se ela estava sofrendo ou não. Ela não parecia ser do tipo que lamentava a morte de um criado, mas ela ficou tempo o suficiente para as chamas consumindo o vestido se apagarem.

— Se levanta, seu idiota infeliz — disse ela.

Tam estava prestes a observar que o Guardião estava obviamente morto, mas como Hawkshaw se levantou, ela decidiu que olhar boquiaberta era uma ideia melhor.

— Gremlins no palitinho! — Roderick se virou para Cura. — Achei que você tinha matado ele!

A invocadora amarrou a cara.

— Eu *matei*.

— Bom, então como...? — O agente ofegou. — Espera, então ela é...

— Necromante — concluiu Brune. — Ela é uma maldita necromante.

Hawkshaw passou o dedo na ferida no peito. O olhar cinzento pousou em Tam primeiro, depois ele olhou por cima da água para o lago de sangue vomitado pela Devoradora de Dragões.

Por que o olho dele está igual?, perguntou-se Tam. *Por que não estava queimando, como o de todas as outras coisas mortas-vivas que eles encontraram nos meses anteriores?*

O Guardião se virou para a Viúva.

— O Simurg morreu?

— Morreu — respondeu ela.

— Então por que ainda estou aqui? Você disse que era o *fim*. Disse que, quando o Devorador de Dragões estivesse morto, eu poderia ficar com Sara. Jurou...

— Eu menti — disse ela alegremente, como se falando com alguém que tinha encontrado aipo no sanduíche de salada de ovo em vez de um homem cuja alma ela tinha escravizado com magia maligna. — Ah, não fica emburrado, Hawkshaw. Você fica sinistro, e nós dois sabemos que você é um filhotinho fofo. — A druin passou a mão pálida pela bochecha com máscara de couro. — Ainda preciso de você. Você é meu *campeão*. Pelo menos até eu encontrar um melhor.

O Guardião assentiu, contrariado.

Os dedos da Viúva seguraram o queixo com barba por fazer do Guardião.

— E se você voltar a dizer o nome da sua primeira esposa na minha presença de novo, vou trazê-la de volta do túmulo só para você ver a beleza que ela se tornou. Entendeu?

Algo, talvez um resquício do livre-arbítrio do Guardião, brilhou no olho dele como uma faca no escuro.

— Sim, minha rainha.

— Que bom. — Ela beijou a linha dura dos lábios dele. — Você pode ser um escravo, meu querido, mas você ainda é meu marido.

— Ela disse *marido*? — perguntou Brune.

— Ele disse *rainha*? — questionou Cura.

— Rainha? — disse Roderick, alto o suficiente para atrair a atenção da Viúva. — Rainha de *quê*? E ele é marido de quem? Alguém pode me explicar o que está acontecendo aqui?

— Ele é o Marquês — disse Tam, que tinha juntado as peças do quebra-cabeça e desejava poder desver o que eles tinham revelado.

Brune franziu a testa.

— O que morreu?

— O que morreu, sim.

Cura estava perplexa.

— Então ela é...

— Ela é a Rainha do Inverno.

Os companheiros de bando olharam para Tam como se ela tivesse sugerido que eles fossem nadar pelados no lago.

— Pelo menos eu *acho* que é — explicou Tam depressa. Hawkshaw estava ocupado recuperando a espada e a besta, mas a Viúva olhava para eles com um sorriso malicioso nos lábios. — Freecloud me contou que a Rainha do Inverno era na verdade uma druin. A esposa do Arconte. Ela... há, morreu. — Tam optou por pular a parte da história em que Vespian matava a filha bebê. — Mas o Arconte usou uma espada chamada *Tamarat* para trazê-la de volta. Só que ela não estava...

— Não estava o quê? — pressionou Cura.

— Sá — sussurrou Tam. — Ela está morta desde que o Domínio caiu, mas Lastleaf usou *Tamarat* para se matar em Castia, o que significa... — Ela parou de falar, porque ficou óbvio pelas expressões que todos entendiam aonde ela ia chegar com aquilo.

— Então você está dizendo que aquela bruxinha sarnenta é na verdade a Mãe do Gelo? — perguntou Brune.

— Não gosto desse nome — disse a Viúva, praticamente confirmando a conjectura absurda de Tam. — Faz com que eu me sinta *tão velha*.

— Não acredito — disse Cura.

A druin ergueu o queixo, que a deixou com um ar imperioso de arrepiar.

— Não?

Os olhos dela tinham um brilho azul-cerúleo. Ela sussurrou alguma coisa indecifrável, e uma fumaça preta saiu dos lábios dela. O cadáver do Simurglhotinho que Tam tinha matado com uma flecha ganhou vida. Os olhos ardiam em faíscas de fogo branco. A magia sutil que ela tinha usado para dar a Hawkshaw uma semelhança de vida, aquela criatura não parecia merecer. Arrastou-se até a mulher e deitou a cabeça aos pés dela.

A alegria se remexeu como uma larva nos lábios da Viúva.

— E agora? — perguntou ela.

Cura fez expressão de desprezo, e Tam torceu para ela não estar prestes a dizer qualquer coisa que pudesse fazer a feiticeira os matar.

— Agora *o quê*? Se eu acho que você é uma deusa? — Ela fingiu uma risada que foi rouca demais para ser crível. — Não acho, não. Acho que você é uma piranha louca de merda que passou tempo demais sozinha no castelo sem ninguém além de um morto e uma tartaruga velha como companhia. — Ela indicou Hawkshaw. — Acho que você é tão repulsiva que seu próprio marido prefere morrer a ficar casado com você. — Cura olhou brevemente para Brune. — Aposto que cachorros também te odeiam — acrescentou ela.

Tam fez uma careta. *Já eram as amabilidades.*

A diversão da Viúva sumiu como uma moeda de prata perdida em água profunda.

— Talvez isso te convença — disse ela, e foi na direção do círculo de gelo quebrado.

O que aconteceu em seguida foi, sem sombra de dúvida, a coisa mais terrível que Tam tinha visto o dia todo.

CAPÍTULO TRINTA E SEIS

ACHADOS E PERDIDOS

A Viúva falou outra série de palavras sibilantes. Um vapor escuro saiu dos lábios dela no ar gelado.

Eles esperaram. Momentos passaram. Cura tinha acabado de abrir a boca para dizer algo sarcástico quando uma nuvem enorme explodiu do lago e agarrou o gelo rachado. O cadáver vivo da Simurg surgiu atrás deles, com água escorrendo dos pelos, das penas e das escamas. Chamas como piras funerárias ardiam nos buracos cavernosos dos olhos. Subiu acima deles, glacial e silenciosa. As penas da crista tinham desbotado dos vermelhos vibrantes do nascer do sol para o violeta machucado do pôr do sol.

A visão fez o bando cair de joelhos. Cura falou um palavrão. Brune murmurou uma oração baixinho.

— Deuses me fodam — disse Roderick, conseguindo o impressionante feito de misturar xingamento e oração ao mesmo tempo.

Tam não disse nada. Não conseguiu. Sua língua parecia uma pedra na garganta, ameaçando sufocá-la. Uma lágrima desprovida de fé desceu do olho e virou cristal na bochecha dela.

A Viúva olhou para a Devoradora, as feições duras hipnotizadas. Ela estava totalmente encantada com seu novo bichinho, e ocorreu a Tam que ela devia tentar matar a mulher ali e agora, só que...

Só que você gastou todas as suas flechas. Você só tem uma faca, e chance nenhuma de chegar perto dela antes que Hawkshaw te fure ou aquele Simurglhotinho arranque seus membros.

A julgar pelas expressões sérias, seus companheiros de bando estavam chegando a conclusões parecidas. Tam não conseguia ver Rose por causa do corpo da Devoradora de Dragões, mas ela e Freecloud estavam ajoelhados de exaustão quando a barda os viu pela última vez. Se a Viúva decidisse matá-los agora, havia pouco que poderiam fazer para impedi-la.

Roderick ajeitou o chapéu e esticou o pescoço para olhar a Simurg.

— Ela nos enganou — disse ele em desespero. — O contrato não era para *matar* a Devoradora de Dragões. Era para *controlá-la*.

Antes que Tam pudesse entender as implicações de por que alguém ia querer um monstro destruidor ao seu comando, a Devoradora de Dragões abaixou a cabeça e bateu com ela na borda irregular de gelo.

O Simurglhotinho morto-vivo correu até o pescoço da mãe, e Hawkshaw subiu no abrigo da crista de penas antes de oferecer a mão para a esposa. As orelhas caídas da Viúva se empertigaram um pouco quando ela subiu nas costas do monstro. Ela parecia estar sentindo um misto de êxtase e cautela, como uma mulher da plebe na proa de uma embarcação no mar.

— Que exótico — disse ela sem ar e gritou de onde estava: — Agradeçam a Rose por mim, por favor. Ela era mesmo a mulher perfeita para o trabalho. Tão capaz, tão corajosa, tão desesperadamente insegura. Eu teria preferido atrair o pai dela para cá, mas isto — a Viúva mostrou os dentes e exibiu a paisagem deserta em volta — tem uma certa poesia. A amada filha do Gabriel, tão desesperada para provar seu valor, esquecida para morrer na obscuridade.

— Vai se foder — gritou Cura, o que pareceu a Tam uma coisa ruim de dizer para alguém que tinha acabado de transformar o monstro mais temeroso do mundo em animal de estimação. A druin fez cara feia para eles, como se Cura e seus companheiros de bando fossem diabinhos cheios de podridão pedindo esmola na porta dela.

— Por que você odeia tanto o Gabriel? — perguntou Tam, torcendo para desviar a ira da Viúva para algo com menos chance de matá-los.

— Porque — o olhar da druin foi frio o suficiente para apagar uma chama — ele matou meu filho.

A Simurg bateu as asas, subindo em uma tempestade de gelo e penas que arrancou o chapéu da cabeça de Roderick de novo. O monstro subiu pesadamente até perfurar o véu cinzento acima do Deserto Invernal e sumir.

— Nós ainda estamos vivos — sussurrou Roderick.

— Mas agora o quê? — perguntou Brune. Ele piscou olhando em volta, os cílios pesados de gelo.

Cura ainda estava olhando para o céu com uma expressão desolada. Ela acabou abaixando o olhar: para as montanhas cobertas de neve e para a tundra árida que se prolongava para o norte.

— Agora, nós morremos.

Havia algo de muito errado com Rose.

Tam e os outros tinham contornado o círculo de água, tomando cuidado com rachaduras que poderiam, como Roderick descobriu do pior jeito, se abrir e deixar um deles preso num bloco de gelo afundando. Felizmente, o sátiro era um ótimo saltador, e eles passaram a andar longe da água depois disso.

Rose estava deitada de costas com a cabeça no colo de Freecloud. As orelhas do druin estavam murchas como uma criança emburrada na frente de um prato de repolho cozido.

— Ela está ferida? — perguntou Roderick. — O que houve?

Mas o problema ficou óbvio no momento em que Tam botou os olhos em Rose. As íris dela ocupavam os olhos inteiros. Os lábios e a língua estavam pretos, a língua tão inchada que parecia um pedaço de carvão na boca, e escorria sangue escuro das narinas.

O estômago de Tam ficou embrulhado. Ela poderia ter impedido Rose de usar a Folha de Leão mais cedo, ou contado para Freecloud o que tinha visto no navio. Mas achou melhor confiar que Rose sabia o que estava fazendo. Ela tinha acreditado como uma tola que a líder do Fábula dava mais valor à própria vida do que a derrotar a Simurg.

— Ela vai morrer — disse Freecloud.

— Estou bem seguro de que nós todos vamos morrer — observou Roderick rapidamente.

O vento estava ficando mais forte, a neve se acumulando em volta dos tornozelos deles, e o céu a leste faiscava como um padre recebendo uma prostituta na igreja.

Tem uma tempestade chegando, concluiu Tam. *E, quando chegar aqui, vai ser o nosso fim.*

Brune tirou a capa de pele que o sátiro tinha lhe dado e colocou sobre Rose.

— Você vai congelar — disse Freecloud, mas o xamã só deu de ombros.

Cura tirou a pele dos ombros e também colocou sobre Rose. Os dentes dela bateram quando ela deu um sorriso tranquilizador para o druin.

Tam tirou o sobretudo de couro vermelho antes de se ajoelhar e o colocar cuidadosamente sobre Rose.

— Vocês não precisam sofrer por causa dela — disse Freecloud. — Ela não ia querer. — A voz dele tremeu, revelando uma dor que ele não queria demonstrar nem para os companheiros mais íntimos.

— Mas ela merece — disse Roderick. Ele tirou o chapéu de rabo de raposa, se inclinou e colocou na cabeça de Rose.

Eles ficaram tremendo, tristes como pessoas enlutadas nos próprios enterros. Tam estava prestes a sugerir que eles tentassem carregar Rose para o abrigo da toca da Simurg quando os yethiks atacaram.

Os monstros surgiram em meio a cortinas de neve soprada pelo vento. Eram brutos peludos enormes com quatro braços e caras que pareciam máscaras de couro fervido. Cada um era grande como Brune, menos o líder, que era curiosamente menor do que os outros e gritou algo ininteligível quando eles se aproximaram.

Ou não *tão* ininteligível, pois parecia muito...

— Esperem! — gritou Tam antes de Brune poder se transformar e de Cura poder invocar uma de suas atrocidades de tinta. — Escutem!

— Rooooose! Rooooose!

Roderick esticou a cabeça atrás do xamã.

— Rose? — Ele olhou para Freecloud. — Rose conhece algum yethik?

— Aquilo não é um yethik — disse Tam. Ela se colocou na frente dos outros e torceu para que sua suspeita fizesse sentido.

A figura que parou na frente dela tinha uma barba densa e estava coberta de pele suja, mas era humana, claramente. Os dois braços de baixo eram só membros de pano presos por barbante nos pulsos do homem. O rosto estava com queimaduras de exposição ao frio, e a barba sarnenta estava cheia de gelo. Mesmo assim, Tam reconheceu o homem do machado dos Corvos da Chuva quase imediatamente.

— Farager?

O homem a observou por entre os cílios congelados.

— Tam? Tam Hashford?

— O que vocês estão fazendo aqui? — perguntou ela, olhando com cautela para os companheiros símios do sujeito. Diferentemente de Farager, eles todos eram yethiks de verdade, com testas projetadas, a mandíbula destacando as presas e quatro braços cada.

— Nós viemos matar vocês! — disse Farager, mas quando a mão de Tam foi até a faca, ele apontou os braços falsos para o céu em um gesto de rendição. — Rá! Estou brincando, claro. Deuses, você devia ter visto seu rosto! — Ele olhou para trás e sinalizou alguma coisa para os yethiks. Eles riram alto e cutucaram uns aos outros com os muitos cotovelos. — Na verdade, vimos vocês lutando com o Devorador de Dragões e achamos que vocês precisariam de ajuda.

— Tarde demais — disse Cura. — Já morreu.

— A gente viu — disse Farager.

— Bom, não morreu exatamente — resmungou Brune.

— A gente também viu. — Ele semicerrou os olhos e observou o gelo vermelho antes de olhar para o céu. — O que aconteceu aqui?

— Rose está doente — disse Tam, impaciente. — Morrendo, talvez. Tem algum lugar pra onde a gente possa levar ela? Um lugar quente?

— Tem — disse Farager. Ele fez uma coisa curiosa com as mãos, batendo uma na outra antes de puxá-la para o peito. — Venham comigo.

Os Yethiks moravam em uma rede de cavernas acessadas pela abertura que Hawkshaw tinha identificado como toca da Simurg. A lembrança de Tam de ter chegado lá era indistinta. Ela se lembrava de desabar na neve e de ser carregada, junto com Brune, Cura e Rose, nos trenós puxados pelos companheiros yethiks de Farager. Ela se recordava vagamente de Roderick reclamar por não andar de trenó, até que os seus salvadores cederam e ofereceram para puxar o sátiro também.

O resto da viagem transcorreu em uma série de vislumbres cansados: uma fenda de puro gelo coberta de sombras; flocos de neve cintilando em uma faixa estreita de céu; ossos empilhados junto de paredes de pedra; rostos bestiais olhando o dela; e, finalmente, o beijo quente do fogo.

O calor se espalhou sobre ela, envolveu-a como uma maré baixando que a levou para o mar e a puxou para baixo, para baixo e para baixo, até ela dormir.

Tam acordou com uma cutucada gentil nas costas. A barda tentou se virar, mas um par de mãos fortes a segurou. Ela percebeu que estava sem camisa, entrou em pânico e se debateu violentamente em uma tentativa de pegar a faca na cintura.

— Calma, Tam — disse Freecloud ali de perto. — Ela só está tentando ajudar. Você foi ferida. É um corte de espada ao que parece.

Espada? Ah, é. Hawkshaw me cortou. E me chutou. E tentou atirar em mim. Duas vezes.

Ela sentiu uma coisa quente e grudenta sendo espalhada na escápula. Um unguento, ela supôs, fazendo uma careta enquanto a mistura era massageada delicadamente na ferida. Depois disso, uma faixa de uma coisa que estalava como pergaminho foi colocada nas costas dela. O unguento serviu também de adesivo enquanto esfriava, e o pergaminho endureceu sobre o corte.

Quando teve permissão, Tam se virou e se sentou. Ela encontrou a túnica grossa de lã e a enfiou com cuidado pela cabeça. O fogo tinha se reduzido a um amontoado de troncos acesos, mas a pequena caverna estava abençoadamente quente.

Cura dormia em um tapete de pele ao lado dela. Rose estava a uma curta distância. Havia uma tigela de cerâmica ao lado da cabeça dela. Tam via uma gosma preta brilhando ali dentro e manchando a pedra embaixo da tigela. O rosto da líder estava pálido na luz fraca, coberto de suor. A respiração saía curta e rápida e seus dedos tremiam em volta do cabo de espadas imaginárias.

Freecloud estava sentado ao lado dela, brincando com aquela moeda de pedra da lua. Tam se perguntou se o druin tinha dormido desde que eles foram resgatados.

Brune e Roderick não estavam em nenhum lugar à vista.

Ao lado dela havia um yethik com pelo marrom-claro manchado de branco, como de um gamo. Freecloud o chamou de *ela*, mas Tam não via nada que a tornasse obviamente fêmea. Dois braços estavam enrolando uma folha de casca de árvore. Uma terceira mão fez um gesto curioso de mão aberta embaixo do queixo e o repetiu (ou algo parecido) enquanto a quarta mão estava apoiada na dobra do braço.

Não são gestos, percebeu Tam rapidamente. *São uma linguagem.*

— Há, obrigada — disse ela.

A yethik repetiu o primeiro sinal e saiu andando apoiada nos nós dos dedos das mãos inferiores. A caverna era aberta de um lado, acessada por uma rampa suave. O espaço depois estava iluminado por raios de luz difusa que entravam por aberturas no teto da caverna. Estalagmites e estalactites maiores do que a maioria das torres de Ardburg sustentavam a penumbra, cada uma pontilhada de alcovas escuras e cantos brilhantes. Ela via silhuetas peludas em alguns, sentadas ou fazendo sinais elaborados com as mãos.

— Eles falam? — questionou Tam em voz alta.

— Eles sinalizam — respondeu Freecloud. — E grunhem de vez em quando. E, por algum motivo, riem de quase tudo que Farager faz. Fora isso, não emitem som nenhum.

— Eu não sabia disso sobre os yethiks — disse ela.

Foi difícil decifrar a expressão dele na luz fraca das brasas, mas a voz do druin soou particularmente sombria.

— Nem eu.

— Onde estão os outros?

— Farager os levou para ver se conseguiam pegar alguma coisa no navio voador. Eles voltarão em breve, já estou ouvindo eles chegarem.

Tam já tinha se perguntado se as orelhas compridas de Freecloud significavam que ele escutava melhor do que os humanos, e como ela não estava ouvindo nada além do chiado da lenha e a respiração lenta de Cura, a conclusão era que sim, obviamente.

— Rose vai ficar bem?

— Ela vai se recuperar, sim. — Freecloud indicou a tigela ao lado da cabeça dela. — Mas ela não vai ficar aqui. Assim que conseguir andar, ela vai insistir para ir rumo ao sul. Se tivermos sorte, os yethiks vão saber um jeito de atravessar as montanhas, mas, se não tivermos — ele tirou uma mecha de cabelo suado da testa de Rose —, ela vai tentar passar por cima. Vou atrás dela, claro. Acho que Cura e Brune também.

— E eu.

— E você — disse ele com um sorriso triste. — Nós somos mariposas, você e eu. E Rose é a chama. — Quando Tam piscou, ela viu a tatuagem mais recente de Cura na mente. *Rosa Sanguinária*, envolta em fogo. Ela duvidava que ele tivesse tido chance de vê-la batalhando com a Simurg, mas ele *era* Freecloud, e havia pouco que o espadachim perdia.

— Não gosto das nossas chances de sobrevivência em uma caminhada pelas montanhas Rimeshields no inverno. Brune talvez fosse capaz.

— A gente não pode esperar a primavera? — sugeriu Tam.

— Você acha que Rose vai esperar a neve derreter enquanto a Horda Invernal ameaça a vida da nossa filha?

Tam deu de ombros.

— Por que ela se importaria com a segurança de Wren agora? Nós soubemos semanas atrás que a Horda estava indo para Agria. Ela poderia ter corrido para casa naquela época, não? Poderia ter ido para o desfiladeiro Coldfire em vez de...

— Eu sei — disse Freecloud com rispidez. As orelhas do druin estavam rígidas, os olhos tão escuros que não sustentavam nada além do brilho vermelho refletido do fogo lá dentro. Havia um amargor na voz dele que ela nunca tinha ouvido.

— Desculpe — disse ela, engolindo em seco. — Eu sou só a barda. Não é meu lugar...

— Não. — Ele a interrompeu de novo. — Você está certa. Não devíamos ter ido pra Diremarch. Devíamos ter recusado o contrato da Viúva e ido para o desfiladeiro Coldfire junto com todo mundo. Devíamos ter enfrentado a Horda em vez de caçar a Simurg, só que...

— Só que — disse Tam quando o silêncio do druin se prolongou.

Uma expressão cínica retorceu seus lábios.

— Eu sou uma mariposa, lembra? Aonde ela for eu vou atrás. As turnês, os contratos... Tudo, eu faço por ela. Pra ficar perto dela. Pra protegê-la se eu puder. Eu preferiria ser pai a ser mercenário, mas Rose... — As orelhas dele se curvaram para os lados. — Bem, a maternidade não é bem o estilo dela.

Você jura?, pensou Tam. Ela tentou imaginar a líder do Fábula amamentando um bebê ou dando colheradas de ervilha na boca de uma criancinha e simplesmente não conseguiu.

Freecloud olhou para Rose, observou o rosto dela como se pretendesse pintá-lo de memória.

— Eu não a culpo, claro. Nós somos o que somos. Eu me apaixonei por uma tigresa. Como poderia pedir que ela fosse qualquer outra coisa?

Tam finalmente ouviu uma comoção na caverna abaixo. Batidas, grunhidos e rosnados anunciaram o retorno de Farager e seus companheiros caçadores. Cura se mexeu com inquietação na esteira, jogou um braço sobre os olhos e adormeceu novamente.

— Como você e Rose se conheceram? — perguntou Tam.

— De forma violenta — disse o druin, embora a expressão fosse de ironia. — Fui enviado para Heartwyld para conversar com Lastleaf, que estava se preparando para atacar Castia e queria a ajuda do meu pai. Infelizmente para o chamado Duque da Terra Final, meu pai é um babaca teimoso que se recusou a enviar um único golem que fosse. Infelizmente para mim, Lastleaf era um lunático vingativo que não lidava bem com rejeição. Ele me aprisionou e talvez tivesse mandado me matar se um jovem e corajoso sátiro não tivesse me libertado.

Tam demorou um momento para se dar conta.

— Roderick?

— Roderick — confirmou ele, sorrindo com melancolia. — Nós dois fugimos. Lastleaf enviou os sylfs atrás de nós, mas eles encontraram Rose.

— Espera aí, sylfs? — disse Tam. — Como Wren?

As orelhas do druin assentiram, confirmando.

— Sylfs costumam ser párias, mas Lastleaf era totalmente inclusivo. Ele os empregava como olheiros e assassinos. Eles emboscaram Rose e o bando dela, o que, como você pode imaginar, não deu muito certo para eles.

— Ela matou eles?

— A maioria, sim. Mas um dos companheiros de bando dela ficou gravemente ferido, e como me senti responsável por ter levado os sylfs até eles, me ofereci para acompanhá-los até o limite da floresta. Rose já estava desesperadamente perdida e perto demais do Condado Infernal.

Tam nunca tinha ouvido falar do Condado Infernal, mas não pareceu um lugar bom para ficar vagando sem querer.

Um pedaço de lenha na lareira se partiu, arrotando uma nuvem de fagulhas vermelhas. Freecloud olhou para a boca do túnel, e Tam ouviu a voz do sátiro ecoando da passagem.

— A extremidade da floresta chegou e passou — disse Freecloud. — Atravessamos as montanhas e encontramos o exército da República se preparando para repelir a Horda de Heartwyld. Todos os dias, eu prometia a Roderick que nós sairíamos de lá e voltaríamos para casa, mas todas as noites eu... decidia pelo contrário.

Onde está Brune para piscar de forma conspiratória quando se precisa, questionou-se Tam.

— E Lastleaf saiu da floresta com cem mil coisas selvagens atrás. Destruiu o exército de Castia e fez um cerco na cidade. Eu poderia ter fugido sozinho e abandonado Rose ao destino dela, mas já era tarde demais.

— Você estava apaixonado — disse Tam.

— E sempre serei — murmurou Freecloud, um momento antes de Roderick entrar na caverna.

— Voltamos — anunciou o agente. Ele estava coberto da cabeça aos pés de peles descombinadas, de braço dado (*braços*, na verdade) com um dos yethiks, um de pelo preto com uma lança nas duas mãos direitas. Brune estava com eles, rindo e falando com empolgação com

Farager. Todos estavam cobertos de pó de neve; Tam sentia o frio agarrado neles como o odor de uma amante rejeitada.

Cura acordou, piscou e rolou no cobertor.

— Encontraram algo de útil?

— Encontramos Doshi — disse Brune. Ele estava carregando o piloto inconsciente do *Spindrift* nos braços e o colocou numa pele vazia. — O miserável estava agarrado em um daqueles motores. Ele suplicou para o deixarmos em paz para morrer. A gente tinha acabado de arrancá-lo de lá quando a coisa toda caiu no lago.

— Devia ter deixado o cachorro afundar — murmurou Rod, tirando neve do chapéu.

— Também resgatamos isto — disse Farager. Ele se ajoelhou e ofereceu uma coisa para Tam.

— Ah — disse ela, reconhecendo o estojo de *Hiraeth*. Seu estômago se contraiu, como se estivesse se preparando para um soco. — Está...? — Ela ficou em silêncio, com medo de perguntar.

— Em pedacinhos, infelizmente.

Tam fechou os olhos.

— Brincadeira! — Farager riu e colocou o estojo nos joelhos dela. Ele soltou as fivelas para ela poder confirmar que a face de madeira e o braço fino do instrumento estavam intactos. — Viu? Está perfeito. A metade de trás do barco estava inteira. Nós encontramos isso aí enfiado embaixo da sua cama, em segurança. Eu te enganei direitinho, né?

— Seu... — *babaca idiota do caralho*, Tam quase disse, mas acabou só sorrindo. — Enganou mesmo.

CAPÍTULO TRINTA E SETE

COMPARTILHANDO FUMO

Os yethiks tinham retirado muita coisa do *Spindrift* antes de ele cair no gelo e se perder no lago. Eles estavam olhando tudo na caverna abaixo. A maioria das coisas pertencia a Daon Doshi, pois os aposentos dele ficavam na popa, mas o sujeito não pareceu se importar de seus anfitriões já estarem dividindo os espólios entre eles.

O capitão acordou por tempo o suficiente de reclamar da perda do amado navio voador e lançar um ataque débil contra Roderick, que deu um soco em Doshi por puro reflexo e o apagou.

— Acho que ele não gosta muito de você — comentou Brune.

O agente massageou o punho machucado e deu de ombros.

— Ah, bom, ele também não é exatamente um gatinho de pijama.

Tam se compadeceu do capitão. O homem valorizava a própria liberdade mais do que tudo, e talvez ainda a tivesse se Roderick não o houvesse empurrado do navio. Ali, caído pelo soco de retaliação do agente, ele pareceu triste e pequeno. O traje colorido, que antes lhe dava um ar de excentricidade e estranheza, agora o fazia parecer um mímico que encontrou o traje na lavanderia de um bordel.

Ele fez a escolha dele, ela lembrou a si mesma, *quando obedeceu a Hawkshaw e se recusou a nos deixar avisar os outros.*

Doshi tinha desconfiado do motivo de sua empregadora para querer a Simurg morta? Tam achava que não. O capitão falou com otimismo sobre o futuro, sobre um momento *depois* da sua obrigação com a Viúva ter terminado, o que não fazia sentido se ele sabia que a patroa planejava entrar em guerra contra a espécie dele inteira. O homem estava atrás da própria liberdade, concluiu ela, e mais nada.

— Venham — disse Farager. — Vou apresentar vocês para o bando.

Cura fez expressão de esperança.

— Bando?

— Você quer dizer os Corvos da Chuva? — Brune puxou o cachecol. — Achei que eles tinham...

— Morrido? — Farager balançou a cabeça. — Não! Terrik, Robin, Annie... todos estão sãos e salvos.

— Verdade? — perguntou Tam. Havia muitas dezenas de yethiks andando no meio do que foi retirado do navio; ela tentou ver o cabelo ruivo de Terrik.

— Não, claro que não! — Farager riu e bateu no joelho com sua mão falsa de saco de aniagem. — Eles estão mortos! O Simurg os transformou em picolé! Menos Annie, que tenho quase certeza de que foi comida. — Ele franziu a testa. — Foi comida? Virou comida? Sei lá, mas ela está tão morta quanto o resto.

Brune foi até Tam quando Farager começou a descer a rampa.

— Ele sempre foi esquisito assim? — perguntou o xamã.

Tam repuxou os lábios, relembrando uma noite no Esquina de Pedra em que Farager insistiu em botar fogo nas bebidas antes de consumi-las. Ele perdeu a barba, as duas sobrancelhas e a maior parte do cabelo antes de Tera expulsá-lo.

— Basicamente, sim.

Todos, exceto Doshi, Rose e Freecloud (que se recusava a sair do lado de Rose), seguiram Farager até lá embaixo. O olhar de Tam foi atraído para as torres de pedra nas quais os yethiks faziam seu lar. Os aposentos de baixo podiam ser acessados a pé, enquanto os mais altos exigiam que se subisse usando apoios de mão pintados presos na face da rocha. A cor dos apoios de mão parecia designar aonde cada caminho levava, e Tam se viu seguindo um trajeto amarelo em volta da coluna alta.

— Bando — disse Farager — é a palavra yethik para família. — Ele sinalizou enquanto falava, tocando o polegar e o indicador de cada mão e os sobrepondo. — E família significa a tribo toda.

Brune tirou o cabelo molhado dos olhos e o prendeu em um nó no alto da cabeça.

— Então eles têm nome?

— Claro — disse Farager. — Eles escolhem os nomes com base nas coisas favoritas. — Ele indicou dois yethiks remexendo em um baú consumido por chamas. — O de pelo preto é Cheiro de Pedra Molhada e o outro é Primeira Neve Que Cai.

Cura sorriu.

— Primeira Neve Que Cai, é? Gostei. O que... ei, essas coisas são minhas! — Ela enxotou os yethiks e pegou um livro chamado *Esqueletos no armário: o guia do necromante para sair dele* das mãos de Cheiro de Pedra Molhada.

Eles deixaram a Bruxa da Tinta organizando as roupas em duas pilhas: uma de peças sobreviventes e outra de danificadas demais para usar. Mas como a maioria das roupas de Cura podia ser descrita como trapos pretos sumários, era difícil dizer qual montinho era qual.

Farager apontou para alguns outros yethiks com nomes como Frutas Silvestres Congeladas no Galho e Estrelas Refletidas no Gelo.

— Ah, estão vendo aqueles dois? — As criaturas que ele indicou eram enormes e tinham pelo branco, com cicatrizes altas cruzadas no peito e nos braços. — Eles são irmãos. O grandão é Bater Com Uma Pedra na Cabeça de um Cervo e o menor é Enfiar Meu Polegar nos Olhos dos Meus Inimigos. São caras legais — acrescentou ele. — Talvez os melhores caçadores do bando. Fora eu, obviamente.

Outro grupo de yethiks remexia nas roupas de Roderick, a maioria destruída. O agente foi se juntar a eles, lamentando a perda do guarda-roupa com o mesmo desespero teatral de Doshi lamentando o navio. O sátiro berrou sobre lenços destruídos pelo fogo, chorou sobre blusas de seda chamuscadas e quase arrancou a barba pelos restos de algo que ele chamou de plastrão, só que a coisa nas mãos dele parecia um esquilo queimado.

A chegada de tantas pilhagens novas atraiu o "bando" aos montes. Eles saíram das tocas levando bens dos quais tinham se cansado, curiosidades que tinham encontrado explorando. Eles negociavam usando as duas mãos de cima para se comunicar na língua silenciosa enquanto as duas de baixo exibiam os bens que eles tinham levado para trocar. Os itens em exibição incluíam estilhaços brilhantes de cristal, joias simples, uma variedade de pulseiras de pele pintada e uma série de bonequinhos feitos de pedra e chifre. Algumas almas corajosas levaram armaduras e armas que eles tinham pilhado da toca da Devoradora de Dragões na fenda adjacente.

A barda viu dois yethiks no meio de uma aparente negociação acalorada. Um estava oferecendo um cesto de batatas brancas duras enquanto o outro segurava uma lâmina com três fios que Tam desconfiava que fosse *Quarterflash*, a lendária espada longa de Fillia Finn. Ela ficou olhando atordoada quando o cultivador de batatas pegou a nova arma e começou a brandi-la loucamente.

— E como você veio parar aqui? — Brune perguntou a Farager enquanto eles andavam pelo bazar bizarro. — Doshi disse que vocês... há, não duraram muito contra o Simurg.

— Dezessete segundos — disse Tam, atraindo olhares de lado dos outros. — Ou algo assim.

Farager fez uma careta.

— Ah, bom, pareceram *sete* segundos. Pela misericórdia da Donzela, acabou rápido. Não tivemos a menor chance contra aquela coisa. Não devíamos ter aceitado aquele contrato dos infernos.

— Por que aceitaram? — perguntou Roderick. — Sem querer ofender, mas os Corvos da Chuva não eram conhecidos por serem os melhores dos melhores.

Os braços inferiores do homem se balançaram quando ele deu de ombro.

— Foi exatamente por isso que a gente aceitou. Bom, isso e o ouro, obviamente. Cinco mil marcos da corte é muito dinheiro.

Tam trocou um olhar com o agente e com Brune, nenhum dos dois ansioso para contar ao guia que o Fábula recebeu a proposta dez vezes maior.

—Estávamos estagnados no circuito de arenas — disse o ex-Corvo —, mas uma noite em Bastien um ogro tirou vantagem de nós e nossa reputação foi para o saco de vez.

O sátiro coçou a barba.

— Eu ouvi falar. A coisa no fim das contas era um mágico, não era?

Farager sinalizou um cumprimento para uma yethik velha e trêmula usando quatro bengalas ao mesmo tempo. Ela passou *claque-claque--claque-claqueando*, sorrindo com a boca escancarada cheia de dentes.

— O agenciador, que ele congele no inferno, alega que não fazia ideia, mas desconfio que ele queria oferecer um show para a plateia. Assim que a luta começou, o ogro jogou a porra de um raio em Robin. O fritou ainda com as botas. O pobre filho da mãe ficou com uma gagueira horrível depois disso, e se mijava sempre que alguma coisa o assustava. E, acredite: *tudo* o assustava. As coisas rolaram ladeira abaixo rápido depois disso. Botamos nosso nome na lista para a grande inauguração do Megathon, mas não fomos chamados. Depois disso, ficamos desesperados. Sabíamos que precisávamos de algo grande para voltarmos ao jogo.

— E por isso aceitaram a Devoradora de Dragões — concluiu Brune.

— É, e levamos um sacode. Ele nos acertou com aquele bafo logo de cara, acabou com três de nós. Annie disparou uma flecha, acho, mas foi como acertar uma montanha com uma clava. — Farager suspirou e balançou a cabeça. — A arrogância, cara. Já matou mais heróis do que monstros conseguiram.

Essa, pensou Tam, *é uma frase excelente*. Ela tentaria guardá-la para depois, talvez usar numa música...

Eles encontraram um yethik mexendo em mais pertences de Daon Doshi, inclusive o baú de granadas alquímicas, que teriam obliterado a metade de trás do navio se o fogo tivesse chegado lá. A criatura trocou uma das bolas de argila de explosivo por um peixe congelado e outra por uma estátua de minotauro anatomicamente exagerada. Pelo menos Tam achava que tinha sido exagerada, senão ela duvidava que as minotauras sobrevivessem à copulação.

— Acho que a gente devia confiscar aquilo — disse ela. — São muito perigosas.

Farager sinalizou com o que estava traficando as bombas.

— Você vai precisar trocar com eles, infelizmente. Ela quer seu cachecol — disse ele para Tam. — E o chapéu de Roderick.

O sátiro cruzou os braços.

— Nem pensar.

Brune fez um ruído de resmungo.

— Rod...

— Eles podem acabar morrendo! — insistiu Tam.

Roderick fez um ruído de desprezo.

— Por mim, eles podem se explodir em pedacinhos, eu que não vou dar... — Ele ficou paralisado. Seu queixo caiu tanto que ele teria conseguido engolir uma melancia inteira, e ele tirou o chapéu da cabeça. — Aqui. — Ele entregou o chapéu, fazendo um sinal frenético para Tam fazer o mesmo. — Dá seu cachecol pra ela. Anda!

A barda fez o que ele mandou. Quando a transação acabou, a yethik saiu andando com os acessórios novos e extravagantes, enquanto Tam e Roderick viraram orgulhosos donos de um baú cheio de explosivos.

Mas não *só* explosivos, percebeu ela quando Rod pegou uma coisa lá dentro. Era esférica, mas, diferentemente das granadas, que estavam enroladas em sacos de lã, aquilo estava enrolado em veludo preto.

Farager olhou de Rod para Brune e para Tam, todos sorrindo de orelha a orelha.

— O que é? — perguntou ele.

Rod puxou o pano da esfera de vidência brilhante com um floreio deliberado.

— Isto — anunciou ele — é como nós vamos voltar pra casa.

O bando ficou reunido no canto deles ao longo dos dias seguintes. Eles não relembraram a luta com a Simurg nem discutiram as implicações da enganação da Viúva. Tam não tinha certeza, mas desconfiava que cada um deles (menos Rose, que estava lutando contra as consequências da overdose) estivesse combatendo o medo e a incerteza da melhor forma que podiam.

Cura lia, dormia ou passava horas andando sozinha, enquanto Brune, mergulhando de cabeça no *fain* recém-descoberto, acompanhava os caçadores yethiks nas incursões pelo Deserto Invernal. Todas essas saídas, menos uma, foram tediosas, a exceção sendo o dia em que Brune farejou um clã de rasks esperando para fazer uma emboscada. Os trolls do gelo foram mortos ou espantados, e o xamã foi consagrado herói. Os caçadores pediram que ele escolhesse um nome yethik, e ele passou a ser conhecido por eles como Uma Caneca de Cerveja e Um Sanduíche Quente de Bacon.

Rose foi ficando cada vez mais forte. Depois de dois dias vomitando lama negra, ela pareceu se recuperar por completo. Mas, naquela noite, ela sucumbiu novamente às garras grudentas da febre. Ela suplicou para que Freecloud arrumasse mais Folha de Leão... ou uma bebida, pelo menos, para aliviar o desejo. Ele não ofereceu nenhuma das duas coisas e acabou com o lábio cortado enquanto a mantinha confinada no canto dela. A líder do Fábula vomitou mais um monte de bile antes de a febre passar.

Tam passou o tempo livre explorando a caverna. Ela subiu o mais alto que ousou em uma das torres pontudas. Considerou ir mais alto no dia seguinte, mas suas cólicas mensais chegaram e tornaram a ideia de escalar a face de uma rocha algo tão atrativo quanto engolir um punhado de pregos.

Então ela pediu a Farager para lhe ensinar alguns dos sinais que os yethiks usavam para se comunicar. Ele começou com o básico, *oi, tchau, obrigado*, antes de passar para o aspecto mais crucial do aprendizado de uma língua nova: os palavrões. Em poucas horas ela estava chamando Roderick de *babaca com cérebro de merda* na cara dele enquanto o sátiro aplaudia com satisfação.

— O que você disse? — perguntou ele.

— Falei que seu cabelo está bonito.

— É mesmo?

— Claro.

Ele passou uma mão constrangida no cabelo cor de palha. Tam se perguntou quanto tempo tinha que o sátiro não andava sem disfarce por dias seguidos, sem chapéu para esconder os chifres.

— Obrigado — disse ele.

Na manhã do terceiro dia, ela se aventurou na toca da Devoradora de Dragões. Não era lá muito impressionante. Não havia pilhas de ouro reluzente nem baús lotados de pedras. Mas havia muitos ossos e muita neve, assim como uma ocasional arma descartada ou pedaço de armadura enferrujada. Ela tropeçou no casco de um navio antigo, mas não conseguiu discernir se este singrava os céus ou os mares antes de ir parar lá.

Depois de pendurar o arco no ombro e passar os dedos pelas penas das flechas na cintura, Tam saiu da fenda e foi para o parapeito de pedra com vista para o Lago Espelhado.

Estava nevando de leve. A brisa do lago balançou as roupas dela com mãos geladas. O buraco feito pela Simurg já estava coberto por uma camada de gelo e uma de flocos de neve.

Ela viu Rose de pé sozinha na falésia, a capa carmim e o cabelo balançado pelo vento se destacando no branco infinito do Deserto. Rose se virou ao ouvir passos e pareceu aliviada ao ver Tam e não Freecloud, que provavelmente teria mandado que ela entrasse antes que pegasse um resfriado. Havia um cachimbo nos dentes dela e um fósforo usado nos dedos.

Rose fez sinal com a cabeça para a barda se aproximar.

— Você pode parar aqui na frente?

Tam se aproximou e virou de costas para o vento quando Rose acendeu um segundo fósforo. Perto assim, ela percebeu pela primeira vez que era pelo menos dois centímetros mais alta que a mercenária.

— Obrigada. — Rose soprou uma nuvem com um lado da boca e ofereceu o charuto a Tam.

— Não, obrigada.

— Vou ficar com dor de cabeça se fumar tudo — disse Rose, embora o sorriso sugerisse que ela podia estar mentindo. — Vamos lá. Toda a galera descolada fuma.

Tam cedeu. Ela inspirou a fumaça e tossiu a maior parte de volta antes de devolver o charuto para Rose.

— Nada mau, né?

— Nada mau — mentiu Tam. Sua boca ficou com gosto das cinzas de uma fogueira mijada.

Rose piscou, deu outra baforada e apertou os olhos para o céu.

— Eles vão chegar em breve — disse ela, parecendo consideravelmente menos entusiasmada do que alguém esperando resgate em uma terra de ninguém em pleno inverno deveria estar. Eles tinham feito contato com o pai de Rose assim que encontraram a esfera de vidência. Mesmo por navio voador, a viagem de Coverdale para o norte deveria ter levado vários dias, pois voar à noite por cima de montanhas era potencialmente perigoso, e se seus salvadores chegassem naquele dia, isso significaria que eles tinham voado dia e noite para chegar lá.

— Você sabe quem ele enviou? — perguntou ela.

— Enviou? — Rose tossiu uma nuvem de fumaça antes de passar o charuto para Tam. — Meu pai não *enviou* ninguém. Ele vem em pessoa. Ele e o tio Moog.

— Tio Moog?

— Arcandius Moog. O homem que...

— Ele curou a podridão — disse Tam, interrompendo-a. — Eu sei quem ele é.

— Então por que perguntou?

— Eu só... deixa pra lá. — Tam decidiu dar uma longa baforada de fumaça antes de explicar que ela tinha sido pega desprevenida. Ela já estava empolgada com a perspectiva de conhecer Golden Gabe em pessoa... e agora ficava sabendo que havia *dois* membros do Saga a caminho? — Os Reis do Wyld — murmurou ela.

Rose revirou os olhos.

— Deuses, estou de saco cheio das pessoas os chamando assim. Está mais pra Reis da Pura Sorte. Você não acreditaria em metade das histórias que já ouvi. É surpreendente eles não terem morrido na primeira turnê por Heartwyld, e um milagre terem atravessado na última vez. — Ela pegou o charuto das mãos da barda. — E o meu pai nunca matou um Simurg.

Ele talvez ainda tenha a oportunidade, pensou Tam, *graças a nós*.

— E o que vem agora? — perguntou ela, embora a resposta parecesse óbvia.

Rose bateu uma bolinha de cinzas da ponta do charuto.

— Nada — disse ela. — A gente acabou.

— O quê? Como assim, *acabou*?

— Nós matamos a Devoradora de Dragões — disse Rose. — Isso — ela moveu a mão para indicar o lago abaixo — é o topo da montanha. É o máximo que dá pra ter. A Simurg era o maior e pior monstro do mundo e nós o matamos. Não os Corvos da Chuva nem os ditos Reis do Wyld. O *Fábula*. — Ela tragou no charuto e soltou um facho de fumaça branca por cima do ombro. — Essa é a nossa história. E é aqui que ela termina.

— E a Horda Invernal? — perguntou Tam. — A Rainha do Inverno?

— A Rainha do Inverno? Você quer dizer Astra, a esposa do Arconte? — Rose fez um ruído debochado. — O que tem ela?

— Ela nos enganou! Usou você pra matar a Simurg, pra poder tomar controle dela. Freecloud acha que ela está mancomunada com a Horda Invernal.

— Pode estar — admitiu Rose. — Mas a Horda Invernal não é problema nosso.

O vento aumentou, desgrenhando o cabelo dela e puxando a beira do sobretudo de Tam.

— E se Freecloud estiver certo? — insistiu ela. — E se Astra e Brontide estiverem trabalhando juntos? Você espera que as pessoas nos agradeçam pelo que a gente fez? Você acha que nós seremos heróis? Ou os tolos que ofereceram o mundo numa bandeja de prata?

Rose deu outra tragada e passou um momento examinando a ponta acesa do charuto.

— Não importa — disse ela depois de um tempo, embora Tam visse que ela estava mentindo. — Fiz uma promessa e pretendo cumpri-la.

— Uma promessa para o Freecloud?

— Pra mim — disse Rose. Ela passou o charuto para Tam e puxou o capuz para se proteger do frio. — Eu devia ter parado depois de Castia. Eu tinha arrastado meus amigos por Heartwyld e os levado para a morte. Eu teria morrido lá se não fosse Cloud, e *nós dois* estaríamos mortos se meu pai não tivesse chegado com todos os mercenários de Grandual atrás. Mas eu não podia parar. Não queria. Fui criada com as histórias do meu pai, alimentada com glória até *ansiar* pela minha, até achar que morreria de fome sem ela.

Tam assentiu. Ela também tinha sido filha de mercenários; elas tinham isso em comum, pelo menos.

— Na infância — disse Rose — eu queria mais do que tudo superar o meu pai, ser lembrada como outra coisa além de *filha do Gabriel*. Mas, mesmo depois do ciclope, e *principalmente* depois de Castia, nada mudou. Acabei virando o catalisador da maior aventura do meu pai. Ele era o herói, e eu era o felizes para sempre dele. Só mais uma donzela em perigo — disse ela com amargura. — Eu soube nessa época que, se não fizesse alguma coisa *realmente* incrível, era assim que o mundo se lembraria de mim. Isso se sequer lembrasse. E aí veio Wren.

Pela primeira vez, Tam conseguiu expirar fumaça em vez de tossir. Ela não disse nada por medo de fazer Rose fugir do assunto da filha.

— Eu não queria ser mãe — confessou Rose. — Eu não estava nada pronta, e se ela fosse de qualquer outro e não Cloud... Bom, tem uns chás... poções que eu poderia ter tomado... e *puf*, fim da crise. — Ela ficou em silêncio por alguns segundos, olhando com o olho da mente pelo caminho que poderia ter tomado. — Mas percebi que era importante para Freecloud. Filhos são uma bênção para a espécie dele. Os sylfs, ele diz, são prova de que a nossa gente e a dele não precisam ser inimigas. De que somos capazes de algo melhor. De coexistência.

Tam ergueu uma sobrancelha.

— Meio tarde para isso, né?

— Talvez — admitiu Rose. — Mas uma parte de mim esperava que me tornar mãe fosse me fazer mudar de ideia. Que ter um filho me fizesse querer sossegar. Que fosse... suficiente. — Ela balançou a cabeça de leve. — Mas não foi. Na verdade, ficou pior. Eu... deuses, estou falando de um jeito que parece horrível. Eu me *ressenti* da minha filha, e de Freecloud, porque eles precisavam que eu fosse uma pessoa que eu não era. Porque eles *mereciam* isso e eu não podia dar para eles.

Tam soprou outra nuvem de fumaça. Ela estava finalmente pegando o jeito do charuto.

— E agora, você pode? — perguntou ela.

— Agora a Simurg está morta — disse Rose. — Agora, fiz uma coisa que meu pai nunca vai poder fazer, e estou pronta pra tentar de novo. — Um sorriso surgiu nos lábios dela, fino e brilhante como os primeiros raios de sol. — Fui uma mercenária e tanto, né? Talvez eu seja uma mãe razoável se não for tarde demais. Não posso ser pior do que o meu velho.

Tam riu.

— Ele foi tão ruim assim?

Antes que Rose pudesse responder, um som como o de ondas batendo veio de cima. Em momentos, um navio voador desceu da neblina. Era do tamanho de um dhow pesqueiro, estava envolto em nuvens, e apesar de estar distante demais para que fosse possível ler o nome no casco, Tam reconheceu o *Velha Glória* assim que o viu.

Rose esticou a mão e tirou o charuto da boca aberta de Tam.

— Ele não foi ótimo — disse ela, roubando uma última tragada antes de jogar as cinzas na neve. — Mas tem seus momentos.

CAPÍTULO TRINTA E OITO

VELHA GLÓRIA

Eles se despediram dos anfitriões yethiks e foram escoltados pelo grupo de caça de Farager até a borda de gelo com vista para o Lago Espelhado.

— Tem certeza de que quer ficar? — perguntou Freecloud ao ex--Corvo da Chuva antes de eles partirem.

— Tenho — disse Farager, sinalizando as palavras enquanto as falava. — Não tem mais nada pra mim ao sul das Shields. Não tenho mais família. Meus companheiros de bando morreram. Mas esse pessoal... — Farager sinalizou para os guerreiros atrás dele. — Eles me entendem, sabe? Além do mais, vou ser papai!

— O quê? — As orelhas de Freecloud ficaram eretas.

— Você tá brincando? — perguntou Roderick. — Você tá brincando, né?

— Claro que eu estou brincando, seus trouxas! — Farager gargalhou, e os yethiks atrás dele riram histericamente. — Viram o que eu quis dizer? Aqui é meu lugar. — Ele acenou, e os braços de aniagem se balançaram como uma marionete se afogando. — Adeus e boa sorte! — gritou quando eles começaram a atravessar o gelo. — Divirtam-se lutando contra a Horda!

Um homem cujas vestes resplandecentes indicavam que ele era mago ou um bibliotecário terrivelmente excêntrico pulou da cadeira do piloto quando Tam e os outros subiram a bordo do antigo navio voador do Vanguarda. O cocuruto careca dele bateu em um dos potes de vidro de vela pendurados nos cordames do navio.

— Serpentes e leões sangrentos, quem botou isso aí? — Ele olhou de cara feia para o pote. O cabelo comprido do velho era do mesmo branco da barba, ambos cintilando como seda na luz de vela oscilante quando ele se aproximou para cumprimentar Tam. — Bem-vinda a bordo! — disse ele, apertando a mão dela como um homem tentando tirar a aliança de casamento do esôfago de uma cobra. — Eu sou…

— Arcandius Moog — concluiu ela. — Você era do Saga.

— Eu era! — O mago sorriu com orgulho.

— Você curou a podridão.

— Verdade. Embora um troll tenha feito a maior parte do trabalho.

— Você botou fogo na Riot House…

— Aquilo foi um mero acidente — insistiu o mago.

— … e matou Akatung, o Terrível.

— Só o enviei por um portal para o fundo do mar, então tecnicamente foi o mar que o matou. Espere — ele franziu a testa —, quem é você e como você sabe tudo que fiz?

Gabriel, para quem ela tinha sido apresentada quando chegou, botou a mão no ombro dela. O pai de Rose era tudo que ela imaginava que ele seria: encantador e carismático, atraente apesar dos fios brancos misturados com o famoso cabelo louro.

— Moog, essa é a menina de Tuck e Lily Hashford.

— Ah! — O rosto do mago se iluminou, mas se fechou com a lembrança do destino da mãe dela. — Ah. — A tristeza dele passou rapidamente e desapareceu nas rugas que cobriam seu rosto. O mago não parecia ser do tipo que se prendia muito tempo ao sofrimento. — É um prazer te conhecer...

— Tam.

— Tam! — Ele a avaliou de cima a baixo, franzindo a testa para o casaco como se estivesse tentando lembrar qual guerreiro druin despótico o estava usando quando ele o viu pela última vez. — Deuses dos Goblins, vocês mercenários estão ficando cada vez mais jovens!

— Eu sou só a barda — disse ela.

— A barda? E ainda está viva? Que sorte sua!

Ela estava prestes a perguntar por que ele parecia tão surpreso quando o olhar do mago se desviou para trás dela.

— Roderick, seu patife irremediável! Traz essa bunda pulguenta aqui para um abraço!

Moog recebeu cada recém-chegado com o mesmo entusiasmo incansável. Ele cumprimentou Cura com um beijo em cada bochecha e uma sobrancelha erguida para a nova tatuagem no braço esquerdo. Quando Brune subiu pela amurada, ele abriu as mãos.

— O Ursão em pessoa!

O sorriso do xamã foi dolorido.

— Lobo agora.

— Lobo? — O mago o observou por um momento. — Estou vendo agora, sim. Fica bem em você, garoto.

Brune se empertigou com um sorriso.

— Também acho.

— Tio Moog! — Rose pareceu mais feliz de ver o velho mago do que de ver o pai, que ela recebeu com um aceno breve, um abraço rígido e um "Obrigada" murmurado quando ele atravessou o gelo para encontrá-la mais cedo.

— Rose! — Moog passou os braços finos em volta dela. — E Freecloud! Ente de tetas, cara, será que *dá* pra você ficar mais bonito? Sem querer ofender, Brune.

O xamã deu de ombros.

— Estou acostumado.

— E quem é esse sujeito sério? — perguntou Moog sobre Daon Doshi. — Você está com cara de que viu um baragoon comer seu almoço! — Doshi murmurou explicando quem ele era e o que "aquele sátiro idiota" tinha feito com o amado navio voador dele. — Doshi, é? — O mago pareceu surpreso. — Alguma relação com...

— Sim — disse Doshi, sem elaborar mais.

Moog bateu palmas.

— Excelente! Você gostaria de nos levar para casa, então?

O rosto do capitão se iluminou como cortinas em chamas.

— Sério?

— Claro! Sinceramente, estou surpreso de ter conseguido chegar aqui com tudo inteiro! Foi meio tenso passar pelas montanhas, né, Gabe?

A careta de Gabriel sugeria que *tenso* era generosidade.

— Seu motor devia estar congelando — observou Doshi. — Você devia ter pousado, quebrado o gelo e o girado para trás um pouco.

— Viu? Gabe? Não falei que o motor estava congelando?

— Você disse que *você* estava congelando.

— Eu estava! Mas estamos em mãos mais quentes agora! — Moog bateu no apoio de cabeça de couro gasto da cadeira do piloto. — Nos leve pra Coverdale, meu bom homem! Supondo que a cidade ainda esteja lá.

— Por que não estaria? — perguntou Tam.

A alegria de Moog murchou brevemente.

— Porque a Horda estava trinta quilômetros ao norte de lá quando partimos.

Um tempo depois, quando Rose tinha terminado de chamar o pai de todas as palavras ruins que Tam já tinha ouvido e muitas outras que ela não conhecia, eles zarparam para Coverdale no céu cada vez mais escuro.

A vela inclinada do navio, que tinha um pico que parecia uma tenda acima do casco de fundo reto, piscava de vez em quando ao captar energia estática das nuvens que passavam. Um único motor das marés girava na popa, envolto numa aura de névoa gelada.

O convés do *Velha Glória* estava mobiliado com sofás surrados. Tam se sentou sozinha em um, Rose e Freecloud em outro. Arcandius Moog estava deitado em um terceiro, dormindo pesado. Tam achava que a viagem para o norte tinha cobrado um preço para a resistência dele. Havia um bar modesto na popa, atrás do qual Brune servia e servia de novo bebidas para Rod e Cura, que estavam sentados em bancos do outro lado.

Gabriel estava parado na amurada de estibordo do navio, olhando para as escarpas escuras das montanhas que passavam. Ele e Moog tinham voado acima de picos cobertos de neve, mas Doshi os levou por entre esses picos.

— É mais quente nos cânions — explicou o capitão — e nós podemos usar o vento nas nossas costas pra ganhar tempo. Vocês levaram três dias pra chegar a nós? — Ele deu um sorrisinho, e Tam viu um vislumbre do antigo charme dele voltando. — Vamos voltar em dois.

A espada de Gabe, a lendária *Vellichor*, estava pendurada de lado nas costas dele. Mesmo embainhada, Tam tinha uma sensação de tranquilidade sobrenatural emanando da antiga lâmina do Arconte. De vez em quando, nas horas em que a brisa fria da noite soprava pelo convés, ela sentia o *cheiro*... só que não tinha cheiro de metal, nem de óleo e nem de nenhum outro cheiro que uma espada devesse ter. Tinha cheiro de lilases e grama verde, os aromas fracos de uma primavera irrecuperável.

No final das contas, a raiva de Rose foi aplacada por duas palavras simples: o nome do homem com quem Gabe deixou a filha dela enquanto ele e o mago corriam para o norte.

— Clay Cooper? — disse ela com cautela.

— Ela está na casa dele ao sul da cidade — disse Gabe. — E a Horda está acampada no Vale Cinzento há semanas.

— Acampada? — As orelhas de Freecloud tremeram com a pergunta.

— Esperando, ao que parece — disse Moog, que, aparentemente, não estava dormindo. — Se bem que ninguém sabe o quê. Brontide poderia estar pisando em cocôs de cavalo em Cartea agora, mas os carteanos foram para Coverdale. Alguns milhares deles chegaram na manhã em que partimos, e o dobro de agrianos chegou no dia anterior.

— São tantos assim? — perguntou Brune, escolhendo uma garrafa de conhaque laranja no armário ao lado.

— Não são só eles — disse Moog, sentando-se ereto. — Metade dos mercenários de Conthas até a Grande Profundeza Verde estão em Coverdale agora. Cada dia que Brontide espera no Vale Cinzento, ele perde a vantagem que os números dão a ele.

Como ninguém mais ousou perguntar, Tam tomou a palavra:

— Qual é o tamanho da Horda?

Gabriel se afastou da amurada. Tirou *Vellichor* das costas e colocou a espada aos pés quando se sentou ao lado de Tam.

— O grupo que invadiu Cragmoor não passava de sessenta mil, mas, quando chegou ao desfiladeiro Coldfire, havia milhares mais.

— Todo mundo ama o inverno — disse Brune, usando os dentes para tirar a rolha do gargalo do conhaque.

Gabe estava com uma expressão sombria.

— Depois de Coldfire, ficou maior ainda. Eu diria que Brontide tem mais de cem mil com ele agora.

— Como eles passaram pelo desfiladeiro? — refletiu Tam em voz alta. — O Saga não o segurou por três dias contra mil mortos-vivos?

Isso provocou um sorrisinho em Gabe.

— Você não pode acreditar em todas as histórias que escuta, Tam.

— Foram mil e um — disse Moog com uma piscadela exagerada.

Cura esperou até Brune jogar conhaque em uma caneca de cobre para pegá-la para si.

— Tenho uma teoria — disse ela, girando a caneca. — A maioria desses bandos novinhos não sabe lutar. Eles não reconheceriam uma batalha honesta nem se cuspisse na cara deles. Eles saltitam por aí com a cara pintada e armaduras bonitas, lutando com monstros criados em porão que estão morrendo de fome ou drogados. Fizemos nossa cota de turnê, claro, mas a maioria desses moleques nunca pegou um contrato real, nem botou o pé em Heartwyld, nem lutou contra nada que tivesse chance real de matá-los.

Doshi desviou de uma formação rochosa alta. Os potes oscilaram e fizeram as sombras deles dançarem.

— Infelizmente, acho que você está certa — concordou Gabe. — Embora metade dos bandos que lutaram em Castia estivessem verdes assim.

— Verdes como o deus dos orcs — disse Moog.

— Pode não ser culpa dos mercenários — sugeriu Freecloud, atraindo a atenção de todos no navio.

Rose, que estava deitada encostada nele, esticou o pescoço.

— O que você quer dizer?

— A Horda de Heartwyld era um exército alimentado de ódio — disse ele. — O Pagão prometeu a eles a chance de se vingarem por terem sofrido o que eles tinham aguentado nas mãos da República. Lastleaf pode ter tido a intenção de estabelecer um império, mas a Horda queria sangue.

Tam não sabia que a Horda de Heartwyld tinha alguma coisa para vingar, nem que os monstros tinham sofrido sob o jugo da República de Castia. Não havia músicas sobre isso, ao menos que ela soubesse.

— Mas a Horda Invernal é diferente — disse Freecloud. — Eles estão com raiva, sim, mas também estão desesperados. Alguns são sobreviventes de Castia. Outros são foragidos de Grandual, que foram obrigados a viver nas margens de um mundo que eles antes chamavam de seu. Brontide não está oferecendo vingança; ele os está levando para uma luta contra a aniquilação. Se essa Horda for destruída, talvez nunca mais haja outra. Os humanos vão caçá-los até a extinção... ou vão prendê-los, vendê-los e procriá-los por esporte nas arenas. — O druin olhou diretamente para Gabriel. — Acredito que a Horda esteja lutando pela sua mera existência. Está ganhando porque não pode se dar ao luxo de perder.

Tam lançou um olhar para Moog, que estava sentado de pernas cruzadas no sofá. A expressão do mago era de conflito: esperançosa, mas magoada, como a de um mercador que descobriu que um rival tinha falido e estava triste de saber.

Rose riscou um fósforo que tremeu na brisa da noite.

— E você acha que Astra tem algo a ver com isso? — perguntou ela a Freecloud.

As sobrancelhas peludas de Moog se franziram.

— Astra? Por que esse nome é familiar? Ah! — Ele bateu na parte careca da cabeça. — Certo! Tive uma gata chamada Astra. Uma criatura vingativa! E *malvada*. — Ele assobiou. — Eu juro, ela uma vez matou uma ave e deixou na minha porta de manhã.

Brune deu de ombros.

— O que tem isso? Muitos gatos...

— Era uma *águia* — concluiu Moog.

O xamã assentiu em apreciação e se serviu de uma bebida.

Enquanto isso, Gabriel tinha ficado pálido como a casca de uma bétula.

— Você está falando da esposa de Vespian? A Rainha do Inverno?

— A Rainha do Inverno é um mito — disse Rose. — Você mesmo me disse.

O pai dela balançou a cabeça.

— Não mito. Um apelido. Um nome inventado para uma mulher muito real e muito perigosa que... — Ele parou de falar. Algo tácito se passou entre ele e o mago. — Vocês a viram, então? Ela está viva?

— Viva é um termo relativo — disse Cura.

Os joelhos de Moog estalaram quando ele se inclinou para a frente.

— Onde? Quando? Como ela estava? Ela ainda estava com as, vocês sabem... — Ele balançou dois dedos acima da cabeça imitando orelhas de coelho.

— A gente a viu — confirmou Rose. — Ela... Bom, é uma longa história.

Gabe se acomodou.

— O caminho até em casa é longo.

Por um tempo, ninguém falou. Os únicos sons eram o ruído do motor, o estalo de tábuas velhas e o zumbido de correntes escondidas nas vigas de metal das velas. Só quando Freecloud pigarreou delicadamente foi que Tam se deu conta de quem eles esperavam que contasse a história.

— Ah — disse a barda do Fábula. — Certo.

CAPÍTULO TRINTA E NOVE

NUVENS FRIAS

Quando Tam terminou de contar a jornada deles com Hawkshaw, a breve estada em Ruangoth, o voo para o Lago Espelhado e, finalmente, a batalha contra a Simurg no lago congelado, Gabe parecia que ia passar mal.

— Eu só… — Ele esfregou o rosto desesperadamente. — Por que me dei ao trabalho de resgatar você? Sério? Você lutou contra a maldita *Devoradora de Dragões*? De propósito? — Ele olhou para ela entre dedos abertos. — Você sabe que eu recusei esse trabalho, né?

Rose deu de ombros, as ombreiras estalando.

— Não só porque achei que o Guardião estava mentindo, ou que a patroa dele era louca de pedra, mas porque, se ele *não estivesse* mentindo e ela *não fosse* louca de pedra, eu enfrentaria a *porra* da Simurg! Era uma missão suicida!

— Pelo visto, não — disse a filha dele secamente.

A mandíbula de Gabe travou do jeito que Rose fazia quando estava com raiva.

— Eu soube daquela façanha sua em Highpool, a propósito. Enfrentar toda uma tribo de orcs... lutar sozinha contra uma marilith. Seu tio Moog e eu cruzamos Heartwyld para te salvar, lembra? O *mínimo* que você poderia fazer para nos agradecer é não tentar se matar.

— Como eu poderia esquecer? — A raiva de Rose explodiu como brasas sopradas pelo vento. — Metade das canções do mundo me pintam como uma idiota inútil, esperando em Castia pela chegada do galante pai para resgatá-la!

— Então é isso? — Gabe perguntou, na beira do assento agora. — Foi por isso que você arrastou seus amigos para o Deserto Invernal? Por isso que colocou a vida deles em risco? Para poder ter seu nome em uma música?

— Ela não nos arrastou para lugar nenhum — rosnou Cura.

— Isso mesmo. — A voz de Brune estava rouca.

— Nós sabíamos o que estava em jogo — disse Freecloud. — Nós não a seguimos porque ela mandou.

— E por que *você* criou um bando, pai? — O sorriso de Rose estava frio como os pés de um cadáver. — Você tinha algum propósito nobre em mente? Ou só estava tentando comer todas as filhas de fazendeiros de Grandual?

Moog riu disso, mas disfarçou rapidamente com uma carranca pensativa.

Gabe nem piscou.

— Eu criei um bando porque os clãs de centauros estavam roubando crianças que chegavam perto demais da floresta. Porque ghouls-aranhas chupavam o sangue dos nossos cavalos e os deixavam pendurados mortos nas árvores. Porque, quando eu tinha dezesseis anos, um wyvern saiu da noite e voou com a filha de um fazendeiro por quem eu estava loucamente apaixonado, enquanto eu me agachava na grama que nem um rato. — Gabriel endireitou-se no assento. — Clay e eu levamos duas semanas para encontrar aquele filho da puta... mas nós o encontramos, e nós o matamos, e não sei dizer com certeza se os ossos que enterrei pertenciam à garota que eu estava procurando, mas chorei por eles da mesma forma.

O navio voador gemeu enquanto subia, passando por fiapos de nuvem fria. Um relâmpago cruzou a vela alta, marcando a ira de Gabe com um estalo crepitante.

— As coisas eram diferentes naquela época — prosseguiu ele. — O mundo era um lugar perigoso. As estradas não eram seguras. Havia monstros *em toda parte*, e se você ouvisse alguma coisa à noite, devia ser porque algo estava indo te matar. Mas quando foi a última vez que um gigante entrou em uma cidade? Ou que um drake-escória transformou uma floresta inteira em cinzas? Ou as árvores saíram marchando de Heartwyld? Até a *podridão* não passa de uma irritação chata hoje em dia, graças ao Moog.

O mago deu um sorriso tímido.

— Eu só... — começou ele, mas Gabriel continuou a falação.

— É, a gente ficou famoso no caminho. E a gente gostou disso pra caralho. Mas a gente não estava *ávido* por isso. Nós ficamos ricos também, mas não vendendo assentos nem dividindo os lucros com um agenciador avarento. E, quer saber? Você está certa. Eu *comi* um monte de filhas de fazendeiros mesmo.

— E filhas de ferreiros — acrescentou Moog obsequiosamente. — E filhas de estalajadeiros, filhas de joalheiros, filhas de moleiros, filhas de pedreiros, esposas de pedreiros, esposas de estalajadeiros, esposas de mercadores...

— Moog...

— ... aquela mãe de sapateiro uma vez...

— Ela já entendeu — disse Gabe.

— Entendi — concordou Rose.

— Mas, em determinado ponto — disse o pai dela —, as coisas mudaram. Não temos medo de andar na floresta, nem de nadar em um lago, nem de nos abrigar numa caverna para acabar descobrindo que é uma toca de dragão. Nós derrubamos gigantes, botamos ogros de joelhos, queimamos trolls e espalhamos as cinzas deles ao vento. E agora? — Uma risada, amarga como chocolate. — Agora, estamos caçando contos de fadas, ao que parece.

— Somos nós que andamos assustando pela noite — murmurou Freecloud.

A nuvem pela qual eles passaram infiltrou-se na pele de Tam e gelou seu sangue. Ela tinha passado a maior parte da vida atormentada pelo que monstros tinham feito à sua família. Quantas noites ela acordou gritando, suando, soluçando por medo de alguma criatura terrível derrubando a porta? Ela nunca tinha pensado que as "criaturas terríveis" do mundo pudessem estar fazendo o mesmo.

Ela pensou nos sinus assassinados por Hawkshaw no templo em Diremarch e nos orcs que o Fábula massacrou em Highpool. Lembrava-se deles tentando fugir da ira de Rose e dos companheiros de bando, se agarrando aos muros de pedra, tentando desesperadamente proteger os mais fracos entre eles. Lembrava-se do choro de angústia do ciclope solto na Ravina. A pele estava marcada pelos anos de abuso, o espírito torturado pelo cativeiro e transformado em algo irremediavelmente maligno.

Tam olhou pelo convés do navio e viu a mesma percepção nos olhos dos companheiros. Eles já deviam ter pensado nisso, ela tinha certeza, mas ouvir da boca de Golden Gabe, o mais reverenciado mercenário das cinco cortes, enfiaria a verdade como uma adaga no coração deles. Roderick, sem chapéu e com chifres, ficou olhando morosamente para o colo.

— Gostaria que você não tivesse ido para oeste — disse Gabriel à filha. — Algumas vezes eu queria até mesmo que não tivéssemos salvado Castia da Horda de Heartwyld. Talvez tivéssemos evitado essa guerra completamente.

Rose não disse nada. A expressão dela era uma máscara fria e controlada, mas os olhos traíam uma dor que Tam desconfiava que só o pai era capaz de infligir nela. Em outras palavras, Gabriel estava botando a culpa *nela* pela volta da Rainha do Inverno e pelo surgimento da Horda Invernal, botando nas costas da filha o fardo da morte de todo mundo que tinha perecido em Castia e Cragmoor e no desfiladeiro Coldfire.

— Nós poderíamos ter argumentado com Lastleaf — disse Gabriel, tomando para si uma parte da culpa. — Mas derrotamos o exército dele, destruímos o sonho dele de um novo Domínio. Não deixamos escolha para ele além da vingança, e agora...

Ele deixou o resto no ar, mas a implicação ficou clara para todos.

Agora, pensou Tam, *a vingança dele chegou para nós.*

Gabriel se mexeu, piscou e molhou os lábios.

— O que nos leva de volta a Astra. — Ele olhou para Freecloud. — Você acha que ela se aliou à Horda Invernal?

— Desconfio que sim — disse Freecloud.

— Por quê? — questionou Gabe. — Lastleaf queria destruir a República e restaurar o Velho Domínio. Então a mãe dele quer o quê?

— Você — disse Tam. As bochechas dela coraram sob o escrutínio repentino de todo mundo a bordo. — No lago... Ela falou que você matou o filho dela.

O velho herói balançou a cabeça.

— Mas eu não matei, não de verdade. Tive minha contribuição, claro, mas todo mundo que resistiu a ele em Castia também, e todos os mercenários que lutaram ao nosso lado.

— O exército de Lastleaf o abandonou no final — observou Moog. — Ele tirou a própria vida de desespero e foi pisoteado pelos que tinha jurado libertar.

— Então, em resumo, ela tem motivo para odiar praticamente todo mundo — concluiu Cura. — E agora, graças a nós, ela tem uma Devoradora de Dragões de estimação ao dispor dela.

— E provavelmente uma Horda inteira — disse Brune.

Tam se mexeu com desconforto, com medo de falar de novo, mas Gabriel se virou e olhou para ela.

— O quê? — perguntou ele.

— E se a gente não lutasse com a Horda? — propôs ela. — E se a gente fizesse um acordo com Brontide? Poderíamos encontrar um lugar para o exército dele se assentar, e talvez ele nos ajudasse a lutar com a Rainha do Inverno.

A ideia pareceu idiota assim que ela a falou, mas todo mundo, inclusive Golden Gabe, pareceu estar considerando.

— Acho que é tarde demais para isso — disse Moog com uma expressão sombria. — É um bom plano, Tam. De verdade. Mas tem sangue demais entre nós e, há, eles — concluiu, como se tivesse tropeçado na palavra "monstros". — Além do mais, supondo que Brontide e Astra sejam aliados, é provável que eles já tenham um arranjo similar em andamento.

— Então nós voltamos à questão inicial — refletiu Brune. O xamã se serviu de outro conhaque, mas empurrou o copo para o lado e bebeu direto da garrafa. Quando terminou de beber, ele secou a boca com as costas da mão. — Como a gente vai lutar com uma Horda desembestada, um gigante vingativo, uma feiticeira druin implacável e a Simurg morta-viva dela?

Rose olhou de Brune para Cura, de Cura para Roderick e de Roderick para Freecloud, acomodado atrás dela. O druin assentiu, os lábios apertados, e segurou a mão dele.

— *Nós* não vamos — disse ela, encarando Gabriel, *desafiando-o* a questioná-la. — Nós paramos.

De manhã, eles estavam longe das montanhas, passando por uma floresta densa de pinheiros que se prolongava até perder de vista em todas as direções. Brune e Tam estavam juntos na amurada de bombordo, olhando para o mar de árvores cobertas de neve. O sol brilhava, o ar estava gelado de inverno, e o vento... Bem, o vento estava congelante, mas o volume do xamã cortava a maior parte, e isso ajudava um pouco.

— A Floresta das Bruxas — anunciou Brune, apontando para leste. — Ardburg fica a poucas centenas de quilômetros pra lá. Pena que estamos com tanta pressa, senão podíamos pedir para eles nos deixarem lá.

Tam tirou uma mecha de cabelo soprada pelo vento dos olhos.

— Você vai pra casa depois disso?

— Não sei — admitiu ele. — Meu vilarejo mudou tanto depois que fui embora. Eu também, acho. Não sei se me encaixo lá agora. Eu não chamaria de casa.

— E onde é a sua casa? — perguntou Tam.

O xamã lançou um olhar para os companheiros de bando: Rose e Freecloud dormiam em um sofá; Cura estava apagada em outro, com um livro aberto no peito.

— Aqui — disse ele. — Com eles.

Tam sorriu.

— Eles são a sua matilha.

— Exatamente. — Brune sorriu também, os dentes separados e as bochechas coradas atrás do cabelo embaraçado. — Matilha, família, bando, é tudo a mesma coisa pra mim. Não sei onde eu estaria sem o Fábula — refletiu ele. — Nem o que vai ser de mim sem eles. Fico pensando numa coisa que o Roderick disse.

— Que ele conseguiria comer cinquenta meias sem vomitar?

— Ah, ele ia vomitar, sim. Ele tentou uma vez, sabe. Nem chegou a quarenta, vomitou pra todo lado. Mas, não. Em Woodford, lembra? Você perguntou se ragas eram monstros.

Ela *lembrava*.

— Só se eles quiserem ser — disse ela.

O xamã assentiu e coçou distraidamente uma cicatriz abaixo do olho.

— Só se eles quiserem ser — repetiu ele. — Mas alguns de nós, a maioria, eu acho, não tem escolha. Não de verdade. Rose não decidiu como o resto do mundo a chamaria. Não escolheu quem seria seu pai.

Nenhum de nós escolhe. Rose nasceu para a espada, estava destinada a ser mercenária da mesma forma que um filho de fazendeiro está destinado a empurrar um arado.

Tam pensou na filha do fazendeiro que eles conheceram a leste de Highpool, a que lutou com Rose com uma espada enferrujada, e se perguntou se a garota conseguiria mudar o próprio destino.

E eu?, perguntou-se ela. *Escapei de Ardburg ou estava destinada a ser barda, como a minha mãe antes de mim?*

— Há um motivo para o meu povo botar tanta importância em encontrar nosso *fain* — prosseguiu Brune. — Quando um xamã se transforma, ele corre o risco de se perder para os instintos daquilo em que ele se transforma, a não ser que ele se torne uma coisa tão próxima da sua natureza que é como estar na própria pele. E, mesmo assim... Bom, você viu o que aconteceu no meu vilarejo. — Ele suspirou e piscou, como se tentando afastar a lembrança de um pesadelo. — Passei a maior parte da vida tentando ser uma coisa que não sou, achando que estava no caminho certo sem saber o quanto estava perdido, se é que isso faz sentido. Se não fosse Rose, Cloud e Cura, eu provavelmente estaria morto. Ou pior: eu seria um monstro, de corpo e alma.

O xamã encostou na amurada. Ele olhou para os companheiros de bando adormecidos com a adoração aberta de um pai admirando os filhos.

— Eu os amo — disse ele, e riu baixinho. — Até Cura. Eu os seguiria para qualquer lugar. Lutaria até meu último suspiro pra proteger cada um. E você também, Tam. Você é da família agora, querendo ou não.

Tam abriu a boca, concluiu que não conseguiria falar e a fechou. Ela olhou para a amplidão de floresta, e Brune também.

— Você vai lutar contra a Horda? — ela acabou perguntando. — Mesmo que o resto deles não lute?

Brune deu de ombros.

— Não sei se importa. Duvido que um homem faça diferença.

Mas um bando poderia fazer, pensou Tam.

* * *

Quando Rose e Freecloud acordaram, Tam se deitou no sofá que eles estavam ocupando. Ela sonhou com Astra e a Horda Invernal, só que no sonho a Rainha do Inverno tinha o rosto de Rose e a Horda era formada só de yethiks. Depois disso, ela se perdeu numa floresta de inverno onde as árvores se desfaziam como cinzas. No sonho, ela estava correndo para leste, sempre para leste, enquanto Hawkshaw a seguia. De repente, ele apareceu na frente dela, a besta apontada para o peito da barda...

Eles desviaram para oeste na manhã seguinte para contornar uma cadeia de montanhas menos ameaçadora do que o tipo que Tam tinha visto a vida toda. Moog, que estava grudado na amurada desde o amanhecer, gritou de repente:

— Lá está! Oddsford! Lar das maiores mentes de Grandual e possivelmente a cidade mais bonita das cinco cortes!

Tam estava inclinada a acreditar nele, pois sua respiração travou quando ela a viu. De cima, a cidade famosa pela grandiosa universidade parecia um labirinto de construções de tijolos vermelhos e parques verdejantes, cujas árvores tinham lampiões pendurados cintilando em azul e dourado na neblina que vinha das encostas acima. Uma torre tão alta que rivalizava com as montanhas dominava a cidade. Pardais voavam em volta dela. Torres tortas saíam dela como braços, e Tam poderia ter jurado que a estrutura inteira estava perigosamente inclinada.

— O Pináculo Sonhador — disse Moog. — É lotado de cima a baixo de gente velha empoeirada e livros velhos empoeirados. — Ele uniu as mãos em concha e gritou para uma mulher molhando as plantas em uma das muitas sacadas da torre: — Ei, Helen! Sua bota velha mordida!

Helen, supondo que a mulher fosse quem Moog achava que ela era, mal tinha erguido o rosto e o *Velha Glória* já estava passando, seguido pelo rastro de vapor e uma nuvem de pardais atordoados.

À tarde, eles estavam se aproximando do Vale Cinzento, uma floresta aninhada entre cadeias montanhosas. De acordo com Gabriel, a Horda Invernal ficara várias semanas acampada ali. O céu estava encoberto, cheio de nuvens tão escuras que parecia que a noite pairava sobre o vale.

Um pontinho apareceu na frente deles e logo se materializou em uma ave que era bem maior do que qualquer ave deveria ser, com penas pretas lustrosas e garras capazes de partir um touro no meio. Um falcão-peste, Tam imaginou, reparando no vapor cinza-esverdeado emanando dele. O animal saiu do caminho do *Velha Glória* e seguiu para o norte com as asas envenenadas.

— Aquilo é uma tempestade? — perguntou Rose, olhando para oeste.

Se Daon Doshi tinha dormido desde que pediram que ele os levasse para casa, Tam não fazia ideia. O capitão se levantou e colocou os óculos nos olhos.

— Não é tempestade — disse ele. — É fumaça. A floresta está pegando fogo.

CAPÍTULO QUARENTA

MERCENÁRIOS NAS TREVAS FUMACENTAS

Brontide estava morto. O corpo dele estava caído na planície ao sul do Vale Cinzento. Também estavam mortos os trolls, os wargs, os firbolgs e os orcs selvagens. Estavam mortos os murlogs do Wyld Ocidental, os drakes de Wyrmloft, as aranhas de presas do Vale da Viúva; estavam mortos os gnolls pintados, os basiliscos serpenteantes, as manticoras com juba de leão e todos os outros seres e coisas malignas que tinham se juntado à Horda do gigante. Príncipes comedores de sangue estavam caídos estripados em meio a pilhas de lacaios de pele pálida. Bruxas esqueléticas caídas sob capas pestilentas, os dedos ossudos ainda segurando os talismãs inúteis. Clãs inteiros de ogros espalhados em pedacinhos em volta dos líderes caídos.

Mortos. Todos eles mortos.

A Horda Invernal estava derrotada, exterminada, totalmente destruída. Cadáveres de monstros e mercenários cobriam a terra até o limite da visão de Tam. A floresta em chamas lançava uma coluna de fumaça que obscurecia boa parte do campo de batalha, e logo ficou tão densa que o bando foi obrigado a fechar os olhos e cobrir a boca para não sufocar com os vapores oleosos.

Tam ouviu Gabriel falar um palavrão baixinho.

— Doshi, nos leva para baixo — disse ele. — Não podemos voar assim, e eu gostaria de saber o que aconteceu aqui.

Depois que eles pousaram, Gabe e Moog foram procurar respostas.

— Não vão muito longe — avisou Gabe antes de sair. — Quando essa fumaça se dissipar, vamos para a casa do Mão Lenta. — Ele abriu um sorriso abatido para Rose. — Não precisamos deixar Wren esperando por mais tempo do que ela já esperou.

Doshi e Roderick ficaram no navio, e Tam botou o arco no ombro e saiu atrás dos companheiros de bando, que seguiram num caminho lento em meio à carnificina.

A fumaça de madeira queimada ocupava o campo de batalha. Fez seus olhos arderem e queimou suas narinas, mas ela preferia isso ao cheiro metálico de sangue que havia por baixo. Sons ecoavam em volta deles: risadas secas, trechos de música, gemidos baixos e os gritos sofridos dos mortalmente feridos. Em algum lugar próximo (ou distante, era impossível saber), um homem gritava em busca dos companheiros desaparecidos.

Havia mercenários vagando pela fumaça. Alguns estavam sozinhos, murmurando baixinho para si mesmos ou para os seus deuses, mas a maioria estava comemorando. Eles cambaleavam entre os cadáveres caídos, mostrando goblins de quem eles tinham feito picadinho, urskins que tinham matado, kobolds que tinham golpeado com os escudos.

Uma coluna de guerreiros agrianos com lanças longas e escudos quadrados passou por eles, seguida de um grupo de carteanos barulhentos sobre cavalos de estepe robustos. O líder, um homem com asas de corvos tatuadas no peito, arrastava um sáurio algemado em uma coleira logo atrás.

O campo de batalha já estava lotado daqueles que predavam os mortos. Alquimistas foram pegar órgãos, padres foram pegar almas. Ladrões iam de cadáver em cadáver, remexendo em bolsos e pegando armas, capuzes, cintos, botas e qualquer outra coisa que pudessem vender na cidade. Vendedores de sucata, por sua vez, procuravam prêmios de outro tipo. Eles serravam chifres, cortavam garras, arrancavam escamas e pegavam todas as peles exóticas que conseguiam encontrar.

Os mercadores também chegaram. Tam viu através da fumaça monstros sendo capturados e levados. Qualquer criatura com sorte suficiente para sobreviver àquele dia seria levada para o sul de Conthas e vendida para agenciadores em busca de material para a arena.

E, claro, havia os corvos. Em toda parte. Para onde Tam olhasse havia bicos ensanguentados e olhos vidrados, penas pretas voltadas para poças de sangue. Seu tio uma vez tinha comparado os carniceiros de campo de batalha a parentes distantes que aparecem num enterro: *Vai haver mais do que dá para contar*, ele dissera para ela. *Nada atrai mais uma multidão do que comida de graça.*

E que banquete, pensou Tam, acelerando o passo para não se perder dos outros na penumbra. Ela quase tropeçou no pescoço cortado de um hydrake. O animal estava cercado de dezenas de guerreiros mortos, os corpos queimados por sua bile corrosiva. Três das sete cabeças tinham sido cortadas, enquanto uma quarta chiava e se debatia, sem querer acreditar que era seu fim.

Rose os levou por uma floresta de entes caídos cujos membros estavam espalhados como galhos depois de uma tempestade de outono, depois pelos destroços de gárgulas estilhaçadas. Harpias e morcegos-lobos mutilados estavam ao chão onde tinham caído do céu. Uma sílfide de podridão gemia na lama; o saco venenoso no abdome tinha explodido e estava vazando vapores tóxicos.

— Por aqui — disse Rose, levando-os para longe.

O bando se viu andando em meio a um rebanho de centauros mortos. No meio dele havia os corpos de mercenários pisoteados, e Tam arquejou quando reconheceu as gêmeas Halfhelm, Milly e Lilly, entre os mortos.

E se Bran estiver por aqui?

O pensamento a apavorou tanto que ela decidiu não olhar mais para os cadáveres de rosto pálido para não correr o risco de encontrar o querido tio morto, olhando para ela.

O que parecia um amontoado de morrinhos à frente acabou sendo o corpo enorme do gigante, Brontide. A pele bronze-avermelhada dos braços e pernas estava marcada de centenas de facadas, vergões e cortes sangrando. Mesmo parado, o campeão da Horda Invernal ainda não estava morto. Ele gemia de forma lamentosa e enfiava as mãos na terra encharcada de sangue nas laterais. A arma dele, uma clava com cabeça de carneiro do tamanho de uma torre tombada, tinha caído longe do alcance dele.

Tam concluiu que aquela batalha teria sido uma visão e tanto, tão épica em escala quanto a da Terra Final seis anos antes, mas ela não era tola de desejar ter estado lá para ver. Barda ou não, ela teria dificuldade de encontrar grandiosidade naquilo, de arrancar algumas pérolas de glória da miríade ensanguentada de devastação.

— Rose, minha nossa, é você?

Um homem saiu do meio de um grupo de mercenários parado em volta do cadáver de um mamute invernal. Quando ele chegou perto, Tam reconheceu Sam "Matador" Roth, da estrada para Highpool. A armadura do sujeito estava arranhada e amassada, manchada no peito de alguma coisa verde. A parte de baixo da barba tinha desaparecido e ele estava mancando, usando a famosa espada como muleta.

— Sam Roth. — Rose parou e passou os dedos pelo emaranhado escarlate na cabeça. — Ainda respirando, pelo visto.

— Rá! Por pouco! — O mercenário grandão bateu com um punho coberto de ferro no peitoral. — Um bulbo-praga vomitou em mim! Teria me transformado em mingau se eu não estivesse usando isso. Infelizmente, meu cavalo não se saiu tão bem, coitado.

Coitado mesmo, pensou Tam, lembrando como o animal se esforçava embaixo do peso considerável de Roth. *Imagina carregar aquele homem enorme até ali só pra receber vômito do que quer que seja esse tal de bulbo-praga...*

— O que aconteceu aqui? — perguntou Freecloud.

Roth franziu a testa.

— Vocês não sabem?

— A gente acabou de chegar — disse Rose.

— Acabaram de chegar? — perguntou, com tamanha descrença que as sobrancelhas peludas do homem quase pularam da cara. — Deuses de Grandual, mulher, você perdeu a melhor batalha desde a Guerra da Reivindicação! Um massacre sangrento, foi isso que aconteceu aqui! — O Matador abriu os braços para indicar a destruição ao redor. — Foi lindo!

— Você viu o Simurg? — perguntou Freecloud.

— Simurg? Pelos infernos congelados, vocês ainda estão nessa?

— Nós matamos a criatura — disse Rose. O tom dela foi direto, sem a menor indicação de arrogância. — E a Viúva de Ruangoth a trouxe de volta dos mortos.

Roth fez uma expressão cética, como um homem a quem disseram que beber um cálice de urina era o segredo da vida eterna.

— Eu... er... não vi Simurg nenhum, não — murmurou ele. — Estava ocupado demais destruindo monstros de verdade, ao que parece.

— Parece que vocês os massacraram — disse Brune.

— Isso mesmo! — disse o Matador. — A floresta pegou fogo. Não sei bem como, nem como começou, mas pago pra quem fez isso um barril da melhor cerveja kaskar se descobrir quem foi! Todo o Vale Cinzento pegou fogo antes do amanhecer. Os carteanos tinham olheiros nas colinas ao redor, mas Han alega que não foram os garotos dele que iniciaram. Ao amanhecer, metade da Horda estava correndo enlouquecida na planície, enquanto a outra metade estava ocupada indo para longe das árvores. Quando saíram, eles já estavam queimados e meio mortos! Houve lutas internas, disseram. Monstros matando monstros... — O mercenário passou o dedo pelas pontas da barba comida por ácido. — Como eu falei: foi lindo.

Atrás dele, um dos mercenários usou um machado para cortar uma das presas do mamute.

— E druins? — perguntou Rose. — Você viu algum druin?

Os olhos do Matador se desviaram para as orelhas de Freecloud.

— Não. Mas havia um Infernal.

— Sério? — perguntou Cura. — Como era?

Roth se empertigou, como se incorporando o demônio em pessoa.

— Um filho da mãe enorme e chamejante com espetos em toda a cauda como um chicote de armas preso numa corrente. Lutava com uma rede em chamas e um martelo feito de pedra quente. Acho que o filho da puta matou meia centena de mercenários antes do Trajados de Ferro o derrubar.

— Trajados de Ferro? — Alívio e descrença ocuparam as metades divididas do coração de Tam. Seu tio estava vivo! Ou *estava antes*, pelo menos. — Bran Hashford sobreviveu, você sabe?

A armadura do homem tilintou quando ele deu de ombros.

— Não o vi, sinto muito. Mas Branigan é durão. Eu apostaria que está por aí. Escuta. — Ele segurou o ombro de Rose. — Eu poderia trocar histórias até ficar com a cara azul, mas é melhor deixar algumas para os bardos, né? Estamos indo pra Coverdale tomar uma cerveja gelada, depois pra Conthas de manhã. A gente se vê?

— A gente se vê — disse Rose, mas a resposta dela foi sufocada por uma nova explosão de choramingos de Brontide.

— Pela misericórdia da Donzela! — gritou Roth, indo mancando na direção dos homens dele. — Alguém acaba com o sofrimento desse chorão de merda?

Rose semicerrou os olhos pela brisa pontilhada de cinzas na direção do gigante ferido.

— Nós já vimos o bastante — disse ela secamente. — Vamos voltar.

O grupo a seguiu. Tam viu os restos de um golem enorme. O constructo de pedra tinha sido reduzido a uma pilha de destroços. Freecloud parou para se ajoelhar ao lado da cabeça dele, esticou a mão e roçou os dedos na rocha. As marcas entalhadas nos buracos dos olhos estavam escuras e sem vida.

— É um dos de Contha? — perguntou Cura.

— Era — disse o druin. — Mas estava com runas rompidas. Sem mestre. Não estava mais sob o controle do meu pai. — Ele não falou mais nada, só se levantou e andou rapidamente atrás de Rose.

O bando seguiu pelos destroços de um navio voador caído. A vela rasgada estalava e cintilava, enquanto os anéis de duramantium do motor das marés giravam em círculos preguiçosos, zumbindo e emitindo um ruído líquido; outra coisa quebrada com uma canção de dor para cantar.

Pouco tempo depois, eles encontraram uma mulher ajoelhada na lama. Ela estava chorando sobre um cadáver usando um cuculo roxo com véu. Tam reconheceu na mesma hora o Príncipe de Ut, que tinha se recusado a enfrentar a marilith depois da luta do Fábula em Highpool.

Rose parou e inclinou a cabeça em deferência. A coroa dourada do guerreiro estava torta, a famosa cimitarra de aço verde caída na lama perto da mão. A armadura do peito estava afundada, uma pegada vermelha deixada na placa dourada esmaltada.

Havia mais uma dezena de mercenários mortos ali perto. Tam reconheceu a Estrela da Sorte entre eles, além do corpo de uma criatura que se parecia um pouco com uma coruja, mas mais com um urso, chiando baixinho pelo bico quebrado.

Tam voltou o olhar para o Príncipe caído. Ali estava um dos mercenários mais celebrados de Grandual, agora morto e frio no crepúsculo que se aproximava. Poucos quilômetros ao sul, os companheiros dele estariam celebrando a vitória em tavernas ou em volta de fogueiras crepitantes. Ele seria lembrado hoje? Os bardos cantariam sobre sua luta nobre? Sobre sua morte grandiosa? Ou a morte dele não passaria de uma nota sombria em mil canções gloriosas?

Pelo menos ele tem quem o lamente, pensou ela, olhando brevemente para a mulher chorando diante do corpo dele.

Os outros tinham começado a se afastar quando uma coisa despertou a percepção de Tam.

— Não chorando — murmurou ela.

Brune olhou para trás.

— O que foi?

— Ela está rindo. — Tam apontou para a mulher ajoelhada na lama, que estava agora se levantando, se virando e sorrindo com o humor vazio de uma caveira.

— Oi, Rose — disse a Rainha do Inverno.

CAPÍTULO QUARENTA E UM

MULHER DA MAGIA DAS TREVAS

Tam não tinha nem piscado e Rose já tinha tirado *Cardo* da bainha e a jogado girando em direção à cabeça da mulher. Astra se moveu antes mesmo de Rose soltar a espada e saiu casualmente do caminho.

— Nem se dê ao trabalho — disse Freecloud antes que Rose pudesse tentar de novo com *Espinheiro*. — Ela é druin. Ou já foi. Você não vai acertá-la se ela souber que vai acontecer.

Rose amarrou a cara. Baixou a arma, mas Tam não tinha dúvida de que ela tentaria de novo se a adversária fosse trouxa de baixar a guarda.

Astra estava vestida de forma mais majestosa do que no lago, fazendo Tam se questionar onde uma feiticeira morta-viva parava para trocar de roupa. Em uma cripta narmeriana, pela aparência, pois seu corpo estava envolto de pano preto bordado com escritas arcanas vermelhas.

Tiras de seda preta caíam de ombreiras em escamas nos dois ombros e se balançavam languidamente na brisa fétida. O cabelo preto subia por uma coroa de metal forjado cujas pontas se retorciam como chamas acima da testa, e as orelhas pálidas caíam murchas até os ombros. No quadril da druin havia uma espada longa em uma bainha preta laqueada que parecia a irmã gêmea de *Madrigal*, de Freecloud.

Os olhos dela eram violetas da cor de uvas que azedaram e estavam fixos apenas em Rose.

— Você devia estar morta — comentou ela.

— Diz a mulher que passou os últimos mil anos em uma tumba — disse Rose. Ela lançou um olhar cauteloso para a penumbra ao redor. — Cadê seu bichinho de estimação?

— Você está falando de Hawkshaw? Eu o mandei fazer uma coisinha. Ah — disse ela com calma quando a expressão de Rose se fechou. — Você está falando *deste* bichinho.

Um movimento do pulso invocou uma ventania que cortou a cortina de fumaça e cinzas. Um crepúsculo dourado invadiu a planície, cintilando nas escamas manchadas de sangue e reluzindo nas beiradas de armaduras destruídas. Mas uma sombra bloqueou o céu, e a Devoradora de Dragões pousou como um ciclone, penas mortas chovendo de suas asas.

Tam ficou grudada naquele olhar branco ardente, incapaz de fazer qualquer coisa além de esperar ser devorada, mas um gemido de Brontide atraiu a atenção da Simurg. Ela se aproximou para olhar melhor, arrastando a plumagem como correntes. Cada passo provocava um tremor sob as botas de Tam.

Quando Brontide viu a Simurg, ele ficou paralisado. Suas mãos, tão grandes que poderiam transformar castelos em destroços, começaram a tremer, e ele inspirou, ofegante.

— Por favor — disse ele antes que a mandíbula de leão-lagarto da Simurg se fechasse na garganta dele. Tam ouviu o ruído molhado de cartilagem quebrando, viu o sangue espumar entre os dentes do monstro e afastou o olhar na hora que ele rompeu a garganta de Brontide em fiapos nojentos.

Alguém gritava em algum lugar. Muitos alguéns, na verdade. Pela névoa de cinzas caindo, Tam viu mercenários correndo na direção de Coverdale para salvar a própria vida.

Como se Coverdale fosse longe o suficiente, pensou ela. *Como se qualquer lugar fosse.*

A voz de Astra a trouxe de volta ao campo de batalha.

— Eles ainda têm fome, sabe. Os mortos. Não sei por quê.

— Como assim, *eles*? — perguntou Cura. — Você estava morta como um ovo cozido até seis anos atrás, lembra?

A druin inclinou a cabeça de leve.

— Não, não me lembro de estar morta. Eu fui assassinada por escravos quando o Domínio pegou fogo em volta de mim e acordei e encontrei os descendentes desses escravos chafurdando nas cinzas do império. Meu *marido* — ela falou a palavra com repulsa —, que tinha prometido que ele e eu viveríamos como deuses para sempre, estava morto.

— Ele mereceu — disse Rose em um esforço óbvio para incitá-la. De acordo com Tiamax, Golden Gabe era famoso por fazer o mesmo com os inimigos, e devia ser por isso que ele tinha reputação de ser um babaca arrogante.

— Concordo — disse Astra. — Se bem que Vespian, não muito diferente do meu marido mais recente, teve lá sua utilidade. Houve uma época em que eu o amei.

— Antes de ele sacrificar sua filha? — perguntou Rose de maneira implacável. — Antes de roubar a morte que você obviamente desejava? Antes de cometer genocídio contra a própria espécie para manter aquela espada horrível em segredo?

Astra fez uma careta, e nessa hora um pouco do glamour se enfraqueceu só por um instante, mostrando a Tam um vislumbre da *verdadeira* face da Rainha do Inverno: olhos murchos e pele doentia que descascava como casca de árvore de um crânio amarelado.

— O Arconte era um tolo — sussurrou a druin. — Ele invocou um poder além da compreensão dele. *Tamarat* não é apenas uma espada. É uma *lasca*. Um fragmento vivo da Deusa em pessoa. E ele a *uniu a mim*. Me deu a ela como alimento, como se dá madeira à chama. Eu não pedi...

Rose jogou a outra espada.

Dessa vez, Astra se moveu uma fração tarde demais. Mas ela *se moveu*, e a lâmina só raspou na lateral da cabeça dela em vez de a partir em duas metades. Ela chiou de dor, e uma das orelhas brancas peludas caiu na lama perto dos pés dela.

Apesar da tentativa de segurar, uma risadinha incongruente escapou dos lábios de Tam. Cura lançou um olhar sombrio na direção dela, enquanto Freecloud fazia uma careta (talvez por empatia) e olhava para Rose.

— Boa tentativa — disse ele.

Ela fez uma careta.

— Não boa o suficiente.

Astra pareceu não reparar na orelha cortada, mas estava furiosa mesmo assim. Suas mãos se curvaram em garras ao lado do corpo. Ela as arrastou para cima, lentamente, como se estivesse dentro d'água, e os cadáveres em volta dela ganharam vida.

O Príncipe de Ut com o cuculo roxo se levantou. A Estrela da Sorte, com meia lança em uma das mãos e meio escudo na outra, se levantou. Um nortista sem camisa e com uma listra azul sobre os olhos se levantou cambaleando, e uma mulher ruiva com um mangual com pontas, mas sem boa parte da mandíbula, parou ao lado dele.

Cura puxou um par de facas. Brune segurou as glaives gêmeas.

— Como ela está fazendo isso? — perguntou ele.

— Necromancia — disse Freecloud.

— Cê jura? — disse Brune rispidamente. Ele balançou a mão para os novos guarda-costas da mulher. — Estou querendo saber como ela está fazendo *isso*. A maioria dos necros mal consegue fazer um esqueleto dançar. Os melhores conseguem transformar um grupo de cadáveres em zumbis desmiolados. Eles não usam as pessoas como marionetes nem trazem alguém do tamanho de uma porra de *vilarejo* de volta à vida!

— Deve ter a ver com a Deusa — supôs Freecloud.

— Você quer dizer a Rainha do Inverno? — perguntou Cura.

As orelhas do druin sinalizaram um *não*, mas ele não disse mais nada.

— Você estava liderando a Horda, então? — perguntou Rose à feiticeira. — Se sim, você fez um trabalho péssimo.

Astra balançou a cabeça, um gesto meio ridículo com o balançar do cotoco de orelha.

— Fui mais uma padroeira. Ofereci a Brontide um abrigo no qual poderia recuperar as forças. Depois disso, eu o mandei atacar Cragmoor. Garanti a vitória dele e prometi vida eterna a quem caísse em batalha.

— Não existe vida — disse Freecloud — sem livre-arbítrio.

Por algum motivo, os pensamentos de Tam se desviaram para o golem que eles tinham visto antes. *Com runas rompidas*, dissera Freecloud. *Sem mestre*. Isso queria dizer que todos os outros golens eram escravos, tão sem vontade quanto um dos servos mortos-vivos de Astra?

— Não entendo — disse Rose para a Rainha do Inverno. — Se você queria que a Horda fosse bem-sucedida, por que abandoná-los aqui? Você devia saber que as cortes reagiriam em algum momento. A Simurg era tão importante assim? Você negociou uma vida em troca de dezenas de milhares. Você os *condenou*.

Astra fez expressão de desprezo.

— Que diferença isso faz pra mim? Eram bestas. Monstros. Nascidos para serem escravos e criados para serem armas. Mas eles se rebelaram contra o Domínio e traíram meu filho quando...

— Ah, vai se foder — xingou Rose.

— ... quando o abandonaram no campo em Castia. — A mão direita de Astra foi até o cabo da espada. A voz estava densa como gelo sobre água rasa. Uma lágrima preta como veneno desceu como uma mosca pela bochecha de porcelana. — Meu pobre filho — sussurrou ela. — Meu doce filho do outono. Ele estava tentando ajudá-los, sabe. Queria oferecer abrigo a eles, um reino onde as criaturas mortais deste mundo pudessem viver sem a depredação da humanidade. E ele teria conseguido se não fosse um homem.

Rose enrijeceu.

— Não ouse dizer.

— *Gabriel*.

— O que eu acabei de falar, *porra*? — rosnou Rose.

— Por outro lado — argumentou Astra —, Gabriel nunca teria ido para Castia se não fosse por você. E é por isso que vai me agradar te matar aqui, sabendo que seu pai vai sentir a mesma dor que eu, ao menos até que eu o mate também.

— Você vai precisar de mais do que a Devoradora de Dragões para fazer isso — disse Rose, embora até Tam conseguisse sentir a falta de sinceridade nas palavras dela. Gabe podia já ter sido formidável, mas estava mais velho agora, não era mais o mesmo de antes. Ele não era nem o que tinha sido em Castia, que (de acordo com Rose) já não era muita coisa. — Você tinha um exército inteiro à disposição — disse Rose, indicando a planície coberta de cadáveres ao redor. — Por que deixá-los morrer?

A gargalhada de Astra foi sinistramente rouca, um som como o de um bico de corvo arranhando o crânio de uma criança.

— Deixá-los morrer? Minha querida, *eu mesma os matei*.

Brune, piscando, passou a mão pela boca.

— Isso é…

— Loucura — concluiu Cura por ele.

— Loucura — concordou o xamã.

— Eles teriam fracassado comigo — disse Astra — da mesma forma que fracassaram com o Domínio. Teriam me traído como traíram meu filho. Mas agora eles vão me servir na morte. Assim como você. E, como todas as criaturas do mundo, com o tempo.

— Bom, isso é… típico — disse Rose. Ela não pareceu nada impressionada, ou então estava fazendo um trabalho magnífico de fingimento. — E depois? Qual é o sentido? Vamos supor que você vença, o que não vai acontecer. Vamos dizer que você consiga matar todos nós, o que nunca vai rolar, eu garanto. Você está tão desesperada para governar o mundo que não liga que seus súditos estejam mortos?

— Você se engana — disse Astra. — Não tenho intenção nenhuma de *governar* o mundo. Eu vou *acabar* com ele.

Pareceu a Tam que as cinzas no ar viraram um enxame de insetos zumbindo, batendo na pele dela, penetrando na carne. Seu sangue ficou frio como gelo. Um medo animal frenético fechou as garras no coração dela e *apertou*.

Freecloud falou, obviamente abalado:

— Você vai conectar toda as vidas à sua...

— E depois me libertar — Astra suspirou — dessa existência imortal.

Tam não conseguia acreditar no que estava ouvindo. *Ela não é tão poderosa assim. Não pode ser.* Até onde Tam sabia, toda magia, desde a invocação de Cura até a transformação de Brune, tinha um custo. O poder *sempre* tinha um preço, e ela imaginava que necromancia não fosse diferente.

Mas e se Astra já tivesse pagado o preço? Ou e se a bolsa pertencesse a outra pessoa... ou *outra coisa* totalmente diferente?

Uma palavra se remexeu na cabeça dela como uma larva: *Tamarat*.

Apesar do pânico crescente, Tam estava prestes a pegar uma flecha e tentar (por mais inútil que a tentativa pudesse ser) matar aquela mulher louca e triste antes que ela pudesse cumprir a promessa terrível.

Mas aí Rose apontou para os pés da mulher.

— Você deixou sua orelha cair.

E Astra, que tinha sido imperatriz, depois deusa, e cuja feitiçaria sombria agora ameaçava apagar todas as almas em Grandual, olhou para baixo.

Como uma idiota.

CAPÍTULO QUARENTA E DOIS

A SETA DE PENA BRANCA

Rose partiu para cima da Rainha do Inverno, os braços esticados chamando as espadas para as mãos. Elas saíram espiralando da lama, só que Estrela da Sorte jogou uma para o lado com o escudo e o mercenário de listras azuis teve a coragem de entrar na frente da outra. Inesperadamente desarmada, Rose conseguiu parar quando a mulher sem mandíbula girou o mangual em arco à frente dela. O Príncipe de Ut se adiantou, a cimitarra na mão. Rose cambaleou para trás e se retorceu para se afastar.

Madrigal saiu cantando da bainha e cortou fumaça ao desviar da lâmina narmeriana. Freecloud chutou o Príncipe no peito e o jogou para trás.

Brune se adiantou para dar cobertura à recuada de Rose. Ele separou as duas partes de Ktulu e usou uma para defender o golpe do mangual e enfiou a outra no pescoço da mulher, cortando a cabeça dela.

Tam se moveu sem pensar. Soltou Duquesa, arrancou uma flecha da aljava e...

Astra puxou a espada, e o som que ela fez, o grito agudo de uma louca uivando sob a faca de um torturador, sobressaltou Tam, que teve dificuldade de pegar a flecha. A druin enfiou a ponta da espada no chão, e a barda viu... alguma coisa... na superfície verde sinistra da lâmina: mãos arranhando, um rosto retorcido de sofrimento. Mas então a voz de Astra subiu da terra ao redor deles.

— *Levantem-se* — ordenou ela aos cadáveres aos pés deles.

E eles se levantaram.

Todos eles se levantaram.

Coisas que tinham sido homens e mulheres; coisas que tinham sido orcs e urskins e gibberlings; coisas que tinham a pele cinza dos ogros, as jubas longas dos ixils, o pelo desgrenhado dos gnolls selvagens. Para onde quer que Tam olhasse, monstros e mercenários estavam se levantando, membros tortos, feridas pingando, olhos bicados por corvos ardendo em branco.

O ar vibrou com as batidas de asas quando os pássaros se alimentando dos mortos levantaram voo, uma nuvem tão preta quanto a própria fumaça.

— A gente tem que fugir — avisou Cura.

— Eu tenho que matá-la — rosnou Rose, as manoplas acesas. *Cardo* bateu na palma da mão aberta, mas *Espinheiro* estava enfiada até o cabo no nortista de listras azuis. Ele estava segurando a arma com as duas mãos, usando a própria força contra a magia druin antiga inserida na lâmina, o que se mostrou uma tolice, pois a magia druin antiga arrastou a carcaça morta dele alguns metros pelo ar, botou o cabo de *Espinheiro* na mão de Rose e o deixou à mercê dela.

Então, misericordiosamente, ela cortou a cabeça dele.

Rose ergueu as cimitarras.

— Se a gente a matar...

— A gente não vai conseguir — gritou Cura. — Nunca vamos conseguir chegar até ela.

A Rainha do Inverno já estava protegida atrás de dezenas de servos cambaleantes. A Simurg ergueu o focinho sujo de sangue quando o gigante abaixo dela começou a se mexer.

— Odeio dizer isso, mas Cura está certa — gritou Brune.

Rose lançou um olhar de súplica para Freecloud, que tinha partido a Estrela não tão da Sorte em vários pedacinhos. O druin olhou de Rose para onde Astra estava, escondida atrás de um muro de mortos-vivos.

— A gente tem que ir. Agora.

Rose lançou um olhar desesperado para trás antes de se aproximar dos companheiros de bando.

— Brune e Freecloud cuidam dos flancos — gritou ela, indo na frente, correndo. — Eu vou na frente. Tam, enfia uma flecha em qualquer coisa que se aproximar de nós por cima.

— Pode deixar — disse Tam sem se dar ao trabalho de comentar que era só a barda.

— Cura?

— Manda.

— Você acha que consegue manter eles longe da gente?

— Com prazer. — Cura se virou. O Príncipe de Ut tinha se recuperado e estava liderando o pequeno grupo de mercenários e monstros na direção deles. A Bruxa da Tinta puxou a manga, fechou o punho e gritou: — YOMINA!

A figura com capa saiu girando do braço dela, o pescoço comprido curvado debaixo do chapéu de aba larga. Ele puxou duas espadas do peito e se virou para os perseguidores.

Cura se levantou e foi com passos trôpegos atrás de Tam, que manteve o arco armado e os olhos voltados para cima enquanto eles corriam. O céu estava ensurdecedor com o berro dos pássaros, escuro com a fumaça, mas ela tinha vislumbres aqui e ali do azul do crepúsculo. Fagulhas da floresta em chamas passavam voando, queimando como uma picada de inseto onde quer que tocasse. De algum lugar, de *toda parte*, vinha o lamento agudo da espada fantasma de Astra.

Alguma coisa surgiu na fumaça na frente deles: grande e magro, com seus braços, dois chifres projetados e uma boca cheia de tentáculos em movimento. As espadas de Rose giravam nas mãos; ela reverteu o aperto, pulou sem desacelerar e enfiou a duas lâminas até o cabo no peito dele, caindo em cima do cadáver. Uma das línguas dele tentou pegar o tornozelo de Tam quando ela passou. Ela pisou com força e a coisa explodiu como uma minhoca embaixo de sua bota.

Eles continuaram correndo. Brune, segurando cada metade de *Ktulu* em uma mão, abriu caminho por um par de esqueletos. *Madrigal* cantarolou como uma harpa quando Freecloud cortou as pernas de um warg com um machado enfiado na cabeça. Rose lutou como uma berserker na frente, as lâminas uma mancha azul e verde enquanto ela desmembrava um par de homens-lagartos segurando lanças.

Em torno deles tudo era puro caos. Mercenários vivos lutavam contra mercenários mortos, vendedores de sucata corriam para tentar salvar a própria vida, coletores de cadáveres viravam cadáveres quando a presa despertava embaixo deles.

Tam sentiu o chão tremendo, e um olhar rápido para trás confirmou o pior dos medos dela: a Simurg estava em ação. Ela estava correndo pelo campo de batalha coberto de fumaça como um gato em caça, devorando os inimigos da Rainha do Inverno onde os encontrasse.

De vez em quando, Tam via *Yomina* andando pela penumbra ali perto, talhando e cortando através dos amontoados de servos de Astra.

Cura puxou a manga.

—Tam! Olha pra cima!

A barda mirou no céu e viu uma harpia descendo na direção deles. O corpo da mulher-ave estava cheio de flechas cravadas, e Tam tentou meter uma na cara dela. Isso funcionou; ela caiu como uma pedra atrás deles.

— Boa menina — disse Cura, e alguma coisa na barriga de Tam ardeu como uma brasa soprada pelo vento com o elogio da invocadora.

Em pouco tempo, eles deixaram os mortos para trás. Tam não sabia se havia um limite para o poder de Astra, mas, pelo visto, ela não era capaz de levantar a Horda toda ao mesmo tempo. *Senão, estaríamos mortos*, pensou ela. *Bem, talvez não mortos... mas definitivamente não vivos.*

Rose parou tão de repente que o resto do grupo quase a derrubou.

— Porra — xingou ela.

Brune tirou o cabelo dos olhos.

— Porra o quê?

— Puta que pariu — sibilou Cura.

Gabe e Moog estavam à frente. O mago cuidava de Roderick, que estava usando um lenço de seda branco para estancar o sangramento de uma ferida na cabeça. Um dos chifres curvos tinha se partido no meio.

E o *Velha Glória* tinha sumido.

— Doshi roubou nosso navio — disse Gabriel.

— Aquele lobo do mar filho da puta me chutou pra fora! — exclamou Rod. — Vou matá-lo! Vou torcer aquele pescoço ladrão!

Brune apontou para a cabeça do agente.

— Você está com um chifre a menos, irmão.

— O quê? — Roderick levou a mão ao chifre faltante e o queixo caiu quase nos joelhos. — Pelo pau sangrento do Pagão, estou mesmo!

Freecloud se ajoelhou ao lado de Roderick enquanto Gabriel corria em direção à filha e procurava sinais de ferimento nela.

— Rose, você...

— Eu estou bem — disse ela.

— O que está acontecendo aqui? — perguntou Gabriel. — Encontraram Astra?

— Encontramos — disse Rose. — Depois eu explico. A gente tem que sair daqui agora mesmo.

Gabriel mordeu o lábio. Olhou com preocupação para Moog, que ofegava pesadamente, exausto.

— A casa do Clay fica na metade do caminho pra Conthas. A gente devia tentar... — Ele parou de falar de repente quando uma coisa partiu o ar entre ele e Rose.

Tam se virou, perplexa, e viu Hawkshaw indo na direção deles. Conforme ele se aproximava, a fumaça fugia dele como sombras sumiam diante de uma galho incendiado. O Guardião armou o mecanismo da besta e a apontou novamente para Rose.

O som daquela flecha sendo liberada foi a coisa mais alta que Tam já tinha ouvido. Todos os companheiros de bando de Rose se moveram para entrar na frente dela, mas nenhum deles, nem mesmo Freecloud, estava perto o suficiente para isso.

Só Gabriel estava, e um momento depois ele caiu na lama com a flecha de pena branca enfiada no peito. A filha tombou de joelhos ao lado dele, as espadas caindo de mãos inertes.

Freecloud estava de pé, correndo na direção de Hawkshaw. A música de *Madrigal* partiu o ar atrás dele.

O Guardião empurrou de lado a capa de palha preta. Puxou a espada de osso do aro na cintura e a segurou com as duas mãos quando o druin se aproximou.

— Me... desculpe — gemeu ele. — Não posso...

— Cala a boca e morre — rosnou Cloud.

O momento estava tão carregado, tão repleto de pavor e malícia, que ninguém (nem Freecloud e certamente não Hawkshaw) viu a carroça do vendedor de sucata indo na direção deles até ter atropelado o Guardião. O corpo dele caiu como um espantalho embaixo dos cascos e das rodas pesadas de madeira.

A carroça parou e o condutor se levantou para ver a ruína que tinha deixado para trás. O corpo de Hawkshaw tinha sido reduzido a uma pilha gosmenta de ossos quebrados, carne ensanguentada e palha preta. A espada de osso foi partida no meio. A máscara de couro preto que ele usava para disfarçar seu rosto tinha caído e revelado o crânio sujo de sangue.

O condutor ficou horrorizado.

— Deuses, sinto muito! Tem alguma coisa... sei lá... alguma coisa grande lá atrás. Eu não estava vendo o caminho.

Tam piscou.

— Bran?

O homem olhou para ela sem entender.

É possível?, perguntou-se ela. O cabelo estava comprido, a barba estava desgrenhada e o rosto estava tão imundo que ele estava quase irreconhecível, mas Tam tinha certeza agora. Era seu tio Branigan. Ele estava vivo.

— Escuta — disse ele —, se eu te devo dinheiro, podemos discutir depois. Nós não...

— Tio Bran, sou eu.

— Tam? — O tio pulou do banco, andou pela lama e puxou Tam num abraço que a deixou com dificuldade de respirar. Depois, segurou os ombros dela e observou o rosto como se fosse um mapa de tudo que ela tinha visto e feito desde a última vez que os dois se encontraram. Um sorriso lento surgiu nos lábios dele. — Pela misericórdia da Donzela, garota, o que você está fazendo aqui? — Os olhos dele se desviaram para o que restava de Hawkshaw. — Ele era...?

— Nosso inimigo — garantiu Tam. — Depois eu conto. Gabe está...

— Vivo! — gritou Moog. O mago estava aninhando a cabeça de Gabriel nos joelhos. — Bom, está respirando, pelo menos.

Branigan gemeu quando reconheceu o homem no colo de Moog.

— Aquele é mesmo...?

— É, sim.

Com os dedos trêmulos, Rose tirou o cabelo suado do rosto do pai. As pálpebras dele tremeram fracamente com o toque dela.

— Você pode ajudar ele? — perguntou ela a Moog.

Os olhos do homem se encheram de lágrimas.

— Não sou curandeiro, querida. E infelizmente ele precisa de um. — O mago olhou a flecha no peito de Gabriel como se fosse uma serpente subindo de dentro da panela de ensopado dele. — Acho que pode ter perfurado o coração dele.

— O coração fica desse lado — apontou Rose.

— Fica? — O mago franziu a testa e colocou a mão no próprio peito. — Deuses, você pode estar certa.

Freecloud se manifestou.

— Rose...

— Ajudem a colocá-lo na carroça — ordenou ela.

— Rose. — O druin pôs a mão no ombro dela e indicou com seriedade a flecha de pena branca. — Olha essa ferida. Já está pútrida. Eu acho...

— O quê? — perguntou ela.

— Acho que a flecha estava envenenada — disse ele baixinho. — Sinto muito.

A raiva afugentou a esperança dos olhos de Rose, dando lugar a uma dor que ameaçava fazer o rosto dela se desmanchar como pergaminho jogado numa chama.

— Vamos levá-lo para Coverdale — murmurou ela.

Freecloud empurrou o cabelo entre as orelhas.

— Coverdale não é seguro — disse ele, olhando para o norte pela planície.

O Vale Cinzento ainda estava em chamas. A floresta era uma mancha laranja no horizonte, um anel reluzente contra o qual a forma de incontáveis horrores podia ser vista vagando pela planície escura.

Bran tossiu.

— Conthas fica longe demais...

Gabriel se mexeu nos braços de Moog e murmurou palavras que Tam não conseguiu entender. O mago se reclinou e ouviu, mas foi Rose quem decifrou as palavras do pai.

— Vamos levá-lo para Clay Cooper — disse ela.

CAPÍTULO QUARENTA E TRÊS

MÃO LENTA

Eles contornaram Coverdale, que estava tomada como uma colmeia em chamas com o pessoal da cidade correndo para evacuar e seguiram o caminho irregular que servia de estrada por uma floresta de bétulas branquinhas. Não havia estrelas nem lua para ajudar a enxergar, e Branigan só podia confiar nos cavalos para permanecer no rumo. Ninguém dormiu; nem havia condições para isso. Rose ficou ao lado do pai secando suor da testa dele enquanto Moog oferecia palavras tranquilizadoras, trechos de música baixa e uma piada de uma hora que não teve um final engraçado.

Gabriel morreu ao amanhecer do dia seguinte.

Ele não tremeu, não gritou nem disse palavras finais pungentes, como os heróis supostamente fazem. Só fechou os olhos e apertou a mão da filha com a intensidade que sua força se esvaindo permitiu, até que o aperto ficou inerte e ele soltou o ar sem inspirar mais em seguida.

— Para... — A palavra caiu como uma pedra da boca de Rose. Quando Bran parou a carroça, ela pulou pela lateral e desapareceu no meio das árvores ao lado da estrada.

Estava nevando fraco. Tam esticou o pescoço e semicerrou os olhos no meio dos flocos. Um se prendeu nos cílios e, quando ela piscou, grudou na bochecha, derreteu rapidamente e escorreu até o queixo.

Brune olhou para o corpo com uma expressão intrigada, como se tivesse fechado a mão com uma moeda de ouro dentro e encontrado um pedaço de carvão ao abri-la. Cura botou a mão sobre a boca e observou com um olhar vazio o homem deitado na frente dos joelhos dela. Freecloud, as orelhas caídas, ficou olhando para a floresta ao lado da estrada com olhos da cor de ferro fosco.

Moog se encolheu ao lado do corpo de Gabriel. Segurou a cabeça do amigo com mãos envelhecidas e o beijou de leve na testa.

— Seu filho da mãe — disse ele em meio ao primeiro sinal de choro. — Seu filho da mãe corajoso, burro e lindo. Como você pôde? Como pôde ir sem a gente? — O mago encostou a bochecha no peito de Gabe e chorou até as lágrimas secarem, depois se empertigou, fungou e engasgou com uma risada catarrenta. — O Clay vai te matar quando descobrir. Não vai...

Na floresta, uma mulher gritou. Não de medo, mas de raiva, uma fúria tão poderosa e dolorosamente violenta que Tam se perguntou se as árvores não tinham se partido com o som. Freecloud se sobressaltou como um cão de caça chamado pelo dono, mas Branigan segurou o ombro dele e balançou a cabeça.

Freecloud se acomodou e, um minuto depois, Rose saiu da floresta, subiu na carroça e mandou Bran prosseguir.

Eles prosseguiram.

Clay Cooper era dono de uma estalagem modesta de dois andares na estrada entre Coverdale e a Cidade Livre de Conthas. Havia um estábulo atrás, um bordo com galhos desfolhados na frente e uma placa em forma de escudo acima da porta, na qual as palavras *Estalagem do Mão Lenta* tinham sido escritas com letra de forma.

Eles chegaram perto do meio-dia. A estrada que passava pela estalagem estava lotada de refugiados fugindo de Coverdale, e o pátio estava cheio de mercenários trocando histórias e discutindo sobre o que fazer em seguida. Roderick se ofereceu para cuidar dos cavalos. O sátiro tinha passado a manhã toda olhando para o céu, como se esperasse que Doshi voltasse a qualquer momento com o navio roubado.

Isso ou ele tem medo de que a Simurg desça do céu para cima de nós. Infelizmente, essa segunda opção era uma perspectiva mais provável.

Branigan desceu da carroça e ofereceu a mão para ajudar Tam a descer. Cura, Brune e Freecloud desceram em seguida. Nenhum deles disse nada, embora seus nomes tenham sido chamados por mercenários que estavam no pátio.

Rose não se mexeu. Ela estava ajoelhada ao lado do pai, como tinha ficado desde que voltou da floresta. Não tinha derramado nenhuma lágrima, e seu semblante era tão vazio que parecia que ela estava olhando a tinta de uma parede secar, mas o som do grito dela ainda ecoava na memória de Tam.

O clima no gramado estava mudando de maneira perceptível, de caos generalizado a genuinamente curioso. O tráfego na estrada ficou mais congestionado porque os passantes estavam desacelerando para olhar. Tam ouviu cem vozes sussurrarem o nome de Rose no silêncio repentino.

E outro nome também.

A porta da estalagem se abriu e um homem saiu. Ele era grande, mais alto do que Freecloud, mais largo do que Brune, mas, fora o tamanho (e uma cicatriz horrível inclinada no nariz torto), ele era bem comum: tinha cabelo castanho, olhos castanhos, uma barba castanha com fios grisalhos.

Clay Cooper, supôs Tam, que as músicas chamavam de Mão Lenta (quando o chamavam de alguma coisa). O fiel amigo de Gabe era o membro menos notório do Saga, praticamente uma nota de pé de página em todas as histórias que Tam tinha ouvido sobre o maior bando de Grandual. Ele tinha uma figura imponente agora, pensou ela, olhando de cara feia debaixo de uma testa de granito.

Moog inspirou, tremendo.

— Eu vou — disse ele. — Vou contar para ele. — O mago desceu da carroça, passou a mão trêmula pela parte careca da cabeça e seguiu andando pelo caminho de terra batida até o degrau onde Mão Lenta aguardava.

Uma mulher de aparência séria, Tam supôs que fosse a esposa de Clay, saiu lá de dentro, seguida de perto por duas meninas. Uma obviamente era filha deles. Ela parecia ser alguns anos mais nova do que Tam, mas era tão alta quanto ela e tinha um corpo forte. O rosto era largo e queimado de sol, o cabelo preso numa trança grossa que ela puxou distraidamente enquanto olhava o pátio. A outra garota era bem mais nova, com o cabelo parecendo um raio de seda verde-clara e olhos brilhantes que se arregalaram quando ela viu os pais.

— Mamãe! — Ela se soltou da garota mais velha, escapou da esposa de Mão Lenta e veio correndo descalça pelo pátio coberto de neve. Freecloud se moveu para interceptá-la. Ele pegou a filha no colo e sussurrou alguma coisa no ouvido dela antes de levá-la para longe da carroça e da mulher que sofria ali.

Moog finalmente chegou aos degraus da estalagem. O que ele disse abalou Mão Lenta como um soco e deixou o homenzarrão oscilando como um boi com um machado cravado na cabeça.

A barda ouviu sussurros se espalharem a partir de onde os dois homens estavam, um murmúrio baixo de medo e descrença. O mago chorava abertamente agora, e a esposa de Clay Cooper esticou a mão para segurar o braço do marido enquanto ele olhava na direção da carroça. O toque dela pareceu trazê-lo de volta à realidade. Ele disse alguma coisa que Tam não ouviu de longe e colocou a mão no ombro de Moog quando passou e seguiu na direção da estrada.

Agora, o pátio estava mortalmente silencioso. Inúmeros mercenários, centenas deles, estavam atentos, e exceto por alguns viajantes desesperados, a torrente passando também tinha cessado.

O silêncio sobressaltou Rose. Ela piscou, olhou para trás e viu Mão Lenta se aproximando. Tam estava perto o suficiente para ver uma nova dor surgir nas poças escuras dos olhos dela. Com um esforço que pareceu titânico, Rose desceu da carroça e parou para esperar Clay enquanto ele se aproximava.

— Meu pai queria... — Isso foi tudo que ela disse antes de o gigante a abraçar, puxar as placas congeladas da armadura dela para perto e aninhar a cabeça dela na palma da mão enorme. Os dois ficaram muito tempo sem falar nada e, por mais incrível que pareça, nenhum dos dois chorou. Tam desconfiava que Rose tivesse fechado o coração como uma válvula, e Mão Lenta talvez tivesse aguentado coisas demais ou tivesse visto amigos demais morrerem para mais um fazer diferença.

É mais provável que ele esteja fazendo isso por Rose, refletiu Tam, *sabendo que, se ele desmoronar, ela vai desmoronar também... por mais força que ela tenha empregado na hora de fechar a válvula.*

Finalmente, Mão Lenta a soltou. E como um homem resignado a olhar para o sol apesar de queimar seus olhos, o mercenário grisalho voltou o rosto para o amigo falecido. Tam viu o peito de barril subir e descer uma vez e de novo. Quando se sentiu seguro para falar, ele perguntou a Rose:

— Posso?

Ela assentiu brevemente.

— Claro.

Mão Lenta se inclinou na carroça e pegou Gabriel no colo. Fez isso com delicadeza, com uma lentidão deliberada, como se o companheiro de bando caído fosse uma criança que adormeceu ao lado da lareira e estivesse só sendo levado para a cama. O pai de Rose, que parecia gigantesco quando Tam o conheceu dias antes, parecia diminuto nos braços do outro homem. Seu carisma, seu charme natural, a graça segura com a qual ele se movia e ouvia e falava... tudo tinha sumido. O dourado que restava no cabelo pareceu ficar grisalho aos olhos dela.

Clay Cooper carregou Gabriel pelo pátio pela rota mais direta. Rose foi atrás dele, convocando tacitamente os companheiros de bando a irem junto. Tam e Branigan foram atrás, um par de primos distantes na retaguarda de uma procissão de luto.

Os mercenários lotando o pátio saíram da frente para abrir caminho. Elmos foram removidos, capuzes de cota de malha foram tirados de cabeças baixas. Alguns guerreiros colocaram a mão no peito, outros ofereceram orações para a Donzela da Primavera. Alguns dos mais velhos secaram lágrimas dos olhos, e até os mais novos ofereceram reverência aberta.

Não havia nenhum mercenário no mundo que não conhecesse Golden Gabe, embora, na verdade, nem todos o vissem com olhos gentis. Tam tinha ouvido alguns guerreiros novos alegarem que ele era superestimado, que tinha surgido em um tempo mais simples e não tinha estômago para lutar na arena. Muitos que o conheceram durante a época de turnê do Saga o chamavam de arrogante, grosseiro, mais preocupado em explorar a fama do que conquistá-la. Tam imaginava que esses sentimentos muitas vezes nasciam da inveja, mas como os mortos não geravam inveja, o que aconteceu em seguida não foi uma grande surpresa.

Ao menos não para Tam.

Moog caiu de joelhos, se bem que ela não teve como saber se foi a angústia ou a admiração que provocou isso nele. Dois homens de barba grisalha fizeram o mesmo, se apoiando em um joelho e abaixando a cabeça. Ao lado deles, uma mulher que Tam identificou como Clare Cassiber, mais conhecida como Sombra Prateada, também se abaixou. Um jovem de cabelo platinado e couro preto, que ela achou que podia ser o líder do Águias Gritadoras, se ajoelhou na neve e sussurrou para os companheiros de bando fazerem o mesmo. E, de repente, em um coral de armaduras tilintando e couro estalando, todos os mercenários no pátio estavam apoiados em um joelho.

Pela atenção que Clay Cooper deu a eles, era como se eles fizessem parte do gramado, mas Rose andou mais devagar e olhou em volta, impressionada. A barda viu muitos homens e mulheres oferecerem à filha de Gabe um movimento solene de cabeça, e Tam, para não ficar boquiaberta a cada rosto famoso que reconhecia, grudou o olhar na porta da estalagem à frente.

Levou uma eternidade para eles chegarem lá, mas Mão Lenta e seu fardo acabaram desaparecendo lá dentro. Rose foi atrás, com Cura e Brune ao lado. Moog e a filha de Clay entraram atrás deles. A esposa dele segurou a porta para Tam, mas a barda parou com um pé na soleira, sem saber se devia entrar ou não.

— Vai — disse Bran. — Eu espero aqui. — Como ela não se mexeu, o tio a empurrou com o cotovelo. — Você é a barda deles, Tam. O que quer que aconteça lá dentro, você deveria estar presente.

Ele estava certo, claro. O dever de uma barda era assistir, testemunhar. Tam desviar o olhar quando na ausência da glória, quando os heróis eram obrigados a aguentar a dor e a dureza que nenhuma força física podia superar, era trair esse dever.

Tam passou pela porta.

Ela nunca cantou sobre o que aconteceu depois daquela soleira, nem falou com ninguém que não estivesse presente. Mas o que ficou óbvio para quem a conhecia antes e depois daquela manhã foi que a mulher que saiu estava distintamente mudada em comparação à garota que entrou.

Os sorrisos dela ficaram mais curtos. A risada, mais alta. Ela ficava distraída às vezes e olhava para o nada com uma expressão de dor que passava como uma nuvem assim que alguém falava o nome dela.

Ela amava com menos rapidez, mas com mais intensidade, e tomava o cuidado de que as pessoas importantes para ela soubessem disso.

Às vezes, ela chorava quando nevava.

CAPÍTULO QUARENTA E QUATRO

CINZAS AO VENTO

Pediram que Tam cuidasse de Wren enquanto os outros construíam uma pira para Gabe. A pequena sylf, tão faladeira que era surpreendente encontrar tempo para respirar, levou a barda para o estábulo nos fundos.

— Tudo isso estava cheio ontem. — Wren mostrou as dezenas de baias vazias perto da porta. — Mas a titia Ginny é vendedora de cavalos e ela vendeu todos por dinheiro. Só que, há, umas pessoas não tinham dinheiro, mas ela deu um cavalo pra elas mesmo assim e me pediu pra não contar pro tio Clay. — Ela se virou para a barda. — Então não conta pro tio Clay, tá?

— Tio Clay? — Tam fingiu refletir sobre uma coisa. — É o grandão com a cicatriz no rosto?

— Ele mesmo. Ele ganhou aquela cicatriz porque caiu de uma escada.

Ah, com certeza foi isso, sim, pensou Tam com um sorriso irônico.

A garota foi até um garanhão preto com a crina e o rabo tingidos de vermelho-escuro.

— Esse é o cavalo da mamãe. O nome dele é Destroçador de Corações e ele só deixa meninas fazerem carinho nele. Está vendo? — Ela fez carinho no nariz do cavalo para demonstrar e apontou para uma égua branca como a neve na baia ao lado. — E essa é Mar Verde. É a cavalo do papai, mas a tia Ginny me deixa montar nela às vezes porque ela é muito boazinha.

O sorriso de Tam se alargou na luz fraca do lampião.

— Esse é o cavalo da Tally. — Wren fez carinho no focinho de um cavalo pintado marrom e branco. — Ela chama ele de Bert. E essa marrom grandona é do vovô. Mas ela é malvada e morde todo mundo e não gosta muito do vovô.

A tristeza penetrou como uma lâmina entre as costelas de Tam, mas ela manteve o sorriso intacto pela menina.

— Qual é o nome dela?

— Valery. Ah, e olha ali!

Moog tinha deixado a estalagem um pouco antes (para espairecer, ele dissera, o que quer que fosse isso) e agora Tam viu o cabelo e a barba branca dele na penumbra perto dos fundos do estábulo. O mago estava coçando vigorosamente a cabeça de uma coisa em um dos cercados maiores.

— Esses são os ursos-corujas do tio Moog! — anunciou Wren.

Antes que Tam pudesse perguntar o que era um urso-coruja, ela viu com os próprios olhos... e se deu conta de que tinha visto um morrendo no campo de batalha ao norte de Coverdale. Fiéis ao nome, eles pareciam ursos de penas marrons com bicos pretos afiados e olhos amarelos arredondados. Um deles piou quando Tam se aproximou. O outro ronronou como um gato sob os dedos do mago.

— O grande é Gregor — disse Wren — e o pequeno é Dane.

Tam não teria chamado nenhuma das duas criaturas de pequena, pois ambas eram mais altas do que ela, embora uma não fosse tão corpulenta quanto a outra.

— Eles são seus... bichinhos de estimação? — perguntou ela a Moog.

— Meus queridos amigos — respondeu o mago com uma fungada revelando sua dor. — Eu não os trancaria assim normalmente, mas cada quilômetro até Conthas está lotado de mercenários que podem confundi-los com inimigos. — Ele pegou um cacho de bananas pretas sabe-se lá de onde e as balançou na frente de Wren. — Quer dar comida pra eles?

Ela assentiu com entusiasmo.

— Por favor!

Tam franziu a testa.

— Eles comem banana?

Moog moveu os ombros ossudos.

— Tudo come banana.

Enquanto Wren e o mago jogavam bananas com casca nos bicos abertos dos ursos-corujas, Tam foi para a penumbra perto da porta do estábulo. O dia estava ficando mais frio; sua respiração saiu branca no ar gelado. Ela viu que eles tinham acabado de construir a pira de Gabriel, uma pilha de cadeiras quebradas embaixo de uma mesa grande de carvalho. E os mercenários estavam começando a se reunir ali perto.

Ela viu Lady Jain parada na frente do grupo e lembrou que ela admitiu ter roubado Gabe no passado. Eles tinham ficado amigos, Tam supunha, pois raramente tinha visto alguém parecer tão perdida mesmo ali parada. As Flechas de Seda, coloridas como o arco-íris numa variedade de trajes, estavam reunidas em volta dela, mas o número estava menor desde que a barda as tinha visto da última vez.

Tam ouviu o movimento de uma bota no piso do estábulo. Ao se virar, encontrou a filha de Clay ao seu lado, olhando para o norte. O céu estava dividido em dois: o dourado-claro da manhã e o tom lavanda da aurora. Para o norte, nuvens escuras, *nuvens de neve*, se acumulavam no horizonte. Fitas de fumaça preta sopradas pelo vento seguiam para o sul como os dedos de uma mão espectral.

Tally estava segurando a trança e puxando distraidamente. Os dedos da garota estavam machucados, e o nariz, de perfil, tinha a marca reveladora de ter sido quebrado pelo menos uma vez. Apesar do tamanho e do corpo forte, ela não pareceu a Tam ser do tipo agressivo, e os pais dela, pelo pouco que a barda sabia, pareciam incapazes de criar uma valentona. Portanto, ela supôs que Tally tinha obtido as feridas de forma honesta: talvez defendendo alguém incapaz de se defender.

Todos nós temos um pouco do nosso pai, pensou Tam, admirando a garota em silêncio.

— O quê? — perguntou Tally quando viu a barda olhando.

— Nada. — Tam voltou a atenção para o céu no norte, com medo de ver os primeiros arautos da Horda de mortos-vivos de Astra chegando. — Qual é a distância até Conthas?

Tally deu de ombros.

— Alguns dias. Menos se a gente cavalgar rápido.

Ah, nós vamos cavalgar rápido.

— Você acha que eles sabem o que está vindo? — perguntou Tam.

A garota franziu a testa. Os nós dos dedos dela ficaram brancos na trança que ela segurava.

— O que está vindo?

A barda pensou na pergunta enquanto olhava a tempestade distante. Ela não queria assustar a garota, mas não adiantaria de nada dourar a pílula.

— O inferno — disse ela.

Para o crédito de Gabriel (e apesar da ameaça de uma Horda de mortos-vivos indo para o sul com o objetivo de matar todo mundo), quase mil mercenários, bardos, agentes e admiradores lacrimosos estavam presentes para vê-lo ser queimado. A cremação, claro, era uma precaução necessária, pois enterrar heróis mortos parecia desaconselhável com uma rainha necromante à solta.

Tam ficou ao lado de Cura, cujo gosto por se vestir toda de preto foi pela primeira vez apropriado para a ocasião. Roderick se juntou a eles, sem chapéu e sem botas em meio aos companheiros pela primeira vez na vida até onde a barda sabia. O sátiro atraiu uma variedade de olhares curiosos ao andar pelo pátio coberto de neve, desde perplexidade a desprezo aberto. Um mercenário de cara amarrada tinha escarrado e estava prestes a cuspir, mas um olhar fulminante de Rose o obrigou a engolir tudo com um ruído alto.

Mão Lenta tirou a rolha de uma garrafa de vidro verde de uísque Lutolongo. A destilaria tinha sido destruída pela Horda quando ela foi para o sul, o que queria dizer que cada copo restante tinha que ser apreciado.

— Matty me mandou isto quando a estalagem foi inaugurada no outono passado — Tam o ouviu dizer para Moog, como se o antigo companheiro de bando deles, agora imperador de Castia, fosse um vizinho gentil que deixava um bolo de carne de presente de vez em quando. — Dizem que foi envelhecido quarenta anos em barris de ente. Eu planejava guardar até a nossa próxima reunião. — Ele deu de ombros, tomou um gole, sugou os dentes e passou a garrafa para o mago.

— Barris de ente? — Moog pareceu genuinamente intrigado. — Como é o gosto de ente?

Outro movimento de ombros.

— Baunilha.

O mago tomou um gole hesitante. Uma das pálpebras dele tremeu rapidamente e ele engasgou como um gato vomitando uma bola de pelos antes de passar a garrafa para Rose.

— Baunilha? — sussurrou Moog. — Tem gosto de tanga de ogro! E não me pergunte como eu sei disso!

Rose tomou um gole maior do que todo mundo, deu um passo à frente e virou o conteúdo da garrafa na pira improvisada. Depois, parou ao lado do pai e falou como se os dois estivessem sozinhos.

— Você foi uma merda de pai — disse ela. — Egoísta e arrogante. Nem um pouco adequado para esse papel. — Ela olhou na direção do estábulo, onde dava para ouvir Wren dizendo para a filha do Mão Lenta quantas cores de cavalo existiam no mundo. — Acho que é de família. — Ela esperou as risadas acabarem antes de prosseguir. — Mas você contava umas histórias boas. Ficava falando por horas sobre suas aventuras infinitas, suas grandes turnês pelo Heartwyld. Fazia sua vida parecer bem mais empolgante antes de eu nascer. E você nunca parava de falar em reunir seu bando. Até que, finalmente, você conseguiu.

Houve um aumento de falação empolgada. Tam viu um sorriso surgir e sumir do rosto do Mão Lenta como um raio de sol passando por nuvens de primavera.

— Eu me perguntava por que você se importava tanto com aqueles seus companheiros de bando. Você os amava como nunca tinha me amado. Aqueles guerreiros maltratados, homens maltrapilhos com varinhas murchas e espadas enferrujadas.

— Ei — disse Moog, fingindo se incomodar. — Eu me encaixo nessa descrição aí!

— Mas agora entendo — prosseguiu Rose. Seus olhos escuros vagaram pelos mercenários ao redor e ela aumentou a voz para que se espalhasse acima das cabeças deles. — Temos nossos motivos para fazer o que fazemos. Pode ser dinheiro, fama ou, talvez, como eu, vocês só estivessem tentando irritar seus pais. — Ela parou até outra rodada de risos passar. — Então, entramos para um bando. Saímos de casa, abandonamos nossas famílias e pegamos a estrada. Passamos todos os dias e noites com nossos companheiros de bando. Comemos com eles, bebemos com eles, discutimos se um hydrake conta como uma morte ou como sete.

— Uma — disse Brune.

— Sete — disse Cura.

— Dormimos ao lado deles, lutamos ao lado deles, sangramos ao lado deles. Confiamos neles para nos dar cobertura e salvar nossa pele, coisa que eles fizeram várias vezes. E, em algum lugar por aí, entre um trabalho e outro, alguma coisa mudou. Acordamos um dia e nos demos conta de que nossa casa não estava mais para trás. Que nossas famílias estavam conosco o tempo todo. Olhamos para esses desgraçados, essa mistura de gente, e soubemos que não havia outro lugar em que gostaríamos de estar além de ao lado deles.

Rose voltou a atenção para a pira de Gabriel e esticou a mão para ajeitar o cabelo dele.

— A glória passa. O ouro escorrega pelos nossos dedos como água ou areia. O amor é a única coisa pela qual vale a pena lutar. Meu pai sabia disso. Ele amava os companheiros de bando. Vivia por eles. Teria morrido por eles se eles tivessem pedido, sem dúvida nenhuma. Mas ele morreu por mim. — Ela respirou fundo. — Então, acho que ele deve ter me amado, afinal.

Tam nunca tinha ouvido um silêncio tão absoluto. Dava para escutar os flocos de neve sussurrando quando Rose se afastou da pira e sinalizou para Moog com a cabeça.

O mago tirou um bonequinho da manga: um pássaro entalhado em pedra preta fosca. Um assobio deu vida a ele, uma chama aberta na palma da mão, e uma expiração o jogou na direção da madeira empilhada embaixo da mesa de carvalho. O fogo se espalhou rapidamente, devorando a madeira encharcada de uísque. Em questão de segundos, estava deixando as tábuas embaixo de Gabriel enegrecidas, se curvando como garras na beirada da mesa.

Mão Lenta cutucou o mago com o cotovelo.

— Exibido.

Moog abriu a boca para responder, mas um grito cortou a voz dele. O som, o volume, foi inconfundível, mesmo antes de alguma coisa obscurecer o sol e jogar o mundo em sombras.

Mercenários curvaram o pescoço, perplexos. Tam, semicerrou os olhos no meio da neve que caía, viu asas com penas cortando as nuvens acima. Ela ouviu a palavra "dragão" em meia centena de lábios e achou que era melhor eles ainda não terem entendido o perigo que corriam para que o pandemônio não começasse.

Mas Roderick gritou, enquanto corria pelo pátio:

— Puta que pariu, é a Devoradora de Dragões!

O pandemônio começou. A multidão dispersou como um ninho de ratos embaixo da sombra de uma ave de rapina. Algumas almas corajosas puxaram as espadas. Alguns idiotas pegaram arcos e dispararam flechas para o céu. Tam ouviu um whoosh de algo sendo sugado e viu uma bola de fogo de mago subir como um segundo sol. Explodiu nas nuvens como fogos de artifício de primavera, lindamente inútil.

Esperem pousar, seus burros! E, enquanto isso, rezem para que não pouse, pensou ela.

Rose estava correndo a toda na direção do estábulo.

— As cinzas do seu pai! — gritou Moog.

— Deixa para o vento — berrou ela por cima do ombro.

Freecloud saiu correndo atrás dela, Brune e Cura em seguida. Tam foi junto, e Branigan a alcançou fora do estábulo. O cabelo do tio estava grudado na testa quando ele olhou para cima.

— É verdade? — perguntou ele. — É mesmo o Simurg lá em cima?

Parecia que o medo nos olhos dela era resposta suficiente.

— Me fode com um pau enferrujado — murmurou ele.

Moog passou correndo com a veste puxada acima dos joelhos ossudos.

— Gregor! Dane! — gritou ele para os ursos-corujas. — O papai está chegando!

Ginny correu para o estábulo atrás dele, o que deixou só o marido dela parado ao lado da pira de Gabriel. Tam viu a silhueta de Mão Lenta oscilar na frente das chamas por mais um momento, mas ele acabou se virando e saiu andando até entrar pela porta dos fundos da estalagem. Saiu alguns momentos depois carregando uma placa feia de madeira que ela reconheceu tardiamente ser um escudo.

— *Coração Negro* — sussurrou ela.

Bran se mexeu ao lado dela.

— O quê?

Antes que ela pudesse apontar, a carroça que eles usaram para sair do campo de batalhas entrou no pátio. Roderick deslizou pelo banco quando contornou a estalagem. Fez a carroça parar na lama na frente deles.

— Subam!

— Aonde a gente vai? — perguntou Tam, ajudando Bran a entrar na caçamba da carroça.

A égua de Freecloud saiu em disparada do estábulo. Wren, parecendo incrivelmente calma, estava sentada na frente do druin, os dedos segurando bem na crina branca de Mar Verde. Rose saiu atrás deles com Destroçador de Corações se debatendo como uma mula queimada entre as pernas dela. Ela puxou as rédeas com força e o virou para o sul.

— Conthas — gritou ela, e saiu galopando.

CAPÍTULO QUARENTA E CINCO

A CIDADE LIVRE

A Cidade Livre de Conthas era muitas coisas para muita gente. Era um centro de comércio para vendedores de sucata e mercadores, uma base de operações para os caçadores que forneciam material para as arenas de Grandual. A proximidade com Heartwyld a tornava o ponto de partida natural para bandos corajosos se aventurarem na floresta e um paraíso para quem voltava vivo daquele lugar horrível.

Como o nome dava a entender, a Cidade Livre ficara fora das fronteiras de qualquer corte; mas uma cidade sem governo é uma cidade sem regras. A anarquia reinava no lugar dos reis. O caos governava no lugar dos ministros. A desordem e a confusão rondavam as ruas como lobos, aproveitando-se dos inocentes, devorando os fracos. Criminosos das cinco cortes faziam peregrinações para Conthas como se fosse um terminal sagrado, um refúgio para a escória vilanesca do mundo todo.

Apesar do estado sórdido, a cidade se gabava de um passado glorioso. Foi ali, uns quinhentos anos antes, que a Companhia dos Reis destruiu os resquícios das Hordas que tinham derrubado o Domínio. Nos séculos seguintes, Conthas (anteriormente conhecida como Contha's e, antes disso, Campo de Contha) passou por várias tentativas de reis orientais e hans sulistas de tomarem a cidade à força. Até as notoriamente agressivas tribos de centauros passavam longe da cidade, preferindo invadir cidades e vilarejos que não eram, como os homens-cavalo diziam, *Ict ish offendal putze*, que podia ser traduzido literalmente como "cheia de babacas de merda".

Era cercada de duas muralhas (ambas precisando de reparos), além de um fosso (que também servia de latrina comunitária e era um lugar conveniente para se despejar cadáveres), e vigiada por uma fortaleza tão impenetrável que ninguém tinha a menor de ideia de como entrar nela.

Rose e Freecloud seguiram na frente na direção da cidade. Roderick e Bran se revezaram conduzindo a carroça do vendedor de sucata, enquanto Brune, Cura e Tam ficavam encolhidos na caçamba barulhenta. Clay Cooper e a família estavam logo atrás, seguidos por um grupo de refugiados cansados e algumas centenas de mercenários que tinham fugido com eles depois do funeral de Gabriel.

Lady Jain e as Flechas de Seda estavam entre os que Tam via, e a barda notou Sam "Matador" Roth usando Dente como muleta enquanto mancava com a armadura pesada. O guerreiro estava montado em um dos cavalos de Ginny quando eles partiram da casa de Mão Lenta duas noites antes, mas ou a pobre montaria tinha morrido de exaustão ou tinha ficado esperta e fugido enquanto o filho da mãe saía para mijar.

De qualquer modo, o cavalo está em um lugar melhor agora, pensou Tam.

— Ali. — Freecloud apontou a cidadela para a filha quando eles se aproximaram. — É lá que seu avô mora.

A sylf pareceu confusa.

— Mas a mamãe disse que ele estava com o Lorde do Verão agora. Disse que ele vai poder tomar vinho o dia todo sem se meter em confusão e que o cabelo dele estava amarelo de novo em vez de cinza.

— Seu *outro* avô — disse Freecloud. — Eu contei sobre ele ontem, lembra? Ele é druin, como eu.

— Ele tem orelhas de coelho também?

— Tem, sim. — Pela primeira vez, o druin não se irritou com a associação. — Mas as dele são caídas porque ele é muito velho.

Cura encontrou forças para abrir um sorrisinho.

— Sabe o que mais fica caído quando está velho?

— O quê?   perguntou Wren.

— Sim, por favor — disse Freecloud secamente. — Diz pra minha filha de cinco anos o que mais fica caído quando está velho.

— Ah... há... — Cura murchou sob o olhar do druin. — Flores?

— Eu achava que Contha era recluso — refletiu Tam em voz alta. — Por que ele mora no meio da cidade?

— Ele mora embaixo — disse Freecloud. — Lamneth é isolada. Sou o único que entrou e saiu em quase um milênio.

Tam olhou para a antiga cidadela druin, sua sombra escura contra o céu matinal.

— Seu pai te mandou pra negociar com Lastleaf, né? Ele deve achar que você está morto.

O sorriso do druin foi afiado como uma faca.

— Eu ficaria surpreso se ele souber que fui ou se lembrar que me mandou. Meu pai nunca teve muita consideração pelos outros, e nove séculos de isolamento o deixaram com menos ainda. — Freecloud voltou o olhar para a fortaleza na colina. Ele não parecia feliz de estar indo para casa. — A solidão pode fazer coisas perturbadoras com a mente.

Havia dois exércitos acampados do lado de fora de Conthas. A leste estavam as barracas verdes e douradas dos guerreiros agrianos, arrumadas em fileiras ordenadas que lembravam a Tam os vinhedos que ela tinha visto nas colinas a oeste de Highpool. A oeste, espalhadas como as cinzas de uma fogueira chutada, estavam os yurts dos clãs carteanos. Brune apontou para a flâmula do Grande Han em pessoa, balançando ao vento.

— Han luta com o exército dele? — perguntou Tam.

— Os carteanos parecem mais uma máfia montada do que um exército — respondeu o xamã —, mas, sim. Os homens comuns valorizam força e coragem mais do que tudo. Se um han não luta contra seus inimigos, ele vai acabar lutando contra os amigos.

Tam se remexeu no assento. Seu traseiro estava doendo depois de uma noite na estrada esburacada e a condução descuidada de Roderick. Ela poderia jurar que o sátiro mirava nos buracos.

— Uma mulher pode ser Han? — perguntou ela.

Brune soprou as mãos para esquentá-las.

— Claro. Já ouviu falar de Augera? — Tam fez que não. — Ela era chamada de Han Uivadora. Foi uma das guerreiras mais temidas de todos os tempos. Ela conquistou a metade de baixo de Agria e a parte norte de Narmeer antes de morrer.

— Como ela morreu?

O xamã franziu a testa.

— Descuido. Ganância. Os culpados de sempre. Ela ficou de olho na capital narmeriana e teve a ideia brilhante de marchar diretamente pelas Planícies Cristalinas. Levou trinta mil cavaleiros e simplesmente... desapareceu. Até hoje os carteanos chamam o vento leste de Augera e dizem que ele carrega os gritos dos guerreiros loucos de sede da Han Uivadora.

— Como você sabe isso tudo? — perguntou Tam.

Brune deu de ombros.

— Carteanos bêbados contam histórias — disse ele.

Agora, eles já tinham chegado ao portão externo do leste da cidade, chamado Portão da Corte, lotado de refugiados procurando segurança atrás das muralhas e de mercenários ansiosos para matar a sede nos bares da região. Rose guiou Destroçador de Corações como um porrete, usando a cabeça do cavalo para abrir caminho no meio das carracas estacionadas e das carroças abarrotadas. Homens de aparência rudimentar usando tabardos vermelhos sujos por cima de cotas de malha enferrujadas ocupavam os dois lados da entrada, recolhendo um pedágio em nome de alguém chamado Tabano.

— Deve ser algum Chefe de Sarjeta arrogante — rosnou Cura. — Esses ratos filhos da puta — acrescentou ela, para o caso de não ter ficado claro o que ela achava dos que extorquiam pessoas desesperadas sem ter para onde ir.

Um dos capangas de Tabano olhou para Freecloud com desprezo quando ele se aproximou.

— Coelho paga mais, cara. Uma coroa inteira você e duas moedas por... — Ele fez uma pausa quando viu o rosto de Wren embaixo da capa com capuz. — O que temos aqui?

— Uma pirralha mestiça! — disse um dos colegas dele, se aproximando. — E garota, ainda por cima? — Ele tirou uma moeda de marco da corte da bolsa na cintura e ofereceu ao druin. — Olha só, pega isto aqui e deixa a pequena. Vamos cuidar pra que ela tenha um teto sobre a cabeça.

Rose desceu do cavalo e esticou a mão para ele.

— Seu elmo.

O fortão olhou para ela com cautela.

— Há?

— Me dá seu elmo — exigiu ela. — Agora.

Ele ficou com medo ou não era burro a ponto de recusar. O homem tirou o capacete de ferro amassado da cabeça sem pressa nenhuma e entregou para ela. Ao fazer isso, o reconhecimento surgiu no rosto esburacado.

— Ei, você não é a Rosa S...

O elmo bateu na lateral da mandíbula do homem. Os olhos viraram e ele oscilou como uma árvore decidindo para que lado cair. Rose o empurrou e avançou para o amigo dele, agarrou o tabardo do valentão e o empurrou na parede de pedra.

— Pega a bolsa dele. — Ela apontou para o que ela tinha derrubado. — E a sua. Dá uma coroa pra cada homem, mulher e criança sem arma que passar por esse portão até vocês ficarem sem nada, aí volta correndo para o seu chefe de merda. Tabo, né?

— T-Tabano — gaguejou ele. — O Barão de Saltkettle.

— Diz pra ele que a Rosa Sanguinária está na cidade e que a Rainha do Inverno está vindo. Diz pra ele que a Horda Invernal está vindo e que cada faca na lista de pagamento dele, cada ladrão, valentão e assassino mequetrefe tem que estar nesta muralha quando eles chegarem, senão ele não vai ter mais de quem roubar, quem intimidar ou assassinar, porque todo mundo vai morrer. Entendeu? — A papada do homem tremeu quando ele assentiu. — Vai.

Ele saiu andando. Rose continuou no chão, puxando Destroçador de Corações pela rédea para a cidade externa. Eles seguiram uma rua lamacenta com tantos tijolos de pedra no chão que Tam desconfiava que tinham tentado pavimentá-la, mas desistiram no meio. O caminho era ladeado de estábulos, ferreiros, curtumes fedorentos e moinhos barulhentos. Conthas a lembrava um hematoma: um anel de terra azeda que ia ficando mais escura conforme se aproximavam do centro.

Eles passaram pelo Mercado dos Monstros da cidade, com uma variedade tão grande que fazia o de Ardburg parecer um pet shop. Camadas de jaulas empilhadas formavam um labirinto na praça abarrotada, os ocupantes furiosos, andando de um lado para o outro ou sentados de cara feia nos cantos escuros de suas prisões.

Tam viu garras e bicos, asas e chifres, escamas brilhantes e pelo sujo de sangue. Tentáculos verdes escorregadios se fechavam nas grades de uma jaula, e quem passava por ali não chegava perto. Um círculo de carroças enormes cercava o fórum, as janelas com grades de ferro oferecendo vislumbres dos horrores de Heartwyld a caminho das arenas de Grandual. Muitos deles, Tam concluiu, tinham sido levados como prisioneiros depois da batalha no norte. Era provável que achassem que o cativeiro era um destino pior do que a morte.

Mas ela sabia que havia destinos piores do que ambos.

Eles passaram por um cercado de centauros altos tão espremidos que eles mal conseguiam se mover, as mãos e patas presos em grilhões pesados. Tam espiou dentro de um poço coberto por cordas cheio de goblins, gritando como mil gatos selvagens brigando pelas cascas de um sanduíche de sardinha. Um fomoriano de pernas arqueadas, o rosto tão hediondamente deformado que até a mãe dele faria uma careta ao vê-lo, estava sendo levado para uma paliçada por uma fila de cachorros latindo e caçadores armados com alabardas farpadas. Em outro lugar, um par de gorilliaths com listras de cores vibrantes estava sendo obrigado a bater no outro para a diversão de uma plateia animada. Toda a praça fedia a feno com bosta, urina velha e abandono. O barulho, uma cacofonia vibrante de piados, rugidos, chiados e rosnados, fez Tam se contorcer com desconforto no banco.

Ela ficava fascinada no mercado em Ardburg. Os monstros pareciam exóticos na época, inerentemente perigosos, como se jaulas apertadas e cercados imundos fossem o lugar certo para aquelas coisas selvagens. Mas agora elas pareciam vítimas aos seus olhos, que por puro acaso nasceram com escamas em vez de pele, garras em vez de dedos ou (no caso de uma aranha gigante amarrada por uma corda trançada) oito olhos bulbosos e mandíbulas venenosas em vez de uma cara comum.

A barda viu uma gnoll de juba vermelha acorrentada a uma estaca pelo pescoço. A criatura com cabeça de hiena estava amamentando uma ninhada de filhotes pintados e olhando com expressão vaga ao longe. Os filhos, Tam supôs, seriam tirados dela quando fossem desmamados, e ela seria colocada para cruzar com outro da espécie dela, um exemplar escolhido pelo tamanho e pela ferocidade. Os filhotes seriam criados em cativeiro embaixo de alguma arena distante, seriam espancados e açoitados por agenciadores implacáveis até se tornarem os monstros selvagens que a humanidade exigia.

Tam se viu fazendo cara feia ao pensar em tantos milhares de desesperados se unindo à causa de Brontide. O objetivo deles não era destruir a humanidade, era apenas sobreviver a ela.

Amontoados como corvos em torno do portão seguinte havia capangas de outro tipo: sacerdotes pálidos com cabeça raspada e vestes brancas sujas. Quando o líder deles se virou na direção dela, Tam quase pulou do assento. Ele tinha a boca costurada, mas não fechada, por uma grade de piercings de ossos polidos que esticavam os lábios num sorriso horrendo e lunático.

— A Mãe do Gelo voltou! — disse ele. — Que os fogos se apaguem, que as velas queimem até o fim. Que não reste nada além de cinzas e fumaça para marcar sua passagem!

— Cinza e fumaça — gemeu uma mulher ao lado dele.

— Fodam-se suas cinzas e fumaça! — xingou Cura, e os olhos vazios do homem se viraram na direção dela.

— Regozije-se! — gritou ele, os lábios repuxados por trás da jaula de osso. — Nossa rainha está chegando.

— Ela logo estará aqui — disse a mulher. Ela ergueu o rosto e pegou flocos de neve com as mãos esqueléticas. — Eu sinto o toque dela. Sinto o gosto nos lábios.

Tam ficou grata quando os sacerdotes ficaram para trás e não podiam mais ser ouvidos.

— Contemplem a glória de Conthas — anunciou Roderick do lugar que ocupava na carroça. — A única cidade livre deste lado do Wyld.

— E Freeport? — perguntou ela.

O agente fez cara de desprezo.

— Só cala a boca e contempla, tá? Essa é a rua principal, mas a maioria das pessoas chama de Sarjeta. — Ele indicou a avenida larga à frente. — Um pouco rua, um pouco rio. Depende do tempo. Não pisa nas poças — avisou ele. — Na verdade, fica longe da água em geral enquanto estivermos aqui. Cerveja pode. Vinho é bom. O melhor é rum.

— O café é uma merda — murmurou Cura, e considerando o fedor vindo da tal rua, Tam se perguntou se a Bruxa da Tinta não estava sendo literal.

Tam ouviu alguém dar um gritinho atrás deles. Virou-se a tempo de ver Clay Cooper enfiar o sacerdote com grade na boca em uma poça de água amarelo-amarronzada.

Moog riu. Ginny fez expressão de desprezo. Mão Lenta deu de ombros e fez a montaria seguir em frente.

Rose parou de andar e se virou para eles.

— A gente não veio beber — disse ela. Destroçador de Corações pisou na lama e balançou a cauda vermelha. — Brune, quero que você revire os ringues de briga. Tenta convencer quem estiver disponível que vale a pena se juntar a nós. — Ela jogou para o xamã um saco que tilintou. — Suborne se precisar.

— Vou precisar — garantiu ele. — Espera aí, se juntar a nós? Isso significa que a gente vai mesmo fazer isso? Vai lutar contra a Mãe do Gelo? Eu topo, claro, mas é que... achei que você tivesse dito que a Devoradora de Dragões tinha sido nosso último trabalho.

— Isso foi antes de Astra nos usar para fazer o trabalho sujo dela — disse Rose. — Antes de ela... ter tornado a questão pessoal.

Brune assentiu, os olhos se desviando para Freecloud e voltando até ela.

— É justo.

Rose disse para Cura:

— Lembra onde fica o Buraco do Esgoto?

A Bruxa da Tinta sorriu.

— Um bêbado sabe o caminho do bar?

— Encontre alquimistas, tempestuosos, invocadores, quem você conseguir reunir. Prometa reagentes suficientes para uma vida, mas, se isso não funcionar...

— É pra dar na cara deles até mudarem de ideia? — disse Cura.

— Exatamente. Tio Moog...

— Não diga mais nada! — O mago se aproximou de Cura. — Acompanharei a jovem ao Buraco do Esgoto. Tenho alguns velhos amigos escondidos lá. E um ou dois inimigos, imagino. Ah, mas vamos levar os meninos pra desencorajar a violência. — Ele fez sinal para os ursos-corujas enormes andando atrás dele. As pessoas passavam longe de Gregor e Dane e arregalavam bem os olhos.

Rose olhou para Clay quando o velho mercenário desceu do cavalo e alongou as costas.

— Você pode convencer os agrianos e carteanos a ficar?

Mão Lenta olhou com súplica para a esposa.

— Eu posso?

A expressão de Ginny estava sombria. A mandíbula se contraiu como se ela estivesse mastigando uma pedra, mas ela assentiu.

Clay deu de ombros.

— Vou tentar. Mas normalmente era Gabe quem falava.

— Eu sei — disse Rose. — Obrigada. — Tam não sabia se ela estava agradecendo ao Mão Lenta por tentar ou à esposa dele por permitir que ele tentasse.

Branigan conversava alegremente com Lady Jain, e agora os dois olharam para Rose.

— O que a gente pode fazer? — perguntou o tio de Tam.

Rose olhou para as Flechas de Seda trajadas cheias de cores enquanto pensava na resposta.

— Não sei quanto tempo Astra vai levar para reunir a Horda e a botar em movimento, mas é uma boa aposta que ela vai chegar nos próximos dias. Não podemos permitir que ela vire nossos mortos contra nós. Cemitérios, tumbas de família, covas comunitárias... tudo precisa ser cavado e queimado.

— Que ótimo. — Bran não parecia nada entusiasmado. — Parece divertido.

— E o que você vai estar fazendo enquanto nós desenterramos os mortos? — perguntou Jain.

— Freecloud e eu vamos levar Wren para um lugar seguro.

— Pra casa do vovô? — perguntou a menina. Rose assentiu, e a sylf puxou a capa do pai. — A Tam pode vir com a gente? Por favor, papai.

— Claro — disse o druin. — Se ela quiser.

O rosto de Wren se iluminou.

— Ela quer! Não quer, Tam?

A barda semicerrou os olhos para as ruínas do Torreão de Contha, projetado na frente do sol poente, que brilhava.

— Pode ter certeza de que quero.

CAPÍTULO QUARENTA E SEIS

A FLORESTA DAS COISAS QUEBRADAS

Eles esperaram o anoitecer para se aproximarem do torreão. A neve diminuiu quando eles subiram, dando espaço para pedras e um pedaço ou outro de grama amarela. Uma vez, quando escorregou em uma área de argila, Tam esticou a mão para se apoiar.

— Está quente — disse ela, maravilhada com a pedra embaixo dos dedos.

— Vai esfriar em pouco tempo — comentou Freecloud. Ele estava carregando Wren na dobra do braço. A sylf estava dormindo e babando no ombro do pai. — O pináculo segura a luz do sol durante o dia, a reflete por uma sequência de lentes e a concentra em um raio quente o suficiente para derreter duramantium.

— É mesmo? — perguntou ela. — É assim que...

— Falem menos e andem mais. — A voz de Rose atiçou os calcanhares deles como um chicote de agenciador.

— Você vai entender o que eu estou dizendo — murmurou Freecloud.

Eles seguiram o resto do caminho em silêncio, exceto pela movimentação de botas em pedra e o chiado da respiração de Tam quando eles foram se aproximando do cume. Ela usou Duquesa como muleta, apoiada pesadamente no arco de freixo sem corda. Nem Freecloud nem Rose (com o fardo de uma criança adormecida e de uma armadura, respectivamente) pareciam cansados pela subida.

— Por aqui. — O druin as levou pelo anel de arcos em ruínas que envolvia a base da cidadela, depois por uma escadaria gasta para uma escuridão tão completa que Tam não conseguia enxergar a própria mão quando a balançava na frente do rosto.

Tam ouviu alguém remexendo nos bolsos e um sopro suave, quando uma luz fraca delineou as feições do rosto de Rose. Ela estava segurando uma concha rosa fina, a fonte da iluminação, que ficou mais forte quando ela soprou uma segunda vez.

A barda riu.

— Eu jamais diria que você coleciona conchas.

Rose examinou o artefato que tinha na mão.

— Eu colecionava. Tio Moog me deu isto quanto eu tinha a idade de Wren. Ele alegava ter encontrado na praia perto de Askatar e me disse que havia uma fadinha do fogo vivendo dentro dela.

A barda fungou.

— Como funciona?

— Quando se trata da magia de Moog — disse Rose —, às vezes é melhor não perguntar.

Eles continuaram descendo, os passos ecoando com as duas seguindo o druin por uma passagem meio inclinada. Não havia mobília maltratada pelo tempo dentro da cidadela, nem tapeçarias desbotadas decorando as paredes. Não havia nem aposentos, só um corredor longo e curvo que não acabava nunca. A luz da concha de Rose reluzia na pedra preta acima e abaixo. O ar foi ficando mais quente, e logo a camisa de Tam estava grudada na lombar.

— Chegamos — disse Freecloud um tempo depois. — Olhem por onde andam.

O corredor se abria num vão preto vazio. Um raio de luz pairava como um fio prateado na escuridão. Tam viu uma nuvem de morcegos o atravessar, dançando com partículas de poeira no raio fraco.

Ela olhou para Freecloud.

— Não os queima?

— É só luz das estrelas — respondeu ele. — Durante o dia, os reduziria a cinzas em um instante. Deixa este lugar um forno.

Rose chegou o mais perto que ousou da beirada do precipício.

— E como a gente desce?

O druin pegou a moeda de pedra da lua com a qual brincava sempre. Aproximou-se da parede e a inseriu num pequeno vão, empurrou com o dedo e girou em sentido anti-horário. O ar à esquerda de Tam ondulou como óleo de lampião derramado. Quando ela se virou para olhar, o vão e o fio de luz das estrelas tinham sumido e sido substituídos por um salão enorme.

O que ela confundiu primeiro com pilares de sustentação eram de fato golens de metal enormes entalhados para se parecerem com figuras de armadura, cada uma com as mãos apoiadas no pomo de um martelo de guerra virado para cima. Os olhos eram espirais verdes foscas dentro de sombras de elmos esculpidos. Havia um trono com a forma de uma bacia inclinada na extremidade do salão, iluminado pela coluna de luz das estrelas.

— Hum. — Freecloud girou a moeda de novo, no sentido horário desta vez. O trono ondulou como a água de um lago atingida por uma pedra e se tornou uma espécie de fundição. O raio de luz das estrelas foi direcionado para a frente deles agora, iluminando uma bacia gigantesca de pedra preta facetada. Seis estações de derretimento cercavam a bacia, cada uma cuidada por construtos que se moviam com eficiência deliberada de uma roda hidráulica ou de um moinho de vento, máquinas elaboradas com propósito simples e singular.

— Sério? — Rose pareceu incrédula. — Seu pai tem um Portal próprio?

O druin não chegou a dar um sorrisinho, mas também não deixou de dar.

— Quem você acha que os inventou? — disse ele antes de pegar a moeda e passar.

Rose foi atrás, e Tam seguiu na retaguarda. Ela tentou não pensar no fato de que, se não fosse algum truque de magia druin, ela estaria pisando em uma queda íngreme que só deixaria tempo suficiente para ela aperfeiçoar seu grito de pânico antes de bater no chão. Ela estava tão concentrada em bloquear os pensamentos que só viu a sentinela parada ao seu lado quando Freecloud falou com ela.

— Orbison! Oi!

O golem era alto e magro, feito de alguma coisa que parecia cobre. Havia canos enrolados em volta dos membros, alimentando um único tubo que subia pelo peito até entrar no queixo, dando ao construto uma postura rígida, quase erudita. A cabeça dele lembrava uma chaleira aos olhos de Tam, pois um pequeno tubo se projetava com um chifre na frente. Os quadrados gradeados que serviam como olhos pulsaram em um verde vibrante ao verem Freecloud, mas onde a boca devia estar havia uma mancha de ferro corroído com parafusos de cabeça grande. Em vez de responder, ele acenou.

— Orbison, o que aconteceu com você? Sua boca... — As orelhas do druin murcharam. — Foi meu pai que fez isso?

O constructo, claro, não disse nada, mas uma nuvem de vapor e um assobio curto saíram do bico na testa dele. Os olhos se acenderam de novo, e com a mão de dedos longos ele apontou para a sylf dormindo nos braços de Freecloud.

— Esta é minha filha. Nossa filha — disse ele, sem dúvida avisado pela presciência de que Rose estava prestes a corrigi-lo. — O nome dela é Wren.

A garota se mexeu ao ouvir seu nome. Seus olhos se abriram.

— Estou sonhando? — murmurou ela.

Outra baforada escapou do bico de Orbison enquanto ele a admirava, junto com um assobio perceptivelmente mais suave do que o primeiro.

— Wren, esse é Orbison. Ele era meu amigo quando eu era pequeno. Também vai ser seu amigo agora.

— Oi, Orbison — disse ela, grogue. Ela fechou os olhos. Estalou os lábios algumas vezes e caiu no sono de novo no ombro do pai.

Freecloud apresentou Rose e Tam rapidamente. O golem assobiou alegremente para Tam, enquanto o assobio reservado a Rose soou decididamente lascivo.

— Ora, ora. — O druin riu. — Calma aí, amigão. — Os olhos dele desceram novamente para a boca travada do golem e o sorriso sumiu. — Meu pai está na oficina?

Orbison assentiu e apontou para um corredor atrás dele.

— Nos leve até ele. Por favor.

— Meu pai ficou infeliz por anos depois que o Domínio caiu — disse Freecloud enquanto eles seguiam o constructo para dentro de Lamneth. Orbison tinha aberto uma portinhola no peito que banhava o corredor numa luz verde fantasmagórica. — Ele tinha sido arrastado para uma guerra na qual não acreditava, tinha sido traído pelos aliados e obrigado a ver seu precioso exército ser destruído.

— Quem o traiu? — perguntou Tam.

— De acordo com ele? Todo mundo. Os Exarcas estavam atacando uns aos outros, cada um tentando pegar o maior pedaço de torta. Meu pai só queria ordem. Queria o Domínio restaurado e Vespian de volta ao poder.

— Ele não ligava para o Arconte estar matando a própria espécie para ressuscitar a esposa? — perguntou Rose.

— Ele só liga pras máquinas dele. — A barda detectou um traço de amargura na voz de Freecloud. — Os constructos, os Portais, os motores das marés...

— Contha fez os motores das marés também?

— Fez — disse o druin. — Quando a guerra começou, ele tentou agir como mediador, tentou fazer os Exarcas verem a insanidade de lutar entre si, mas a diplomacia fracassou, e ele foi forçado a botar os golens em campo.

— Como foi isso para ele? — perguntou Tam.

— Ótimo no começo. Ele exterminou a Horda de Arioch e expulsou as legiões de Coramant de volta pra Heartwyld. Ele acabou sendo chamado pelos Exarcas do sul para tratar da paz no que restava de Kaladar.

— Obviamente, uma armadilha — disse Rose.

— Obviamente — concordou Freecloud. — Mas meu pai, apesar de brilhante, sempre foi um refém da própria arrogância. Ele acreditava que seu exército era indestrutível, e é possível, apesar de ele nunca admitir, que ele esperasse se tornar Arconte. De qualquer modo, ele foi emboscado, o exército dele, destruído. Ele voltou para Lamneth e se isolou aqui dentro, depois definhou na escuridão por quase dois séculos, enquanto o Domínio queimava e as Hordas invadiam Grandual. Não construiu nada, não fez nada, só xingou os que tinham levado o império à ruína. Eu cresci sozinho, sem nada além de constructos como companhia.

Um assobio soou à frente deles.

— E Orbison, claro — consertou ele. — Um dia, um pássaro, acho que um tentilhão, conseguiu entrar na cidadela. Meu pai, por algum motivo, ficou fascinado por ele e acabou voltando a trabalhar e fez um simulacro dele.

Tam soprou uma mecha de cabelo dos olhos.

— Simuquê?

— Uma réplica — explicou Freecloud. — Um passarinho de metal. Só que não voava. Então, meu pai matou o tentilhão. Cortou-o todo para ver como funcionava e fez um que voava.

A barda fez uma careta.

— Brutal.

— É mesmo. — O druin suspirou. — Ele começou a me mandar pegar espécimes. Raposas, cobras, insetos, qualquer coisa que ele pudesse dissecar e replicar. Ele até me mandou caçar monstros. E aí, depois de um tempo... — Freecloud fez silêncio.

Rose, franzindo a testa diante da luz da concha mágica, olhou para ele.

— Depois de um tempo...?

— Ele me pediu para trazer um humano.

Rose parou de andar. A testa franzida deu lugar a uma expressão de desprezo.

— Me diz que você se recusou.

— Eu me recusei — garantiu ele. A filha deles coçou um olho e murmurou alguma coisa dormindo. — Claro que eu me recusei.

— E você quer deixar nossa filha com ele? Achei que você tivesse dito...

— Ela vai estar segura aqui. Mais segura do que conosco. A não ser que a gente fique aqui com ela. — Tam percebeu que ele estava sondando, tentando encontrar a fraqueza na armadura da recente determinação de Rose de defender a cidade acima contra a Horda de Astra. Como ela não se deu ao trabalho de responder, ele continuou. — Wren não tem nada a temer em relação ao meu pai, prometo. Ele não é um monstro.

Rose engoliu essa como um cachorro com raiva para quem jogaram uma costela de porco como oferta de paz.

— Tem coisas piores no mundo do que monstros — disse ela antes de se virar e sair andando atrás do guia.

Eles dobraram uma esquina, desceram por uma escada ampla e curva e atravessaram uma ponte ladeada por cachoeiras tão diáfanas que pareciam vidraças. Orbison fez um arco com o dedo em uma quando eles atravessarem, assobiando baixinho. Em pouco tempo, chegaram a um par de portas enormes entreabertas. O constructo bateu duas vezes em uma delas e esperou.

Eles esperaram por tanto tempo que Tam estava quase sugerindo que o golem batesse de novo. Mas uma voz fraca gritou lá de dentro nessa hora:

— Entrem.

A câmara atrás da porta era enorme (o que não causou surpresa nenhuma). Como o resto de Lamneth, parecia elaborada para acomodar a estatura dos constructos enormes de Contha. Estava escura exceto por milhares de runas verdes que brilhavam no escuro como a escrita de um livro invisível. Na luz delas, Tam viu que o teto estava tomado de trepadeiras. Raízes agarravam como dedos as fissuras nas paredes, que eram de rocha cinza manchada em vez da pedra preta reluzente da qual o resto da cidadela era entalhada. O piso estava coberto de galhos serpenteantes, empilhados aqui e ali com vegetação folhosa. Colunas brancas e tortas subiam da vegetação no chão, membros retorcidos que estrangulavam uns aos outros, formando arcos dos quais pendiam trepadeiras escarlates.

— Caddabra. — A voz de Freecloud soou embotada por reverência ou medo, ou algo entre os dois. — A Floresta Invertida.

Tam piscou na penumbra.

— Caddabra?

— O coração dela fica no oeste, mas ela cresce todo ano, espalhando raízes pelos lugares profundos do mundo.

— Eu achava que Caddabra era...

— Conto de fadas? — A voz do druin soou irônica. — Como a Devoradora de Dragões, talvez?

— Bom... é.

As orelhas de Freecloud penderam para um lado.

— Poucos têm motivo para entrar na floresta, e dos que entram poucos conseguem encontrar o caminho para sair.

— Você veio contar histórias pra crianças? — disse rispidamente uma voz vinda de algum lugar à frente. — Ou talvez pra confessar por que ficou quase uma década fora fazendo uma coisa que deveria ter levado meses? Orbison, traga-os aqui... senão vou arrancar seus braços e você vai poder bater na porta com a cabeça na próxima vez.

O golem assobiou com mau humor e passou pelas árvores de cabeça para baixo. Quando eles foram atrás, as runas ocupando a escuridão começaram a se deslocar, saindo da frente ou flutuando na escuridão como muitos vaga-lumes. Tam engasgou, mas Rose deu voz ao seu espanto antes que a barda encontrasse o fôlego para falar.

— Olhos — disse ela. — Cloud, o que são essas coisas?

— Construtos — sussurrou ele. — Réplicas dos espécimes que eu pegava.

Os olhos de Tam estavam se ajustando ao escuro. Ela viu o que parecia um guaxinim de ferro fundido em um galho perto dos pés dela. O pescoço estava torcido para o lado e um raio de luz verde aparecia no local em que a cabeça não encaixava direito no corpo. Um par de esquilos pulou para sair da frente. Um deles, ela reparou, tinha um rabo de saca-rolha e pairava por um momento cada vez que saía do chão. Em outro lugar, um urso feito com placas de aço estava deitado de lado, sem conseguir se levantar. As pernas eram cotocos mutilados que pareciam ter sido esmagados pelo peso dele. Luzes esmeralda saíam da boca aberta, mas não havia som algum, pois ele não tinha sido construído para rugir.

Ela viu numerosos outros animais se esgueirando entre as copas invertidas de Caddabra: um cervo com presas, uma cobra que deslizava em círculos. Cada criatura tinha algum tipo de deformação, algumas mais do que outras. Muitas eram híbridas, com parte de uma criatura e parte de outra, e nenhuma era como deveria ser.

São experimentos, entendeu ela. *Réplicas estragadas do que o criador tivesse em mãos.* Ela se perguntou o que aconteceu com os que ele aperfeiçoou... ou se ele tinha aperfeiçoado algum.

Tinha uma tartaruga com pescoço tão comprido quanto a perna, e um gato da montanha com cauda curta e duas cabeças. Pássaros também voavam entre a folhagem. Tam viu um tordo de barriga rosa com asas de vidro parecendo de uma libélula, e um trio de corvos pendurados em um galho com caudas prateadas segmentadas.

Em cima de um arco, havia uma coruja de cara redonda e olhos em espiral que os acompanharam quando eles passaram. Tam a reconheceu na mesma hora. Tinha-a visto duas vezes: uma vez em Silverwood e novamente na noite em que tinha ido jogar pedras na janela de uma fazendeira.

Contha os estava espionando, observando o filho em segredo aquele tempo todo?

Mas ela não pôde manifestar suas preocupações para Freecloud, porque eles chegaram a um círculo de pedras feitos de placas monolíticas que emanavam uma luz leve e perolada. Havia pedaços de metal para todo lado, pedaços de um mineral violeta que Tam não reconheceu.

Ajoelhada em meio ao círculo de pedra estava algo que podia já ter sido um druin, mas era *outra coisa* agora, uma aberração tão grande quanto as criaturas malformadas se esgueirando na floresta ao redor. O rosto dele era magro e estreito, os olhos pretos como buracos em formato de lua cortados no tecido da noite. Pelos rosa-claro cobriam orelhas tão murchas quanto margaridas colhidas, e o cabelo quase translúcido era tão comprido que se amontoava como platina derretida em volta dos joelhos. A figura usava uma armadura justa feita de placas sobrepostas, cada uma marcada com uma runa que reluzia suavemente. Seus membros eram compridos e finos, quase invisíveis com as dezenas de pulseiras de duramantium cheias de inscrições que ele usava em cada um. Os aros em volta do pescoço tilintaram de leve quando ele ergueu a cabeça.

— Filho — disse Contha, o último Exarca vivo do Velho Domínio. — Bem-vindo ao lar.

CAPÍTULO QUARENTA E SETE

QUATRO PALAVRAS

— Orbison, chá. — O druin velho fez um gesto distraído e uma runa hachurada em uma das pulseiras emitiu um brilho verde vibrante. O constructo se moveu para obedecer, pisando pesado no caminho atrás deles.

As pulseiras controlam os golens, percebeu Tam, e concluiu que as runas da armadura tinham o mesmo propósito. Quantos ele consegue controlar de uma vez? Centenas, talvez? Ou milhares se legiões inteiras estivessem marcadas com uma única runa...

— Essas braçadeiras — disse Contha, admirando a armadura de Rose. — Elas fazem par com as espadas, não é? Onde ela as conseguiu?

— Eu roubei — disse Rose, embora o Exarca tivesse direcionado a pergunta para Freecloud.

— Reconheceu, pai?

Contha balançou a cabeça de leve, já que as orelhas estavam inertes e não transmitiam expressão.

— Não. São armas simples. Sem inspiração e indignas do meu tempo. Prefiro matar — ele indicou o constructo em que estava trabalhando agora — de forma mais criativa quando preciso. A violência deveria ser o último recurso. O verdadeiro poder é dissuasor desses fins vulgares.

O projeto atual do Exarca estava deitado de costas à frente dele. Tinha o casco côncavo de uma tartaruga, mas as seis pernas eram compridas e articuladas como as de uma aranha. Os membros tremeram quando o druin mexeu no interior da criatura. Contha usava um par de manoplas, cada uma presa no punho por um aro giratório que parecia parte de um motor das marés. Giravam enquanto ele trabalhava, e lancetas de fogo azul ardiam na ponta dos dedos dele. O corpo de metal da coisa-aranha se curvou sob o toque dele.

Ele está dando a forma, pensou Tam, impressionada. *Trabalhando no metal como se fosse argila, usando apenas as mãos.*

Se o Exarca passasse esse conhecimento adiante, se voltasse ao mundo e compartilhasse o segredo de uma inovação dessas com a humanidade, quem sabe que maravilhas poderiam ser feitas?

Ou horrores, ela lembrou rapidamente a si mesma quando um chacal de metal passou mancando com três pernas. Os olhos predadores, com a forma de uma ponta de flecha, estavam fixados na criança nos braços de Freecloud. A coisa emitiu um rosnado que distraiu Contha do trabalho. Uma runa no formato dos olhos dele piscou em uma pulseira e o chacal se afastou.

— Pronto. — O Exarca virou a criação dele. Havia uma marca em cada faceta do casco: um círculo cortado por uma única linha. Ele evocou um aro em volta do bíceps atrofiado que tinha um símbolo idêntico, e o constructo similar a um besouro ficou de pé. Andou em um meio círculo lento e refez os passos. Contha grunhiu. Apertou os olhos, e a runa no braço piscou de novo. A tartaruga-aranha deu quatro passos irregulares de lado e caiu.

— Pelas frondes pretas de Nibenay! — reclamou Contha. — Eu errei em alguma coisa. Calculei mal. Devia correr como uma aranha, pular como uma aranha. Não entendo. — Os aros nos punhos dele começaram a girar e os dedos se acenderam.

— Precisa de mais pernas — observou Tam.

— Já tem o suficiente! — respondeu Contha com rispidez.

— Bom, pode até ser, mas não tanto pra se mover como uma aranha. Aranhas têm oito pernas.

— O quê? — O Exarca afastou o olhar do constructo virado. — É verdade?

Ela abriu a boca para responder, mas de repente não teve mais certeza.

— Eu, há...

— É verdade — disse Freecloud.

— *Kaksara!* — reclamou Contha em druico desta vez. — Está vendo, garoto? É por isso que preciso de você aqui! Pra pegar espécimes! Pra trazer aranhas reais, vivas, pra eu não perder meu tempo com isso — ele cortou uma das pernas da tartaranha com um movimento da mão —, com essa imitação desastrosa!

— Não posso ficar, pai. — Freecloud segurou a mão de Rose. — Faço parte de um bando agora. Tenho uma família.

Contha olhou para as mãos unidas com a curiosidade mórbida de alguém observando as profundezas da latrina de uma casinha.

— Família? Filho, você não pode...

Um apito alegre sinalizou o retorno de Orbison. O golem carregava uma bandeja com quatro xícaras de vidro imaculado, cada uma com folhas vermelhas no fundo, junto com uma chaleira perfeitamente esférica que de alguma forma não rolou para o chão.

O golem também tinha levado comida: cogumelos recheados de uma geleia roxa ácida que não tinha gosto de uva.

Eles despertaram Wren, que sorriu quando viu Orbison e gargalhou quando Freecloud a apresentou para Contha.

— Você é engraçado — disse ela sem maldade. O avô a ignorou. — Como seu cabelo ficou tão comprido? — perguntou ela, mas o Exarca continuou comendo, usando a ponta dos dedos para pegar a geleia do cogumelo.

Ele nem olha pra ela, pensou Tam. Era possível que Contha odiasse tanto assim os humanos? Era mais provável que estivesse com raiva de uma mulher mortal ter levado seu filho e perplexo de Freecloud botar a eternidade em risco para ficar ao lado dela, refletiu ela.

— O que aconteceu com Orbison? — perguntou Freecloud entre goles do chá vermelho fumegante.

— Nada. — Contha indicou o constructo. — Ele está bem ali.

— Com a boca dele.

— Ah. Eu fechei.

A barda viu a xícara de Freecloud tremer na mão dele.

— Por quê?

— Como punição — disse o pai, e como a presciência indicou que Freecloud insistiria no assunto, o Exarca foi obrigado a elaborar. — Ele tentou te seguir. Como você não voltou, Orbison ficou com medo de algum monstro ter feito mal a você ou de Lastleaf ter levado para o lado pessoal minha recusa de me juntar a ele e te matado para me contrariar.

— Orbison foi atrás de mim?

Contha lambeu a geleia dos dedos e tomou um gole da xícara.

— Foi. E quando percebi o que ele tinha feito, o tolo de cérebro aparafusado tinha chegado a Heartwyld e estava longe demais para eu o fazer voltar para casa. Mandei um pássaro encontrá-lo... Sou bom nisso, sabe.

— Sei — murmurou o filho.

Tam tremeu. Tentou imaginar voltar para casa um dia e encontrar Threnody presa na mesa da cozinha, toda aberta, com seu pai examinando as entranhas dela.

— Ele teve um conflito com um ogro — disse Contha. — Derrotou-o... Orbison é bem hábil numa briga, acredite se quiser, mas a alma dele, infelizmente, é gentil. Ele poupou o ogro, que alertou a tribo, e quando meus reforços chegaram, ele tinha sido muito ferido.

Tam olhou para Orbison. Alma gentil? Um constructo era capaz de demonstrar coragem? Podia conhecer preocupação, amizade ou medo? Pelo visto, sim, pois a preocupação com o bem-estar de Freecloud tinha feito o gigante de cobre arriscar seu bem-estar em Heartwyld.

O Exarca prosseguiu.

— Meus cavaleiros o devolveram para Lamneth, onde pude cuidar do conserto. Confesso que fiquei tentado a destruí-lo. E talvez eu tivesse feito isso, só que nenhum outro sabe fazer um chá decente. Então, eu o deixei inteiro de novo. E como ele me agradeceu? Suplicando! Falando sem parar! Ele implorou para ser libertado, para poder te encontrar e te trazer para casa. — O Exarca olhou para o golem com uma expressão feia de desprezo. — Só que você não queria trazê-lo de volta de verdade, não é, Orbison? Você só queria se juntar a ele no exílio. Se livrar de mim, seu mestre. Ficar com *runas rompidas*. — Contha cuspiu a palavra final como bile.

A repugnância em Freecloud era evidente.

— Então você o deformou?

— Desfigurar é um termo mais adequado, você não concorda?

— Pai...

— Agora ele está calado, obediente, e o chá — o Exarca fechou os olhos e ergueu a xícara — está como deveria.

Rose se levantou e puxou Wren.

— Vamos embora.

— Não vamos — disse Freecloud. — Não com Wren. É perigoso demais na cidade e agora está tarde pra fugir.

— Você tem razão — disse o Exarca. — Astra vai chegar em breve. Você não tem como fugir dela agora.

Freecloud curvou as orelhas com desconfiança.

— Você sabe sobre Astra? Como?

— Ele anda te espionando — disse Tam.

O Exarca voltou os olhos para ela e os dentes se repuxaram e revelaram um vislumbre de dentes afiados.

— É verdade, pai?

— Claro que é verdade — disse Contha. — Você é meu filho, não é? Temi o pior ao perceber que você não tinha voltado. — O olhar dele se dirigiu para Rose quando ele disse isso, e a expressão de desprezo deixou claro que ele a considerava o pior de tudo aquilo.

— Astra enlouqueceu — declarou Freecloud.

— Ela enlouqueceu há muito tempo. Agora, quer vingança pela morte do filho. — O Exarca suspirou e bateu um dedo com unha comprida na borda da xícara. — Aquele garoto não devia ter nascido. E a mãe dele... Bem, Vespian cometeu um erro grave ao trazê-la de volta. Supondo que *tenha* sido ela que ele trouxe de volta.

— Ela é líder de um exército de mortos — disse Freecloud — e pretende matar todos os homens, mulheres e crianças em Grandual.

Contha pareceu achar uma certa graça.

— Ah, é? Que... ambiciosa. Que pena, parece que é o fim do breve e inglório reinado da humanidade, não é? Quase dá para sentir pena, como se sente pena de insetos ou da grama que morre sob a neve do inverno. — Os olhos pretos em forma de lua se desviaram para Freecloud. — Que bom que você está em casa, filho. Você está seguro aqui. Vamos esperar juntos essa tempestade passar, você e eu.

Ele não mencionou Rose, nem a criança ao lado dela.

— Orbison. — O golem assobiou quando Freecloud falou o nome dele. — Você pode levar Wren para dar uma volta?

A garota segurou o braço da mãe com as duas mãos, olhando com medo para a floresta ao redor.

— Mas tem um monte de coisa assustadora por aí — disse ela suavemente.

Freecloud se ajoelhou.

— Elas não vão te fazer mal, Wren. Eu sei que algumas parecem assustadoras. Principalmente aquela. — Ele apontou para uma raposa metálica com rabo de escorpião rondando além do círculo de pedra. — Mas o que te falei quando você conheceu Brune?

A sylf esfregou o olho, pensando.

— Que uma coisa ser feia não quer dizer que ela é má.

— Exatamente. Além do mais, você vai ter Orbison te protegendo. — Ele se inclinou para sussurrar no ouvido da filha: — Sabia que ele tem uma luz no lugar do coração?

— É mesmo? — Wren olhou para o golem alto e magro.

Freecloud abriu um sorriso saudoso.

— Mostra pra ela, Orbison. Por favor.

O constructo fez um ruído de arrulho e abriu a portinhola no peito. Uma luz esmeralda inundou o círculo, e o rosto de Wren se iluminou. O golem abaixou o braço e a garota o segurou com hesitação. Quando ela estava segura, ele a pegou no colo e a colocou no ombro verde.

— Dá pra ver tudo daqui — anunciou ela quando eles saíram do círculo e seguiram pelo caminho.

— Vá em frente — disse Contha quando os quatro estavam sozinhos. — Pede. Você acha que não sei por que você veio? Não foi por devoção paternal, isso está óbvio.

— Precisamos... — Rose começou a falar, mas o Exarca a interrompeu.

— Meu filho sabe pedir.

As orelhas de Freecloud revelaram a irritação com a atitude do pai. Se qualquer outra pessoa no mundo tivesse falado com Rose assim, ela estaria catando os dentes no chão agora mesmo. O druin mais jovem fez um esforço evidente para se acalmar antes de falar.

— Gostaríamos de deixar Wren aqui com você enquanto lidamos com Astra.

A resposta do Exarca foi imediata.

— Não.

— Pai, por favor. Não temos escolha. Está tarde demais pra fugir, você mesmo disse.

— Então fique aqui. Não vou te obrigar a ir embora. — Aros de metal estalaram quando o Exarca balançou a mão coberta de aço. — As humanas podem ficar se for do seu agrado. E a criança, pelo menos até ser razoavelmente seguro para elas voltarem à superfície.

— Não podemos ficar — disse Freecloud.

O Exarca pareceu genuinamente confuso.

— Não podem? Por que não? Você se importa tanto assim com o destino de... — Ele amarrou a cara. — Como chamam esse buraco horrendo de cidade acima de nós?

Ela viu Freecloud hesitar, e Tam decidiu atrair a ira do druin para si.

— Conthas — disse ela. — Chamam esse buraco horrendo de Conthas.

O Exarca olhou para o filho em busca de confirmação.

— Deram o nome dela em homenagem a *mim*? — Quando Freecloud assentiu, o velho druin se levantou. As costas dele eram curvadas, o pescoço projetado como o de um abutre examinando um cadáver, e Tam ficou chocada de ver que, mesmo de pé, o cabelo ia até o chão.

— Deixe que morram — rosnou ele. — Deixe que Astra limpe esse abcesso, para que possa cicatrizar, finalmente. Por que jogar sua vida fora? Deve haver outros guerreiros para defendê-la. Eles só precisam matar uma feiticeira druin e a Horda dela vai desmoronar. Já fizeram isso uma vez, lembra?

Claro, pensou Tam. *Matar a Rainha, matar a Horda. Fácil, né?* Mas eles teriam que chegar até ela primeiro.

A barda tentou imaginar um mercenário típico lutando contra uma legião morta-viva de mercenários e monstros (sem mencionar a Simurg e o próprio Brontide) e chegando perto o suficiente para enfiar uma espada no coração de Astra. Eles falhariam, claro, e na morte se tornariam mais soldados sem alma no exército da Rainha do Inverno.

Na verdade, se Tam quisesse ser totalmente honesta consigo mesma, ela não conseguia imaginar nem mesmo Rose fazendo isso.

— Eu vou ficar — disse Freecloud.

— O quê? — Rose se virou para ele. — Não. De jeito nenhum. Você está brincando, né? Me diz que você está brincando.

Freecloud manteve o olhar grudado no pai.

— Eu vou ficar — repetiu ele. — Mas com uma condição: Wren vai ficar comigo aqui. Quando ela vai embora, se for embora, vai ser decisão minha, não sua.

— Tudo bem — disse Contha contrariado.

— *Não está tudo bem.* — Rose estava quase gritando agora. Ela puxou o braço de Freecloud com força, obrigando-o a olhar para ela. — O que você está pensando. Não podemos ficar aqui, Cloud. Você sabe que não podemos.

— Rose...

— Não me vem com essa — cortou ela com rispidez. — *A gente não pode ficar aqui.*

O sorriso de Freecloud foi desesperadamente triste.

— A gente pode. Eu vou ficar.

— E o Fábula? E Brune e Cura e Rod?

— O que tem eles?

— Você os deixaria morrer?

— Eu os deixaria ir! — As orelhas do druin tremeram de irritação. — Eu os mandaria embora. Essa luta não é deles, Rose. Certamente não é minha e também não precisa ser sua.

— Aquelas pessoas lá em cima precisam da nossa ajuda — disse Rose, e Tam conseguiu ouvir a voz de Gabriel ecoando em cada palavra. — Se não a impedirmos, Astra vai matar todo mundo em Conthas.

— Tem cinquenta mil mercenários na cidade — disse Freecloud. — Metade do exército agriano está acampado do lado de fora da muralha da cidade, e tem a metade disso de carteanos também. Eles já derrotaram a Horda uma vez. Podem fazer de novo, sem nós.

Rose não estava convencida.

— A Horda perdeu porque Astra *queria* que perdesse — disse ela.
— Você sabe disso. E dessa vez vão ter a Rainha do Inverno ajudando. E a Devoradora de Dragões, graças a nós.

— Graças a você — disse Freecloud, fazendo Rose chegar para trás como se ele tivesse dado um tapa nela. — Você nos arrastou até Diremarch, lembra? Você aceitou o acordo da Viúva. Você colocou sua carreira de mercenária na frente da sua família, como sempre. E tudo bem — disse ele quando ela parecia estar à beira de interrompê-lo. — Era o que nós dois queríamos. Nós concordamos. Mas você prometeu, Rose... Você *prometeu* que a Devoradora de Dragões seria nosso último trabalho.

— Mas...

— Mas o quê? — gritou o druin. Os punhos dele estavam fechados, as orelhas um par de facas pontudas. — A cidade precisa de nós? As pessoas? A porra do mundo todo? — Ele deu uma risada sem alegria. — Sempre tem alguém que precisa ser salvo, Rose.

— Cloud...

— Mas não precisa ser você quem vai salvar. Não precisa ser o Fábula. — Tam viu que estava sendo horrível para ele dizer isso... mas também estava óbvio que ele queria ter dito isso tudo antes. Ela viu o corpo do druin se contrair como se ele já estivesse se preparando para um golpe. — Por favor — suplicou ele. — Só dessa vez... Escolhe *a gente* em vez deles. *Me* escolhe.

Silêncio.

Alguma coisa arranhou no escuro. Alguma coisa se mexeu. Tam ouvia seu coração batendo nos ouvidos. Ou era o de Rose, uma prisioneira eternamente trancada dentro da carapaça de ferro preto da armadura?

Freecloud, por ser druin, sabia qual era a resposta antes que as palavras saíssem da boca de Rose. Tam viu os olhos dele escurecerem.

— Ela matou meu pai — disse Rose.

Com essas quatro palavras, qualquer esperança que Freecloud tivesse de que ela poderia ficar evaporou em um instante.

A boca do druin estava uma linha dura, os olhos persistentes.

— Eu sei — disse ele. E sua expressão se suavizou, e ele falou de novo, como se respondendo outra revelação completamente diferente. — Eu sei.

Contha (aquele verme cruel) estava com um sorrisinho debochado que era quase perverso, como o de um homem que apostaria nos dois cachorros numa briga e se divertiria vendo um atacar o outro.

— Você fez uma escolha sábia, filho. Você e sua filha ficarão protegidos aqui. Mandarei Orbison acompanhar a mulher.

As orelhas de Freecloud se ergueram rapidamente quando ele se virou para o homem idoso.

— Puta que pariu, pai, *o nome dela é Rose.*

O sorriso do Exarca murchou. Ele piscou várias vezes.

— Rose — disse ele enfim, sem se dignar a olhar para ela. — Não vou esquecer.

CAPÍTULO QUARENTA E OITO

A EXUMAÇÃO DE CONTHAS

Tam esperou com Freecloud enquanto Rose se despedia de Wren. Mãe e filha andaram de mãos dadas até a floresta além da cerca viva. A sylf falava alegremente sobre as coisas que Orbison tinha lhe mostrado: flores feitas de vidro prateado, pássaros que voavam para trás. Rose ouviu tudo e riu como se não houvesse uma grande chance de aquela ser a última vez que as duas se veriam e conversariam.

Considerando tudo, foi a coisa mais heroica que Tam já tinha visto Rose fazer.

O golem ficou na extremidade do círculo observando Freecloud com olhos hachurados. Contha voltou a trabalhar na aranha-tartaruga de seis pernas, murmurando baixinho enquanto seus dedos cortavam e soldavam entranhas. Tam viu as pernas do constructo se debaterem e disse para si mesma que a coisa não tinha sensações, não era real, era só uma *coisa* sem mente.

— Você deve me achar um babaca — disse Freecloud baixinho.

Ela olhou para ele.

— Não te acho um babaca.

Ele suspirou, olhando na direção para onde Rose e Wren tinham ido.

— Eu me sinto um babaca. — Eles ficaram em silêncio mais um tempo, até que o druin falou de novo. — Você tem uma escolha à frente, Tam.

— Eu vou com Rose — disse ela.

— Claro que vai. Eu quis dizer lá em cima. Amanhã, ou seja lá quando isso começar.

— Isso? — perguntou ela, surpresa de ter humor para ser irônica considerando as circunstâncias. — Você quer dizer a batalha para decidir o destino de todas as coisas vivas do mundo? *Esse* isso?

— Sim, isso. Mas que papel você vai desempenhar?

Ela olhou para ele e prendeu uma mecha de cabelo platinado atrás da orelha.

— Eu sou só...

— Não — disse ele, interrompendo-a. — Você não é só a barda, Tam. A não ser que só queira ser isso.

Freecloud cruzou os braços e se apoiou em uma das pedras. Tam ponderou sobre as palavras do druin enquanto esfregava distraidamente um polegar na parte mais gasta do arco. Eles esperaram lado a lado até um trinado do bico de Orbison anunciar o retorno de Rose e Wren. A sylf tinha chorado e as bochechas estavam vermelhas de esfregar as lágrimas.

Freecloud se empertigou.

— Vou te levar até lá em cima — disse ele. — Tem outro caminho, um Portal que se abre do lado de fora do muro de Lamneth.

— O golem pode me levar — disse Rose. A voz dela soou fria, o rosto estava impassível. Ela entregou a filha e olhou para Tam, que assentiu em resposta à pergunta nos olhos dela.

A barda quase esperava que Contha se gabasse, mas o Exarca nem levantou o olhar do trabalho quando Rose se virou para ir embora.

Antes que ela pudesse ir, Freecloud segurou a mão dela. Rose começou a se afastar, mas não se soltou, e com o prolongar do momento, Tam viu que ela tremia, como se o toque do druin fosse uma chama escaldante... mas ela não conseguia se soltar, por mais que doesse continuar segurando a mão dele.

Mas ela acabou soltando, e Tam imaginou o coração de Rose se partindo em dois pedaços quando as duas seguiram Orbison pelo caminho serpenteante. Os três atravessaram a ponte e subiram pela escada em espiral, mas, em vez de voltarem para a fundição, o golem as levou por um caminho diferente. Eles chegaram em outra ponte e estavam na metade quando Orbison parou e olhou pela beirada.

— O que foi? — perguntou Rose, parecendo irritada.

O constructo assobiou e apontou para baixo. Tam e Rose se juntaram na beirada e olharam para a penumbra. Quando fizeram isso, a luz verde fantasmagórica de Orbison se intensificou, para que eles pudessem ver ao menos uma parte do que havia abaixo.

— Deuses — sussurrou Tam, e ouviu Rose falar um palavrão baixo ao lado. — Deve haver centenas deles.

— Milhares — disse Rose.

— Você acha que Freecloud sabe disso?

— Espero que não — resmungou Rose e cuspiu da ponte. — Vamos.

Elas saíram do Portal na colina escura. Ao olhar para trás, Tam viu Orbison se despedir com um gesto antes de o ar embaixo do arco de pedra cintilar e a deixar olhando só a neve caindo. A cidade se espalhava abaixo delas, pontilhada aqui e ali com luzes de tochas, janelas acesas e várias fogueiras altas.

Ela se lembrava de Bran contando uma vez que Conthas era uma cidade de mercenários: *Nem a brigada de incêndio faz alguma coisa se não pagarem antes!*

Na colina ao sul de Lamneth havia uma capela cercada por um muro alto. Uma luz brilhava por trás de janelas de vidro colorido, e lampiões espelhados lançavam raios largos pelo arco do grande domo dourado.

— Quem será que mora ali? — refletiu Tam, olhando para o complexo fortificado.

— Minha mãe morava — respondeu Rose. — Mas ela se mudou para Fivecourt ano passado e vendeu a casa para o tio Moog. Ele chama de Santuário. — Ela levou um susto com o som de alguém se aproximando, mas relaxou quando um lobo peludo com um cachecol no pescoço se materializou das sombras.

Brune carregava as roupas na boca, e depois que se transformou começou a se vestir rapidamente.

— Jain me mandou te procurar — disse ele, ofegante. — Ela...

— Você falou com os chefes dos ringues?

— Falei, mas...

— Eles vão ajudar?

— Com relutância, mas vão.

— E os agrianos?

— Vão embora de manhã, ao que parece. — O xamã estava lutando para deixar as meias secas enquanto calçava as botas. — O comandante deles é um grande babaca, aliás.

— Infernos gelados — xingou Rose. — E os carteanos?

Brune deu de ombros.

— Sei lá. Mão Lenta convocou uma reunião no Estrela de Madeira. Os barões locais estão lá, e alguns mercenários seniores, junto com uns esquisitões que Moog e Cura convocaram no Buraco de Esgoto. — Rose começou a descer a colina, mas o xamã bloqueou o caminho dela. — Jain precisa te ver primeiro.

— Por quê?

— Porque... ela quer falar com você.

— Então diz pra ela se encontrar comigo no Estrela de Madeira.

— Não Jain — esclareceu Brune antes que Rose pudesse passar de novo. — Astra.

Conthas estava enlouquecendo em volta deles. Lembrou a Tam o Acampamento dos Lutadores, mas em maior escala, a de uma cidade inteira. Para onde quer que olhasse havia gente bêbada, gente dançando, gente pelada; bardos cantavam, mercenários lutavam, sacerdotes gritavam "É o fim do mundo!" para um coral de gritos barulhentos.

Tam viu carracas que pertenciam ao Águias Gritadoras, ao Flashbang, ao Feiticeiros do Tempo e a incontáveis outros bandos dos quais ela nunca tinha ouvido falar. Havia um trio de navios voadores ancorado acima de uma taverna chamada Mundo Distante. Os três estavam lotados de foliões.

Brune as levou pelo véu da neblina que caía, desviando de um chafariz de pedra na qual uma fila de mercenários dedicados estava derramando canecas de cerveja cheia de espuma.

— Qual é o problema dessa gente? — gritou Tam para ser ouvida em meio à barulheira. — Elas sabem o que está a caminho, certo? Por que continuam comemorando?

— Por que não? — argumentou Rose. — Se você achasse que ia morrer amanhã, desperdiçaria a noite chorando por causa disso?

Tam não se deu ao trabalho de responder, em parte porque não estava com vontade de gritar, mas também porque, sim, é bem provável que ela faria exatamente isso. Ela acelerou o passo para acompanhar Brune.

A pedido de Rose, Branigan e Lady Jain tinham organizado a exumação de Conthas. Todas as criptas e tumbas estavam sendo abertas, o conteúdo transformado em pó. O fosso foi drenado, revelando várias centenas de corpos em vários estados de decomposição, uma quantia imensa de moedas de marco da corte bolorentas e um sereiano rabugento que se identificou como Oscar e vociferou contra seus captores até ser libertado.

Os cemitérios foram igualmente revirados: esqueletos foram desmontados enquanto os cadáveres foram levados de carroça até a praça depois do Portão da Sarjeta Oeste. Quando rose comentou sobre a eficiência de Jain ao coagir os cidadãos de Conthas a ajudarem, o xamã riu com deboche.

— Isso é porque ela prometeu que eles podiam ficar com qualquer fortuna que encontrassem, desde que se livrassem dos cadáveres. Essas pessoas não estão realmente ajudando — informou Brune. — Elas estão saqueando.

Quando eles se aproximaram do destino, havia mais gente parada do que andando. Alguém por quem eles passaram chamou Rose, mas quando Tam se virou para ver quem era, só viu um homem maltrapilho coberto de joias finas empurrando um cadáver num carrinho de mão.

Jain esperava no portão. Tam nunca tinha visto a mulher tão abalada, coisa que a barda interpretou como um péssimo sinal.

— Espero que seja por um bom motivo — disse Rose.

— Não é bom — respondeu Jain, e as levou.

Rose. Tam ouviu de novo, vindo de cima dessa vez.

Rose. E de novo, só que parecia uma dezena de pessoas dizendo o nome dela ao mesmo tempo.

Quando elas entraram na praça, cheiros horríveis dignos da cozinha de um canibal agrediram o olfato de Tam: o fedor de flor murcha de entranhas podres, o odor de maçã azeda e de carne pútrida e o cheiro disfarçado de uma casinha tomada de ovos estragados.

A fonte do fedor era óbvia: havia um poço ali como o que tinha no Mercado dos Monstros, do outro lado da cidade, mas em vez de goblins gritando, estava cheio até a borda com cadáveres. Uma dezena das Flechas de Seda de Jain estavam em volta com óleo de lampião e tochas, cuja luz destacava os membros emaranhados e os rostos sem sangue dos empilhados.

Mas a fonte dos sussurros ficou menos aparente... ao menos até Tam se obrigar a olhar diretamente para o poço.

— *Rose*. — De mandíbulas abertas, de bocas que deveriam estar quebradas demais para formar a palavra.

— *Rose*. — De lábios inchados, de línguas que se contorciam como larvas saindo de gargantas abertas.

— *Rose*. — De mil corpos empilhados, todos olhando com olhos branco-fogo.

— *Rose. Rose. Rose* — disse a Rainha do Inverno em um coral de vozes discrepantes, e quando a mercenária finalmente se aproximou da borda do poço, os mortos falaram ao mesmo tempo.

— *Rose*.

— O que você quer, porra? — perguntou ela.

Cem sorrisos de garganta cortada receberam as palavras dela.

— *Me conta como ele morreu* — pediram eles.

— Como quem morreu? — A voz de Rose soou seca, mas a dor e a raiva arderam atrás dos olhos dela.

Uma risada seca subiu do poço.

— Gabriel — disseram eles, e um murmúrio assustado explodiu na praça. Se alguém em Conthas não soubesse que Grandual tinha perdido seu maior campeão, essa pessoa acabaria descobrindo logo.

Um sacerdote com olhos furados por bicadas de corvo se levantou em um carrinho de mão próximo.

— *Ele sentiu dor? Chorou?*

— *Ele gritou?* — perguntou uma mulher abaixo, mordida de peixes e inchada. — *Ele xingou meu nome com o último suspiro?*

— ME CONTA — ordenaram os mortos.

Tam nunca tinha sentido tanto medo na vida, nem mesmo quando eles enfrentaram a Simurg. Seu medo na ocasião foi uma coisa aguda, que ardia pelos membros, combustível para uma coragem que ela não sabia que tinha. Mas agora era um medo frio, rastejante, abismal. Não alimentava nada, só *sugava*.

Ela precisou de toda a força de vontade para não fugir do poço, da praça, da porra da cidade toda. Dava para ver que Rose também estava perturbada, apesar da expressão corajosa. De todos, Jain era a menos incomodada com aquele horror. A mercenária estava com as mãos apoiadas na cintura olhando para o buraco com a cara feia de um fazendeiro que descobriu que uma raposa passou a noite no galinheiro. Ela estava com punhados de alguma coisa, parecia ser folhas de hortelã, enfiados no nariz.

— Não importa como ele morreu — disse Rose. — Meu pai se foi. Está fora do seu alcance — acrescentou ela, gerando um chiado furioso vindo de baixo. — Ele não é mais preocupação sua. Eu sou.

O cadáver de uma garotinha de vestido azul sujo virou a cabeça num ângulo impossível.

— *Eu devia ter te matado no lago* — disse ela docemente —, *mas eu queria que você sofresse. Você vai sofrer, Rose. Vou cuidar disso.*

— *E quando você estiver morta* — disse um homem em outro lugar na pilha, que devia ter sido rico, porque alguém tinha se dado ao trabalho de roubar as roupas dele —, *você vai ser minha. Vou usar sua alma como uma luva.*

— *Você vai ser minha ferramenta* — informou o sacerdote sem olhos. — *Minha marionete-general. Com você liderando, meus exércitos vão revirar todos os cantos do mundo.*

Uma mulher com metade da cabeça afundada sussurrou para ela:

— *Sua interferência custou a vida do meu filho. E agora você, Rose, vai ser o instrumento da minha vingança.*

— Seu filho? — Jain franziu a testa sem entender.

— *Lastleaf* — disseram Tam e Rose ao mesmo tempo.

— Ah. — A sulista ruminou sobre isso por um instante antes de concluir que não gostava do gosto. Ela escarrou na pilha. — Isso é para o seu filho — disse ela.

O poço se contorceu de fúria. Tam ouviu mais murmúrios dos reunidos para assistir, além de algumas risadinhas.

A barda se lembrou da dor de Astra no campo de batalha ao sul do Vale Cinzento. Tentou conjurar solidariedade pela mulher cuja dita vida tinha sido comprada e paga com o sangue dos filhos: primeiro da filha e agora do filho. Mas os olhos de Tam se voltaram para a garota morta de vestido azul com a cabeça virada para trás e a solidariedade abriu a janela, acenou do parapeito e pulou para a morte.

Que se foda ela, pensou Tam. *Todo mundo sofre. Nós todos perdemos pessoas que amamos, e não é sempre justo. Mas só um monstro pinta todo mundo com o mesmo pincel de sangue. E só uma louca quer que o mundo sofra com ela.*

— Você não devia ter vindo pra cá — disse Rose. — Devia ter ido pra Ardburg primeiro. Ou Fivecourt. Qualquer lugar, menos aqui.

A pilha agitada gemeu.

— *Por quê?* — perguntaram.

— Porque aqui é Conthas — respondeu rose, como se precisando explicar que água era molhada. — A Cidade Livre. Ninguém aqui recebe rainhas com gentileza, nem exércitos conquistadores.

— Isso aí — disse Jain com um sorriso.

Rose passou a mão pelo cabelo.

— Escuta, Astra, o que aconteceu com seu filho... não foi certo. Meu pai me contou como a República o tratou.

— *Como uma besta* — disse o nobre pelado.

— *Como um animal* — disse a mulher mordida por peixes.

— *Como um monstro* — disse a garota de vestido azul.

— Sim — admitiu Rose. — Como um monstro. Mas Lastleaf não era mau. Não de verdade. Ele queria mudar as coisas, não as destruir por completo. Ele estava lutando para tornar o mundo um lugar melhor para quem era como ele. Mas...

— *VOCÊ NÃO SABE* — uivou o poço todo para ela. — *A DOR. A ANGÚSTIA. O VAZIO QUE UM FILHO DEIXA QUANDO MORRE.*

— *Mas vai saber* — disse o sacerdote no carrinho de mão.

— *Vai saber em breve* — disse a garotinha.

Rose inclinou a cabeça.

— O que você quer dizer?

— *Você acha que eu não a vejo?* — perguntou a Rainha do Inverno com os lábios cinzentos do nobre barrigudo. — *Acha que eu não sei o que você está escondendo?*

O coração de Tam parou de bater. Sua respiração seguinte foi uma arfada involuntária. Olhou para Rose e viu que ela estava pálida como pergaminho, imóvel como uma pedra.

A mulher com metade da cabeça deu um sorriso desdentado.

— *Contha se acha inteligente. Acha que está protegido. Mas tenho olhos no escuro e o vejo agora mesmo. Vejo o filho dele. E vejo...*

— Ah, por favor, não — sussurrou Tam.

— *... a sua filha* — disse a garota de vestido, as palavras perturbadoras como violência em um dia de sol. — *Eu vou matá-la, Rose.*

— Queima eles — disse Rose para Jain. — Queima agora.

— *E vou usar suas mãos pra isso.*

— Queima! — gritou Rose.

A um sinal frenético de Jain, as Flechas de Seda que ela tinha posicionado em volta do poço jogaram baldes de óleo nos cadáveres empilhados. Outras tacaram tochas na pilha, e o fogo pegou rápido: engolindo carne, enegrecendo osso, transformando mechas de cabelo desgrenhado em chamas.

E o tempo todo os cadáveres riram, um som como o de mil respirações morrendo que subia da fumaça oleosa. Eles riram nas carroças ainda andando na direção da praça, nas charretes atrasadas pelo tráfego entrando na cidade. O sacerdote no carrinho de mão gargalhou, um dedo ossudo apontando para Rose, que estava parada junto ao poço como se pretendesse mergulhar lá dentro e matar cada servo de Astra antes que o fogo os consumisse.

— Eu vou acabar com você! — gritou Rose. — Está me ouvindo, sua piranha de lábios gelados? Se você vier aqui, se chegar perto da minha filha, vou te encontrar no campo de batalha e *vou te cortar todinha!*

Ela se virou e foi andando na direção do portão, empurrando para o lado todos que foram lentos demais para saírem da frente. Brune e

Jain foram atrás dela, mas, quando Tam fez menção de ir atrás, o chiado do sacerdote zumbiu em seu ouvido como uma mosca irritante.

A barda se virou e andou até o carrinho de mão. O olhar da coisa se grudou no dela. O sorriso sumiu, e Tam sentiu alguma coisa, Astra, olhando pelos olhos do defunto. A sensação foi sinistra, como a de ver a forma de alguém te observando de uma janela escura.

— *Você* — disse o corpo.

— Eu — respondeu ela, e enfiou a faca no crânio dele.

CAPÍTULO QUARENTA E NOVE

AQUI E AGORA

Em uma taverna chamada Estrela de Madeira, eles encontraram Mão Lenta e Moog dividindo uma mesa comprida de carvalho com um grupo de representantes da cidade, enquanto uma plateia de mercenários, soldados, velhacos e bandidos inquietos observava. Cura e Roderick estavam lá dentro e tinham encurralado uma pessoa que a barda só soube quem era quando Rod viu Rose entrando e empurrou o cativo na direção dela.

— Olha quem eu encontrei! — anunciou ele.

— Você não me *encontrou* — disse Daon Doshi. — Eu voltei por vontade própria. Eu não podia em sã consciência… — Ele parou aí, claramente achando impossível falar com os nós dos dedos de Rose enterrados em sua barriga. — Eu mereci isso — gemeu ele, e quando o outro punho o acertou na mandíbula, ele tropeçou e levou os dedos ao lábio ensanguentado. — Também mereci isso. Espera! — O piloto levantou a mão antes que Rose pudesse dar outro soco. — Escuta, por favor! Eu entrei em pânico, tá? Você viu o que estava acontecendo no campo de batalha! Que o Pagão me ajude, os mortos estavam voltando à vida! O que você esperava que eu fizesse?

— Eu esperava que você arrastasse seu cadáver para aquele navio e saísse voando — respondeu Rose. — Meu pai... — Ela parou de repente, fechou os olhos e esperou até a fúria diminuir. — Por que você voltou, de verdade?

— Já falei. Minha profunda sensação de honra me proibiu...

— Tenta de novo — disse Rose. — Mais uma mentira e você vai nadar no poço de goblins.

O capitão engoliu em seco com nervosismo.

— Tudo bem — disse ele, bufando. — Nós estamos cercados! O céu em volta da cidade está infestado de demônios. Eu não conseguiria escapar nem que quisesse. E, acredite, eu queria.

Lady Jain se aproximou de Rose.

— E por que eles não estão atacando?

Doshi olhou duas vezes para Jain e ajeitou com vergonha os óculos na cabeça.

— Eu, há... Quem é você?

— Você estava dizendo... — incitou Rose antes que Jain pudesse se apresentar.

O capitão deu um pigarro.

— Bom, meu palpite é que a Viúva, ou a rainha de sei lá que porra a gente está chamando agora, está montando uma armadilha.

Rose amarrou a cara.

— Uma armadilha pra quem?

— Você — disse Tam. — Obviamente.

A líder do Fábula olhou para ela com irritação, mas Brune pulou em defesa da barda.

— Ela te considera parcialmente responsável pela morte de Lastleaf — lembrou o xamã.

— E você já matou a Devoradora de Dragões uma vez — disse Cura. — Ela tem medo de você, Rose.

— E tem que ter mesmo. — Rose se virou de volta para Doshi. — Onde está o *Velha Glória* agora?

O capitão apontou para cima.

— No telhado. Posso ou não ter pousado na piscina que tem lá em cima. — Os outros olharam para ele por um momento. — Tudo bem, sim, eu pousei na piscina. E, escuta — Doshi pigarreou de novo. — Roderick me contou o que houve com seu pai. Sinto muito, Rose. De verdade. Se eu não tivesse partido...

— Não importa — disse Rose. — Se você não tivesse partido, talvez estivesse morto. Hawkshaw estaria nos esperando de qualquer jeito e meu pai teria morrido de qualquer modo.

— Onde está Freecloud? — perguntou Cura em voz alta, mais para mudar de assunto do que por curiosidade genuína.

— Ficou com Wren.

A Bruxa da Tinta e Brune trocaram um olhar perturbado, mas optaram sabiamente por deixar as perguntas de lado por enquanto.

Mas Roderick tinha o mesmo tato de um aríete na virilha.

— Como assim? Pra sempre? Por quê? Ele não...?

— Esquece sua maldita Rainha! — berrou Mão Lenta do outro lado do salão. Ele bateu na mesa à frente com as duas mãos. Copos viraram como bêbados, vomitando uísque, vinho e cerveja no carvalho maltratado. — Lilith não está aqui, Lokan. Você está. A decisão é sua.

— E eu já a tomei — disse um nortista bonito com nariz adunco que, a julgar pela armadura elegante e arrogância geral, devia ser o comandante agriano. — E é por isso que vou levar o exército de volta a Brycliffe. Se minha rainha nos mandar voltar e romper o cerco, que seja. Mas não vou arriscar dez mil soldados...

— Não *vai* haver cerco! — gritou Mão Lenta. — Isto aqui não é Castia! Não temos muros protegidos nem torres elétricas. Se nós não os detivermos, a Horda vai massacrar este lugar como... — Ele fez uma pausa para procurar uma metáfora adequada. — Moog, me ajuda aqui.

— Roxo! — gritou o mago. — Espera, não, bolinho de peixe!

Clay amarrou a cara.

— Você não estava prestando atenção.

— Eu não estava prestando atenção — admitiu Moog. — Desculpe.

— Dane-se Agria — disse um carteano com asas de corvo tatuadas no peito largo. — E que se foda a rainha. Meu han não deseja lutar ao lado desses caipiras cagões mesmo!

O comandante agriano puxou a espada.

— Insulte minha rainha de novo, seu fodedor de cavalo.

— Eu fodi *um cavalo* — disse o carteano. — E quem foi que te contou? Nazreth? — Ele voltou um olhar de acusação para um companheiro de clã, que balançou a cabeça enfaticamente.

Houve um silêncio incômodo e profundo em seguida, rompido pelo ruído que Rose fez ao arrastar uma cadeira até a mesa e se sentar nela.

O nortista enfiou a espada na bainha e fixou um olhar arrogante nela.

— E você é?

— Você sabe quem eu sou — disse Rose. A voz dela soou calma, autoritária, fria como uma espada coberta de neve. Seus olhos percorreram a mesa. — Quem são vocês?

Um a um, os supostos defensores de Conthas se apresentaram, começando com Lokan, o nortista encarregado do exército agriano, e Kurin, Primeira Pena da guarda pessoal do Grande Han.

Havia uns dez bandos no salão, a maioria com um representante na mesa. Eles não se deram ao trabalho de se apresentarem a Rose, mas a barda reconheceu vários. Mackie Maluca era líder de um bando chamado Flashbang, que era famoso por caçar fantasmas, almas penadas, espectros e qualquer outra coisa incorpórea com más intenções. Jeramyn Cain, que ela tinha visto no pátio em frente à estalagem do Mão Lenta, era o líder do Águias Gritadoras.

Alguns filhos favoritos de Kaskar também estavam presentes, inclusive Garland (do Garland e os Morcegos) e Alkain Tor. O líder do Desgraça dos Gigantes, que tinha matado centenas de monstros durante a longa e ilustre carreira, usava um tapa-olho de couro sobre o olho que tinha perdido para a galinha na arena de Ardburg.

Em seguida, se apresentaram os autointitulados Barões Ladrões de Conthas. Tain Starkwood, o Barão de Rockbottom, tinha o mesmo tipo de corpo que Brune, só que Brune tinha pescoço, enquanto Tain possuía uma pilha de músculos que parecia estar cortando a circulação de sangue da cabeça. Não tinha quase nenhum dente e metade de cada dedo da mão esquerda.

O Barão do Pouso do Cavaleiro era um aracniano chamado K'tuo, que só falava narmeriano e fez a Rose (por meio de um tradutor) uma proposta de casamento quando falou seu nome.

— Não, obrigada — disse ela secamente, já voltando a atenção para o homem ao lado dele, um phantran obeso usando tanta seda que dava para fazer barracas para um exército inteiro de nobres pretensiosos.

— Tabano, o Barão de Saltkettle — apresentou-se ele com um sotaque mais carregado do que o de Doshi, mas nem um pouco charmoso. Ele fez um floreio que espalhou uma onda de perfume doce e enjoativo pela mesa. — Acredito que meus associados tiveram o prazer de conhecê-los no portão da cidade.

Tam lembrou com um sorriso a imagem de Rose batendo na cara do homem com o elmo dele.

Em seguida, foram as baronesas gêmeas, Ios e Alektra. A primeira, que usava uma roupa de couro preta ajustada, governava a parte da cidade chamada Dedoduro, e a segunda, que estava vestida como uma dama nobre, comandava uma área chamada Tribuna de Papel. As irmãs obviamente se odiavam, e enquanto Alektra prometia quinhentas espadas para a causa de Rose, Ios prometia cinquenta assassinos que valiam, pela estimativa dela, o dobro do que a irmã podia oferecer.

Moog apresentou um par de curiosidades que ele e Cura tinham desencavado no Buraco do Esgoto. A primeira era um invocador trajado de forma espalhafatosa chamado Roga, que carregava uma estatueta de algo redondo e rosa na dobra do braço.

— Isso é um... porco? — perguntou Tam baixinho.

— Elefante — disse Cura. — Não olha pra mim, são amigos do Moog. O Buraco do Esgoto é cheio de malucos que nem esses dois.

A outra "amiga" de Moog era Kaliax Kur, uma mulher de aparência violenta com a cabeça raspada e um monte de cicatrizes horríveis marcando um rosto que já não devia ser muito bonito antes. Ela usava uma armadura de madeira queimada coberta de placas de metal. O que parecia ser o anel de um motor das marés estava preso nas costas dela, ligado por cobre espiralado a uma lança na qual ela se apoiava como um cajado.

— Qual é a dela? — perguntou Tam.

— Acho que "tão maluca quanto merda de orc" é a dela — murmurou Cura.

O último membro do conselho de Mão Lenta era, sem sombra de dúvida, a mulher mais linda que Tam já tinha visto e a única que não precisava de apresentação.

Larkspur, a caçadora de recompensas mais notória do mundo, tinha cabelo preto liso, olhos que pareciam poças de estrelas e lábios carnudos que pareciam permanentemente repuxados. Usava um peitoral de aço preto e manoplas com garras, sendo que uma era curvada formando uma foice sinistra. Mas a característica física mais impressionante dela eram duas asas de penas pretas caídas nos ombros.

Havia um garoto parado ao lado dela. Era alto para a idade, Tam achava que tivesse um ano ou dois a mais do que Wren. Os olhos angulados, o nariz arqueado e a expressão feroz revelavam que ele era filho dela, mas a pele dele era vários tons mais escura, sugerindo que o pai era um sulista.

E um bem grande, supôs ela ao avaliar os ombros largos do garoto.

Com Larkspur presente, a barda sem dúvida se sentia melhor em relação às chances de a cidade sobreviver à batalha por vir, ao menos até a caçadora de recompensas abrir a boca.

— Eu também vou embora — disse ela.

Mão Lenta ficou visivelmente desanimado.

— O quê? Por quê?

— Você sabe por quê. Se você não detiver Astra aqui...

— Nós *vamos* detê-la aqui. Além do mais, você nunca vai conseguir voltar a tempo.

— Eu sei — disse ela. — Mas se Conthas cair... Bom, o resto do mundo vai precisar dele, Clay. Mais do que nunca.

— Dele? — sussurrou Tam, mas Cura só balançou a cabeça.

Mão Lenta e Larkspur se encararam por um longo momento.

— Boa sorte — disse ele por fim.

O comandante agriano estava com um sorrisinho superior satisfeito.

— Talvez você também devesse considerar abandonar a cidade — disse ele para Clay.

— Não vamos abandonar a cidade — disse Rose. — Cada pessoa que Astra mata vira outro soldado no exército dela. Supondo que ela consiga erguer a maioria da Horda Invernal, ela tem talvez uns oitenta mil monstros sob o comando dela, junto com todos os mercenários que eles conseguiram matar em Vale Cinzento.

— Nós derrotamos a Horda uma vez — gabou-se Kurin, cruzando os braços sobre as asas tatuadas no peito. — Vamos derrotá-los de novo.

Freecloud não disse a mesma coisa?, refletiu Tam. A diferença era que aquele tolo fodedor de cavalos acreditava nisso.

— Eles estavam em pânico — argumentou Rose. — Confusos. Desesperados para fugir de uma floresta em chamas e muito provavelmente sendo atacados pelos seus próprios mortos. Dessa vez, eles estarão implacáveis, obrigados a obedecer às ordens de Astra. Ela não vai deixá-los fugir. Ela não vai nem deixar que eles morram. Vencemos a

Horda em Castia porque quebramos a determinação deles, mas o exército da Rainha do Inverno não tem determinação para ser quebrada.

— Ela não pode controlar todos de uma vez — disse o invocador com o elefante no braço. Ele olhou para Moog. — Pode?

O velho mago esticou a barba branca na frente da veste.

— Eu, há... talvez? — disse ele. — Necromantes usam a própria força para animar os mortos. Quer dizer, a maioria. Mas a Rainha do Inverno... bom, ela está morta, ou algo do tipo. Seja como for que ela está fazendo o que faz, Astra acredita ser capaz de escravizar todas as almas de Grandual. — Moog retorceu os dedos ossudos. — Acho que não temos escolha além de acreditar na palavra dela ou correr o risco de sofrer as consequências.

— E essas consequências... — refletiu o Barão de Saltkettle.

— Bom, a morte — disse o mago, como se a resposta fosse evidente. — Total aniquilação de todas as criaturas vivas do mundo.

Tam viu o peito de barril de Clay Cooper subir e descer num longo suspiro.

— Isso de novo — resmungou ele.

Rose se levantou e falou com todo o salão.

— Temos que impedi-la. Temos que fazer isso aqui e agora, antes que seja tarde demais. E só podemos fazer isso se trabalharmos juntos. — Ela olhou para cada rosto em volta da mesa. — Carteanos, agrianos, mercenários, soldados, feiticeiros, bandidos... não importa quem você é, desde que esteja disposto a lutar. O resto de Grandual pode não saber... ora, eles provavelmente nem vão acreditar em nós, se vivermos para contar, mas podemos ser a única coisa entre eles e a aniquilação. — Ela olhou diretamente para o comandante agriano. — Se nós lutarmos essa guerra separadamente, vamos morrer. Então, fique conosco agora ou fuja e nos enfrente no campo de batalha quando estivermos mortos.

Houve um silêncio ameaçador em seguida, e o Barão de Saltkettle pigarreou.

— Você por acaso tem um plano? Um esquema milagroso para matar a Rainha do Inverno e acabar com essa Horda dela em um ataque destruidor?

Os dentes de Rose brilharam como uma lâmina exposta na luz do lampião.

— Na verdade, tenho, sim.

VÉSPERA DA ANIQUILAÇÃO

Os agrianos foram embora à noite. Tam e os outros estavam no telhado do Estrela de Madeira quando os viram partir do pátio. O bando estava fazendo hora em volta de um braseiro a óleo, só com a companhia de dez mesas congeladas, algumas sebes e Moog, que estava retirando itens do *Velha Glória* antes de entregá-lo para Doshi de manhã. O navio estava parcialmente submerso na piscina rasa atrás deles, mas o capitão tinha garantido a Rose que o teria pronto para a batalha quando Astra e a Horda aparecessem.

— Covardes do caralho — murmurou Rose. Ela inspirou fumaça do charuto enquanto observava os agrianos partirem.

— É melhor que os covardes fujam antes de uma batalha do que durante — disse Brune.

Cura passou para ele a garrafa de vinho tinto barato que eles estavam compartilhando.

— Que reflexivo. Estou impressionada.

— Obrigado — disse o xamã. — Li num apoio de copos no Escudo Estilhaçado.

— Você sabe ler? — Ela sorriu. — Agora eu estou *realmente* impressionada.

— Mas ele está certo — disse Roderick. O sátiro estava sentado com os cascos balançando na lateral do prédio. — Soldados que fogem são notoriamente ruins para o ânimo.

Tam tinha buscado *Hiraeth* no navio mais cedo e apoiou o estojo de pele de foca junto ao corpo enquanto olhava para baixo.

— Acho que ânimo não vai ser problema.

A rua abaixo era o puro suco da agitação, um rio turbulento lotado de dois tipos de gente: os bêbados demais para se preocuparem com a Rainha do Inverno e os determinados a alcançar o primeiro tipo. O ar estava tomado de gritos e risadas; cem bardos tocavam cem canções em todos os tipos de instrumento, de tambores e bandolins a flautas de pã e sinos de metal. Era difícil diferenciar os círculos de dança dos de luta, e difícil discernir os dois das orgias que surgiam apesar do frio.

Tam tinha perdido a conta de quantas Roses falsas via andando no meio da multidão. Havia cabeças vermelhas de fava hucknell em toda parte, e algumas pareciam mais a Rose do que a própria Rose, considerando que a líder do Fábula não pintava o cabelo desde o fim da turnê e as raízes douradas (junto com as castanhas de Tam) estavam começando a aparecer.

Tam também ficou surpresa de ver Oscar, o sereiano, que tinha sido dragado do fosso da cidade, sendo carregado por um mar de mãos. O mau humor tinha dado espaço à alegria alimentada pelo vinho, como ficava claro pela garrafa que seus dedos membranosos seguravam.

Um dos navios voadores que Tam tinha visto antes, uma carraca barriguda chamada *Barracuda*, se aproximava pela via. Os foliões a bordo jogavam bebida nas bocas abertas e copos erguidos das massas sedentas. O capitão do navio não estava em lugar nenhum; era uma fila de mulheres seminuas que se revezavam no leme.

Falando em capitão... Tam viu o robe amarelo de Daon Doshi e o gorro listrado do lado de fora de uma taverna do outro lado da rua. Ele estava beijando uma mulher que Tam não conseguiu identificar até os dois finalmente decidirem que respirar era mais importante do que trocar saliva.

Cura também estava olhando o par.

— Espera, aquela é...?

— Jain — concluiu Tam. — Esses dois... fazem muito sentido, na verdade.

A invocadora riu.

— Até que fazem mesmo.

— Eles podem usar as roupas um do outro — sugeriu Tam.

— E roubar as pessoas loucamente.

— Deuses — disse a barda com um sorriso —, eles foram feitos um para o outro.

— Concordo. — A alegria de Cura sumiu. — Pena que... — Ela deixou o resto no ar, mas a implicação tácita ficou evidente.

— Vocês também deveriam ir — Rose acabou dizendo.

Todos se olharam.

— Quem? — perguntou Roderick.

Rose apagou o charuto na beirada coberta de neve.

— Todos vocês. Astra pode ter nos cercado, mas sei que um grupo pequeno poderia passar. Vão para o leste. Para qualquer lugar.

— Você quer dizer *fugir*? — Brune pareceu incrédulo.

— Fugir. Viver. Por mais um tempinho, pelo menos.

— Você está brincando, né? Você acabou de chamar aquele mané de covarde por ter ido embora — disse Cura.

— Lokan — disse Rose.

— Isso aí. E agora você quer que a gente faça o mesmo? Que te abandone aqui pra podermos morrer algumas semanas depois de você?

— Pode levar anos... — disse Rose.

— Que se foda — interrompeu Cura. — E foda-se você por sugerir.

Rose gargalhou, um som que Tam nunca mais esperava ouvir considerando o que ela tinha perdido e o que poderia perder nos dias por vir.

— Eu tinha que tentar — disse ela.

A Bruxa da Tinta a olhou com cautela, como um gato sobressaltado chamado de volta para o colo do dono.

— Não tinha, não. Você tem família pra defender, né? Pessoas que ama que precisam de proteção? Bom, eu também.

— Eu também — ecoou Brune.

— E eu — disse Tam.

Rose estava prestes a responder quando alguém gritou da escadaria abaixo.

— Rosie! Amor! Eu estava te procurando por toda parte! — A voz pertencia a um homem magricelo com uma barba irregular e sorriso preto. Estava usando um sobretudo vários tamanhos maior que arrastava na neve quando ele andava.

Tam não conhecia o homem, mas Cura e Brune não ficaram entusiasmados de vê-lo, e ela concluiu por puro impulso que odiava a fuça dele.

Rose semicerrou os olhos.

— O que você quer, Pryne?

O homem abriu as mãos, manchadas da mesma cor escura dos dentes, como Tam reparou.

— Ouvi dizer que você vinha bancar a heroína e vim ajudar.

— Vai embora.

— Ora, ora — disse Pryne. — Isso é jeito de falar com um velho amigo? Ainda mais um que vem trazendo presentes... — Ele tirou um pedaço de pano do bolso do casaco e o desdobrou, tomando o cuidado de deixar o conteúdo protegido da neve.

Tam não conseguiu ver o que era, mas considerando o comportamento bajulador do homem e o jeito como Rose recuou da oferta dele, ela pôde arriscar um palpite. Pryne era traficante.

— Olha essas belezinhas — disse ele. — Tem folha suficiente aqui para derrubar uma dezena de Hordas!

— Não estou interessada — disse Rose.

— Claro que está — disse ele. A voz dele era escorregadia e sibilante. Ele parecia a Tam um homem especialista em convencer viciados de que eles queriam aquilo de que não precisavam.

Tam viu Cura passando o dedo em uma das várias facas presas ao corpo. Brune estava olhando a garrafa de vinho na mão, provavelmente se perguntando se deveria beber ou bater na cabeça do traficante.

— Eu até te dou um desconto — disse Pryne. — Sabe como é, considerando que você vai salvar o mundo e tal.

Rose olhou para a mercadoria do traficante. Uma perturbação muda surgiu por trás dos olhos dela, como se ela estivesse sendo confrontada pelo fantasma de um nêmesis morto. Mas sua expressão relaxou.

— Dá aqui — disse ela com um suspiro.

Um som de choramingo escapou de Roderick. Mas o agente não disse nada. Nem Brune, Cura e, para sua surpresa, Tam, inteligente o bastante para saber que algumas batalhas precisavam ser travadas sozinha, mesmo que significasse que você a perdesse.

— Boa menina — disse Pryne, entregando o pano para ela. — Eu trouxe o melhor pra você, claro. Foram feitas hoje de manhã, estão fresquinhas, menos amargas do que você está acostumada. Tem doze certinho aí, que... — Ele hesitou quando Rose as tirou do pano. A risada dele foi claramente dissimulada. — Toma cuidado, Rosie, senão...

Rosie esmagou as folhas frágeis com a mão fechada. Quando abriu a mão, só havia pó, que o vento levou para a noite fria de Conthas.

Os olhos do traficante saltaram.

— Que porra é essa? Ficou maluca, caralho? Você acabou de jogar fora sessenta malditos marcos da corte! Eu espero ser pago por isso!

— Claro. — Rose sorriu. — Que tal no final da semana?

As mãos de Pryne tremeram na direção da faca no cinto, mas, mesmo com todos os defeitos que ficavam evidentes, ele não era tão burro assim. Ele relaxou e o sorriso predador acabou voltando gradualmente.

— Acho que vou te ver antes disso. Nós dois sabemos o que está vindo por aí, Rosie. Assim que a Horda aparecer, você vai me procurar rastejando, e é melhor que tenha uma bolsa cheia e um pedido de desculpas bem convincente.

— Posso jogar ele do telhado? — suplicou Brune.

— Posso cortar as bolas dele primeiro? — pediu Cura.

Pryne correu até a porta para descer.

— Que a podridão leve vocês — gritou ele por cima do ombro.

Ninguém falou por um tempo depois que ele foi embora. Roderick balançou os pés e observou a multidão abaixo. Rose ficou olhando as manchas pretas nas mãos... se perguntando, talvez, se tinha mesmo a coragem de enfrentar a Horda por conta própria. Brune bebeu e tentou pegar flocos de neve com a língua. Cura cantarolou baixinho. A melodia era familiar, e Tam levou um momento para reconhecer a música que ela mesma tinha composto para Brune.

Ela desamarrou os cordões do estojo de pele de foca e tirou o alaúde em forma de coração. Sentou-se ao lado de Roderick e aninhou *Hiraeth* no colo. Quando dedilhou algumas notas, os outros olharam para ela.

Cura sorriu, o que fez valer o esforço de tocar antes mesmo de ela começar.

— Canta comigo? — pediu Tam.

Uma sobrancelha arqueada, uma curva no canto dos lábios da invocadora.

— Por que não?

Tam tocou. Elas cantaram. O sátiro se balançou ao lado dela, batucando o ritmo nas coxas. Rose e Brune ouviram com atenção. O xamã começou a assentir logo depois que a música começou, e no final estava se mexendo no ritmo, piscando para segurar a ameaça de lágrimas.

Moog saiu de dentro do *Velha Glória*. Chegou perto de Rose, que passou um braço em torno dos ombros magros do homem idoso.

Tam cantou a última estrofe sozinha, pois ainda não tinha escrito a letra quando ela e Cura cantaram a música juntas em Diremarch.

O choro de uma mãe, o crime de um pai
Não se pode esquecer o passado que se vai
Só no final é que se sente
o tempo perdido, a peça ausente

Carregamos o peso de tronos roubados
Sobre corações partidos e ossos quebrados
A música mais triste do globo
É o uivo de um lobo

— Pelo sangue das porras dos deuses — disse Brune quando ela terminou. — Eu amei. Amei, Tam. Obrigado. — Ela conseguiu deixar o alaúde de lado antes de os braços enormes do xamã a envolverem. Ele a apertou uma vez e beijou o topo da cabeça dela.

— Ela é uma barda, afinal! — zombou Roderick. O tom dele foi brincalhão, mas as palavras incomodaram, por algum motivo que Tam não conseguiu identificar.

— Posso fazer um pedido? — perguntou Rose.

Tam soprou os dedos para aquecê-los.

— Qualquer coisa, menos *Castia*.

Cura riu. Brune, ainda sorrindo, olhou para Rose como um garoto esperando que sua mãe batesse num irmão.

— Acho que você sabe qual — disse Rose. E acrescentou, desnecessariamente: — Por favor.

Tam sabia que música Rose tinha em mente.

Assim como começou, pensou ela, *termina com ela*.

* * *

A barda tinha começado os primeiros acordes de *Juntos* quando Moog a interrompeu.

— Ah, espera! Só um momento, desculpa!

O mago remexeu nos muitos bolsos da veste por um tempo constrangedor antes de finalmente pegar uma bolsinha de couro. Tirou uma pitada de pó azul de dentro e polvilhou nas chamas do braseiro. Cintilou e deixou um cheiro de canela no ar. Ele não falou nada depois, só deu uma piscadela exagerada e um sinal de positivo duplo.

Quando ela novamente dedilhou o primeiro acorde da canção, a alma de Tam quase abandonou o corpo. O som ecoou de volta vindo de todas as partes ao mesmo tempo, e só quando dedilhou alguns outros acordes foi que ela percebeu de onde estava vindo. Fosse qual fosse o encantamento que Moog lançou no braseiro, a música que ela tocava estava emanando de todas as tochas e fogueiras por perto.

O ruído na Sarjeta diminuiu e os foliões olharam ao redor, perplexos. Em toda a rua, os instrumentos ficaram em silêncio e as conversas morreram. Janelas foram abertas e rostos curiosos espiaram, sem dúvida querendo saber por que suas lareiras e velas estavam tocando música.

Cura meneou a cabeça para incentivar Tam.

— Continua — sussurrou ela.

Continua, sussurrou a noite ao redor.

A barda respirou fundo, ciente de que a cidade inteira talvez a estivesse ouvindo, e cantou.

Os bardos dizem que a Rainha do Inverno em pessoa liderou a Horda contra Conthas. Dizem que os defensores da cidade estavam em número menor de três para um, e que monstros lutaram lado a lado com homens e mulheres contra o implacável exército de mortos. Eles nos contam que Clay Cooper aniquilou o gigante Brontide em combate individual, ou que foi a Rosa Sanguinária, ou que uma garota de cabelo platinado o matou com uma única flecha... quando na verdade nenhuma dessas três versões é verdade.

Os bardos falam muita merda, sabe. Dizem praticamente qualquer coisa se significar uma bebida grátis ou outra moeda no chapéu.

Mas, de todas as histórias contadas sobre os dias antes e depois da destruição de Conthas, nenhuma é mais absurda, mais categoricamente implausível do que a história de Tam Hashford e a Cidade Cantante.

De acordo com os bardos, ela tocou num telhado, e a voz dela, amplificada por feitiçaria, foi ouvida em todos os cantos de Conthas. Dizem que ela tocou a música agora lendária da mãe dela, no alaúde antes lendário da mãe dela, e que ela cantou a primeira estrofe completamente sozinha, tímida e trêmula, até que uma segunda voz, mais grave, mas também feminina, se junto à dela. Durante o refrão, dizem, ela foi acompanhada pelos companheiros de bando, inclusive a Rosa Sanguinária em pessoa.

As histórias querem que a gente acredite que os mercenários cansados de guerra choraram com o som da voz de Rose. Ela poderia ter sido uma barda magnífica, alguns alegaram, se o mundo não a tivesse transformado em assassina.

Centenas de outros se juntaram à cantoria na estrofe seguinte. A maioria das pessoas sabia aquela música de cor, e não há um bêbado no mundo que não se considere um cantor excepcionalmente talentoso. Quando o refrão chegou de novo, dizem que até mesmo o mais sóbrio cidadão de Conthas descartou a inibição e cantou junto.

Em cada rua, em cada praça; em bordéis e tavernas e bocas de talho; em ringues de luta e casas de jogo e templos à luz de velas; onde quer que houvesse um lampião ou fogo aceso, eles cantaram. Ladrões cantaram enquanto furtavam bolsos, prostitutas cantarolaram no ouvido dos amantes; agenciadores fizeram serenata para os monstros nos cercados, poços e jaulas.

Mercenários, com toda aquela pompa e circunstância, são um povo sentimental, e os milhares que lotavam as ruas de Conthas se abraçaram e cantaram a plenos pulmões, porque eles poderiam estar mortos no dia seguinte, e mortos-vivos no outro, mas eles estavam vivos naquela noite. Até os músicos participaram: batucando, dedilhando e soprando, cada um acrescentando seu toque ao caldeirão de melodia fervente.

Os relatos mais fantasiosos da noite falam de um druin em uma colina escura, olhando com a melancolia profunda de um imortal para o espetáculo abaixo. Outros lançam a ideia absurda de que a cidade cantante podia ser ouvida até pela Horda que se aproximava. Eles imaginam um grupo de cadáveres se arrastando inclinando a cabeça e ouvindo a música distante e desafiadora, as chamas nos olhos tremendo quando algum tipo de fagulha restante de humanidade neles respirou.

Vocês devem saber, claro, que a obra-prima de Lily Hashford termina sem o acompanhamento de música. Durante a estrofe final, o coral da cidade também parou, uma voz parando atrás da outra como um carvalho perdendo as folhas com a chegada do inverno, até que a única pessoa cantando era a garota que tinha começado tudo.

A voz dela, ampliada pela coragem de sessenta mil almas, não era mais a coisa tímida de minutos antes. Agora, soou estridente, firme, clara como uma noite estrelada de verão. Na verdade, alguns juram que foi a própria Lily Hashford que cantou a estrofe final.

E quando ela também fez silêncio, vários batimentos se passaram até os aplausos começarem de verdade.

Nesse ponto, os bardos concordam de forma unânime, uma coisa muito estranha aconteceu.

Tam Hashford se levantou. Passou os dedos na face de madeira do alaúde da mãe e sussurrou uma mensagem secreta na caixa de ressonância em forma de coração. Em seguida, segurou no braço fino com as duas mãos e o quebrou em pedacinhos no beiral à frente.

CAPÍTULO CINQUENTA E UM

AMIGOS E INIMIGOS

Tam olhou para os destroços do alaúde da mãe. Esperou que o remorso chegasse, que erguesse as mãos no ar e gritasse *Sua garota idiota! O que você fez?*

No espaço de alguns segundos, ela tinha conseguido quebrar um lindo instrumento, destruir sua vida como barda e quebrar o último laço material que tinha com a mãe. Ela sabia que essa última coisa devia tê-la deixado arrasada. E teria mesmo alguns meses antes.

Ela era uma pessoa bem diferente alguns poucos meses antes.

Enquanto estava quebrando *Hiraeth*, Tam teve uma sensação profunda de que estava fazendo a coisa certa. Com isso, ela tinha libertado a dor que estava guardando desde a infância. A lembrança da mãe ficou dentro dela: um fogo inesquecível. Mas enquanto antes queimava ao toque, agora era um consolo, um calor inebriante da alma que podia, se alimentado, curar bem mais do que machucar.

E havia mais: ela finalmente fizera a escolha que Freecloud tinha avisado que estava iminente. Como barda, era dever dela observar, se distanciar dos homens e mulheres cujas histórias ela tinha que contar. Só que ela não era adequada para observar e era incapaz de ficar olhando enquanto os outros botavam a vida em risco.

Distância?, debochou ela de si mesma. *A distância caiu pela janela quando você pulou na cama com uma companheira de bando...*

Tam foi percebendo aos poucos que estava sendo observada pelos outros: Roderick boquiaberto, Brune e Cura com uma mistura de surpresa e preocupação. Moog ocupado demais secando os olhos vermelhos para olhar para qualquer coisa além das mangas da veste.

Mas Rose estava sorrindo.

— Você era uma barda terrível — disse ela.

— Eu sei.

— Você está despedida.

— É justo.

— E o que vem agora?

Tam soprou uma mecha de cabelo platinado dos olhos.

— Pensei em tentar entrar pra um bando.

— Hum. — Rose fingiu pensar nisso. — Você tem experiência?

— Um pouco — confessou ela. — Uma vez, matei um ciclope com uma flecha só.

— É mesmo?

Tam assentiu.

— Pode perguntar pra qualquer um.

O sorrisinho de Rose ficou mais largo.

— Nesse caso — ela abriu as mãos —, bem-vinda ao Fábula.

Apesar da muralha dupla, do fosso ao redor e de duas colinas muito úteis, Conthas não era adequada para resistir a um cerco. Dos quatro portões, o único que ainda funcionava era o rastrilho do Lado do Wyld, na muralha externa. Na verdade, a cidade nunca tinha repelido um exército invasor, preferindo sempre receber os supostos conquistadores de braços abertos.

Roderick associava essa tática à prática de negócios de um bordel sórdido.

— Primeiro você os atrai — explicou ele. — Depois faz com que fiquem bêbados, fode cada um deles, rouba tudo que eles têm e os joga na viela dos fundos.

— Acho que não vai funcionar dessa vez — observou Tam.

Em resposta, o sátiro trocou um sorriso malicioso com Rose.

— Vamos ver — disse ele.

Felizmente para Conthas, tanto Rose quanto Mão Lenta eram veteranos de cerco. Rose tinha ficado presa em Castia por meses enquanto a Horda de Heartwyld fervilhava além das muralhas. Quando a peste dizimou os oficiais de comando da República, ela assumiu o controle das defesas da cidade e liderou pessoalmente os soldados que restavam pelo portão durante a Batalha dos Bandos.

Quanto a Mão Lenta... Bom, todo mundo, até o cachorro do barbeiro, sabia o que o Saga tinha enfrentado em Hollow Hill. O escudo de Clay, Coração Negro, era testemunha do que tinha acontecido com os que tentaram matá-lo. Tam duvidava que a pele da Rainha do Inverno fosse um escudo muito firme, mas um par de luvas de couro não devia estar fora de questão.

Se alguém era capaz de salvar Conthas (e, sinceramente, Tam não sabia se alguém era), esse alguém eram aqueles dois.

De manhã, Mão Lenta transformou o Estrela de Madeira em um centro de comando improvisado. De lá, planejou a defesa da cidade e recebeu um fluxo infinito de mercenários, gângsteres e alquimistas que ele esperava que pudessem ajudar a implementar a estratégia de Rose, um plano que Moog chamava de "tão maluco quanto merda de orc".

— Não me entendam mal — esclareceu ele rapidamente. — Eu adorei. Mas é tão louco quanto uma centopeia de meias!

Rose foi para as ruas e supervisionou o esforço para transformar Conthas em um terreno mortal. Avenidas foram esvaziadas ou bloqueadas e protegidas com barricadas para criar becos sem saída e afunilar a horda de Astra na direção de pontos mais fáceis de defender. Prédios foram queimados ou demolidos conforme Rose achava adequado. Carracas foram adaptadas, desmontadas ou transformadas em bombas e puxadas para o topo de colinas.

O Santuário ao sul (num lugar conhecido pelos habitantes como Colina da Capela) foi designado tanto como hospital de campo quanto como local inevitável de uma "resistência final" se as coisas não corressem bem.

— Colinas são um excelente lugar para morrer — observara seu tio Bran com alegria característica.

Junto com Alkain Tor e Mackie Maluca (líderes do Desgraça dos Gigantes e do Flashbang respectivamente), Branigan foi encarregado de organizar os bandos de mercenários em três companhias que pudessem se mover e operar de forma independente umas das outras. Uma ficaria esperando para emboscar enquanto as outras duas fariam parecer que eles estavam tentando resistir e perdendo.

A companhia de Bran era composta quase totalmente de antigos guerreiros, veteranos de Heartwyld que se chamaram de brincadeira de "Lâminas Enferrujadas".

Brune foi encarregado de trabalhar para que todos os lutadores de ringue e valentões de rua estivessem com armaduras e equipamentos de guerra, enquanto Cura se instalou em um pub de teto baixo chamado Caverna e começou o processo longo e tedioso de executar a parte mais crítica do plano de Rose. Em determinado ponto, a fila de mulheres esperando do lado de fora do pub tinha mais de um quilômetro e meio.

Oscar, o sereiano (sofrendo de uma ressaca que o deixou ainda mais rabugento do que no dia anterior) foi nomeado "Lorde Comandante do Fosso" e recebeu um tridente de prata cerimonial. Ele saudou

Rose e saiu nadando, prometendo matar, como ele falou, "todos os filhos da mãe de olho morto que nadarem na minha área!"

Tam e Roderick acompanharam Rose em uma turnê pelos vários bairros da cidade, da pobreza sórdida de Fundo do Poço e ruas tomadas de neblina e poluição de Saltkettle aos salões exuberantes de Tribuna de Papel, onde a Baronesa Alektra lhes ofereceu bolos gelados e chá branco da costa de Phantra... que Rose virou como se fosse uma dose de uísque forte.

— Onde estão as quinhentas espadas que você prometeu? — perguntou ela a Alektra.

A baronesa sorriu.

— Executando uma tarefa — disse ela de forma enigmática e chamou um servo. — Mais chá?

A *tarefa* de Alektra acabou sendo uma invasão de grande escala do território vizinho da irmã gêmea dela. Esperando pegar Ios despreparada, os homens da baronesa invadiram as ruas de Dedoduro pouco depois do meio-dia. Mas eles não encontraram resistência, pois Ios, prevendo a traição da irmã, tinha planejado um ataque. Enquanto os homens de Alektra estavam pilhando Dedoduro, Ios e seus assassinos invadiram Tribuna de Papel. Quando Tam viu a Baronesa de Dedoduro, ela estava puxando a irmã em uma coleira de prata.

Rose se encontrou brevemente com Kurin, o guarda-costas do Grande Han, cujos olheiros relataram que a Horda estava se movendo mais lentamente do que o previsto e só chegaria no dia seguinte. Antes de eles partirem, Rose mandou Kurin fazer uma visita a Cura na Caverna.

— Fura a fila e diz que fui eu que te mandei.

O guerreiro da Guarda dos Corvos pareceu confuso, mas assentiu e saiu.

A parada seguinte foi o Mercado dos Monstros, onde Rose reuniu caçadores e agenciadores e explicou a parte deles no plano. Um deles, um agenciador de negro usando um chapéu decorado com penas de grifo, se recusou a seguir a exigência dela, e alguns companheiros o apoiaram. Como não tinha tempo para negociar (e nem era muito boa nisso), Rose o segurou acima do poço de goblins até ele perceber a sabedoria em seu plano.

Enquanto isso, Roderick (que *era* de fato um negociador brilhante) percorreu o fórum. O agente do Fábula conversou com trolls, negociou com bugbears, discutiu com chefes kobolds, oferecendo a cada prisioneiro na praça uma escolha: liberdade ou morte.

Os que escolheram a liberdade foram informados dos seus papéis na batalha por vir, enquanto os poucos que recusaram ganharam uma coisa que deixou os agenciadores imensamente ressentidos: um fim rápido e misericordioso. Os corpos foram decapitados e queimados imediatamente depois.

Quando Tam perguntou a Roderick por que alguns prefeririam morrer em vez de lutar, o sátiro riscou um fósforo no chifre que restava e o usou para acender o cachimbo.

— Por todos os tipos de motivo — disse ele. — Pode ser que eles odeiem humanos. Pode ser que eles temam os mortos ou não queiram se tornar seguidores de Astra se der merda amanhã. E alguns deles... Bom, eles são monstros, Tam, e digo isso literalmente. Heartwyld é um lugar maligno. Deturpado, pervertido. Se você vive lá por tempo suficiente acaba sendo afetado. É infectado. Já vi acontecer.

— E se a gente vencer? — questionou Tam. — O que vai acontecer com os que vão lutar conosco?

O agente deu uma tragada longa no cachimbo.

— Eles vão ter que tentar se relacionar com humanos, como eu fiz. — Ele exalou fumaça por meio de um sorriso sardônico. — Nem todos vocês são babacas, sabe.

— Só a maioria?

— Só a maioria — disse ele de maneira amistosa e assentiu para o cadáver de um firbolg à frente deles. — Agora, vamos queimar esse babaca e voltar para o pub.

* * *

O humor naquela noite estava pesado. O tempo deu uma virada e piorou, e Rose botou mercenários para se revezarem tirando neve e mantendo as ruas vazias. Enquanto ela e Mão Lenta olhavam um mapa amplo da cidade, Tam e os companheiros de bando voltaram ao Mercado dos Monstros e distribuíram cumbucas de caldo quente para as criaturas presas lá.

O gesto foi amplamente apreciado por quase todos, exceto por um minotauro que olhou para a porção oferecida com repulsa.

— O que é isso, carne? Não posso comer isso! Não tem uma saladinha ou algo assim?

— Não, não tenho a porra de uma saladinha — respondeu Roderick.

O minotauro olhou entre as grades da jaula.

— Seria tão mais legal se tivesse.

Quando eles voltaram ao Estrela de Madeira, Rose mandou que todos fossem para seus quartos.

— Descansem. Ou tentem. — Antes que Cura fosse, Rose a fez parar e indicou com o queixo a tatuagem nova da invocadora. — A gente precisa conversar sobre isso?

A Bruxa da Tinta encarou Rose.

— *Você* precisa conversar sobre isso?

— Não.

— Então está tudo bem.

— Que bom.

No andar de cima, Tam e a Bruxa da Tinta acabaram novamente designadas para o mesmo quarto. Havia uma cama encostada em cada parede, e Tam ficou parada junto à porta esperando a outra escolher qual seria a dela.

Cura escolheu a da direita. Puxou os lençóis e o cobertor da cama e enrolou tudo, foi até a única janela do quarto, abriu-a e jogou tudo na viela lá fora.

Virou-se para olhar para Tam, o cabelo preto balançando na brisa fria, e encarou a antiga barda do Fábula como se a desafiando a falar.

— Acho que vamos ter que dividir a cama — disse Tam.

Cura respondeu com um sorriso diabólico.

— Acho que sim.

Tam acordou antes do amanhecer e viu Cura sentada na beira da cama. As tochas fora da janela fechada delineavam a tatuagem de ente nas costas dela, a copa em chamas de Agani delineada em tecido cicatricial e tinta sombreada. Tam esticou a mão para tocá-la e a invocadora se encolheu, mas não se afastou.

— Te acordei? — perguntou Cura.

— Não. Você chegou a dormir?

— Um pouco. Não muito. — Ela olhou por cima do ombro. — Escuta, Tam, isso foi…

— Ah, deuses — gemeu Tam. — Você não vai me dar outra faca, né?

Cura deu uma risada baixa.

— Não dessa vez, foi mal. — Ela se virou e passou os dedos no contorno da bochecha de Tam. — Foi perfeito. Obrigada. Eu não poderia ter escolhido uma última noite melhor.

A palavra "última" invadiu a mente de Tam antes que "perfeito" tivesse tido chance de se firmar.

— Você não acha que vamos sobreviver a isso?

— Você, talvez.

— Todos nós talvez.

Cura puxou a mão.

— Batalhas não funcionam assim, Tam. Principalmente não com as chances que vamos enfrentar. Alguns de nós, a maioria, provavelmente, vai precisar sacrificar tudo para o resto ter chance de sobreviver.

— Eu sei — disse Tam. — Isso não quer dizer que tenha que ser você.

A voz de Cura soou sofrida.

— Se não eu, quem?

Houve vozes na rua. Gritos frenéticos fora da janela delas. O som de portas se abrindo, passos no corredor. A luz finalmente penetrou pela janela e pintou o teto em tons de fogo embotado.

A aurora tinha chegado. E, com ela, a Horda.

CAPÍTULO CINQUENTA E DOIS

O COMEÇO DO FIM

Tam estava com Cura, Brune e Roderick do lado de fora do Santuário, na colina sul da cidade. De lá, ela via mais do que o desejado das terras em volta de Conthas. A Horda de Astra estava reunida a nordeste da cidade: uma enorme merda horrível, vibrante, rastejante, claudicante que agredia o olhar.

Sua mente não colaborou e identificou alguns monstros reconhecíveis na multidão. Brontide era fácil de ver, pois estava liderando o grupo e carregando a clava com cabeça de carneiro que ela tinha ouvido os outros mercenários chamarem de WHAM. A pele do gigante tinha ficado de um azul-claro, enquanto o cabelo e a barba compridos tinham ficado do branco-amarelado de leite talhado. A cabeça balançava para o lado porque a Simurg tinha destruído boa parte de seu pescoço.

De acordo com Moog, para matar os mortos-vivos eles tinham que ser queimados, decapitados ou o órgão podre que se passava por cérebro tinha que ser destruído.

Se ao menos a Devoradora de Dragões tivesse mordido com um pouco mais de força, refletiu Tam, *nós não teríamos um gigante violento para enfrentar.*

— E esqueletos? — Cura perguntou ao mago. — Eles não têm cérebro.

— Levantar esqueletos não é necromancia — insistiu o mago. — É operar fantoches. E eu sugeriria evitar quem pratica as duas coisas.

A Horda também exibia muitas coisas que se pareciam com gigantes, mas não eram, como ettins de duas cabeças, formorianos corcundas e gigantes de pedra cujos braços compridos abriam sulcos na lama. Tam até identificou um ciclope aqui e ali, embora nenhum tão monstruoso quanto o que o Fábula enfrentou na Ravina.

Outros horrores óbvios incluíam aranhas gigantes, drakes deslizantes, lobos de fogo sem pelo e mamutes peludos cujas presas estavam manchadas de sangue. Ela viu uma bolha gelatinosa coberta de olhos vermelhos, uma tartaruga impossivelmente enorme com o que parecia um pequeno castelo balançando no casco e o hydrake de quatro cabeças por cima do qual ela tinha pulado no campo de batalha poucos dias antes.

Em volta deles, em números impossíveis de serem contabilizados, havia o que Roderick chamou casualmente de "a carne com batata" da Horda: orcs, diabretes, goblins, trolls, ogros, ixils e kobolds com cara de rato. Havia matilhas de wargs galopantes, grupos de centauros mancos, amontoados de homens-cobra encapuzados e colônias agitadas de insetos do tamanho de cavalos... junto com centenas de outras criaturas que ela não conhecia e não sabia nomear.

O que deixava o grupo de Astra *verdadeiramente* assustador (fora os olhos chamejantes, a carne pútrida e a variedade eclética de ferimentos horrendos) era o silêncio. Em vida, eles estariam rosnando, gritando, rugindo e sibilando ao se aproximar da cidade. Mas, na morte, eles eram cascos mudos e vazios, um lembrete horrendo do que aguardava todas as almas em Conthas se eles não conseguissem deter a Horda ali, naquele momento.

— Caramba — disse Cura secamente. — Onde será que Astra está se escondendo?

Uma observação mais detalhada da multidão que se aproximava revelou que Astra não estava escondida, a não ser que o palanquim coberto carregado por seis firbolgs gigantescos (cada um parecendo um Brontide em miniatura com um chifre no lugar do nariz) pertencesse a outra pessoa que não fosse a Rainha do Inverno... mas Tam achava que não.

— Ah, merda — praguejou Roderick. Tam seguiu o olhar desolado do agente e viu outro exército se aproximando do oeste. Aquele, até onde ela conseguia ver pela neve caindo, era todo feito de humanos. Eram os mercenários que tinham morrido na batalha no Vale Cinzento, ou sido pegos de surpresa quando Astra trouxe os mortos de volta em seguida. E, na frente, trajados na panóplia verde e dourada da Rainha Lilith de Brycliffe, estavam...

— A porra dos agrianos — rosnou Brune.

O coração de Tam, já tremendo de medo, foi em busca de um canto onde pudesse chorar. *Não só Lokan nos tirou dez mil soldados*, pensou ela, infeliz, *mas ele os entregou para a Rainha do Inverno numa bandeja de prata.*

Os voadores de Astra ainda não tinham chegado, mas Tam achava que apareceriam em breve, rodeando a cidade como um laço de forca. Felizmente, a Simurg não estava por perto.

Rose se aproximou vinda do portão do complexo com Branigan, Jain, Mão Lenta e Moog atrás. A líder do Fábula tinha trocado a armadura surrada por uma couraça de couro preto e sapatos de ferro. Estava usando uma capa escarlate vibrante por cima de um ombro com o capuz puxado para esconder o rosto.

Jain se aproximou de Tam e ofereceu a ela um par de luvas feitas de lã cinza áspera com placas de couro desgastadas costuradas nas palmas. Dois dedos da luva da mão direita, os que ela usaria para puxar uma flecha, estavam cortados.

— Toma — disse ela. — Fiz pra você.

Tam olhou para ela, impressionada.

— Você fez?

A mulher jogou a trança frouxa por cima do ombro.

— Basicamente, sim.

— Então você roubou...

— Não é roubo se for de um morto — disse Jain com naturalidade. — Mas quem cortou os dedos fui eu.

Tam decidiu fingir que Jain estava brincando sobre as luvas terem pertencido a um cadáver. Resistiu à vontade de cheirar uma delas e preferiu colocá-las e balançar os dedos expostos.

— Obrigada.

Ao lado das duas, Roderick nadava em um casaco de cota de malha enorme e segurava uma lança de cabeça para baixo. Ele usou o cabo para chamar a atenção de Rose para o muro de escudos verdes e dourados a oeste.

— Astra deixou a gente encurralado agora — informou ele. — Como esse plano vai funcionar se temos que lutar em duas frentes?

— Não funciona — disse Rose. — Vamos ter que lidar com eles rapidamente. Ou pelo menos segurá-los até conseguirmos atrair Astra pra dentro da cidade.

O tio de Tam soltou um pigarro.

— Odeio ser a voz da razão aqui... porra, acho que nunca fui a voz da razão em nada. Mas acho que deve haver uns vinte mil lá.

— Trinta — disse Jain. — Essa sua vista está meio embaçada, coroa.

— Trinta, então. De qualquer modo, cuidar deles rapidamente não deve ser possível.

— Mas segurá-los é — disse Mão Lenta. — Quantos mercenários tem sua companhia?

— Os Lâminas Enferrujadas? — Bran deu de ombros. — Uns quinze mil, mais ou menos.

Clay se virou para Rose.

— Você pode abrir mão deles?

— Vou ter que abrir — disse ela. — Mas você consegue segurá-los com tão poucos?

Os olhos de Mão Lenta se desviaram para a filha, Tally, que puxava Destroçador de Corações pelo portão da capela.

— Eu vou segurá-los — prometeu ele.

— *Nós vamos* segurá-los — declarou Moog.

Satisfeita, Rose se virou para Jain.

— Preciso que você entregue uma mensagem ao Han: quando os cavaleiros dele terminarem de perturbar a Horda, eles precisam circular a cidade e ajudar os Lâminas Enferrujadas no portão no Lado do Wyld.

— O Han é um beberrão velho e teimoso — disse Jain. — E se ele disser que não?

Rose pegou as rédeas do cavalo e cumprimentou a filha de Mão Lenta.

— Você acha que um han carteano vai perder a oportunidade de matar dez mil agrianos se livrando de qualquer repercussão diplomática?

A outra mulher riu.

— É verdade. Vou pedir ao Daon pra me dar carona.

Roderick cuspiu no chão.

— Você está falando de Doshi? Isso se ele não tiver fugido, né?

— Fugido? — Jain sorriu. — Aquele homem tem sorte de conseguir andar depois do que eu fiz com ele ontem à noite.

— Só não deixe de transmitir a mensagem — disse Rose.

— Pode deixar. — Jain acenou e desceu a colina correndo.

Por fim, Rose se virou para os companheiros de bando.

— Todos prontos?

— Prontos pro show.

Cura estalou os dedos.

— Vamos nessa.

Tam só assentiu, desejando ter pensado em alguma coisa descolada para dizer.

— Escutem — murmurou Roderick. — Se as coisas não... Quer dizer, se vocês... — Ele trincou os dentes para segurar uma coisa que parecia um soluço de choro. — Foi uma honra, de verdade. Obrigado por deixarem esse bode velho acompanhar vocês, hein? E por — ele passou o polegar no cotoco do chifre quebrado — me deixarem ser eu.

Rose puxou o sátiro para um abraço apertado. Cura abraçou os dois, e Tam abraçou Cura, e Brune passou os braços enormes em volta de todos.

Alguém fungou. Alguém riu. Tam fechou os olhos, tomada pela sensação de ter acordado na vigília da madrugada antes da aurora e desejando que cada segundo pudesse durar uma eternidade. Mas não durava. Não podia, claro. O sol sempre nasce.

Eles estavam na metade da colina quando a batalha que decidiria o destino de cada alma em Grandual começou de verdade.

Os carteanos tinham dividido os cavaleiros em grupos de quinhentos, chamados Alas, os primeiros a chegar à Horda em um bloco de lanças erguidas e cascos agitados. Enquanto a primeira Ala recuava, a segunda chegou, seguida da terceira, da quarta e assim por diante, até Astra ser forçada a enviar os servos mais velozes atrás deles.

Os carteanos bateram em retirada, seguidos de uma multidão afunilada de centauros, wargs, cães-trolls e incontáveis outras atrocidades galopantes. Enquanto eles fugiam, Tam viu um dos cavaleiros tirar o elmo e revelar cabelo ruivo bem vibrante. Ela supôs pela armadura e pelo cavalo malhado que era Kurin, mas a Rainha do Inverno não tinha como saber... a não ser que um dos servos dela estivesse tão perto que ela fosse capaz de ver pelos olhos dele.

Astra conhecia a reputação de Rose antes de contratá-la para matar a Devoradora de Dragões e tinha visto que sua fama era merecida no Lago Espelhado, quando Rose matou a Simurg praticamente sozinha.

Ela já saberia que a filha de Gabriel estava no comando da defesa de Conthas e aproveitaria qualquer oportunidade que pudesse de dar um golpe mortal na moral já tênue da cidade.

O plano de Rose se baseava em Astra estar tão determinada a matar Rose quanto ela em matar Astra. Com metade da Horda perseguindo uma isca, a Rainha do Inverno não teria escolha além de se envolver em um ataque direto à cidade.

E, até o momento, parecia estar funcionando. Dezenas de milhares correram atrás dos cavaleiros de Han, que estavam enchendo os perseguidores de flechas enquanto contornavam a parte norte da muralha externa.

Rose, guiando Destroçador de Corações em trote, levou o bando para o leste pela Sarjeta. A via ampla da cidade estava vazia agora, exceto por alguns meninos de rua alertas (agentes dos barões locais), e Tam não pôde deixar de pensar no quanto a cidade parecia melhor sem um excesso de gente vendendo merda, roubando merda ou pisando em merda indo de uma taverna para outra.

Apesar do nome, o Portão da Sarjeta Leste não era um portão, só um buraco enorme na muralha interna da cidade. Dobradiças quebradas indicavam que tinha havido duas portas enormes ali, mas que haviam apodrecido muito tempo antes.

Eles chegaram ao Mercado dos Monstros, onde as criaturas que tinham se oferecido para lutar estavam sendo mantidas sob guarda. As jaulas foram arrumadas em um semicírculo virado para o leste e seriam abertas pouco depois que a Horda invadisse a muralha externa, o que daria tempo para os mercenários em fuga recuarem para trás da segunda muralha. Não era um cenário ideal para os monstros em cativeiro, mas ela achava que uma chance de lutar era melhor do que morrer em jaulas quando Astra tomasse a cidade.

— Lá vai Mackie — gritou Cura quando outra Rose se revelou em uma torre posterior ao sul. A líder do Flashbang puxou o capuz e revelou o cabelo cortado e pintado de ruivo. Ela costumava lutar com um chicote chamado Hora Mais Escura que (de acordo com as músicas) era capaz de transformar o coração de um espectro em gelo ou reduzir um esqueleto a pó com um único estalo, mas agora ela levantou duas cimitarras em desafio aberto à tropa que se aproximava.

Mas Astra cairia? Ela já tinha enviado os servos mais velozes atrás de Kurin e seus cavaleiros... será que atacaria essa segunda falsa Rose também?

Aparentemente, sim, porque Brontide chutou a torre como se fosse feita de areia. Pela nuvem de poeira e neve, Tam viu Mackie correr para o sul junto à muralha externa. Sua companhia de 15 mil estava posicionada junto aos moinhos e armazéns da cidade externa. A tarefa deles era atrair uma parte das forças de Astra para longe do centro e atrasá-las o máximo possível.

Rose estava olhando para leste. Destroçador de Corações resfolegou com inquietação, um sinal da energia ansiosa da cavaleira.

— Nós poderíamos acabar com isso agora — murmurou ela.

Brune e Cura trocaram olhares nervosos.

— Como é? — perguntou o xamã.

— A gente poderia tentar matar Astra antes que a Horda destrua a cidade. Antes que os voadores cheguem, ou a Simurg... — Ela piscou para afastar a destruição que tinha na mente. — Nós poderíamos poupar tantas vidas.

Cura fez um ruído de deboche.

— Jogando a nossa fora? Nós a atraímos e executamos a emboscada, Rose. O plano é esse. Ir lá para fora é suicídio.

— Eu sei — disse Rose. — Mas Astra também sabe. Ela vai esperar que a gente fique escondido atrás das muralhas.

— É pra isso que muralhas servem! — observou Cura. — Pras pessoas se esconderem atrás!

Brune puxou o cachecol.

— Só pra ficar claro, você está propondo que a gente jogue no lixo nossa estratégia meticulosamente planejada?

— Estou, sim.

— E sugerindo que, em vez disso, a gente tente um ataque evidentemente burro e totalmente imprudente ao centro do exército da Rainha do Inverno?

— Isso mesmo.

— Uma coisa meio tipo "cortar a cabeça da cobra antes que ela nos engula inteiros"?

— Exato.

Brune deu de ombros.

— Gostei.

Cura estava pronta para repreender Rose e criticar a alteração ridícula em um plano já fraco, mas levantou as mãos.

— Foda-se, estou dentro.

Os três olharam para Tam, que estava esperando aquele momento desde a resposta na colina mais cedo.

— Quem quer viver pra sempre? — perguntou ela.

O sorriso de resposta de Rose foi lindo do mesmo jeito que a adaga de um assassino era linda.

— A gente vai pelo menos levar uma das companhias? — perguntou Cura. — Claro que eu sei que nós somos bons, mas não tanto.

Rose balançou a cabeça.

— Se a gente fizer merda, os outros ainda vão ter chance de sucesso.

A risada debochada da invocadora sugeriu que ela não acreditava muito na chance de a cidade vencer essa luta quando o Fábula estivesse jogando no outro time.

Rose bateu nas costelas do cavalo e se aproximou do homem encarregado de soltar os monstros.

— Solta eles! — ordenou ela.

O homem, um caçador de Heartwyld, supôs Tam, deu uma longa tragada no cachimbo antes de responder.

— Não devo abrir as jaulas enquanto a Rosa Sanguinária não mandar.

Rose manteve o capuz no lugar, mas empurrou a capa para revelar as cimitarras presas aos quadris.

— Eu sou a Rosa Sanguinária — disse ela. — E estou mandando você abrir.

O caçador semicerrou os olhos para as sombras do capuz, como se relutando em acreditar sem ter um vislumbre do famoso cabelo ruivo, mas a firmeza nos olhos dela o convenceu.

— S-sim, claro. — Ele apagou o cachimbo e foi transmitir a ordem para os outros guardas.

Rose guiou a montaria na direção do semicírculo de jaulas. Havia uns três mil prisioneiros no total, inclusive os moradores de caverna pequenininhos falando com empolgação nos poços dos dois lados.

— Eu lutei com monstros a vida toda! — gritou Rose para eles. — Se vocês e eu tivéssemos nos encontrado numa arena, eu teria matado vocês. E se vocês tivessem me encontrado sozinha no Wyld? Bom, eu também teria matado vocês.

Dois gnolls com cara de hiena riram histericamente ao ouvir isso, mas nenhum dos outros achou particularmente engraçado.

— Nunca odiei suas espécies — prosseguiu Rose enquanto os guardas tiravam as chaves dos cintos e iam até as jaulas —, mas me ensinaram que éramos inimigos, assim como vocês foram criados para acreditar que eu era inimiga de vocês. Eu achava que matar monstros tornava o mundo um lugar melhor. Eu me enganei.

O cavalo dela se mexeu com nervosismo enquanto Brontide destruía outra parte da muralha.

— Não tenho como apagar o passado. E não posso prometer um futuro. Porque agora, tarde demais, estamos sendo ameaçados por uma inimiga comum: uma cuja mira é exterminar cada um de nós. — Rose puxou *Espinheiro* e mirou a ponta para o Portão da Corte. — *E ela está bem ali.*

Houve um coral de rosnados furiosos vindo das jaulas. Os goblins, kobolds e gibberlings uivaram nos poços. Tam viu uma gorilliath corcunda segurar as grades da cela e soltar um grito furioso, enquanto um bosque de entes acorrentados se sacudia com tanta violência que as folhas caíram.

— A Rainha do Inverno mentiu pra vocês! — disse Rose para a plateia cativa. — Ela encheu vocês de esperança vazia e deixou vocês passando fome. Usou vocês! E quando vocês não tinham mais utilidade, ela traiu vocês! *E ela está bem ali.*

Os homens se aproximando das jaulas hesitaram quando os monstros rosnaram e sibilaram.

— Por causa dela, Brontide não passa de um escravo sem vontade própria! Por causa dela, seu exército foi destruído, seus amigos e familiares foram trazidos da morte e usados como marionetes! *E ela está bem ali!*

Os monstros uivaram e gritaram enquanto os guardas enfiavam as chaves nas fechaduras.

— Prometi liberdade a vocês! — gritou Rose. — E agora, vocês estão livres!

Celas e jaulas foram abertas. Pranchas foram abaixadas em poços. Grilhões foram quebrados, descartados na neve.

— *Prometi vingança!* — gritou Rose, erguendo *Espinheiro* no alto da cabeça. — *Venham comigo agora e se vinguem!*

Destroçador de Corações se virou e saiu correndo como se o mundo estivesse desabando logo atrás.

Os monstros foram rugindo atrás dele.

Cura cutucou Brune com uma cotovelada.

— Vai — disse ela. — E tenta não matar Astra antes que Tam e eu possamos alcançar vocês.

O xamã riu com deboche.

— Melhor você correr. — O traje de couro se partiu quando ele saiu correndo.

Tam e Cura se viram no meio da multidão quando chegaram no Portão da Corte. Em volta delas havia orcs berrando, gnolls latindo, ixils com cabeça de cavalo balançando as crinas trançadas. Tam quase tropeçou na cauda de um sáurio gritando como um morcego ao amanhecer.

Atrás delas, correndo com pernas curtas, havia centenas de gremlins, goblins, kobolds e gibberlings magrelos com elmos de ferro selados. À frente estavam as criaturas mais rápidas: os centauros galopantes, os ogros desajeitados, os entes dando um passo gigantesco para cada cinco de Tam. A multidão apressada ia afunilando até uma ponta liderada pela própria Rose, que corria na direção do coração da Horda com uma espada no ar e a capa vermelha voando na ventania atrás dela.

Que pena que não tem um bardo aqui pra ver isso, pensou Tam, *porque daria uma música e tanto.*

CAPÍTULO CINQUENTA E TRÊS

O CANTO DO PÁSSARO NO CAMPO DE BATALHA

O que Tam achou mais revoltante na tropa de Astra não foi a aparência diabólica. Não foi a palidez pela falta de sangue, a boca frouxa, nem o fogo enfeitiçado ardendo nos buracos dos olhos bicados por corvos. Não foram os machados enfiados em crânios afundados, as flechas furando peitos ensanguentados, os cabos de lança projetados para fora de abdomens úmidos. Não foi o silêncio sem ar, embora isso fosse ainda mais irritante de perto do que do alto da Colina da Capela.

O que *realmente* a repugnou acima de todas aquelas virtudes abjetas foi o *cheiro*.

Ela tinha vivenciado algo parecido na planície ao sul do Vale Cinzento, mas o cheiro havia sido mascarado pela fumaça e pelo odor pungente de sangue fresco. Mas, desde então, a Horda tinha apodrecido consideravelmente. A miríade de ferimentos mortais tinha supurado de negligência. A carne tinha apodrecido e escorria como um creme denso ao ser golpeada, e os membros cheios de coágulos inchavam como odres cheios de pus.

O fedor, quando eles se aproximaram dos soldados rançosos da Horda da Rainha do Inverno, embrulhou o estômago de Tam e ameaçou fazer seus joelhos se dobrarem. Ela ficou grata pelo frio, que ajudava um pouco a sufocá-lo, e ficou feliz de só ter consumido um pedaço de pão duro e um gole de água no café da manhã.

No fim das contas, os monstros de Astra não eram páreo para os vivos. Eles lutavam sem astúcia, movidos apenas por um desejo sem sentido de matar, enquanto os milhares desembestados de Rose atacaram com uma ferocidade similar à da mercenária. Eles golpearam e cortaram e furaram para abrir caminho por fileiras de mortos de olhos brancos, perfurando o centro empobrecido de Astra como uma lança, indo direto para o palanquim coberto à frente.

Tam lutou lado a lado com Cura, que ainda não tinha invocado uma das criatintas para ajudar. A Bruxa da Tinta lutava com um par de facas serrilhadas, segurando ocasionalmente uma com os dentes para poder arremessar uma adaga no olho de alguém.

Embora Tam tivesse conseguido disparar algumas flechas antes de a luta ficar pesada, logo se tornou má ideia seguir em frente com apenas um pedaço de freixo para se proteger. Tam estava de armadura, um traje de escamas de górgona, por baixo do sobretudo de couro vermelho, e Moog a tinha abastecido com uma espada chamada *Ave Noturna* do arsenal da capela, que o mago alegava que era lar de todos os tipos de relíquias antigas.

Ela esticou a mão, tirou a arma da bainha e falou um palavrão alto.

Vidro? Aquele velho maluco me deu a porra de uma espada de vidro!?

A lâmina parecia afiada, claro, e era tão leve que ela ficou com a impressão de não estar segurando nada, mas Tam conseguia ver através da lâmina fosca preto-azulada. Ela duvidava que conseguisse sobreviver a uma queda no chão, menos ainda a um golpe contra a armadura de um inimigo. Moog tinha se dado ao trabalho de olhar primeiro? Ou tinha simplesmente pegado a primeira bainha que viu?

— Tam! — disse Cura com rispidez, e ela olhou para a frente e viu um boggart partindo para cima dela. Parecia um homem gordo nu com tufos de mofo e escamas fúngicas crescendo no corpo todo. Alguém tinha feito um corte na barriga dele, do qual as entranhas pendiam como cordas murchas.

Fazer o quê, né, pensou ela, desviando da mão gorda do boggart e golpeando a cabeça dele com a espada de vidro idiota.

A espada de vidro idiota passou através do crânio dele.

O golpe nem abalou o braço dela, e Tam se perguntou se portar *Madrigal* era assim. Nem era preciso dizer, mas quando cortou um rask no meio e partiu o pescoço de um sinu zumbificado, Tam perdoou Moog de coração por ter lhe dado para lutar algo que mais parecia uma decoração de parede acima da lareira.

Mais tarde, enquanto ela e Cura lutavam uma de costas para a outra em meio a uma multidão de homens-sapo sebosos, a Bruxa da Tinta abriu um sorriso irônico e cansado para ela.

— Parece que as aulas com Rose valeram a pena, né?

Tam desviou de um soco de língua e enfiou *Ave Noturna* na boca aberta do urskin.

— Eu tenho meus golpes — admitiu ela, e foi recompensada com uma risada entrecortada.

Eles viram o cabelo ruivo de Rose à frente. A líder do Fábula ainda estava montando, mandando o cavalo seguir como se estivesse atacando de frente uma onda do mar. *Cardo* e *Espinheiro* ardiam com um brilho azul e verde enquanto ela abria caminho. Quando alguma coisa como uma cegonha coberta de espinhos surgiu à frente, Rose arremessou *Cardo* girando de lado para partir uma perna fina. A ave enorme caiu desajeitada e Destroçador de Corações a esmagou com os cascos.

Cura foi empurrada pelo ombro de um orc empalado pelo cabo de uma lança. A invocadora tombou em Tam, e as duas caíram na neve derretida. Das costas, Tam puxou o arco com a mão esquerda. Duquesa bateu na mandíbula do orc e partiu uma das presas amareladas que saíam acima do lábio inferior.

— Invoca alguma coisa — sibilou ela para Cura.

A Bruxa da Tinta arremessou uma adaga. Abriu um corte na garganta do brutamontes, mas não o matou. Ele carregava uma clava cravada de dentes na mão que restava e a ergueu para golpear.

— Porra — praguejou Cura. Ela mexeu na manga e respirou fundo para poder gritar o nome de uma criatinta.

Brune pulou por cima das duas e se chocou com o servo. Orc e lobo saíram rolando na lama de neve. O xamã se recuperou primeiro, mas um dos entes recém-liberados de Rose o salvou do trabalho de matar o orc pisando no crânio dele com o pé retorcido.

Tam deu um aceno de gratidão para o ente.

O ente acenou de volta, mas berrou de dor quando um wyvern agarrou os galhos dele e o arremessou no ar.

Tam olhou para cima e viu o céu lotado de voadores, de harpias de seios expostos e olhos-voadores vermelhos a matilhas inteiras de morcegos-lobos e macacos voadores (que ela não acreditava que existiam até agora). Gárgulas penetravam em elmos e cabeças, explodindo crânios como se fossem melões atingidos por marteladas. Falcões-pestes davam mergulhos e deixavam para trás nuvens corrosivas que lembravam a Tam o borrifo espalhado pelos motores de marés, só que a névoa de um motor não enferrujava a armadura nem derretia a cara.

Tam e Cura se abaixaram enquanto corriam. Brune abriu caminho na frente delas. Com os companheiros de bando a protegendo, Tam embainhou a espada e voltou a disparar flechas em qualquer alvo que conseguisse encontrar, inclusive o saco lotado de veneno de uma sílfide de podridão. O saco explodiu e banhou um amontoado de servos com uma gosma verde que chiava e os desintegrou quase instantaneamente.

Quando eles alcançaram Rose, ela estava quase na liteira da Rainha do Inverno. Os golias de nariz de chifre que a carregavam colocaram o fardo no chão e tomaram a frente. Tam se obrigou a olhar atrás deles, para a figura sentada atrás dos véus de seda pedra diáfana soprada pelo vento.

Você está nos vendo, Astra? Já percebeu quem está indo atrás de você?

Tam pensou em disparar uma flecha na Rainha do Inverno naquele momento, mas decidiu não fazer isso. Mesmo que sua mira fosse certeira, se o vento não soprasse a flecha para longe ou um firbolg não entrasse na frente, Astra era druin, e a presciência a avisaria o que estava a caminho.

Rose atacou os carregadores da liteira sem reduzir a velocidade, ladeada por Tam, Cura, Brune e alguns monstros vigorosos. Um raga com juba de leão estava entre esse grupo, assim como o minotauro que tinha recusado o ensopado de carne na noite anterior. Os chifres dele estavam cobertos de sangue, e ele berrou uma profusão de obscenidades enquanto andava ao lado deles. O par de gnolls que tinha achado Rose engraçada na praça também estava presente. As listras idênticas davam a impressão a Tam de que eles eram irmãos. Um estava atacando com um machado de batalha enquanto o outro tinha se apropriado do fêmur de alguém e o brandia como um porrete.

Três dos firbolgs de Astra caíram, e logo em seguida o quarto. Tam tentou meter uma flecha entre os olhos de um, mas ela bateu no nariz-chifre. Cura enfiou uma faca na parte de trás do joelho de outro. Quando ele caiu, o raga enfiou o punho no olho dele e retirou uma parte aparentemente necessária do cérebro, considerando que ele morreu na mesma hora.

A Rainha do Inverno se levantou quando o último guarda-costas caiu. Foi para a frente da plataforma dourada, erguendo um aparato volumoso na mão.

Não é ela, Tam percebeu quando a figura, com ombros curvados por baixo de uma capa preta surrada de palha, puxou a cortina e mirou a besta dupla no peito de Rose.

Hawkshaw não estava com a máscara, e, embora Astra o tivesse ressuscitado, ela não tinha feito nada para consertar a cara dele... que, por ter sido atropelada pela carroça do vendedor de sucata, estava uma massa obscena de carne arrancada e osso fraturado. Os olhos dele, diferentemente dos servos inferiores, eram vãos pretos embotados, e os dentes quebrados estavam trincados numa careta de tortura quando ele puxou o gatilho.

A flecha se partiu na manopla que Rose levantou para proteger o rosto.

Tam mandou uma flecha na direção da cabeça do Guardião, mas a cortina desviou a rota. Uma das facas de Cura raspou no ombro dele, mas não o impediu de engatar a besta e mirar de novo. Rose puxou com força as rédeas de Destroçador de Corações, tentando fazê-lo virar, mas o cavalo empinou, e a flecha de pena branca partiu a barda em seu peito. Ele caiu e a jogou longe.

Cura e Brune correram para a plataforma, mas o grito de Rose fez os dois pararem.

— Ele é meu!

A Bruxa da Tinta xingou baixinho, e o lobo rosnou, mas nenhum dos dois a desafiou. Hawkshaw (marionete ou não) tinha sido responsável pela morte de Gabriel, e se meter entre Rose e a vingança era tão inteligente quanto mergulhar atrás de pérolas usando uma armadura.

Hawkshaw deixou a besta cair e puxou a espada de osso que estava no quadril. Um terço dela tinha se quebrado, mas a ponta irregular não parecia menos ameaçadora por isso.

— Se eu te matar — disse ele com fala arrastada —, ela vai me libertar. Vou poder finalmente estar com Sara.

Sangue escorreu das lâminas de Rose quando ela as conjurou nas mãos.

— Não sei quem é Sara — comentou ela —, mas, se ela estiver morta, prometo que você vai vê-la em breve.

Tam olhou para trás deles. Mais e mais monstros de Astra estavam parando de perseguir os cavaleiros de Han.

— A gente devia voltar pra cidade — avisou ela.

— Isso não vai demorar — prometeu Rose.

— Não importa — argumentou Tam. — A Rainha não está aqui! Matar Hawkshaw não significa nada!

— Ele matou meu pai.

— Ele não passa de uma ferramenta! Astra matou seu pai. E vai fazer o mesmo com Wren e com todo mundo se nós não a detivermos. A gente tem que ir, Rose. *Agora*, antes que seja tarde demais.

— Já é tarde demais — disse Cura. — Olhem.

A Bruxa da Tinta estava certa. Eles estavam cercados. Os servos de Astra tinham voltado como uma maré noturna para envolver a companhia cada vez menor de Rose. E pior: todo companheiro que eles tinham perdido entre onde estavam e Conthas era agora um inimigo. Tam mal conseguia identificar a cidade com a neve caindo e o vento, mas via Brontide seguindo pelas redondezas, uma criança maligna pisando em sapos na água rasa.

Eles tinham apostado a própria vida para poderem chegar na Rainha do Inverno e matá-la rapidamente.

Apostaram e perderam.

Astra nos fez de trouxas, pensou Tam friamente. *Nos enganou, nos encurralou, e agora estamos mortos.*

Uma coisa chamou a atenção dela ao sair do Portão da Corte. Muitas coisas, na verdade, lideradas por duas figuras gigantescas balançando martelos enormes em arcos destruidores. Sua mente ficou tomada de confusão. Eram monstros? Um dos magos do Buraco do Esgoto tinha conjurado um grupo de elementais da terra para ajudar na luta?

Seus ouvidos captaram um ruído em meio ao som selvagem: um zumbido ritmado, lírico, tão incongruente quanto o canto de um pássaro em um campo de batalha ou uma risada alegre ecoando pelos corredores de uma cripta.

Ao coração sitiado de Tam, soou como esperança.

CAPÍTULO CINQUENTA E QUATRO

A BAINHA E A ESPADA

Freecloud não tinha renunciado ao povo de Conthas. Não tinha abandonado os companheiros de bando nem sucumbido à vontade intratável do pai. E, o mais importante, não tinha desistido de Rose.

Ele só fingiu, percebeu Tam. Tinha feito o papel que se esperava dele, deixado o pai pensar que ele estava satisfeito em ficar lá embaixo enquanto seus amigos morriam e Conthas pegava fogo.

Mas ele não estava. Ele estava *ali* e tinha levado uma legião de sentinelas de pedra como apoio. Cada golem tinha o dobro da altura de um homem, com olhos verdes brilhantes e punhos algemados que eles usavam para esmagar e socar os infelizes mortos. Quem os liderava era um par de cavaleiros de duramantium, uns filhos da mãe enormes que andavam com o exército da Rainha do Inverno na altura dos joelhos. Tam mal conseguia enxergar o druin no meio deles, uma mancha de azul celestial no caos cinzento.

— Meu herói — murmurou Rose.

Tam olhou para ela.

— Você sabia?

— Claro que eu sabia — disse ela. — Esse pobre idiota me ama.

— Venha! — gritou Hawkshaw, chamando Rose para o palco que era o palanquim. — Lute comigo! Me mate se puder!

Rose o ignorou e se dirigiu aos companheiros de bando.

— Nós vamos voltar!

Destroçador de Corações se levantou. Por um momento, Tam teve medo de ele estar morto e de Rose ser obrigada a lutar contra o próprio cavalo, mas o garanhão não sabia que o veneno de Hawkshaw o mataria e não ia deixar que uma flechinha o detivesse agora.

Rose subiu nas costas dele e começou a convocar os monstros ao redor, gritando e apontando na direção da cidade atrás deles.

Astra não facilitaria nem um pouco. Todos os olhos da Horda se voltaram para Rose. O nome dela saiu de mil lábios sem ar. A luta em todos os lados ficou mais frenética quando os asseclas da Rainha do Inverno se jogaram no Fábula e nos aliados deles.

Os gritos de Hawkshaw também os perseguiu.

— Me mate! — uivou ele para as costas de Rose. — ME MATE!

Tam tentou fazer a vontade dele e disparou enquanto corria para oeste, mas sua flecha bateu no ombro do Guardião. Ele quebrou a haste com o punho, jogou-a longe, pulou da liteira e partiu atrás deles.

Com a força de Astra focada em Rose, os golens de Freecloud estavam destruindo o exército dela como um machado cortando madeira molhada. Os cavaleiros, principalmente, estavam provocando o caos nas tropas da Rainha do Inverno. Os martelos destruíam dezenas de cada vez, ou esmagavam inimigos condensados em uma polpa sanguinolenta. Enquanto inimigos mortais poderiam ter saído da frente, os servos de Astra atacaram sem apreço pela vida, fazendo fila para serem abatidos como touros na porta do açougue.

Já o Fábula foi obrigado a lutar por cada centímetro de terreno. A Horda fervia em volta deles. A força cada vez menor de Rose estava cercada por todos os lados, uma ilha de almas vivas em meio a um mar tempestuoso de mortos cambaleantes. Para onde Tam olhava havia garras agarrando, unhas rasgando, dentes furando, mandíbulas se fechando, tentáculos se encolhendo e olhos medonhos com fogo fantasmagórico.

Brune estava com a cauda de uma mulher-cobra nos dentes, enquanto Cura (que *ainda* não tinha invocado porra nenhuma, por algum motivo) tirou uma machadinha da cabeça de um sáurio e botou no lugar, dessa vez com vontade. Um gorilliath listrado de vermelho e dourado lutava contra um wyvern esquelético. O grande símio quebrou o pescoço da criatura e usou a coluna para bater em um hobgoblin de Astra até ele morrer.

Outros da companhia de Rose não estavam se saindo tão bem. Um orc foi abatido quando uma harpia arrancou a garganta dele, voltou à vida um instante depois e atacou o raga de punho ensanguentado que estava defendendo o flanco dele. Um dos irmãos gnolls tinha morrido antes e estava importunando o irmão, que estava afastando o irmão com um machado. O Minotauro atacou um grupo dos kobolds de Astra. Algumas criaturas foram pisoteadas, mas o resto o derrotou facilmente.

Uma das facas de Cura ficou presa no elmo de um gibberling magrelo. O infeliz não teve a cortesia de morrer e enrolou os dedos compridos em volta do pescoço da invocadora. Tam atacou com *Ave Noturna*, cortou o braço dele e tirou Cura das garras que a seguravam.

— Minha faca!

— Eu te devo uma de qualquer jeito — gritou Tam, a arrastando.

Destroçador de Corações caiu de novo, perfurado no pescoço por um dardo farpado. O cavalo tentou se levantar, mas estava sangrando e não teve forças. Brune parou acima de Rose enquanto ela montava no animal moribundo e enfiava as duas espadas no pescoço dele. Quando tinha posto fim ao sofrimento dele, ela moveu as armas em direções opostas para garantir que Astra não pudesse trazê-lo de volta dos mortos.

O atraso permitiu que Hawkshaw se aproximasse. Ele gritava com Rose, exigindo que ela se virasse e o encarasse. O Guardião estava tão determinado a alcançá-los que ignorou os monstros em volta. O gorilliath o pegou com as duas mãos e o jogou num grupo de gremlins mortos.

Tam via Freecloud claramente agora. O druin se movia como um espectro pelo campo de batalha, escapando de clavas, espadas e flechas com uma facilidade tão grande que parecia incorpóreo. Ele desviou de golpes antes de os oponentes pensarem em dá-los, retaliando com uma eficiência implacável. *Madrigal* cantava nas mãos dele, e um aro entalhado com urnas brilhava com o verde-esmeralda dos olhos de um golem.

Enquanto Freecloud lutava com uma precisão fria, Rose atacava com entrega total. Ela agredia cada novo inimigo como se tivesse uma vingança pessoal. O que não conseguia golpear, cortar ou perfurar ela dava cotoveladas, chutava ou empurrava com o ombro. Tam tinha visto berserkers kaskares lutarem com mais consideração e cautela do que a Rosa Sanguinária no calor da batalha.

Um passo brutal de cada vez, ela e Freecloud foram abrindo caminho um na direção do outro. Em um momento de clareza misteriosa entre desviar da gavinha de um monstro-planta e cortar o caule pulsante dela, Tam se viu se perguntando por que Astra tinha se dado ao trabalho de tentar deixar os dois separados.

Ela não sabia? Não via? Eram *Rose e Freecloud*, porra! A Rainha do Inverno poderia ter colocado uma montanha entre eles, um mar ou o oceano negro da noite inteiro. Não importava. Eles escalariam ou nadariam; revirariam cada estrela até encontrarem um ao outro.

Freecloud tinha comparado uma vez Rose a uma chama para a qual ele era inevitavelmente atraído, mas na verdade os dois estavam pegando fogo: ele com a luz lenta e regular de uma vela, ela como um fósforo que acabou de ser aceso. Rose era atraída pelo druin da mesma forma que ele por ela e talvez tivesse se extinguido mil vezes se não fosse a luz guia dele.

Ele é a bainha, refletiu uma parte da mente de Tam que ainda se achava barda, *e ela é a espada. O lugar deles é junto e eles estão tão perto agora...*

Freecloud cortou um ogro meio comido.

Rose golpeou um lobisomem de olhos brancos.

Freecloud partiu ao meio um centauro galopante.

Rose cortou a cabeça de um troll em duas partes.

Ele enfiou a espada em um comedor de ferrugem rastejante e a deixou lá.

Ela enfiou a dela em um falcão-praga e não se deu ao trabalho de ficar olhando a queda.

Eles correram um para o outro em seguida e se chocaram num abraço que se tornou um beijo epicamente perigoso considerando que eles estavam no meio de um campo de batalha. As mãos de Rose agarraram o cabelo de Freecloud, e o druin a inclinou para o lado... o que Tam achou meio grandioso demais até ver o Minotauro morto a atacar. O brutamontes de cabeça de touro tropeçou nas botas de Rose e caiu em cima de Hawkshaw. Os chifres perfuraram o peito do Guardião e o impulso do animal carregou os dois para o meio da multidão frenética.

— E a nossa filha? — perguntou Rose.

— Está protegida — disse Freecloud. — Está com Orbison. Em algum lugar no meio de Caddabra agora.

— Orbison? Seu pai não vai simplesmente mandá-lo voltar?

As orelhas compridas do druin sinalizaram que não.

— Eu o consertei. Ou quebrei, melhor dizendo. Ele vai nos encontrar em Turnstone quando terminarmos aqui. E acho que meu pai vai ficar preocupado demais com os golens desaparecidos para sequer saber dos dois. Falando em Contha — a mão de Freecloud foi até a vara com runas inscritas que estava presa na faixa da cintura —, temos que voltar para a cidade antes que ele retome o controle de mim.

As sentinelas de pedra tinham formado um círculo protegendo os dois. Os cavaleiros enormes estavam em lados opostos do anel protetor, usando os martelos para impedir que a Horda de Astra os superasse.

Rose franziu a testa.

— Seu pai pode fazer isso?

— Pode.

— Mas faria? — perguntou Cura. — Ele é tão insensível assim?

Freecloud fez uma pausa antes de responder, mas Tam e Rose disseram "*É*" ao mesmo tempo.

A Bruxa da Tinta arqueou uma sobrancelha para o druin.

— Seu pai parece um babaca.

— É mesmo — disse Freecloud, e se virou para Rose. — Suponho que você tivesse um plano antes de deixá-lo de lado pra correr com toda a imprudência do mundo para a morte certa?

Rose e Brune trocaram um olhar. O lobo choramingou e Rose deu de ombros.

— Isso mesmo — disse ela.

— Eu o reprovaria se estivesse aqui na época?

— Provavelmente — admitiu ela.

— Envolve atrair Astra para uma armadilha usando você como isca?

— Basicamente, sim.

— Muito bem, então. — Freecloud soltou *Madrigal* da carapaça do comedor de ferrugem. — Vamos levar a isca pra armadilha.

Eles batalharam para abrir caminho até o Portão da Corte.

Desesperada para impedir que as presas dela escapassem, os servos de Astra atacaram com ferocidade renovada. Se não fossem os golens de Conthas, o Fábula e seus monstruosos aliados teriam sido superados bem antes de chegarem à cidade. Havia várias centenas das sentinelas enormes (uma fração do exército que ela e Rose tinham encontrado saindo da cidadela do Exarca), cada uma com um símbolo em forma de S no vão dos olhos. Os cavaleiros de duramantium não estavam conectados ao aro no braço de Freecloud, mas eram controlados pela vara presa na cintura dele.

Os golens, embora fossem destemidos, não eram invencíveis. De vez em quando um dos capangas da Rainha do Inverno, normalmente um dos maiores, arrancava a cabeça ou os braços de um ou derrubava e estraçalhava outro. Cada sentinela tinha uma abertura iluminada com grade por cima no lugar onde ficaria a boca, e Tam viu um grupo de kobolds mortos subir em um dos constructos, arrancar a grade e enfiar uma lança farpada no buraco até os olhos do golem se apagarem e ele cair.

Um wyvern desceu do céu com as asas e garras esticadas. Tam ergueu o arco, mas um dos cavaleiros pegou a criatura com um golpe de martelo que a jogou longe. Tam imaginou brevemente algum fazendeiro de Brycliffe a cem quilômetros dali enfrentando a neve para alimentar as vacas e encontrando um wyvern duplamente morto caído no pátio.

Astra, onde quer que estivesse escondida, jogou tudo que tinha para cima deles, superando as sentinelas por causa da quantidade. Quando o Fábula passou embaixo do Portão da Corte, todos os defensores que tinham sido mortos pelos servos da Rainha do Inverno ou pelo ataque de Brontide ganharam vida e partiram para cima deles.

Brune gritou quando uma flecha bateu em seu flanco. Freecloud quase foi atingido por uma gárgula que pulou em cima dele. O gnoll sobrevivente (que tinha conseguido se livrar do irmão morto-vivo) foi agarrado na perna por um tentáculo. Tam pulou em defesa dele, tirou *Ave Noturna* da bainha e cortou o membro folhoso antes que ele pudesse levá-lo de volta.

Ele envolveu o ombro dela e murmurou "*K'yish*", que ela supôs que fosse *obrigado* em hiena.

E então, para o horror de Tam, o próprio Brontide veio andando na direção deles. A clava foi arrastada pela cidade externa, quebrando moradias simples e esmagando alguns lutadores azarados até virarem manchas ensanguentadas.

Mas os reforços também estavam vindo de Conthas: o trio de navios voadores prontos para a batalha voava para ajudá-los, embora um mal tivesse levantado voo quando um grupo de morcegos-lobos passou pelo convés como uma tempestade. A embarcação inclinou para o lado, derrubou a tripulação e caiu espiralando na Sarjeta. Os morcegos se viraram para o *Barracuda* em seguida, mas foram perfurados por setas de besta de bordo do tamanho de uma lança.

Freecloud olhou para a vara na cintura e direcionou os cavaleiros de duramantium para irem até Brontide. Tam sentiu o tremor dos passos do gigante pelas solas das botas, e uma pontada repentina de medo ameaçou sufocá-la. De perto, o colosso parecia irreal, tão indomável quando a própria Devoradora de Dragões. Se Tam estivesse sozinha (ou mesmo entre estranhos), ela talvez tivesse fugido ou caído de joelhos, indefesa e entregue ao puro pavor.

Foi a coragem de Rose, de Cura, de Cloud e de Brune que a manteve seguindo em frente, e ela entendeu, agora mais do que nunca, a força que vinha de se estar em um bando.

Quem lutava sozinho cuidava de si mesmo. Quando a vida estava em perigo, você fazia o que pudesse para preservá-la. Se lutasse pela glória de algum lorde nobre, você podia fugir do campo de batalha atrás dele quando a maré se voltasse contra vocês. E quando as coisas pareciam realmente desesperadoras, até a coragem ligada ao mais sublime ideal era inclinada a indicar alguma estranheza distante e vencê-la enquanto você estava de costas.

Mas um laço entre companheiros de bando era diferente. Como Rose declarara junto à pira do pai, era algo familiar. Quando você lutava ao lado daqueles cujas vidas eram mais importantes para você do que a sua, sucumbir ao medo não era opção, porque *nada*, nem uma Horda sem vida, nem uma rainha vingativa, nem mesmo um gigante enorme e zumbificado cambaleante, era tão assustador quanto a perspectiva de perdê-los.

O medo de Tam evaporou em uma onda de orgulho crescente quando ela considerou, considerou *de verdade* pela primeira vez desde que tinha quebrado o alaúde da mãe, o que significava ser parte do Fábula. Um novo lar. Uma segunda família. Amigos que ela amava, que a amavam também.

Eles não tinham dito isso. Não precisavam. Eles estavam ao lado dela, tirando a mesma coragem interminável dela como ela tirava deles. E isso bastava.

Mesmo quando a sombra do colosso caiu sobre eles, foi o suficiente.

CAPÍTULO CINQUENTA E CINCO

SACRIFÍCIO

Como se debochando da confiança florescente de Tam, a névoa de nuvem e fumaça sobre Conthas ondulou quando algo absurdamente amplo voou por cima dela. O corpo da Simurg partiu o véu como o casco de um navio titânico. Penas escuras choveram das asas quando ela desceu na direção deles.

As garras se fecharam em um dos cavaleiros, ergueram o constructo e o destruíram como se fosse uma boneca feita de palha. A raptora descartou os membros de duramantium e fez um semicírculo lento sobre a multidão agitada da Horda Invernal.

Ventos de furacão atingiram o bando quando ela pousou no portão atrás deles, esmagando-o e arrastando toda uma parte da muralha externa.

Na morte, a Devoradora de Dragões estava se deteriorando rapidamente. As penas da cauda tinham caído, a crista também estava com muitas delas faltando. Quando abaixou a cabeça, Tam viu uma figura solitária empoleirada entre duas penas de crepúsculo.

Uma coisa tem que ser dita sobre a Rainha do Inverno, pensou ela amargamente, *a mulher sabe fazer uma entrada triunfal.*

Na mesma hora o ataque febril dos servos de Astra cessou. Eles se espalharam como peixes fugindo de alguém tentando pegá-los com a mão e se dispersaram nas ruínas ao norte e ao sul. A mestra não tinha necessidade deles agora, pois havia imprensado Rose e os companheiros entre as duas armas mais poderosas que tinha. Olhando friamente para os dois lados, Tam não pôde deixar de se perguntar se havia um termo técnico para quando um ferreiro substituía a bigorna por um segundo martelo e dava porrada em uma pobre ferramenta.

Freecloud fez uma careta, aparentemente ponderando algo similar.

— Você por acaso não tem um plano pra matar a Devoradora de Dragões pela segunda vez, né?

Rose balançou a cabeça.

— Não.

— Eu tenho — disse Cura. Ela tirou o xale de penas pretas dos ombros, soltou a faixa que prendia a túnica e a tirou, apesar do frio.

— O que você está fazendo? — perguntou Tam.

— O que eu preciso — disse a Bruxa da Tinta. Ela pareceu distante, desconectada, como um sonâmbulo insistindo para atender à batida da porta.

Rose botou a mão no ombro da invocadora.

— Cura...

— Eu consigo fazer isso — insistiu Cura.

— Sozinha, não.

Ela olhou para trás. Seu lábio se curvou, não exatamente um sorriso.

— Não estou sozinha.

Rose engoliu em seco. Assentiu. Afastou a mão.

— KURAGEN!

Brune rosnou em preocupação, e as orelhas de Freecloud deixaram a inquietação óbvia quando ele deu um passo na direção da Bruxa da Tinta.

— Cura, você não...

— YOMINA!

— Fica pra trás — disse Rose rispidamente enquanto o espadachim com pescoço de abutre e a deusa do mar pulavam para lutar com a Simurg.

— MANGU! HARRADIL! NANSHA! — gritou Cura como se estivesse numa mesa de torturador. Um a um, seus pesadelos ganharam forma: uma serpente pálida com asas feitas de penas; um gigante portando um martelo e usando uma venda encharcada de sangue; uma mulher idosa feita de lixo segurando um par de bodes brancos agitados...

— ABRAXAS! — Cura tropeçou quando o corcel alado se soltou do braço dela. Sua voz estava rouca. Sangue escorria do nariz e das orelhas.

Rose segurou Tam quando ela fez menção de ir até a invocadora.

— Não.

— Ela está se matando!

— Não está — disse Rose. — Está matando eles.

Eles? Antes que ela pudesse perguntar, Tam reparou que as tatuagens de Cura não estavam apenas se apagando quando ela gritava os nomes... elas estavam desaparecendo, se soltando da pele de forma que nem as cicatrizes que as definiam permaneceram.

Cura não estava só usando o poder. Estava abrindo mão dele completamente.

— MELEAGANT! — Uma aranha toda feita de ossos saiu do abdome dela. — RAN! — Uma figura de capa ganhou vida girando, três pares de mãos com unhas compridas saindo de cada manga e mais seis segurando o traje fechado. — KINKALI! — As mulheres com escamas prateadas e unidas por correntes deslizaram da panturrilha dela.

Que terrores aquela mulher tinha testemunhado?, perguntou-se Tam enquanto as criatintas ganhavam forma. Que traumas tinha sofrido e internalizado... e depois evocado repetidamente a serviço do bando?

De joelhos, Cura soluçou e gritou "AGANI!". A árvore monstruosa saiu das costas dela, uivando quando a copa pegou fogo. A invocadora ficou de quatro e vomitou na neve lamacenta. Brune gemeu com empatia, e Freecloud parecia pronto para correr e ajudá-la independentemente de Rose ter avisado que não era para ele ir.

As criatintas convergiram na Simurg. Ela conseguiu pegar a cobra alada nos dentes e bater na mulher-lixo com tanta força que ela caiu estatelada, espalhando os bodes, mas só conseguia se defender de alguns adversários por vez. *Abraxas* a acertou com um raio azul. O gigante, *Harradil*, bateu com o martelo no crânio da Devoradora de Dragões. Tam viu a Rainha do Inverno deslizar de onde estava e sumir de vista.

A aranha de osso, *Maleagant*, começou a cuspir fios de teia afiada como lâmina nas pernas traseiras da Simurg. *Kuragen* segurou a cabeça dela e enfiou os tentáculos cobertos de sal nas narinas e pelos buracos ardentes dos olhos. *Yomina* começou a trabalhar nas pernas da frente, cortando pele e osso como um lenhador num frenesi de Folha de Leão.

As escamas da barriga da Simurg começaram a cair. As penas que restavam estavam murchas e cinzentas, não mais cobertas com o gelo protetor. A biologia complexa que concedera à Devoradora de Dragões o bafo de fogo frio tinha sido inutilizada pelas lâminas de Rose.

Mas, mesmo diminuída, acabar com ela não era tarefa simples.

As mandíbulas poderosas cortaram a cobra alada. A criatura pegou e esmagou a capa cheia de mãos chamada *Ran*, pisou na velha, *Nansha*, até virar uma pilha de lixo espalhado. Os bodes gritaram e viraram fios de nuvem preta.

Não é suficiente, temeu Tam. *Um a um, ela vai matá-los... e depois, a nós, a não ser que Brontide chegue primeiro.*

Só que Cura não tinha terminado ainda. Ela ergueu um braço trêmulo, como abrindo as veias em sacrifício sobre um altar maligno. Havia sangue nos lábios dela, sangue escorrendo do nariz. Gotículas de sangue manchavam a pele pálida, que estava impecável. Pela primeira vez desde que a dor de uma garota a fez apertar um fio na pele e afastar a dor com dor, ela estava livre.

Ou quase livre.

— ROSA SANGUINÁRIA! — gritou ela.

A aparição da líder do Fábula ganhou vida, as botas derretidas fumegando na neve. Tam quase esperava que ela confrontasse Rose, que as duas se reconhecessem como irmãs separadas no nascimento, mas ela pulou no céu sem olhar para trás.

Cura desabou na neve derretida. Rose correu até ela. Freecloud espiou com olhos apertados a Devoradora de Dragões em apuros, provavelmente procurando sinais da Rainha do Inverno.

A oeste, os navios voadores se aproximavam de Brontide. O *Barracuda* circulou fora do alcance dele e lançou outra saraivada de mísseis da amurada de bombordo. As flechas acertaram e tremeram na cabeça do gigante, mas não penetraram no crânio grosso. O outro navio, uma fragata lustrosa chamada *Coração Atômico*, foi na direção dele e desviou para o lado quando Brontide moveu a clava em um arco lento. Alguém a bordo, um mago ou algum maluco com uma varinha, despejou uma série de raios mágicos quentes na cara do titã. Eles erraram e forçaram o *Barracuda* a desviar do caminho errante.

Um bando de coisas malignas foi atrás das duas embarcações, e Tam quase não reparou no navio voador menor na retaguarda. O *Velha Glória* tinha sido drasticamente adaptado desde que ela o tinha visto pela última vez. O casco fora coberto de placas de aço batido e uma crista de pontas se destacava na proa. Mais rápido do que a carraca e a fragata, ele passou voando na frente do nariz do gigante. Brontide tentou bater nele com a mão enorme, mas Doshi puxou os cordames; a chalupa caiu vertiginosamente e quase bateu no chão antes de abrir as velas com o estrondo de um trovão distante.

O gigante levantou a clava com cabeça de carneiro e poderia ter esmagado o *Velha Glória* se o cavaleiro restante não tivesse martelado com força na patela de Brontide, estilhaçando-a. O gigante caiu como um bêbado atingido por uma garrafa e demoliu uns dez bairros ao bater no chão.

Tam olhou para a Simurg e viu o bichinho precioso de estimação de Astra em apuro similar. Ela fechou a mandíbula em *Agani*, que ofereceu voluntariamente seus galhos em chamas. Como Tam já o tinha visto fazer em Ardburg, o ente torturado soltou as folhas em chamas todas de uma vez. Elas foram espiralando pela goela do monstro (ela viu a torrente iluminada por vãos na plumagem) e destruíram os órgãos ressecados que restavam dentro do corpo da Simurg.

Kuragen, com os tentáculos lustrosos se esticando com o esforço, arrancou boa parte do maxilar inferior do monstro. *Harradil* destruiu a cavidade ocular dele com um golpe violento de martelo. As gêmeas de escamas prateadas chamadas *Kinkali* enrolaram as correntes no pescoço da Simurg e começaram um animado cabo de guerra que ameaçou serrar a cabeça dela fora. *Yomina* puxou a sétima espada, a que ficava alojada no coração, e enfiou até o cabo no peito do monstro.

A Devoradora de Dragões tremeu e oscilou sob o ataque das criatintas. Tentou se levantar, mas as teias da aranha de ossos prenderam as pernas dela. A Rainha do Inverno, que estava fora do campo de visão, mas obviamente ainda viva, manifestou a frustração e berrou pelo maxilar inferior esmagado da Simurg. Quando fez isso, a figura enrolada em fogo da Rosa Sanguinária apareceu voando como um cometa vindo do alto, tão quente que todos os flocos de neve na cidade viraram gotas quentes.

Caiu direto na boca aberta da Devoradora de Dragões, desceu pela garganta e chegou à caverna queimada do estômago.

E explodiu.

Consumida por dentro por uma nuvem de fogo azul-escuro, a antes poderosa Simurg foi obliterada numa explosão de um quilômetro e meio de carne queimada, ossos enegrecidos e penas em chamas.

Tam, parada a meio quarteirão de distância, foi derrubada e jogada rolando no chão. Ficou de joelhos, grogue, recuperou o arco e lutou para reunir as poucas flechas que restavam. Quando voltou a atenção para os restos ardentes da Simurg, as criatintas de Cura estavam se dissolvendo uma a uma em filetes de nuvem preta.

A aparição do tio dela, *Yomina*, foi a última a sumir. O espadachim com pescoço de abutre se virou para olhar a sobrinha. O chapéu de palha se inclinou, talvez um gesto de despedida ou de gratidão, e ele sumiu.

Agora, um grito lamentoso soava em volta deles, carregando a fúria da Rainha do Inverno. O som estava chegando mais perto, mais alto, girando como um ciclone em volta de uma casa frágil.

— A gente tem que ir — avisou Rose, erguendo o olhar do rosto pálido de Cura.

— Isso talvez seja um problema — disse Freecloud. Ele olhou para o aro no braço. As runas tinham parado de reluzir e a vara na cintura dele não emitia mais luz.

Parece que Contha não gosta de emprestar seus brinquedos.

Uma olhada rápida confirmou os medos de Tam: os golens que os protegiam estavam imóveis, de membros inertes. Os símbolos nos olhos deles estavam adormecidos. Para além da região de moradias simples, ela viu que o mesmo destino tinha acometido o cavaleiro de duramantium. Estava paralisado no meio de uma martelada que poderia ter terminado com a não vida de Brontide de uma vez por todas. Mas o gigante o segurou com as duas mãos e arrancou a cabeça do cavaleiro. Embora a armadura fosse impenetrável, o que formava a essência do cavaleiro não tinha sido feito para aguentar a fúria de um gigante irritado.

— A gente vai ter que correr — declarou Freecloud. E, de fato, das poucas dezenas de monstros que restavam no grupo deles, a maioria já estava correndo para o portão da cidade interna.

— Eu acho... — Tam semicerrou os olhos para o oeste pela neve que caía e pela poeira levantada com a queda do gigante. Estava procurando o *Velha Glória* sem vê-lo em lugar nenhum.

— Você acha o quê? — perguntou o druin.

— Acho que Doshi está...

As palavras dela foram encobertas quando o navio voador surgiu rugindo acima deles, cercado de um amontoado de harpias gritando com a voz de Astra. Tam levou a mão à aljava, mas as mulheres aladas estavam caindo mais rápido do que mariposas na boca de uma fornalha, cheias de flechas vindo de dentro do navio. Doshi inclinou para a direita, fez um círculo sobre os restos fumegantes da Simurg e parou o *Velha Glória* no ar ao lado deles.

Havia uma harpia rosnando empalada em um dos espetos da frente e um rosto bem mais simpático sorrindo por cima da amurada.

— Precisam de carona? — gritou Lady Jain.

Apesar de ter destruído o plano todo menos de uma hora antes, o malfadado ataque de Rose ao palanquim acabou servindo perfeitamente à estratégia dela. Irritada pela nêmese ter escapado das mãos dela e pelo fim da Simurg, a Rainha do Inverno liderou em pessoa o ataque a Conthas.

Mas isso não significava dizer que Astra agiu com descuido. Pelo contrário, estava protegida por um amontoado intransponível de mortos monstruosos. Ela tinha tomado controle absoluto do céu agora. O *Barracuda* chegara perto demais do chão e foi feito em pedacinhos por um tapa do gigante manco enquanto o *Coração Atômico* estava pegando fogo, sem munição e fugindo de um grupo de wyverns.

Doshi os deixou dentro do Portão da Sarjeta Leste. Cura ainda estava inconsciente. A respiração dela estava fraca, a pele molhada de suor frio. Antes de sair do navio, Brune se agachou ao lado da invocadora, fazendo uma careta porque as feridas que ele sofreu enquanto lobo vertiam sangue pelas costas musculosas. Ele puxou de lado o cabelo de

Cura e beijou a testa dela. Ela se mexeu e segurou o pulso do xamã com fraqueza.

— Eu... — murmurou ela — ... lutar.

Brune riu. Tam o viu fungar e passar as costas da mão suja na bochecha dela.

— Você já fez muito. Descansa, irmãzinha. A gente resolve agora.

Exausta demais para retrucar, Cura colocou os dedos no braço do xamã.

Brune nem secou a lágrima seguinte que desceu pela sujeira no rosto.

— Se eu não te encontrar — sussurrou ele —, eu te encontro.

— Faça com que ela chegue ao Santuário — disse Rose para Doshi.

— Pode deixar — disse o capitão seriamente. — Eu juro.

Quando o *Velha Glória* saiu rugindo na direção da Colina da Capela, Lady Jain parou ao lado de Rose e Tam.

— Pelo pau sangrento do Pagão — praguejou ela. — Acho que estou apaixonada por aquele homem.

— Apaixonada? — disse Tam. — Por Doshi? Você o conheceu quando, ontem?

— *Ante*ontem. — Jain deu de ombros. — Mas a virilha quer o que a virilha quer, como dizem.

— Ninguém diz isso — garantiu Tam.

— Se preparem — disse Rose, os olhos escondidos pelo capuz carmim. As braçadeiras se iluminaram quando ela se virou para o portão leste. — Aí vem ela.

CAPÍTULO CINQUENTA E SEIS

LUTANDO SUJO

Eles lutaram contra Astra nos quarteirões de tijolos de barro do Pouso do Cavaleiro, cujo barão, o aracniano chamado K'tuo, foi à guerra ladeado por dois semelhantes de seis braços. O trio portava oito espadas, sete machados e três lanças e lutava como se eles fossem uma entidade única, uma mente coletiva de caçador com três corpos separados.

Brune montou guarda ao lado de Tam enquanto ela acabava com a aljava reabastecida, enfiando flecha atrás de flecha em cada abominação à vista. Quando o xamã foi atacado por um escorpião do tamanho de um cavalo, Tam puxou *Ave Noturna* e manteve os capangas de Astra longe até o lobo vencer.

Rose se lançou contra um ogro coberto dos pés à cabeça de placas de aço com palavras vulgares escritas com tinta amarela. O brutamontes parecia um dos golens de Contha, mas, embora a armadura o tornasse quase invulnerável, os ataques desajeitados deixavam óbvio que ele não enxergava porra nenhuma. Ele só soube que Rose tinha subido nele quando ela enfiou a espada pelo visor do elmo.

A resistência deles durou até a tartaruga de guerra gigantesca arrebentar o muro ao lado do portão, enterrando o barão insetoide e os companheiros aracnianos dele em uma avalanche de tijolos de pedra. O castelo em cima do casco surrado da tartaruga, uma estrutura precária cheia de paliçadas de madeira afiada, era habitado por saigs reptilianos armados com boleadeiras, que os homens-lagartos usavam para arremessar conchas com veneno nas pontas com precisão mortal.

Rose gritou para recuarem, e os defensores do Pouso do Cavaleiro foram para oeste.

Ao fazerem isso, Tam viu Astra embaixo do arco do Portão da Sarjeta. A coroa de metal preto cintilava na luz mortiça e os fios de seda afixados nos ombros se balançavam na ventania congelante. De costas eretas e majestosa, ela parecia uma imperatriz agraciando um salão de cortesãos admiradores e não uma necromante obcecada pela morte determinada a erradicar todas as almas da cidade.

— *Estou indo te pegar, Rose* — disseram os servos dela num coral sinistro.

— Vai se foder! — gritou Rose para trás.

Uma risada seca deslizou para o ouvido de Tam, fazendo-a se encolher.

Eles lutaram contra Astra nas ruas pobres de Fundo do Poço, onde o barão Starkwood liderou um grupo de brutamontes feios e musculosos, que se tornaram os mais feios e mais musculosos entre eles. Foram reforçados pelos lutadores de ringues da cidade, que iam de nortistas barbudos e cheios de cicatrizes de batalhas a lutadores-cobras narmerianos magrelos, chamados assim não porque lutavam com cobras, mas porque lutavam como cobras, atordoando os oponentes com golpes velozes e os dominando na porrada.

As forças combinadas atingiram cruelmente o inimigo e estavam prestes a forçá-lo de volta ao Pouso do Cavaleiro antes de a mesa (como mesas costumam fazer em guerras campais) virar contra elas.

Nem todos os músculos do mundo podiam proteger Tain Starkwood quando um drake-escória vomitou um jato de magma escaldante sobre ele. O barão se desintegrou como um boneco de neve sob o olhar do Senhor do Verão, sem deixar nada para trás além de uma fivela de cinto de duramantium que dizia Invencível em uma poça de lava gorgolejante.

A resistência desmoronou completamente quando Brontide, se arrastando com os cotovelos, já que o joelho tinha sido destruído, começou a esmagar os defensores com os punhos.

— Para trás! — gritou Rose, e a risada sussurrante da Rainha do Inverno soou atrás deles de novo.

— *Rendam-se* — disseram as cem mil bocas da rainha. — Entreguem-se à aniquilação.

Entreguem-se à aniquilação?, debochou Tam baixinho. *Obrigada, mas não, obrigada.*

Eles lutaram contra Astra em meio às choupanas em ruínas de Riverswell, prendendo os mortos em becos sem saída e os cobrindo de bombas feitas de garrafas de uísque a partir dos telhados acima deles.

Eles lutaram nas encostas cobertas de neve de Blackbarrow, cujos residentes transformaram uma coleção de carrinhos de comida e mulas magrelas em duas dezenas de carruagens improvisadas. A debandada resultante foi desastrosa para todos os envolvidos, mas eficiente mesmo assim.

Eles lutaram em meio às criptas saqueadas de Wightcliffe, atraindo servos para túmulos abertos cheios de tudo, desde espetos afiados a uma gosma altamente ácida elaborada em conjunto pelos curtumes da cidade e a guilda dos alquimistas.

Até a comitiva da Rainha do Inverno podia ser presa de uma emboscada. Enquanto seguia o bulevar amplo da Sarjeta até Saltkettle, um par de carracas carregadas de explosivos veio rolando pelos dois lados da via que se bifurcava.

O rosnado frustrado de Astra cortou a cidade. Ela enviou cem servos no caminho de uma, que quicou e virou para o lado, explodindo bem antes de chegar na Sarjeta e botando fogo em várias construções. A outra seguiu desembestada, e por um breve momento Tam se permitiu acreditar que eles tinham conseguido, que a feiticeira e o exército marionete acabariam em um instante chamejante, antes que Brontide, compelido pela ordem de Astra em meio ao pânico, se arrastasse no caminho. A carroça de guerra explodiu na cara do gigante. A explosão resultante arrancou a carne dos ossos dele. O cabelo e a barba queimaram como uma vassoura seca colocada numa fornalha.

Ele se levantou, flexionando os braços embaixo do olhar carbonizado do crânio fumegante.

— Só pode ser sacanagem — Tam ouviu Freecloud resmungar.

Mas o pescoço frágil de Brontide se quebrou com o peso. A cabeça bateu no chão, esmagando dezenas de mortos-vivos, e rolou como uma rocha para a Sarjeta. O corpo tremeu violentamente e ficou imóvel.

Houve uma comemoração errática dos defensores da cidade, mas o uivo da tempestade a sufocou e a Horda surgiu como um mar querendo afogar o mundo.

Eles saíram de Saltkettle sem lutar e recuaram o mais rapidamente que puderam na direção da base da Colina da Capela. Um grupo de valentões de Fundo do Poço, sem conhecer a área de um barão rival, entrou em um beco sem saída e foi encurralado pelo hydrake com quatro cabeças.

Tam correu, apesar de os músculos das pernas estarem implorando aos gritos por um pouco de descanso. O tempo piorava a cada minuto. A neve pela qual eles fugiam estava nos tornozelos e aumentando rápido. O vento sacudia o cabelo dela e puxava a barra irregular do sobretudo enquanto ela tentava acompanhar Rose e Freecloud. Brune se adiantou para verificar o caminho à frente.

— *Vermes.* — A voz de Astra assombrou a recuada deles. — *Vocês fogem como ratos na sua toca. Mas vou arrancar vocês daí* — prometeu ela — *e vou exterminar cada um de vocês.*

Uma dezena de centauros mortos surgiu atacando de uma rua lateral inclinada. As cimitarras de Rose cortaram as pernas de um, atrapalhando o movimento dos que vinham atrás. Freecloud entrou entre eles, a lâmina passando por troncos e cortando cabeças.

Tam, que não tinha nem a destreza marcial da Rosa Sanguinária, nem o equilíbrio natural de um espadachim druin, viu um dos homens-cavalo se aproximando dela e fez a primeira coisa racional que veio à mente: jogou o arco em um banco de neve e pulou pela janela aberta da casa ao lado.

Ela passou um momento se debatendo loucamente, enrolada em uma cortina fina de linho que se esforçou para estrangulá-la. Levantou-se e foi para a porta, mas tropeçou num banquinho que não tinha visto na penumbra e caiu estatelada nos juncos sujos que cobriam o chão.

De repente, havia alguma coisa nela. Sibilou na cara dela, arranhou as escamas da armadura e enfiou unhas na mão dela quando ela tentou empurrar a criatura.

Um kobold, supôs ela. *Ou um diabrete, talvez? Vários diabretes*, pensou ela quando mais criaturas a atacaram no escuro. Tam pegou uma com o cotovelo, jogou outra para longe do pé e se levantou. Viu uma cauda agitada e pelos eriçados na luz fraca da janela antes que outro dos diabos pulasse na cara dela e enfiasse as unhas em sua bochecha até arrancar sangue.

Ela correu para a saída, soltou um palavrão quando o quadril bateu contra a quina de uma mesa de madeira. Um dos diabretes (ou kobolds, ou que porra aqueles monstros fossem) pulou nas costas dela. As garras prenderam no cabelo enquanto ele tentava se segurar.

Finalmente, Tam chegou à porta. Abriu-a toda e expôs os agressores à luz. Ao se virar, viu que as criaturas correram para se esconder...

... mas não antes de ela perceber que eram gatos.

Ela fechou a boca antes de xingar, determinada a nunca falar sobre aquilo com ninguém, e saiu na mesma hora, batendo a porta. Quando encontrou os outros, eles tinham cortado os centauros em pedacinhos. Parecia que um regimento inteiro de cavalaria cadavérica tinha sido estripado na rua.

— Você está sangrando — observou Rose.

Tam levou os dedos ao rosto e fez uma careta quando o toque encontrou uma marca de unha ardendo embaixo do olho direito.

— Eu estou bem — insistiu ela.

Madrigal cantarolou quando Freecloud enfiou a lâmina na bainha.

— Teve problemas, é?

Tam bateu no pomo de *Ave Noturna*.

— Nada que não desse para resolver — disse ela, ignorando um miado abafado vindo da casa.

Rose se afastou correndo enquanto Freecloud recuperava o arco de Tam e oferecia a ela com um sorrisinho.

— Como são terríveis os gatos — disse ele, piscou e foi atrás de Rose.

Tam limpou o sangue do rosto com o punho do casaco antes de ir atrás.

Eles foram forçados a lutar mais duas vezes antes de fugirem do bairro: primeiro contra um bando de cães-troll em decomposição e depois uma gangue de zumbis que Tam achou que eram aliados até chegar perto e ver as chamas nos olhos. Ela se manteve firme dessa vez e usou o fio de *Ave Noturna* para cortar o pescoço de um garoto de rosto pálido que não devia ser muito mais velho do que ela.

A cabeça meio partida do garoto olhou dentro das profundezas do capuz de Rose.

— Você está se disfarçando? — perguntou com a voz de Astra. — Você não pode se esconder de mim, Rose. Eu vou te encontrar. Vou te fazer sofrer. A morte do meu filho vai ser vin...

Tam terminou de cortar a cabeça do menino e chutou-a pela ladeira.

— Obrigada — disse Rose.

— Disponha — respondeu Tam.

Brune se juntou a eles no limite entre Saltkettle e Tribuna de Papel, que era demarcado claramente pela qualidade das construções entre um bairro e o seguinte, quando os imóveis pobres do domínio de Tabano deram espaço a construções de dois ou três andares de pedra com argamassa.

O xamã ofegava pesadamente. A mandíbula estava coberta de sangue e manchava o pelo antes branco. Havia três flechas de penas pretas enfiadas no pelo, sendo que uma ele arrancou com os dentes quando eles chegaram.

— Você está bem? — perguntou Rose.

O lobo curvou a cabeça, sinal positivo. Tam fez uma careta quando pingou sangue no chão sob o focinho dele.

Rose segurou o rosto do xamã nas duas mãos e falou palavras que Tam não conseguiu ouvir enquanto Freecloud quebrava as penas das outras duas flechas. O que quer que ela tenha dito, Brune rosnou baixinho em resposta.

— Muito bem — disse ela. — Vai na frente.

Eles seguiram apressados, contornando o lado leste da Colina da Capela, abrindo caminho para o norte e oeste na direção da via principal e de outro confronto com a força principal de Astra. Ao lançar olhares pela cidade, Tam notou que quase todo Blackbarrow pegava fogo. As chamas estavam se espalhando rápido, já consumindo os quarteirões dos bairros limítrofes.

A Horda da Rainha do Inverno seguiu para oeste por Conthas, percorrendo o vale como um rio pestilento transbordando. A vanguarda, o emaranhado fervilhante em que Astra estava abrigada, se viu em apuros em duas frentes. Os espadachins de aluguel de Tribuna de Papel (que tinham vendido suas espadas para Ios depois do declínio de Alektra) atacaram pelas avenidas amplas do bairro deles, enquanto os assassinos de Dedoduro atacaram das vielas escuras do deles.

O Fábula chegou na Sarjeta a tempo de ver a própria Ios dar uma facada bem literal na Rainha do Inverno. A assassina abriu caminho pelo vórtice de defensores mortos-vivos de Astra, obrigando a feiticeira a puxar a espada que gritava. Mas ficou imediatamente claro que a baronesa de Dedoduro nunca tinha tentado matar um druin.

Ela não sabe da presciência, percebeu Tam enquanto a faca da mulher cortava o ar. *Ela não tem como saber que Astra é capaz de prever cada gesto dela.*

O que significava, claro, que a assassina estava condenada.

Ios arremessou uma faca da qual Astra desviou com facilidade. Ela pulou, mas a oponente se enrolou como fumaça na lâmina dela.

A espada da Rainha do Inverno entrou e saiu do coração da assassina antes que Ios soubesse que estava morta. A baronesa abriu a boca, cambaleou e teria caído se a druin não tivesse murmurado uma palavra e jogado sua alma escura como vinho no casco decantado do cadáver da mulher.

E é assim, pensou Tam, vendo Ios se levantar e assumir seu lugar em meio aos servos da Rainha do Inverno, *que outra soldado leal se junta à legião de condenados.*

Apesar da sucessão de pequenas vitórias (matar a Simurg, deter Brontide, levar Astra a perseguir Rose), Tam não conseguia afastar a sensação de estar encurralada num caixão depois de um prego atrás do outro ser martelado na tampa.

Não demorou para Rose dar a ordem de recuar novamente. Ela chamou atenção para si, garantindo que o capuz carmim ficasse provocantemente visível enquanto eles fugiam para oeste pela base da Colina da Capela. Tam ficou aliviada de ver Lady Jain na retaguarda da multidão em retirada. Ela e as meninas enfiaram uma saraivada de flechas na cara dos perseguidores mais próximos.

Outra dupla de carracas carregadas de bombas foi solta para cobrir a retirada deles, descendo em disparada pela encosta e dizimando montes de soldados fétidos. Em toda parte, quarteirões inteiros de construções explodiram quando os servos de Astra tropeçaram em cordas detonadoras esticadas junto ao chão. Corpos e madeira queimada voaram em direção ao céu em flores de fogo.

Enquanto eles seguiam a rua até o Buraco do Esgoto, Tam viu um grupo de mortos cambaleando e bloqueando a rua à frente. Ela já tinha colocado uma flecha no arco, mas reconheceu seu tio e Clay Cooper entre eles, cansados, mas vivos.

Ao que parecia, Mão Lenta era homem de palavra: ele e os Lâminas Enferrujadas tinham conseguido segurar o portão no Lado do Wyld contra todas as possibilidades. Enquanto seus veteranos desgrenhados se misturavam com os defensores exaustos, Tam ouviu Clay informar Rose que eles tinham deixado os cavaleiros do Han limpando o que tinha sobrado dos agrianos e garantindo que os mortos ficassem mortos.

Os sobreviventes da companhia da Mackie Maluca também estavam chegando. Muitos estavam feridos, e os incapazes de lutar foram levados de carrinho pela encosta da Colina da Capela. Rose mandou que Jain e as Flechas de Seda os escoltasse.

Rose designou Tam para a sacada do terceiro andar de uma estalagem virada para o sul chamada Leão Branco, que oferecia uma visão clara da rua.

— Clay. Bran. — Rose falou com os dois velhos mercenários como se eles fossem soldados comuns e não os heróis de centenas de histórias (embora, para falar a verdade, o tio Bran fosse o autor da maioria das dele). — Vão com ela. Cuidem dela.

Seu tio pareceu aliviado pela missão, mas Clay não ficou tão entusiasmado.

— Eu deveria ficar perto de você — insistiu ele.

— Você deveria ficar vivo — disse Rose. — Estou menos preocupada com Astra do que com Ginny me matar se você morrer.

Mão Lenta franziu a testa e passou o dedo na cicatriz no nariz.

— Faz sentido.

— Que bom. — Rose assentiu. — E estou falando sério sobre precisar que cuidem da Tam. Ela tem um papel importante a desempenhar.

— É mesmo? — perguntou Tam. — Porque parece que estou sendo relegada a "espectadora distante".

— Não exatamente — garantiu Rose. — Você vai matar a Rainha do Inverno.

A Horda de Astra se espalhou por Conthas como podridão, infectando as ruas, poluindo as praças, corrompendo a Cidade Livre como nunca tinha sido corrompida... o que era um feito e tanto considerando o buraco lamacento e fedido que o local era antes de eles chegarem. Como uma espécie de veneno arterial insidioso serpenteando na direção do coração, os mortos convergiram aos milhares para a mulher esperando a Rainha do Inverno na base da Colina da Capela.

Rose tinha deixado a famosa espada do pai com Alkain Tor, para ser guardada, mas agora estava com as duas mãos no cabo dela e a ponta da bainha apoiada no chão entre as botas. Ela ainda estava com o capuz e olhou por cima do pomo de *Vellichor* como uma mulher sentenciada à morte vendo o sol nascer no seu dia final.

Freecloud estava do lado direito dela, Brune do esquerdo. A respiração do xamã saía por entre os maxilares. Rose botou a mão no pelo dele, embora Tam não soubesse se foi para confortar o lobo ou a si mesma.

Em volta deles, lotando as vias do Buraco do Esgoto e a colina de Colina da Capela voltada para oeste, estavam os últimos defensores de Conthas: os Lâminas Enferrujadas e o restante da companhia da Mackie Maluca; os feiticeiros do Buraco do Esgoto e os sobreviventes exaustos de todos os bairros que eles tinham entregado ao inimigo implacável. Os mercenários de Alkain eram os únicos ainda ilesos, pois tinham recebido ordens para esperar ali, escondidos. Agora, eles saíram de casas e choupanas para as ruas, as cabeças e rostos protegidos contra o frio intenso.

Enquanto isso, a Horda tinha parado. Coisas que já tinham sido homens e mulheres estavam com maxilares frouxos, as cabeças inclinadas como se ouvindo uma ordem silenciosa. Monstros enormes e pequenos pararam de se arrastar, correr, deslizar ou pisar forte, esperando passivamente a ordem da mestra. Falcões-praga e wyverns faziam círculos lentos no céu cinzento, enquanto sílfides de podridão e olhos-voadores pairavam como quinquilharias hediondas no céu coberto de nuvens.

— *Está com medo?* — perguntou a Rainha do Inverno. A voz dela parecia folhas secas rolando por uma lápide.

Rose refletiu sobre a pergunta.

— Não de você — disse ela depois de um tempo.

Uma risada seca.

— *Mas deveria. Você não sabe o que eu sou?*

— Se eu prometer não perguntar, você promete não contar?

A Rainha do Inverno a ignorou.

— *Eu sou um condutor. Um veículo profano. Dentro de mim há uma essência maior do que você pode imaginar.*

— Posso imaginar muita coisa — disse Rose, e Tam ouviu Clay Cooper rir baixinho.

— *Ela floresce com a minha dor* — confessou Astra, como se ela e Rose fossem as duas únicas almas na cidade. — *Ela habita o vazio que meus filhos deixaram e vai fazer o mesmo com você, Rose, quando sua filha estiver morta.*

— Essa "essência inimaginável" tem nome? — perguntou Rose.

— *Ela é* Tamarat — disse o vento cortante. — *A escuridão encarnada. A Devoradora de Mundos.*

Tam viu mercenários trocarem o que ela supôs que fossem olhares nervosos, embora suas expressões estivessem escondidas por capuzes e elmos. Até Freecloud parecia abalado. Suas orelhas caídas, coladas nas laterais da cabeça, traíam um terror que o druin mal conseguia disfarçar.

Só Rose parecia indiferente à declaração da mulher.

— Devoradora de Mundos? — Ela balançou a cabeça. — Não dessa vez. Não no meu mundo. Você enlouqueceu, Astra. Você é prisioneira da sua dor. — Os dedos de Rose se fecharam no cabo de *Vellichor*. — Mas eu vou te libertar. E, se vale de alguma coisa: sinto muito pelo seu filho. De verdade. Lastleaf merecia coisa melhor. O povo dele merecia coisa melhor.

— *O povo dele?* — O escárnio da Rainha do Inverno foi acompanhado por uma agitação de neve. — *Aquelas criaturas não eram o povo dele. As espécies delas, assim como a sua, são apenas material para nós. Sua existência não tem sentido, é efêmera, tão fugidia que parece irreal. E você, Rose, não passa de fumaça subindo da pira do seu pai.*

Rose se virou e disse alguma coisa para Alkain Tor, que estava parado ao lado dela.

— *Você é as cinzas de um...*

— Cinzas? — disse Rose, interrompendo a feiticeira com tom incrédulo. — Fumaça? Não mesmo.

Em todo o Buraco do Esgoto, os mercenários estavam puxando os capuzes, arrancando os elmos, soltando os cachecóis que cobriam a cabeça.

— Eu sou o *fogo*.

CAPÍTULO CINQUENTA E SETE

A GUERRA DAS ROSAS

Vermelho, vermelho para todo lado. O vermelho brilhante de flores de primavera, o vermelho berrante de sangue fresco, o vermelho ofuscante e atordoante do sol poente. Tam ficou boquiaberta, surpresa. Seus olhos identificaram inúmeros cortes de cabelo e tingimentos com fava hucknell feitos às pressas, um exército de Roses falsificadas enchendo as ruas abaixo e cobrindo as encostas da Colina da Capela. E não só as mulheres; os homens também tinham cortado o cabelo e raspado a barba ou tingido de vermelho em solidariedade.

Havia milhares.

Dezenas de milhares.

E agora, eles atacaram, gritando em desafio nas variadas faces da morte, rugindo como um fogo purificador na direção da mancha envenenada que era a Horda da Rainha do Inverno.

E assim a podridão de Conthas termina, pensou Tam, *e a Guerra das Rosas começa.*

Rose ficou parada enquanto o exército seguia em frente, esperando que seu gorro carmim ficasse perdido em meio ao fluxo de vermelho. Só então ela soltou a capa no ombro, soltou-a e deixou que caísse.

Tam piscou e teria tropeçado no próprio queixo se estivesse correndo junto com todo mundo.

O cabelo de Rose *tinha sumido.*

Ou a maior parte, pelo menos. Ela tinha cortado todos os rastros da cor que fazia sua fama. Só uma penugem dourada restava, brilhante como uma moeda iluminada pelo sol.

— Ela está igualzinha ao Gabriel — murmurou Mão Lenta, encostado na parede atrás de Tam.

Branigan tomou um gole de uma garrafa que ele tinha roubado do bar lá dentro.

— É sinistro.

Tam pegou a garrafa da mão do tio e tomou um gole, depois fez a mesma cara de um gato bocejando. Uísque. Não era sua bebida favorita.

— Que bom que ela não está te ouvindo — disse ela para Bran. — Ela ficaria furiosa.

Clay deu de ombros.

— Tem certeza?

Na verdade, ela não tinha. Não mais.

Abaixo, Rose gritou uma ordem para Brune. O lobo enorme abaixou a cabeça e foi correndo na direção da batalha explodindo na rua. Sozinhos (ou tão sozinhos quanto duas pessoas podiam ficar em meio à corrida de milhares de ruivos), Rose e Freecloud se inclinaram um para o outro. Ele botou a mão no pescoço dela. Ela apoiou a mão no peito dele, e as palavras que eles trocaram foram perdidas no rugido e no choque das armas.

Eles finalmente se juntaram ao fluxo de guerreiros que passavam correndo, e Tam prendeu o ar quando Rose puxou *Vellichor* da bainha. Ela tinha ouvido bardos se referindo à espada do Arconte como um portal para outro reino, mas não esperava que o portal estivesse aberto. Pela parte achatada da superfície, ela teve um vislumbre de céu azul e grama verde balançando numa colina.

E agora, os cidadãos de Buraco do Esgoto, as bruxas, magos e esquisitões que Moog tinha convencido a entrarem na luta, deram a festa de boas-vindas deles para a Rainha do Inverno.

Roga, o invocador que eles conheceram no Estrela de Madeira duas noites antes, jogou o elefante rosa de pedra no chão e o trouxe à vida. A coisa era enorme, com o triplo do tamanho de um mamute invernal, e todo pintado com espirais brancas e amarelas, e, apesar de parecer aos olhos de Tam algo usado para impressionar crianças em uma festa de aniversário, provocou um certo caos quando correu pelas fileiras congestionadas da Horda de Astra.

Kaliax Kur, a psicopata com a cara cheia de cicatrizes e um motor de marés nas costas, o acionou e mirou a lança à qual estava preso na direção geral do inimigo. Um relâmpago jorrou como água da ponta da arma. Pulou de um inimigo para outro, deixando cadáveres pretos como uma floresta de cotocos queimados. A armadura de madeira da mulher estava soltando fumaça, e mesmo de longe ela estava com cheiro de porco assando numa fogueira.

Centenas de heróis estavam entrando na luta. Jeramyn Cain liderou os Águias Gritadoras contra o hydrake de quatro cabeças, enquanto Clare Cassiber ficou cara a cara com um invasor saig. O réptil de olhos brancos lutava com uma rede e uma mandíbula em forma de gancho. Conseguiu prender Clare na rede e enfiar o gancho na perna dela, mas ela cortou a cabeça dele, jogou a rede longe e voltou mancando para a batalha.

Em outra parte, os homens do Desgraça dos Gigantes escalaram o casco da tartaruga de guerra e começaram a atacar a fortaleza. Alkain

Tor jogou uma tocha por cima de uma parede de paliçada e em pouco tempo a coisa pegou fogo.

Ao observar o campo de batalha, Tam pensou ter visto o crânio ensanguentado de Hawkshaw olhando para ela, mas, quando ela piscou, o Guardião tinha sumido, sem dúvida sofrendo outra morte dolorosa que sua senhora não o deixaria apreciar.

A Horda estava em caos. A Rainha do Inverno estava tão determinada a matar Rose que ser confrontada por literalmente milhares dela tinha deixado a feiticeira desorientada, sem saber para onde direcionar sua força. Ela não tinha visto Rose tirar o capuz e não tinha como saber que a mulher que estava procurando era a única que ela não estava procurando. Os voadores de Astra pareciam paralisados de indecisão, batendo as asas em círculos frenéticos enquanto a feiticeira tentava encontrar a nêmesis abaixo.

E lá veio o *Velha Glória*, descendo da colina como um pardal com placas de aço em um céu cheio de falcões. A proa com estacas perfurou enxames de monstros menores, e os grandes demais para serem enfrentados diretamente eram destruídos por saraivadas de flechas, cortesia de Lady Jain e as Flechas de Seda.

Doshi levou o navio para voar baixo sobre as vias lotadas de cadáveres para que as garotas pudessem jogar bombas nas fileiras inimigas. Uma série de explosões soou na rua; corpos e pedaços de corpos voaram pelos telhados.

Parecia a Tam que toda a metade leste de Conthas estava pegando fogo. Milhares dos servos de Astra seriam pegos pelas chamas, com o resto forçado a fugir do inferno que devorava a cidade atrás deles.

Até o tempo estava virando a favor deles. Ela não sabia se a tempestade tinha sido coisa de Astra, mas o vento diminuiu e a neve não estava mais caindo inclinada.

Tam começou a disparar flechas nos amontoados de corpos pálidos. Mão Lenta tinha levado uma caixa inteira de munição para o local onde eles estavam, e o velho mercenário se ocupou entregando flechas para ela tão rápido quanto ela conseguia dispará-las. Em pouco tempo, seus braços estavam pegando fogo e os dedos estavam congelando. Os inimigos se encontravam tão amontoados que ela poderia tê-los matado de olhos fechados, mas para cada um que ela matava, outro surgia para tomar o lugar dele.

Ela não era a única acertando alvos de cima. Mercenários ocupavam todos os telhados e janelas da Sarjeta, e, embora a maioria selecionasse alvos aleatoriamente, alguns não conseguiam evitar disparos desesperados na direção da Rainha do Inverno... o que era inútil, claro, pois Astra desviava com facilidade de tudo que os servos não interceptavam.

Tam gritou quando uma coisa com tentáculos pegajosos no lugar de braços subiu na amurada da sacada. A cabeça da criatura se parecia com uma flor desabrochando, e se abriu para revelar cinco pétalas com dentes e uma língua lisa, preênsil. Havia uma lança enfiada na garganta dela, que Tam concluiu ter sido a causa da sua morte. A criatura não tinha olhos que Tam conseguisse identificar, mas a língua procurou no ar como uma cobra caçando uma presa fora da toca.

— Eu cuido disso — disse Bran. Ele jogou a garrafa na criatura para distraí-la ao mesmo tempo que erguia um broquel de aço e puxava seu martelo, Alvo, do aro na cintura.

A língua da criatura agarrou o martelo quando Bran o ergueu para golpear, e seu tipo prendeu a arma na parede e usou a beirada do escudo para cortar o músculo que se enrolava. O escudo afundou na parede e a língua voltou para dentro da boca do monstro, soltando um arco de sangue na cara de Branigan. Cuspindo e meio cego, ele deixou o escudo preso na madeira e golpeou com o martelo usando as duas mãos. Em vez de mirar na cabeça do monstro, ele bateu no cabo da lança já alojada na garganta dele, enfiando-a mais fundo na goela da criatura. O bicho se partiu no meio e Bran o jogou da amurada com um chute.

Depois, seu tio recuperou o escudo e cuspiu o sangue do monstro.

— Alguém sabe o que era aquela coisa? — perguntou ele.

Mão Lenta só deu de ombros.

— Feia — disse ele.

Na rua, o elefante rosa de Roga se estilhaçou e sumiu. Tam virou para onde tinha visto o invocador pela última vez e percebeu que ele estava empalado na cauda de um wyvern, inerte como uma bandeira de rendição num dia sem vento.

Kaliax Kur caiu alguns segundos depois. O raio jorrando da lança dela quicou nas escamas reflexivas de um basilisco, botou fogo na armadura dela e fritou a mulher na própria pele. Para seu crédito, ela conseguiu sobreviver por tempo suficiente de enfiar a lança na boca do basilisco. A serpente teve uma convulsão quando a corrente elétrica percorreu seu corpo. As escamas racharam como um espelho podre e explodiram em estilhaços que deixaram tudo em volta em pedacinhos.

— Ei. — A voz de Mão Lenta atraiu a atenção de Tam de volta para a sacada. — A gente venceu? A batalha acabou?

Ela olhou para ele com ceticismo.

— O quê? Não.

Ele colocou uma flecha na mão dela.

— Então continua disparando, porra.

Tam revirou os olhos, mas aceitou a flecha e a enfiou no crânio de um bugbear.

— Vocês viram Moog? — perguntou ela.

Clay apontou.

— Ali.

Ela seguiu o gesto a tempo de ver uma explosão de fumaça amarela que fez várias centenas dos servos de Astra serem transformados de repente em galinhas zumbificadas.

Tam viu o velho mago sobre uma caixa virada na boca de uma viela. Ele estava brandindo uma varinha retorcida e parecia extraordinariamente satisfeito com ele mesmo, pelo menos até as galinhas o expulsarem da caixa e correrem atrás dele pela viela.

O *Velha Glória* tentou chegar perto do círculo interno de Astra, mas um wyvern se jogou no casco blindado do navio voador e o jogou longe, descontrolado. Tam o perdeu de vista quando ele girou acima, mas ouviu Jain e as meninas gritando como um barco cheio de gente caindo por uma cachoeira.

Tam examinou a histeria abaixo e tentou determinar se eles estavam ganhando ou perdendo, mas a cena estava caótica demais para entender. Para onde quer que ela olhasse, guerreiros ruivos estavam matando, gritando, morrendo, se debatendo, golpeando ou voltando do mundo dos mortos.

Ela viu uma das dublês de Rose furar um centauro com a ponta da lança, e outra levar uma porrada na cabeça dada por uma clava de ogro, e outra cortar o pescoço de um sáurio, e mais uma destruída por um ente magrelo de bétula.

Alguns conseguiram confrontar Astra, mas caíram rapidamente pela lâmina fantasma da druin. Em pouco tempo, a feiticeira estava cercada de Roses mortas-vivas. A visão deixou a pele de Tam arrepiada e provavelmente não contribuiu em nada para o moral dos defensores.

A *verdadeira* Rose estava quase passando pelos capangas em volta da Rainha do Inverno. Ela e Freecloud não tinham nem sujado as armas de sangue, de tão encolhidos que estavam no meio de uma multidão, escoltados por um verdadeiro hall da fama dos maiores bandos de mercenários de Grandual: os Ratos da Cidade Emergente, o Matança, os Vândalos e os Trovões, que tinham matado um wyvern em uma capela perto de Ardburg na primavera passada.

Tam viu os irmãos Duran lutando ao lado de Tash Bakkus, conhecida pelas cinco cortes como Donzela de Ferro. Ela viu as espadas chamejantes do Fogo de Guerra enquanto eles abriam caminho em meio aos mortos de olhos brancos. Courtney e as Fagulhas também eram parte do grupo de Rose. Elas estavam entre os bandos que derrotaram a Horda de Heartwyld em Castia e deviam estar se perguntando como tinham se metido em outra batalha desesperada com chances mínimas de vitória.

Brune ia na frente, mordendo e rosnando, usando o corpo para abrir caminho para os que vinham atrás. Ele estava sendo arranhado por garras, cortado por facas, golpeado por martelos e clavas e punhos... mas aguentou, alheio ao acúmulo de feridas incalculáveis.

Tam se lembrou do aviso de Cura de que alguns entre eles teriam que sacrificar tudo para que outros pudessem sobreviver, e as palavras da invocadora de repente pareceram uma premonição.

Brune não estava preocupado com sobrevivência, ao menos não a dele. Ele lutava pelos companheiros de bando. Sua matilha. Tinha se rendido para o animal dentro dele, outro sacrifício colocado aos pés de Rose, e Tam se viu invejando a chance de ele fazer isso.

Ela e Brune só viram o mamute cair quando era tarde demais. A fera estava andando pela aglomeração ao lado do xamã quando um dos sósias de Rose subiu na cabeça dele e enfiou o cabo cheio de espetos do machado de batalha no crânio dele. O mamute caiu de lado, esmagando as pernas traseiras de Brune e o prendendo.

Tam gritou e segurou a vontade de pular da sacada e correr para ajudá-lo. Até Rose poderia ter parado para ajudar se Freecloud não tivesse gritado alguma coisa que a fez seguir em frente. Eles estavam *tão perto agora*, a uma curta distância da mulher cuja morte poria fim a tudo aquilo.

A luz do sol jorrou da lâmina de *Vellichor* quando Rose a ergueu acima da cabeça.

Madrigal tocou como um sino de templo quando saiu da bainha.

Mão Lenta estava prestando tanta atenção na batalha abaixo que tinha se esquecido de passar outra flecha para Tam, e Bran...

... estava olhando, atordoado, para a ponta da espada de osso saindo da barriga dele.

Tam se virou lentamente, como alguém mergulhada em água congelada, e viu a careta de pesadelo de Hawkshaw sorrindo para ela.

— Você devia ter me matado quando teve oportunidade — disse ele com voz rouca.

Ela estava prestes a responder quando o que talvez fosse um punho, mas que parecia um martelo, acertou seu queixo, e a escuridão veio com tudo.

CAPÍTULO CINQUENTA E OITO

A FAGULHA E O FLOCO DE NEVE

— Tam. — A voz da mãe dela chamou por trás da porta. As pálpebras de Tam tremeram. Sua mente despertou do sono, tão lerda quanto um gato no sol.

— Tam, levanta. — Seu pai dessa vez. Que horas eram? Por que estava tão frio? Ela tinha deixado a janela aberta?

E, falando em gatos, onde está Threnody?, pensou ela. Tam virou a cabeça, esperando sentir o pelo da gata fazer cócegas no seu pescoço. Mas ela sentiu uma pontada intensa de dor. *Dor? Isso não...*

— Tam! — A voz passou a ficar mais insistente, mas não pertencia ao seu pai. Era o tio Bran. — Tam! Acorda!

Seus olhos se abriram. Luz cinzenta. Um telhado, mas não o dela. Um som de dez mil pessoas gritando no fundo de um poço chegou aos seus ouvidos, ficando mais alto e mais alto, até despencar sobre ela como um balde de água gelada.

Tam se sentou de repente, fazendo uma careta pela dor no pescoço, pelo latejar na cabeça, pela dor na mandíbula onde o punho de Hawkshaw tinha...

Hawkshaw!

Ela estava olhando pelas portas abertas da sacada, onde duas figuras lutavam na penumbra do salão superior do Leão Branco. O maior dos dois jogou o outro por cima de uma mesa antes de se virar e olhar para ela.

— Você está bem? — perguntou Mão Lenta.

— Estou — disse Tam, sem saber realmente se estava ou não.

— Bran...

— Estou aqui! — gemeu seu tio. Ele estava deitado de lado, ainda empalado com a espada do Guardião.

— Você está vivo!

Bran fez uma careta.

— Por enquanto. Mas juro pela barba do Senhor do Verão que, se aquele filho da puta acertou meu fígado...

— Tam! — gritou Mão Lenta em meio à falação do tio dela. — Você veio matar a Rainha, não foi?

Ela assentiu.

— Então, cuida disso. Eu resolvo isso aqui... — Ele fez uma careta quando uma cadeira jogada por Hawkshaw quebrou nas costas dele. — Eu resolvo... — Ele fez uma careta quando uma garrafa girando no ar bateu no seu ombro, se estilhaçando com o impacto. — Eu... — Uma segunda garrafa se quebrou na parte de trás da cabeça dele. — Ah, porra — praguejou ele. — Vai salvar o mundo, está bem?

— Certo — disse ela. — E, Mão Lenta...

— Hum?

Ela indicou Hawkshaw com o queixo.

— Foi ele que disparou no Gabe.

Alguma coisa *endureceu* no rosto do velho mercenário, e as mãos enormes se fecharam. Ele falou, com uma voz carregada de ameaça:

— Foi mesmo?

Tam não se deu ao trabalho de olhar o que aconteceu depois. Mas, se o Guardião *pudesse* ser morto, ela achava que Clay Cooper encontraria um jeito. Ela pegou o arco e foi até Branigan.

— Tio, você está bem?

Os olhos do homem tremeram por um momento antes de encontrarem os dela.

— Por que eu não estaria?

— Tem uma espada enfiada em você.

— Ah, bom... tem uma espada em todos nós — disse ele, e piscou como se tivesse dito algo profundo. E, para falar a verdade, ele meio que tinha mesmo.

Esforçando-se para ignorar os grunhidos e baques vindos de trás, Tam se levantou para avaliar o caos abaixo. Era quase impossível discernir vivos e mortos, porque Astra estava trazendo os mercenários de volta tão rápido quanto eles morriam. Havia dez mil batalhas acontecendo ao mesmo tempo, e Tam levou alguns segundos para encontrar a que estava procurando.

Rose e Freecloud estavam por conta própria agora. A companhia que os escoltava tinha se dissolvido em bandos separados, cada um lutando nos arredores para manter a Horda longe. Agora, todos os servos cercando Astra eram mercenários mortos, obrigando Rose a golpear vários clones dela conforme eles foram se aproximando da feiticeira.

Madrigal, cantava como um coral nas mãos de Freecloud. *Vellichor* parecia leve como uma pena nas de Rose. Ela e o druin lutavam em sincronia perfeita, cortando e girando como dançarinos em meio a uma briga.

Eles eram intocáveis, implacáveis, possuídos de uma graça selvagem que Tam, olhando do alto, só podia definir como elemental. Como um deslizamento de terra, uma onda gigante ou um incêndio florestal descontrolado, Rose e Freecloud se chocaram com os servos de Astra e foram ganhando impulso a cada passo.

Um estrondo alto a arrancou do devaneio. Tam olhou para trás e viu Hawkshaw se levantar com pernas bambas de trás do bar. Havia estilhaços de vidro enfiados no crânio do Guardião, cintilando como um mosaico horrendo enquanto ele subia na bancada.

— Por que eu sempre pego os teimosos? — ela ouviu Mão Lenta resmungar.

Ao seu lado, Bran estava deitado com os olhos fechados e o queixo apoiado no peito.

— Tio!

— Só estou descansando os olhos.

— Você não está descansando os olhos, Bran. Você está morrendo!

Ele piscou, alerta de repente.

— Morrendo? Não estou morrendo! Por que você diria isso?

— Então fala comigo — insistiu ela, soprando pelos dedos expostos para tentar aquecê-los. — Canta uma música.

— Cantar? — A agitação dele o levou a ter um ataque violento de tosse. — Pelo sangue dos deuses, garota, você não está vendo que eu estou morrendo aqui!

Ela escolheu uma flecha na caixa, verificou se estava reta e perfeita.

— Cantarola, então! Não me importa. — Ela prendeu a flecha no arco. Mirou pelo comprimento dela. — Só deixa claro que você ainda está vivo.

Tam observou impressionada quando Rose cortou dois sósias mortos-vivos de uma vez. Ela girou e enfiou *Vellichor* em outro. Soltou o cabo e ativou as braçadeiras; as cimitarras pularam das bainhas, e Rose as jogou, girando. *Cardo* afundou no peito de um mercenário de barba ruiva e o derrubou no chão. *Espinheiro* cortou a asa de uma harpia que estava mergulhando; a mulher-pássaro girou loucamente e caiu no telhado acima de Tam.

Meros segundos depois de tê-la colocado lá, Rose recuperou *Vellichor* no servo em que a tinha enterrado e girou, cortando a cabeça dele.

Ela pulou para enfrentar o oponente seguinte, o brilho ofuscante de um sol silvestre ardendo na lâmina.

A luz bateu no rosto da Rainha do Inverno, chamando a atenção dela. Tam viu a feiticeira se encolher quando reconheceu primeiro a espada do Arconte e, em seguida, uma fração de segundo depois, a mulher que a carregava, cujo cabelo dourado cintilava como uma coroa nova.

Toda a Horda engasgou, e por um momento a concentração caótica de Astra falhou. Seus voadores pairaram no céu, e mil cadáveres ficaram inertes, paralisados no lugar, um espelho da estupefação da mestra.

O som de madeira rachando ameaçou atrapalhar a concentração de Tam. Os músculos nos braços dela estavam reclamando de ela ter segurado o disparo por tanto tempo, mas ela manteve o olhar em Rose, esperando o sinal que ela sabia que viria. Bran estava fazendo a vontade dela, cantarolando uma reedição fraca e oscilante da música que era o último legado da irmã dele.

Freecloud, inexplicavelmente, ignorou um golpe desajeitado de um servo enquanto se deslocava para diminuir a distância entre ele e Rose. A lâmina acertou a lateral dele, mas ele passou sem se dar ao trabalho de retaliar.

O quê? Tam franziu a testa. O que ele está fazendo?

O druin golpeou um inimigo enquanto bloqueava o martelo de outro sem nada além de um braço erguido. O golpe quebrou seu membro como se fosse um graveto, mas o druin derrubou o oponente e seguiu em frente. Ele enfiou *Madrigal* em outro servo e pulou por cima do cadáver ainda caindo sem se dar ao trabalho de recuperar a espada.

Tam desviou o olhar para Rose, que estava ocupada demais lutando contra fantasmas de seu antigo eu para ver Ios, a baronesa morta-viva de Dedoduro, se aproximar por trás.

Ah. A constatação sacudiu Tam como um punho, só que doeu *muito mais* do que um soco. Ela percebeu que uma parte dela sempre soube que acabaria assim.

Rose despachou o último adversário e se virou, tarde demais, para se defender.

Freecloud pulou entre elas, as costas viradas para a lâmina da assassina.

O canto de Bran atravessou o silêncio repentino e arrasador, um fundo musical terrivelmente apropriado para a tragédia se desdobrando abaixo.

Cada batalha tem seu preço, Freecloud lhe dissera uma vez. *Até as que vencemos.*

Quando Tam piscou para as lágrimas caírem dos olhos, tinha acabado. Por um momento, Rose e Freecloud ficaram cara a cara, tão perto que dava para compartilhar a respiração, e aí Freecloud caiu, morto aos pés dela, e a assassina estava sem cabeça, caindo para trás com sangue jorrando do cotoco do pescoço.

Rose não parou para se lamentar, apesar de seu coração provavelmente estar partido.

Ela não gritou, apesar de sua alma provavelmente estar gritando com todas as forças.

Ela deixou a dor, a fúria e o amor a levarem em frente, erguendo a lâmina azul celestial como uma flâmula quando ela correu na direção da Rainha do Inverno.

Astra deu um passo para se encontrar com ela, uma expressão de desprezo nos lábios.

— *Agora...* — disse ela, furiosa.

Rose conjurou *Espinheiro* até sua a mão.

— ... *você*...

Ela arremessou a cimitarra na cabeça de Astra.

— ... *é*...

Não acertou, claro. Porque não era possível matar uma druin atacando-a diretamente.

— ... *minha!*

As espadas se chocaram. Fagulhas e flocos de neve se dissolveram entre as duas. O ímpeto de Rose a carregou pelo espaço que Astra ocupava um momento antes. Ela deslizou, se virou, atacou de novo.

A Rainha do Inverno titubeou com o ataque de Rose, e Tam, cujo mundo estava todo na ponta de uma flecha, viu fumaça preta sair dos lábios de Astra enquanto os mortos começaram a se levantar ao redor.

Rose atacou e atacou e atacou, sem conseguir superar a presciência da druin. Um golpe amplo derrubou a coroa de metal preto da cabeça de Astra, mas deixou Rose desesperadamente exposta.

A Rainha do Inverno deu um passo evasivo em um contra-ataque mortal. Sua lâmina banshee fez um arco inexorável na direção de Rose, que se virou, voltou o rosto para a companheira de bando na sacada acima e assentiu.

O canto de Bran virou silêncio. O clamor da luta de Mão Lenta com Hawkshaw deixou de existir. Os músculos de Tam relaxaram. Seu coração se apertou como uma ampulheta, até o espaço entre um batimento e o seguinte se prolongar uma eternidade. Ela já estava mirando com a flecha. Só faltava soltá-la.

Ela inspirou fundo.

Ela soltou.

— Como? — perguntara Tam um tempo antes.

Rose chegou mais perto e baixou a voz.

— Eu falei que você vai matar a Rainha do Inverno.

— Isso é impossível.

— Diziam que matar a Simurg era impossível. — Rose sorriu. — A gente matou duas vezes.

— Mas ela vai saber que isso vai acontecer — argumentou Tam.

— Se eu disparar nela, ela vai só desviar.

Rose botou a mão no ombro dela e chegou ainda mais perto.

— Então dispara em *mim*.

* * *

A mira de Tam foi certeira. A flecha foi voando na direção de Rose, que deveria ter usado a espada para bloquear o golpe de Astra, mas ela a levantou como um escudo e a mirou *perfeitamente.*

A flecha com ponta de aço bateu em *Vellichor* e fez um buraco no pescoço da Rainha do Inverno. Astra tentou falar, mas só conseguiu se engasgar com o icor preto jorrando do pescoço ferido. E Rose, a lateral do corpo cortada pela espada da druin, enfiou *Vellichor* na parte do peito de Astra onde antes ficava o coração. A feiticeira morreu naquele instante. Seu brilho sumiu, a pele pálida sucumbindo à ira de séculos quando ela caiu no chão.

Tam ouviu um baque alto vindo de trás e supôs que Hawkshaw, merecendo ou não, estava em paz, finalmente.

A Horda toda estava desabando ao mesmo tempo. Sem a magia de Astra para compeli-los, eles tombaram como marionetes com os fios enfeitiçados cortados. Wyverns e morcegos-lobos caíram espiralando do céu enquanto o fogo nos olhos deles se apagava.

Rose ainda estava de pé. A espada da Rainha do Inverno estava alojada na lateral dela, e Tam (olhando com dor e descrença para além da curva indefinida do arco) fez uma careta quando Rose soltou a lâmina com dedos ensanguentados. Ela caiu para a frente, mas transformou o impulso em um passo cambaleante, depois outro, oscilando entre corpos feridos e armas quebradas até estar ao lado de Freecloud, morto em uma cama de rosas sanguinárias.

A cidade toda pareceu congelada, exceto pelos flocos de neve caindo, caindo e caindo.

E Rose caiu com eles.

EPÍLOGO

A PROMESSA

O trecho a seguir foi retirado de *O coração selvagem*, a primeira autobiografia de Tam Hashford. Algumas passagens podem ser encontradas na canção intitulada *A balada da Rosa Sanguinária*, que se acredita amplamente também ter sido escrita por Tam Hashford. *O coração selvagem* foi adaptada para o palco por Kitagra, o Imortal, e ganhou o novo título de *Fábula: uma história de amor*.

Conthas pegou fogo completamente. Ao que tudo indica, é uma ocorrência regular. Em intervalos de algumas décadas mais ou menos, um incêndio escapa de controle e transforma a cidade toda em cinzas. Os moradores encaram como um momento de renovação. Uma chance de recomeçar, de acabar com o velho e construir algo de novo.

Novas tavernas, por exemplo. Novos pubs, novas bocas de talho; novos antros de apostas e ringues. Novas cervejarias, casas de jogo, novos bares e novos prostíbulos. Pelo que sei, Conthas parece uma fênix drogada, maníaca sexual e bêbada que se recusa a ficar morta.

Mas não dessa vez. Dessa vez ela morreu para sempre.

Todo mundo tem uma teoria para isso. Cura culpa o tempo. Diz que todo mundo minimamente inteligente para fugir da cidade antes de a Horda aparecer tinha ido para Brycliffe ou Fivecourt quando a primavera chegou e não quis voltar. Roderick acha que como os monstros estão sendo mais criados em cativeiro e menos capturados em Heartwyld, foi inevitável que Conthas — por décadas um porto de partida para os bandos que tinham a coragem de entrar na floresta — acabasse perdendo a utilidade.

Tenho uma teoria diferente: acho que ela está assombrada.

Veja bem, não estou dizendo que haja fantasmas e carniçais chutando as cinzas à noite (apesar de ser provável que haja), mas algo na cidade parece... errado. Somando tudo, quase duzentos mil homens, mulheres e monstros morreram naquele vale, e, embora o fogo tenha cuidado dos corpos, desconfio que uma parte permanece lá. Há uma sensação quase palpável de recriminação no ar. Uma inquietação sinistra que parece perguntar: "Como chegou a esse ponto?"

Na minha opinião, não há desperdício maior — nem tragédia tão sem sentido — quanto uma batalha que nunca deveria ter sido travada. Todos nós perdemos alguma coisa em Conthas. Alguns mais do que outros. Alguns muito mais do que outros.

Esperamos o inverno passar na estalagem do Clay, que a Horda tinha deixado intacta ao seguir para o sul. Coverdale também foi poupada da fúria. Astra não queria saber de destruir nossas casas. Era as nossas almas que ela desejava.

As duas pernas de Brune ficaram quebradas quando aquele "maldito elefante imundo" (como ele diz) caiu em cima dele, e ele passou os meses seguintes se recuperando junto à lareira, tomando o uísque de Clay e trocando histórias com Roderick e Bran — cujo fígado tinha sim sido vítima da lâmina de Hawkshaw. Por sorte, Moog conhecia um cirurgião que substituiu o órgão perfurado por outro que pertencia a um orc recém-falecido.

Se você tiver interesse nos benefícios associados a ter o fígado de um orc, fique à vontade para procurar meu tio e perguntar. Falando sério, ele não para de falar disso.

Cura não quis companhia nas semanas depois da batalha. Dormia dias inteiros e às vezes ficava olhando para o nada por horas seguidas. Muitas vezes, eu a via tocando a pele com a ponta dos dedos, acompanhando as cicatrizes que não estavam mais visíveis. Ao menos para mim. As criatintas dela — as lembranças e as pessoas que representavam — eram uma parte tão íntima do passado de Cura e estavam tão profundamente entranhados na personalidade dela que me pergunto se ela vai se acostumar a viver sem elas.

Ela e eu... Bem, é complicado. Não vou falar disso aqui, principalmente porque não sei bem como explicar. Ela me faz feliz. Tento fazer o mesmo. Nós rimos juntas, choramos juntas e dormimos juntas. Precisamos chamar de alguma outra coisa?

Ela é minha melhor amiga. E, sim, eu a amo.

Não conte a ela que falei isso.

Falando em amor, Lady Jain e Daon Doshi se casaram naquela primavera, no pátio atrás da estalagem do Mão Lenta. Roderick, logo ele, foi testemunha do capitão, enquanto as damas de honra de Jain foram as dezessete Flechas de Seda.

Ouvi Rod dizer para Doshi quando eles estavam seguindo para o altar: "Você vai precisar de um barco maior."

Houve dança, bebedeira e fogos de artifício (cortesia de Arcandius Moog). Em determinado momento, fui fazer xixi e vi Clay Cooper parado embaixo do bordo florido no jardim da frente. Havia uma lápide nova embaixo, e vi letras rudimentares brilhando sob a luz das estrelas na face dela.

Um túmulo para Gabriel, percebi. Perguntei o que dizia.

Ele respondeu: "Nós já fomos gigantes."

Quando Brune conseguiu andar sem muletas, fizemos planos de ir para o norte. Cura e eu estávamos indo para a costa (eu sempre quis visitar Freeport, e ela insistiu em ver um pôr do sol aldeano), mas eu tinha uma parada para fazer em Ardburg primeiro.

Na manhã em que fomos embora da estalagem do Mão Lenta, Tally suplicou aos pais para a deixarem ir com a gente. Ela tinha quase quinze anos, insistiu ela — praticamente uma mulher adulta — e, embora parecesse que Clay poderia concordar, Ginny não quis nem saber.

Estávamos quase em Coverdale quando ela nos alcançou. Moog, que ia nos acompanhar até Oddsford, fez a garota jurar que não tinha fugido de casa. Como prova da bênção dos pais, ela mostrou o familiar escudo de madeira preso nas costas: um presente de despedida dado pelo pai.

Desconfio que Tally teria nos seguido mesmo que não tivesse permissão. Já tive a idade dela. Ora, eu praticamente tenho a idade dela agora. E o que posso dizer? O mundo é grande, os jovens são inquietos e as garotas só querem se divertir.

A caminho de Ardburg, Brune e Roderick começaram a discutir a próxima aventura deles: uma que refletia a mudança pela qual passaram nos meses anteriores. Começando em Ardburg, eles comprariam os contratos dos ditos monstros sendo vendidos ou escravizados por esporte na arena. Os dispostos a tentar a coexistência teriam ajuda para encontrar emprego assalariado como artesãos ou mão de obra braçal, enquanto os ferozes ou amargos demais seriam libertados longe de qualquer assentamento humano.

Vai haver problemas, claro, mas é uma ambição nobre. Se nossa guerra contra a Rainha do Inverno nos ensinou alguma coisa, foi que o mal prospera na divisão. Cutuca as brasas do orgulho e do preconceito até se tornarem um inferno que pode um dia devorar todos nós.

Enquanto viajávamos para o norte, foi ficando cada vez mais claro que, embora pudéssemos ter salvado o mundo, nós não o tínhamos consertado. Inspiradas pelas vitórias sucessivas da Horda Invernal, criaturas que ainda não tinham sabido do destino dela estavam em rebelião aberta em toda a Grandual — o que não ajudou em nada nossa esperança de reconciliação.

Para piorar as coisas, Cultos à Morte tinham começado a surgir em cada uma das cinco cortes. Seguidores da Rainha do Inverno estavam aderindo à necromancia como se fosse tricô, o que levou, inevitavelmente, a cidades inteiras serem saqueadas e grupos de mortos-vivos vagarem descontrolados pelo campo.

Grandual precisava de heróis, mas muitos dos bandos com os quais contava para proteção tinham sido dizimados pela Horda Invernal, e o resto estava ocupado demais fazendo turnês por arenas para erguer um dedo. Você nunca vai adivinhar quem foi ajudar o reino. Tenta, eu espero.

Desistiu?

Foi Contha.

Quando o inverno foi passando, os golens do Exarca marcharam aos milhares das profundezas de Lamneth. Ele enviou emissários para todas as cortes de Grandual e concordou em enviar constructos para qualquer aldeia ou cidade que precisasse. A Sultana de Narmeer recusou a oferta, mas outros (a Rainha Lilith de Agria, por exemplo, cujo exército foi dizimado pela Horda Invernal) aceitaram prontamente. Aposto que, a essa altura, todos os povoados de Agria têm um golem defensor, e ouvi dizer que os cavaleiros de duramantium patrulham as estradas de Fivecourt.

O que fez o Exarca mudar de ideia? Nem imagino. É possível que conhecer a neta o tenha feito perceber que druins e humanos não eram tão diferentes, afinal. É mais provável que ele sinta culpa de ter se isentado de ajudar quando mais precisávamos e esteja tentando honrar o sacrifício de Freecloud servindo os que ele morreu protegendo.

Sejam quais forem os motivos de Contha, o mundo é um lugar mais seguro por causa dele. Mas não consigo deixar de lembrar a resistência dele em reconhecer Wren de qualquer forma significativa e de olhar nos olhos de qualquer um que não fosse seu filho. Acho que eu devia pegar leve com ele. Como Freecloud observou uma vez: o pai dele passou séculos sozinho no escuro, então faz sentido que tenha acabado se tornando um esquisitão recluso.

Chegamos a Ardburg tarde uma noite e pegamos quartos no Esquina de Pedra. Tera e Tiamax ficaram maravilhados com o quanto eu parecia "crescida", enquanto Edwick insistia em ouvir a canção que eu tinha composto para Brune. No dia seguinte, levei Cura para fazer um tour pela cidade. Visitamos a casa de banho do rei e passeamos pelo Mercado dos Monstros. Eu a apresentei para Willow, que deu uma piscadela conspiratória para mim quando seguimos nosso caminho.

Entrei em uma alfaiataria logo depois. Cura me olhou daquele jeito dela quando saí, mas não disse nada.

Acabamos chegando à casa que eu já tinha chamado de lar. Meu pai estava no moinho, mas eu achava que ele voltaria logo. Espiei pela janela da cozinha e fiquei aliviada de ver que a casa não estava coberta de pó nem cheia de garrafas vazias. Não sei bem por quê, mas fiquei surpresa de ver que ele tinha deixado a minha cadeira junto à mesa, junto com a da minha mãe.

Eu estava doida para entrar, para mostrar a Cura meu antigo quarto e apresentá-la para Tuck. Quando ela perguntou por que eu não podia, contei a ela sobre a promessa que eu tinha feito para o meu pai na manhã em que fui embora: de nunca voltar e, assim, nunca partir o coração dele se um dia eu não aparecesse.

Eu não gostava, claro, mas conseguia entender. Ainda assim...

Eu tinha certeza de que ele já devia ter ouvido sobre Conthas. Ele saberia que o Fábula ficou cara a cara com a Rainha do Inverno e saberia como terminou. Se nunca mais me visse, meu pai quase certamente suporia que eu estava morta. Ele culparia Rose por ter me atraído. E a si mesmo, claro, por ter me deixado ir.

Ouvi um miado, olhei para baixo e vi Threnody ronronando aos meus pés. Eu a peguei e fiz carinho nela antes de Cura e eu irmos embora rapidamente. Thren nos seguiu por meio quarteirão, mas acabou voltando.

Nos dias e noites desde então, muitas vezes imaginei meu pai chegando em casa naquela tarde e encontrando Thren esperando no degrau. É possível que ele tenha destrancado a porta e deixado a gata entrar sem se dar ao trabalho de prestar atenção nela, mas acho que ele deve tê-la pegado no colo para dizer oi.

Nesse momento, ele deve ter reparado na fita amarela fina que eu tinha amarrado no pescoço dela.

Espero que, com o tempo, ele me perdoe por ter quebrado a promessa.

De vez em quando, alguém, normalmente uma criança, me pergunta se a Rosa Sanguinária está morta.

Ela está e não está.

As histórias costumam concordar que Rose e a Rainha do Inverno mataram uma à outra, mas a verdade (como costuma ser o caso) é mais complicada do que isso.

Para começar, a mulher que conhecíamos como Rosa Sanguinária era ficção o tempo todo. Era um disfarce assumido pela filha adolescente e rebelde do Golden Gabe, que estava tão desesperada para subir no pedestal no qual o mundo tinha colocado seu pai que acabou sacrificando sua identidade toda para isso. Rose não era apenas uma mercenária — também era atriz, e desempenhou seu papel com tanta intensidade que até ela esqueceu que não era real.

Eu argumentaria que a Rosa Sanguinária morreu em uma floresta ao sul de Coverdale pouco depois que o pai dela faleceu. Ainda ouço o grito dela ecoando nas árvores, e quando ela saiu de lá um tempinho depois, havia algo diferente nela. Se você me permite uma analogia não muito sutil: quando se corta uma rosa no caule, nada *nela muda imediatamente. Os espinhos continuam afiados. As pétalas ainda ficam lindas. Mas, aos poucos, sua grandiosidade se esvai, e acredito que, quando Gabriel morreu, a Rosa Sanguinária foi condenada junto.*

De qualquer modo, ela não sobreviveu à batalha de Conthas. Ela morreu como uma heroína, lutando em nome de pessoas que não conhecia por um futuro do qual não faria parte. E, por causa disso, desconfio, ela finalmente vai obter a imortalidade que procurou a vida toda.

Os bardos nos dizem que vivemos pelo tempo em que ainda há pessoas vivas se lembrando de nós. Nesse caso, acho seguro dizer que a Rosa Sanguinária vai viver para sempre.

Estava ficando escuro quando ela viu as ruínas em meio às árvores à frente. Ela desviou das ameias até encontrar a fenda onde diziam que Clay Cooper lutou contra cem canibais sedentos de sangue. Clay brincava que só tinha contado 99, mas ela achava que os dois números eram exagerados. O bardo do Saga não sobreviveu à batalha e sobrou para o bando contar a história.

O portão da fortaleza estava trancado. Isso era bom. Afinal, ali era Heartwyld. Coisas sombrias se esgueiravam pela floresta, principalmente à noite. Ela escalou o muro esburacado de pedra e passou por entre duas ameias em ruínas e fez uma careta quando os pontos na lateral do corpo ameaçaram arrebentar. Ela deu um pulo por um vão na muralha e chegou a uma escada parcialmente destruída que levava à fortaleza em si. Estava escuro lá dentro, e ela tirou a concha pontuda da bolsa e soprou nela até o brilho rosado ser suficiente para iluminar o caminho.

Havia anos que ela não andava naqueles salões, mas ela os conhecia bem. O Saga não foi o único bando que segurou um cerco naquele lugar. Embora não soubesse exatamente seu destino, ela tinha uma vaga ideia de onde encontrar o que estava procurando. Ou quem.

Ela ouviu um som, uma voz, e suas mãos começaram a tremer na mesma hora. Sua boca ficou seca e seu coração disparou como um pecador procurando refúgio atrás da porta de uma capela. Ela viu luz à frente e, quando dobrou a esquina, encontrou duas figuras sentadas diante de um fogo crepitante. Uma delas era enorme: um construto de bronze lustroso cuja cabeça de chaleira estava inclinada enquanto ele ouvia a falação animada da companheira. A outra era...

— Wren — disse ela.

A sylf se virou. A luz do fogo deixou o cabelo dela prateado e jogou seu rosto em sombras. Por um momento sem fôlego, ela se perguntou se a garota a reconheceria.

— Mamãe?

Ela tinha esquecido como se respirava (e também como se falava, na verdade), então ficou de joelhos e abriu os braços quando a filha correu na direção dela.

Por tanto anos, ela carregou um nome que não era o dela. Estava ansiosa para viver sem ele... para ser Rose de novo, depois de tanto tempo. Mas agora, parecia que ela estava destinada a viver com outro codinome.

Mamãe. Ela sorriu, inspirando o aroma de água fresca do cabelo da filha. *Gosto do som dessa palavra.*

AGRADECIMENTOS

Escrever um livro como aspirante a autor e escrever como autor publicado são duas jornadas bem diferentes, como acabei de aprender. Você acha que pegou o jeito, mas o mapa mudou e você sai vagando cegamente em um território que achou que tivesse conquistado.

Felizmente, havia algumas estrelas guia que usei para me manter no rumo, nenhuma delas mais constante do que meu querido amigo Eugene, que sempre me incentivou demais, fez críticas construtivas e se dispôs a conversar sobre uma cena, um personagem ou o livro inteiro se necessário. Eu estaria desesperadamente perdido sem ele.

Heather Adams (minha agente) e Lindsey Hall (minha antiga editora) foram fontes valiosíssimas de sabedoria. Lindsey fez a tarefa dupla de ser minha terapeuta em várias ocasiões, e serei eternamente grato pela nossa relação, tanto como profissionais quanto como amigos.

O que me leva a Bradley (meu novo editor) e Emily (minha editora no Reino Unido). Trabalhar com eles dessa vez foi pura alegria. Estivesse eu surtando por causa de referências de videogames com Bradley ou debatendo o verdadeiro significado de "sorrir afetadamente" com Emily. Este livro ficou muito melhor por causa deles. Os dois são incríveis no que fazem, e fico honrado de viajar por essa estrada ao lado deles.

Também sou grato a todos da Orbit que agem como defensores dos livros que eles claramente amam, e aos artistas — Richard Anderson e Tim Paul — cujas artes de capa e mapas (respectivamente) me inspiram diariamente.

Falando em defensores, tenho dívida com os milhares de leitores, escritores, blogueiros e críticos de livros que leram *Os reis do Wyld* e disseram coisas boas sobre ele na internet ou para amigos ou nas pequenas livrarias. Um agradecimento especial para os grupos de Facebook *Fantasy Fiction* e *Grimdark Fiction Readers and Writers*, e para as comunidades no r/fantasy e no Goodreads. Tenho uma gratidão profunda por todos vocês. Além do mais, Scott McCauley e Felix Ortiz criaram artes lindíssimas baseadas nos meus livros, e me sinto honrado por ambos.

Se eu listasse por nome todos os novos amigos que fiz desde que fui publicado, eu teria a contagem de palavras diária mais alta da minha vida. Mas vou só agradecer a Mike, Petros, Petrik, Melanie, Ed e RJ aqui, e prometo pagar uma cerveja para todas as outras pessoas quando nos encontrarmos.

Muitos autores também me deram um apoio enorme (estou olhando para você, Sykes), mas Sebastien de Castell e Christian Cameron fizeram o impossível para me oferecer conselhos valiosos e uma amizade ainda mais preciosa nesse ano que passou.

Mas minha dívida maior é com a minha família, que inclui Bryan Cheyne, Natasha McLeod e a infinitamente paciente Hilary Cosgrove. Meus pais continuam sendo absolutamente encorajadores e venderam meus livros pessoalmente como se fossem Bíblias na véspera do Juízo Final. Nunca vou conseguir agradecer à altura por tudo que eles fizeram. Também merecedores de gratidão são os mais novos integrantes da minha família: minha meia-irmã Angela, minha sobrinha Morley e meu sobrinho Maclean. Amo vocês e minha vida ficou muito mais rica por ter vocês nela.

Por fim, Tyler.

Não há palavras suficientes no mundo para transmitir o orgulho que sinto do homem que você se tornou e a gratidão que sinto por ter nascido seu irmão. Dediquei *A Rosa Sanguinária* a você, mas, na verdade, cada palavra de cada livro, cada triunfo, grande ou pequeno, é de nós dois. Eu te amo, Ty.

DIREÇÃO EDITORIAL
Daniele Cajueiro

EDITOR RESPONSÁVEL
André Marinho

PRODUÇÃO EDITORIAL
Adriana Torres
Júlia Ribeiro
Daniel Dargains

REVISÃO DE TRADUÇÃO
Emanoelle Veloso

REVISÃO
Pedro Staite
Juliana Travassos

MAPAS
Tim Paul Illustration

DIAGRAMAÇÃO
DTPhoenix Editorial

Este livro foi impresso em 2023,
pela Exklusiva, para a Trama.